Otto Ritschl

Albrecht Ritschl`s Leben

.

Otto Ritschl

Albrecht Ritschl`s Leben

ISBN/EAN: 9783743620483

Hergestellt in Europa, USA, Kanada, Australien, Japan

Cover: Foto ©Raphael Reischuk / pixelio.de

Manufactured and distributed by brebook publishing software (www.brebook.com)

Otto Ritschl

Albrecht Ritschl`s Leben

Wirksamkeit in Berlin keinen besondern Eindruck gemacht zu haben. Auch Ritschl wurde nicht etwa durch die Rücksicht auf die Erfolge seiner Göttinger Lehrthätigkeit und ebenso wenig durch sein Verhältnis zur hannoverschen Landeskirche dazu bestimmt, in Göttingen zu bleiben. Wenn er überhaupt ein entscheidendes Gewicht darauf gelegt hätte, in jenen Kreisen zu gefallen oder beliebt zu sein, dann hätte es ihm damals viel- mehr weit näher gelegen, den Ort seiner akademischen Wirksamkeit zu verändern. Allerdings wird demnächst zu berichten sein, daß im Sommer 1872 seine Vorlesung über Ethik, neben der er damals, um Zeit für seine literarische Arbeit zu haben, keine andere las, besonders erfolgreich war. Aber in dem folgenden Semester, in dem Ritschl gerade den ihm noch am meisten zusagenden zweiten Ruf nach Berlin erhielt, hatte er vielmehr entgegengesetzte Erfahrungen mit seiner Einwirkung auf die in Göttingen studirenden Theologen machen müssen. Deren Zahl war überhaupt nach einer vorübergehenden Zunahme im Sommer 1870 seit dem Kriege bis auf wenige über 100 gesunken und so blieb es noch eine Reihe von Jahren. Verhältnismäßig am schwächsten waren damals Ritschls Vorlesungen über Dogmatik besucht, deren beide Theile er ab- wechselnd mit der Ethik in einem dreisemestrigen Turnus vorzutragen pflegte. Daneben las er über neutestamentliche Theologie, Symbolik, Hebräer- brief oder andere exegetische Stoffe. Von seinen Zuhörern aus der Zeit nach dem Kriege sind Rudolf Smend (jetzt Professor in Göttingen) und Friedrich Baethgen (jetzt Professor in Berlin) zu nennen. Auch ver- schiedene Schotten besuchten damals wieder seine Vorlesungen, und diesen sind dann noch öfters andere ihrer Landsleute nachgefolgt. Aber wie ungünstig es mit Ritschls Lehrthätigkeit in der Zeit vor der zweiten und vor der dritten Berufung nach Berlin bestellt war, darüber geben folgende Mittheilungen hinreichenden Aufschluß: „Auch das habe ich", so heißt[1]) es zuerst, „innerlich leicht überwunden, daß die zusammenschmelzende Zahl von Theologen mir ein so geringes Auditorium darbietet, wie in dem Winter des Krieges; denn ich erinnere mich immer zu deutlich des Standes der Erniedrigung, den ich in meinen Privatdocentenjahren erlebt habe, und mache keine Ansprüche an die Personen, wenn die Sache mich interessirt." Dann erzählt[2]) Ritschl weiter am Schluß des Semesters: „Obgleich ich mehr lotterige Zuhörer gehabt habe, als sonst, und diese unter der ge- schmolzenen Zahl deutlicher bemerkbar waren, so habe ich zu meinem eigenen Vergnügen gesprochen und mich über die Menschheit zu meinen

---

1) An Mangold 28. 11. 72.
2) An Wilhelm R. 10. 3. 73.

Füßen weder gefreut noch geärgert. Wie seit dem Kriege das Welfenthum um so erbitterter geworden ist, je aussichtsloser seine Ziele sind, so ist auch das welfische Lutherthum im Lande feindseliger gegen mich, als vorher. Ich merke es aber an der Verringerung der Zuhörer, die sich wenigstens theilweise auch daraus erklärt, daß geistliche Väter ihren Söhnen verbieten, bei mir zu hören. Das lutherische Kirchenthum ist nahe daran, in den hellen Pharisäismus auszulaufen. Denn die hochmüthige und stupide Rechthaberei, mit welcher man auch hier die Falkschen Gesetze zum Vorwande von Separationsgelüsten nimmt, ist nichts anderes als Pharisäismus. Werden denn die Leute daran gehindert, das Evangelium zu verkündigen und die Sacramente zu verwalten? Wollen sie etwas anderes, so ist es nicht zur Sache gehörig, also vom Übel. Das Schlimmste ist, daß die Bekenntnisreiterei für nichts weniger bürgt, als für die richtige und vollständige Auffassung der christlichen Religion. Denn die eigentlichen Spitzen, die Lehre vom Gottesreich und von der Gotteskindschaft stehen in keiner Bekenntnisschrift."

Ritschls Vorlesungen selbst gewannen natürlich durch die Erkenntnisse, die ihm seine fortschreitenden Forschungen eintrugen. Zugleich damit wuchs die Freiheit und Sicherheit seines Vortrags. Im Sommer 1870 berichtete[1]) er von manchen Verbesserungen und Ergänzungen, die er in der Dogmatik und in der Symbolik vorgenommen habe. Dann schlug er freilich auch einmal wieder einen gedrückteren Ton an, aus dem man aber doch heraushört, wie er sich bewußt war, seinen Gegenstand zu beherrschen. „Ich habe denn", so sagt er[2]) „vor 4 Wochen mein 51stes Semester begonnen und muß Dir gestehen, daß ich schon seit einigen Jahren um so weniger Vergnügen an den immer wiederkehrenden Vorlesungen finde, je sicherer ich meines Stoffes bin, und je leichter ich denselben aus meinen mir wenig genügenden Heften frei reproducire. Es kommt freilich dazu, daß mein Interesse bei der Schriftstellerei ist, aber ich fürchte mich gewissermaßen vor der Zukunft, welche doch, solange ich lebe, mich immer wieder in dieselbe Tretmühle führen wird." Doch schreibt[3]) Ritschl am Ende desselben Semesters wieder in ganz andrer Stimmung: „Ich habe in der Dogmatik in den letzten 8 Stunden die positive Construction der Versöhnungslehre ausführlicher wie je vorgetragen und bin jetzt meiner Sache ganz sicher."

Mit dieser Sicherheit hängt es zusammen, daß Ritschl für die Vor

---

1) An Diestel 16. 5. 70.
2) An Diestel 20. 11. 71.
3) An Diestel 11. 2. 72.

lesungen, die er seit langen Jahren las, das Bedürfnis nicht mehr hatte,
immer wieder neue Hefte auszuarbeiten. Theils lagen ihm die alten
Blätter vor, und von diesen wich das, was er, oft nur nach hinzu-
gefügten Notizen, wirklich vortrug, bedeutend ab. Theils benutzte er die
Dictate, die bei einem der früheren Male, als er dieselbe Vorlesung gehalten hatte, von einem Zuhörer aufgezeichnet und für ihn abgeschrieben
worden waren. Und von dieser Vorlage unterschied sich dann wieder
das neue Dictat, das Ritschl meistens auf dem Katheder frei gestaltete.
So stimmen die Hefte der systematischen Collegien, welche die verschie-
benen Jahrgänge von Zuhörern in die Hand bekamen, in den letzten
beiden Jahrzehnten der Lehrthätigkeit Ritschls äußerlich nur mehr oder
weniger mit einander überein. Und wenn es auch an sich möglich wäre,
bestimmte Hefte als die für eine Reihe von Jahren gültigen Grundlagen
seiner Vorlesungen zu kennzeichnen, so würde ihnen doch nur ein zufälliger
Werth zukommen, da sie schon beim ersten Gebrauch nur in modificirter
Gestalt den Studenten überliefert wurden. Aus diesem Grunde würde
es ziellos sein, wenn weiterhin über die wichtigsten Vorlesungen Ritschls
in der Weise berichtet würde, wie es für die erste Hälfte seiner Lehrthätigkeit allerdings angezeigt erschien. Bieten doch auch gerade die seitdem veröffentlichten Schriften Ritschls, namentlich diejenigen, die in
mehreren Auflagen erschienen sind, ein Bild von der späteren Gestaltung
seiner Theologie, welches, unabhängig von der Formulirung des Augen-
blicks, vielmehr auf wohl durchdachter und bis ins Einzelne genau über-
legter Darstellung beruht. Es kann also bei den weiteren Mittheilungen
über Ritschls Lehrthätigkeit nur darauf ankommen, die bedeutsamsten
Neuerungen und Verbesserungen gelegentlich zu erwähnen, die ihm selber
besonders wichtig erschienen sind.

So hat benn Ritschl im Sommer 1872 die neuen Ergebnisse seiner
Forschungen über das subjective Christenthum (s. o. S. 125) in seine
Ethik hineingearbeitet. Indem er davon berichtet, geht er wieder auf die
Sache selbst genauer ein. „Daß Du aus der Kirche in die Schule herab-
gesetzt bist", schrieb[1] er seinem Bruder, der wegen baulicher Reparaturen
an seiner Kirche zur Ausübung seines Amts nur Schulräume zur Verfügung hatte, „mußt Du Dir schon gefallen lassen; leide ich doch auch
stets darunter, daß die irdischen Regenten unserer Kirche sie zu einer
Schule der reinen Lehre begradiren. Nur wissen diese nicht, was sie
thun; darum sind sie jedoch nicht entschuldigt, sondern doppelter Strafe
werth. Ich habe mich kürzlich der stärksten Beweismittel dafür bemächtigt,

---

1) An Wilhelm R. 13. 6. 72.

daß diefe dogmatifche Kirchlichkeit die eigentlichen Functionen der Frömmigkeit fo aus den Augen verloren hat, daß fie weder in der Dogmatik
noch in der Ethik aufgezeigt, und daß fie auch im Neuen Teftamente, wo
fie hervorftechen, nicht gefunden werden. Melanchthon und Calvin fprechen
es fehr deutlich aus, daß Vorfehungsglaube und Geduld gegen die Übel,
daß Demuth und Freiheitsgefühl dasjenige ift, worin wir den Frieden
mit Gott erfahren, was alfo als der unmittelbare Reflex der Rechtfertigung
anzufehen ift. Sowie die Dogmatik fchulmäßig wird, fallen diefe Themata aus; und obgleich Schleiermacher wenigftens das beachtet hat, daß
man durch Chriftus verföhnt, d. h. mit den Übeln ausgeföhnt werde, fo
weiß keiner von den Leuten nach ihm, daß auf diefem Punkt die erfte
Probe des chriftlichen Charakters abgelegt wird, und daß diefes doch
werth ift, in der Lehre bezeichnet und gedeutet zu werden. Davon fagen
weder die Halbkirchlichen in der Union noch die Doppelkirchlichen im
Lutherthum. Ich habe eine große Freudigkeit, die ganze Sippfchaft auf
diefe Blöße zu fchlagen." Als dann die Vorlefung über Ethik zu Ende
ging, in der diefe Gedanken zum erften Male zur vollen Geltung kamen,
fagte[1] Ritfchl, fie habe ihm keine Mühe gemacht, aber eine Theilnahme
gefunden, die auch ihn befriedigt habe. „Ich bin überrafcht, wie fchnell
die Wochen verftrichen find, und trenne mich ungern von den Zuhörern."
Nun aber kamen die Ferien wieder der Arbeit an der Rechtfertigungslehre zu Gute, bei der Ritfchl gerade in den Anfängen der dogmatifchen
Darftellung ftand (f. o. S. 124 f.).

Anfang Juni 1872 hatte Ritfchl feinem Freund und Verleger
Marcus melden[2] können, er fei mit feiner „Arbeit über manche Berge
gekommen und habe die erfte, in fich gefchloffene Hälfte des zweiten
Bandes mit mehr als 20 Druckbogen fertig. Sie könnte", fügt er
hinzu, „unter die Preffe gehen, wenn ich nicht dem Publicum die volle
Überrafchung gönnen möchte, welche der zweite Band als Ganzes bereiten
wird. Jetzt fteht mir freilich der fchwerfte Theil der Aufgabe bevor;
indeffen habe ich fchon einen neuen Zweig der Lectüre zu diefem Zwecke
ergriffen und habe die Zuverficht, daß ein Glied nach dem andern fich
aus meiner Gedankenwelt abfondern und feine reinliche Darftellung
finden wird." Damit ging es zwar zunächft nur langfam vorwärts.

---

1) An Wilhelm R. 5. 8. 72.
2) An Marcus 9. 6. 72.

„Meine literarische Arbeit", schreibt[1]) Ritschl, „hat weniger schnelle Fortschritte gemacht, als ich vorausgesetzt hatte, abgesehen von der heißen Woche, in der sie ganz eingestellt werden mußte. Ich bewege mich jetzt in dem ungewohnten und durch kein Vorbild geleiteten Geschäfte des dogmatischen Beweisens und erlebe es meistens, daß, was ich geschrieben habe, umgeschrieben werden muß, um seine Ordnung zu finden. Indessen das macht mir keinen Kummer, und das Manuscript schreitet vor, ebenso meine Sicherheit in der Behandlung der Sachen." Und einige Tage später berichtet[2]) Ritschl: „Am Freitag habe ich mein Sommersemester geschlossen und freue mich der ungestörten Laune zur Fortsetzung des zweiten Bandes. Es ist mir erst nicht leicht geworden, in die dogmatische Darstellung hineinzukommen. Die Frucht der letzten zwei Monate sind einige 30 Folioblätter, von denen die meisten zum zweiten Male geschrieben worden sind. Ich habe von 12 Abschnitten, die zu bearbeiten sind, erst einen fertig, also $\frac{1}{12}$; aber seit gestern bin ich frisch bei dem zweiten, und derselbe wird nicht so viel Wochen bedürfen, als der erste Monate. Ich suche eben meine Ferienerholung in' dieser Beschäftigung, einmal weil ich keine andere Erholung bedarf, und weil ich sie auswärts, wo ich nicht schlafen kann, nicht finden würde." „Indessen ist mir die Hauptsache", erklärt[3]) Ritschl um dieselbe Zeit, „daß ich in der dogmatischen Ausarbeitung mit fortschreitender Sicherheit begriffen bin . . . . . . In den letzten Tagen habe ich mit peinigender Ungeduld die zwei Einleitungen umgearbeitet, nachdem ich mich überzeugt habe, daß die Stoffvertheilung in denselben unpassend, und daß manche Gesichtspunkte, die ich vor länger als einem Jahre niedergeschrieben hatte, meiner jetzigen Einsicht nicht mehr entsprachen. Bei solchem Umarbeitungsgeschäft ist das Aufregendste, daß es zuerst so erscheint, als könnte man allerhand erhalten und nur umstellen, bis nach vergeblichen Bemühungen in dieser Richtung die Einsicht kommt, daß eine Radicalcur geboten ist. Jetzt habe ich diese Sache hinter mir." Bald darauf schreibt[4]) Ritschl, er habe jetzt das zweite seiner zwölf dogmatischen Themata erledigt. „Und wenn ich nach dem fertigen Manuscript den Umfang der übrigen 10 Abschnitte beurtheilen soll, so würde der dogmatische Theil allein umfangreicher werden, als der erste Band; und es liegen schon 22—23 Bogen biblischer Theologie fertig. Indessen ist es mir wahrscheinlich, daß nicht alle der 10 übrigen Themata eine so breite

1) An Wilhelm R. 5. 8. 72.
2) An Marcus 14. 8. 72.
3) An Lipt 22. 8. 72.
4) An Diestel 2. 9. 72.

Ausführung verlangen und erlauben, wie die Definition und die Rela-
tionen der Rechtfertigung. Ich hatte mich nun sehr gefreut, die jetzigen
Ferien ausschließlich und ungestört der Arbeit widmen zu können; jetzt
aber entbehre ich die Abwechselung, welche durch die Vorlesungen herbeigeführt wird. Es ist fabelhaft still hier; man sieht keinen Menschen,
und den ganzen Tag kann ich wenigstens nicht schreiben."

Im weiteren Verlauf seiner Arbeit reducirte Ritschl seine zwölf
Themata auf die vier Hauptabschnitte, in welchen die dogmatische Darstellung verläuft, und die schließlich doch nur neun Kapitel umfassen.
Von jenen war der erste beim Beginn des neuen Semesters fertig. „Er
beläuft sich," heißt[1]) es, „auf 10 Bogen. Das giebt ein peinliches Prä-
judiz für das Ganze. Wenigstens wird sich der Abschluß des Ganzen
mehr hinausschieben, als ich im Voraus gedacht hatte. Und es scheinen
viele gute Leute darauf zu warten. Was kann ich dafür, daß ich das
Ziel in dem historischen Theile gar nicht andeuten konnte? In dem vorliegenden Gang der Theologie findet sich eben keine Hinweisung auf die
praktische Spitze der Rechtfertigungslehre. Und es scheint keiner nach
seinen Erfahrungen und Studien darauf gefaßt zu sein, was ich zeigen
werde. Ich werde nachgerade selbst etwas ungedulig über das Geheimnis, welches ich über meiner Forschung liegen lassen muß; ich habe mich
begnügen müssen, mündlich einige Aufklärungen zu geben, wo man mich
gefragt hat. Also abwarten!"

Demnächst hatte es Ritschl mit den „Voraussetzungen" der Rechtfertigungslehre zu thun, die den zweiten Hauptabschnitt der dogmatischen
Erörterung bilden. „Ich arbeite mich jetzt," so schreibt[2]) er nun, „durch
gewisse religionsphilosophische Satzungen durch, welche eine Bemerkung
Lotzes zum Anknüpfungspunkt haben, aber sich in einer bisher schwerlich
schon betretenen Richtung mit dem theoretischen Erkennen auseinandersetzen. Die religiöse Weltanschauung ist als Ganzes entworfen. Das
theoretische Erkennen geht auf die allgemeinen Gesetze. Also sind die
philosophischen Weltanschauungen, welche immer mit der Religion colli-
biren, und welche immer voreilig irgend ein Gesetz des Erkennens oder
der Erfahrung als Weltgesetz proclamiren — nur apokryphe Producte
des religiösen Triebes und der Einbildungskraft, welche irriger Weise
mit dem Anspruch auf theoretische Wahrheit der Religion entgegengestellt
werden. Mit dem theoretischen Erkennen, wenn es seine Grenzen inne
hält, bringt man es überhaupt nicht zu der Erkenntnis des Ganzen der

---

1) An Dieftel 24. 10. 72.
2) An Dieftel 26. 11. 72.

Welt aus einem Gesetz, denn man kann nicht das Organische auf den Mechanismus, das Animalische auf das Vegetabilische, das geistige auf das animalische Leben reduciren. Der Gedanke einer Welt ist immer religiös, und, wenn die Philosophie sich seiner bedienen soll, so kann sie ihn nur gewinnen durch die Anerkennung, daß die Religion praktisches Gesetz des Geistes ist, und daß der Zusammenhang von Natur und Geist nur durch Adoption der Gesetze des Geistes verstanden werden kann. So gewinnt auch die religiöse Weltanschauung die Geltung eines Gesetzes für das theoretische Erkennen. Ich muß mich durch diese Ausführungen durchbewegen, um zu zeigen, unter welchen Bedingungen der religiöse Gedanke von Gott die Geltung einer wissenschaftlichen Erkenntnis gewinnt, und, wenn es mir so gelingt, die Erwartungen von Gegnern zu durch-kreuzen, so macht es mir ein besonderes Gaudium. Die gegenwärtig mir obliegende Aufgabe giebt mir allerdings Anlaß, die ganze Dogmatik zu revidiren, und ich finde bei speciellerer Beschäftigung, daß ich sehr viel zu verändern Ursach habe."

In demselben Briefe berichtet Ritschl von einigen Todesfällen, die ihm recht nahe gegangen waren und ihn selbst zu trüben Gedanken ge-stimmt hatten. „Mitten wir im Leben sind von dem Tod umgeben! Nun ich fürchte mich nicht für mich; aber um der Kinder willen wünscht man zu leben, und um meines zweiten Bandes willen wünsche ich es auch. Wer sollte ihn fertig machen? Was ich jetzt in den Sachen weiß, ist, glaube ich, für den Protestantismus sehr wichtig, und nothwendig, es zu sagen, damit man aus der Sackgasse herauskomme, in die uns die . . . . hineingetrieben haben. Bin ich hochmüthig, dieses zu be-kennen? Ach ich wünschte immer, daß ich das alles von meinen Lehrern gelernt hätte, was ich mir ausstudire. Dann würde man im Allgemeinen besser stehen. Aber so!?" Diestel[1]) antwortete: „Wenn Du meinst, wichtiges, ja für den ganzen Protestantismus nothwendiges sagen zu können, so finde ich darin so wenig etwas ›Hochmuth‹, daß ich dies Selbstgefühl vielmehr für das normale Bewußtsein des Schriftstellers und Theologen halte der seiner Aufgabe sich klar bewußt ist. . . . . . . Also nur vorwärts! Und je weniger Du an augenblicklichem Beifalle einheimsest, um so sicherer kannst Du sein, daß Du doch durchschlägst. Denn der schwache Magen der heutigen Generation kann die neue Me-dicin nur tropfenweise vertragen. Daß man Dich hier im Stift tüchtig studiren werde, das kannst Du sicher sein."

---

1) Diestel an R. 27. 12. 72.

Schon im Herbst des Jahres hatte Ritschl in Erwägung gezogen[1]), ob er nicht wegen der unvorhergesehenen Ausdehnung, die seine Arbeit mehr und mehr gewann, die biblisch = theologische Darstellung als besonderen Band vorweg der Öffentlichkeit übergeben sollte. Nun meldete[2]) er Ende December an Marcus, daß der dogmatische Theil des Werkes bereits 15 Bogen betrage und noch kaum die Hälfte des ganzen Stoffes umfasse. Wenn keine erheblichen Störungen eintreten, meint er, könne der Druck noch vor Anfang des nächsten Wintersemesters beginnen. „Dann giebt es aber zwei Bände, zumal am Schlusse des Ganzen wahrscheinlich noch ein Register hinzugefügt werden muß." In dieser Aussicht auf die bereits absehbare Vollendung des ganzen dreibändigen Werkes bemerkte[3]) Ritschl, „daß es doch eine ganz andere Art der geistigen Thätigkeit ist, geschichtlich und dogmatisch zu verfahren; und ich bin im Stillen neugierig genug darauf, welchen Eindruck meine theoretische Art der Darstellung machen wird. Weizsäcker hat sehr Recht damit, daß der Werth des wissenschaftlichen Mannes davon abhängt, ob er Aufgaben hat; es gehört aber dazu auch die Fertigkeit von Feind und Freund zu lernen. Ich finde nun, daß die στίλοι unseres Faches in der gegenwärtigen Epoche es noch mehr in der letztern Hinsicht fehlen lassen, als in der erstern. Dabei sehe ich von den erklärten Parteimenschen gänzlich ab; aber auch die . . . . . . Männer . . . . . . der Vermittlungstheologie befleißigen sich darin einer Unzugänglichkeit, die ihnen noch mehr zum Schaden gereicht, als daß sie im Ganzen nicht wissen, wo Bartel den Most holt. Was würde es auch helfen, sich Aufgaben zu stellen, wenn man sich nicht nach allen Seiten hin orientirt und sich übt und Mühe giebt, andere Ansichten in ihrem Zusammenhang und demgemäß möglicherweise besser zu verstehen, als ihre Urheber selbst! Darauf hin hat meines Wissens noch keiner meinen ersten Band angesehen, daß er in einer zweckmäßigeren Weise dazu dient, anderen nachdenken zu lernen, als die Historiker Baur, Dorner, Ullmann, um vom seligen Neander zu schweigen. Sind denn die Vermittlungstheologen nur darauf ausgegangen, den Confessionalismus, ihren Todfeind, besser und gründlicher zu verstehen, als es dessen Urheber thun? Darum haben sie ihren Lohn dahin."

Von seiner Arbeit selbst erzählt[4]) Ritschl weiter folgendes: „Morgen werden schon zwei Wochen meiner Ferien verstrichen sein, da ich am 7ten meine Vorlesungen geschlossen habe. Das hat nun weiter keine Wirkung

---

1) An Link 22. 8. 72.
2) An Marcus 30. 12. 72.
3) An Diestel 20. 1. 73.
4) An Diestel 20. 3. 73.

gehabt, als daß ich in meiner Arbeit fortgefahren habe, in wechselnder Bereitwilligkeit, wie es denn so geht, wenn nicht an jedem Tage gleiches Interesse den Gegenständen entgegenkommt. Auch mußte verschiedenes umgeschrieben werden. Ich kann nämlich nicht im Voraus eine so feste Ordnung der Materien feststellen, daß ich nicht gewahr würde, daß Dinge, die zusammengehören, an verschiedenen Orten zur Ablagerung gekommen wären. Eine solche zweite Darstellung pflegt dann leichter, auch für mich interessanter auszufallen; deshalb bin ich immer dazu bereit. Ich bin jetzt mit der Lehre von der Sünde so weit vorgerückt, daß ich das Ende absehe. Dann kommt die Lehre von Christus. Wenn es geht, wie ich wünsche, werde ich mit Einschluß der Herbstferien die Sache fertig bringen können. Die Sache selbst giebt mir so viel Anlaß zu lernen, daß ich ihrer gewiß nicht müde werden werde. Meine Vorlesung über Dogmatik hat schon in ihrem neulich beendeten ersten Theile, und wird noch mehr in dem bevorstehenden zweiten Theile die Vortheile der Arbeit an sich erfahren. Ich habe mich überzeugt, daß eine gewisse Folgerung aus der Versöhnung, der ich schon immer in der Ethik ihren Platz angewiesen habe, nämlich die Gottes- kindschaft, die Freiheit von und über der Welt, ebenso einen leitenden Gesichtspunkt für die Dogmatik bilden muß, wie die Idee des Gottes- reiches. Das sind ja die beiden Hauptziele des Christenthums in prak- tisch religiöser und sittlicher Beziehung. Beide fehlen nicht nur in der überlieferten Dogmatik, sondern auch in der Darstellung der protestan- tischen Bekenntnisse. Nun wird man mit der Idee des Gottesreiches doch nicht weiter reichen, als daß das Christenthum Sittenlehre ist; daß es Religion ist, läßt sich nur durch die andere Idee aufrecht erhalten. Werden sich die Parteien, die sich jetzt in zielloser Weise um einander herum drehen, weil sie beide eine unvollständige Ansicht vom Christen- thum betreiben, die Lehre zu Herzen nehmen, die ich ihnen bieten zu können glaube? Ich meine, meine Erwartungen in dieser Hinsicht nicht niedrig genug stellen zu können. Und doch ist es eben die höchste Zeit, durch Wiederaufnahme der liegen gebliebenen Hauptideen des Christen- thums das allseitig dumm gewordene Salz wieder zu seiner Integrität herzustellen . . . . Es ist doch wehmüthig, daß man seine Selbständig- keit doch immer an der Geduld, Geduld erproben muß; obgleich dieses die Function der göttlichen Herrschaft Christi über die Welt ist, also auch uns als die regelmäßige Form derselben obliegt. Nichts anderes kann man bei der gegenwärtigen schnöde herbeigeführten Krisis in der evan- gelischen Landeskirche ausüben; denn die Rechthaberei der Protestanten- vereinler und die der Kreuzzeitung . . . . will eben überhaupt keine Belehrung annehmen. Das ist jetzt die Ernte, welche aus Schleiermachers

Samen aufgegangen ist, der Radicalismus des individuellen Bewußtseins und die faule Hochmüthigkeit des kirchlichen Lehrbegriffs, deren Elemente in Schleiermachers Dogmatik durch einander geworfen sind. Ich gebe vielleicht auch Dir Anstoß, wenn ich ausspreche, daß dieses Buch mir eben als gründlich verderblich vorkommt, und daß ich mich nicht wundere, daß diese . . . . Saat schließlich zu dem Vernichtungskampfe führen mußte, in dem jetzt die Descendenten des Mannes begriffen sind, die, welche es sein wollen, und die, welche es sind, ohne sich Rechenschaft davon zu geben. Ich weiß nur, daß in dogmaticis ich keine Spur von seiner Methode und seinen Zielen in mir finde; und wie ich jetzt die Sache durchschaue und mich erinnere, daß ich ihn nie habe verdauen können, so finde ich, daß dieses mir sehr gut ist."

Zwei Monate später berichtet[1]) Ritschl, er sei inzwischen mit dem Kapitel über Christus fertig geworden, und er möchte dessen Ausführungen nun gern dem Urtheil Diestels vorlegen. „Ich habe nämlich nicht umhin gekonnt, die Darstellung auf den Beweis der Gottheit Christi anzulegen. Das werden mir die Liberalen, und die Art, wie ich es gemacht habe, die Orthodoxen verübeln. Ich habe freilich alle Cautelen nach beiden Seiten genommen, das werden aber die Herren ignoriren. Indessen steht geschichtlich fest, daß jener Begriff ursprünglich nicht gebildet worden ist, um einen unüberschreitbaren Abstand zwischen Christus und uns auszudrücken. Denn Athanasius sagt, daß Christus Gott war, ἵνα ἡμεῖς θεοποιηθῶμεν. Also kann das Prädicat nicht in der Richtung verstanden werden, wo Gott und Mensch nichts gemein haben, nämlich daß Gott der Urheber der Welt ist, sondern nur in der entgegengesetzten Richtung, daß Gott der Zweck der Welt ist. Also moralisch ist der Sinn des Prädicates gemeint. Das trifft einmal darin zu, daß das Reich Gottes ebenso den Selbstzweck Christi ausfüllt, wie den Gottes, sofern er die Liebe ist. In dieser Betrachtung bewährt Christus die Gnade und Treue (Joh. 1, 14), welche Gottes Wesen sind. Ferner gilt für die Apostel die Gottheit Christi als Ausdruck seiner Macht über die Welt. Diese hat Christus selbst für sich in Anspruch genommen Mt. 11, 27. Worin hat er sie geübt? In der Unabhängigkeit von den Vorurtheilen der Familie und des Volkes; er weiß als Sohn Gottes sich frei von Cultuspflicht Mt. 17 und verzichtet in der Voraussicht auf die Erfüllung der Verheißung an dem Volk Mt. 8. Ferner in der Gedulb im Leiden, denn der Widerstand der Gegner repräsentirt ihm die ganze Welt, nicht blos die menschliche Gesellschaft in der möglichen definitiven Auflehnung

1) An Diestel 24. 5 73.

gegen Gott, sondern auch die Naturwelt, deren ganzes Gefüge eingeschlossen ist, wenn einer auch nur eine Verläumbung ausspricht und wirksam macht. Das Freiheitsbewußtsein des Paulus 1. Kor. 3, 21—23;
Röm. 8 Schluß ist das Correlat dieser Stellung Christi, die Form, in
der wir die Welt beherrschen, indem wir von ihr unabhängig sind; also
umfaßt der Titel der Gottheit Christi eben dieselben Seiten seines geistigen
Daseins und Wirkens. Wird hingegen dieses Prädicat im Sinne des
Abstandes von uns gefaßt, so ist es naturgemäß, daß man im Katholicismus neue Mittler einschiebt, und im Protestantismus sich von der
Sache abwendet, was im Princip schon durch die Satisfactionslehre, in
der ganzen Front durch den Rationalismus geschieht. Ich weiß wohl,
daß ich mich dazwischen setze; ob auf die Erde oder auf den Stuhl, das
fragt sich. Jedenfalls ist die Geduld das Göttlichste, was der Mensch
üben kann; wäre ich nur darin recht sattelfest. Und die Orthodoxen sind
die Ungeduldigsten."

Ritschl freute sich, daß er in der dogmatischen Darstellung unendlich
viel gelernt habe und noch lerne. „Die Freude darüber," sagt[1]) er,
„wird nur immer durch eine Beschämung getrübt, daß ich gewisse Sachen,
die ich bisher theilweise gewußt habe, erst jetzt vollständig erkenne, wo
die Nöthigung vorliegt, mich nicht zu blamiren. Zugleich aber erkenne
ich, warum ich bis jetzt durchgreifende theologische Wirkung mit der
Dogmatik nicht habe ausüben können, während die Ethik in der Hinsicht
weniger mangelhaft ist. Also die Sache ist die, daß Versöhnung oder
Rechtfertigung oder Sündenvergebung ein Mittelbegriff ist, der nach seiner
Zweckbeziehung verstanden und begriffen werden muß. Diese ist nun
nicht in den guten Werken zu sehen, wenn man nicht katholisch denkt.
Nichtsdestoweniger schwebt auch bei uns die vom Pietismus und von
Schleiermacher beeinflußte Vorstellung unsicher nach dieser Richtung hin.
Die ursprüngliche Zweckbeziehung war das ewige Leben nach Röm. 5, 18,
und mit Recht, wenn die Versöhnung uns in die Gemeinschaft mit Gott
setzt, dem wir dadurch analog werden müssen. Aber so wie man den
Begriff des ewigen Lebens lediglich ins Jenseits verlegte, machte man
ihn sich unverständlich. Wenn der Inhalt nicht auch hier erlebbar ist,
so ist auch die Anknüpfung dieser Wirkung an die Versöhnung uncon-
statirbar. Nun habe ich, seitdem ich Ethik gelesen habe, die Functionen
der Gotteskindschaft oder die Functionen aus der Versöhnung dargestellt,
Vorsehungsglaube, Geduld — Gebet — Demuth. Aber in der Dogmatik hatte ich nichts entsprechendes. Auch Luthers Titel der Freiheit

---

1) An Link 2. 6. 73.

eines Christenmenschen ist vielmehr ein ethischer, als ein dogmatischer
Titel. Aber wenn auch die subjectiven Functionen, die ich bezeichnet
habe, ebenso gut auch als Functionen des ewigen Lebens gedacht werden
können, so habe ich erst ganz neuerdings die in manchen neutestamentlichen Stellen (z. B. Röm. 5, 17) angedeutete Combination beachten gelernt, daß das ewige Leben in dem Begriff des Schauens Gottes u. s. w.
nicht erschöpft ist, sondern auch ein Verhältnis zur Welt in sich
schließt, was Faustus Socinus einmal recht anerkannt hat: ist das göttliche Ebenbild die Herrschaft auf Erden, so ist seine Vollendung im
ewigen Leben unsere Herrschaft über die Welt, den Tod, unsere Feinde.
Dieser Inhalt der Seligkeit oder der Gottheit ist vorgebildet in Christus
Mt. 11, 27 und findet seine Ausführung durch Paulus 1. Kor. 3 fin.
Röm. 8 fin. Also die Zweckbeziehung der Rechtfertigung oder Versöhnung ist diese Freiheit gegen — gleich Herrschaft über die Welt, die
aus der Versetzung in die Nähe des überweltlichen Gottes folgt. Soll
nun dieser Erfolg erreicht werden, so muß die Unterwerfung unter die
Welt, welche die Sünde ist, für unsere Gemeinschaft mit Gott ungültig
gemacht werden; in dieser Rücksicht ist die Rechtfertigung gleich Sündenvergebung. Diese Deduction ist sehr zu Gunsten des vierten Artikels
der Concordienformel. Denn durch gute Werke als solche, in ihrer Beziehung auf die anderen, kann das ewige Leben ebenso wenig erzeugt, als
nach einem Rechtsanspruch verdient werden. Nur soweit die Gerechtig-
keitsübung auf die Charakterbildung befreiend zurückwirkt, ist deren Ziel
das ewige Leben (Röm. 6, 22). So ist diese Linie bedingt durch die
gleichzeitige Abzweckung des Christenthums auf das sittliche Handeln im
Gottesreich. Umgekehrt hängt dieses von der Einwirkung der Versöhnung
ab, denn man wird die sittlichen Aufgaben nur in dem Maße erfüllen,
als man frei ist gegen die Welt."

Ritschl legte also auf Grund seiner letzten Forschungen vor allem
darauf Gewicht, daß die „richtige gegenseitige Stellung" der Lehren von
dem Gottesreich und von der Gotteskindschaft erkannt werde. „Dadurch,"
sagt[1]) er, „bekommt nun die Dogmatik ein anderes Gesicht, als sie seit
ihrer Herkunft aus der Reformation jemals gehabt hat. Aber es ist auch
die höchste Zeit, daß die religiöse Gesamtanschauung ergänzt und erneuert werde. Ob nun die selbstgerechten Parteimenschen von links und
rechts überhaupt Notiz davon nehmen werden? Daß die Vermittlungstheologen nach mir ausschauen, bemerke ich wohl, aber die Leute haben
zu wenig Energie, als daß sie auch bei gutem Willen sich ordentlich in

---

1) An Wilhelm R. 10. 3. 73.

die Schule nehmen laſſen werden. Nun deus providebit." „Dank,"
ſagt [1]) Ritſchl einige Zeit ſpäter, „werde ich von dem Buche wenig genießen; ich muß aber meine Lebensaufgabe damit löſen, was auch der
Erfolg ſein mag. Stoße Dich nicht an den reſignirten Ton, der durch
dieſe Zeilen geht: man kann ſich dieſer Stimmung nicht erwehren, wenn
man ſeine Eindrücke vom Geſamtleben ſammelt; darum bin ich noch
immer munter genug zu kämpfen, wenn es ſein muß, und dazu giebt
übrigens jeder Tag Anlaß." Und dann ſchreibt [2]) Ritſchl wieder in der
Ausſicht darauf, daß das Buch, mit deſſen vorletztem Kapitel er beſchäftigt war, zu Oſtern des kommenden Jahres das Licht der Welt erblicken
werde: „Ich werde dann meine Schuldigkeit gethan haben und den Erfolg Gott anheimſtellen. Denn allerdings, wenn ich den Erfolg berechnen oder in gewünſchter Art erleben wollte, ſo würde ich weniger
Seligkeit erfahren, als mir die Arbeit an ſich eingetragen hat. Denn es
iſt mir ſelbſt merkwürdig, wie viel ich unter dem ſtufenweiſen Fortſchritt
deſſelben gelernt habe, und wie viele Gebundenheit durch falſche Überlieferung von mir abfallen mußte, obgleich ich meinte, meine Sache im
Voraus ziemlich deutlich zu überſehen. Aber wie entſcheidende Mittel-
begriffe ergaben ſich, wenn ich ſchrittweiſe vorrückte, die ich ſo bisher
nicht beſeſſen hatte. Wie abgeſchmackt erſcheint mir jetzt erſt die . . . .
Weisheit unſeres Freundes Lipſius, welcher, ohne je in dieſem Gebiet
gearbeitet zu haben, ein Urtheil über den Ausgang zu haben behauptete."

Noch ehe Ritſchl mit dem vorletzten Kapitel, welches er als das
wichtigſte und ſchwierigſte bezeichnet, fertig geworden war, begann im
September der Druck des zweiten Bandes. Damit ging es freilich wegen
Mangels an Setzern nur ſehr langſam vorwärts. Nun mäßigte auch
Ritſchl das Tempo, mit dem er die Arbeit zu Ende führte. „Wie viel
das letzte Kapitel," ſo ſagt [3]) er, „betragen wird, weiß ich noch nicht.
Da die Pferde, wenn ſie den Stall wittern, ſich beeilen, ſo werde ich
mich wahrſcheinlich kurz faſſen." Zugleich verſpürte Ritſchl [4]) eine gewiſſe
Abſpannung, je ſicherer er ſich in den Sachen fühlte, die noch zu erörtern
waren. So wurde in der Mitte des November das Ganze fertig. „Es
ſind jetzt ziemlich 6 Jahre," bemerkt [5]) er im Rückblick auf ſeine Leiſtung,
„daß ich an dem erſten Band zu ſchreiben begann, damals unter der
lebhaften Theilnahme und Anfeuerung meiner guten Frau! Du wirſt

1) An Schmidt 28. 5. 73.
2) An Dieſtel 16. 7. 73.
3) An Marcus 28. 9. 73.
4) An Wilhelm R. 26. 10. 73.
5) An Marcus 3. 12. 73.

begreifen, daß ich nicht ohne Wehmuth jetzt den Schluß meines Lebens=
werkes zu Stande gebracht habe. Diese Arbeit hat mich noch immer
eng mit den Erinnerungen an mein bestes Glück verknüpft. Auch dies
hat nun einen Abschluß erreicht, von dem ich dankbar scheide, aber was
werde ich wirken?! Du kannst Dir diese Andeutungen richtig zurecht=
legen, ich will sie nicht weiter ausspinnen." „Ich bin durch den Erfolg
des ersten Bandes nicht verwöhnt worden," heißt es in einem anderen
Briefe[1]), „und begnüge mich mit der Frucht der Arbeit für mich selbst,
obschon ich mir vorstelle, daß man sich meine Belehrung gefallen lassen
sollte, da die Theologie auf allen Seiten im Begriff ist, den Bankerutt
zu erklären oder ihn sich von Herrn Overbeck[2]) durch die Rückbildung des
Christenthums in den Buddhismus erklären zu lassen. Aber ob die
in ihrer Parteistellung und bei ihrer eingerissenen Pauvreté verhärteten
Theologengemüther aller Richtungen dazu geneigt sind, sich eine neue
Combination vorschreiben zu lassen, ist mir mehr als zweifelhaft, oder auch
weniger als zweifelhaft; sie werden es nicht thun, die Lutheraner so wenig,
als die Protestantenvereinler. Also ich bin stille und begnüge mich mit
den Freunden, auf deren Zustimmung ich rechnen darf, wenn es auch
nicht mehr als sieben sind. Elias hatte 7000."

Als dann auch der Druck des dritten Bandes beendet, und inzwischen
bereits manches Zeichen von der Wirkung des zweiten Bandes bemerkbar
geworden war, erklärte[3]) Ritschl: „Mit dem letzten Bogen dieses Bandes
nehme ich nun Abschied von einem Interesse, welches mich in den letzten
6½ Jahren direct, und indirect seit 17 Jahren beschäftigt hat. Ver=
stehst Du, was das sagen will, wenn Du Dich erinnerst, was ich in jener
Frist für das Leben gewonnen und wieder verloren habe? Es ist mir
recht wehmüthig, wenn ich diese Verflechtung meines Lebens überdenke,
und daß jetzt diese Epoche ganz abgeschlossen ist. Aber zugleich fürchte
ich mich nicht vor dem Krakehl, weil ich merke, daß ich in der Ferne
auch allerlei Anhang gefunden habe, der bereit ist mir zu folgen. Und
deshalb werde ich nicht lange rasten, bis ich etwas neues unternehme."
Aber andererseits gestand[4]) sich Ritschl doch, daß ihn der Eindruck, den
sein Buch auf andere machen werde, innerlich nahe berühren werde:
„Was nun die Leute zu der Sache sagen werden, wird mich seiner Zeit
nach meinem Temperamente mehr erregen, als eigentlich nöthig ist."

---

1) An Mangold 26. 11. 73.
2) Overbeck, Über die Christlichkeit unserer heutigen Theologie. 1873.
3) An Marcus 6. 7. 74.
4) An Lint 17. 7. 74.

Schon während des fortschreitenden Druckes hatte Ritschl die einzelnen fertigen Bogen seinen Freunden Diestel und Link mittheilen laffen,
welche den Erörterungen mit regem Interesse folgten.   Diestel fand[1])
gleich im Eingange die Definition der dogmatischen Aufgabe ganz evident
und weiterhin die „Bezüge auf das Alte Testament von einer Correctheit,
wie man sie heute bei keinem andern Dogmatiker auch nur entfernt
findet". Dann formulirt er, auf Grund des ihm bisher vorliegenden,
noch sehr unvollständigen Materials, die Punkte, auf welche Ritschl nach
seiner Meinung hinauskommen werde. „Daß aber das Christenthum objective Herrschaft Gottes in Christo, bedingt durch Sinnesänderung und
Glauben an jene Combination ist, zeigt sich in der volksthümlichen Vorstellung, 1) daß im Christenthum die höchste Gestalt des Vorsehungsglaubens den eigentlichen Kern aller Frömmigkeit bildet, 2) daß die Gerechtigkeit desselben in einer Sittlichkeit besteht, die nicht nach Satzungen
normirt ist, sondern nach der lebendigen religiösen Persönlichkeit Jesu.
Darauf erhebt sich die Aufgabe, die Weltbeherrschung zu vollziehen durch
den Gottesgeist — zunächst am eignen Sein, in der unbedingten Unterordnung des sinnlichen Egoismus unter den sittlichen Zweck des Gottesreiches, dann in immer weiteren Kreisen durch die Berufsthätigkeit, welche
immer nur den κόσμος beherrschen und dem höchsten Zweck dienstbar
machen will." Ritschl erkannte an, daß diese Zusammenfassung seiner
Hauptgedanken richtig sei, und sagte[2]): „Ich glaube aber, daß ich mit
dem von Dir bezeichneten Ziele der Sache nicht nur im Einklang stehe
mit der religiösen Poesie des deutschen Lutherthums und der asketischen
Literatur, sondern auch von den Reformatoren kann ich nachweisen, daß
sie den Gedanken der Rechtfertigung und Versöhnung gerade auf den
Vorsehungsglauben hinausführen. Vgl. Luther de libertate christiana
und Calvin III, 2, 16. Ja, auch unser Glaubensgesetz, die Confessio
Augustana, enthält noch die Fingerzeige dazu, wenn auch nur beiläufig
I, 20 (§ 24). II, 6 (§ 49). Davon wissen freilich die Orthodoxen gar
nichts, und Melanchthon muß wirklich inspirirt gewesen sein, als er dieses
schrieb; denn sonst liegt die Sache weit außer seinem Gesichtskreis."
Wenn Diestel den Gebrauch des Alten Testaments correct finde, heißt es
in demselben Briefe, so sei „dies nur die Kehrseite von der Thatsache,
daß das Werk den Meister lobt. Denn was ich in dem Artikel weiß,
verdanke ich Deinen Directiven, wie die strategische Sprache lautet".
Seinen Dank gegen Diestel bezeugt Ritschl auch in einem andern

---

1) Diestel an R. 1. 1. 74.
2) An Diestel 6. 1. 74.

Brief[1]), in dem er berichtet, daß jener ſeine altteſtamentlichen Ausführungen billige. „Nun der Meiſter darf das Werk loben, wenn das Werk dem Meiſter zuſagt. Ich arbeite in der Hinſicht nur nach den Fingerzeigen, die ich vor 20 Jahren von Dieſtel empfangen habe. Aber es iſt für die Sache nützlich, wenn ich dieſe Anerkennung erwerbe; ich bin alſo auch auf dem Sattel nicht ungeſchickt. Indeſſen habe ich troß meiner in dem Buche aufgeſtellten Lehre von der Geduld mitunter etwas ungeduldige Momente, daß die Sache doch ſchneller vom Stapel laufen möchte, als der langſam vorſchreitende Druck erlaubt. Ich bilde mir ein, daß ich könnte was lehren, die Menſchen zu beſſern und zu bekehren. Und die allgemeine Conjunctur iſt danach, daß das Buch gebraucht werden kann. Wenn es nur ſtudirt wird."

„Ich bin nun mit dem dritten Bande im Manuſcript fertig," heißt es weiter in dem Brief an Dieſtel, „auch mit einer Hauptreviſion, welche größere Abſchnitte neu zu produciren nöthigte. Indeſſen ſeße ich damit der Wohlthätigkeit keine Grenzen. Mir ſtoßen noch immer Stellen auf, an denen ich wichtige nachträgliche Funde einflechten muß, die zur Beſſerung des Ganzen dienen. Und das ſind gelegentlich recht nützliche Einfälle. Den einen will ich Dir doch vortragen[2]). Wir ſind ja einig, daß der Begriff des Sühnens in unſeren theologiſchen Jargon in ebenſo apokrypher Weiſe eingedrungen iſt, wie ἱλάσχεσθαι in der Opferformel auftritt. Ich habe vom Standpunkt der bibliſchen Correctheit auch niemals etwas mit der Formel, daß Chriſtus die Sünden der Menſchheit geſühnt habe, anzufangen gewußt. Denn der Sinn von Sühne gleich Strafe iſt ja falſch, und es iſt faſt immer nur dieſer Gedanke, der unter dem fremdartigen Worte mundgerecht gemacht werden ſoll. Indeſſen nachträglich kam mir doch das Bedürfnis, die Formel nicht zu übergehen, und ſo wie Hofmann ſie braucht, iſt auch ihre Beziehung auf Strafe ausgeſchloſſen. Was bedeutet es denn aber: Chriſtus hat die Entwickelung von Adam her gut gemacht? Wenn Sühne nicht Strafe bedeutet, ſo bedeutet es Friedeſtiftung. Hat denn aber Chriſtus Gott in Frieden mit der ſündigen Entwickelung der Menſchheit geſeßt? Er hat doch nur den Frieden der Menſchheit in der Geſtalt der Gemeinde Chriſti mit Gott herbeigeführt. Kommt alſo jene Formel nicht hinaus auf den nachweisbaren religiöſen Gedanken von unſerer Verſöhnung mit Gott, ſo bezieht ſich die Sühne, der Friede, auf uns, auf unſer äſthetiſches

---

1) An Link 4. 1. 74.
2) Vgl. zum Folgenden Rechtfertigung und Verſöhnung III, S. 503 ff. 2. A. 528 ff. 3. A. 536 ff.

Wohlgefallen an der Entscheidung der menschlichen Geschichte zum Guten. Unsere poetische Gerechtigkeit findet sich dahinein, daß nach dem Gesetz der Zähigkeit in der Selbstbehauptung jeder Lebensmacht der vollendet Gute darunter leiden mußte. Aber diese Gedankenreihe ist weder religiös noch dogmatisch; wie sie nur vom Standpunkte des christlichen Glaubens oder der religiösen Versöhnung aus gebildet wird, so ist sie eine werth- volle Probe für unsere religiöse Überzeugung von Christus; aber eigentlich gehört sie nicht in die Theologie und ist nicht die eigentliche Lehre von der Versöhnung. Es ist aber ein Zeichen von der herrschenden Confusion, daß sie in der Theologie aufgestellt wird, und es ist charakteristisch, daß die Reflexionen von Hülsmann in dem von Hollenberg veröffentlichten Buche nur auf dieser Linie sich bewegen."

Dem letzten Abschluß des großen Werkes kam es zu Statten, daß Ritschl gerade noch eine Veranlassung hatte, seine praktischen Haupt- gedanken kurz zusammenzufassen. Das geschah in dem Vortrag über die christliche Vollkommenheit, den er im Januar 1874 zu Gunsten des Göt- tinger Frauenvereins hielt, und der ihm bei Männern und Frauen reichen Beifall einbrachte[1]). Wegen der Rückwirkung dieser kleinen Arbeit auf die endgültige Fassung der großen beklagte Ritschl auch die Verzögerung nicht mehr, die der Druck bisher mit und ohne Schuld des Buchdruckers erfahren habe. „Ich habe Gelegenheit gehabt," sagt[2]) er, „noch zu rechter Zeit erhebliche Verbesserungen in dem Manuscript, welches demnächst zum Satze kommt, vorzunehmen. In dieser Hinsicht ist mir die Ausarbeitung des Vortrages, den ich Dir zugesandt habe, sehr vortheilhaft gewesen. Indem ich ihn nämlich aus dem Vollen heraus geschöpft habe, was der Ertrag der langjährigen Arbeit gewesen ist, sind mir gewisse Ideen erst vollständig klar geworden, welche die Fäden des großen Werkes bilden. Danach ist es mir nun möglich geworden, gewisse Hauptglieder an dem- selben, die ich in der Reihenfolge der Ausarbeitung nur mit einer ge- wissen Mühseligkeit zu Stande gebracht hatte, trotzdem sie drei-, viermal entworfen waren, jetzt ebenfalls aus dem Verständnis des Ganzen zu er- neuern. Dadurch hat das Buch erheblich gewonnen."

Der Vortrag über die christliche Vollkommenheit ist ausnahmsweise nicht in dem Verlag von Marcus, sondern in dem von Vandenhoeck und Ruprecht erschienen. Ritschl sagte[3]), das Schriftchen enthalte „den praktisch-religiösen Ertrag seiner Theologie, also auch das Ergebnis der

---

1) An Marcus 16. 1. 74.
2) An Marcus 11. 3. 74.
3) An Marcus 16. 1. 74.

Versöhnungslehre." Insofern kommt es im Christenthum einmal auf die
Treue im Beruf an, durch welche die sittlichen Aufgaben des christlichen
Lebens erfüllt werden, und zugleich auf das richtige religiöse Verhalten
des Christen zu Gott, welches in dem Glauben an Gottes Vorsehung, in
der Demuth, in der Geduld und in dem Gebet ausgeübt wird. Das
Recht des für evangelische Christen befremdlichen Ausdruckes Vollkommenheit wird durch den Hinweis darauf begründet, daß Jesus, Paulus, Ja-
cobus und ebenso die Augsburgische Confession eine Vollkommenheit des
Christen kennen und fordern. Und der Sinn dieses Wortes wird dahin
bestimmt, daß es nicht in quantitativer, sondern in qualitativer Weise
zu verstehen sei. Demgemäß ist der Christ, mag auch im Einzelnen seine
Pflichterfüllung unvollständig sein, doch ein Ganzes in seiner Art, wenn
er nur das sittliche Streben hat, seine Lebensleistung, die stets ein
Ganzes darstellt, auszudehnen und größer zu machen, und wenn er in
dem Vertrauen auf Gott lebt, das ihn befähigt, sich durch Demuth und
Geduld über die Welt zu erheben. So aber ist es gerade der „in sich
vollkommene religiöse Glaube, welcher in der Noth des Lebens in die
Bitte ausbricht: Ich glaube, Herr, hilf meinem Unglauben" (S. 19).

Im August 1873 besuchte Ritschl seinen Freund Diestel in Tübingen
und benutzte auf der Rückreise von da die Gelegenheit, auch andere
Freunde an verschiedenen Orten wiederzusehen. „Meine Erinnerung,"
schrieb[1]) er dann jenem, „ist noch oft zu den erfreulichen Tagen des
Aufenthalts in Tübingen zurückgekehrt. Das Beste war, daß wir uns
noch so gut verstehen, wie jemals, und daß ich den Eindruck mitgenommen
habe, daß es Dir in der jetzigen Lage Deines Lebens gut geht, und keine
Hemmung irgend einer Art an Dir zu spüren war. Gott erhalte Dir
alle Bedingungen zu diesem Wohlgefühl! Meine Reise von Tübingen
aus führte mich zuerst nach Ottenhöfen[2]), wo ich zwei Tage mit Zöpffel
erfreulich verkehrte, und wo sich auch Fr. Nitzsch einfand, der mich im
Fremdenbuch zu Achern aufgespürt hatte. . . . . Die folgenden
Tage in Frankfurt waren entsetzlich heiß . . . . Im September
habe ich hier noch den Besuch von Nitzsch und von unserm guten Linl
gehabt." Diesen, fährt Ritschl fort, habe er nun schon zum dritten Male
zu sich gelockt, weil er sich an seiner Sympathie erfreue, „die ihn nicht

---

1) An Diestel 15. 10. 73.
2) Im Schwarzwald.

hindert mir zu widersprechen. . . . . Ich glaube auch an ihm und
seiner pastoralen Darstellung des Christenthums die Probe zu machen,
daß ich kein unpraktischer Theolog bin. Wenigstens ist er nicht minder
wie Du auf den Entwurf des Christenthums eingegangen, in welchem
ich die Tendenz der Versöhnungsidee erkannt habe." In der vorigen
Woche, erzählt Ritschl weiter, habe er sich auf zwei Tage nach Marburg
locken lassen, um dort Mangold, der im Jahre vorher nach Bonn übergegangen war, wiederzusehen. „In Marburg habe ich denn auch die
Bekanntschaft von Weingarten gemacht, ein gescheites Judengesicht und
ein pikanter Gesellschafter, der sich mir dadurch empfiehlt, daß er unabhängig ist und nicht die ausgetretenen Geleise wandelt; ferner die Bekanntschaft von Heinrici. . . . ." Dann kommt Ritschl auf andere Dinge zu sprechen, die damals von allgemeinem Interesse waren:
„Also, wie die heutigen Zeitungen melden, ist laut dem Wiener ›Vaterland‹ die Restitution des Roy Chambord ins Stocken gerathen. Das
ist erfreulich, denn es wäre die heillofeste Gaunerei gegen das französische
Volk, dem wir doch nicht den Ruin gönnen, wenn es demselben entgehen
kann, und es wäre eine Ermunterung aller reichsfeindlichen Hallunken.
Und dann der Brief des Papstes an den Kaiser, und dessen würdige
stattliche Antwort! Discite justitiam moniti nec temnere regem. Es
ist doch nicht zu unterschätzen, daß der Kaiser uns in aller menschlichen
wie amtlichen Hinsicht unbedingte Verehrung seiner Person möglich macht.
Ich werde meinen Knaben heute Abend die Briefe vorlesen und erklären.
Die sollen ihre sittliche Überzeugung daran bilden."

In den Osterferien des folgenden Jahres reiste Ritschl nach Berlin,
wo er sich „an den verschiedenen officiellen Stellen zeigen und einige
freundschaftliche Beziehungen pflegen wollte"[1]). Er berichtet[2]), daß
Herrmann, der schon einige Zeit vorher geäußert[3]) hatte, daß das Begehren nach Ritschl in Berlin unvermindert fortbestehe, noch einmal
„schüchtern mit einem letzten Versuch der Versuchung" herausgekommen
sei. Von einer Unterredung mit Falk liegen weiter keine Mittheilungen
vor, als daß Ritschl, wie er später einmal erwähnt[4]), mit ihm über
seine Absicht gesprochen hat, „durch Ausarbeitung eines Religionslehr-
buchs für höhere Gymnasialklassen einem dringenden öffentlichen Bedürfnis
abzuhelfen." Von Berlin aus besuchte Ritschl seinen Bruder in Marien-

1) An Wilhelm R. 28. 2. 74.
2) An Holtzmann 10. 4. 74.
3) Herrmann an R. 16. 2. 74.
4) An Falk 3. 8. 74.

thal in Pommern. „Hier," erzählt[1]) er, „habe ich an einigen alten
Freunden geistlichen Standes, die ich zufällig wiedersah, die »Kirchlichkeit«
studirt, welche nichts anderes zur Wurzel hat, als die Bequemlichkeit;
das Christenthum also, was in diesem Topfe blüht, hat keinen Geruch
des Lebens zum Leben. Ich weiß mich auch in gar keiner Continuität
mit diesem neuen Pharisäismus, und wenn er zu Grunde geht, so geht
nicht das Christenthum zu Grunde, sondern ein Hinderniß desselben."
Niemand sei ungeberdiger, so heißt es in einem anderen Briefe[2]) über
dieselbe Erfahrung, „als ein »kirchlicher« Pastor, wenn er durch Veränderungen in der Welt in die Lage kommt, Mängel und Lücken in seiner
gewohnten Praxis zu entdecken. Seit 25 Jahren haben sie sich so eingerichtet, als ob die von der Kreuzzeitung vertretene Combination zwischen
Kirche und Staat ewig dauern werde; jetzt wo es anders wird, wollen
sie als Kirche nicht einmal unschuldig leiden, geschweige denn zugestehen,
daß sie für ihre Unterlassungen büßen." Zum Schluß hielt sich Ritschl
wieder einige Tage in Halle auf. „Hier," berichtet[3]) er, „fand ich Tholuck
viel schwächer, als zuletzt vor zwei Jahren; er mußte jedes Wort suchen.
Indessen war er sichtlich erfreut über den Beweis meiner fortdauernden
Anhänglichkeit, und empfand dieselbe mit einer Bescheidenheit, die freilich
zugleich ebensoviel Jronie über uns beide ausdrückte, daß ich sie mir gefallen lassen konnte. Der Mann ist doch darin sehr achtbar, daß er auf
seine alten Tage eine Weitherzigkeit erworben hat, die einen unverdor-
benen Wahrheitssinn verräth. Sollte ich ihn zum letzten Male gesehen
haben, so werde ich diesen Eindruck von ihm nie verlieren. Die persönliche Bekanntschaft mit Beyschlag, welche ich gemacht habe, ist mir auch
sehr werth."

Im Sommer 1874 hatte Ritschl die Freude, Engelhardt aus Dorpat
mehrere Tage als seinen Gast bei sich zu sehen. Dieser war zu ihm gekommen, wie Ritschl sagt[4]), „um eine vor 23 Jahren angeknüpfte Bekanntschaft (s. Bb. 1. S. 186) zu cultiviren, in welche seinerseits eine
gewisse theologische Anhänglichkeit verwachsen ist. Trotz seines decidirten
Lutherthums ergab sich aus den ersten Unterhaltungen, daß unsere Übereinstimmung ein viel breiteres Gebiet einnimmt, als er erwartet haben
mochte. . . . . Er ist im Unterschiede von den Parteileuten
seiner Farbe Edelmann, voll Offenheit und persönlicher Achtung, und
wenn auch seine Lebhaftigkeit mich einigermaßen anstrengt und in einiger

1) An Holtzmann 10. 4. 74.
2) An Steitz 9. 4. 74.
3. An Wilhelm R. 8. 4. 74.
4) An C. Steitz 24. 6. 74.

Schlaflosigkeit diese Wirkung auf mich ausübt, so ist es mir doch sehr werthvoll, seine Freundschaft zu genießen und zu erproben, gerade weil er scheinbar und in gewissem Maße wirklich einem andern Kreise angehört als ich." „Wir sind sehr freundschaftlich," so heißt es in einem anderen Briefe[1]), „mit einander ausgekommen. . . . . Er ist freilich geschworener Lutheraner, und seine wissenschaftlichen Studien sind wohl von geringerem Umfang und Selbständigkeit, als ihm zu wünschen ist, da er mit einer Menge von praktischen Dingen behaftet ist. . . . . . Überdies stellte ich durch »die christliche Vollkommenheit«, die ich ihm zusteckte, einen modus vivendi in der Art her, daß die Übereinstimmung in der religiösen Ansicht alle Abweichungen über die Kirche und die technischen Mittel der Dogmatik überwog, und ich habe ihm dabei das Verständnis dafür eröffnen können, warum ich gegen diejenigen, die sich Lutheraner nennen, im Harnisch bin. Da ich, wie Sie wissen, nur streite, um Übereinstimmung zu erzielen, so glaube ich durch Bewährung dieser Gesinnung gegen Engelhardt auch insofern ein gutes Werk gethan zu haben, als Engelhardt diese Erfahrung nicht für sich behalten wird." „Ich werde an diesen Verkehr," erklärte Ritschl einem andern Freunde[2]), „um so lieber zurückdenken, als ich den von mir erstrebten Universalismus gegen die vorhandene particularistische Gewohnheit durchzusetzen vermochte." Engelhardt selbst aber schrieb[3]) bald darauf an Ritschl folgendermaßen: „Ich habe die lebhafteste Theilnahme gewonnen für alles, was sich auf Sie und Ihr Innenleben bezieht. Selbst für den Fall, daß längeres Nachdenken und eine tiefere Erkenntnis Ihrer Denk- und Glaubensweise das Gefühl des Gegensatzes, in dem wir vielfach zu einander stehen, nährte und steigerte, würde ich nie aufhören, Ihnen für die großen Dienste dankbar zu sein, die Sie mir in meinem wissenschaftlichen Leben erwiesen haben, und zu jeder Zeit werde ich es als eine unabweisbare Pflicht ansehen, mich mit Ihren Gedanken und Lehren auseinander zu setzen. Sie haben es mir nun einmal angethan. Die Tage in Göttingen werde ich nie vergessen."

Inzwischen war der zweite Band der Lehre von der Rechtfertigung und Versöhnung im März des Jahres 1874 ausgegeben worden; Anfang August folgte ihm der dritte Band. Das gesamte Werk übersandte Ritschl dem Minister mit folgendem Geleitschreiben[4]) vom 3. August: „Ew. Excellenz beehre ich mich, mein in drei Bänden eben fertig

---

1) An Holtzmann 8. 7. 74.
2) An Link 17. 7. 74.
3) Engelhardt an R. 28. 7. 74.
4) Das Schreiben liegt mir im Concept vor.

gewordenes Werk über die christliche Lehre von der Rechtfertigung und Versöhnung ganz gehorsamst zu überreichen. Ich übe hierin die hergebrachte gute Sitte, daß die an den Universitäten des Staates angestellten Lehrer ihre schriftstellerischen Leistungen ihrem hohen Vorgesetzten zur Kenntnis bringen, um so aufrichtiger, als ich Ew. Excellenz für mannigfache Beweise Ihres Vertrauens zu Dank verpflichtet bin. Indessen wünsche ich zugleich durch Vorlegung dieses Werkes es zu rechtfertigen, daß ich in den bestimmten Fällen den von mir gehegten Erwartungen nicht habe entsprechen können. Ew. Excellenz haben mich vor zwei Jahren zu einer Professur für das Neue Testament an die Universität Berlin berufen und mir die Ehre erwiesen, diese Berufung zweimal, zuletzt durch den Herrn Präsidenten Herrmann, zu wiederholen. Abgesehen aber von den Umständen des Ortes habe ich aus dem Grunde diesen Ruf abgelehnt, weil ich in der systematischen Theologie eine höhere Aufgabe erkenne, welcher mich nicht zu entfremden ich bei der gegenwärtigen verzweifelten Lage meiner Wissenschaft geradezu als eine Pflicht betrachte. Aus derselben Rücksicht, meine Kraft für diese Aufgabe zusammenzunehmen, konnte ich auch nicht umhin, mich der zutrauensvollen Bestimmung Ew. Excellenz zu entziehen, in dem für die Candidaten der Theologie vorgeschriebenen Staatsexamen das Fach der Geschichte zu übernehmen. Denn wenn ich hierin meine Schuldigkeit thun sollte, so mußte ich befürchten, in meiner wissenschaftlichen und schriftstellerischen Arbeit beeinträchtigt zu werden. . . . .

Ich kann aber nicht umhin, zugleich einen Umstand zu erwähnen, welcher zu dem mir unverkennbaren Vertrauen Ew. Excellenz in einem eigenthümlichen Contraste steht. Die in Ihrem Auftrage durch den Herrn Präsidenten Herrmann im vorigen Herbste wiederholte Berufung nach Berlin war von dem Angebote eines Gehaltes begleitet, welches an sich mir die Annahme jenes Amtes unmöglich machte, welches mir aber bewies, daß meine Wissenschaft, vielleicht auch meine Person, in finanzieller Beziehung hinter anderen zurückgesetzt wird. Ähnliches habe ich daraus erkennen müssen, daß, als im vorigen Jahre die Gehalte der hiesigen Professoren erhöht wurden, der für mich gestellte Antrag des Herrn Curators nur zur Hälfte genehmigt worden ist. Ich erhebe gegen solche Verfügungen keine Art von Reclamation. Denn indem sie nicht geeignet sind, meine Anhänglichkeit an den preußischen Staatsdienst zu verstärken, finde ich mich dadurch in dem Gefühle meiner Unabhängigkeit bestärkt. Durch den beiliegenden Brief[1]), welcher ohne Zweifel im Auftrage des

---

1) Diesen Brief vom 27. 7. 74 hatte Zöpffel an Ritschl geschrieben und darin

Curators der Universität Straßburg geschrieben ist, wollen sich Ew. Excellenz überzeugen, daß mir von anderer Seite ungesucht ein Vertrauen
entgegenkommt, neben welchem ich nicht daran erinnert werde, daß die
Chemie oder Anatomie doch mehr werth sein soll, als die Theologie.
Allerdings werde ich der vorliegenden indirecten Aufforderung nicht nach-
geben, weil ich für die Erziehung meiner Kinder hier besser als in der
zur Hälfte französischen und katholischen Stadt sorgen kann, obgleich die
Aussicht auf die Gemeinschaft mit mehreren befreundeten und anregenden
Fachgenossen mich wohl nach Straßburg locken könnte. Diese freimüthigen
Außerungen bitte ich Ew. Excellenz dahin deuten zu wollen, daß ich
Ihres Vertrauens mich nur in dem Maße würdig finden kann, als ich
es durch offenes Vertrauen erwidern darf."

Der von Ritschl keineswegs beabsichtigte Erfolg dieses Schreibens
war der, daß ihm im Auftrage des Ministers der Ministerialdirector
Förster am 11. August noch einmal die in Berlin vacante Professur für
systematische Theologie und neutestamentliche Exegese anbot und ver-
sicherte, der Minister werde jedem irgend ausführbaren Wunsche Ritschls
freudig nachkommen. „Sie kennen", so heißt es in diesem Briefe,
„unzweifelhaft die gegenwärtigen Verhältnisse der theologischen Facultät,
und Sie werden mit uns darin übereinstimmen, daß eine Hebung ihrer
Wirksamkeit, ein Herausreißen aus einseitigen Richtungen und ein Überwinden der Nachwirkungen Hengstenbergs gerade hier dringende Nothwendigkeit ist. Und wie könnten diese Ziele besser und würdiger erreicht
werden, als wenn Ew. Hochwohlgeboren hier Ihre Lehrthätigkeit fortsetzen wollten." In seiner Antwort[1]) vom 20. August dankte Ritschl
zunächst für die Aufklärung über einige Bedenken, denen er in seinem
Brief an den Minister Ausdruck gegeben habe. „Ich habe mich . . . . .
überzeugt, daß ich der Fürsorge meines hohen Vorgesetzten für mich
volles Vertrauen schenken darf. Indessen hat mich in diesem Zusammenhang und überhaupt die erneute Berufung an die Universität Berlin
überrascht, so sehr ich es zu verstehen glaube, daß der Herr Minister von
seinem Standpunkte aus auf dieses Anerbieten zurückkommt. Wenn ich
nun aber wiederum erkläre, daß ich dieser zutrauensvollen Berufung auch
jetzt nicht zu folgen vermag, so sind folgende Gründe für mich entscheidend. Einmal würde ich auch durch die reichste Dotation in Berlin

geäußert, ihm sei von „sehr competenter Seite" versichert worden, daß „die Regierung
in ihre vollen Taschen greifen" und Ritschl „Haufen Geldes zu Füßen werfen würde",
wenn er sich entschlösse, an Stelle von Schultz, der soeben einen Ruf nach Heidelberg
angenommen hatte, nach Straßburg zu kommen.

1) Dies Schreiben liegt mir im Concept vor.

in keine für mich und meine Kinder günstigere Lage versetzt werden, als
welche ich hier habe. Ferner aber, was die Hauptsache ist, würde ich
befürchten müssen, daß meine Arbeitsthätigkeit durch die bekannten Umstände des Lebens in Berlin gelähmt werden würde. Wie aber die
Stellung beschaffen ist, welche ich mir in meinem Fache erworben habe,
so fühle ich mich verpflichtet, die Lebensfrist, welche ich noch mit frischer
Kraft für die literarische Arbeit verwenden kann, nicht Hemmungen auszusetzen, welche in Berlin ganz genau zu berechnen sind. Obgleich ich es
nun aufrichtig bedaure, dieses Bedenken der Erwartung Sr. Excellenz ent-
gegensetzen zu müssen, so hoffe ich doch zugleich, daß der Herr Minister
gegen die Umstände nicht gleichgültig sein wird, welche mein Verbleiben
an der hiesigen Universität wünschenswerth machen. Ich bin zwar der
tonangebenden Geistlichkeit im Lande Hannover ein Dorn im Auge.
Allein offen hat sich noch keiner an mich gewagt, zumal weil ich durch
die ehemalige hannoversche Regierung hieher berufen worden bin. Hingegen hätte jeder, der meine Stelle einnehmen und nicht als Trabant
des vulgären Lutherthums auftreten würde, auf die unangenehmsten Anfechtungen sich gefaßt zu machen, und die Regierung würde darunter mit-
zuleiden haben." „Das neue Anerbieten aus Berlin", so äußerte[1]) sich
Ritschl privatim darüber, „hat den Sinn, daß man mich hier nicht aus-
giebig befriedigen will, um mich nach Berlin zu locken. Darin täuscht
man sich. Ich habe hier lieber weniger, da ich ja doch nicht Noth
leide . . . . ., als daß ich in Berlin nominell, aber nur scheinbar mehr
hätte. Indessen habe ich die Genugthuung, aus der binnen 8 Tagen
erfolgten Antwort zu erkennen, daß ich einige Geltung im Ministerium
habe."

Mit dieser vierten Ablehnung des Rufs nach Berlin hatte Ritschl
endgültig über sein Bleiben in Göttingen entschieden. Einige Wochen
später, am 8. September, wurde ihm der „Charakter" als Consistorialrath verliehen, nachdem er am 18. Januar desselben Jahres den rothen
Adlerorden vierter Klasse erhalten hatte. In der Zeitung hatte freilich
irrthümlicher Weise der Ausdruck gestanden, Ritschl sei zum Consistorialrath „ernannt" worden. Im Hinblick darauf schreibt[2]) er: „Der Kaiser
ist seit Sonntag in Hannover zu dem Manöver des 10. Armeecorps.
Unter den Gnadenzeichen, die er bei dieser Gelegenheit über die Provinz
ausgestreut hat, befindet sich sehr überraschend meine Ernennung zum
Consistorialrath, — so in dieser Form, nicht Beilegung des Charakters.

---

1) An Wilhelm R. 19. 8. 74.
2) An Diestel 16. 9. 74.

Ich habe auch den Charakter eines solchen nicht und kann ihn mir nicht
beilegen lassen ohne Unwahrheit und Beschämung. Die Ernennung muß
ich schon acceptiren, thue es aber nur in dem Sinne eines Zeugnisses
darüber, daß ich als Theolog kein Consistorialunrath bin, wofür man
mich, wer weiß wie oft, ansehen mag." „Daß man mich jetzt Consistorialrath nennt", heißt es in einem andern Briefe[1]), „ist durch den
hiesigen Curator besorgt worden und konnte füglich auch unterbleiben.
Wozu sind diese Titel?" In Hannover aber gratulirten Ritschl, der
gerade wieder zum Examen da war, die dortigen Consistorialräthe „zu
der Rangerhöhung ironisch, da sie ja wüßten, ich machte mir wenig
daraus. Ich antwortete: Meine Herren, Rangerhöhung ist es nicht,
Rath 4. Klasse bin ich schon; aber ich lasse mir den Titel als Heiligen-
schein gefallen."[2])

Ein andermal erzählt[3]) Ritschl, er habe den Consistorialräthen beim
Glase Bier seinen Grundsatz der Kirchenverwaltung verrathen, ohne
Widerspruch zu finden. „Er lautet dahin, daß, wenn sie gegen einen
Rationalisten prozediren müßten, sie zugleich einen von der Gegenseite
beim Schopfe fassen sollten; gegen Diäten wollte ich durch Anhören von
4—5 Predigten die nöthigen Häresien feststellen. Leider thun die Herren
nicht danach. Denn ich habe ihnen direct einen Superintendenten im
Lande bezeichnet, der in veröffentlichten Thesen die Ehe deutlich als
Sacrament bezeichnet hat. Sie erinnerten sich dessen auch, aber lassen
ihn ungeschoren. Aber mich haben sie auch nicht widerlegt, und vielleicht
wirkt die Mittheilung nach. Andererseits läßt unser Freund Herrmann
merken, daß, wenn er Sydow nicht vor der Absetzung retten kann, er
sein Bündel schnüren will. Ich danke Gott an jedem Morgen, daß ich
nicht brauche für Kirchenregierung zu sorgen."

1) An Marcus 23. 10. 74.
2) An Wilhelm R. 5. 11. 74.
3) An Holtzmann 23. 5. 73.

Kapitel XV.

Ritschls Theologie.

Absicht und Methode im Allgemeinen. — Der zweite und der dritte Band der Lehre von der Rechtfertigung und Versöhnung enthalten in der Hauptsache eine Darstellung der Theologie Ritschls überhaupt. Die Fragen, die darin nicht berührt oder nur oberflächlich gestreift werden, hat Ritschl für minder wichtig und für secundär gehalten. Wie sie zu entscheiden sind, das ergiebt sich verhältnismäßig leicht, wenn nur die in jener grundlegenden Arbeit entwickelten Grundsätze richtig angewendet werden. Für Ritschl selbst aber war der zweite Theil seines Werkes, für den er eine besondere Vorliebe hatte, nicht etwa nur, wie der erste Band, eine geschichtliche Vorarbeit für seine eigentliche Lehre vom Christenthum, sondern sein theologisches System beruht durchaus auf seiner biblischen Theologie. Vielleicht würde dieser Sachverhalt auch für andere deutlicher hervortreten, wenn Ritschl nicht durch die Überfülle des ihm zuwachsenden Stoffes genöthigt worden wäre, den dritten Band von dem zweiten loszulösen. Denn ursprünglich sollten ja beide zusammen nur einen Band ausmachen. Und indem Ritschls gesamter Arbeitsplan durch diese Absicht bedingt war, stand in seinen Gedanken noch lange Zeit der bereits dargestellten Geschichte der Lehre von der Rechtfertigung und Versöhnung ihre weiterhin zu leistende biblisch-theologische und dogmatische Entwicklung gegenüber. Daß aber der zweite und dritte Band enger zu einander als zu dem ersten Bande gehören, das beweist auch die Einleitung des zweiten Theils. Denn diese begründet in den drei ersten ihrer vier Paragraphen vielmehr die erst in dem dritten Theil erledigte dogmatische Verarbeitung des biblisch-theologischen Materials, als daß sie lediglich die Ausführungen des zweiten Bandes vorbereitete, in welchem jener Stoff zunächst in zusammenhängender Weise zu erheben war. Für diese Anlage seines Werks war aber Ritschls Überzeugung maßgebend, daß die aus dem Neuen Testament zu schöpfende christliche Offenbarung Gottes für die dogmatische Theologie von constitutiver Geltung sei. Daneben hatte die geschichtliche Entwicklung der Lehre, so sorgsam und eingehend gerade Ritschl sie behandelt hatte, doch immer nur regulativen Werth (II, S. 22. 2. und 3. A. 18 f.).

Ritschls Theologie kann richtig nicht verstanden werden, wenn man nicht beachtet, wie wichtig für ihn der Unterschied zwischen Theologie und Religion war, neben dem ihm zugleich auch der Unterschieb von Religion und Sittlichkeit in seiner ganzen Bedeutung feststand. Religion nämlich ist die fromme Praxis des Glaubens, die normaler Weise innerhalb einer kirchlichen Gemeinschaft auszuüben ist. Deshalb steht sie im Christenthum zwar in engster und unumgänglich nothwendiger Beziehung zu dem sittlichen Handeln, ist aber doch damit nicht identisch. Zu dieser doppelseitigen Praxis des christlichen Lebens ist nun die Theologie die Theorie. Insofern hat sie den Zweck, die Ausübung der christlichen Religion und Sittlichkeit zu fördern und damit dem wichtigsten kirchlichen Interesse zu dienen, indem sie die eigenthümliche Art und Weise der christlichen Religion mit wissenschaftlichen Mitteln genau und vollständig darstellt. Dabei aber handelt es sich nicht um eine einfache Beschreibung der religiösen und sittlichen Erscheinungen des empirischen Christenthums, sondern es kommt vielmehr darauf an, die christliche Norm, wie sie in der Offenbarung Gottes durch Christus vorliegt, zu ermitteln und für die christliche Praxis zur wirksamen Geltung zu bringen. Diese letzte Aufgabe leistet aber die wissenschaftliche Theologie nicht direct. Sondern die Gestaltung des praktischen Christenthums ist zunächst bedingt durch die Predigt des Evangeliums und durch den religiösen Unterricht. Um so wichtiger ist es, daß diejenigen, deren Beruf in diesen Leistungen besteht, genau und deutlich wissen, worauf es im Christenthum ankommt. Und deshalb ist die wissenschaftliche Theologie, die dieses Wissen festzustellen hat, gerade darauf berechnet, von den Predigern und namentlich von denen, die sich zum Predigtamt noch vorzubereiten haben, studirt zu werden, damit sie daraus lernen, gute und wirksame Predigten zu halten und in der religiösen Unterweisung ihren Zöglingen das Christenthum verständlich und lieb zu machen. Demgemäß kam es Ritschl in seiner gesamten Thätigkeit vor allem darauf an, Prediger auszubilden, die ihrer Berufsaufgabe gewachsen wären. Mittelbar war auch seine schriftstellerische Wirksamkeit wesentlich auf dieses Ziel gerichtet. Insbesondere sind Ritschls dogmatische Bestrebungen durch jene Absicht beherrscht. Sagt er doch selbst einmal, man solle „in die Dogmatik nichts aufnehmen, was nicht in der Predigt und in dem Verkehr der Christen unter einander verwerthet werden kann" (III, 3. A. 573).

Dagegen sah Ritschl es im Allgemeinen nicht als seinen Beruf an, direct auf das große Laienpublicum einzuwirken, und wenn er ausnahmsweise auch einmal diese Aufgabe sich stellte, so gelang es ihm in der Regel nicht, seine Gedanken in gemeinverständlicher Form auszudrücken, da er stets bei seinen Lesern eine größere Fertigkeit des durchgebildeten theologischen Denkens voraussetzte, als sie sogar auch den meisten Theo=

logen seiner Zeit geläufig war. Der Mangel eines populären Stils war
ganz gewiß eine Schranke der individuellen Begabung Ritschls, der
gegenüber er selbst wohl darauf hinwies, daß auch Kant und Schleiermacher nicht leichter geschrieben hätten. Um so geringer war aber auch
der Antrieb für ihn, seine Anschauungen zu popularisiren, und namentlich kam er allem herrschenden Geschmack, aller verbreiteten Vorliebe für
Fragen und Interessen, die nach seiner Überzeugung mehr oder weniger
unerheblich für das eigentliche Verständnis des Christenthums waren,
nicht im mindesten entgegen. So erklärt es sich, daß seiner Theologie
jede apologetische Tendenz vollkommen fremd war. Seine
Darstellung versetzt sich niemals auf das Niveau des Menschen, dem noch
das elementare Verständnis für das Christenthum abgeht. Die Aufgabe
Apologetik im Einzelnen zu treiben fiel nach seiner Meinung auch nicht
in die wissenschaftliche, sondern in die praktische Theologie, die die Dogmatik und die Ethik auf die concreten Fälle des empirischen Lebens anzuwenden habe. Er aber setzte voraus, daß diejenigen, an die sich seine
Worte und Ausführungen richteten, im Allgemeinen eine christliche
Überzeugung bereits mitbrächten, und nur unter dieser Bedingung erstrebte er das Ziel, das volle Verständnis des Christenthums
im Ganzen und im Einzelnen zu fördern.

Um dies zu leisten, dazu bedarf es aber der richtigen Methode.
Auf eine solche legte Ritschl bei einem wissenschaftlichen Theologen alles
Gewicht. Er hat sich allerdings wiederholt abschätzig genug über die
weit verbreitete Liebhaberei ausgesprochen, durch methodologische Auseinandersetzungen die eigentliche Darstellung der christlichen Lehre von
vorn herein erschöpfend begründen zu wollen (s. o. S. 106). Dennoch
wäre es verfehlt, aus solchen Äußerungen den Schluß zu ziehen, daß
Ritschl nicht gerade besonders viel auf gute theologische Methode gehalten hätte. Vielmehr hatte er selbst ein sehr ausgeprägtes Bewußtsein
davon, daß er der rechten Methode folge, und daß er auch dazu sehr
wohl im Stande sei, andere zu demselben Erwerbe in zweckmäßiger
Weise anzuleiten. Aber freilich kam ihm alles darauf an, Methode
zu üben und von anderen geübt zu sehen. Doch davon hat die concrete Arbeit an den eigentlichen und wichtigen theologischen Problemen
selbst die nöthige Anschauung zu gewähren. Dagegen bieten die schönsten
Reden, die man im Voraus über Methode macht, noch gar keine Sicherheit dafür, daß nachher auch wirklich gute Methode geübt wird.

Wenn nun Ritschls wissenschaftliche Methode charakterisirt werden
soll, so wird sie wohl am zutreffendsten bezeichnet durch einen Ausspruch,
den er selbst gern darauf anwandte. Er sagte, das scholastische Wort:

qui bene distinguit, bene docet, bringe nur die eine Seite der Sache,
auf die es ankomme, zum Ausdruck. Um vollständig richtig zu sein,
müsse es vielmehr zu folgendem Satze ergänzt werden: qui bene distinguit et bene comprehendit, bene docet. Das distinguere wußte
er zwar auch mit aller Sorgfalt zu üben, doch konnte er diese Thätigkeit
immer nur als Mittel zum Zweck anerkennen. Die eigentliche, wenn
auch oft vernachlässigte Kunst der Wissenschaft aber sah er in dem bene
comprehendere. Diese Aufgabe zu leisten, das war sein Hauptbestreben,
dem er in allen seinen Arbeiten gerecht zu werden suchte. Und darin
unterstützte ihn die langjährige Übung in dem Gebrauch dieser Methode,
vermöge deren er sie fast ebenso mit innerer Nothwendigkeit, wie zugleich
mit vollem Zielbewußtsein beobachtete.

Wenn bereits bei früherer Gelegenheit die in Ritschls historischen
Arbeiten hervortretende Eigenthümlichkeit seiner Forschung und Darstellung gekennzeichnet worden ist (s. o. S. 45 f. 88 ff.) so bietet das, was
soeben im Allgemeinen über seine Methode bemerkt ist, den Schlüssel
zum vollen Verständnis für seine Art von Geschichtsbetrachtung. Denn
gerade die Beschäftigung mit der Geschichte in ihrer unermeßlichen Mannigfaltigkeit enthält ja stets von Neuem den Antrieb, das distinguere
zu üben, und vielen eifrigen und aufopferungsvollen Geschichtsforschern
bleibt die Fähigkeit oder auch schon die Gelegenheit zum comprehendere
auf die Dauer versagt. Ritschl hat in seinen historischen Arbeiten auch
jenes nicht vernachlässigt, aber seine Hauptstärke beruhte doch in der
zusammenfassenden Thätigkeit seines Geistes, die ihn stets
dahin drängte, das Ganze zu übersehen und das Einzelne dem Ganzen
einzuordnen. Deshalb glückten ihm neue Combinationen, durch welche er
den Stand von nicht wenigen dogmengeschichtlichen Problemen zum min-
besten gefördert hat, und deshalb gelang ihm auch der große Stil der
geschichtlichen Darstellung, ohne daß darunter die Anschauung von dem
Reichthum des mannigfaltigen geschichtlichen Lebens solche Schäden er-
litten hätte, die sich in den meisten Fällen nicht verhältnismäßig leicht
wieder beseitigen ließen.

I. Die biblische Theologie.

1. **Die Methode in der biblischen Theologie.** — Auch
die biblisch-theologischen Leistungen Ritschls, die im zweiten Bande der
Lehre von der Rechtfertigung und Versöhnung abgeschlossen und zusammen-

gefaßt vorliegen, sind durch das Streben nach dem comprehendere beherrscht, und diese Absicht tritt in ihnen um so stärker hervor, je mehr
es Ritschl nothwendig erschien, der bei den meisten anderen Theologen
ganz überwiegenden distinguirenden Betrachtungsweise ein starkes Gegengewicht zu leisten. Daher ist es denn ebenso verständlich, daß auch viele,
die übrigens mit Ritschl im Großen und Ganzen übereinstimmten, doch
seiner Auffassung des Alten und des Neuen Testaments widerstrebten,
wie daß ihm selbst solcher und anderer Widerspruch gegen seine biblisch-
theologischen Anschauungen so gar keinen Eindruck machte. Einerseits
betrifft nun die zusammenfassende Methode Ritschls das Verhältnis
des Neuen Testaments zu dem Alten, andererseits die in jenem
selbst vorliegenden verschiedenen Gedankenbildungen.
In beiden Fällen soll durch dieselbe Methode ein solches Verständnis des
Urchristenthums erreicht werden, daß in dem Bilde, welches von diesem
zu gewinnen ist, zugleich eine zuverlässige Anschauung von der christlichen
Gottesoffenbarung hervortritt, deren die systematische Theologie für ihre
Zwecke nothwendig als Grundlage bedarf. Dabei wird die Kanoni-
cität des Neuen Testaments vorausgesetzt und durch die schon
früher (s. Bd. 1, S. 373. 381. 383) vertretene Theorie begründet, daß
sich die neutestamentlichen Schriften vor der spätern christlichen Literatur
durch ein homogenes Verständnis des Alten Testaments auszeichnen. Denn die klassische Gestalt der israelitischen Religion ist der
religiöse Boden, den das ursprüngliche Christenthum voraussetzt. Daraus
ergiebt sich aber ferner der Grundsatz, daß das Neue Testament aus
dem Alten auszulegen ist. „Wer sich der Durchbildung in der
Theologie des Alten Testaments entschlägt", sagt Ritschl, „ist der Auslegung des Neuen Testaments nicht gewachsen" (S. 111). Und deutlicher
noch heißt es in der zweiten Auflage (S. 104 f.): „Mit dem [nach-
exilischen] Judenthum . . . . steht das Neue Testament in keiner
Continuität, so gewiß das Christenthum den Gegensatz zum Pharisäismus bildet. . . . . Das Christenthum steht in Continuität mit
dem Gedankenkreise der alttestamentlichen Prophetie und mit der ihr entsprechenden Frömmigkeit, deren Documente die Psalmen sind."

Diese grundsätzlichen Anschauungen hatte Ritschl, durch Diestel zu
einer eindringenden Würdigung des Alten Testaments angeregt, bereits
in der Zeit zwischen den beiden Auflagen seines Werks über die Entstehung
der altkatholischen Kirche gewonnen. Er trat damit in den bestimmtesten
Gegensatz gegen die Geschichtsauffassung der Tübinger Schule, wonach
das Christenthum als ein Mischproduct aus Judenthum und Hellenismus
verständlich gemacht werden sollte. Andererseits ist in dem Bestreben

nicht weniger neutestamentlicher Theologen der Gegenwart, das ursprüngliche Christenthum aus dem nacherilischen Judenthum zu erklären, ganz
offenbar eine Reaction gegen Ritschls biblisch-theologische Anschauung zu
erkennen. Außerdem aber verräth sich in dieser modernen Methode bewußt oder unbewußt der Einfluß der Lehre Taines von dem milieu,
deren Anwendung auf die größten Gestalten in der Religionsgeschichte
Ritschl niemals als berechtigt zugegeben haben würde.

Sein Gegensatz zu einer solchen und jeder ähnlichen Theorie ist schon
erkennbar an seiner Ansicht von den positiven geschichtlichen
Voraussetzungen der Reformation (s. o. S. 78. 92). Und eben
zu den Untersuchungen hierüber steht auch sein Verfahren, vom Neuen
Testament stets auf das Alte zurückzugehen, so sehr in
directer Parallele, daß sein biblisch-theologischer Standpunkt den
Vergleich mit jenen dogmengeschichtlichen Anschauungen geradezu herausfordert. Indem Ritschl die einst beliebte Hypothese von den Reformatoren vor der Reformation zurückwies, zeigte er vielmehr in dem klassischen
Katholicismus des Mittelalters die eigentliche Vorstufe des ursprünglichen Protestantismus auf. Dabei ging er aber auf den Grund der
Sache. Nicht irgendwelche Übereinstimmungen äußerlicher oder periphe-
rischer Art sind ausschlaggebend. In peripherischen Fragen ist ja gerade
auch Luther im Banne der nominalistischen Schule befangen. Aber in
der religiösen Grundstimmung und Grundanschauung weicht er um so
stärker von dem Katholicismus seiner Zeit und der letzten Jahrhunderte
vor ihm ab. Darin nimmt er vielmehr den Standpunkt einer entlege-
neren Vergangenheit wieder auf, um ihn mit aller Consequenz und Aus-
schließlichkeit gegen den Gedanken des menschlichen Verdienstes geltend
zu machen, mit dem ihn doch auch Augustin und Bernhard noch verträglich gefunden hatten. So ist der bestimmte Charakter der
Frömmigkeit, worin Luther mit seinen wirklichen Vorgängern übereinstimmt, das Rückgrat der Geschichtsbetrachtung, durch welche sich
Ritschl den Zusammenhang der Reformation mit dem mittelaltrigen
Katholicismus erschlossen sieht. Ganz dieselbe Geschichtsbetrachtung ist es nun, die Ritschls Urtheil auch über den Zusammenhang der
kanonischen beiden Testamente bestimmte. Denn wenn das Neue Testament
aus dem Alten verstanden werden soll, so ist der Grund dieser Forderung
wiederum nur die religiöse Gleichartigkeit des ursprünglichen
Christenthums mit der prophetischen Religion, auf welche Christus zurückgriff, um den zu seiner Zeit herrschenden Pharisäismus ins Unrecht zu setzen.
An der Übereinstimmung in der Frömmigkeit also erweist sich
überhaupt die geschichtliche Continuität der religiösen Ent-

wicklung. Erkennt man nun im Ganzen an, daß die religionsgeschichtliche Methode Ritschls, in der der Charakter der in den verschiedenen
Zeitaltern herrschenden Frömmigkeit den Ausschlag giebt, das Verständnis
der Reformation gefördert hat, so kann dieselbe Methode nicht überhaupt
und von vorn herein als ungeeignet zurückgewiesen werden, um auch der
Erkenntnis des Urchristenthums als Schlüssel zu dienen.

Indem also Ritschl das Neue Testament aus dem Alten zu erklären sich bestrebt, liegt es ihm doch völlig fern, diesen Grundsatz in
äußerlicher und mechanischer Weise durchzuführen. Er zieht vielmehr
stets scharf die Grenzen, innerhalb deren sich die Übereinstimmung zwischen
den beiden Urkundensammlungen bewegt, um auch die Umbildungen
deutlich zu kennzeichnen, die die alttestamentlichen Vorstellungen in dem
Christenthum erfahren haben. Wie er die Unterschiede, welche die israe-
litische Religion auf ihren verschiedenen Stufen hervortreten läßt, genau
zu beobachten sucht und in der zweiten Auflage stellenweise noch schärfer
als in der ersten bestimmt, so berücksichtigt er durchgehends auch die
„Höhenlage" der alttestamentlichen Vorstellungen im Vergleich mit derjenigen, die das Neue Testament einnimmt. So werden die religiöse Gesamtanschauung sowohl als die einzelnen Hauptideen des Alten Testaments in ihrer geschichtlichen Entwicklung verfolgt, bis sich die Anschauungen Christi und seiner Jünger als die homogene Fortbildung jener
aus der großen religiösen Vergangenheit Israels herrührenden Gedanken
der forschenden Betrachtung darbieten.

Und bei der so in den Vordergrund tretenden Aufgabe, nun auch
das Urchristenthum selbst zu verstehen, kommt sofort wieder der methodische Grundsatz des distinguere und comprehendere zu seinem vollen
Recht. Auf die im Neuen Testament vorhandenen Unterschiede hatte
die kritische Geschichtswissenschaft seit ihrer Entstehung mit peinlichstem
Scharfsinn geachtet, und namentlich für die Tübinger Schule war der Gegensatz des paulinischen und des judenchristlichen Standpunkts der Ausgangspunkt ihrer historischen Constructionen gewesen. Noch als Ritschl
mit dieser theologischen Gruppe in einem gewissen Zusammenhang stand,
hatte er bereits als „neutrale Basis der paulinischen Lehre" (s. Bd. 1,
S. 157 f.) eine erhebliche Übereinstimmung in den Anschauungen
sämtlicher neutestamentlicher Schriftsteller aufgezeigt. In dieser Richtung
hatte er dann weiter gearbeitet, und schließlich überwiegt in seiner ab-
schließenden Darstellung durchaus die Rücksicht auf die Gemeinsamkeit
der religiösen Anschauung bei den Vertretern des ursprünglichen Christenthums. Auch an diesem Punkte steht Ritschls Auffassung des Urchristenthums wieder durchaus in Parallele mit seiner Anschauung von

der Reformation. Wie er die Unterschiede zwischen Luther und Zwingli zwar nicht übersieht, so will er sie doch nicht zu Gegensätzen übertrieben wissen (s. o. S. 51 ff. 93.). Denn andererseits überwiegt vielmehr der Eindruck ihrer religiösen Übereinstimmung im Großen und Ganzen. Ebenso ist Ritschl weit entfernt davon, zu leugnen, daß auch im Neuen Testament erhebliche Unterschiede der Anschauungen vorhanden sind. Aber im Ganzen wußte er sich doch in einen bestimmten Gegensatz zu solchen Kritikern, die nur für diese unterscheidenden Momente ein Auge haben und in dieser Tendenz die Einheitlichkeit der neutestamentlichen Gesamtanschauung zersetzen. Dagegen war er selbst darauf bedacht, durch das in jedem einzelnen Falle nothwendige distinguere sich doch nicht die abschließende Thätigkeit des comprehendere unmöglich machen zu lassen. Er hatte den Muth, sich dieser Leistung nicht zu entziehen, obgleich auch er der Meinung war, daß viele kritische Fragen im Einzelnen noch ungelöst, vielleicht überhaupt unlösbar seien (s. Bd. 1, S. 370). Aber wenn doch einmal das unabweisliche Bedürfnis des gegenwärtigen Protestantismus nach einer ihren Aufgaben gewachsenen Theologie nicht unbefriedigt gelassen werden kann bis in eine ungewisse Zukunft hinein, in welcher bereinst alle historisch-kritischen Fragen endgültig entschieden oder auch nicht entschieden sein werden, so ist die Aufgabe unumgänglich, daß immer wieder einmal der Versuch gemacht wird, ein zusammenhängendes Verständnis des Neuen Testaments zu erreichen. Und in diesem Sinne sagt[1]) Ritschl selbst, seine Absicht den biblischen Stoff für den systematischen Zweck zu verwenden habe es „mit sich gebracht, daß in seiner Darstellung die individuellen Unterschiede gegen die übereinstimmende Richtung der Schriftsteller zurückgestellt worden seien".

2. Die Auffassung des Urchristenthums. — Ritschl hebt in seiner biblisch-theologischen Darstellung zunächst die Abstufung zwischen Jesus und den Aposteln und ferner die Abweichungen zwischen den Verfassern der neutestamentlichen Briefe unter einander überall da hervor, wo solche nach seiner Ansicht wahrnehmbar sind. Insbesondere erklärt er gerade die Idee der Rechtfertigung durch den Glauben von vorn herein für eine „Bildung, durch welche sich Paulus von den übrigen Vertretern des Neuen Testaments unterscheide" (S. 22. 2. A. 23. 3. A. 24). Damit fixirt er sogleich ein Hauptproblem seines ganzen Werkes, ob nämlich neben dem gemeinsamen Vorstellungsstoff des Neuen Testaments jene besondere Anschauung des Paulus als allgemein-

1· Vgl. die Selbstanzeige in den Göttingischen Gelehrten Anzeigen. 1874. Bd. 2. S. 1126 f.

gültiger Ausdruck für die christliche Weltanschauung geltend gemacht werden könne. Denn von der Lösung dieser Frage hing zugleich die der andern ab, ob die auf die paulinische Rechtfertigungslehre zurückgreifende reformatorische Lehrbildung in der protestantischen Theologie aufrecht erhalten werden könne oder nicht.

Auf beide Fragen giebt Ritschl eine bejahende Antwort und ermöglicht es sich dadurch, mit seiner eignen Theologie an die der Reformatoren anzuknüpfen. Zuvor aber kam es darauf an, zu untersuchen, wieweit die Vertreter des ursprünglichen Christenthums in den grundlegenden religiösen Anschauungen mit einander übereinstimmten. Dabei tritt in erster Linie der formale Gegensatz zwischen Jesus und den Aposteln hervor. „Was den eigentlichen Inhalt der christlichen Religion als Religion angeht," spricht Jesus „aus seiner Person heraus aus, und nicht so, daß er sich in die Person der erst zu gründenden Gemeinde hineinversetzt" (S. 26). Die Apostel dagegen setzen in der Gewißheit der Auferstehung und gegenwärtigen göttlichen Herrschaft Christi über die Gemeinde (S. 158) stets deren Bestand als den Ertrag des erfolgreichen Wirkens Christi voraus (S. 290. 2. A. 293. 3. A. 294). Indem sie sich selbst als die Glieder der Gemeinde wissen, bildet diese den Gesichtskreis, „in welchem sich die Betrachtungen und Ermahnungen, die Danksagungen an Gott und die Belehrungen über die nothwendigen religiösen Erkenntnisse bewegen" (S. 160). Also Jesus als der Stifter des Christenthums steht seiner Gemeinde gegenüber, die ursprünglich durch seine Jünger gebildet wurde, und zu der dann weiterhin alle späteren christlichen Generationen gehören. Deshalb aber ist es nicht möglich, die christliche Weltanschauung aus dem Standpunkt Christi heraus, sondern nur aus demjenigen seiner Gemeinde zu entwerfen. Dazu bildet das von fremden Einflüssen verhältnismäßig noch unberührte Christenthum der ersten Epoche die gegebene Grundlage. Und daher sind denn auch die Anschauungen der Apostel neben den Aussagen Jesu selbst für die Dogmatik keineswegs gleichgültig. Vielmehr erscheint in dem Christenthum der ersten Gemeinde der von Jesus beabsichtigte Erfolg seines gesamten Wirkens. Aber dieser Erfolg muß aus der ihm zeitlich und logisch vorausgehenden Absicht seines eigentlichen Urhebers erklärt werden. So gewinnt der Gedanke Jesu vom Reiche Gottes grundlegende Bedeutung, zunächst für das Verständnis des Urchristenthums. Denn Jesu Absicht bestand darin, das Reich Gottes zu stiften. Dieses wird nun „durch sein eigenthümliches berufsmäßiges Wirken" verwirklicht. Es kommt zu Stande, „indem sich die Sinnesänderung der Menschen mit der Überzeugung verbindet, daß Jesus selbst

der gesalbte König aus Davids Geschlecht sei, der die Herrschaft Gottes
nach Recht und Gerechtigkeit führt" (S. 31). Deshalb erzog Jesus durch
regelmäßige Einwirkung seine zwölf Jünger in der Aufgabe des Gottesreichs. Aber alles Streben nach dem Gottesreich setzt dessen Stiftung
durch Jesus und hierin eine That der zuvorkommenden Gnade
Gottes voraus. Auf diese führt auch die Sündenvergebung zurück,
die Jesus, wie schon die alttestamentlichen Propheten, als eine öffentliche
Angelegenheit der Bundesgemeinde ansah. Denn die aus der Sünde be-
rufene Gemeinde ist „auf das allgemeine Urtheil der Sündenvergebung
über diejenigen" gegründet, „welche an ihn als den Träger der Gottesherrschaft glauben" (S. 60).

Der Beweis für diese Ansicht wird in einer eingehenden exegetischen
Erörterung der Worte Jesu bei Mc. 10, 45; 14, 24 gegeben, die zum
Theil aus dem Aufsatz über den Heilswerth des Todes Jesu (s. Bd. 1,
S. 414) herübergenommen ist. Das Verständnis des zweiten jener Aussprüche aber, in welchem Jesus das mit seinen Jüngern gefeierte Abend-
mahl auf seinen bevorstehenden Tod deutet, ist durch die richtige Auffassung der Opfervorstellung und diese wiederum durch die biblische Gottesidee bedingt. So wendet sich Ritschl zunächst zu dieser
und stellt im Anschluß an eine Arbeit von Diestel[1]) fest, daß die göttliche Gerechtigkeit im Alten und Neuen Testament nicht im Gegensatz zu Gottes Liebe steht, sondern „das zum Zweck des Heils der
Gläubigen folgerechte Verfahren" Gottes bedeutet. In dieser
Ausführung konnten die Hauptergebnisse der Abhandlung de ira dei (s.
Bd. 1, S. 369) verwerthet werden. Dann wird, wie schon in dem Aufsatz über den Heilswerth des Todes Jesu, dessen entsprechende Partieen
auch hier wieder zum Theil abgedruckt sind, der Sinn der gesetzlichen
Opfer des Alten Testaments in dem Gedanken ermittelt, daß durch sie
das Volk und seine Angehörigen, für die sie dargebracht werden, unter der
Voraussetzung der göttlichen Bundesgnade vor Gottes Angesicht „bedeckt", d. h. vor der vernichtenden Wirkung des Anblicks
Gottes geschützt werden, die sonst jeden geschaffenen Menschen trifft. Be-
zwecken aber demgemäß die Opfer des Alten Testaments eine indirecte
Annäherung an das Angesicht Gottes, so kommt dieser Gedanke eigentlich erst in den Aussagen der Jünger über die Wirkung des
Leidens und Sterbens Jesu zum Ausdruck. Denn nach deren Anschauung
werden die Gläubigen als die Glieder der Gemeinde, für die das Opfer

---

1) Diestel, Die Idee der Gerechtigkeit vorzüglich im Alten Testament. Jahrbücher für deutsche Theologie. 1860. S. 173 ff.

Jesu geschehen ist, zu Gott hinzugeführt, um ihm im Glauben, in der Hoffnung und im Gebet persönlich nahen zu dürfen.

An diesem Punkte weicht allerdings Paulus, der von Christi Opfer vielmehr stets die besondere Wirkung der Sündenvergebung ableitet, von den übrigen Schriftstellern des Neuen Testaments ab. Er hebt auch allein die Wirkung des Todes Christi hervor, daß die gegen Gott feindlich gesinnten Sünder mit ihm versöhnt, oder daß in ihnen die Richtung des Willens auf Gott hervorgerufen werde. Wird so aber das bisherige Hindernis der Gemeinschaft mit Gott, die Feindschaft gegen ihn, beseitigt, so ist der damit erreichte Erfolg derselbe, wie bei der von den andern behaupteten Hinzuführung der Gläubigen zu Gott. Nur stehen bei Paulus, wie auch im Hebräerbrief, die Sündenvergebung und die Herstellung der Gemeinschaft mit Gott in umgekehrter Reihenfolge, wie bei den übrigen. Ferner gehört der Begriff der Hinzuführung zu Gott nur dem cultischen Sprachgebrauch an; der der Versöhnung dagegen ist ethischer Art und schließt als solcher die Anschauung der menschlichen Selbstthätigkeit ein (S. 231. 2. A. 234. 3. A. 235). Da aber Rechtfertigung und Sündenvergebung gleichbedeutend sind, so kann sich Ritschl nun auf jene maßgebenden Auctoritäten der kirchlichen Lehrbildung dafür berufen, daß er in dem Titel seines Werks die bisher nur (I, S. 10) durch den Vorgang der Reformatoren, namentlich Melanchthons, gedeckte Reihenfolge „Rechtfertigung und Versöhnung" gewählt hat. Von besonderm Werthe ist endlich die Seite des Opfergedankens, durch welche, da die Gott dargebrachten Gaben fehllos sein müssen, Jesu vollkommener Berufsgehorsam hervorgehoben, und so eine geschlossene ethische Ansicht von seiner Person herbeigeführt wird.

Wenn Jesus ferner im Gegensatz zu den Pharisäern den Begriff der frommen Dichter von der menschlichen Gerechtigkeit in dem Doppelgebot der Liebe erneuert hat, mit dessen Erfüllung die Vollziehung der Gottesherrschaft in der Jüngergemeinde identisch ist, so haben die Schriftsteller des Neuen Testaments zwar jenen Gedanken fortgesetzt, aber die bei Jesus herrschende Idee vom Gottesreiche nicht in ihrem ganzen Umfang aufrechterhalten und dadurch den Gesichtskreis durchgängig verengert. Demgemäß hat Paulus als den Inhalt seiner Verkündigung des Evangeliums und als die nächste Wirkung der Offenbarung Gottes in Christus vielmehr die Enthüllung der Gottesgerechtigkeit aus dem Glauben bestimmt. Diesem Gedanken entspricht bei ihm der Begriff der Rechtfertigung im Glauben, der den andern Vertretern des Urchristenthums fremd war. Paulus aber hat ihn im Gegensatz zu dem Pharisäismus gebildet, dessen theoretische

Nachwirkung sich doch noch in seiner Anschauung zeigt, daß das mosaische
Gesetz in den gesetzlichen Cultushandlungen die Aufgabe der Gerechtigkeit
selbst vorschreibe. Dabei denkt Paulus im Unterschiede von den anderen
Jüngern nicht etwa den der activen Gerechtigkeit gleichartigen Gehorsam
des Glaubens als das Object der göttlichen Gerechtsprechung. Sondern
der Gerechtigkeitszustand oder der Gehorsam Christi begründet in den an
ihn glaubenden die Gerechtsprechung, die als geschenkte Gerechtigkeit ein thatsächlicher Zustand von Rechtheit und ebenso wirklich ist,
wie der Lebenszustand, in welchen unmittelbar die gerechtfertigten Gläubigen eintreten. Denn in dem Gehorsam Christi, der in seinem Todes-
opfer culminirt und seinem Sterben den Opferwerth verleiht, ist Gottes
Gnade immanent, und das Urtheil Gottes wirksam, durch welches die
an Christus glaubenden als Gerechte eingesetzt werden. Bedeutet so aber
die Gerechtigkeit aus dem Glauben für Paulus nichts anderes, als ein
Verhältnis der Congruenz der Christen zu Gott, so haben
auch die übrigen Schriftsteller des Neuen Testaments dieselbe Wirkung
des Opfers Christi, nur mit anderen Mitteln, behauptet.

Dagegen hat Paulus den Schwerpunkt der Anschauung vom
Christenthum aus der Zukunft in die Vergangenheit verlegt,
da er die Hoffnung von dem Glauben an die in der Person Christi
wirksame Gnade Gottes abhängig machte. Indem er nämlich die pharisäische Gesetzerfüllung ausschloß, durch die gerade die Hoffnung auf das
zukünftige Heil verstärkt werden sollte, ist er doch „in der richtigen Consequenz zu dem verfahren, was in der gemeinsamen Beurtheilung des
Todes Christi als des vollendeten Opfers angelegt war" (S. 330. 2. A.
333. 3. A. 334). Selbständig neben der Glaubensgerechtigkeit, die den
Frieden mit Gott und das christliche Selbstgefühl bedingt, steht bei Paulus
aber die Heiligung der Christen durch den heiligen Geist. Ferner
kennt Paulus ein Bewußtsein persönlicher sittlicher Vollkommenheit, insbesondere vollkommener Treue im Beruf. Die sittliche Unvollkommenheit des Wiedergeborenen dagegen, die
Luther betonte, ist im Neuen Testament erst von Johannes hervorgehoben
worden, der übrigens als der einzige Vertreter des Urchristenthums sich
wenigstens den Inhalt des Begriffes Jesu von dem Gottesreiche gegenwärtig hielt. Deshalb war er auch im Stande, die Wechselwirkung
zwischen der religiösen und der sittlichen Function im
Christenleben nachzuweisen und darin den Gesichtskreis des Paulus zu
überschreiten.

Daß aber Paulus sich diese Aufgabe noch gar nicht gestellt hatte,
ist keineswegs dahin zu deuten, daß seine Erkenntnis etwa unvollkommen

gewesen sei. Denn er war kein berufsmäßiger theologischer Denker mit dergleichen wissenschaftlichen Interessen. Es ist ein Irrthum, wenn man Paulus in erster Linie als einen Theologen meint verstehen und in seinen Briefen nach einem synthetischen Lehrbegriff suchen zu sollen. Mit dieser weitverbreiteten Anschauung hat Ritschl vollkommen gebrochen, und er weist selbst ausdrücklich darauf hin[1]), daß er eine andere Schätzung des Apostels gewonnen habe, als diejenige, worin die kritischen Theologen mit der lutherischen Dogmatik übereinstimmen. Nach Ritschls Anschauung ist Paulus dagegen die große religiöse Persönlichkeit, und insbesondere der Gedankengang seines Römerbriefs ist „vielmehr prophetisch und dithyrambisch, als argumentativ und lehrhaft" (S. 335, 2. A. 338, 3. A. 339). Der Schlüssel zum Verständnis dieses Schreibens liegt auch nicht in 2, 12 f., ebensowenig in 6, 1 ff., sondern in 1, 16 f. und 3, 21—26 (f. o. S. 116 f.). Jene Ausführungen im zweiten Kapitel haben nur hypothetischen und dialektischen Sinn, und ihre Geltung soll vielmehr widerlegt, als behauptet werden. Hinge aber wirklich die gesamte Anschauung des Paulus an den negativen und gegen die Opfervorstellung ganz indifferenten Ausführungen des 6. Kapitels, „so würde sein Gedankengang an Werth hinter dem der anderen Männer des Neuen Testaments zurücktreten" (S. 238, 2. A. 240, 3. A. 241).

3. Schlußbemerkungen. — Wenn Schleiermacher die Aufgabe gestellt[2]) hat, „immer mehr einen ins Große gehenden Schriftgebrauch zu entwickeln", so hat Ritschl in seinem zweiten Bande jedenfalls einen erheblichen Schritt zu diesem Ziele hin gethan. In ähnlicher Weise, aber in noch umfassenderem Umfang, hatte vor ihm allerdings schon Hofmann eine zusammenhängende Gesamtanschauung des Alten und des Neuen Testaments zu gewinnen versucht. Aber so großartig der „Schriftbeweis" als Ganzes durchgeführt ist, so fehlte seinem Verfasser doch völlig der historische Sinn, der Ritschl von urtheilsfähigen Kritikern nicht wird abgesprochen werden können. Übrigens ist die Art der Exegese Ritschls in formaler Hinsicht derjenigen Hofmanns verwandt, wenn auch in der Regel die von beiden gewonnenen Ergebnisse recht verschieden sind. Sie theilt mit Hofmanns Schriftauslegung auch das Schicksal, in nicht wenigen Fällen von den Fachgenossen als überscharfsinnig abgelehnt zu werden. Zugleich damit wird gegen Ritschl eingewendet, daß die Entscheidungen, die er in der biblischen Theologie gewonnen hat, durch sein dogmatisches Interesse wesentlich mit bestimmt seien. Damit

---

1) Göttingische Gel. Anzeigen. A. a. O. S. 1128 f.
2) Glaubenslehre § 27, 3.

wird ihm freilich nur der Vorwurf zurückgegeben, den er selbst zuvor, und zwar schärfer noch als in dem zweiten Bande in den Göttingischen Gelehrten Anzeigen [1]) gegen „die Traditionalisten zur Rechten und zur Linken" gerichtet hat. Daher wird denn auch über die angeblich dogmatisirende Exegese Ritschls wohl so bald noch kein Urtheil erreicht werden können, das dem Anspruch genügte, wirklich objectiv und unparteiisch zu sein. Übrigens darf darauf verwiesen werden, daß Ritschls biblische Theologie viel früher abgeschlossen gewesen ist, als seine Dogmatik, an deren Ausbau er bis zuletzt noch gearbeitet hat, indem er später manches anders faßte, ja einzelne Fragen auch sachlich anders entschied, als zuerst. Aber weder die neuen Erkenntnisse, die ihm bei der ersten Ausarbeitung des dritten Bandes der Rechtfertigungslehre zufielen, noch die in dessen späteren Redactionen vorliegende Fortbildung seiner Theologie haben eine irgend erhebliche Rückwirkung auf die biblisch-theologischen Anschauungen Ritschls geübt. Nur ist dessen zusammenfassende Methode gerade den neutestamentlichen Theologen vielfach so ungewohnt, daß manchen schon blos das Streben nach einer zusammenhängenden Gesamtanschauung des biblischen Stoffs des Dogmatisirens verdächtig ist. Mag aber Ritschls Exegese im Einzelnen oft das Richtige nicht getroffen haben, und mag er manche unsichere und zweifelhafte historische Ansichten als zutreffend vertreten haben, so ist doch durch derartige Nachweisungen im Einzelnen seine biblisch-theologische Gesamtanschauung noch keineswegs widerlegt. Denn dazu würde vielmehr gehören, daß man eine andere, im Ganzen nicht weniger als im Einzelnen stichhaltig begründete Gesamtanschauung der streitigen geschichtlichen Periode vorzulegen vermöchte, durch welche vor allem die großen Fragen nach dem Verhältnis der Einzigartigkeit und der geschichtlichen Bedingtheit der Person Jesu, nach den Umständen, unter denen die Absicht seines Lebens, Wirkens und Sterbens in der Gemeinde seiner Jünger ihren Erfolg gefunden hat, nach dem Unterschied und dem Zusammenhange der theologisch entwickelteren Anschauungen der Apostel mit der einfacheren Predigt Jesu und nach der Übereinstimmung und der Abweichung der neutestamentlichen Schriftsteller unter einander eine befriedigendere, weil dem Gesamtbestande der Quellen in höherem Maße entsprechende Lösung fänden.

1) A. a. O. S. 112s.

II. Die Dogmatik Ritschls im Unterschiede von den bog-
matischen Bestrebungen seit Schleiermacher.

In der Vorrede zum dritten Bande der Lehre von der Rechtfertigung
und Versöhnung sagt Ritschl, er habe nicht umhin gekonnt, einen fast
vollständigen Entwurf der Dogmatik vorzulegen, um die Centrallehre des
evangelischen Christenthums als solche verständlich zu machen. So ruht
die dogmatische Darstellung der einzelnen Lehre, die zu entwickeln die
Aufgabe war, wie schon im ersten Bande die historische und im zweiten
die biblisch-theologische Behandlung desselben Themas, auf dem breiten
Hintergrunde des Gesamtgebietes, in dem sie einen wichtigen Theil ausmacht. Nur hebt sich dieser Hintergrund in dem dritten Bande auch
äußerlich deutlicher ab. Denn zwischen dem ersten Abschnitt, in welchem
der Begriff der Rechtfertigung und seine Beziehung zu verwandten Begriffen festgestellt wird, und dem dritten Abschnitt, der den Beweis für
die zunächst entwickelten Gedanken liefert, ist, um dies zu ermöglichen,
unter dem Titel „die Voraussetzungen", fast die Hälfte des Ganzen den
Lehren von Gott, von der Sünde und von Christus gewidmet.

Daß aber gerade diese Lehrstücke eingehend erörtert wurden, war
nicht nur deshalb unbedingt nothwendig, weil sie an sich im engsten Zusammenhange mit der Lehre von der Rechtfertigung und Versöhnung
stehen, sondern weil alle diese christlichen Anschauungen in Ritschls theologischer Gesamtauffassung vielfach anders beleuchtet und anders gruppirt
erscheinen, als in der bisherigen Dogmatik, sowie sie sich insbesondere
im Laufe dieses Jahrhunderts entwickelt hatte. Vergleicht man freilich
die einzelnen concreten Ansichten Ritschls mit denjenigen von früheren
Theologen und Philosophen, so wird sich in vielen Punkten eine Übereinstimmung mit den Vermittlungstheologen, mit Schleiermacher, mit den
Kantianern und Kant, mit einigen Aufklärungstheologen, mit den Dog-
matikern des 16. und 17. Jahrhunderts, mit den Reformatoren, ja auch
mit den Scholastikern des Mittelalters und mit Bernhard und Abälard
herausstellen. Denn von den hervorragendsten Geistern auch der früheren
Jahrhunderte hat Ritschl zu lernen gesucht, und soweit er von ihnen
gelernt hat, ist er von ihnen auch materiell abhängig gewesen. In
einem aber unterscheidet er sich von ihnen allen, nämlich wieder in seiner
theologischen Methode, die er überdies mit einer Sicherheit, Folgerichtigkeit und Umsicht geübt hat, wie kaum ein anderer Theologe vor ihm die
seinige. Und dadurch gewann er nun auch dem Stoffe der christlichen
Lehre, in dessen Auffassung er zum großen Theil durch andere bewußt

12*

und unbewußt beeinflußt war, nicht selten neue und überraschende Seiten
ab. Daran aber ist es zu ermessen, in wie hohem Grade das Wort auf
Ritschls Theologie zutrifft: Duo si dicunt idem, non est idem.

1. Die protestantische Theologie in Deutschland seit
dem Beginn des 19. Jahrhunderts[1]). — In ihren Bemühungen
um die protestantische Dogmatik sind die meisten deutschen Theologen in
diesem Jahrhundert von der Tendenz[2]) beherrscht, das theologische
System aus einem Princip heraus zu construiren. Darin sind sie zwar
nicht von Schleiermacher abhängig, der in dieser Weise nur die philosophische Ethik zu behandeln versucht hat[3]). Sondern in jenem Bestreben verräth sich vielmehr der directe Einfluß der idealistischen
Philosophie seit Fichte. Daß aber durch diese Methode der Dogmatik die Erkenntnis des Christenthums in seiner Eigenthümlichkeit
wesentlich gefördert worden ist, kann keineswegs als zweifellos angesehen
werden. Vielmehr läßt sich aus der Thatsache, daß die Mehrzahl der
dogmatischen Werke in diesem Jahrhundert ihrem formalen wissenschaftlichen Programm nur in sehr geringem Umfange gerecht geworden sind,
kein andrer Schluß ziehen, als daß der theologische Stoff sich gegen jene
Art von systematischer Behandlung sträubt und stets von Neuem sträuben
wird. Dennoch wurden in diesem Jahrhundert nach der Reihe die
Lehren von der Erbsünde, von der Trinität, von Christi Gottmenschheit,
und vereinzelt auch von der Rechtfertigung durch den Glauben als das
constitutive Princip der Dogmatik ausgegeben und behandelt[4]).
Daß übrigens ein Theil der Theologen nach Schleiermachers Vorgang
einen subjectiven Ausgangspunkt wählte, während andere der
herkömmlichen objectivistischen Darstellungsweise folgten, ist an sich verhältnismäßig ebenso unerheblich, wie der Unterschied, den schon die
Scholastik zwischen der sogenannten analytischen und synthetischen
Methode gemacht hat. Denn der wissenschaftliche Werth der auf die eine
oder die andere Weise gewonnenen Ergebnisse konnte allein durch die
mehr oder weniger unvorsichtige und einseitige Durchführung
jener beiden Methoden geschmälert werden. Ausschlaggebend für die
innere Bedeutung der einzelnen Werke aber ist vielmehr nur die Über-
zeugungskraft, die ihnen beiwohnt. Und diese hängt lediglich davon

---

1) Eingehender behandelt und begründet sind die in diesem Abschnitt besprochenen
Gegenstände in meinen „Studien zur Geschichte der protestantischen Theologie im
19. Jahrhundert". Zeitschrift für Theologie und Kirche. 1895. S. 486—529.
  2) Ebenda S. 524 ff.
  3) Ebenda S. 525.
  4) Ebenda S. 526 f.

ab, inwieweit es dem einen oder dem andern Dogmatiker mehr oder weniger gelungen iſt, die vorhandene Thatſache des Chriſtenthums als der von Chriſtus geſtifteten Religion, der wir ſelbſt angehören, durch wirklich wiſſenſchaftliche Mittel relativ am befriedigendſten zu erklären und den Zeitgenoſſen am beſten begreiflich zu machen.

In dieſer Hinſicht nun hat vor allen Schleiermacher zahlreiche neue Geſichtspunkte erſchloſſen, durch welche das Verſtändnis des Chriſtenthums ohne Frage außerordentlich gefördert worden iſt. Denn er verlor niemals das praktiſche Chriſtenthum ſo ſehr aus den Augen, daß ſeine Theorien für die Deutung des wirklichen Lebens völlig ertraglos geblieben wären. Soweit man dagegen unter den Einfluß der Hegelſchen Philoſophie ſich zu Speculationen hindrängen ließ, die nur durch dünne Fäden mit der concreten Wirklichkeit der chriſtlichen Praxis zuſammenhingen, verlor man mehr oder weniger den feſten Boden der Thatſachen unter den Füßen, den man niemals ungeſtraft verläßt. Nun ſteht die Theologie der mittleren Jahrzehnte dieſes Jahrhunderts in allen den Gruppen, die man zwiſchen den Standpunkten von Biedermann und von Thomaſius unterſcheiden kann, was die Methode betrifft, weit mehr unter dem Einfluß der Hegelſchen Frageſtellungen und Erkenntnisziele, als unter der Nachwirkung derjenigen Schleiermachers[1]. In materieller Hinſicht freilich iſt der Vorzug, den man nach anfänglichem Schwanken faſt allgemein der Chriſtologie als dem Princip der Dogmatik gab, auf Schleiermachers Anregung zurückzuführen[2]. So wurde das Problem des Gottmenſchen, vor allem in den Kreiſen der Vermittlungstheologie, zur dogmatiſchen Centralfrage, die man aber ganz überwiegend mit ſpeculativen Mitteln bearbeitete, und in deren Behandlung man ſich mehr oder weniger an das hauptſächlich durch die Hegelſche Richtung rehabilitirte altkirchliche Dogma band. Soweit man nun dieſem gegenüber noch eine gewiſſe theologiſche Selbſtändigkeit für ſtatthaft hielt, ſuchte man durch tiefſinnige Conſtructionen, wie namentlich durch die weitverbreitete kenotiſche Theorie, das chriſtologiſche Problem zu ergründen. Doch dieſes ſchloß weiter die andere Frage nach dem Werke des Erlöſers in ſich, der man folgerecht in zweiter Linie beſondere Aufmerkſamkeit zuwendete. An dieſem Punkt vor allem aber ſchieden ſich die Richtungen. Eine Anzahl der gemäßigt liberalen und der Vermittlungstheologen und von der andern Seite Männer wie Hofmann vertraten im Weſentlichen Gedanken, deren Herkunft

1) A. a. O. S. 520. 528.
2) Ebenda S. 527.

aus Schleiermachers Theologie unverkennbar ist. Zur juristischen Deutung der Versöhnungsidee dagegen lehrten die Repristinationstheologen zurück, die es namentlich Hofmann entgelten ließen, daß er andere Wege verfolgte, als sie selbst.

Übrigens übte die dogmatische Arbeit, die man diesen Themata zuwandte, auf die anderen Glieder des theologischen Systems, mit Ausnahme etwa der Trinitätslehre, die ja eng mit der Christologie zusammenhängt, keine entscheidende Rückwirkung aus. Hieran insbesondere läßt es sich ermessen, daß man die Absicht auf einheitliche Systembildung in Wirklichkeit nicht durchzuführen vermochte. Und wenn einmal jemand, wie J. Müller in seiner Lehre von der Sünde, einem andern locus der Dogmatik das hauptsächliche Interesse widmete, so ward die aufgewandte Mühe und Gelehrsamkeit zwar lobend anerkannt, im Ganzen jedoch führten auch solche Werke, in benen ja gleichfalls die speculative Methode geübt wurde, zu keiner durchgreifenden Veränderung des dogmatischen Betriebes. Die Auffassung vom subjectiven Christenthum aber war unter dem Einfluß der sogenannten Erweckung mehr oder weniger pietistisch ausgeprägt und stand in keinem innerlich nothwendigen Zusammenhang mit den sogenannten objectiven Lehren, die man in der theoretischen Dogmatik bevorzugte. Man nahm sich der „gesunden Mystik" gegenüber dem ungesunden Mysticismus an, und im Zusammenhang mit dieser Tendenz wandte sich, seit zuerst de Wette den Blick auf die katholischen Mystiker des Mittelalters gelenkt hatte[1]), die kirchenhistorische Forschung mit Vorliebe jenen und anderen „Reformatoren vor der Reformation" zu. Für die Lehre von Gott endlich hatte man vorwiegend ein apologetisches Interesse. Man vertheidigte den christlichen Gottesgedanken gegen die Deisten, Pantheisten und Atheisten, theils in direct praktischer Absicht, theils theoretisch im Sinne und Rahmen der von Schleiermacher so genannten philosophischen Theologie, die bei vielen geradezu zu einem ersten grundlegenden Theile der Dogmatik auswuchs und schon dadurch die formale Einheit des Systems sprengte. Aber gerade von einer derartigen Fundamentirung der christlichen Lehre, die immer noch erst in der Zukunft in aller Gründlichkeit und Gediegenheit geleistet werden sollte, versprachen sich manche einen neuen Aufschwung der Theologie, dessen diese doch vielen mehr und mehr zu bedürfen schien. Man lese nur einmal die verschiedenen programmatischen und methodologischen Aufsätze, die in den Jahrbüchern für deutsche Theologie von deren erster Seite an erschienen sind. Dann wird

---

1) Dogmatik II § 7.

man erkennen, daß, was auch die Theologie ſeit Schleiermacher thatſächlich geleiſtet ober auch zu leiſten unterlaſſen hat, vor allem e i n e s mehr
und mehr abhanden gekommen war, die z i e l b e w u ß t e S i c h e r h e i t
e i n e s   g u t   b e g r ü n d e t e n   w i ſ ſ e n ſ c h a f t l i c h e n   S e l b ſ t v e r -
t r a u e n s [1]). Eine ſolche Haltung gedieh eigentlich nur noch auf der
nicht eben von vielen mehr erſtrebten abſoluten Höhe der ungebrochenen Hegelſchen Speculation und in dem Treibhaus der Repriſti-
nationstheologie. Auch daraus erklärt es ſich, daß vornehmlich dieſe auf
die theologiſche Jugend einen immer größeren Einfluß erlangte (ſ. o.
S. 5 f.), gegen deſſen Ausdehnung die Vermittlungstheologen mit den ihnen
verfügbaren Mitteln vergeblich angingen, während die liberalen Theologen zwar die hiſtoriſchen Disciplinen der Theologie mit großem Fleiß
bearbeiteten, der ſyſtematiſchen Theologie dagegen erſt wieder ſeit etwa
der Mitte der ſechziger Jahre ein größeres Intereſſe zuwandten. In
dieſer Lage der theologiſchen Wiſſenſchaft ſind die negativen Bedingungen
dafür gegeben, daß Ritſchl, als er ſeinen große Kraft und Sicherheit
athmenden einheitlichen Entwurf der chriſtlichen Weltanſchauung der
Öffentlichkeit vorlegte, gerade die Begabteren unter den jüngeren Theologen an ſich heranzog und auch manchen anderen das Vertrauen
wiedergab, daß ein zuſammenhängendes theologiſches Denken noch möglich
ſei, und daß die Dogmatik ſich weder einem ſkeptiſchen Hiſtoricismus
noch der trägen Routine eines intoleranten Bekenntnistrabitionalismus
preiszugeben brauche.

2. R i t ſ c h l s   M e t h o d e   i n   d e r   ſ y ſ t e m a t i ſ c h e n   T h e o l o g i e. —
Ritſchl übt nun in der ſyſtematiſchen Theologie eine durchaus andere
Methode, als ſeine unmittelbaren Vorgänger. Sein Verfahren iſt im
Grunde wieder ganz daſſelbe, das bereits bei früherer Gelegenheit in
ſeinen Hauptzügen charakteriſirt worden iſt (ſ. o. S. 167 f.). Nur konnte
es ſich wegen der Art der verſchiedenen Aufgaben reiner, als auf dem
Gebiete der Geſchichtserkenntnis, ausprägen, wo es ſich um die zuſammen-
hängende Darlegung der chriſtlichen Weltanſchauung handelte. Denn
hierbei mußte ſelbſtverſtändlich das comprehendere noch mehr als ſonſt
in den Vordergrund treten. Ritſchl hat anderen Theologen wiederholt
den Vorwurf gemacht, daß ſie „Fragmentarier" ſeien. Demgegenüber
legte er ſelbſt großes Gewicht darauf, daß die Objecte des wiſſenſchaftlichen Erkennens, nicht nur ein jedes in ſeiner Eigenart, ſondern auch
in ihrem Zuſammenhange unter einander und in dem richtigen Verhältnis
des Ganzen zu ſeinen Theilen und der Theile zu ihrem Ganzen auf-

---

1) A. a. O. S. 523.

gefaßt und gewürbigt würden. Deßhalb vor allen Dingen kam ihm so
viel darauf an, das Christenthum als eine in sich geschlossene einheitliche Weltanschauung darzustellen. In diesem Streben nach
einer zusammenhängenden Gesamtauffassung war Ritschl Schleiermacher
geistesverwandt, nur wohl noch consequenter und weniger beirrt durch
Ansprüche der wissenschaftlichen Mode, der doch auch jener seinen Tribut
entrichtet hat[1]). Ist es daher auch im Allgemeinen richtig, wenn Ritschls
systematische Befähigung als seine Hauptstärke angesehen wird, so kam
sie doch gerade unter der Bedingung zur Geltung, daß er die Dogmatik
nicht aus einem einzigen constitutiven Princip als System
zu entwickeln gesucht hat. Denn seine Achtung vor den wirklichen
Thatsachen der Geschichte und des Lebens war zu groß, als daß er hätte
versucht sein können, die ganze christliche Weltanschauung aus einem einzigen vorweg feststehenden objectiven Grundgedanken zu entwickeln. Sondern alle berechtigten und nothwendigen Rücksichten auf den gegebenen
Stoff wollte er gleichmäßig zu der Geltung bringen, die ihnen gebührte.
Aber keine einzelne sollte so überwiegen, daß dadurch den übrigen Gewalt
geschähe. Und deßhalb sind es vielmehr stets zwei[2]) oder drei[3]) oder
mehrere constitutive Größen, die Ritschl gleichzeitig neben einander, eine
jede in ihrer Art, ins Auge faßte, um zunächst ihren eignen wirklichen
Zusammenhang zu ermitteln und darzustellen. Wie sich dann aber die
übrigen Begriffe jenen Grundgedanken unterordneten, das ergab sich je
nach ihrem Inhalt und nach dem Verhältnis der Wechselwirkung, in dem
sie zu den leitenden Gesichtspunkten und unter einander stehen. Der
systematische Factor in Ritschls Theologie war also vielmehr nur ein
inneres Band, das alles Einzelne zu einem Ganzen zusammenfaßte, nämlich die gleichartige Auffassung, die sich auf alle die verschiedenen
einander verwandten oder entgegengesetzten Objecte in möglichst vollständiger Anwendung richtete. Und zwar ist dies der einheitliche
Standpunkt, daß der Theologe sich in die christliche Gemeinde einzurechnen habe, indem er die Lehren des Christenthums
entwickelt oder beurtheilt. Hierin allein liegt nach Ritschls Ansicht die
systematische Einheit der Theologie. So aber hat er vielmehr die alte
Forderung der analogia fidei in einer neuen einheitlichen und geschlossenen

---

1) A. a. O. S. 525; s. o. S. 180.
2) Vgl. das Bild der Ellipse für das Christenthum, und die Wechselbeziehung,
die zwischen den Begriffen Offenbarung und Glaube angenommen wird.
3) Vgl. das Bild des durch drei Punkte fest bestimmten Kreises, wie es auf die
Anschauung der Religion durch die drei Begriffe Gott, Welt, Mensch und auf die
des Christenthums durch die drei Begriffe Gott, Christus, Gemeinde angewandt wird.

Geſtalt zur Geltung gebracht, als daß er ſeinen ſyſtematiſchen Sinn der vermeintlichen Nothwendigkeit eines einzigen Princips verkauft hätte. Daß er aber ſolchen Anſprüchen nicht mehr nachgab, war auch ein Er= trag ſeiner Abwendung von der Hegelſchen Speculation und der Tübinger Schule.

א. Die zuſammenfaſſende Methode Ritſchls tritt in allen Theilen ſeines Syſtems hervor. Durch ſie iſt auch erſt ſeine Erkenntnis= theorie bedingt. Denn dieſe deckt ſich nicht etwa mit ſeiner Methode über= haupt. Sondern ſie ſtellt nur deren formale Seite dar. Inſofern enthält ſie freilich in folgerechter Ausprägung die allgemeinen Regeln des von Ritſchl als richtig erkannten wiſſenſchaftlichen Verfahrens. Doch hatte er dies ſchon früher geübt und in der Übung als zuverläſſig erprobt, bevor er darauf ſeine beſondere Aufmerkſamkeit richtete und es in einer vollſtändigen Theorie darſtellte und zu recht= fertigen verſuchte. So werden in der erſten Auflage nur erſt ge= legentlich erkenntnistheoretiſche Fragen berührt, aber bereits ganz in demſelben Sinne behandelt, wie ſpäter (S. 343. 357). Alſo in ſach= licher Hinſicht ſtimmt mit den erkenntnistheoretiſchen Geſetzen, die Ritſchl nach einer Reihe von Jahren entwickelte, indem er ſie im Grunde doch nur aus ſeiner bisher bereits deutlich ausgeprägten theologiſchen Auf= faſſungsweiſe abſtrahirte, durchaus die Art überein, in der er ſchon früher die concreten theologiſchen Fragen ſelbſt angriff und zu löſen ver= ſuchte. Im Ganzen aber läßt ſich Ritſchls Erkenntnistheorie als ein Proteſt gegen das Verfahren auffaſſen, vorläufige Diſtinctionen als endgültige Unterſchiede zu fixiren und ſo von vornherein die Thätig= keit des comprehendere mehr oder weniger zu vereiteln. Denn ein jedes Ding iſt ſtets in ſeiner Art ein Ganzes und giebt ſich als ſolches kund in der Geſamtheit ſeiner Wirkungen. Wo aber keine Wirkungen nachweisbar ſind, da iſt auch kein Ding, und alle Dinge können nur aus ihren Wirkungen erkannt werden. Doch die Erkenntnis= theorie ſteht gerade auch nach Ritſchls Anſicht unter den verſchiedenen Beſtandtheilen des wiſſenſchaftlichen Apparats der Theologie dem Inhalt der chriſtlichen und theologiſchen Überzeugung ſelbſt am fernſten. Sie hat zwar durchaus regulative Geltung in der wiſſenſchaftlichen Theo= logie und deshalb namentlich auch hohen didaktiſchen Werth, wie es denn Ritſchl ſpäter liebte, an ihr gewiſſe dogmatiſche Streitpunkte klar zu machen. Aber ſie iſt doch immer nur das formale Geſetz des Erkennens, das übrigens in jeder Wiſſenſchaft gilt. Und daher iſt es abſurd, ihre Regeln als conſtitutive Principien der Theologie aufzu= faſſen. Dieſe Anwendung hat Ritſchl ſelbſt ausdrücklich abgelehnt.

Dennoch ist er immer wieder dahin misverstanden worden, als ob gerade
das seine Meinung sei, und je mehr die Debatte sich später um jenes
Außenwerk seines Systems concentrirt hat, um so weniger haben viele
sich Mühe geben zu müssen gemeint, zu einem zusammenhängenden Verständnis seiner Theologie durchzubringen.   Denn auch die Erkenntnistheorie darf nicht von dem übrigen isolirt werden, und sie hätte überhaupt gar keinen theologischen Werth, wenn ein Urtheil über sie außer
dem Zusammenhang mit dem System, in dem sie von vorn herein angewandt worden ist, erreicht werden könnte.

b. Viel tiefer als die Erkenntnistheorie führt Ritschls Psychologie in das Verständnis seiner Theologie hinein. Dennoch sind in der
Discussion über diese die psychologischen Fragen noch kaum berührt
worden. Der Grund dafür ist darin zu sehen, daß Ritschl selbst auf die
von ihm vorausgesetzten psychologischen Anschauungen nur gelegentlich,
wenn er einmal direct daraus Consequenzen zog, niemals aber ebenso
nachdrücklich, wie auf seine Erkenntnistheorie, aufmerksam gemacht hat.
Seine Psychologie im eigentlichen Sinne beschränkt sich auch nur auf
wenige Grundgedanken, die ihm wohl durch Lotze, vielleicht schon
durch Schleiermacher zugeführt sind. Doch hat er sich niemals dazu
veranlaßt gesehen, eine vollständige psychologische Theorie selbständig vorzutragen. Indessen haben gerade Ritschls Anschauungen über die menschliche Seele und ihr Leben nicht nur formale und regulative Bedeutung
für seine Theologie. Sie bedingen zunächst auch schon die Erkenntnistheorie selbst, während sie andererseits von dieser wieder abhängig sind.
„Ontologie und Psychologie," sagt Ritschl einmal (2. u. 3. A. 18),
„setzen sich gegenseitig voraus, und ihre Ergebnisse entsprechen einander."
Um so wichtiger ist es daher, Ritschls psychologische Ansichten zu beachten
und ihre constitutive Einwirkung auf seine Darstellung des Christenthums, soweit sie reicht, zu verfolgen.

Auch an diesem Punkte zeigt sich wieder die Methode, alle Einzelheiten zu einem Ganzen zusammenzufassen, bei vorläufigen Trennungen
nicht stehen zu bleiben, und seiner Art nach Zusammengehöriges nicht auf
die Dauer zu isoliren. Denn nach Ritschls Auffassung ist die menschliche Seele, wie jedes Ding, ein einheitliches Ganzes, und nur
als solches sich selber bewußt. Ihre einzelnen Functionen und die verschiedenen zeitlichen Stadien des Seelenlebens stehen nothwendig im Zusammenhang und in Wechselwirkung mit einander. Es ist aber in
jedem Falle fehlerhaft, Zusammengehöriges zu trennen. Erscheinen also
Gegensätze im zeitlichen Verlauf des Seelenlebens, so sind die verbin-
denden Fäden zwischen ihnen aufzuweisen. So ist es nicht denkbar, daß die

Seele auf einmal einen völlig neuen Inhalt gewinnt, der ohne jeden Zuſammenhang mit ihrer bisherigen Beſchaffenheit wäre. Durch dieſen Grundſatz ſind die wichtigen Ausführungen über das Schuldbewußtſein beherrſcht, in welchem die Continuität des chriſtlichen Heilsſtandes mit dem ihm vorhergehenden Strafzuſtande anſchaulich wird (S. 38 f. 2. A. 46 f. 49 f. 3. A. 48. 51). Ferner vertritt Ritſchl, wie ſchon Schleiermacher, die Anſicht, daß der menſchliche Geiſt niemals völlig paſſiv gedacht werden darf, wenn er irgendwelche Wirkungen erfährt. Vielmehr wird er durch jede Wirkung, die auf ihn ausgeübt wird, zu irgendwelcher Gegenwirkung angeregt, in der überhaupt erſt die Thatſache jener Wirkung erkennbar vorliegt. In dieſer reactiven Thätigkeit zeigt ſich die Seele aber nothwendig ſelbſtthätig.

Dieſe Anſchauung erſtreckt nun ihre Tragweite über Ritſchls geſamtes Syſtem. Zunächſt folgt aus ihr der Grundſatz, daß alle göttlichen Wirkungen, wie ſie z. B. gerade auch in den Begriffen Rechtfertigung und Verſöhnung ausgedrückt werden, in ihrer eigenthümlichen Wirkſamkeit nur in ſolchen menſchlichen Selbſtthätigkeiten erkannt werden können, in denen ſich ihr thatſächlicher Erfolg darſtellt. Welche menſchlichen Functionen dies aber ſind, das ergiebt ſich aus dem Vergleich mit dem eigentlich ſittlichen Handeln, deſſen ſelbſtthätige Production durch den Menſchen von niemandem ernſtlich beſtritten werden kann. Und doch iſt gerade auch unſer Wollen und Thun des Guten eine Wirkung Gottes, obgleich andererſeits wieder in dieſer eigentlichſten Activität des Menſchen ſeine ſittliche Selbſtändigkeit zu Tage tritt, wie denn auch damit das Gefühl der eignen Freiheit aufs engſte verbunden iſt. So tritt gleich von vorn herein die „theologiſche Meiſterfrage" in Ritſchls Geſichtskreis. Ihre eigentliche Löſung wird freilich erſt ſpäter gegeben. Dennoch beherrſcht dieſe Löſung bereits die grundlegenden Frageſtellungen ſowohl wie den geſamten ferneren Gedankenfortſchritt. Jene Meiſterfrage ſelbſt formulirt nun Ritſchl dahin, wie „die Abhängigkeit von Gott als die Form des menſchlichen Handelns aus Liebe mit der menſchlichen Freiheit vereinbar iſt, in welcher es ebenſo nothwendig iſt, dieſes Handeln zu denken, als dieſelbe durch unſer unmittelbares Selbſtgefühl bezeugt wird" (S. 251. 2. A. 271. 3. A. 277). Die Löſung aber, die Ritſchl giebt, fußt wieder auf dem Grunde empiriſcher pſychologiſcher Beobachtung. Denn nur ſo iſt jene Frage überhaupt zu löſen, während die bloß logiſche Theorie niemals über den Widerſpruch zwiſchen Freiheit und Abhängigkeit hinausgekommen iſt und hinauskommen kann. Aber gerade im Gebiet des Chriſtenthums macht jeder, der das von Gott gewollte Gute zu thun bestrebt ist, thatsächlich die Erfahrung, daß man die wirkliche Freiheit nur in einer besondern Art der Abhängigkeit von Gott besitzt. Denn die Freiheit im vollen Sinne ist die Macht der Selbstbestimmung über die selbstsüchtigen Triebe. Diese Macht wird indessen nur erreicht, wenn der Wille auf den allgemeinsten guten Endzweck gerichtet ist, dessen christlicher Ausdruck das Reich Gottes ist. Das Reich Gottes ist aber von Gott abhängig, und jeder Mensch, der als Christ das dem Reiche Gottes entsprechende Handeln ausübt, weiß sich in demselben Maße von Gott abhängig, als er zugleich sich seiner sittlichen Freiheit bewußt ist[1]). Die eigentliche Freiheit und die Abhängigkeit von Gott stehen also wohl für das isolirte Denken, nicht aber für die lebendige Überzeugung des Menschen, der von beiden eine wirkliche Erfahrung hat, im Gegensatz, sondern vielmehr in vollständigem Einklang als ein identisches Erlebnis, das jedem zu Theil werden kann, der seinen Willen auf das Gute im christlichen Sinne richtet.

Wenn nun dem Menschen die Erfahrung einer solchen Abhängigkeit von Gott bewußt wird, so geschieht dies durchaus in einem religiösen Urtheil. Denn religiöse Urtheile haben ihre Eigenart darin, daß man sich und alles, worauf diese Betrachtung angewendet werden kann, in Abhängigkeit von Gott stellt oder als Wirkung Gottes[2]) erkennt. Daß also Gott auch unser Wollen und Vollbringen bewirkt, das ist eine Aussage, in der sich die religiöse Betrachtungsweise ausspricht, die der Mensch in seiner frommen Selbstbeurtheilung übt. Wie

---

1) In der Lösung der Frage sind Ritschl andere vorangegangen. Er citirt selbst wiederholt als grundlegende Erkenntnis das Wort Phil. 2, 12 f. Man vergleiche aber auch die klare Formulirung des Sachverhalts bei Palmer, Die Moral des Christenthums, S. 181: „Alles wahrhaft Gute im Christen ist vollständig Gottes Werk, das Wollen wie Vollbringen, der erste innere Antrieb wie der entscheidende Entschluß; — und alles wahrhaft Gute im Christen ist vollständig seine eigene Sache, d. h. Sache seiner Freiheit, Offenbarung seines eigenen, neuen, vom Geist erfüllten Ich."

2) Die späteren Auflagen bevorzugen den Ausdruck Wirkung Gottes, brauchen daneben aber auch noch den Ausdruck Abhängigkeit von Gott, der in der ersten Auflage der regelmäßige ist. Einen sachlichen Unterschied bedeutet dieser verschiedene Sprachgebrauch nicht. Nur tritt es in den späteren Auflagen deutlicher hervor, daß unter dem religiösen Gesichtspunkt stets Gott als das eigentlich wirkende Subject gedacht wird, wie dies ja auch die erste Auflage, die in der auf den bisher vernachlässigten ethischen Gesichtspunkt besonderes Gewicht gelegt wird, nicht leugnet, sondern ebenfalls behauptet. Denn auch in der ersten Auflage wird gelegentlich die Rechtfertigung z. B. S. 26, als Wirkung Gottes bezeichnet.

nun die ethische Betrachtungsweise, vermöge deren sich der Mensch in allem seinem Thun verantwortlich und frei weiß, keinen sachlichen, sondern nur einen formalen Gegensatz zu der religiösen ausdrückt, und wie sie deshalb nothwendig mit jener sich gegenseitig ergänzt, so gewinnt Ritschl auch den scheinbar ausschließlich religiösen Begriffen, wie Rechtfertigung und Versöhnung, ihre **ethische Kehrseite**[1]) ab. So aber bildet er den Begriff der **eigenthümlichen religiösen Selbstthätigkeit des Christen** oder der **eigentlich religiösen Functionen**, die neben dem eigentlich sittlichen Handeln selbständig, wenn auch in Wechselwirkung mit ihm stehen. Es sind dies der **Vorsehungsglaube, die Demuth, die Geduld und das Gebet.** Alles dieses sind Leistungen, in denen der Mensch **durchaus activ und selbstthätig** ist, ohne doch in ihnen ein im engern Sinne sittliches Handeln zu üben, wie es als solches stets durch das Motiv der **Nächstenliebe** bestimmt ist. Deshalb stellt sich in dem Vorsehungsglauben und seinen unmittelbaren Folgerungen vielmehr die **ausschließlich religiöse Activität des frommen Christen** dar. In dieser aber erreichen gerade die **Heilswirkungen Gottes** auf den Menschen ihren nächsten Erfolg, oder, wie es in der ersten Auflage heißt, die thatsächliche Abhängigkeit von Gott wird in jenen

---

1) Man bemängelt neuerdings mehrfach, daß Ritschl den Begriff des Reiches Gottes überwiegend im ethischen Sinne braucht, während das Neue Testament nur das Recht begründe, das Reich Gottes in der Bedeutung von Gottesherrschaft als Gut oder Gabe im religiösen Sinne zu fassen. Man beachtet dabei nicht, daß Ritschl selbst sowohl im zweiten Bande (§ 5), als auch im dritten (2. u. 3. A. § 6) den religiösen Begriff der Gottesherrschaft als die eigentliche und ursprüngliche Bedeutung des Ausdrucks Reich Gottes feststellt. Aber allerdings gewinnt er auch diesem „direct religiösen Begriff" seine ethische Kehrseite ab. Denn da eine geistige Herrschaft über geistige Personen gar nicht als wirklich gedacht werden kann, wenn diese, die niemals nur als passiv vorgestellt werden können, nicht auch die Herrschaft Gottes thatsächlich anerkennen, so ist es einfach nur eine psychologische Nothwendigkeit, die menschlichen Leistungen des Gehorsams gegen Gott als den Thatbeweis für das Vorhandensein des Reiches Gottes diesem Begriff selbst einzugliedern. Denn die moderne Hypothese lag allerdings noch außerhalb seines Gesichtskreises, und er hätte sie sich auch niemals angeeignet, daß Jesus das Reich Gottes lediglich im eschatologischen Sinne, und seinen Eintritt in magischer Weise nach der Art eines deus ex machina gedacht habe. Und daß nun in Ritschls Dogmatik der ethische Begriff des Reiches Gottes vor der religiösen Anschauung derselben Größe, die doch stets als seine Grundlage vorausgesetzt ist, zu überwiegen scheint, ist wiederum nur durch den psychologischen Grundsatz bedingt, daß göttliche Wirkungen als solche allein in den entsprechenden menschlichen Selbstthätigkeiten erkannt werden können, in denen sie ihren thatsächlichen Erfolg erreichen.

religiösen Functionen als solche von dem Menschen wirklich und bewußtermaßen anerkannt. Und der Grund für diese Auffassung ist eben die
psychologische Wahrheit, daß die menschliche Seele niemals nur als
passiv, sondern stets zugleich auch als activ angesehen werden muß.

c. Der religiösen Betrachtungsweise ist es eigenthümlich, daß sie
Gott als das Subject seiner Wirkungen und den Menschen und die
Welt als das von Gott abhängige Object derselben Wirkungen auffaßt.
In der ethischen Betrachtungsweise dagegen weiß der Mensch sich selbst
als Subject sowohl seiner sittlichen als auch seiner religiösen Functionen.
Beide Auffassungen werden in dem empirischen christlichen Leben von dem
Christen ausgeübt. Beide Gesichtspunkte sind auch in der Theologie
unumgänglich nothwendig. Sie begründen den Unterschied der
Dogmatik und der Ethik (S. 9. 2. u. 3. A. 14). Wenn daher
die Dogmatik im Allgemeinen alle Bedingungen des Christenthums in dem
Schema der Abhängigkeit von Gott oder der Bewirkung durch
Gott (3. A.) zu begreifen hat, so kommt doch in Betracht, daß nur
Gott den Zusammenhang des Ganzen übersieht, nicht aber die Menschen.
Denn diese sind immer nur momentan im Stande, sich in der Andacht
auf den Standpunkt Gottes zu versetzen. So haben sie das Bewußtsein
der Abhängigkeit von Gott auch nur, wenn sie sich in den Momenten der
religiösen Erhebung als Glieder in das Ganze einreihen, in
dessen Dienste sie thätig sind. Dagegen ist der Gedanke der Freiheit mit
dem Bewußtsein der Selbständigkeit und Verantwortlichkeit die regelmäßige Form der menschlichen Selbstbeurtheilung, die im wirklichen
Leben immer im Vordergrunde steht, so bestimmt man sich auch auf die
Gnade Gottes stützt. Von diesem Standpunkt der Entgegensetzung gegen
Gott aus kann auch überhaupt nur eine menschliche Erkenntnis gewonnen
werden. Soll also die Dogmatik nicht unverstanden bleiben und nur aus
Worten bestehen, die eben nicht unsere Erkenntnis ausdrücken, so kann
sie nicht umhin, zwischen Sätzen abzuwechseln, in denen der Standpunkt Gottes, und in denen derjenige des Menschen eingenommen wird.
Insbesondere muß sie „die Wirkungen Gottes, Rechtfertigung, Wiedergeburt, Mittheilung des heiligen Geistes, Verleihung der Seligkeit im
höchsten Gute so erkennen lehren, daß die entsprechenden Selbstthätigkeiten analysirt werden, in welchen die Wirkungen Gottes
vom Menschen angeeignet werden". (2. A. S. 31 f. 3. A. 32 f. vgl.
1. A. 21.)

Damit bekennt sich Ritschl zu dem Verfahren Schleiermachers,
das Verständnis der objectiven christlichen Lehren aus deren Abspiegelung
in dem menschlichen Subject zu gewinnen. Andererseits lehnt er es

ebenso bestimmt ab, mit Hofmann und Lipsius die subjective Erfahrung
als den constitutiven Factor der Theologie zu verwerthen. Vielmehr ist
das Neue Testament, dem die biblische Theologie die maßgebende Kenntnis
der göttlichen Offenbarung zu entnehmen hat, die eigentliche Quelle des
christlichen Gedankenstoffs. Daß aber dessen religiöser Inhalt wirklich
verstanden werde, um von Menschen mit voller Überzeugung angeeignet werden zu können, dazu bedarf es eben dessen, daß in dem christlichen Subject die durch die Offenbarung vermittelten Wirkungen Gottes
als wirklich und wirksam nachgewiesen werden. Denn die Religion hat
es stets mit der Überzeugung zu thun, und „wo es sich um Überzeugung
handelt," sagt[1]) Ritschl einmal, „da ist der objective Inhalt nie für sich,
sondern immer in einer subjectiven Form entscheidend".

Diese psychologische Einsicht ist nun vor allem maßgebend für Ritschls
Auffassung vom Glauben im Unterschiede von dem theoretischen Wissen. Der eigentliche Zweck der christlichen Lehren ist eben
der, daß der religiöse Inhalt, den sie ausdrücken, geglaubt, nicht daß sie
in der Art von wissenschaftlichen Sätzen gekannt oder gewußt werden.
Diese Ansicht hat Ritschl seit der zweiten Auflage des dritten Bandes
durch die Grundzüge einer Theorie über das religiöse Erkennen
zu unterbauen begonnen, das in bestimmten selbständigen Werthurtheilen[2]) verlaufe. Die Grundsätze aber, die nun entwickelt und
auf einige Hauptgedanken des Christenthums angewandt werden, sind
wesentlich in demselben Sinne schon in der ersten Auflage befolgt worden.
Ritschls Auffassung vom Glauben steht nämlich durchaus im Widerspruch
mit dessen psychologisch unhaltbarer Definition in der alten Dogmatik, daß
er sich successive aus den menschlichen Leistungen der notitia, des assensus
und der fiducia zusammensetze. Ritschl dagegen faßt auch den Glauben
als ein einheitliches Ganzes, indem er ihn im Anschluß an Melanchthon
als das Vertrauen zu Gott definirt. Natürlich schließt er damit das
Moment der notitia nicht aus[3]), wie ihm wohl gelegentlich unterstellt
wird. Denn die religiöse Erkenntnis, die doch gerade im Glauben erreicht
werden soll, ohne eine gegenständliche notitia zu denken, wäre einfach
absurd. Wohl aber lehnt Ritschl es ab, einen theoretisch gemeinten
assensus zu den Dogmen abgesehen von der fiducia und vor der fiducia
als nothwendig oder gar werthvoll gelten zu lassen. In diesem Sinne
wird die fiducia der fides historica entgegengestellt. Ferner schließt

---

1) An Scholz 13. 3. 75.

2) In der Schrift über Fides implicita bezeichnet Ritschl die religiösen Urtheile
des Glaubens als „directe Werthurtheile".

3) Vgl. dazu Fides implicita, S. 86.

Ritschl stets in den Begriff des Glaubens selbst das subjective Interesse der Seligkeit ein, auf welches alle religiösen Vorstellungen und Gedanken nothwendig bezogen werden müssen. Es kommt also nicht wie in der Wissenschaft darauf an, eine uninteressirte, theoretische Erkenntnis von den Gegenständen des Glaubens zu gewinnen, sondern auf die persönliche Überzeugung davon, daß Gott, Christus, sein Werk, der heilige Geist, die Trinität, die Kirche und alle anderen religiösen Größen des Christenthums für uns zum Zwecke unserer Seligkeit vorhanden und wirksam sind. Und in dem Maße, als wir unser Vertrauen auf diese religiösen Größen setzen, eignen wir uns ihre Gnadenwirkungen an. Deren aber können wir uns auf andere Weise, und namentlich durch ein uninteressirtes Erkennen, überhaupt nicht bemächtigen.

Mit dieser dem Wesen aller Frömmigkeit selber abgelauschten Einsicht tritt nun Ritschl folgerecht aller sogenannten natürlichen Religion und Theologie entgegen. Deren Ablehnung ergiebt sich andererseits aus dem Grundsatz, daß die Offenbarung in Christus allein die Quelle der richtigen und vollständigen Gotteserkenntnis ist. Da aber Offenbarung und Glaube nothwendig Wechselbegriffe sind, so ist es in letzter Instanz doch nur ein einziger durchschlagender Grund, der gegen das Recht der natürlichen Religion geltend gemacht wird. Deren hauptsächlicher Inhalt ist auch in Wirklichkeit nichts weiter, als ein Niederschlag vorchristlicher Bildungselemente, insbesondere von Gedanken der griechischen Philosophie, die sich die Kirchenväter zunächst im apologetischen Interesse aneigneten, dann aber auch in die christliche Dogmatik selber einführten. Seitdem hat diese zwei oder gar drei (2. u. 3. A. S. 4 f.) verschiedenartige Erkenntnisgründe. So aber ist die in ihr enthaltene Weltanschauung auch nicht einheitlich. Daher läuft die natürliche Theologie schon dem blos formalen systematischen Interesse der Dogmatik zuwider.

III. Die Lehre von Gott.

Der Grundsatz, daß von der natürlichen Religion kein Gebrauch in der christlichen Theologie gemacht werden soll, kommt namentlich in Ritschls Lehre von Gott zur Geltung. Das ist sehr erklärlich, da andererseits gerade die Gotteslehre der hergebrachten Dogmatik durchaus durch die natürliche Theologie beherrscht ist. Indem aber Ritschl diese abweist, macht er vielmehr mit dem Gedanken vollen Ernst, daß Gottes Wesen und Wirken allein aus der Offenbarung in Christus erkannt werden müsse. Also ist die Offenbarung und ihr Verständnis die einzige Voraussetzung der christlichen Lehre von Gott. Dieser Zusammenhang hätte nun Ritschl veranlassen können, die Lehre von Gott erst nach der Lehre von Christus zu behandeln, und vielleicht wäre durch eine solche Anordnung das zusammenhängende Verständnis seiner Theologie erleichtert worden. Daß er aber nicht daran gedacht hat, ist wohl nicht weniger, als durch das Herkommen, dem er in dieser äußerlichen Frage einfach folgte, durch seinen allerdings dogmengeschichtlich so fruchtbaren Grundsatz bedingt, daß stets die Gotteslehre die theologischen Systeme beherrscht. Da aber Ritschl wiederum grundsätzlich den späteren Lehren der Dogmatik eine Rückwirkung auf die früheren einräumt (S. 287. 343), so darf in keinem Falle übersehen werden, daß gerade seine Lehre von Gott durchaus auf derjenigen von Christus beruht, gerade so wie diese bereits das Verständnis der Rechtfertigung und ihrer Wirkungen auf die Menschen voraussetzt. Die Erkenntnis dieses Zusammenhangs ist um so wichtiger, als die Lehre von Gott überwiegend in Ausführungen verläuft, bei denen der Standpunkt Gottes eingenommen wird. Können wir uns aber auf diesen immer nur momentan versetzen (s. o. S. 190), und zwar auch nur, sofern uns Gottes Wesen durch Christi Offenbarung im Glauben offenbar ist, so ergiebt sich, daß die Bestimmungen, die insbesondere über Gottes Verhalten zur Welt erreicht werden, nichts anderes sind, als Combinationen, die aus unserem gläubigen Verständnis der göttlichen Offenbarung in Christus gefolgert werden.

1. In Ritschls Urtheil über die Ungültigkeit der natürlichen Religion liegt der Grund dafür, daß er, wie schon manche Denker seit Kant, die herkömmlichen Beweise für das Dasein Gottes ablehnt. Dagegen suchte er zunächst im Anschluß an Kant einen Ersatz für sie in einer schon früher mitgetheilten (s. o. S. 23 f.) Gedankenreihe zu bieten, die darauf hinauskommt, daß unter bestimmten gegebenen Voraussetzungen die Annahme der Gottesidee kein praktischer Glaube, sondern ein Act theoretischer Erkenntnis sei. Dadurch, meinte Ritschl lange Zeit, werde auch die Theologie erst als Wissenschaft möglich (S. 192. 2. A. 209 f.). Aber es war im Sinne seiner theologischen Gesamtanschauung nur folgerecht, daß er in der dritten Auflage diese Ansicht nicht mehr wiederholt, sondern durch die entgegengesetzte Entscheidung ersetzt hat (S. 214). Freilich hätte nun auch der ganze § 29 anders gestaltet werden müssen[1]).

---

1) Vgl. Traub. Ritschls Erkenntnistheorie. Zeitschr. f. Theol. u. K. 1894. S. 117 f.

Da dies aber nur zum Theil geschehen ist, stehen die neueren Partien mit den älteren nicht völlig im Einklang. Deshalb bedürfen die Ausführungen der früheren Auflagen, die in der dritten stehen geblieben sind, einer Correctur in dem Sinne, daß ein theoretischer Beweis für das Dasein Gottes überhaupt nicht geführt werden kann.

Im Gegensatz gegen die natürliche Theologie erklärt sich Ritschl ferner gegen die Constructionen, durch welche Gott zunächst als das Absolute festgestellt wird, um so als das Substrat vorausgesetzt werden zu können, das dann als der Träger der verschiedenen göttlichen Eigenschaften, der Allmacht, Liebe, Gerechtigkeit u. s. w. ausgegeben wird. Gerade gegen diese Gedankenbildung hat Ritschl später mit Vorliebe erkenntnistheoretische Erwägungen geltend gemacht. Seine eigne Auffassung von Gott steht aber auch wieder mit seinen psychologischen Anschauungen in Parallele. Wie nämlich die menschliche Seele als Ich stets ein einheitliches Ganzes ist, das in dem gesamten Complex seiner verschiedenen Fähigkeiten und Wirkungsweisen seinen eigenthümlichen Bestand hat, wie aber diese Thatsachen des Seelenlebens, in denen allein die Wirklichkeit des Ich erkennbar ist, nicht als minderwerthige Zugabe von dem fictiven An-sich der Seele isolirt werden können, so ist auch Gott dasjenige Subject, dessen einheitliches Wesen sich in seinen Offenbarungswirkungen dem Glauben erschließt. Es erschien nämlich Ritschl auch als Misachtung der göttlichen Offenbarung in Christus, wenn nicht von ihr, sondern von den Schlußfolgerungen des natürlichen Verstandes, die in der natürlichen Theologie zusammengestellt werden, die entscheidende Auskunft über Gottes Eigenart und göttliches Wesen begehrt werden sollte. Also umfaßt Ritschls Gottesbegriff gleichmäßig den Complex aller göttlichen Wirkungsweisen, in denen Gott seinem Wesen nach als Gott dem Glauben erkennbar wird. In Gottes Eigenschaften, aber nicht vor oder hinter ihnen ist Gott selbst zu begreifen, gerade so wie der Mensch in den concreten Außerungen seines Seelenlebens, aber nicht abgesehen von diesen seiner selbst sich bewußt ist.

In formaler Hinsicht ist nun Gott als Persönlichkeit vorzustellen (s. o. S. 24). Den Inhalt des Gottesbegriffs aber bildet seine Liebe. Diese ist das offenbare Wesen Gottes selbst. Dagegen bestimmt Ritschl die Eigenschaften Gottes als die Arten seines offenbaren Wirkens. Insofern erkennt er weder negative, noch ruhende, noch von der Welt abgezogene Eigenschaften Gottes an. Vielmehr unterscheidet er die göttlichen Eigenschaften in solche, die sich auf den ganzen Umfang des erkennbaren Wirkens Gottes beziehen, und in diejenigen, welche sein Wirken in dem Gebiete des menschlichen Heiles bezeichnen.

Jener ersten Gruppe gehören die Allmacht mit der Modification der Allgegenwart, und die Weisheit mit den Modificationen der Allwissenheit
und der Güte an. Unter die zweite Gruppe fallen die Gerechtigkeit mit
ihren Abwandlungen als Gnade, Barmherzigkeit, Langmuth, und die
Wahrhaftigkeit mit der Abwandlung der Treue.

Bei diesem Entwurf der Lehre von Gottes Wesen und Eigenschaften
ist es nun ganz offenbar Ritschls Streben gewesen, in allen göttlichen
Eigenschaften unmittelbar Gottes Wesen als Liebe anzuschauen, so daß
der Spielraum beider Begriffe sich völlig deckt, nicht aber
Gottes Liebe in der Weise als Substanz zu fassen, daß sich zu ihr jene
Eigenschaften als neu hinzutretende Bestimmungen oder als Accidentien
verhalten. Denn nach seiner Erkenntnistheorie ist das Schema von
Substanz und Accidens überhaupt gegenstandslos. (S. 295. 2. A. 313.
3. A. 319.) Wenn daher Ritschl einmal die Allmacht, Allgegenwart und
Allwissenheit Gottes als die im Verhältnis zur Welt erst abgeleiteten
Eigenschaften Gottes bezeichnet (S. 396), so ist diese Wendung mit Recht
in den späteren Auflagen weggefallen. Denn auf Constructionen der
Existenzweise Gottes an sich kam es ihm ja überhaupt nicht an. Und
deshalb konnte er es auch dahingestellt sein lassen, wie Gottes Liebe
zugleich allmächtig sei. Er nahm vielmehr nur die Thatsache als gegeben
hin, daß sie es sei; dazu aber sah er sich für berechtigt an, weil nach
dem christlichen Glauben die ganze Welt nur als Gott durchaus zur
Verfügung stehendes Mittel seines Liebeszwecks, des Reiches Gottes,
gedeutet werden kann.

2. Wenn Ritschl die natürliche Theologie ablehnt, so hat dies ferner
den Sinn, daß das ätiologische Verfahren der Schlußfolge-
rung, wie es in der Naturwissenschaft von ausschließlicher Beweiskraft
ist, in dem Gebiet der Glaubenserkenntnis auf diejenigen Grenzen beschränkt
wird, in denen es der Natur der Sache nach berechtigt ist. Jene hat
nämlich immer die Aufgabe, von gegebenen Wirkungen auf deren Ursachen
zurückzuschließen. Auf diese Weise kann aber niemals der christliche Gott
als die letzte Ursache alles Seins in der Welt erkannt werden. Denn
durch das kosmologische Argument, das jener Gedankenbildung entspricht,
bleibt der Gott stets unerreicht, an den wir glauben. Steht nun auch
der Triftigkeit des physiko-teleologischen Beweises selbst die Thatsache der
Erfahrung entgegen, daß in der Welt Erscheinungen der Zwecklosigkeit
und Zweckwidrigkeit neben denen der Zweckmäßigkeit vorhanden sind, so
ist doch die teleologische Betrachtung als solche das Gesetz des
seiner selbst bewußten Geistes im Unterschiede von der Natur, während
der reine Causalnexus vielmehr das Gesetz der Natur ist. Und daher ist

13*

es ebenso berechtigt wie nothwendig, daß der Gebrauch des Zweck-
gedankens in der Theologie vorherrscht, und daß ihm auch
die causalen Momente, die daneben vorkommen, untergeordnet werden,
sofern sie aus dem Zweck gedeutet werden müssen, dem sie zugleich zu-
streben. Die Kenntnis des letzten Zwecks in der Welt verdankt aber der christliche Glaube lediglich der göttlichen Offenbarung in Christus.
So ist der Gedanke des Reiches Gottes als des allgemeinen Endzwecks die leitende Idee, aus der sich sowohl die Bestimmung des Menschen
ergiebt, als auch die Deutung des göttlichen Weltplans. Denn auf das
Ziel hin, daß das Reich Gottes als die Vereinigung seiner Genossen in
gegenseitiger Liebe, in der zugleich jeder von ihnen seine Seligkeit gewinnt,
als der Zweck der ganzen Welt erreicht werde, bewegt sich von vorn
herein die gesamte Weltregierung Gottes.

In diesem Zusammenhange wird zunächst die Entstehung der Welt
als schöpferische That der allmächtigen Liebe Gottes gedeutet. Diese
Auffassung ist ein schon Hebr. 11, 3 formulirtes Urtheil des Glaubens.
Denn der Glaube versteht die Welt mit allem, was sie umfaßt, nur als
ein Mittel der eigentlichen Bestimmung des Gläubigen, das in der Hand
Gottes dem Zwecke der eigenen Seligkeit im Reiche Gottes dient. Ebenso
wird die Geschichte der Völker, soweit sie dazu Vergleichungspunkte
darbietet, und nicht nur, wie z. B. auch von Lessing, allein die Geschichte
Israels, als von Gott gewolltes Mittel zur Durchführung seines Heils-
plans an den Menschen gewürdigt (§ 38). Dieser aber ist in Jesus
Christus der Gemeinde direct offenbart, und die Gemeinde Christi ist
die Größe, in welcher und durch welche das Reich Gottes zur Wirklichkeit
werden soll. Sie ist daher auch das von Gott erwählte Object
seiner Liebe, das durch diese zu ihrem Ziele, dem Reiche Gottes,
hingeführt wird. Das ist sie aber nicht um ihrer Angehörigen selbst
willen, sondern wegen ihres solidarischen Zusammenhanges
mit Christus, ihrem Haupt und Stifter. Und deshalb ist vielmehr
Christus als das nächste und wesentliche Object der Liebe
Gottes aufzufassen, deren Wirkungen durch seine Vermittlung sich weiter
auch auf die an ihn glaubenden Glieder seiner Gemeinde ausdehnen.
So aber ist Christus der Mittelpunkt in dem göttlichen Weltplan überhaupt, sofern dieser zugleich der Heilsplan zu Gunsten
der christlichen Gemeinde ist. In der Stetigkeit nun, in welcher Gott
seinen Weltplan oder Heilsplan durchführt, ist er immer gleichmäßig in
sich derselbe. In dieser Anschauung erst erschließt sich der volle Sinn
des Gedankens von seiner Ewigkeit.

Diese Deutung des gesamten Weltverlaufs aus der Idee des Reiches

Gottes als seines letzten, alles andere beherrschenden Endzwecks giebt zugleich die Lösung des Welträthsels im Sinne des christlichen Glaubens. Jene Betrachtungen selbst aber hat Ritschl durchaus vom Standpunkt Gottes aus entworfen (s. o. S. 193). Und es sind ganz unleugbar speculative Betrachtungen oder Glaubensgedanken, die er in diesem Zusammenhang vorträgt. Als solche sind sie nur im ideellen Sinne „Voraussetzungen" der Lehre von der Rechtfertigung und Versöhnung selbst. Genetisch verstanden aber sind sie vielmehr Folgerungen, die aus dem christlichen Glaubenssatz von dem Reiche Gottes gezogen werden. Indem sie also diese Grundlage voraussetzen, unterscheidet sich Ritschls Speculation von derjenigen, die in der Dogmatik herkömmlich ist. Denn diese deducirt theils aus den Hypothesen der natürlichen Theologie, theils aus gewissen Sätzen der heiligen Schrift, mit Begriffsmitteln, die aus der stoisch-platonischen Philosophie stammen, ihre Logosspeculationen, durch die sie ihrerseits den Bestand der gesamten Welt zu deuten sucht. Und das sind weiter die Voraussetzungen, unter denen die Präexistenz Christi als eine dem theoretischen Erkennen erreichbare Wahrheit behauptet wird. Dazu soll nach der Absicht der orthodoxen Theologie der Verstand sich zuvor den assensus abgewinnen müssen, bevor von christlichem Glauben überhaupt geredet werden dürfe. Solche Constructionen aber muß Ritschl nothwendig ablehnen, da ihm die Nichtigkeit aller natürlichen Theologie feststeht, und da er keine Erkenntnis religiöser Größen, die dem Glauben selbst vorangehe, als berechtigt anerkennen kann. Indem dagegen seine Speculationen vielmehr schon auf dem Glauben selbst beruhen, zeigt er unter dem Gesichtspunkt, daß das von Christus verkündigte Gottesreich der Endzweck Gottes und der Welt sei, in Christus als dem ewigen Object der Liebe Gottes den Angel, um den sich der ganze Weltverlauf dreht. Dabei aber bleibt er sich dessen bewußt, daß eine solche vom Standpunkt Gottes aus unternommene Gedankenbildung für die menschliche Einsicht nothwendige Schranken mit sich führt. Diese Selbstbescheidung der dogmatischen Schlußfolgerungen, vermöge deren nur dasjenige behauptet werden kann, was sich direct aus der göttlichen Offenbarung ergiebt, findet nun ihren charakteristischen Ausdruck in dem Satze, daß die ewige Gottheit des Sohnes Gottes nur für Gott selbst vollkommen durchsichtig ist (S. 409), oder, wie es in den späteren Auflagen heißt (S. 436. 3. A. 444), daß Christus als präexistent für uns verborgen ist. Wenn aber der Glaube eine bewußte persönliche Überzeugung sein soll, so erschöpft sich sein Inhalt nicht schon in jenen Speculationen, die doch nur bis an die Grenze der göttlichen Geheimnisse selbst

führen. Denn diese hat Gott uns eben n i c h t o f f e n b a r t. Er hat sie
uns auch gar nicht zu offenbaren brauchen, da u n s e r e S e l i g k e i t
nicht davon abhängt, daß wir jene Dinge im Einzelnen wissen oder zu
wissen vermeinen. Sondern selig werden wir in der Überzeugung, daß
der Gott, der die Welt geschaffen hat und zu unserem Heile leitet, durch
C h r i s t u s u n s e r V a t e r ist. Dieser Glaube aber erschließt sich uns in
Gedanken, bei denen wir den uns eigenthümlichen m e n s c h l i c h e n S t a n d-
p u n k t einnehmen, als die Gotteskinder, welche mit Gott durch Christus
versöhnt sind und als solche zu der Gemeinde Jesu Christi gehören.

3. Die Auffassung, daß Gottes Wesen Liebe, und daß demgemäß
sein Weltplan, sofern er zugleich ein Heilsplan ist, lediglich durch seine
Liebe beherrscht ist, bedarf insofern noch der Bestätigung, als in der
hergebrachten Theologie die G e r e c h t i g k e i t G o t t e s in einen G e g e n-
s a t z z u s e i n e r G n a d e gestellt wird. Denn unter der göttlichen Gerechtigkeit wird in der Regel das Verhalten Gottes zu den Menschen verstanden, für welches der Grundsatz der d o p p e l t e n c o o r d i n i r t e n
V e r g e l t u n g maßgebend sein soll. Den Thaten der Menschen soll je
nach ihrer Beschaffenheit nothwendig Lohn oder Strafe zu Theil werden.
Daß aber dieser Gedanke in einer christlichen Dogmatik als das Grund-
gesetz des Verhältnisses zwischen Gott und den Menschen geltend gemacht
werden dürfe, stellt Ritschl mit allem Nachdruck in Abrede. Seine Arbeit an der Rechtfertigungslehre ist von vorn herein durch den Widerspruch
gegen jene Auffassung getragen (s. Bd. 1, S. 376). Und als er dann
später die Ethik der Griechen von Leopold Schmidt kennen gelernt hatte,
war er in der Lage, die Regel der doppelten Vergeltung, durch welche
vielmehr die hellenische Religion beherrscht ist, für ein S t ü c k d e r
n a t ü r l i c h e n R e l i g i o n zu erklären. Seine Studien über den biblischen
Gottesbegriff hatten ihm dagegen gezeigt, daß Gottes Gerechtigkeit nach
der Anschauung des Alten und des Neuen Testaments vielmehr nur
Gottes s t e t i g e u n d f o l g e r e c h t e T r e u e gegen das Bundesvolk
und gegen die christliche Gemeinde zum Inhalt habe, und daß sie
demgemäß nicht im Gegensatz, sondern im Einklang mit Gottes Gnade
nur eine Modification dieses Begriffes selbst bedeutet. Diese Ergebnisse
lieferten Ritschl die Mittel, j e d e j u r i s t i s c h e D e u t u n g des Verhältnisses zwischen Gott und den Menschen als eine Entstellung des christlichen Gottesbegriffs a b z u w e h r e n. Nicht das Recht ist die Seele der
christlichen Religion, sondern die Liebe. Das Reich Gottes steht auch
nicht in Analogie zum Staat[1]), sondern zur F a m i l i e, sofern diese

---

1 Daher ist es eine sehr irrige Ansicht, welcher man bisweilen begegnet, daß
Ritschl denselben oder einen ähnlichen Begriff vom Reiche Gottes vertrete, wie Kant.

bestimmte sittliche Verhältnisse zwischen ihren Gliedern umfaßt. Den Christen gegenüber ist also Gott lediglich als Vater aufzufassen. Als Vater ist er aber auch nicht etwa in erster Linie der Schöpfer der Welt, sondern der Vater Jesu Christi und durch dessen Vermittlung der Vater der Gläubigen als der ihm durch Christus gewonnenen Kinder. Ist dadurch zugleich das normale Verhältnis der Christen zu Gott bestimmt, so tritt andererseits das Menschenschicksal unter den Gesichtspunkt der göttlichen Vorsehung und Erziehung. Und daraus folgt, daß die Strafen, die Gott gegen seine Kinder verhängt, ausschließlich Erziehungsstrafen sind, die dem Zweck der Besserung dienen.

IV. Die Lehre von der Sünde und von der Rechtfertigung und Versöhnung.

1. Aber freilich sind nicht alle Menschen Gottes Kinder, sondern nur die Glieder der Gemeinde, die bereits durch Christus mit Gott versöhnt sind. Wie sich Gott zu denen stellt, an welche niemals die christliche Botschaft ergangen ist, darüber sagt Ritschl, habe man sich jedes positiven Urtheils zu enthalten (S. 324. 2. A. 343. 3. A. 348 f.). Wer sich indessen gegen das ihm dargebotene christliche Heil dauernd verstockt, der begeht die Sünde gegen den heiligen Geist. Und allein an diesem Punkte tritt die Analogie des staatlichen Strafrechts in Wirksamkeit. Denn diejenigen, die sich dem von Gott gewollten Guten endgültig widersetzen, sind auch nicht mehr fähig erlöst zu werden. Daher verfallen sie der Strafe der ewigen Verdammnis, die Ritschl als definitive Vernichtung vorstellt. Und gerade der biblische Unterschied zwischen dieser unvergebbaren Sünde von derjenigen, die von Gott verziehen werden kann, soll nach Ritschls Absicht endlich in der Theologie in sein Recht gesetzt werden, nachdem er durch die augustinische Lehre von der Erbsünde auf so lange Zeit hinaus unwirksam gemacht worden sei (S. 332. 2. A. 350. 3. A. 357). Um nun den Grund dafür zu bezeichnen, daß die leichtere Form der Sünde, obgleich sie in jedem Falle den Widerspruch gegen das Gute und gegen Gott bedeutet, dennoch von Gott vergeben werden könne, braucht Ritschl den Ausdruck Unwissenheit, dessen sich Jesus und die anderen Männer des Neuen Testaments in demselben Zusammenhange bedienen. Er stützt sich also damit nur direct auf die heilige Schrift. Er hat aber

nirgends, wie ihm so häufig imputirt wird, behauptet, die Sünde sei
überhaupt nur Unwissenheit. Vielmehr ist nach seiner Lehre alle
Sünde gar nichts anderes, als Schuld und Widerspruch
gegen Gott. Er rügt es, daß Schleiermacher den Charakter der Sünde
als Widerspruch gegen das Gute verkenne, indem er meine, daß Gott die
Sünde als die noch nicht erreichte sittliche Vollkommenheit beurtheile, und
daß der Begriff der Sünde im eigentlichen Sinne nur für uns Menschen
gelte (S. 335. 2. A. 354. 3. A. 360). Wenn aber mit dem
Neuen Testament vielmehr der Begriff der Unwissenheit auf die Sünde
anzuwenden ist, so hat diese Combination nur den Sinn, daß lediglich
Gott die vergebbare Sünde als Unwissenheit beurtheilt,
und sie unter diesem Gesichtspunkt den durch Christus versöhnten ver-
zeiht. Und daß zur Bezeichnung dieses göttlichen Urtheils gerade der
negative Ausdruck Unwissenheit von der heiligen Schrift dargeboten wird,
ist deshalb bedeutsam, weil seine specificirte Anwendung uns Menschen
eben nicht zusteht. Dagegen für uns besagt die Verbindung der Begriffe Sünde und Unwissenheit nur dies, daß wir die andern Menschen
stets für fähig zur Sinnesänderung achten sollen, da wir weder wissen,
ob es in Wirklichkeit überhaupt endgültig verstockte giebt, noch welche
dieses etwa im einzelnen Falle sind (S. 337 f. 2. A. 356. 3. A.
363 f.).

2. Sünde überhaupt ist nach Ritschls Auffassung ein religiöser
Begriff indirecter Art. Denn Sünde kann niemals als Wirkung
Gottes auf die Menschen aufgefaßt werden, wie dies bei den direct religiösen Begriffen, z. B. Rechtfertigung und Reich Gottes, der Fall ist.
Aber da der Begriff der Sünde im Unterschiede von den Begriffen Unrecht und Verbrechen den Vergleich mit Gottes Vorschrift und Ehre voraussetzt, so schließt er stets ein religiöses Urtheil über den Unwerth der Sünde selbst in sich (2. A. 26. 3. A. 27). Durch diesen
Sachverhalt ist die Stellung der Lehre von der Sünde in dem theologischen System bestimmt. Die Beurtheilung der Sünde ist also abhängig von der Anschauung des Guten als ihres Gegentheils.
Der volle Sinn des Guten wird aber erst durch die Erkenntnis
Christi und der von ihm vorgeschriebenen und geübten Handlungsweise
offenbar. Deshalb ist es verfehlt, daß die bisherige Dogmatik so verfährt, „als hätten die späteren Lehren sich lediglich nach den vorhergehenden zu richten, ohne daß eine gegenseitige Einwirkung zugelassen
wird" (S. 287). Dagegen befolgt Ritschl den Grundsatz, die Einsicht
in das Wesen der Sünde bewußtermaßen und absichtlich aus dem christlichen Lebensideal als ihrem positiven Gegentheil zu ge-

winnen. Einen poſitiven Maßſtab für die Sündenerkenntnis beſitzt aller=
dings auch die herkömmliche Theologie in der Vorſtellung von der
justitia originalis, in der ſich geradezu, wenn auch unabſichtlich, das von
den verſchiedenen Confeſſionen anerkannte Lebensideal vergegenwärtigt.
Denn die proteſtantiſche Anſchauung vom Urſtand ſchließt in den eigent=
lichen Begriff des Menſchen das chriſtliche Ideal in ihrem Sinne ein.
Da aber nach katholiſcher Anſicht das nur im Mönchsſtand zu erreichende
chriſtliche Ideal vielmehr über die weſentliche Beſtimmung des Menſchen
hinausreicht, ſo wird auch wieder folgerecht die justitia originalis als
beſondere Gnadengabe zu dem menſchlichen Weſen ſelbſt hinzugefügt.
Mag dieſer Unterſchied nun auch confeſſionell noch ſo wichtig und dog=
matiſch bedeutſam genug ſein, ſo liegt doch nirgends ein Grund vor, das
chriſtliche Lebensideal in der Perſon der erſten Menſchen verwirklicht zu
denken. Vielmehr kann unter dieſer Vorausſetzung die Perſon Chriſti
nur als eine unregelmäßige Erſcheinung in der Menſchengeſchichte auf=
gefaßt werden. Denn Chriſtus iſt der Träger der göttlichen Gegen=
wirkung gegen die Sünde, dieſe aber iſt keine nothwendige, ſondern nur
eine unregelmäßige Erſcheinung in der Geſchichte der Menſchen. Soll
dagegen Chriſtus als der Mittelpunkt der ganzen chriſtlichen Weltan=
ſchauung gelten, ſo iſt es auch nöthig, **in ihm und nicht in Adam**
das chriſtliche Lebensideal als die allgemeine Norm des menſch=
lichen Verhaltens gegeben zu ſehen. Dann beſtimmt ſich aber auch der
Begriff der Sünde durch den Vergleich mit dem in Chriſtus anzuſchauen=
den Guten oder dem Reiche Gottes.

Indem nun Ritſchl die Sünde als Gegentheil des Reiches Gottes
auffaßt, wird ſie in den ſpäteren Auflagen, gemäß der **Doppelſeitig=
keit des chriſtlichen Lebensideals**, einmal im Anſchluß an die
reformatoriſche Lehre als **religiöſer Defect**, d. h. als **Mangel an
Ehrfurcht und Vertrauen zu Gott**, charakteriſirt, und **anderer=
ſeits als widerſittliche Willensrichtung des Menſchen** be=
griffen. In dieſer Schärfe tritt die Darſtellung derſelben Sache in der
erſten Auflage noch nicht hervor. Denn hier beſchränkt ſich Ritſchl nur
erſt auf die Angabe, daß die Sünde als Freundſchaft gegen die Welt
zugleich immer Feindſchaft gegen Gott ſei (Jac. 4, 4). Dann legt er
weiterhin mit Schleiermacher Gewicht darauf, daß die Sünde „vollſtändig
weder im Rahmen des Einzellebens noch in dem der Menſchheit als
Naturgattung vorgeſtellt werden kann" (S. 292. 2. A. 311. 3. A.
317). Die thatſächlich vorhandene und unendlich mannigfaltige Wechſel=
wirkung der Sünden oder die **Gegenſeitigkeit des ſündigen
Einfluſſes unter den Menſchen** wird vielmehr nur völlig zum Aus=

druck gebracht, wenn als Seitenstück zu dem Gedanken vom Reiche
Gottes die Vorstellung von dem Reiche der Sünde gebildet wird, in
welchem sich die bestimmungswidrige Abhängigkeit der Menschen von der
Welt in den verschiedensten Formen darstellt. In dieser Begriffsbildung
tritt nun wieder Ritschls Streben hervor, die einzelnen Erscheinungen
von Sünde, die unter einander in einem reichgegliederten Zusammenhang
stehen, zu einer Gesamtanschauung zusammenzufassen, und die isolirende
Auffassung auszuschließen, die sich darin ausprägt, daß seit Augustin die
Erbsünde den Thatsünden entgegengesetzt wird. Dazu kommt, daß
zwar der Gedanke des Reiches der Sünde, nicht aber die hergebrachte
Theorie von der Erbsünde dem Thatbestande des Seelenlebens entspricht.
Denn die Erbsünde soll einen rein passiven Zustand ausdrücken.
Im Reiche der Sünde aber werden alle einzelnen Menschen als activ,
und ihre Verfehlungen als individuell verschieden vergegenwärtigt.
Ferner ist mit dieser Auffassung die Zurechnung der eignen Handlungen durchaus vereinbar. Daß man sich aber die Erbsünde als persönliche Schuld anrechnen könne, ist weder jemals als möglich nachgewiesen worden, noch läßt es sich in der praktischen Selbstbeurtheilung
irgendwie erproben. Denn insbesondere wird durch den Gedanken der
Erbsünde der äußerste Grad des Widerspruchs gegen Gott
als Eigenschaft eines jeden Menschen bezeichnet. Wenn man aber mit
dieser Anschauung im eignen Leben wirklich Ernst macht, so wird nur
eine unwahre Selbstbeurtheilung veranlaßt. In dem Gebiete
des sittlichen Lebens gelten eben nicht die Gesetze des theoretischen Erkennens, nach denen das Gute und die Sünde einen logischen Gegensatz bilden würden. Sondern schon die geringste Abweichung vom Guten
steht in einem ethischen Widerspruch zu diesem. Zwischen einer
solchen Verfehlung und dem extremen Gegensatz gegen das Gute giebt
es jedoch in Wirklichkeit unendlich viele Abstufungen der sündigen
Selbstsucht. Und je nach dem Grade dieser Sünden werden wir uns
unseres ethischen Widerspruchs bewußt. Diese ganze Mannigfaltigkeit
der wirklichen Schuld, von der das rügende Gewissen den einzelnen
Sündern Zeugnis giebt, wird in dem Begriff von dem Reiche der Sünde
umschlossen. Indem aber der Gedanke der Erbsünde auf alle diese Erscheinungen keine Rücksicht nimmt, ist er unbrauchbar, um die Beurtheilung des eigenen Handelns zu leiten. Endlich fehlt ihm jede sichere
und zweifellose Begründung durch das Neue Testament.

    3. In der herkömmlichen Dogmatik werden nun als Strafe der
Sünde im Allgemeinen die Übel angesehen. Diese Anschauung hängt
eng zusammen mit der juristischen Auffassung des Verhältnisses

zwischen Gott und den Menschen. Da aber Ritschl diese Deutung der religiösen Weltanschauung als im Christenthum berechtigt nicht gelten läßt, beanstandet er auch jene Combination der Sünde und des Übels. Der Begriff des Übels, führt er aus, ist in jedem Falle subjectiv bedingt, da auch materiell identische Ereignisse für den einen Menschen Übel sind, für den andern nicht. Ferner ist der Begriff des Übels überhaupt kein religiöser Gedanke, wie doch der der Sünde. Und er ist „so relativ, daß Übel zu Gütern oder zu Mitteln des sittlich Guten gemacht werden können, was niemals von der Sünde gilt" (S. 310. 2. A. 329. 3. A. 335). Dennoch ist es in beschränkterem Umfange richtig, daß gewisse Übel als göttliche Strafen beurtheilt werden. Doch dazu gehört das specifisch religiöse Schuldgefühl, in welchem allein diese Betrachtung der Wahrheit gemäß vollzogen werden kann. Hieraus folgt aber nicht, daß der Begriff des Übels im Allgemeinen auch objectiv auf den Begriff der Sünde bezogen, und alles Übel als Strafe der Sünde betrachtet werden darf. Denn „das Schuldgefühl ist zwar das zureichende Motiv, Übel als Strafen für uns selbst zu beurtheilen, aber kein Gesichtspunkt dafür, Übel, welche andere erfahren, ihnen als göttliche Strafen anzurechnen" (S. 312. 2. A. 331. 3. A. 337). Diese vorchristliche Auffassung wird vielmehr von Christus selbst bei Joh. 9, 1—3; Luc. 13, 1—5 ausdrücklich abgelehnt.

Können also Übel immer nur unter der Bedingung des religiös bestimmten Schuldgefühls als göttliche Strafen der Sünde erkannt werden, so ist auch statt der Übel überhaupt vielmehr die Schuld als die eigentliche Strafe der Sünde anzusehen. Wenn aber die Schuld in der alten Dogmatik lediglich im objectiven Sinne als obligatio ad poenam gefaßt wird, so ist dies eine unvollständige Betrachtungsweise. Denn zum Begriff der Schuld gehört nothwendig auch das Moment des subjectiven Schuldbewußtseins. Ja dieses ist allein der Grund dafür, daß Strafen, durch welche ein Sünder betroffen wird, von ihm thatsächlich als Strafen empfunden werden. Denn gerade im Schuldgefühl werden die Strafen von dem Schuldigen als berechtigt anerkannt, während sie andernfalls vielmehr nur als Übel, nicht aber als Strafen beurtheilt werden würden. Also ist ohne Schuldbewußtsein ein Strafzustand im eigentlichen Sinne überhaupt undenkbar. Das Schuldbewußtsein ist nun stets der Ausdruck einer Trennung von demjenigen, gegen den man eine Schuld auf dem Herzen trägt. Und zwar besteht diese Trennung wesentlich in dem Mistrauen gegen die Person, der man sich sittlich verschuldet weiß. Deshalb drücken denn auch alle Arten von Sündenstrafe, die als solche in dem stets mit Mistrauen gegen

Gott verbundenen religiösen Schuldbewußtsein erkannt werden, die bestimmungswidrige Trennung des Sünders von Gott aus.
Dazu aber kommt noch ein anderes Moment. Denn Gott ist zugleich als
der Urheber und als der wirksame Vertreter des Sittengesetzes anzuerkennen, das in jedem Falle der Maßstab aller Schuld im objectiven Sinne
ist. Insofern bedeutet also die Schuld auch stets den Widerspruch
gegen Gott, der gleichfalls im religiösen Schuldbewußtsein als vorhanden anerkannt wird.

Diese Entwicklungen durchaus psychologisch-ethischer Art trägt Ritschl
in einem Zusammenhange vor, in dem es ihm unter dem Vorbehalt, daß
später der Beweis dafür erbracht werden wird, darauf ankommt, die
richtige Definition der Rechtfertigung zu gewinnen, mit der nach
dem Vorgang des Paulus und der Reformatoren die Sündenvergebung
als gleichbedeutend angesehen werden darf. Dabei geht er von den einschlägigen Begriffsbestimmungen der alten orthodoxen Dogmatik aus.
Diese prüft er und ergänzt oder berichtigt sie, wo sie sich als mangelhaft
erweisen, indem er zugleich Anschauungen anderer Theologen heranzieht,
die für die Sache selbst erheblich sind. Nun ist die Absicht der Sündenvergebung nach christlicher Anschauung auf nichts anderes gerichtet, als
darauf, die bestimmungsmäßige Gemeinschaft der Menschen
mit Gott herzustellen. Soll aber dieses Ziel erreicht werden, so muß
zuvor das Hindernis beseitigt werden, das jener Bestimmung des Menschen
in Folge seiner Sünde im Wege steht. Wenn nun dieses in der Trennung
von Gott und in dem Widerspruch gegen ihn erkannt ist, deren sich der
Sünder in seinem Schuldgefühl bewußt ist, so kommt es bei der Sündenvergebung auf die Aufhebung des Schuldbewußtseins an.
Diese kann aber nur unter zwei Bedingungen als subjectiv und objectiv
möglich gedacht werden. Einmal darf sie nicht so gefaßt werden, daß
auch die Verstockung als eine Art der Sündenvergebung erscheinen
kann. Diese Auffassung würde aber noch nicht ausgeschlossen sein, wenn
die Sündenvergebung nur als Aufhebung des subjectiven Schuldgefühls,
und nicht zugleich auch als Aufhebung der objectiven Schuld bestimmt
würde. Andererseits darf die Wahrhaftigkeit Gottes durch die
Sündenvergebung keinen Eintrag erleiden. Dies wäre indessen der Fall,
wenn man annehmen wollte, daß Gott die Sünden, die er vergiebt, überhaupt vergäße. Und doch vergessen nicht einmal die Menschen immer
die Sünden, die ihnen vergeben werden, oder die sie selbst anderen vergeben. Aber beiden Bedingungen wird genügt, wenn die göttliche Sündenvergebung nach Anleitung der Reden Jesu (Marc. 11, 25; Luc. 11, 4)
als völlig gleichartig mit der Verzeihung unter Menschen gefaßt wird.

Geschieht dies nun, so handelt es sich schließlich nicht überhaupt um die Aufhebung des Schuldgefühls durch die Sündenvergebung, sondern nur darum, daß durch diese das mit jenem verbundene **Mistrauen gegen Gott aufgehoben** wird.

Also hat die Sündenvergebung, wenn sie als göttliche Verzeihung gefaßt wird, den positiven Sinn, daß durch sie die **Gemeinschaft der Sünder mit Gott hergestellt** wird. Auf dieselbe Wirkung kommt nun auch der Begriff der alten Dogmatiker von der Rechtfertigung heraus. Wenn aber in dieser die Gerechtigkeit Christi den Menschen in der Weise angerechnet werden soll, als wenn sie deren eignes Product wäre, so wird sie fälschlich nicht als das **persönlich sittliche Lebenswerk einer Person**, sondern „wie eine Sache behandelt, welche gegen ihren Urheber gleichgültig ist und den Besitzer wechseln kann, ohne in ihrem Wesen und Werthe verändert zu werden" (S. 56. 2. A. 66. 3. A. 68). Diese aus ethischen Gründen unhaltbare Anschauung entbehrt aber auch des Zeugnisses der heiligen Schrift, die vielmehr eine andere Combination begünstigt, daß nämlich die Sündenvergebung im christlichen Sinne vielmehr durch die **Anrechnung der Gemeinschaft mit Christus** für die Gläubigen vermittelt ist.

Aber in der Sündenvergebung oder Rechtfertigung werden die Sünder, die sie erfahren, nur erst als passiv bestimmt gedacht. Diese Betrachtung ist unvollständig, denn von reiner Passivität bietet uns das menschliche Geistesleben keinerlei Erfahrung. Also kann in der Rechtfertigung als solcher immer nur eine göttliche **Absicht** angeschaut werden. Es kommt aber darauf an, daß diese Absicht zugleich auch an den Sündern erfolgreich wird. Den beabsichtigten Erfolg der Rechtfertigung drückt nun der Begriff der Versöhnung aus, wie ihn Melanchthon, Calvin, die jüngeren reformirten Theologen und Schleiermacher im Sinne des Paulus verstehen. In dieser Bedeutung besagt aber der Begriff der Versöhnung, „daß diejenigen, welche bisher in activem Widerspruch gegen Gott begriffen waren, durch die Verzeihung in die zustimmende Richtung auf Gott, zunächst in die Übereinstimmung mit seiner dabei gehegten Absicht versetzt worden sind" (S. 66. 2. A. 74 f. 3. A. 76). Vergleicht man demgemäß die beiden Begriffe mit einander, so kommt die in jedem Falle aufzuhebende Sünde bei der Rechtfertigung als bewußte Schuld, bei der Versöhnung als activer Widerspruch gegen Gott in Betracht. Und nur wenn die Aufhebung der Schuld auch als Vollziehung einer gegenseitigen Übereinstimmung gedacht wird, kann in ihr die religiöse Anerkennung einer eigenthümlichen Abhängigkeit von Gott nachgewiesen werden. Wird also durch die Sünden-

vergebung das mit dem Schuldbewußtsein verbundene Mißtrauen gegen
Gott beseitigt, so bedeutet dies unter dem Gesichtspunkt des wirklichen
Erfolgs diejenige Veränderung des Schuldbewußtseins, bei der auch der
in der Sünde vollzogene Widerspruch des Willens gegen Gott
nicht mehr fortwirkt. Unter dieser Bedingung aber ist der versöhnte
Sünder nicht mehr nur als Subject des Schuldbewußtseins, sondern
zugleich auch als Subject des Glaubens zu denken.

Die Rechtfertigung, die in der Versöhnung des Sünders diesen
Erfolg erreicht, ist nun ihrerseits ein schöpferischer Willensact
Gottes, der die von ihm getrennten Menschen in die Gemeinschaft mit
sich aufnimmt und so deren Heil begründet. Insofern ist sie nach dem
Vorgang der Reformatoren und der Orthodoxie in der Form des synthetischen und nicht etwa, wie im Katholicismus und im Pietismus, in
der des analytischen Urtheils zu denken. Denn jeder Willensact
bewegt sich in der Analogie zum synthetischen Urtheil. Indem aber Gott
als Subject und Urheber der Rechtfertigung das in dieser bezeichnete
Urtheil vollzieht, ist er nicht sowohl als Gesetzgeber und Richter, wie dies
in der alten Theologie angenommen wird, sondern gemäß der Lehre Jesu
als Vater vorzustellen. Denn die Analogie des Reiches Gottes ist nicht
im nationalen Staate, sondern in der Familie zu suchen (s. o. S. 198 f.).
Dann aber kann auch die Sündenvergebung nur als Verzeihung
in dem bereits als möglich erwiesenen Sinne aufgefaßt werden. Und insofern ist sie als ein allgemeines, wenn auch nicht bedingungsloses Grund-
gesetz für die Gemeinde des Gottesreiches anzuerkennen. Da aber alles
dieses gerade deshalb Geltung hat, weil Gott in der christlichen Religion
eben als Vater zu denken ist, so ergiebt sich endlich auch die wesentliche Gleichheit der Begriffe Rechtfertigung und Adoption zum
Gotteskinde. Nur wird durch diesen Begriff die Zulassung von Sündern
zur Gemeinschaft mit Gott dahin specialisirt, daß das dadurch begründete
Vertrauen der Menschen zu Gott sich nach dem normalen Verhältnis
der Kinder zum Vater richtet. Zugleich müssen die Functionen, in denen
die Gläubigen ihre Rechtfertigung und Versöhnung bethätigen, als
Functionen der Gotteskindschaft begriffen werden.

Der Glaube als der Ertrag der Rechtfertigung und Versöhnung ist
die neue Richtung des Willens auf Gott, durch welche das bisher
mit dem Schuldbewußtsein verbundene Mißtrauen ersetzt worden ist. Als
Vertrauen (S. o. S. 191) ist er die Gegenbewegung des menschlichen
Willens, deren moralisch zureichender Grund die Absicht Gottes ist, Gemeinschaft mit den Menschen einzugehen. Und Gott wird von den
Gläubigen gerade als derjenige anerkannt, der ihnen durch die Recht-

fertigung den Verkehr mit sich eröffnet hat. Also ist der Glaube das directe Correlat der Rechtfertigung. Aber er kommt in dieser nicht als eigne Leistung des Menschen mit selbständigem Werthe in Betracht, sondern als der Act, durch welchen die volle Abhängigkeit des Menschen von Gott religiös anerkannt und thatsächlich constatirt wird (S. 92. 2. A. 102. 3. A. 104). Insofern ist er auch nicht als die Kraft des neuen Lebens anzusehen, die etwa selbst im Sinne eines analytisch gefaßten Rechtfertigungsurtheils als Gerechtigkeit anerkannt würde, wie dies die irrthümliche Ansicht der Pietisten ist.

Die Rechtfertigung und Versöhnung bezeichnet nun das Grundverhältnis des Christenthums als Religion. Die Religion als Bestimmtheit und Function des Menschen ist aber stets ein vielen gemeinsames Verhältnis zu Gott. Auf diesen Sachverhalt wird Rücksicht genommen in der Lehre von der Prädestination. Nur treten in deren lutherischer sowohl als reformirter Ausprägung einerseits der öffentliche und der geheime, aber eigentlich wirksame Wille Gottes mit einander in Widerspruch. Andererseits wird in gleich fehlerhafter Weise von den Lutheranern das ganze Menschengeschlecht, von den Reformirten die Gemeinde der Erwählten als bloße Collectiveinheit vorgestellt, und demgemäß die ewige Erwählung selbst auf einzelne Individuen bezogen. Gegen diese Anschauung macht Ritschl den schon von einigen der bedeutendsten reformirten Theologen vertretenen Gedanken geltend, daß vielmehr die christliche Gemeinde als Ganzes in ihrem Herrn Christus erwählt ist. Dann kann aber auch der Einzelne nicht außerhalb der religiösen Gemeinde, in der er erzogen wird und mit anderen gleichberechtigt ist, als Object der göttlichen Erwählung gedacht werden. Und da die Erwählung in der göttlichen Rechtfertigung ihr Ziel findet, so ist in erster Linie auch die religiöse Gemeinde als Ganzes die Größe, auf welche die göttliche Absicht der Rechtfertigung gerichtet ist. Denn in Gedanken Gottes geht sie ihren einzelnen Gliedern immer voraus. Insofern ist die Rechtfertigung zugleich „der Ausdruck der Gründung der religiösen Gemeinde, deren Charakter darin besteht, daß die Sünde keine Hemmung der Gemeinschaft mit Gott ist. Sie ist aber auch der Ausdruck der Erhaltung dieser Gemeinde, welche darin besteht, daß der Einzelne, der in ihr die Rechtfertigung erfährt, in dieser Qualität zu einem Träger ihres Bestandes in ihrer eigenthümlichen Art wird" (S. 119. 2. A. 130. 3. A. 132).

V. Die Lehre von Christus.

Ritschls Lehre von Christus gipfelt in der Behauptung von Christi Gottheit. Dadurch besonders hat sie, wie Ritschl selbst dies richtig vorausgesehen hat (S. o. S. 149), sowohl den orthodoxen als auch den liberalen Theologen Anstoß gegeben. Man hat sich sogar nicht gescheut, Ritschls Absicht zu verdächtigen, als habe er gegen seine bessere Überzeugung sich dem kirchlichen Sprachgebrauch accommodirt, um durch diesen gedeckt, seine vorgebliche Ansicht, Christus sei „bloßer Mensch", um so wirksamer zu verbreiten[1]. Wie bitter man mit dieser übrigens nur allzu geschickt ausgenutzten Verleumdung Ritschl Unrecht thut, ermesse man vorläufig an dessen Urtheil über einen analogen Fall. Schleiermacher, sagt Ritschl, habe Unrecht gethan, seinen Gedanken von der gemeinsamen Sünde „unter den überlieferten Titel der Erbsünde unterzuschieben, dem er sehr ungleich ist. Dieser Fehler aber rührt daher, daß er die Dogmatik als die Darstellung des kirchlich geltenden Lehrbegriffs unternommen hat, was sie nicht sein darf" (S. 296. 2. A. 315. 3. A. 321). Hätte nun Ritschl den Ausdruck Gottheit Christi nur aus Accommodation und nicht mit aller Aufrichtigkeit gebraucht, so würde er auch diese Worte gegen Schleiermacher nicht haben schreiben können. Denn es hätte ihm doch nicht verborgen bleiben können, daß er damit sich selbst das Urtheil gesprochen hätte, falls er sich eines ähnlichen Verfahrens bewußt gewesen wäre.

1. Ritschl läßt keine andere Erkenntnis Christi als berechtigt gelten, als die religiöse, die vom Standpunkt der gläubigen christlichen Gemeinde

---

1) Besonders beliebt ist bei den pietistischen Orthodoxen der Gegenwart das Gerede von Falschmünzerei, womit man sich und andere, wie früher gegen die Theologen des Protestantenvereins, so neuerdings gegen Ritschl echauffirt. Natürlich sind auch auf diesem Punkte die Gegner Ritschls so unproductiv, daß sie jenen Ausdruck nicht einmal selbst geprägt, sondern denkwürdigen Vorgängern als abgegriffene Münze entlehnt haben. Originell tritt das Bild nämlich bei dem ehrsamen Joh. Melchior Goeze auf, der sich gegen Lessing zu wehren sucht, indem er ihm den Gebrauch von „falschen Würfeln" und „falscher Münze" vorwirft. (Vgl. Boden, Lessing und Goeze. 1862. S. 258. 275.) Für den modernen Gebrauch zugestutzt ist die Wendung aber von keinem geringern, als von David Friedrich Strauß, der in seiner Schrift „Die Halben und die Ganzen" (1865) S. 64 Schenkel vorwirft, daß dessen Richtung „fast ausschließlich von Falschmünzerei lebe". Und Strauß selbst behauptet stolz von sich, daß „sein Beruf gegen die Falschmünzerei gehe". Über den stilistischen Gebrauch, den Strauß von Bildern jener Sorte zu machen liebt, vergleiche man die schneidende, aber treffende Kritik von Fr. Nietzsche, Unzeitgemäße Betrachtungen, Erstes Stück. 1873. S. 80 f.

möglich und nothwendig ist. Er hält deshalb das Unternehmen einer **Biographie Jesu** an sich für ziellos (S. 2 f.). Wie er schon in seinem ersten großen Werke der Ansicht entgegengetreten war, als sei eine voraussetzungslose Geschichtschreibung überhaupt durchführbar (s. Bd. 1. S. 155), so war er insbesondere davon überzeugt, daß jeder, der sich mit dem Lebensbilde Jesu beschäftigt, die Voraussetzung entweder des Glaubens an ihn oder des Unglaubens immer schon mitbringt. Daß man von dem einen oder dem andern dabei abstrahiren und eine wirklich voraussetzungslose, lediglich theoretische Erkenntnis Jesu erreichen könne, hielt er für unbenkbar und vorkommenden Falles für eine nicht immer harmlose Selbsttäuschung. Gewiß erschien es auch ihm möglich, die **äußeren** Lebensumstände Jesu zu erforschen und ein begründetes Urtheil über den größeren oder geringeren Werth der evangelischen Quellen zu erreichen. Aber damit ist für das Hauptproblem selbst nicht viel gewonnen. Denn dieses liegt vielmehr darin vor, zu erkennen, was Jesus gewollt und gewirkt, und worin seine **persönliche Eigenart** bestanden hat. Denn jeder Mensch hat den Anspruch darauf, in seiner Art verstanden zu werden. Daß aber andere Menschen zu einem solchen Verständnis gelangen, dazu ist es unbedingt erforderlich, daß sie von vornherein schon im Allgemeinen ein Verständnis gerade für die besondere Art besitzen, deren einzelne Träger sie erschöpfend beurtheilen wollen. Wer „alle Musik für unangenehmes Geräusch hält", der ist auch nicht im Stande, „sich der Biographie und Beurtheilung von Mozart anzunehmen" (S. 359. 2. A. 384. 3. A. 390). So kann auch niemand der Aufgabe gerecht werden, Jesus in seiner Eigenthümlichkeit zu erkennen, der bei der Betrachtung seines Lebens z. B. den Gedanken von Gott einfach suspendirt, wie eben Strauß dieser Fehler thatsächlich begegnet ist. Denn Jesu Art ist die des **religiösen Menschen, des Propheten und des Religionsstifters**, und gerade darauf kommt es an, ihn in diesen Qualitäten zu begreifen; andernfalls begreift man ihn überhaupt nicht.

Um nun aber Christus in seiner Eigenart zu erkennen, ist es die einzig richtige Methode, die Betrachtung seiner **Person** und seines **Werkes nicht von einander zu trennen**, wie dies in der orthodoxen Dogmatik geschieht. Denn nur in seinem geschichtlichen Lebenswerk wird auch Christi Person in ihrer Eigenthümlichkeit offenbar. Insofern ist aber für alle weiteren Urtheile über Christus die **ethische Betrachtung** seiner gesamten Lebensleistung grundlegend. Eine solche stellt also Ritschl zunächst an, indem er, wie schon Schleiermacher, auf das Lebenswerk Christi den Gesichtspunkt des **sittlichen Berufs** anwendet. Dieser bestand in der Erfüllung der Aufgabe, die universelle sittliche Gemeinschaft der Menschen zu gründen oder das Reich Gottes zu verwirklichen. Damit hat aber Christus in erster Linie eine für ihn selbst nothwendige Leistung vollbracht. Denn jedes geistige Leben verläuft in dem Schema des persönlichen Selbstzwecks, und ohne daß jemand für sich selbst etwas leistet, kann er auch niemals für andere etwas ordentliches leisten. Jesu Berufstreue aber erweist sich vor allem in seinen Leiden, die er bis in den Tod durch seine Geduld sich sittlich angeeignet hat, und die für ihn selbst nur unter diesem Gesichtspunkt in Betracht kamen (S. 391. 2. A. 416. 3. A. 423). Seine Berufsthätigkeit kannte Jesus ferner zugleich als einen Dienst gegen Gott in Gottes Sache. Im Einklang mit diesem Bewußtsein steht seine Auffassung, daß er darin seine eigne Selbsterhaltung erlebe. Indem aber diese für ihn die deutliche Aussicht auf ihre Fortdauer über den Tod hinaus in sich einschloß, hat auch die Schätzung der natürlichen Selbsterhaltung ihn nicht dazu bestimmen können, sich dem Schicksal des bevorstehenden Todes zu entziehen. Andererseits bewährte Christus in der Aufrechterhaltung seines persönlichen Selbstzwecks gegen die hemmenden Gegenwirkungen aus der Welt seine Unabhängigkeit von dieser und damit seine eigene Freiheit.

Diese ethische Beurtheilung Christi unter dem Gesichtspunkt seines sittlichen Berufs kann man nun gar nicht durchführen, ohne dadurch zugleich genöthigt zu sein, sie durch religiöse Urtheile zu ergänzen. Denn einmal hat Christus selbst seinen Beruf nur unter der Voraussetzung erfüllt, daß sein Lebenswerk Gottes Werk, daß sein persönlicher Selbstzweck Gottes Selbstzweck, und daß er als dessen Träger von Gott im Voraus erkannt und geliebt sei. Dieses Bewußtsein bestimmte Christi Urtheil über sich selbst, wie er denn seinen Jüngern ein bis dahin nicht dagewesenes religiöses Verhältnis, das er erlebe, bezeugt hat. Andererseits kommt in Betracht, daß Christus seinen Beruf doch nicht nur für sich selbst, sondern zugleich zum Besten der Menschen geübt hat, die er in ein gleichartiges Verhältnis zu Gott als ihrem Vater einführen wollte, wie es ihm selbst in ursprünglicher Weise eigenthümlich war. Darin aber war er durch die Liebe als das ihn treibende Motiv bestimmt. Und diese Liebe stellt sich in einer solchen Hoheit und Vollkommenheit dar, daß sie aufs treffendste durch die johanneische Formel bezeichnet wird, Gottes Gnade und Treue selbst sei in der Person Jesu Fleisch geworden. Dann aber stellt sich auch Christi ganzes Leben als die specifische Offenbarung Gottes als der Liebe dar. Offenbarung und Glaube sind nun Wechselbegriffe. Es ist also ein Urtheil des Glaubens oder eine specifisch religiöse Betrachtungsweise, die man vollzieht, wenn man Christus als den Offenbarer der Liebe Gottes und damit des eigentlichen Wesens Gottes anerkennt. Solcher Glaube ist aber nur innerhalb der christlichen Gemeinde möglich; denn wer ihn hat, der gehört ihr eben damit unmittelbar an.

2. Die offenbarungsgläubige Gemeinde steht jedoch als solche in einem formalen Gegensatz zu ihrem Stifter (s. o. S. 173). Er hat sie durch sein gesamtes Lebenswerk gründen wollen, und sie ist der Erfolg, den er dadurch erreicht hat. Dieses Abhängigkeitsverhältnis drückt sich darin aus, daß die Gemeinde von Anfang an ihn nicht nur als den Offenbarer der Liebe Gottes, sondern auch als ihren gegenwärtigen Herrn anerkannt hat. Indem sich Ritschl in dieser durchaus religiösen Auffassung mit den Jüngern Jesu einig weiß, übernimmt er auch den Ausdruck Gottheit Christi, mit welchem jene die ihnen in ihrem Glauben offenbar gewordene Eigenart Christi bezeichneten. „Eine Auctorität", sagt Ritschl, „welche alle anderen Maßstäbe entweder ausschließt oder sich unterordnet, welche zugleich alles menschliche Vertrauen auf Gott in erschöpfender Weise regelt, hat den Werth der Gottheit" (S. 350. 2. A. 376. 3. A. 383). Die Gottheit Christi ist also ein Werthbegriff, und ihre Anerkennung durch Menschen erfolgt in einem Werthurtheil. Mit diesen und ähnlichen Begriffsbestimmungen hat nun Ritschl nichts anderes aussagen wollen, als daß allein der christliche Glaube, nicht aber der natürliche Menschenverstand Christus als Gott erkennen kann. Aber für den Glauben ist Christus eben damit Gott. Es wird ihm nicht etwa die Gottheit als Decoration beigelegt, wie Ritschls Ansicht oft misdeutet wird. Sondern Christi eigentliches Wesen, seine allerdings nur dem Glauben erkennbare Seinsweise, seine persönliche Eigenthümlichkeit soll als durchaus göttlicher Art behauptet werden.

Man verhüllt sich häufig das Verständnis für das, was Ritschl recht eigentlich hat behaupten wollen, indem man ihm einen Begriff des Werthurtheils unterschiebt, den vielleicht andere haben mögen, den er selbst aber eben nicht gehabt hat[1]. Denn nach seiner Auffassung stehen Werthurtheile nicht im Gegensatz zu sogenannten Seinsurtheilen, sondern zu den theoretischen, jedes subjective Interesse ausschließenden Urtheilen der Wissenschaft. Aber nicht nur diese, sondern auch jene wollen ein wirkliches Sein als Thatsache aussprechen. Indem dies geschieht, besteht der Unterschied von der Tendenz des wissen-

[1] Vgl. dazu meine Schrift „über Werthurtheile." Freiburg i. B. 1895.

14*

schaftlichen Erkennens nur darin, daß in den religiösen Werthurtheilen gerade das höchste subjective Interesse an dem zu erkennenden Object eingeschlossen wird. Wäre dieses beides nicht der Fall, so würde auch der Glaube nicht die Form von Werthurtheilen haben können. Denn eben der Glaube im religiösen Sinne bedeutet die denkbar sicherste Überzeugung von der realen Wirklichkeit seines Inhalts und zugleich das persönlichste Interesse des Glaubenden an dieser Wirklichkeit. So sind nach Ritschls Ansicht auch alle christlichen Aussagen über Gott Werthurtheile, einschließlich derjenigen, die Gottes Dasein behauptet. Wäre dies anders, so hätte die natürliche Religion Recht. Sie ist aber eine Fiction, da alle religiösen Sätze als solche keine theoretischen Urtheile der Wissenschaft, sondern praktische Werthurtheile des Glaubens sind. Wer diesen Zusammenhang vor lauter intellectualistischem Vorurtheil nicht begreift, der kann mit ebenso viel Grund behaupten, Ritschl leugne Gottes Dasein, lehre also atheistisch, wie daß er die Gottheit Christi nicht als Wirklichkeit im vollen Sinne meine.

Der Gedanke der Gottheit Christi bedeutet nun aber weder nach der Ansicht der kirchlichen Dogmatik noch nach der Auffassung Ritschls die absolute Identität mit Gott dem Vater. Indem Ritschl dieses feststellt, erbringt er den negativen Nachweis für sein Recht, jenen Ausdruck zu brauchen. Auch die herkömmliche Kirchenlehre vertritt nämlich keineswegs die patripassianische These. Sondern indem sie den Unterschied zwischen Zeugen und Gezeugtsein auf das Verhältnis Gottes zu seinem Sohne anwendet, so schließt sie eben damit aus der Gottheit des Sohnes die Aseität aus, die sie vielmehr allein dem Vater vorbehält (S. 409. 2. A. S. 436. 3. A. S. 443). Ferner sucht zwar die lutherische sowohl wie die reformirte Orthodoxie um die Schwierigkeit, daß auf Christi geschichtliches Lebensbild, in dem sein Wesen uns allein offenbar wird, die Gott ausschließlich zuzuschreibenden Eigenschaften der Allmacht, Allwissenheit und Allgegenwart in keiner Weise zutreffen, durch die Theorien von der Krypsis und der Kenosis herumzukommen. Mit beiden Hypothesen wird aber gar nicht das geleistet, was erreicht werden müßte, wenn Christus als der wirkliche Inhaber aller göttlichen Eigenschaften und nicht nur der göttlichen Liebe und Treue erwiesen werden sollte. Denn die Lehre der Kryptiker steht gerade im Widerspruch mit der Erscheinung, die sie zu erklären vorgiebt. Die reformirte Hypothese der Kenosis aber macht die Gottheit Christi vielmehr unsicher, als deutlich, und in ihrer modern lutherischen Ausprägung, die durch Einfälle Zinzendorfs veranlaßt ist, verläuft sie einfach in Mythologie (S. 354 f.

2. A. 378 ff. 3. A. 385 ff.). In beiden Fällen also wird der Christus, von dem wir ein wirkliches Wissen haben, d. h. der ge schicht = liche Christus, thatsächlich gar nicht im Besitz der göttlichen Allmacht, Allgegenwart und Allwissenheit gedacht oder gar erwiesen. Und eben auf diesen Nachweis wäre es gerade angekommen. Denn auf Christus als außergeschichtliche Größe können wir auch keine Züge übertragen, die nicht in seinem irdischen Leben nachweis = bar wären. In diesem nämlich ist er uns allein offenbar, in jenem aber verborgen, soweit sich nicht Schlüsse darauf direct aus der uns offen= baren geschichtlichen Seinsweise Christi ergeben. Deshalb kann aber auch die Gottessohnschaft Christi überhaupt nicht die göttlichen Eigen= schaften der Allmacht, Allgegenwart und Allwissenheit umfassen, die ihr auch die orthodoxe Dogmatik in Wirklichkeit gar nicht beizulegen ver= mocht hat. Also Christi Gottheit deckt sich nicht quantitativ mit der des Vaters, sondern sie kann nur darin erkannt werden, daß er qualitativ seinem Wesen und Charakter nach in seiner Person die göttliche Liebe, Gnade und Treue verkörpert, in der auch das eigentliche Wesen Gottes selbst gesehen werden muß.

Diese gesamten Ausführungen sind ebenso wie andere, über die noch zu berichten sein wird, durch den Satz beherrscht, daß von Christi außer= weltlichem Dasein nichts ausgesagt werden kann, was man nicht auch in seinem irdischen Lebensbilde nachzuweisen vermag. Der Grund für diese Forderung liegt nun nicht nur in der negativen erkenntnis= theoretischen Regel, daß von Christus, sofern er verborgen ist, auch keine wirkliche Erkenntnis gewonnen werden kann. Sondern dazu kommt andererseits ein positiver psychologischer Anspruch an unsere Erkenntnis von geistigen Personen. Wie nämlich der Mensch in jedem Falle von Veränderungen, die er erlebt, doch stets als ein und dasselbe Subject, und wie seine späteren Zustände stets in Con = tinuität mit den früheren gedacht werden müssen (s. o. S. 186 f.), so kann auch die Identität der Person Christi in seinem geschichtlichen und außergeschichtlichen Dasein mit zureichendem Grunde nur unter der Be= dingung behauptet werden, daß ihm als Präexistentem und Er= höhtem keine Züge materialer Art beigelegt werden, die ihm nicht auch in seinem irdischen Leben nachweisbar eigen gewesen sind. Vielmehr ist dieses mit allem, was es umfaßt, der ausschließ= liche Grund und die einzige Norm für die Vorstellungen, die wir von Christus als außerirdischer Größe bilden können. Verlassen wir aber diesen festen Boden seiner geschichtlichen Existenz, der uns überhaupt allein als der Erkenntnisgrund für alle göttlichen Dinge gegeben ist, so

werden unsere Speculationen in die Luft gebaut, und sie arten zur
Mythologie und Schwärmerei aus.

3. Um so mehr lag Ritschl selbst daran, die Gottheit Christi, so wie
sie in der Gleichheit sowohl wie im Unterschiede von derjenigen des
Vaters festgestellt worden ist, in bestimmten Zügen seines geschichtlichen Lebensbildes nachzuweisen und damit gewisse Aufgaben zu lösen, an denen die bisherige Dogmatik in der Regel achtlos
vorübergegangen war. Dabei aber kommt es nicht darauf an, die Aus-
stattung der Person Christi mit angeborenen Anlagen, auf die wir etwa
zurückschließen können, zu ergründen. Denn wie von Gott aus die
Person Christi geworden ist, kann nicht Gegenstand der theologischen
Forschung sein, da dies „Problem über jede Art der Forschung hinaus-
liegt. Was die kirchliche Überlieferung in dieser Hinsicht darbietet, ist in
sich undeutlich und deshalb nicht geeignet, etwas zu erklären" (S. 394.
2. A. 419. 3. A. 426; vgl. Fides implicita S. 77). Überdies erklären
wir überhaupt die „reife Frucht des Charakters keineswegs blos aus den
Anlagen des Kindes, als eine einfache logische Folge daraus" (S. 344).

Also handelt es sich vielmehr wieder nur um das umfassende
und richtige Verständnis von Christi Werk, von dem eine einheitliche und vollständige Gesamtanschauung gewonnen werden muß. Eine
solche ist angebahnt in der kirchlichen Lehre von Christi drei Ämtern.
Da diese aber an verschiedenen formalen Mängeln leidet, so bedarf sie einiger
Modificationen. Demgemäß stellt Ritschl zunächst das ganze Lebenswerk Christi unter den Begriff seines königlichen Amts. Denn
das regnum Christi ist die directe Probe seiner Gottheit. Als König
ist aber Christus zugleich Prophet und Priester. Andererseits
lassen sich sein prophetisches und sein priesterliches Amt nicht ebenso auf
einander reduciren. Denn die prophetische Thätigkeit verläuft in der
Richtung von Gott auf die Menschen, die priesterliche in der
von den Menschen auf Gott. Beide Begriffe stehen also in einem
formalen Gegensatz zu einander. Ihr Inhalt ist aber jedesmal
wieder dasselbe gesamte Lebenswerk Christi, das, um vollständig begriffen
zu werden, unter beiden Gesichtspunkten betrachtet werden muß. In
diesem Sinne unterscheidet Ritschl das königliche Prophetenthum
und das königliche Priesterthum Christi als die beiden Seiten
seines identischen Werkes.

Als königlicher Prophet offenbart Christus die Gnade und
Treue Gottes den Menschen, und zwar nicht etwa nur durch sein Reden
allein, sondern durch seine Berufserfüllung im Ganzen, durch
sein gesamtes Handeln und Leiden. Stellt sich aber so in seiner Person

ben Glaubenden die **Liebe Gottes** felber dar, fo ift bies doch nur
die **eine Seite** der Gottheit Chrifti. Denn die **Religion** überhaupt
ift, wenn man fie **vollftändig** auffaßt, **niemals nur ein Verhältnis Gottes zu den Menfchen**, fondern ftets zugleich
ein **Verhältnis Gottes fowohl als der Menfchen zur Welt**.
Daher muß auch eine Anfchauung von Chrifti Gottheit **gegenüber
der Welt** gewonnen werden. Gefchieht dies nicht, fo kann nach dem
leitenden Grundfatz auch dem erhöhten Chriftus die Königsherrfchaft nicht
beigelegt werden. Nun aber fchreibt fich Jefus bei Matth. 11, 27 die
Macht über die ganze Welt zu. Diefe alfo ordnet er fich unter,
und darin eben ift die **andere Seite** feiner Gottheit anfchaulich. Dabei aber handelt es fich nicht um den Befitz der fchöpferifchen Allmacht,
auch nicht um die Wunderkraft, die zur Ausftattung Chrifti für feinen
Beruf gehörte. Denn diefe hat fich nicht fo weit ausgedehnt, um fich an
der Veränderung des großen Mechanismus in der Welt zu erproben.
Sie ift zwar nicht an fich, fondern weil wir Menfchen nicht Mittel
haben, fie zu erklären, kein Problem der wiffenfchaftlichen Erforfchung
(S. 398. 2. A. 423. 3. A. 430). Dagegen hat Chriftus fchon in feinem
irdifchen Leben eine Macht über die Welt geübt, die **ihrer ganzen
Art nach überweltlich** war, da fie jedem irdifchen Machtbegriff dia-
metral entgegengefetzt ift. Die Macht Chrifti über die Welt zeigt fich
in **negativer Hinficht** in feiner **Unabhängigkeit** von den ge-
fchichtlichen Bedingungen feiner Exiftenz, die fich daran ermeffen läßt,
daß auch Paulus ein gleiches Maß innerer Freiheit von jüdifchen Vorurtheilen nicht befeffen hat. Als **pofitive Kraft** aber hat Chriftus
feine eigenthümliche Macht über die Welt durch feine **vollkommene
Gebuld im Leiden** erwiefen. Denn in den Gegenwirkungen, die er
bei der Ausübung feines Berufs erfuhr, concentrirte fich die ganze Macht
der Welt, fofern diefe fich gegen die von Chriftus vertretene Sache
Gottes auflehnt. Indem aber Chriftus die Übel einfchließlich des Todes
gebuldig ertrug, ohne fich durch fie in der Aufrechterhaltung feines
Lebenswerkes auch nur im Geringften beirren zu laffen, **überwand er die
Welt und brach deren Macht**. Daß fo gerade Chrifti Gebuld der
Thatbeweis für feine Weltherrfchaft ift, beftätigt fich, wenn
man das Wort Matth. 11, 27 im Zufammenhang mit den darauf
folgenden Worten von V. 28—30 verfteht (S. 403 f. 2. A. 428 f.
3. A. 435 f.).

Die beiden Seiten der Gottheit Chrifti, feine Gnade und Treue und
feine Gebuld, find aber im Grunde nicht zweierlei, fondern **ein und
daffelbe**. Denn die Gebuld ift zugleich eine Erfcheinung der Treue,

und diese ist die Probe der innern Freiheit Christi von den äußern Umständen seines Lebens. Menschlich angesehen entspringen beide „aus dem durch seine eigenthümliche Gotteserkenntniß getragenen Berufs- willen, das Reich Gottes unter den Menschen als deren überweltlichen Endzweck zu verwirklichen". Vom Standpunkt Gottes aus tritt jedoch dasselbe menschliche Leben Christi „unter den Gesichtspunkt der vollendeten Offenbarung Gottes, weil der Endzweck der Welt, welchem das Leben Christi gewidmet ist, in dem Selbstzweck Gottes oder in seinem wesentlichen Willen der Liebe begründet ist" (S. 404 f. 2. A. 429 f. 3. A. 437). Die Gottheit Christi wird aber endlich erst vollständig objectiv bestimmt, indem die Wirkung seiner Gnade und Treue in der Gemeinde des Gottesreiches als der Einheit der vielen erkannt wird, deren Urbild und leitende Kraft er selber ist. Insofern ist Christus als das wirksame Haupt und als der Herr dieser Gemeinde vorzu- stellen, und gerade in dieser Eigenschaft ist er zu denken, wenn er als das ewige Object der Liebe Gottes bezeichnet wird (s. o. S. 196 f.).

Ritschls ganze Lehre von der Gottheit Christi hat den Sinn, daß in Christus als Menschen Gott selbst in seinem Wesen erkannt werden soll. Christi Menschheit steht dabei nicht mehr im Gegensatz zu seiner Gottheit, wie in der Formel von seinen beiden Naturen. Denn Christus als Mensch wird nicht als der Inhaber der abstracten Menschen- natur gedacht, sondern ganz concret als der individuelle Mensch Jesus, der seinen besonderen eigenartigen Beruf in voll- kommener Liebe und vollkommener Geduld treu erfüllt hat. Und in dieser gesamten Lebensleistung erkennt ihn zugleich der christliche Glaube als die Selbstoffenbarung Gottes. Diese Identificirung von Gott und Mensch in der einen Person ist für die Vernunft eine Paradoxie. Denn das logische Denken, das den Zwecken der theoretischen Erkenntniß dient, kommt darüber nicht hinaus, die Menschheit und die Gottheit abstract zu fassen und sie in Gegensatz zu einander zu stellen. Daher müht sich die kirchliche Dogmatik, die von diesem Ansatz ausgeht, in der Lehre von Christi beiden Naturen zwei heterogen gedachte Größen in der einen Person zu einer Einheit zusammenzufügen. Die Geschichte zeigt, daß dies ebensowenig gelungen ist, wie in der Lehre von der Rechtfertigung und Heiligung die mensch- liche Freiheit und die göttliche Gnade mit einander zu vereinigen. Denn auch dieses Problem ist für die Vernunft einfach paradox, und nach den Maßstäben des nicht religiösen Erkennens sind Gnade und Frei- heit einfach nur als Gegensätze denkbar. Daher muß unter dieser Voraussetzung entweder die eine oder die andere eliminirt, oder beiden muß die Spitze abgebrochen werden, wie wenn man sie in semipelagianischer oder synergistischer Weise zusammenfügt. Ritschl aber löst diese Frage, indem er, wie bereits gezeigt ist (s. o. S. 187 f.), auf Grund der christlichen Erfahrung die **menschliche Freiheit im höchsten Sinne mit der vollkommenen Abhängigkeit von Gott identificirt.** Gerade so[1]) aber setzt er nun auch die **individuelle Menschheit Christi,** in der ja eben die höchste menschliche Freiheit in einzig vollkommener Gestalt anschaulich ist, als **identisch mit der Gottheit,** als deren Wesen die Liebe bestimmt worden ist. So steht Ritschls Lehre von der Gottheit Christi nicht nur in harmonischem Zusammenhang mit der Deutung, die er aus psychologischen, ethischen und religiösen Gründen der „theologischen Meisterfrage" gegeben hat, sondern geradezu in einer logischen Abhängigkeit von dem Erkenntnisprincip, das seine primäre Geltung eben in der Entscheidung über das Verhältnis von Freiheit und Gnade hat.

4. Ritschls Lehre von Christi **königlichem Priesterthum** steht aus Gründen, die bereits vorgetragen sind (s. o. S. 198 f.), im ausgesprochenen **Gegensatz zu der juristischen Deutung seines Todes als stellvertretender Genugthuung.** Sie fußt dabei auf den Ergebnissen des zweiten Theils über den biblischen Begriff der Gerechtigkeit Gottes und über die biblische Opfervorstellung. Die in dieser enthaltenen Hauptgedanken sind aber die, daß unter Voraussetzung der **göttlichen Bundesgnade** das Opfer den Zweck hat, die Menschen in die Gemeinschaft mit Gott hineinzuführen, und daß in dem Opfer Christi sein **Gehorsam** die Sache ist, auf die es ankommt. Den Gehorsam gegen Gott hat nun Christus nicht nur in seinem Tode, sondern in seinem **ganzen Leben** geleistet. Aber seine Bereitwilligkeit zu sterben ist die **höchste Probe** seines Berufsgehorsams sowohl als seiner persönlichen religiösen Gemeinschaft mit Gott gewesen. Insofern ist „der Tod Christi, wie er aus seiner vorausgehenden Bereitschaft verstanden werden

---

1) Dieselbe Analogie verwerthete Ritschl in seinen Vorlesungen über Dogmatik, um zu einem anderen Problem die richtige Stellung zu gewinnen. Er erkennt in der Vorstellung von dem concursus dei denselben Fehler, der in der semipelagianischen Vertheilung des Guten einerseits an den freien Willen des Menschen, andererseits an die göttliche Gnade begangen wird. Dagegen erklärt er, wie Gott im Einzelnen seine Allmacht übe, sei überhaupt kein Gegenstand des menschlichen Wissens und Fragens. Es kommt vielmehr nur darauf an, Gottes Allmacht im Ganzen als wirklich und wirksam anzuerkennen. Das geschieht in der nach III, 2. A. 31. 3. A. 32 f. stets auf das Ganze gerichteten religiösen Betrachtung. Die Erkenntnis des Einzelnen fällt dagegen in den Bereich der Wissenschaft, die der Mensch als selbstthätiges Subject, also als ethische Größe, zu treiben hat.

muß, der compendiarische Ausdruck dafür, daß Christus seine religiöse Einheit mit Gott und seine Offenbarungsstellung in seinem ganzen Lebensverlauf inne gehalten hat" (S. 477 f. 2. A. 503 f. 3. A. 511 f.). Verfehlt ist indessen die Unterscheidung des thuenden und des leidenden Gehorsams. Denn der Gehorsam im Leiden ist immer nur in der activen Form der Geduld vorhanden. Er fällt also vielmehr unter den Begriff des thuenden Gehorsams selbst (S. 372. 2. A. 398. 3. A. 405). So handelt es sich also wieder um Christi gesamtes, in seinem Tode gipfelndes Lebenswerk, das unter den Begriff seines priesterlichen Königthums gestellt wird.

Wie nun Christus überhaupt seinen Beruf in erster Linie für sich erfüllt hat, so ist er zunächst auch Priester für sich, ehe er es für andere ist. Insofern bedeutet aber sein Priesterthum, daß er das Subject der vollkommenen eigentlichen Religion gewesen ist, die er im Gebetsverkehr mit Gott ausgeübt hat. In dieser religiösen Gemeinschaft mit Gott hat er sich sein ganzes Leben hindurch erhalten, indem er Gott stets zugewandt und nahe geblieben und niemals von der Linie des Gehorsams gegen Gott abgewichen ist. Er hat aber dieselbe religiöse Gemeinschaft mit Gott auch auf seine Jünger übertragen wollen und diesen Erfolg thatsächlich erreicht, indem die christliche Gemeinde entstanden ist, deren Glieder zu Gott in demselben Verhältnis stehen wie Kinder zu ihrem Vater. Nehmen nun Menschen eine solche Stellung zu Gott ein, in der sich die menschliche Bestimmung überhaupt verwirklicht, so ist in diesem Thatbestande eingeschlossen, daß denjenigen, die sie gewonnen haben, obgleich sie Sünder und ihrer Sünden im Schuldgefühl sich bewußt sind, die Sündenvergebung in dem bereits festgestellten Sinne dieses Begriffs (s. o. S. 204 ff.) zu Theil geworden ist. Denn wenn durch die Sündenvergebung oder Rechtfertigung das bisherige Mistrauen gegen Gott in Vertrauen zu ihm umgesetzt wird, so ist eben damit zugleich die bestimmungsmäßige religiöse Gemeinschaft der Menschen mit Gott hergestellt. Als Kind Gottes aber weiß sich der einzelne Christ niemals nur für sich allein, sondern er weiß, daß ihm dieses religiöse Verhältnis zu Gott mit vielen anderen Menschen gemeinsam ist. Ebenso hat Christus in den Abschiedsreden bei Johannes, ferner in den Gleichnissen von dem Hirten und der Herde und vom Weinstock und den Reben, endlich in der Abendmahlsrede, in der er seinen Tod als das Opfer des neuen Bundes darstellt, stets diejenigen, die Gottes Kinder werden sollten, als seine Jüngergemeinde im Ganzen gedacht. Mithin ist die Stiftung der Sündenvergebung, durch welche Sünder zu Kindern Gottes gemacht werden, derselbe identische Act, wie die Gründung der christlichen Gemeinde, die aus Kindern Gottes besteht.

Der letzte Grund für die Möglichkeit und Wirklichkeit der Sündenvergebung ist der Liebeswille Gottes des Vaters, dessen Gnade und Treue Christus als königlicher Prophet offenbart hat. Insofern erscheint Christus den Menschen gegenüber als solidarisch mit Gott. Andererseits ist Christus als königlicher Priester Gott gegenüber solidarisch mit der zur Gemeinde zu bildenden Menschheit. Als solcher Vertreter der Menschen ist Christus das Haupt seiner Gemeinde, die er vor Gott darstellt, und der er dadurch zugleich die Sündenvergebung als ihren eigenthümlichen Besitz verbürgt. Beide Male ist das ganze Lebenswerk Christi der Grund seiner prophetischen und seiner priesterlichen Wirkung. Nur macht er als Prophet die Gottesherrschaft an seinen Jüngern wirksam. Als Priester aber bewährt er in seinem Beruf die religiöse Treue gegen Gott. „Wäre er seinem Berufe untreu geworden . . . . . . , so mußten seine Jünger ebenso an ihm irre werden, wie er an sich irre geworden wäre. Aber indem er seinem von Gott verliehenen Berufe und seinem religiösen Glauben an Gott als seinen Vater bis in den Tod, auch durch den Reiz zur Verzweiflung hindurch, treu blieb, so hat er trotz des entgegengesetzten Scheines eben dadurch seine eigene Vollendung verwirklicht und die Bedingungen zur Gründung seiner Gemeinde erfüllt" (S. 487). Denn indem nun deren Glieder an ihn nicht nur als den Offenbarer Gottes, sondern auch als den Gründer der Gemeinde zu glauben im Stande sind, ist „in der Vollendung seiner so gegliederten Berufsthätigkeit seinerseits alles geleistet, was die Gemeinde als geschichtliche Größe erklärt" (S. 489).

Wenn aber Christus seine Gemeinde vor Gott vertritt, so ist diese Stellvertretung inclusiv, und nicht, wie es gewöhnlich geschieht, exclusiv zu verstehen (2. A. 507. 3. A. 515). Diese Formel der späteren Auflagen greift auf die gleichfalls erst in diesen gegebenen Ausführungen zurück, in denen gewisse Reden Jesu bei Johannes für die Deutung der anzurechnenden Gerechtigkeit Christi fruchtbar gemacht werden (2. A. 67 f. 3. A. 68 f.). Während Ritschl nämlich zuerst nur Christi Fürbitte als das Motiv der göttlichen Verzeihung in Betracht gezogen (S. 57 ff.) und darauf die Folgerung begründet hatte, „daß Gott den Gliedern der Gemeinde ihre Gemeinschaft mit Christus als die Bedingung anrechnet, unter der er sie zur Gemeinschaft mit sich selbst zuläßt" (S. 482), wird diese Bedingung später genauer dahin bestimmt, „daß der Christo angehörenden Gemeinde die Stellung Christi zu Gottes Liebe angerechnet wird, in welcher er sich durch seinen Gehorsam behauptet hat" (2. A. 508. 3. A. 516). Denn nicht die active Gerechtigkeit Christi kann direct auf andere Personen übertragen werden, so daß diesen selbst die Leistung eigner Gerechtigkeit erspart bliebe (s. o. S. 205). Dagegen wird der Werth, den Christus als Gegenstand der Liebe Gottes hat, denjenigen angerechnet, die für sich dieses Werthes entbehren, aber zu dem gehören, welcher der primäre Gegenstand jener Liebe ist. Dann aber wird Christi Gerechtigkeit, durch die doch seine bleibende Gemeinschaft mit Gott bedingt ist, von seiner Person nicht abgelöst, sondern sie wird seinen Jüngern indirect angerechnet, damit sie in die Liebe Gottes ebenso aufgenommen werden, wie Christus in ihr wurzelt.

In diesem Erfolge ist nun die eigentliche Wirkung des königlichen Priesterthums Christi anschaulich. Aber dieses hat einen engeren Spielraum, als das königliche Prophetenthum, das überdies seine thatsächliche Voraussetzung bildet (s. o. S. 219). Denn als königlicher Prophet übt Christus die Herrschaft über die Welt, als königlicher Priester über die Gemeinde. Durch diesen Gedanken wird in den späteren Auflagen die Nothwendigkeit begründet, das Priester- thum dem Prophetenthum unterzuordnen (2. A. 512. 3. A. 520). Indem aber dieselbe Forderung auch schon in der ersten Auflage ausge- sprochen wird (S. 491), verfolgt Ritschl den Gedanken der christlichen Offenbarung weiter, als in den späteren Auflagen an derselben Stelle [1]). Die Offenbarung der Liebe Gottes wäre nämlich nicht vollständig, wenn sie nicht von der gläubigen Gemeinde als solche anerkannt würde. Des- halb erstreckt sie sich auch auf die Hervorrufung der Gemeinde, und schließt insofern Christi priesterliche Leistung als ein nothwendiges Glied des beabsichtigten Erfolges in sich. Aber auch die Glieder der Gemeinde sollen ihren Glauben durch die Liebe zu den Brüdern bewähren. „Dem entspricht es, daß die Selbstoffenbarung Gottes nicht blos durch seinen Sohn, sondern auch durch den heiligen Geist erfolgt, der die Gottes- kindschaft in der Gemeinde bezeichnet, und daß in der Liebe, welche die Glieder der Gemeinde gegen einander üben, sich die Offenbarung der Liebe Gottes selbst vollendet (1. Joh. 2, 5; 4, 12)."

---

[1] Vgl. aber 2. A. 437. 3. A. 444.

VI. Die Gotteskindschaft der einzelnen Christen innerhalb der christlichen Gemeinde.

1. Daß die Rechtfertigung ihr nächstes Object an der Gemeinde
Christi habe, und daß demgemäß die Gründung dieser Gemeinde und die
Stiftung der Sündenvergebung der identische Ertrag des gesamten Lebenswerkes Christi sind, ist das abschließende Ergebnis, zu welchem Ritschl
die Lehre von der Rechtfertigung entwickelt hat. Im Keime aber liegt
dieser Gedanke bereits vor in einer Combination, die Ritschl schon im
Jahre 1857, als er sein Studium der Rechtfertigungslehre begann, conci-
pirt hatte (s. Bd. 1. S. 298). In dieselbe, ja in noch frühere Zeit,
reichen die Elemente der Anschauung Ritschls von der Kirche zurück
(s. Bd. 1. S. 188 ff. 249 ff. 364 ff.). Wie wichtig aber gerade dieser
Begriff für sein System geworden war, ermißt sich daran, daß Ritschl
nur das engste Wechselverhältnis des Gedankens von der
Sündenvergebung und des von der religiösen Gemeinde
des Christenthums hatte feststellen können. Andererseits steht der
Begriff der Kirche in einer nahen Beziehung zu dem Gedanken
des Reiches Gottes. Dennoch sind beide Größen nicht mit einander
identisch. Sie umfassen zwar beide dieselben Personen, die an
Christus glauben (s. o. S. 26). Insofern haben die Glieder der Kirche
auch die Aufgabe des Reiches Gottes zu erfüllen, indem sie sich durch die
gegenseitige Übung der Liebe zum Reiche Gottes vereinigen sollen. Darin
aber, daß sie in der Richtung auf dieses Ziel hin begriffen sind, erscheinen
sie nicht zugleich als Kirche. Sondern Kirche sind sie vielmehr, „sofern
sie im Gebete ihren Glauben an Gott den Vater oder sich für Gott als
die ihm durch Christus wohlgefälligen Menschen darstellen" (S. 245. 2. A.
266. 3. A. 271). Denn dieses gottesdienstliche Handeln „im
besondern technischen Sinne" ist Zweck an sich, da niemals eine Cultushandlung der andern als Mittel zum Zweck untergeordnet werden kann.
Dagegen sind die sittlichen Handlungen, auf deren Leistung es im Reiche
Gottes ankommt, stets zugleich Zweck und doch auch wieder Mittel zu
anderen gleichartigen Handlungen, da durch sie das Handeln selbst immer
wieder von Neuem angeregt wird.

Der in dieser Weise begründete Unterschied von Kirche und Reich
Gottes bezieht sich also wesentlich nur auf den Stoff des mensch-
lichen Handelns, das in dieser oder jener Form der christlichen
Gemeinschaft hervorgebracht wird, während es doch beide Male dieselben
Personen sind, die unter dem einen oder dem andern Begriff zusammen-

gefaßt werden. Denn wenn es im Reiche Gottes auf die sittliche, in der Kirche auf die cultische Thätigkeit ankommt, so sind es substantiell verschiedene Leistungen, die den Christen obliegen, sofern sie als Kirche oder sofern sie als Reich Gottes gedacht werden. Dieser Unterschied einer zwiefachen Handlungsweise, in der sich die christliche Gesamtheit bethätigen muß, ist nun völlig parallel dem anderen, der zwischen den religiösen und den sittlichen Functionen des einzelnen Christen gemacht wird. Wie aber das gesamte christliche Handeln des Einzelnen unter dem religiösen Gesichtspunkt als Wirkung der göttlichen Gnade, und unter dem ethischen Gesichtspunkt als Product der freien Selbstthätigkeit des Menschen beurtheilt werden muß, und wie desgleichen das Reich Gottes einerseits Gottesherrschaft und andererseits ganz in demselben Umfang Übung der gegenseitigen Liebe unter Menschen ist, so faßt Ritschl auch die gottesdienstliche Gemeinschaft der Christen oder die Kirche einmal als eine religiöse Größe auf, in der bestimmte Wirkungen Gottes dem Glauben wahrnehmbar entgegentreten, und umgekehrt auch wieder als eine Gemeinschaft ethischer Art, in der eben Menschen ihren Gott verehren. In dieser Weise hatte er ja schon seit mehr als 20 Jahren den religiösen und den ethischen Begriff der Kirche unterschieden. Unter beiden Gesichtspunkten ist es aber derselbe Zweck, der erreicht werden soll, die geistige Gottesverehrung im gemeinsamen Gebet. Und erzielt wird diese Wirkung durch das identische Mittel des Gottesworts, das einerseits alle Gnadenwirkungen in sich einschließt und insofern direct auf Gott zurückführt, und das andererseits doch immer zugleich nur durch Menschen verkündigt wird, die dabei nothwendig activ selbstthätig sind. Das kirchliche Amt und die um seinetwillen nothwendige Rechtsordnung in der Kirche ist aber nur ein Mittel zu dem Zweck, daß die Predigt des Gottesworts, sofern sie Menschen obliegt, von diesen in geregelter und möglichst richtiger Weise geübt werden könne. Es hat daher mit dem religiösen Begriff der Kirche direct gar nichts zu thun. Aber es ist innerhalb der sittlichen Gemeinschaft der Christen eine nothwendige Einrichtung und fällt somit unmittelbar allein unter den ethischen Begriff der Kirche (s. o. S. 56).

Wenn nun aber auch unter dem Gesichtspunkt der gottesdienstlichen Darstellung die Kirche Zweck an sich ist, sofern eine Cultushandlung keiner andern als Mittel untergeordnet werden kann, so stehen doch Kirche und Reich Gottes in Wechselwirkung mit einander, und die Glieder der Kirche haben als Christen zugleich die Aufgabe des Gottesreichs zu erfüllen. Deshalb erschöpfen sich aber die Wirkungen der specifisch kirchlichen Thätigkeit, die in der Verkündigung des Wortes Gottes geübt wird, nicht darin, daß nur die Gebetsgemeinschaft der Christen zu Stande kommt. Sondern so wie diese als ihren Grund den Glauben der zu Gott betenden Gemeindeglieder voraussetzt, und so wie mit dessen Entstehung zugleich auch der Beginn der sittlichen Willensrichtung der einzelnen Christen in dem Begriff der Versöhnung zusammengedacht wird, so stellen sich auch in diesen beiden Erscheinungen entscheidende Wirkungen des Wortes Gottes dar. Wo immer aber Gottes Wort verkündigt, und die ihm inhaltlich gleichartigen Sacramente verwaltet werden, da ist nach der Lehre der Reformatoren auch christliche Kirche vorhanden und dem Glauben in jenen Merkmalen wahrnehmbar. Indem sich Ritschl diese Auffassung durchaus aneignet, gilt ihm die Kirche und das in ihr gepredigte Wort Gottes als die nothwendige Voraussetzung und Vermittlung alles subjectiven Christenthums. In diesem Sinne ist der Erwerb des christlichen Heils nur in der Kirche und durch die Kirche möglich. Denn da alle göttlichen Gnadenwirkungen an dem einzelnen Menschen nur durch das verkündigte Wort Gottes hervorgebracht werden, und da gerade in diesem die Kirche ihren eigentlichen religiösen Bestand hat, so steht der Einzelne immer auch nur durch diese Vermittlung mit Christus und durch Christi Vermittlung mit Gott in Verbindung. Und deshalb tritt Ritschl für den treffenden Gedanken der Reformatoren ein, daß die Kirche die Mutter der Gläubigen ist[1]).

---

1) Wegen dieser Lehre, in welcher Ritschl lediglich den Anschauungen der Reformatoren folgt, wird ihm der Vorwurf des Katholisirens gemacht, den er selbst (S. 484 ff. 2. A. 509 ff. 3. A. 517 ff.) bereits gebührend beleuchtet hat. Denselben Vorwurf hat schon Baur (Lehre von der Versöhnung S. 631) gegen Schleiermacher erhoben, weil auch nach dessen Ansicht in der kirchlichen Gemeinschaft „dem Einzelnen alles gegeben ist, wodurch für ihn sein religiöses Leben vermittelt werden soll". Und hierin ist ja auch Schleiermacher Ritschls Vorgänger, obgleich dieser gerade von der ihnen beiden gemeinsamen Voraussetzung aus gegen die von jenem in seiner Glaubenslehre (§ 24) vertretene Deutung des Katholicismus und des Protestantismus Einspruch erheben mußte (s. o. S. 50). Wenn man aber meint, Ritschl nähere sich der katholischen Anschauung, so übersieht man vollständig, daß nach seiner Auffassung das kirchliche Amt und das kirchliche Recht, das für den katholischen Kirchenbegriff die Grundlage ist, nur als ein sehr untergeordnetes Glied in dem gesamten Gedankenzusammenhang in Betracht kommt. Die dem Einzelnen vermittelten Gnadenwirkungen Christi hängen eben nicht innerlich, sondern nur äußerlich mit der rechtlichen Seite der Kirche zusammen. Ihr Träger ist vielmehr ausschließlich das Wort Gottes oder das Evangelium von Christus, das als durchaus göttliche Wirkungskraft, wenn auch im Munde der Menschen, die es selbstthätig verkündigen, den Wesensbestand der Kirche ausmacht. Nur als dem Complex alles dessen, was unter dem Begriff dieses

2. Also der einzelne Christ gewinnt nur im Bereich der christlichen Gemeinde den Glauben und mit diesem die Grundlage des gesamten subjectiven Christenthums. Aber die Verkündigung Christi in der Kirche ist doch nicht so sehr im ausschließlichen Sinne als der wirksame Grund der Gotteskindschaft zu verstehen, daß daneben nicht auch andere wichtige Momente gewürdigt werden müßten, durch welche thatsächlich auch die Entstehung des Glaubens bedingt ist. Zu dieser tragen eben zugleich alle möglichen ästhetischen und moralischen Motive der Erziehung bei, wie die Frömmigkeit anderer Menschen, und die Sitte und Zucht in der Familie und in der Schule. Aber vollständig wird sich allerdings die selbständige Gewißheit der Gotteskindschaft immer nur „auf den Maßstab der Lebensgestalt Christi stützen können, wie sie im Grunde aus deren Kraft entspringt" (S. 498. 2. A. 522. 3. A. 531). Deshalb ist der christliche Glaube nothwendig immer auch Glaube an Christus. Nur sind dabei die mannigfaltigsten Modificationen vorzubehalten, in denen dieser Glaube bei jedem Einzelnen seine besondere Ausprägung findet. Denn die „Verschiedenheit der Altersstufen, der Geschlechter, der Temperamente, der christlichen Confessionstypen" bedingt „eine unerschöpfliche Reihe von Arten der religiösen Schätzung Christi". Dieser Reichthum des wirklichen Lebens an allen möglichen Formen des Glaubens der Einzelnen würde aber verkannt, und dadurch die Frömmigkeit selbst vergewaltigt werden, wenn die Theologie eine exclusive theoretische Formel aufstellen wollte, um an einer solchen zu entscheiden, welche Eindrücke der Person Christi als berechtigt, zulässig oder gar unbedingt falsch gelten sollen. So fixirt Ritschl, indem er absichtlich unbestimmte Ausdrücke braucht, einen weiten Spielraum, innerhalb dessen der christliche Glaube in den verschiedenen Menschen seine empirische Gestalt gewinnt, und bewährt darin eine Umsicht und Nüchternheit, in der ihm auch manche seiner Schüler nicht gefolgt sind.

Der Glaube an Christus ist nun „der vollständige und deutliche Ausdruck für die subjective Überzeugung von der Wahrheit seiner Religion" (S. 525. 2. A. 551. 3. A. 560). „Als das Gesamtverhalten, welches der Versöhnung entspricht, umfaßt er alle die einzelnen Acte des Vorsehungsglaubens, der Geduld und Demuth, in welchen der Gnaden-

göttlichen Worts zusammengefaßt werden kann, nicht aber als einer wesentlich rechtlichen Anstalt schreibt Ritschl der Kirche die Mittelstellung zwischen dem Einzelnen und Christus zu. Damit sagt er aber nur dasselbe, was Luther lehrt, wenn er in der Erklärung des dritten Glaubensartikels den Glauben an Christus von dem heiligen Geiste abhängig macht, der durch das Evangelium in der Christenheit und auf die Christenheit seine Gnadenwirkungen ausübt.

stand erprobt wird. Dieselben sind nicht etwas neben dem Glauben an Christus, oder was blos aus ihm folgte, sondern sind die Fälle, in welchen der Glaube an Christus auf das Leben angewandt wird, welches der Glaubende in der Welt führt" (2. A. 556. 3. A. 566). Äußert sich so aber der Glaube an Christus in der ge samten religiösen Lebens= führung der Christen, so ist es durch diese alle christliche Frömmigkeit in sich einschließende Auswirkung jenes Glaubens bedingt, daß auch „nicht alle Zeitmomente des christlichen Lebens durch die deutliche Erscheinung aller im Glauben enthaltenen Merkmale ausgefüllt sein" werden (2. A. 555. 3. A. 564). Denn die Äußerungen der Frömmigkeit im einzelnen Fall sind niemals unabhängig von ihren concreten Veranlassungen, die aber die Aufmerksamkeit des Gläubigen bald auf die eine, bald auf die andere christliche Vorstellung besonders hinlenken werden. In diesem Sinne spricht[1]) sich Ritschl später einmal zustimmend zu einer Erklärung aus, die Schleiermacher in seiner Glaubenslehre § 11, 3 gegen Ende gebe: „er meine nicht, als ob alles christlich fromme Bewußtsein keinen andern Inhalt haben könne, als Jesum und seine Erlösung, sondern nur, daß alle frommen Momente durch jene Erlösung geworden oder ihrer bedürftig seien. Darauf kommt auch meine Ansicht heraus. Der Herr . . . . aber will, wie die katholischen Devoten, nur und ausschließlich sich den Herrn Jesum vergegenwärtigen. Ob er es wohl thut?"

Also Ritschl macht einen sehr deutlichen Unterschied zwischen dem empirischen Glauben des Einzelnen, sowie er unter den verschiedensten zeitlichen und individuellen Bedingungen in jedem Falle, in dem er geübt wird, sich äußert, und dem theologischen Begriff des Glaubens in seiner wissenschaftlichen Ausprägung. Dieser muß vollständig sein und alle gemeinschaftlichen Merkmale des christlichen Glaubens überhaupt enthalten. Denn andernfalls wäre die wissenschaftliche Definition des Glaubens, deren es im theologischen System bedarf, lückenhaft. Und deshalb ist es in der Theologie unumgänglich nothwendig, den Glauben nicht nur als ein Verhalten zu Gott zu bestimmen, sondern auch als Glauben an Christus, als Herrschaft über die Welt und als eine Thätigkeit, die nur im Bereiche der christlichen Gemeinde möglich ist. Aber sowie der Glaube als subjective und individuell oder irgendwie sonst bestimmte Äußerung der Frömmigkeit des Einzelnen seine empirische Wirklichkeit hat, überwiegt in dem momentanen Glaubensbewußtsein des frommen Christen bald das eine, bald das andere objective

1. An W. Herrmann 5. 7. 88.

Merkmal, oder die eine oder andere Gruppe dieser Merkmale, die insgesamt den theologischen Begriff des Glaubens ausmachen. Wie also auch solche Erscheinungen christlicher Frömmigkeit vorkommen, in denen nicht direct auf Christus und sein Werk, sondern etwa blos auf Gott als unsern Vater reflectirt wird, so hat Ritschl keineswegs gemeint, daß in jedem christlich frommen Moment nothwendig immer die Gemeinde, auf die er bei der Entwicklung des objectiven Glaubensbegriffs so großes Gewicht gelegt hat, vergegenwärtigt werden müsse. Sondern er hat das eigenthümliche Recht einer Andacht ausdrücklich anerkannt, in welcher man sich Gott und Christus unmittelbar gegenübergestellt weiß, indem man ihre Gaben und Wohlthaten frommen Herzens betrachtet (3. A. 562). Nicht diese Praxis der Frömmigkeit hat er beanstandet, wenn er sich gegen die Mystik erklärte. Auch daß es im religiösen Leben Geheimnisse gebe, hat er nicht geleugnet, sondern gerade anerkannt (3. A. 573. Anm. 1), aber freilich dabei die keusche Zurückhaltung für sich wenigstens in Anspruch genommen, über solche Geheimnisse zu schweigen. Dagegen hat er einmal die Contemplation Jesu nach dem Muster des Hohenliedes verworfen, weil sie auf dem Fuße der Gleichheit zwischen Seele und Bräutigam erfolge und damit die Ehrfurcht gegen Christus als den Herrn verletze (s. Bd. 1, S. 325 ff.). Und andererseits hat er die theologische Methode bekämpft, dergemäß man aus dem durchaus berechtigten Einzelfall von Frömmigkeit, daß man sich Gott oder Christus als unmittelbar gegenwärtig vorstellt, den wissenschaftlichen Gesamtbegriff des Glaubens und der Religion überhaupt abstrahirt, ohne auf deren sonstige Äußerungsarten und Merkmale Rücksicht zu nehmen. Und hierin eben tritt wieder Ritschls Methode deutlich hervor, stets eine vollständige Gesamtanschauung der verschiedenen Erscheinungen gleicher Art zu erstreben.

3. Wie Ritschl die Anschauung des christlichen Glaubens in seiner empirischen Ausübung absichtlich nicht durch enge Formeln eingeschränkt wissen will, und wie nach seiner Ansicht die theologischen Regeln der unerschöpflichen Mannigfaltigkeit des wirklichen Lebens nicht vorgreifen sollen, so äußert er sich auch über die Entstehung jenes Glaubens ganz nach denselben Grundsätzen. Ihm widerstrebt jeder Methodismus im engern und im weitern Sinn. Er belastet also die Frage nach dem Beginn der christlichen Frömmigkeit nicht durch irgend welche engherzige Theorien, wie wenn sonst oft der werdende Glaube in eine solche hineingezwängt, oder künstliche Methoden angegeben werden, die ausschließlich zum Gewinn der christlichen Überzeugung und der eignen Heilsgewißheit führen sollen. Ritschl weiß vielmehr, daß die Entstehung des Glaubens

gemäß dem Schema der Freiheit erfolgt (S. 511. 2. A. 536. 3. A. 545), er weiß, daß eben deshalb der Erwerb der Frömmigkeit nicht Menschenwerk, sondern göttliche Gabe ist, die einem jeden im Zusammenhange seiner individuellen Eigenthümlichkeit mit seinen besonderen Lebensführungen unter Gottes Leitung und Vorsehung zu Theil wird. Daher legt er auch so großes Gewicht auf die einfache Regel, die von Jesus bei Joh. 7, 17 gegeben ist. In diesem Verfahren erkennt er den einzigen praktischen Weg, auf dem jemand sich selbst von der Wahrheit der christlichen Religion überführen kann. Übrigens betont er nur, daß aller Glaube, ob sich nun der werdende Christ dieses Zusammenhangs bewußt ist oder nicht, durch Anregungen hervorgerufen wird, die von der christlichen Gemeinde als der Trägerin der christlichen Verkündigung ausgehen. Wie diese Einflüsse im einzelnen Falle wirken, „entzieht sich ebenso aller Beobachtung, wie die Entwicklung des individuellen Geisteslebens überhaupt" (S. 535. 2. A. 563. 3. A. 573). Also können darüber auch keine allgemeinen Regeln aufgestellt werden. Deshalb weist Ritschl vielmehr nur auf gewisse Hauptformen hin, in denen die Entstehung des Glaubenslebens der Einzelnen unter verschiedenen Bedingungen verläuft. Denn theils haben die Menschen, die gläubig werden, bisher im Laster gelebt oder einer widerchristlichen Überzeugung angehangen, weil die christliche Erziehung, die sie erfahren hatten, ohne Erfolg war. In diesen Fällen werden sie normaler Weise durch eine acute Bekehrung zum Glauben gelangen. Und bei einem solchen Anfang des christlichen Lebens wird der Glaube an Christus, zu dem jemand durchbringt, allerdings im vollen Umfang seiner Merkmale anschaulich sein. Ähnlich hat man sich im Sinne Ritschls den von ihm selbst nicht ausdrücklich berücksichtigten Fall zu denken, daß jemand von einer andern Religion zum Christenthum übergeht. Dagegen im Zusammenhang des kirchlichen Lebens ist vielmehr die christliche Erziehung die regelmäßige Form, in welcher die Einzelnen zum Glauben an Christus geführt werden. Dann aber ist „nicht zu erwarten, daß derselbe in seiner bestimmten Eigenthümlichkeit, in der Gesamtheit seiner Merkmale eher hervorgerufen wird, als die Wirkungen der Gnade Gottes im Gebiet der sittlichen Zucht und Leitung" (2. A. 555. 3. A. 565). Daß aber der Glaube in seinem gesamten Umfange zu Stande komme, darauf kann die Erziehung nur indirect einwirken. Denn der Glaube an Christus kann nur im reifern Lebensalter erwartet werden. Er ist etwas sehr ernsthaftes, die Liebe zum Heiland dagegen, zu der in pietistischen Kreisen die Kinder angeleitet werden, ist Spiel, da sie sonst dem Kinde nicht zugänglich sein würde. Die sittliche Er-

15*

ziehung aber, die auch am unmündigen Lebensalter ein ernstes Geschäft
ist, wird schwerlich durch einen spielerischen Gedanken dem Kinde in
richtiger Weise eingeprägt werden (2. A. 556. A. 3. 566).

Daß nun überhaupt der Glaube entsteht, ist immer die Wirkung
der göttlichen Gnade, die in den Begriffen der Rechtfertigung, Versöhnung und Adoption zum Kinde Gottes beschrieben wird. Gleichbedeutend mit diesen ist der Begriff der Wiedergeburt, wie ihn denn
auch Melanchthon in der Apologie in diesem Sinne gefaßt hat. Wenn
dagegen die Wiedergeburt der Rechtfertigung übergeordnet wird, so liegt
darin eine Annäherung an die katholische Lehre von der Justification
vor, in der die entscheidende Vorstellung von der Eingießung der Liebe
zu Gott materialistischer Art ist. Denn mit diesem Gedanken ist
die auch von manchen evangelischen Theologen vertretene Auffassung
gleichartig, daß die Wiedergeburt eine stoffliche Veränderung sei,
sofern „durch das Wort Gottes in dem Menschen ein übernatürlicher
und quantitativ übermächtiger Trieb angeregt" werden soll, „welcher im
Allgemeinen Gott zu gefallen und im Besondern alles gute erstrebt, und
deshalb den bisherigen Antrieben zur Sünde entgegenwirkt" (S. 533.
2. A. 561. 3. A. 570). Und diese stoffliche Veränderung des Menschen
wird nun in der pietistischen Auffassung als eine Voraussetzung der
Rechtfertigung ausgegeben. Dann aber wird diese unrichtiger Weise im
Sinne eines analytischen Urtheils über eine für Gott bereits werthvolle Qualität des Menschen angesehen, und demgemäß die Wiedergeburt
der Rechtfertigung übergeordnet (s. o. S. 206).

Solche Anschauungen pflegen jedoch durch eine gleichfalls materia-
listische Auffassung vom heiligen Geiste bedingt zu sein.
Dieser ist aber weder eine unwiderstehliche Naturkraft, noch wird im
Neuen Testament von ihm blos der Beginn des neuen religiösen Lebens
hergeleitet. Er ist vielmehr die Erkenntnis, die Gott selbst von
sich hat, und die zugleich der christlichen Gemeinde durch die
vollendete Offenbarung Gottes zu Theil geworden ist. Denn
die Gemeinde hat „diejenige Erkenntnis von Gott und seinem Rathschluß
mit den Menschen in der Welt, welche mit der Selbsterkenntnis Gottes
übereinstimmt" (3. A. 571 f.). Insofern ist der heilige Geist die Kraft
Gottes, welche die Gemeinde befähigt, seine Offenbarung als Vater durch
seinen Sohn sich anzueignen. Und als der heilige Geist der Gemeinde
des Gottesreiches wirkt er auf deren einzelne Glieder nicht in mechanischer Weise, sondern nach den Gesetzen der Freiheit. Aber
im Verhältnis zum heiligen Geist darf sich der Einzelne nicht von allen
anderen Christen isoliren. Sondern der heilige Geist pflegt „allerwege

ben christlichen Gemeinsinn, in Selbstbeurtheilung und in Handeln, in Schmerz um das verderbliche Treiben der Parteisüchtigen, in Zurück-haltung oder auch in Freilassung des berechtigten Zornes über sie, und zugleich in der Scheu zu ihrer Verstockung beizutragen" (1. A. 573).

4. Ritschls antipietistische Auffassung vom heiligen Geiste und von der durch diesen gewirkten Wiedergeburt stimmt völlig mit seiner Ansicht von der Rechtfertigung überein, wonach diese vielmehr das synthe-tische Urtheil Gottes bedeutet, daß ihm die Glieder der Gemeinde Christi trotz ihrer Sünde angenehm sind (s. o. S. 206). Und diese in Christus offenbare Gnadenabsicht Gottes ist selbst der in dem gepre-digten Worte wirksame Grund, der den Glauben der einzelnen Christen in ihrer Wiedergeburt hervorruft. Der Glaube hat aber bei der Rechtfertigung ausschließlich die Bedeutung, daß er jene Gnade sich aneignet, sich ihrer getröstet, und nur im Bewußtsein dieser unverdienten Gnade vor Gottes Urtheil zu bestehen hofft. Er ist dabei nicht eine Selbstthätigkeit eigenen Inhalts (S. 512. 2. A. 537. 3. A. 546), von deren Vorhandensein erst das rechtfertigende Urtheil Gottes abhängig wäre. So tritt Ritschl durchaus für die von der paulinischen Auffassung abhängige Combination der Reformatoren ein, daß allein die sündenvergebende Gnade Gottes in Christo, aber nicht ein Menschenwerk, auch nicht der Glaube selbst in dem Sinne einer menschlichen Leistung, das Princip der Geltung des Menschen vor Gott und der zureichende Grund der Seligkeit ist. In diesem Zusammenhange bleibt die Rücksicht auf alles sittliche Handeln der Menschen noch völlig außer Betracht. Die katholische Justificationslehre ver-folgt allerdings den Zweck, zu erklären, wie Sünder durch die Gnade Gottes zur Leistung eigner guter Werke befähigt werden. Der evangelische Gedanke von der Rechtfertigung ist dagegen lediglich durch die Zweckvorstellung beherrscht, daß die Sünder, noch ganz abge-sehen von ihren Fortschritten im sittlich guten Handeln, allein der Gnade Gottes ihre Seligkeit verdanken.

Daß aber dieses Ziel der Rechtfertigung schon bald wieder, vor-nehmlich im Pietismus, aus den Augen verloren, und statt dessen die Absicht auf gute Werke in die Rechtfertigungslehre eingemischt ist, dafür erkennt Ritschl den Grund darin, daß das ewige Leben ausschließ-lich als jenseitiges und inhaltlich nur als das Schauen Gottes bestimmt worden ist. Aber im Neuen Testament wird außer dem Schauen Gottes auch die Ausübung einer Königsherrschaft als Inhalt des ewigen Lebens angegeben. Und diesen Gedanken hat auch Luther in seiner Lehre von der christlichen Freiheit vertreten.

Zugleich wird im Neuen Testament das ewige Leben nicht nur in der Form der Hoffnung ins Jenseits verlegt, sondern schon in der gegenwärtigen Erfahrung der Freude, der Seligkeit und des Gefühls der Erhabenheit nachgewiesen. Insofern leitet es Paulus auch einmal (Röm. 8, 10) direct von der Rechtfertigung ab. Solches ewiges Leben schon im Diesseits gewährt dem Christen aber die wirkliche Gemeinschaft mit Gott, die ihm als der Ertrag des Werkes Christi durch die Rechtfertigung zu Theil wird. Sie ist der Gemeinschaft Christi mit Gott gleichartig und ihr nachgebildet. In ihr weiß sich der Mensch als Gottes Kind und Gott als seinen Vater, auf den er in allen Lagen des Lebens vertraut. Darin eben erfährt er den Frieden mit Gott. Aus diesem entspringt aber insbesondere eine Macht des Christen über die Welt, die ihr Vorbild an der von Christus ausgeübten königlichen Weltherrschaft hat. Denn wie Christus durch seine vollkommene Geduld im Leiden und im Tode die Welt besiegt und überwunden hat, so kehrt sich auch für den Christen in der Übung des Gottvertrauens und der Geduld das Urtheil über alle Übel um. „Was nach der gewöhnlichen Ansicht Hemmung der Freiheit ist und sich durch die Erregung des Gefühls der Unlust als solche erweist, wird durch die Freude, welche aus dem Frieden mit Gott entspringt, durch diesen Ausdruck des harmonischen Lebensgefühls, auf den gerade entgegengesetzten Werth der zweckmäßigen Mittel der geistigen Freiheit beurtheilt" (S. 443. 2. A. 468. 3. A. 476). Denn denen, die Gott lieben, müssen alle Dinge zum Guten dienen. So gilt auch der Tod in der christlichen Weltanschauung nicht mehr als das höchste Übel, und für den Versöhnten giebt es keine Todesfurcht mehr. Denn da sie durch die Gewißheit des ewigen Lebens vielmehr ausgeschlossen wird, so ist auch der Tod für den Christen nur „der Übergang zu der Stufe des ewigen Lebens mit Gott, in welcher wir von der Last der Vergänglichkeit befreit werden"[1]) (S. 316 f. 2. A. 335. 3. A. 342).

Die Gotteskindschaft, in der der Christ die bestimmungsmäßige

---

1) Dem Ingenium des Kirchenraths Lemme in Heidelberg ist die Entdeckung vorbehalten gewesen (Reichsbote 1895. Nr. 22: vgl. Christliche Welt 1895. S. 118. 161 f.), daß Ritschl „ein persönliches Fortleben nach dem Tode geleugnet" habe. Diese Leistung, die dem hitzigen Polemiker passirt ist, während man sie einem akademischen Theologen doch auch in einer schwachen Stunde nicht hätte zutrauen sollen, merke ich lediglich der Curiosität halber hier an. Denn einer Widerlegung bedarf sie für die aufmerksamen Leser dieses Buches nicht. Immerhin ist sie geeignet, die Zweifel zu verstärken, die jener Herr schon längst bei vielen zu erwecken verstanden hat, ob man ihn und seine polemischen Thaten überhaupt noch ernst nehmen kann.

Gemeinschaft mit Gott, die geistige Herrschaft über die Welt und seine eigne Seligkeit erlebt, ist wegen dieses ihres Inhalts in erster Linie eine religiöse Erfahrung. Insofern wird sie geübt in dem Gottvertrauen, der Demuth, der Geduld und dem Gebet als dem Ausdruck des Danks und der Ergebung in Gottes Willen, dem die an Gott zu richtenden Bitten untergeordnet sind. In diesen Functionen der Gotteskindschaft ist der Christ selbstthätig. Er erkennt aber in ihnen gerade seine Abhängigkeit von Gott durch die That an. So sind sie der directe Ertrag seiner Rechtfertigung und Versöhnung in der christlichen Gemeinde, und diese Wirkungen Gottes erreichen ihren Zweck in der Bewirkung jener Seligkeit. Deshalb kann auch die eigne Heilsgewißheit des Christen nicht durch Methoden gewonnen werden, in denen es auf einen logischen Schluß oder auf das Bewußtsein von dem Zeitpunkt und den regelrechten Umständen der Wiedergeburt ankommt. Sondern man erfährt „in der christlichen Gemeinde die Gewißheit der Begnadigung dadurch, daß man das Vertrauen des Kindes zu Gott als dem liebenden Vater übt, und daß man in Demuth und Geduld in seine anregenden wie seine einschränkenden Fügungen eingeht. Mag man auch in diesen Leistungen an sich selbst noch so viele Mängel wahrnehmen, so kommt bei der Bekämpfung derselben uns immer zu Gute, daß wir uns in dem durch Christus eröffneten Gebiete der Gnade Gottes bewegen" (3. A. 618; vgl. 1. A. 581 f. 2. A. 608). „Es giebt keine andere Art, sich von seiner Versöhnung mit Gott durch Christus zu überführen, als daß man die Versöhnung erlebt in dem activen Vertrauen auf Gottes Vorsehung, in der geduldigen Ergebung in die von Gott verhängten Leiden als die Mittel der Erprobung und Läuterung, in dem demüthigen Lauschen auf den Zusammenhang seiner Fügung unseres Schicksals, in dem Muthe der Unabhängigkeit von den menschlichen Vorurtheilen, gerade auch sofern sie die Religion regeln sollen, endlich in dem täglichen Gebete um die Sündenvergebung unter der Bedingung, daß man durch die Übung der Versöhnlichkeit seine Stellung in der Gemeinde Gottes bewährt" (S. 580. 2. A. 607. 3. A. 616 f.).

5. Wenn die Rechtfertigung lediglich den Zweck hat, die Seligkeit der Menschen zu begründen, so ist es damit ausgeschlossen, daß die guten Werke der Menschen, als menschliche Leistungen gedacht, irgend welchen Einfluß auf den Gewinn des ewigen Lebens haben. Denn dieses ist lediglich eine durch Gottes Gnade gewirkte Gabe. Aber sofern gute Werke doch auch als wirklich gut im Sinne der christlichen Sittlichkeit vorgestellt werden können und müssen, sind sie der Ausdruck einer Gesinnung und Lebensrichtung, die aufs engste verwandt

ift mit der religiöfen Gemeinfchaft des Chriften mit Gott und
mit der durch diefe bedingten weltbeherrfchenden Freiheit. Denn
auch in dem fittlichen Handeln, fo wie es im Chriftenthum durch das
Motiv der allgemeinen Nächftenliebe geleitet wird, indem dabei jede Form
der Selbftfucht ausgefchloffen ift, übt der Chrift eine Freiheit über
die Welt, die feiner religiöfen Freiheit durchaus gleichartig ift. Der
Grund für diefe Übereinftimmung ift ein doppelter. Einmal werden die
beiden Reihen des chriftlichen Lebens, die religiöfe und die fittliche Hand-
lungsweife, durch diefelbe leitende Idee des überweltlichen und
hülfreichen Gottes beftimmt. Ferner ift das Reich Gottes als der
Endzweck, der das fittliche Handeln des Chriften beherrfcht, ebenfo überweltlich, wie die Herrfchaftsftellung, die der Gerechtfertigte im Glauben
der Welt gegenüber einnimmt. Denn der Gedanke des Reiches Gottes,
das in der gegenfeitigen Liebesübung aller Menfchen zu Stande kommen
foll, greift über alle natürlichen und particularen Motive des fittlichen
Handelns hinaus, da diefe ihm fämtlich untergeordnet find. In folcher
Unabhängigkeit von allen befchränkten irdifchen Intereffen ift aber die
denkbar höchfte Stufe der Freiheit anfchaulich. Und diefe
tritt andererfeits darin zu Tage, daß es im Chriftenthum auf eine freie
Erkenntnis des Sittengefetzes ankommt, durch welche alles gute
Handeln beftimmt wird. Denn das Gefetz der Nächftenliebe fordert in
erfter Linie nicht Handlungen, fondern Gefinnungen, und deshalb
kann es überhaupt nicht wie ein Rechtsgefetz in der ftatutarifchen
Form einer Menge von einzelnen Geboten entfaltet werden. Vielmehr
wird das Sittengefetz auf das concrete Leben in der Welt und in der
menfchlichen Gemeinfchaft richtig nur angewendet, indem aus ihm die
beftimmten Pflichturtheile abgeleitet werden, welche in jedem einzelnen Falle über die Nothwendigkeit des Guthandelns entfcheiden. Ift
fo aber die Freiheit des chriftlichen Handelns nachgewiefen, fo entfpricht
auch dem Sittengefetz, durch welches diefes beftimmt wird, eine auto-
nome Sittlichkeit. Denn wenn auch das chriftliche Sittengefetz
durch göttliche Auctorität begründet ift, fo fehlt ihm doch das
Merkmal der Heteronomie, „da ihm der ftatutarifche Charakter abgeht,
an welchem diefes Merkmal hängt, und da es alle egoiftifchen Rückfichten
auf Luft und Lohn ausfchließt" (S. 462. 2. A. 487. 3. A. 495). Daher
können denn auch die guten Werke im Chriftenthum nicht nach dem Maß-
ftab von Verdienft und Lohn als Urfachen oder Nebenurfachen des ewigen
Lebens in Betracht kommen. Wohl aber find fie, da die Gefinnung, aus
der fie hervorgehen, in den Umfang des ewigen Lebens felbft hineinfällt,
theils Erfcheinungen, theils Mittel und Organe des

ewigen Lebens selbst. Insofern bedingen sich das sittliche Handeln im Christenthum und das aus der Rechtfertigung herrührende direct religiöse Selbstgefühl des Christen als gleichartige Größen gegenseitig.

Bei der Annahme einer solchen Wechselwirkung zwischen den religiösen und den sittlichen Functionen im Christenthum läßt es aber Ritschl bewenden. Er findet, daß beide, so eng zusammengehörig und nahe verwandt sie sind, sich doch nicht völlig auf einander reduciren lassen. Denn das sittliche Handeln im Christenthum läßt sich nun einmal nicht, ohne daß selbständige Mittelglieder dabei nothwendig werden, aus dem Glauben als der religiösen Qualität des Christen ableiten. Daß der Glaube durch die Liebe wirksam sei, kann nämlich nicht im Sinne der einfachen logischen Folgerung oder der mechanischen Nothwendigkeit behauptet werden. Einmal zeigt ja schon die Erfahrung, daß mit hervorragendem Versöhnungsglauben sehr wohl ein deutlicher Mangel an Nächstenliebe verbunden sein kann. Namentlich aber tritt die Liebe stets in besonderen Entschlüssen auf, die nicht schon unmittelbar im Versöhnungsglauben selbst gefaßt sind. Also der Glaube und die mit ihm gesetzte Richtung des Willens auf das Gute wirkt nicht etwa wie eine blinde Naturkraft, deren mechanische Folge die sittlichen Handlungen wären. Sondern die Liebe ist mit dem Glauben lediglich durch eine ethische Nothwendigkeit verbunden. Dann aber ist sie als allgemeine Gesinnung zwar mit dem Glauben zugleich gesetzt. Die einzelnen sittlichen Leistungen indessen sind dadurch nur erst potenziell begründet. Daß sie jedoch in jedem einzelnen Falle einer Pflicht auch actuell wirklich werden, dazu müssen stets wieder neue Entschlüsse gefaßt werden, in deren Durchführung sich der sittliche Wille selbst aufrecht erhält. Ebenso wird auch mit der allgemeinen Gewißheit der Versöhnung oder dem allgemeinen Vorsatz der Bekehrung noch keine besondere Untugend ausgerottet. Sondern „die Ausscheidung der bösen Neigungen erfolgt thatsächlich immer nur durch die Ausbildung entgegengesetzter guter Neigungen" (S. 493. 2. A. 517. 3. A. 526). Diese Leistung kann aber nicht gelingen, wenn nicht die gute Charakterbildung als Ganzes unternommen wird. Denn auch die sittliche Eigenthümlichkeit des Christen ist nicht ein Conglomerat von vielen einzelnen guten Handlungen, sondern als immer im Werden und Wachsen begriffene Größe besteht sie in der zusammenhängenden Entwicklung des guten Charakters. Wenn diese aber sich nothwendig als ein einheitliches Ganzes darstellen soll, so bedarf es dazu nicht einer Menge gegen einander gleichgültiger sittlicher Leistungen, sondern der Concentration alles sittlichen Handelns in dem Gedanken eines einheitlichen Lebens-

werks, wie es in der Erfüllung eines sittlichen Berufs thatsächlich zu Stande kommt. Denn der Beruf ist für den Einzelnen das
Rückgrat seiner gesamten Sittlichkeit, und die Analogie mit dem Beruf
bestimmt auch die Pflichturtheile, durch welche Liebeserweisungen, die
nicht in den Bereich des eigentlichen Berufes fallen, als sittlich nothwendig erkannt werden.

So ergiebt sich die Besonderheit des sittlichen Lebens
neben dem rein religiösen Leben des Glaubens. Dieses zielt auf die
Seligkeit oder die geistige Freiheit des Einzelnen ab, jenes auf die
umfangreichste sittliche Gemeinschaft der Menschen. Das
Christenthum hat also einen doppelten Zweck, einmal die Sündenvergebung oder die Rechtfertigung des Einzelnen, die nur jeden
Christen für sich angeht, und bei der die sittliche Wechselwirkung
zwischen den Gläubigen direct gar nicht in Betracht kommt (S. 92.
2. A. 102. 3. A. 103 f.), und andererseits eben diese sittliche Wechselwirkung, deren Gesamterscheinung in dem Begriff des Reiches Gottes
angeschaut wird. Zugleich mit dem Glauben, der sich die Gnadenwirkungen Gottes aneignet, wird nun durch die Versöhnung in dem
Menschen die Richtung seines Willens auf den Zweck des Gottesreiches
angeregt. Aber die Liebe gegen die Menschen, auf die es unter diesem
Gesichtspunkt ankommt, folgt doch nur deshalb aus der Versöhnung,
weil derselbe Gott, dessen Gnade die Gotteskindschaft im Glauben
bewirkt, zugleich die Vereinigung der Menschen im Reiche Gottes gewollt
hat, und den Antrieb zu dessen Verwirklichung verleiht. Die Einheit
des Christenthums beruht also lediglich auf der Identität des
Gottesgedankens, auf der gleichartigen Wirkung des religiösen Glaubens und des sittlichen Handelns auf die Seele des Christen,
der in beiden seine geistige Freiheit erlebt, und auf der Wechselwirkung zwischen dem Glauben und der Liebe desselben christlichen
Subjects. Abgesehen von diesen Momenten von Übereinstimmung sind
die beiden Reihen des christlichen Lebens verschiedenartig, und insofern
gleichen sie sich nur in jenem „subjectiven Erfolge aus, daß man selig
ist in der Erfahrung, daß uns alle Dinge zum Guten dienen, und daß
man selig ist in dem Thun des Guten" (S. 458. 2. A. 483. 3. A.
491), durch das wir in der Gemeinschaft mit allen anderen stehen, die
dieselbe Seligkeit erfahren.

6. Diese Ausführungen über den Unterschied der religiösen und der
sittlichen Seite des Christenthums sind der Grund dafür, daß Ritschl
schon im Anfang des dritten Bandes das Christenthum nicht mit einem
Kreise, sondern mit einer Ellipse, die durch zwei Brennpunkte

beherrscht ist, hat verglichen wissen wollen (S. 6. 2. u. 3. A. 11). Er hat sich durch die systematische Consequenz nicht dazu verleiten lassen, einen formal einheitlichen Hauptgedanken festzustellen, aus dem alle andern Gedanken sich mit logischer oder mechanischer Folgerichtigkeit von selbst ergeben, der aber dem thatsächlichen Unterschiede der religiösen und der sittlichen Bethätigungsweise nicht voll gerecht geworden wäre. Auch der Begriff des Reiches Gottes ist nicht ein solcher Grundgedanke. Denn wenn auch gewisse Wendungen in den späteren Auflagen des „Unterrichts in der christlichen Religion" diesen Schein zu erwecken vielleicht geeignet sind, so steht dem doch die Thatsache gegenüber, daß einmal das Reich Gottes als der Complex alles sittlich guten Handelns und die Kirche als die religiöse Gemeinschaft des christlichen Cultus von Ritschl stets als verschiedenartige Größen betrachtet sind, und daß ferner in sämtlichen Auflagen des dritten Bandes die doppelte Zweckbestimmung des Christenthums behauptet wird. Allerdings ist es eine andere Frage, die hier nicht zu erörtern ist, ob nicht doch die Auffassung Ritschls, daß das Christenthum einerseits die Freiheit der Kinder Gottes als Selbstzweck jedes einzelnen, und andererseits das Reich Gottes als gemeinsamen Endzweck aller begründe (S. 8. 2. u. 3. A. 13), ohne daß dabei die Fehler begangen würden, die Ritschl absichtlich und glücklich vermieden hat, auf eine einheitliche Formel reducirt werden kann. Wenn aber Ritschl selbst sich diese Aufgabe weder gestellt hat noch hat stellen wollen, so liegt der Grund dafür allein darin, daß er die in dem wirklichen Leben thatsächlich vorliegenden Unterschiede der sittlichen und der religiösen Bethätigungsweise der Theorie zu Liebe nicht hat nivelliren oder harmonisiren wollen.

Aus derselben berechtigten Scheu vor einer künstlichen Harmonistik erklärt es sich endlich auch, daß Ritschl gar nicht den Versuch unternommen hat, die religiöse Weltanschauung des Christenthums als solche mit den Ergebnissen der wissenschaftlichen Naturbetrachtung im Einzelnen auszugleichen. Er hat auch gar nicht den Anspruch erhoben, den Streit zwischen Glauben und Wissen schlichten zu wollen, sondern er hat nur behauptet, daß die Aussicht auf diesen Erfolg eröffnet werde, wenn man auf das apokryphe religiöse Interesse achte, durch welches die Versuche, eine wissenschaftliche Weltanschauung im Ganzen zu entwerfen, stets mit beeinflußt seien (S. 543 ff. 2. A. 571 ff. 3. A. 581 ff.; vgl. Fides implicita S. 81 ff.). Er selbst dagegen tritt lediglich für die religiöse Weltanschauung ein, deren „teleologischen und im Einzelnen auch wunderhaften" Charakter er durchaus anerkannte. Er hält es indessen für eine Selbsttäuschung, wenn man

meine, die wissenschaftliche Weltanschauung komme ohne den Gedanken
des Zwecks und ohne Annahme von Wundern aus. Aber auch die
Wunder werden in jedem Falle durch Werthurtheile und nicht durch theoretische Urtheile festgestellt. Und deshalb kommt es darauf an, daß jeder
an sich selbst Wunder erlebe, statt daß man den überlieferten Wunder-
berichten eine religiös gleichgültige fides historica zuwende. Denn das
Wunder im religiösen Sinne bedeutet „die Erfahrung besonderer Gnaden-
hülfe Gottes", aber „weder einen widernatürlichen Vorgang
noch eine Durchbrechung der Naturgesetze durch göttliche
Willkür"[1]). Mit dieser Auffassung vergleiche man die Ausführungen
über die Wiedergeburt und den heiligen Geist (s. o. S. 228). Wie
Ritschl in den Erörterungen hierüber jeder magischen Betrachtungsweise entgegentritt, so hat er überhaupt das magische
Element aus der Deutung der christlichen Religion ausgeschlossen.
Seine ganze Theologie ist vielmehr ausschließlich durch den Grundsatz
beherrscht, daß alle theoretischen Aussagen der Dogmatik sich als richtig
nur erproben lassen, wenn ihr Inhalt als wirkliches Erlebnis der frommen
Erfahrung verständlich gemacht werden kann und sich als geeignet erweist,
die christliche und kirchliche Praxis zu befruchten.

Kapitel XVI.

Die Anfänge der „Ritschlschen Schule".
1874—1877.

Von den Wirkungen, welche „der christlichen Lehre von der Rechtfertigung und Versöhnung" bisher beschieden sind, können wir jetzt nach
mehr als 20 Jahren einen guten Theil übersehen. Als das Werk aber
im Jahre 1874 vollständig erschienen war, erkannten die seinem Verfasser
nahestehenden Fachgenossen nicht nur, daß ihre durch den ersten Band
erweckten Erwartungen sich vollauf erfüllt hatten, sondern es war manchen
von ihnen auch bereits klar, daß die Leistung Ritschls einen Wendepunkt
in der Geschichte der protestantischen Theologie bedeute. Von den
privaten Kundgebungen über das abgeschlossene Werk seien zunächst diejenigen

---

1) Vgl. Unterricht in der christlichen Religion § 17 c.

mitgetheilt, welche Ritschl selbst am meisten zu Herzen sprachen. So meinte Steinmeyer[1]), Ritschl könne „es getrost der Zukunft anheim stellen, ob das Buch nicht mehr und mehr als ein Werk ersten Ranges anerkannt werden und als solches Geltung behalten wird. Meines bescheidenen Erachtens hat es mindestens die Bedeutung von Rothes Ethik und von Hofmanns biblischen Arbeiten. Steht es hinter den letzteren an Genialität und Geistreichigkeit zurück: so wird jeder gerechte Beurtheiler demselben den Vorzug der Gründlichkeit und der Gediegenheit zuerkennen. Für mein persönliches Bedürfnis ist der Glanzpunkt der zweite Theil. Nicht, daß ich den ersten und dritten nicht zu würdigen verstände; aber von Anfang meiner Beschäftigung mit der Theologie waren mir biblische Studien die Hauptsache . . . .“ Eduard Reuß schrieb[2]): „Wenn doch ein früheres Jahrhundert mit solchem historischen Forschungsgeiste und einem so ungetrübten Blicke Theologie getrieben hätte, wie ganz anders hätte sich die Entwicklung der Kirche vollziehen können. Unser Jahrhundert hätte die Aufgabe nicht gehabt, jetzt erst Bausteine zu einem soliden Fundamente der Wissenschaft zu bearbeiten, nachdem man solche Eile gehabt hatte, das Gebäude gleich als fertig aufzuschlagen, mit der Aussicht, daß es wieder allmählich abbröckeln müßte.“ Geradezu begeistert sprach sich Sepp[3]) in Leiden aus: „Ehre und Dank dem Theologen, der eins der Dogmen, oder lieber gesagt, das Dogma des Christenthums so in alle Tiefe und Reichthum entwickelt hat. Sie mögen es mir auf mein ehrliches Wort glauben, daß ich aus unserer Lebzeit kein Buch kenne, das so durch und durch wissenschaftlich, so erbaulich ist, erbaulich in dem besten Sinne des Worts. Denn die ganze Fülle der christlichen Wahrheit und des christlichen Lebens ist uns vor Augen gestellt . . . . mit Meisters Hand. Ihre lehrreiche Schrift leistet nicht nur dem Dogma selbst, sondern dem ganzen Inhalt des Christenthums den wichtigsten Dienst. Nicht nur ein Lehrbuch, nein ein Lesebuch, ein Brevier haben Sie den Theologen in die Hände gegeben.“ In demselben Sinne äußert sich Hermann Schultz[4]): „Ich habe die feste Überzeugung, daß die Zukunft der deutschen dogmatischen Arbeit und damit auch großentheils der kirchlichen Entwicklung wesentlich davon abhängen wird, ob eine genügende Anzahl von Theologen aufrichtig und begabt genug sein werden, sich dessen zu bemächtigen, was Sie geben, und es fruchtbar zu machen. Ich meine damit auch in großem Umfange die

---

1) Steinmeyer an R. 12. 9. 74.
2) Reuß an R. 1. 10. 74.
3) Sepp an R. 26. 9. 74.
4) Schultz an R. 5. 11. 74.

Resultate selbst, die Sie gewinnen, und die mir meistentheils unumstößlich
erscheinen, — ausnahmslos aber den Grad von Gewissenhaftigkeit und
Geistesarbeit, der aus Ihrem Werke uns entgegentritt, und dessen Gleichen
diese Generation noch nicht gesehen hat. Sie werden solche Worte von
mir aufnehmen, wie sie gemeint sind, — und es mir nicht verargen,
wenn ich hinzufüge, daß die Lectüre Ihres Buches einen eminent erbaulichen Eindruck auf mich gemacht hat, gerade weil es nicht erbaulich sein
will." Diestel [1]) erklärte: „Du hast mir eine Fundamentirung meiner
christlichen Anschauung gegeben, die ich bisher nicht ohne Empfindung
dieses Mangels vermißt habe. Die Folge ist, daß die Aussicht, nach Jahr
und Tag allmonatlich predigen zu müssen, nicht nur jede Unbehaglichkeit
verloren hat, sondern es wird mir auch eine Freude sein, die neu gewonnene Einsicht praktisch zu erproben. Sehr wahrscheinlich wird Deine
Anschauung auf gar viele erlösend wirken Du hast nämlich das eigenthümliche religiöse Zeitbedürfnis in der Wurzel getroffen — und befriedigt,
trotzdem daß Du Dich um jenes scheinbar nicht im Geringsten bekümmert
hast. Deine ganz eigenthümliche Stellung bewährt sich als das Gegentheil einer Sonderlingsansicht darin, daß Du eine außerordentlich feine
und tiefe Anempfindung an das religiöse Pulsiren in seinen gesundesten
Gestalten verwirklicht hast. Daß Correctur und Neubildung religiöser
Begriffe noch dabei abfällt, ist und bleibt doch nur etwas untergeordnetes;
es ist mehr Folge, als Hauptsache. Ein ganzes Nest von Columbuseiern
liegt in Deinen Darlegungen — so nebenher z. B. eine ganz neue Erkenntnistheorie." Aber Diestel beschränkte sich nicht nur auf Außerungen
seiner Anerkennung und seines Beifalls. Er hielt auch mit seiner Voraussicht, wie das Buch auf andere vermuthlich wirken werde, nicht zurück.
So fährt er fort: „Dein Licht wird sich in vielen Geistern, natürlich
verschieden, brechen: für jeden ists ein Leitstern: aber in den Brechungs-
weisen wirst Du dich sehr häufig nicht wiedererkennen, mindestens wirst
Du wahrnehmen, daß Momente, die nach Deiner Taxation sehr untergeordnet sind, anderen durchaus central erscheinen, und umgekehrt. Wenn
ich Deine mündlichen und brieflichen Außerungen zusammenfasse, so ist
Deine eigne Schätzung des Werkes dem objectiven Werthe fast ganz
abäquat. Allein in Beziehung auf Wie? und Wo? werden andere
anders urtheilen, als Du, und da bitte ich dich bringend: laß Dich davon
in keiner Weise irritiren, wenn man in verschiedenen Zungen Dein Werk
preist und noch mehr sich zu eigen macht! Hättest Du nur ein Meister-
stück scharfsinniger Forschung gegeben, so könntest Du Deine Tadler und

---

[1] Diestel an R. 26. 10. 74.

Lober corrigiren. Nun aber ist Deine Darlegung auch g e n i a l — und in genialen Werken liegt eine dem Autor selbst unbewußte Fülle von Wahrheit. Schon Deine der hergebrachten dogmatischen Terminologie stark abgewandte Darstellungsweise macht Dich für viele Geister zum γλωσσολαλῶν; und die γλωσσόλαλοι müssen sich eben προφῆται mannigfacher Art gefallen lassen." Ganz dieselbe Bitte hatte schon etwas früher Karl Sell [1]) am Schluß seines warmen Dankschreibens an Ritschl gerichtet: „Nehmen Sie's der Zunft nicht übel, wenn sie Sie gräulich misversteht oder nicht versteht, denn wirklich, so musterhaft klar und einheitlich Ihre Begriffsbildung im Zusammenhang I h r e r geistigen Organisation ist, es ist nicht leicht, wenn man nur an Apologetisches für das deutsche Volk gewöhnt ist, diesen comprimirten Kraftstil zu verdauen und in eigenen Gedankenstoff umzusetzen."

Diestels Äußerungen erwiderte Ritschl [2]), indem er zunächst hervorhob, daß sie ihm bezeugten, „wie direct unsere non sine numine zu Stande gekommene geistige Gemeinschaft durch meine Arbeiten verstärkt worden ist. Wir haben uns theologisch und persönlich — denn wir sind nun einmal theologische Personen — so in einander eingelebt, daß ich es zu rühmen pflege, wir verständen uns gegenseitig, auch wenn Einer erst den Vordersatz ausgesprochen hätte. Und deshalb erstrebe ich nichts mehr, als mich selbst in Deinem Spiegel oder vielmehr in Dir als Spiegel zu erkennen. Nicht als ob ich von Dir Schmeichelei erwarte, sondern weil ich auch darauf rechne, von Dir berichtigt zu werden. Wenn ich nun aber von Dir die Versicherung empfange, Dir die Obliegenheit des Predigens erleichtert zu haben, so darf ich wohl annehmen, über jede mögliche Absicht hinaus meine Schuldigkeit gethan zu haben; dies aber empfinde ich mit der Genugthuung, welche sich von der Eitelkeit wenigstens für mich deutlich unterscheidet. Was Du weiter über die mögliche Verschiedenheit des Verständnisses meiner Sache gesagt hast, will ich mir merken, obgleich Du mir überlassen hast, auch daran zu denken, daß ich gehässig und geflissentlich misdeutet werden werde. Dabei wird mich dann freilich der Umstand trösten, daß mir wieder Hermann Schultz bezeugt hat, daß der dritte Band einen ›eminent erbaulichen Eindruck‹ mache: denn wenn das die specifisch Gläubigen übersehen werden, so richten sie sich selbst; ich aber bin in der Hinsicht gerechtfertigt, als ich mir keiner Absicht auf diesen Erfolg bewußt bin, also ohnedies vermocht habe, der Sache selbst ihre Bahn zu öffnen und sie in ihrer Art wirken zu lassen." An Schultz

---

1) Sell an R. 8. 9. 74.
2) An Diestel 11. 11. 74.

selbst schrieb Ritschl[1]) folgendermaßen: „Ich glaube nicht gegen die
Bescheidenheit zu verstoßen, indem ich Ihre Zustimmung in dem Umfang
und Sinne, wie Sie dieselbe erklärt haben, von Herzen acceptire. Denn
ich bin tief davon durchdrungen, daß, was ich etwa für Sie und andere
geleistet habe, im Grunde mir über Bitten und Verstehen verliehen und
nicht nach eigener Berechnung erworben ist. Ich mußte mir dies mindestens
daran klar machen, daß das Buch auf Sie wie auf andere den Eindruck
des Erbaulichen gemacht hat, indem Sie richtig bemerken, daß ich diesen
Erfolg nicht erstrebt habe. Das ist die Wirkung des Stoffes, den ich
der Anschauung vorgeführt habe; wenn also ich ein Verdienst dabei habe,
so ist es die Einsicht gewesen, daß man keine theologischen Begriffe aufstellen kann, ohne das religiöse Leben in seinen verschiedenen Formen, der
urbildlichen und der abgeleiteten, anschaulich zu machen. Aber auch diese
Einsicht entsprang vielmehr unwillkürlich aus der Beobachtung der bisher
geübten Methoden als die logische Antithese."

Indessen auch in eine ganz andersartige Schätzung seiner Leistung
wußte sich Ritschl hineinzufinden. Engelhardt hatte ihm geschrieben[2]):
„Von Ihrem dritten Bande kann ich Ihnen noch nichts sagen. Das Buch
ist mir aus der Hand gerissen worden, weil die Buchhandlungen es noch
nicht hatten, und erst Oettingen, dann einige ältere Studenten mich
darum baten. Also studirt wird es. Ebenso wird der zweite Band
fleißig gelesen. Wollen Sie Urtheile hören, so müßte ich Abhandlungen
schreiben. In nuce lauten sie dahin: sehr viel beherzigenswerthes und
bedeutendes und ebenso viel völlig abruptes, unbegründetes und will-
kürliches. Einem andern würde ich ein solches Urtheil gar nicht mittheilen. Ihnen gegenüber kann ich es." Lakonisch bemerkt[3]) Ritschl
dazu, daß man so in Dorpat urtheile, wolle er sich gern gefallen lassen;
„wäre es anders, so müßte ich an mir irre werden".

In einigermaßen überraschender Weise reagirte auf die Zusendung
des zweiten Bandes Lipsius, über dessen dogmatische Methode sich Ritschl[4])
allerdings ablehnend ausgesprochen hatte. Er steigerte nun durch folgende
Äußerungen die Entfremdung, die sich bereits seit einigen Jahren zwischen
den beiden alten Freunden anzubahnen begann. Lipsius[5]) schrieb: „Sie
haben sich in den letzten Monaten verschiedene Verdienste um mich erworben,
für die ich Ihnen noch immer den Dank schuldig geblieben bin. Nicht

1. An Schultz 20. 11. 74.
2) Engelhard an R. 2./14. 10. 74.
3) An Steitz 20. 10. 74.
4) Rechtfertigung und Versöhnung II. § 2.
5) Lipsius an R. 12. 7. 74.

nur, daß Sie sich bemüht haben, mir die rechte christliche
Vollkommenheit zu lehren, haben Sie auch durch den zweiten
Band Ihrer Rechtfertigungs- und Versöhnungslehre mir Gelegenheit
zu allerlei logischen Exercitien gegeben, von denen ich Ihnen
versichern darf, daß ich dieselben nicht wie sündhafte katholische Kapläne
ihre geistlichen Exercitien zur Kreuzigung meines Fleisches durchgemacht
habe (?) [1]. Auch glaube ich nicht, daß Sie dabei die Absicht hatten, mir
eine Kreuzigung meiner Vernunft zuzumuthen, um so weniger, als Sie
sich endlich gemüht haben, die neutestamentlichen Schriftsteller und den
Paulus speciell zur Vernunft zu bringen und ihnen allerlei überflüssiges
dogmatisches Reisegepäck, mit dem die bisherige Exegese sie belastet habe,
glücklich wieder abzunehmen. Ob es mir nun freilich gelingen werde, im
Gebiete paulinischer Theologie so gründlich umzulernen, als Sie es von
Ihren Lesern erheischen, muß ich der Zukunft und speciell der Zeit überlassen, wo ich es versuchen werde, mit Hierochorios [2] in der Biblischen
Theologie — natürlich nur des Neuen Testaments, denn von der des
Alten verstehe ich nichts — zu concurriren. Einstweilen müssen Sie sich
also mit der Versicherung begnügen, daß ich auch den zweiten Band im
Schweiße meines Angesichts — in Jena ist es nämlich diesen
Sommer sehr heiß — studirt habe und Ihnen eventuell den Beweis dafür
durch zahlreiche Bleistiftstriche am Rande ad oculos führen könnte. Ihre
kleine Bosheit, mich den Herrn von Hofmann verwandten Kreisen
zuzuzählen, hat mich sehr heiter gestimmt, ich fürchte aber, daß Sie damit
den Erlanger Rabbi tödtlich beleidigt haben. Übrigens muß ich Ihnen
bekennen, durch Ihre Kritik meiner Methode um so weniger überzeugt
zu sein, da mein Begriff der religiösen Erfahrung das Zurückgehen auf
das biblische Material nicht aus-, sondern einschließt. Auf den dritten
Band, der uns den Abaelardus redivivus leibhaftig darstellen soll, bin ich natürlich sehr gespannt. Bis zu seinem Erscheinen
bleiben Sie mit jeder Kritik von meiner Seite verschont, wenn mich nicht
etwa vorher der Teufel plagt, unsre projectirte neue Zeitschrift mit einer
Abhandlung über die »Rechtfertigung« (sic) füllen zu helfen." Dann
folgt die Aufforderung, Ritschl möchte an den Jahrbüchern für die protestantische Theologie mitarbeiten. „Daß Sie willkommen sind, versteht
sich von selbst; ich weiß aber nicht recht, ob Sie nicht vorziehen, ausschließlichen Göttinger Localpatriotismus [3] zu treiben. Da Sie aber doch sonst

1) Das Fragezeichen ist zu diesen Worten des Briefes von Ritschl hinzugefügt,
und die durch Sperrdruck hervorgehobenen Worte sind von ihm unterstrichen.
2) Gemeint ist Hilgenfeld.
3 Anspielung auf die Göttinger Gelehrten Anzeigen.

nicht grabe gern unter bem pavillon beß Großkophtha[1]) fegeln, fo kann ich baß kaum annehmen, rechne vielmehr auf Ihren theologifchen Koßmopolitißmuß."

Ritfchl legte[2]) fofort feinem Freunbe Dieftel biefen Brief von Lipfiuß vor, „ben ich nicht zu beantworten gebenke, ber mir aber bie Nothwenbigkeit auferlegt, ihn alß einen gewefenen Freunb zu betrachten. Hinter bem Scherz guckt ber Thatbeftanb hervor, baß er auß Neib unb Eiferfucht fich nicht entfchließen kann, etwaß an meinen Arbeiten alß gelungen ober auch nur alß beachtenßwerth anzuerkennen. Deßhalb nimmt er alß zweiter Großkophtha bie Miene an, alß hätte ich ihn fpeciell belehren wollen, inbem ich ihm meine Sachen gefchickt habe, unb alß hätte ich ihm ein Unrecht angethan, inbem ich ihn zur Lectüre meiner Sachen veranlaßt habe. Ich werbe mich alfo hüten, mir weitere Verbienfte ber Art um ihn zu erwerben, für bie er mir fchulbigen Dank zu fagen hätte. Ich hoffe, Du wirft mir nicht Unrecht geben." Dieftel[3]) antwortete: „Der Brief von Lipfiuß hat mich in feinem Intereffe betrübt. Hinter ben Scherzen (bie übrigenß nicht fein Fach finb) fteckt freilich etwaß, waß ihn mir leiber — kleiner erfcheinen läßt, alß ich ihn gern benken möchte . . . . Daß Schlimmfte ift eigentlich bie Annahme, Du würbeft vielleicht vorziehen, Göttinger Localpatriotißmuß zu treiben . . . . Die Größe ber Aufgabe, bie Grünblichkeit ber Unterfuchung — bieß allein forberte einen ungleich tieferen Ernft in ber Antwort. Inbeffen glaube ich boch, baß eß im Grunbe nicht fo böß gemeint ift, — außer einer kleinen Rache für Deine Polemik . . . . Daß er bieß grünbliche Durchfchütteln aller bißherigen Schablonen, wie eß bei Dir felbftverftänbliche Voraußfetzung ift für Banb II unb alß begrünbet erwiefen in Banb I, nicht verbauen kann, baß ift nun eben fein »Stanbpunkt«. Höchft bezeichnenb ift bafür fchon bie Verheißung, in biblifcher Theologie beß Neuen Teftamentß zu concurriren unb babei Unkenntniß ber altteftamentlichen fo frifchweg einzugeftehen." Einem anbern Freunbe erklärte[4]) Ritfchl, ber Brief von Lipfiuß fei ihm „wichtig alß Kunbgebung ber »freifinnigen Theologie, baß ich ihr unbequem bin, unb baß fie mir auf meinen Wegen nicht folgen will. Ich habe freilich fchon vorher keine Urfache gehabt, von ben Leuten mehr zu erwarten. Dagegen habe ich Inbicien von manchen Seiten her, baß jüngere Leute fich beß Buches fleißig annehmen; in biefem Kreife wirb auch anerkannt, baß ich ben allgemeinen Bettelvogt fpiele zur Züchtigung von Ungebühr unb unnöthigem Zufammenlaufen."

---

1) Gemeint ift Ewalb.
2) An Dieftel 15. 7. 74.
3) Dieftel an R. 16. 7. 74.
4) An Marcuß 7. 9. 74.

Am 4. October besuchte Diestel von Halle aus Lipsius in Jena und berichtete[1]) darüber folgendes: „So kurz der Besuch auch war, so suchte Lipsius das Gespräch sogleich auf Dich zu lenken. Aus Deinem Schweigen hatte er erfahren, daß Du ihm seinen Brief übel genommen hattest. Diese Folge war ihm sehr unerwartet und sichtlich höchst unangenehm. Auf seine dringende Anfrage erwiderte ich: Freilich hätte sein Brief Dich nicht angenehm berührt, ganz besonders deshalb, weil Du gespürt, nach seiner Meinung könne er »nichts von Dir lernen«. Dagegen protestirte er sehr lebhaft: das sei durchaus nicht seine Meinung gewesen: das gerade Gegentheil sei der Fall, und die Erwähnung von vielen Bleiftiftstrichen am Rande solle eben dies bezeugen. Diese bedeuteten durchaus nicht kritische Verwerfung, sondern vielmehr überwiegend Billigung. Daß Du natürlich nicht sofort bei hunderten ganz neuer Exegesen totale Zustimmung erwarten könntest, das sehe er als selbstverständlich an. Letzteres betonte ich nachdrücklich: du seiest kein Ewald, der nur blinden Glauben an seine Unfehlbarkeit verlange; du wollest nicht kopfnickende Hörige zu Anhängern, sondern Jünger und freie Genossen; nur dies erwartest Du zu hören, daß auch er von einem solchen Erzeugnis eines theologischen Lebens wesentliches hinzulernen könne. Hierzu wiederholte er kräftig seine Zustimmung. Darauf hin verwies ich ihn auf den 3. Band: habe er erst diesen gelesen, wo das Ganze klar vor einem läge, da würden ihm eine Reihe Bedenken schwinden, die er bei der Lectüre der ersten Bände noch gehabt. »Das liege ja in der Natur der Sache und sei auch seine Ansicht.« Schließlich bat er mich bringend und ernstlich, ich möchte das Meinige dazu beitragen, um die Wolke zu verscheuchen, die zwischen Euch sich gebildet habe. Natürlich versprach ich dies um so lieber, als ich seine aufrichtige ernste Hochschätzung Deiner daraus entnahm. Du siehst hieraus, daß meine damalige Erklärung seiner Scherze zum Theil richtig ist: da Du selbst humoristisch bist, so wollte er nur conform antworten. Bei Dir traf dieser nicht eben glückliche Versuch auf eine ernstere Grundstimmung und zugleich auf die Voraussetzung, daß er gegen Dich neidisch sei. Letzteres ist, wenn überhaupt da, so doch in viel geringerem Grade der Fall, als ich selbst früher gedacht habe und vor allem Du selbst." Endlich bittet Diestel Ritschl, Lipsius zu verzeihen und ihm seine Freundschaft wieder zuzuwenden. In der That ließ sich Ritschl durch diesen Brief versöhnlich stimmen, er sagte[2]), daß er nichts weniger als Groll auf jenen habe; er zog auch auf Diestels Zeugnis hin

---

1) Diestel an R. 26. 10. 74.
2) An Diestel 11. 11. 74.

den Vorwurf des Neides gegen Lipsius gern zurück. Da aber die Thatsache der von diesem begangenen „Impertinenzen" noch fortbestehe, meinte
er doch, es sei an Lipsius, den ersten Schritt zu thun, um das durch ihn
gestörte Freundschaftsverhältnis wiederherzustellen. Es wird später zu
berichten sein, daß Lipsius, allerdings erst nach langer Zeit, in dieser
Absicht sich Ritschl wieder näherte. Dessen Vertrauen zu jenem aber hatte
durch den Brief über seinen zweiten Band eine sehr bedenkliche Erschütterung
erfahren.

————

In das Jahr 1874 fällt endlich noch eine vierte Publication Ritschls.
Es ist die Schrift über „Schleiermachers Reden über die Religion und
ihre Nachwirkungen auf die evangelische Kirche Deutschlands". Diese
Arbeit, sagte[1] Ritschl, sei ebenso „ein Nachläufer der Versöhnungslehre,
wie der Vortrag über die christliche Vollkommenheit der Vorläufer dazu".
Sie hatte, wie er zugleich bemerkt, eine „sehr zufällige Veranlassung".
Ihr Stoff war Ritschl durch seine Lehrthätigkeit im Sommer 1874 nahe
gebracht worden. Davon berichtet[2] er folgendermaßen: „Ich trage die
Dogmatik, wie die Erklärung des Römerbriefes, ziemlich aus dem Kopfe
vor, weil ich es kann, und weil es mir zu lästig ist, neues Heft an der
Stelle des unbrauchbaren auszuarbeiten. Daneben verhandele ich mit
einigen Studenten privatissime über Schleiermachers Reden über die
Religion, die mir lange nicht vor Augen gekommen waren, und deren
erste mir gelungen ist, mittels zersetzender Kritik mir und hoffentlich auch
den Jünglingen verständlich zu machen. Ich lasse sie die Sache aufschreiben, wie sie besprochen ist, und recensire ihnen die Aufsätze; dabei
wird hoffentlich für die Leute etwas herauskommen." Die weitere Beschäftigung mit Schleiermachers Reden führte schließlich dazu daß Ritschl
die Erkenntnisse, die er dabei gewonnen hatte, auch öffentlich zu vertreten
wünschte. „Ich finde," schreibt[3] er, „nicht blos einiges zu ihrem Verständnis sagen zu können, was man für gewöhnlich nicht weiß, sondern
auch, daß die Hauptzüge des Gedankenganges ein Programm bilden,
welches niemand anders als der Pietismus unseres Zeitalters befolgt hat.
Die Abweichungen, die dabei vorkommen, heben die Übereinstimmung im
Ganzen nicht auf. Denn allerdings der Pietismus ist ja nicht Schleiermachers Schule, allein er erläutert das Wesen jenes, indem man auch,

————

1) An Wilhelm R. 29. 12. 74.
2) An Diestel 16. 5. 74.
3) An Diestel 16. 9. 74.

wo nur eine Analogie nachweisbar ist, den gemeinsamen Boden der ästhetischen Auffassung der Religion, den romantischen Impuls erkennt. Der Kunstgenuß ist Schleiermachers Kategorie für die Religion, er ist auch der Kern der Erweckung. Die dem Christenthum charakteristische Stimmung ist die Wehmuth; sie erstrebt auch der Pietismus durch seine bevorzugten Dogmen. Das priesterliche Individuum als Factor der Gemeinschaftsbildung führt weiter auf den hierarchischen Zug, bis in den Confessionalismus hinein. Daß aller Schaden in der Kirche von ihrer Verbindung mit dem Staat herrührt, ist nicht blos das Programm der von Schleiermacher abhängigen Liberalen, sondern erklärt auch die Betheiligung der Pietisten am Kirchenregiment, sofern sie sich auf diesem Boden vom Staat zu einer hierarchischen Amtsführung haben bevollmächtigen lassen. Das sind etwa die Punkte, die ich durchführen werde; theils um mich selbst darüber zu trösten, daß keine Wirkung ohne Ursache ist, theils um verschiedenen Leuten unerwartetes und unerwünschtes Licht aufzustecken. Zugleich will ich mit dieser Arbeit mich zu den Jahrbüchern bekennen, nicht zu den Lipsiussischen."

Dennoch entschloß sich Ritschl, die Arbeit, die auf sieben Bogen angewachsen war, selbständig erscheinen zu lassen, da sie ihm „zu wichtig" sei, „um sie in einer Zeitschrift Versteck spielen zu lassen"[1]), und da er meinte, daß durch sie auch die Aufmerksamkeit auf seine Rechtfertigungslehre gelenkt werden könnte[2]). „Ich hoffe," sagt[3]) er, als die Schrift inzwischen erschienen war, „sie macht einigen Humor, der nicht unnützlich sein wird. Und dazu wird gerade die Composition von wissenschaftlicher Analyse und historischem Überblick dienen, die an sich ja ziemlich von einander abweichen. Aber nur in dieser Composition war es mir auch möglich, mir selbst darüber Rechenschaft zu geben, was man eigentlich Schleiermacher zu verdanken hat, im Guten wie im Schlimmen, und zugleich meinem Eifer für das Haus des Herren Luft zu machen, ohne aus meinem wissenschaftlichen Charakter herauszufallen. Und obgleich ich wieder die ganze Garnitur von Standpunkten durchgehechelt habe, so wird keiner vollständig gegen den Stachel löcken können, der gegen alle gerichtet ist. Man hat mir andererseits von befreundeter Seite zugestanden, daß meine Erörterungen über den Religionsbegriff in der Versöhnungslehre durch diese Ausführungen ergänzt und verdeutlicht werden. Schade, daß Holtzmann, der meinen Formeln über dieses Thema so rück-

---

1) An Link 21. 10. 74. An Marcus 23. 10. 74.
2) An Diestel 20. 10. 74.
3) An Diestel 28. 12. 74.

haltlos beigetreten ist (in der Lipsiusschen Zeitschrift[1]), nicht auch schon
diesen neuen Stoff in Betracht ziehen konnte." Und an Holtzmann selbst
schrieb[2] Ritschl: „Ihre vollständige Zustimmung zu dem Religionsbegriff
nicht nur, sondern auch zu dessen Abgrenzung gegen die Philosophie und
was damit zusammenhängt, ist mir die Probe eines sehr umfassenden
Einverständnisses, auch in der Beurtheilung des Christenthums. Überdies
aber haben Sie ein wesentliches Verdienst um die §§ 27. 28 in meinem
dritten Bande. Denn Ihre Billigung der in der ›Christlichen Vollkommenheit‹ gegebenen Andeutungen hat mich ermuthigt, jene Partie in
der vorliegenden Gestalt noch einmal auszuarbeiten, nachdem ich schon
verzweifelt hatte, ihr eine mich befriedigende Darstellung zu verleihen. . .
. . . . . . Inzwischen haben Sie vielleicht auch von meiner neuesten
Publication Notiz genommen und von der Erörterung zwischen meinen
eben berührten Aufstellungen und dem ursprünglichen Schleiermacherschen
Religionsbegriff. Ich schmeichle mir damit, daß diese Vergleichung nach
beiden Seiten Licht geschafft haben wird. Die Arbeit, welche ich frisch-
weg in den letzten Ferien geschrieben habe, ist mir unter der Hand zu
einer Rechenschaft darüber geworden, inwiefern ich noch von Schleiermacher mich bestimmt achten kann. Daß sich unter diesem Gesichtspunkt
die äußerlich sehr verschiedenartigen Theile der Schrift innerlich zu-
sammenfassen, wird vielen nicht einleuchten, namentlich den vielen, welche
überhaupt keinen geistigen Zusammenhang errathen können."

So hob Ritschl auch die persönliche Seite seiner letzten Schrift
wiederholt hervor. Und in diesem Zusammenhang gedachte er mehrfach
der Begebenheit in seiner Kinderzeit, von der bei früherer Gelegenheit
berichtet worden ist (s. Bd. 1. S. 11). Da verschiedene Versionen darüber, wie Ritschl von jener persönlichen Begegnung mit Schleiermacher
erzählte[3], im Umlauf sind, so mag hier auch noch die Parallele Platz
finden, die er in einem Brief an einen seiner ältesten Freunde[4] zog:
„Im Jahre 1831 bin ich mit Schleiermacher und meinen Ältern spazieren
gefahren, und ich saß auf dem Bock vor Schleiermacher und über ihm
in die Gegend hinausschauend. Danach habe ich ihm jetzt seine Weltanschauung corrigirt und die Aufgaben gelöst, die er in seinem theologischen Jugendprogramm gestellt und ungelöst gelassen hat. Ferner habe

---

1) Holtzmann, Die theologische, insonderheit religionsphilosophische Forschung
der Gegenwart. Jahrbücher für protestantische Theologie. 1875. S. 1—38.
2. An Holtzmann 18. 12. 74.
3) Vgl. Stockmeyer in dem Kirchenblatt für die reformirte Schweiz. 1893.
S. 1.
4) An Baffe 30. 12. 74.

ich die ganze Schwerenoth beleuchtet, die er durch jenes Programm hervorgerufen und zu unserer Verdauungsbeschwerde hinterlassen hat. Wenn
Du es also nicht gesehen hast, so mache ich Dich darauf aufmerksam,
daß es fast lustig zu lesen ist. Übrigens sehe ich mir jetzt jeden kleinen
Jungen darauf an, ob er nicht der Theologe zu sein verspricht, der mir
über kommt."

In seiner Schrift selbst urtheilt Ritschl über Schleiermachers Reden:
„So viele Fäden lebendiger Fortwirkung die theologischen und kirchlichen
Zustände der Gegenwart mit jenem Dreiviertel eines Jahrhunderts
alten Buche verknüpfen, so ist es als Ganzes in seiner Art der Gegenwart so fremd, wie nicht viele Documente der christlichen Religion aus
früheren Zeiten. Deshalb kann man nur auf dem Wege künstlicher Re-
construction und theilweise widerlegender Beurtheilung sich dem Gedankenkreise der Reden nähern" (S. 53). Damit suchte Ritschl sein Verfahren
zu rechtfertigen, daß er seine Analyse der Ausführungen Schleiermachers
fast auf jedem Schritte mit einer Kritik begleitet, ohne deren unmittelbaren Gebrauch seines Erachtens die Reden ein verschlossenes Buch blieben.
Und zwar hat Ritschl in der fünften Rede den Schlüssel für die übrigen
gesehen, in der dritten Rede findet er die Antwort auf die Frage nach
dem Wesen der Religion. Diese ist für Schleiermacher „eine Abart des
Kunstsinns in der nächsten Analogie mit dem Genuß der Musik". Und
„dazu paßt der pantheistische Entwurf der in der Religion ausgeübten
Weltanschauung" (S. 39). Diese philosophische Weltanschauung der
Reden ist aber ihrer Art nach dem Heidenthum analog und in demselben
Maße dem Christenthum zuwider. Dagegen ist „die persönliche Eigenthümlichkeit, welche Schleiermacher als ein allgemeines Merkmal an der
Religion betont, ein specifisches Element der christlichen Anschauung und
ein Ergebnis der christlichen Bildung" (S. 47). Ferner ordnen sich die
Gedanken Schleiermachers über die Erlösung und über den Mittler
zwischen Gott und der Welt seiner pantheistischen Weltanschauung nicht
unter. „Also in dem Gemeinbegriff der Religion, welchen Schleiermacher
aufstellt, durchkreuzen sich in unverträglicher Weise Elemente des Heiden-
thums und des Christenthums" (S. 46). Diesen Widerspruch, der in
den Erörterungen der Reden aufgedeckt wird, hat Ritschl nicht im Sinne
Schleiermachers auf eine Einheit zurückzuführen unternommen. Ein
Grund dafür liegt darin, daß er lediglich die dritte Auflage der Reden
Schleiermachers bei seiner Untersuchung benutzt hat, während dessen
eigentliche Absichten, wie Dilthey und Lipsius richtig gesehen haben, nur
aus der ersten Auflage des Buches ermittelt werden können. Das hat
Ritschl später selbst anerkannt. Als sein Sohn sich an demselben Thema,

das Räthsel der Reden aufzuhellen, versucht hatte, schrieb[1]) er ihm:
„Ich zweifle nicht, daß Du Recht hast, die Sache so anzusehen, wie ich
es vor 14 Jahren nicht erreicht habe. Allein ein Schriftsteller, welcher
zu so verschiedenen Auffassungen Anlaß giebt, schreckt mich mehr ab, als
er mich anzieht, und somit wäre meine allgemeine Abgeneigtheit gegen
Schleiermacher durch das Verdienst, das Du Dir um ihn erworben hast,
eigentlich bestätigt."

Wenn also Ritschl durch seine Untersuchung der Reden selbst die
darin enthaltenen Schwierigkeiten nicht durchaus zu heben vermocht hat,
so werden doch durch diesen Umstand die für seine Auffassung der neuesten
Kirchengeschichte sehr charakteristischen Erörterungen nicht getroffen, die in
der zweiten Hälfte seiner Schrift enthalten sind. Hier werden die Nachwirkungen jenes Buches auf die evangelische Kirche Deutschlands bestimmt.
In diesen Ausführungen giebt sich nun Ritschl nicht nur, wie er sagt (s. o.
S. 245 f.) darüber Rechenschaft, was für ihn von Schleiermachers Programm noch gültig sei, sondern auch über sein eigenes Verhältnis zu
denjenigen Richtungen in der evangelischen Kirche dieses Jahrhunderts,
deren Herkunft von Schleiermacher er nachzuweisen sucht. Das ist zunächst der durch die „Erweckung" hervorgerufene moderne Pietismus, der
die ästhetisch-musikalische oder die romantische Anschauung der Religion
mit Schleiermacher theilt, und dessen Vertreter nicht nur persönlich dem
von diesem geschilderten Virtuosenthum in der Religion entsprochen, sondern auch, indem ihnen von ihren Anhängern und Anhängerinnen eine
weitgehende Bewunderung entgegengetragen wurde, den Grundsatz
Schleiermachers verwirklicht haben, daß „die in der Religion vollkommenen je in ihrem Kreise zu herrschen haben". „Auf diesem Wege ist
der Entwickelung der deutschen evangelischen Kirche dieses Jahrhunderts
der hierarchische Zug eingeimpft worden" (S. 82), welcher in der jenem
Pietismus entsprungenen modernen Rechtgläubigkeit zur vollen Ausprägung
gelangt ist. Diese Richtung, deren Vertreter „mit der Rechtgläubigkeit
und dem Kirchenrecht ebenso musikalisch verfahren zu dürfen glauben, wie
mit ihren persönlichen Empfindungen von Sünde und Gnade" (S. 86),
und in ihrer Parteisucht und deren Auswüchsen einen deutlichen Mangel
an sittlicher Erkenntnis und Bildung beweisen, wird von Ritschl auf
Grund eigner Erfahrungen nach dem Leben gezeichnet, und ihre Abkunft
von Schleiermacher darauf begründet, daß sie den von diesem „auf den
Leuchter gestellten ästhetischen Geschmack an der Religion" fortsetzen
(S. 88). In diesem ihrem religiösen Grundcharakter sind die modernen

---

1) An Otto R. 9. 7. 88.

Lutheraner Schleiermacher ähnlicher, als etwa Hunnius und Gerhard ihrem Ahnen Luther. „Wird man also diesen Nachfolgern Luthers den Namen Lutheraner gönnen, so sehe ich nicht ein, wie ich den modernen Lutheranern den Titel der eigentlichen Schleiermacherianer ersparen kann" (S. 89).

Aber die modernen Rechtgläubigen einerseits und andererseits D. F. Strauß, der gleichfalls von Schleiermacher abhängig ist, wenn er auch die von diesem entlehnten Gedanken in abweichendem Sinne verwendet hat, „sind verlorenen Söhnen vergleichbar, welche sich nicht nach dem Vaterhause zurücksehnen" (S. 94). Dagegen diejenigen Männer, welche das geistige Erbe Schleiermachers am directesten vertreten haben mögen, haben sich „wenigstens nicht als theologische oder ethische Schule in der Literatur so bemerkbar gemacht, daß sie unter einen kirchengeschichtlichen Gesichtspunkt fielen" (S. 95). Nur auf dem Boden der Kirchenpolitik haben sie die Anregung Schleiermachers fortgepflanzt, indem sie „gemäß dem praktischen Vorbilde ihres Lehrers das Project der reinen Synodalverfassung als Heilmittel für die Kirche in Geltung zu bringen unternahmen" (S. 102). Freilich fehlen in Deutschland alle Bedingungen, die Theorie von der Souveränetät der Synoden durchzuführen. Aber Ritschl macht geltend, daß auch die Analogie der constitutionellen Staatsform für die Kirche nicht richtig ist, „da die Gemeinschaft der Religion als solche nicht die Kraft zur Erzeugung von specifischen Rechtsordnungen und Organen des Rechtes ist". Und gerade das von Luther abstammende evangelische Christenthum ist mit einer besonderen Spröbigkeit gegen rechtliche Ausprägung behaftet. „Wir erleben gerade darin, in dieser religiösen Freiheit des Christenmenschen dasjenige, was das tiefste Unterscheidungszeichen des Lutherthums vom Calvinismus ist" (S. 103).

Wenn daher Ritschl von den Hoffnungen, die man auf den Segen der synodalen Verfassung der Kirche setzte, nicht viel halten konnte, so war er gerade, weil er mit Luthers idealistischer Auffassung der Kirche übereinstimmte, in der Lage, für die hergebrachte Ordnung des landesherrlichen Kirchenregiments mit voller Überzeugung einzutreten. Nach seiner Ansicht ist die Glaubensgerechtigkeit inmitten der kirchlichen Satzungen stets in Gefahr. Deshalb ist das richtige Lutherthum „auch im Stande, sich den Dienst der Rechtsordnung vom Staate leisten zu lassen, und die eintretenden Übelstände dieser Verbindung mit Geduld zu überwinden. Wenn man es über sich gewinnt, das Lutherthum von den romantischen Launen des letzten halben Jahrhunderts zu reinigen, so wird man auch den Segen der staatlichen Kirchenregierung wieder achten lernen, und die Inhaber der letztern werden durch den Bestand einer

wirklichen Gemeinschaft am Evangelium vor der Versuchung bewahrt
bleiben, diese auch in ihren sittlichen Einwirkungen auf das Volksleben
zu bevormunden. Um in gesunde Verhältnisse zurückzukehren, bedarf es
aber die Kirche, daß die Consistorien nicht aus solchen Männern zu-
sammengesetzt seien, welche den romantischen Glauben an hierarchisches
Kirchenregiment hegen und damit die Meinung verbinden, daß dieses die
echte Tendenz des Lutherthums bezeichne" (S. 106). Unter diesen Gesichtspunkten konnte aber Ritschl „die Pastoralconferenzen der vorgeblich
rechtgläubigen Pastoren, welche mit ihren unablässigen Resolutionen sich
breit machen", und gegen die er sich ja schon vor mehr als 20 Jahren
principiell entschieden hatte (s. Bd. 1, S. 199), nicht anders beurtheilen,
als daß sie die „permanente Revolution in der Kirche" seien (S. 99).

Ferner hebt Ritschl hervor, daß die Oppositionstheologie, welche
weder von Schleiermachers Romantik noch von seiner Schulüberlieferung
direct abstamme, sich doch mit Recht auf das persönliche Vorbild seines
wissenschaftlichen und praktischen Verhaltens berufen könne. Und schließlich
erklärt er und bezeichnet damit seinerseits den Punkt, in dem ihm selber
Schleiermacher vorbildlich sei, „daß die Nachkommen vor allem das Vermächtnis" dieses Mannes „hochzuhalten haben, welches in der Aufstellung
des ethischen Grundsatzes der sittlichen Eigenthümlichkeit eingeschlossen ist"
(S. 109). In Beziehung auf diesen Gedanken hat sich die Nachwirkung
der Reden über die Religion noch nicht erschöpft. „Aber auch an und
für sich und in seiner Anwendung auf das christlich-religiöse Leben" ist
jener Grundsatz „so bedeutend, und seine Relation zu dem christlich-sitt-
lichen Princip des Reiches Gottes so evident, daß jede Stufe der christlichen Lehrbildung ihn als Richtpunkt nehmen muß. Nach diesem Maßstabe endlich empfängt jede Massenagitation auf dem Boden der evangelischen Kirche ihre sichere und gerechte Verurtheilung" (S. 110).

In der Schrift über Schleiermachers Reden hat Ritschl auch Gelegenheit genommen, sein Urtheil über den Werth des apostolischen Glaubensbekenntnisses auszusprechen. Er sieht in diesem (S. 12) ein „Denkmal der
christlichen Religionsgemeinschaft als Schule, auf der Stufe, welche die
christliche Schule als katholische im Gegensatz gegen die gnostischen Schulen
eingenommen hat. Deshalb dient es freilich dazu, um die Art des katholischen Christenthums von der gnostischen Abart desselben zu unterscheiden;
man kann aber an ihm nicht die Art des Christenthums im Gegensatz
zu den anderen Religionen erkennen. Deshalb gehört es freilich in den
Katechismus, aber nicht mit Recht in die Liturgie. Denn das liturgische
Bekenntnis der christlichen Religionsgemeinschaft als solcher, welches die
Grundanschauung charakteristisch ausdrückt, ist das Vaterunser. Das

apostolische Glaubensbekenntnis gehört auch nicht mit Recht zur Taufe, da wir durch dieselbe in die Religionsgemeinschaft als solche, nicht in sie als Schule aufgenommen werden sollen. Die Taufe hat, ihrer Einsetzung gemäß, auf den Namen des Vaters, des Sohnes und des heiligen Geistes zu erfolgen; denn diese Formel erscheint als eine änigmatische Gestalt der bezeichneten Grundanschauung, wenn man weiß, daß der heilige Geist der Geist der Gotteskindschaft in derjenigen Gemeinde ist, welche der Sohn mit Gott dem Vater versöhnt."

Ergänzt werden diese Ausführungen durch einen Brief, den Ritschl an einen früheren Zuhörer 1½ Jahre zuvor geschrieben hatte. Diesem, dem Pfarrer Zündel in Bischofszell (s. Bd. 1. S. 186), dankte er für die Zusendung einer Broschüre, welche gegen den später widerrufenen Beschluß der Thurgauer Synode gerichtet war, daß das Apostolicum im Gottesdienst nicht mehr gebraucht werden dürfe. Ritschl erklärte[1]): „Was nun Ihr Votum in Sachen des Apostolicums betrifft, so würde ich in Ihrer Lage ebenfalls für dasselbe eintreten. Wahrscheinlich mit andern Gründen. Nehmen Sie mir nicht übel, wenn ich Ihnen meinen Standpunkt in der Sache andeute. Sie achten die Formel als Lehrnorm und als betendes Glaubensbekenntnis. Die letztere Qualität ist mir ein Zeichen davon, daß Sie auf der rechten Spur des Gedankens sind, daß ein Bekenntnis unseres Glaubens nur als Gebet seinem Begriff entspricht. Deshalb ist das Vaterunser unser glücklicherweise in seiner Oekumenicität nicht angetastetes Glaubensbekenntnis nach Hebr. 13, 15. Aber deshalb ist das Apostolicum nicht Glaubensbekenntnis, denn es ist nicht Gebet. Aber es ist auch als Lehrnorm nicht vollständig und deshalb nicht genügend. Es steht manches gleichgültige drin, und es fehlt die Hauptsache, die Lehre vom Gottesreich und von der Gotteskindschaft. Das sind die Spitzen der christlichen Weltanschauung und Selbstbeurtheilung, die freilich auch in den symbolischen Büchern beider evangelischen Kirchen fehlen, ohne welche Sie aber überhaupt nicht wissen können, was Sie am Christenthum haben. Aber das Reich Gottes ist das Hauptobject im Vaterunser, und dies Gebet selbst ist unsere Praxis der Gotteskindschaft. Wenn also Ihre Zeitstimmengesellen das Vaterunser nicht antasten, so begehen sie mit der Abschaffung des Apostolicums keine Sünde gegen den heiligen Geist. Aber dasselbe gehört für uns zum Ceremonialgesetz, wie alle statarischen Bestandtheile der Liturgie, und ohne Ceremonialgesetz besteht keine Gestalt der Kirche. Das Ceremonialgesetz sind die mitunter

---

1) An Zündel 22. 3. 73. Der Brief ist gedruckt im Kirchenblatt für die reformirte Schweiz. 1893. Nr. 10.

etwas drückenden, spanisch vorkommenden Stiefel, in welchen eine Kirche
in ihrer Geschichte steht und sich mit den fluctuirenden Elementen ihres
eigenen Daseins im Gleichgewicht hält. Es ist doch wunderbar oder es
ist vielmehr sehr erklärlich, daß man von dem Vaterunser niemals den
Eindruck hat, den man von den statarischen Elementen der Liturgie fast
durchgehends hat; aber dieser Umstand spricht für meine Ansicht von der
Sache. Nun mögen Sie also anders urtheilen, so denke ich Ihnen an
dieser Sache gezeigt zu haben, daß ich außerhalb der Parteien stehe, welche
sich schließlich gar nicht mehr unter einander verstehen und es bringend
nöthig haben, daß sie mit neuen Gesichtspunkten versehen werden."

In der Ausarbeitung seiner Schrift über Schleiermachers Reden war
Ritschl zweimal unterbrochen worden, zunächst durch das theologische
Examen, dann durch die Theilnahme an einigen Sitzungen der Landessynode in Hannover. Aber gerade diese Störung seiner Arbeit, die er
sich nur ungern aufgenöthigt sah, ist der Schilderung des modernen
Lutherthums in jener Schrift zu Statten gekommen. „Ich habe," sagt[1])
Ritschl, „an den Leuten sehr schätzbare Beobachtungen gemacht, wie sie
mir sonst nicht zu Gebote stehen, und meine historischen Kenntnisse erweitert." Diesen Erwerb, berichtet[2]) er etwas später, habe ich gerade für
seine kleine Schrift bestens verwerthen können. Von seiner Theilnahme
an den Verhandlungen[3]) der Synode selbst erzählt[4]) Ritschl folgendes:
„Du erinnerst Dich vielleicht, daß ich vor fünf Jahren, vom Könige in diese
Versammlung berufen, mich gesträubt und von Mühler die Erlaubnis
empfangen hatte, ad libitum zugegen zu sein. Ich war also selten genug
zugegen gewesen und hatte an den kirchenrechtlichen Dingen weder mitwirken noch Theilnahme fassen können. Ich ging also jetzt mit der
äußersten Ungeneigtheit zu der Berathung eines Gesetzes über kirchliche
Trauung, welches wegen der staatlichen Eheschließung nöthig erschienen
war. Eine Commission hatte den Regierungsentwurf verballhornt, durch
Einmischung von Satzungen über Ehen mit kirchlichen Hindernissen und
über Kirchenzucht. Zufällig kam ich dazu, im Namen von zwei Gruppen

---

1) An Steiß 20. 10. 74.
2) An Wilhelm R. 5. 11. 74.
3) Vgl. Protokolle der außerordentlichen Versammlung der ersten Landessynode
der evangelisch-lutherischen Kirche zu Hannover. Hannover 1874. S. 46. 56. 65.
86. 130. 132. 146 f.
4) An Lint 21. 10. 74.

von Mitgliedern, in die ich am ersten Tage hineinkam, einen Gegenantrag
zu begründen, und trat so mehr in den Vordergrund, als ich je beabsichtigt hatte. Wir blieben zwar . . . . in der Minorität, aber ich
bin in den 4 Tagen der Verhandlung immer wieder auf dem Schlacht-
felde geblieben, und habe nur Hiebe ausgetheilt, aber keine Schlappe
empfangen." Die von der Majorität beschlossenen Veränderungen des
Gesetzentwurfs, heißt es in einem anderen Briefe[1]), werden wahrscheinlich
nicht bestätigt werden, „wir haben es nicht durchgesetzt, die Schäden
wieder herauszubringen; indessen habe ich hiefür keine Leidenschaft eingesetzt. Die Pastoren agirten nun von einem unevangelischen Begriff der
Ehe aus, und . . . . der hiesige Superintendent Rocholl
. . . . lief mir zweimal auf den Spieß. Da habe ich namentlich das zweitemal mit Heftigkeit die Lehre in den symbolischen Büchern
ihm entgegengehalten, und mit gehörigem Accent geschlossen: und das
ist rechtgläubig!" Jener Redner hatte nämlich, wie Ritschl anderwärts
bemerkt[2]), wiederholt dagegen verstoßen, „daß die Ehe Sache des Natur-
rechts ist, und als Ehe von Christen christliche und kirchliche Ehe ist
(vgl. Hase, l. symbol. p. 238). Es hat keiner gemuckt!!" „Du kannst
Dir denken," heißt es weiter in dem Brief an Link, „wie interessant mir
diese und andere Beobachtungen waren, die ich ja sonst nicht machen kann,
da ich keine sog. Pastoralconferenz besuche. Rechne dazu, daß der gesellige
Verkehr mit Männern der verschiedensten Stände, mit denen man das
lebhafteste Interesse an der Sache theilte, höchst anregend war, und daß
wir uns über unsere Niederlage nicht härmten, so darfst Du glauben,
daß mir die vorige Woche sehr denkwürdig ist, um so mehr, je ungerner
ich der Sache nahegetreten war. So geht es manchmal im Leben!"
Aber trotz dieses frischen und vertrauensvollen Umgangs mit den Gesinnungsgenossen, durch den er noch ganz „elektrisirt" sei[3]), bezeugt[4])
Ritschl, sei ihm doch sein Zweifel an dem Werthe solcher Versammlungen
nur befestigt worden, da die Dorfgeistlichen und ihr Anhang keine Bildung
zur Gesetzgebung haben. „Aber Uhlhorn steht jetzt ganz getrennt von
ihnen; er und ich waren fast immer Arm in Arm mit einander. Er hat
sich vortrefflich benommen."

Schon einige Monate früher hatte Ritschl bei Gelegenheit des Examens
in Hannover in dem Verkehr mit Uhlhorn wieder „erprobt, daß er
theologische Fühlung doch auch ziemlich weit nach rechts hin finde". Er

1) An Wilhelm R. 5. 11. 74.
2) An Diestel 20. 10. 74.
3) An Steitz 20. 10. 74.
4) An Diestel 20. 10. 74.

rühmte, indem er davon berichtet [1]), Uhlhorns „unabhängigen theologischen
Wahrheitssinn, der ihn in gewissen mir sehr wichtigen Lehrpunkten auf
dieselben Wege geführt hat, welche ich wandle". „Insbesondere gilt dies,"
theilt [2]) Ritschl einem andern Freunde mit, „von dem für meine gesamte
Lehrweise so wichtigen Punkt, daß der Vorsehungsglaube die eigentliche
Wirkung und Probe der Versöhnung ist, wovon ein gewöhnlicher Orthodoxer nichts weiß. Ich sollte denken, daß ich mit dieser Spitze meiner
Darstellung durchdringe." „Und da meine Streitsucht," so heißt es weiter
in dem Brief an Mangold, „doch eigentlich aus einem leidenschaftlichen
Bedürfnis nach möglichst weitgreifender Übereinstimmung entspringt, so
fühle ich mich um so mehr gehoben, wenn ich da ohne Schwierigkeit
Frieden finde, wo man eher das Gegentheil erwartet. Ich denke wenigstens,
daß Sie keinen Verdacht gegen meine Wahrhaftigkeit schöpfen, wenn ich
unmittelbar hinzufüge, daß ich in der vorigen Woche auf einem Ausflug
von Frankfurt nach Heidelberg mich ebenso vergnügt und intim mit
Holtzmann berührt habe, obgleich die Kürze der Zeit und die gesellschaftliche Conjunctur nur zu sehr aphoristischem Austausch die Möglichkeit
gewährte. Denn ich habe doch nach rechts und nach links hin meine sehr
bestimmte Grenze des Verkehres, die darin besteht, daß ich mit geschworenen
Parteitheologen nichts zu thun haben will, und ihnen eben so wenig
Vertrauen schenke, als ich ihnen abgewinne. Doch ist es erfreulich, daß
es dazwischen noch eine ziemlich lange Reihe von aufrichtigen Leuten giebt,
an denen man das Experiment des theologischen Friedens machen kann.
Innerhalb dieser Reihe finde ich nun am wenigsten leicht traitabel diejenigen, welche an den segensreichen Einfluß von Schleiermacher auf die
Theologie glauben, ein Fall, der sich danach richtet, daß jedes Vertrauen
auf nicht durchschaute und nicht untersuchte Tradition die Menschen unfrei
macht, auch wenn sie glauben, an ihrer Auctorität eine Bürgschaft der
Freiheit zu haben." —

Von den Recensionen, welche demnächst über Ritschls letzte Schrift
erschienen, rührte diejenige, welche die Berliner Post brachte, von einer
Dame her, die jener im Jahre 1847, als er einmal von Bonn aus eine
mit seinen Eltern befreundete Familie (Brüggemann) in Aachen besuchte,
kennen gelernt und in den darauf folgenden Jahren zuweilen wiedergesehen
hatte. Damals fesselte ihn Auguste Bartels, die Tochter eines hohen
Beamten, durch ihre geistige Regsamkeit und ihre idealen Interessen.
Diese Bekanntschaft der Jugend wurde im September 1874 erneuert, als

---

1) An Mangold 7. 6. 74.
2) An Dieftel 16. 5. 74.

Fräulein Bartels und ihre Mutter nach Göttingen kamen und dort auch Ritschl aufsuchten. Seitdem blieben beide mit einander in Verbindung theils durch gelegentliche Besuche in Göttingen und Berlin, theils durch Briefe, deren sie jährlich einige wechselten, und von denen diejenigen Ritschls meist eingehend von seinen Erlebnissen berichten. So hatte er nach dem Wiedersehen in Göttingen der hochgebildeten Freundin auch seine Schrift über Schleiermacher zugesandt, und sie hatte Veranlassung genommen, jene Anzeige über das Buch zu verfassen. Nach deren Empfang schrieb[1]) ihr Ritschl: „Ich bin Ihnen wahrlich Dank schuldig, verehrteste Freundin, daß Sie meinetwegen sich auf den Platz begeben haben, wo die Recensenten sitzen. Sie wissen doch, daß dies eins der peinlichsten Geschäfte ist, von einer so hohen Verantwortlichkeit, daß ich, je weiter ich an Weisheit zuzunehmen glaube, um so scheuer bin, über die Schriften anderer zu Gericht zu sitzen. Sie haben auch Ihre Verantwortlichkeit nur um so mehr gesteigert, je gnädiger, wie es Damen ziemt, Sie mit Ihrem ergebenen Diener verfahren sind. Denn es könnte einer die Befürchtung fassen, daß Sie nicht ganz unparteiisch geurtheilt haben. Und wenn ich mir nun getraue, diese Eigenschaft zu suppliren, so nehmen Sie es mir wohl nicht übel, an ein Gesetz erinnert zu werden, welches für uns, die Männer, gilt, nichts über den Verfasser eines Buches zu sagen, was man neben dem Buch her über ihn weiß oder zu wissen glaubt. Sie werden also das Geheimnis von A. B.[2]) künftig sicherer wahren, wenn Sie diese Regel von mir annehmen wollen. Und da haben Sie es nun: indem ich Ihnen meinen aufrichtigen Dank bezeugen wollte, bin ich selbst ins Recensiren verfallen, und muß nun besorgt sein, ob ich Ihrer Verzeihung würdig bin. Aber im Ernst gesprochen, bin ich in den öffentlichen Beurtheilungen meiner Schriften so wenig verwöhnt, daß ich durch Ihre Auslassung eigentlich beschämt worden bin, und ich unterwerfe mich ihr nun als einer Compensation einer andern Beurtheilung, welche meine Schrift über Schleiermacher schon in der welfischen Zeitung[3]) in Hannover erfahren hat. Das war nämlich der richtige Schmerzensschrei eines Pfaffen, der sich tiefst getroffen gefühlt hat, und nun in Einem Athem die ihm unumgänglichen Achtungsbezeugungen vor meinem anerkannten Freimuth mit den gröbsten Verläumbungen vermischt, daß ich dem Minister zu Gefallen gegen die widerspenstigen Geistlichen und die

1) An A. Bartels 11. 1. 75.

2) Die Anfangsbuchstaben des Namens der Recensentin, mit denen ihre Anzeige unterzeichnet war.

3) Deutsche Volkszeitung. Neue Hannoversche Landeszeitung. 1874. Nr. 517. 12. December.

Synoden losgegangen wäre. In dem Tone werde ich wohl noch mehreres vernehmen. Inzwischen will ich mich dadurch nicht anfechten lassen. Wenn man Hammer ist, muß man den Leuten die vergnügte Einbildung lassen, daß sie mich auch abwechselnd als Ambos behandeln können."

Troß seines scharfen Urtheils über die modernen Lutheraner und seiner abgeneigten Stimmung gegen sie überwand Ritschl doch gerade in derselben Zeit, als er sich so rückhaltlos über diese Richtung ausgesprochen hatte, die Bedenken, seinen ältesten Sohn den Confirmationsunterricht des orthodoxen Superintendenten Dandwerts als des zuständigen Parochus besuchen zu lassen. „Anders geht es nicht," schreibt[1] er, „obgleich ich mir nicht viel . . . . . . davon verspreche. Indessen Religion lernt man wirklich nicht aus solchem Unterricht, sondern nur aus dem Leben; sonst müßte ich auch Anstand nehmen, den Jungen einem Manne anzuvertrauen, der in allem . . . . mit Rocholl einen Strang zieht." Bald konnte sich Ritschl freilich beruhigter über diese Angelegenheit äußern[2]): „Der Junge ist durch den Unterricht des Superintendenten Dandwerts sehr interessirt. Einmal ist er noch nicht zu der durchgehend kritischen Stimmung des Jünglingsalters gelangt, andererseits kann ich mir denken, daß die lebhafte und unbefangene Art von Dandwerts ihn angenehm berührt." Daß dieser Mann zu den extremen Mitgliedern der lutherischen Partei gehöre, komme dabei nicht zur Geltung. Als dann die Confirmation näher heranrückte, sagte[3]) Ritschl, sein Sohn sei „so weit christlich, als er gehorsam ist in freier Überzeugung, und das ist nach Kol. 3, 20. genügend. Was sonst das Christenthum verlangt oder barbietet, kann er noch nicht verstehen, denn das Kindesalter versteht noch nicht das Leiden und die Gebuld; das kann auch durch keine Lehre erreicht werden. Ich hüte mich auch wohl, in ihm irgend eine Art oder Grad von Rührung hervorzurufen; denn das würde seine Wahrhaftigkeit fälschen, oder von derselben zurückgewiesen werden. Für mich aber wird der Confirmationstag sehr wehmüthig sein." Über die Eindrücke, die er dann an diesem Tage selbst empfangen hat, berichtet[4]) Ritschl endlich: „Ich habe dabei meine Erwartung bestätigt gefunden, daß aus diesem Acte zu viel gemacht wird." Eine wirklich vorhaltende und eigenthümlich nachwirkende Sammlung des Gemüths erfahre man „immer nur bei einer Aufgabe des Handelns, nicht aber durch eine Ceremonie, bei der man sich passiv oder grüblerisch verhalten soll. Seine Proben als Christ macht

1) An Steiß 20. 10. 74.
2) An C. Steiß 22. 12. 74.
3) An Wilhelm R. 12. 3. 75.
4) An Mangold 3. 4. 75.

man durch etwas ganz anderes, als das Gelübbe auf die drei Artikel . . . . Durch das Gewicht, welches man mit diesem und anderem verbindet, wird eine Menge von nothwendigen und zweckmäßigen Unternehmungen untergehalten. Und der Religionsunterricht nach dem lutherischen Katechismus ist so beschaffen, daß ich mich über die nachher erfolgende Gleichgültigkeit gegen die Kirche bei der Jugend gar nicht wundere".

Im Zusammenhang mit diesen Mittheilungen hatte Ritschl gelegentlich einmal erwähnt[1]), daß nach seiner Beobachtung manche Studenten „lieber Religionslehrer an Schulen werden, als predigen wollen. Deshalb möchte ich vermuthen", sagt er, „daß dieses im Gottesdienst zu sehr vorwiegende Element sehr bald in Frage gestellt werden wird, und zwar aus einer nicht unrichtigen Stimmung heraus". Diese Äußerung griff Steiz mit um so größerem Interesse auf, als in Frankfurt gerade die Erweiterung des liturgischen Elements im Gottesdienste in Frage stand. Daran, meint er[2]), könne auch Ritschl nur denken, wenn er der Predigt ein Gegengewicht gegeben wissen wolle. Und doch, sagt Steiz, finde er in der Frankfurter Gemeinde sehr wenig liturgischen Sinn und Verständnis, und er besorge, daß, wenn der liturgische Factor des Gottesdienstes verstärkt werden würde, die Mehrzahl der Gemeindeglieder mehr aus den Kirchen ferngehalten, als in sie hineingezogen werden würde. Da er nun demnächst in dieser Angelegenheit zu berichten habe, so bat er Ritschl, ihm anzugeben, aus welchen Bestandtheilen nach seiner Ansicht sich das liturgische Element zusammensetzen sollte. „Daß das Apostolicum nicht mit Recht in die Liturgie gehört, hast Du mir bereits klar gemacht (s. o. S. 250 f.), aber wie soll das Bekenntnis f o r m u l i r t werden, welches das Wesen des Christenthums ausspricht, nicht wissenschaftlich, das hast Du bereits gethan, sondern kirchlich, in gemeinverständlicher Sprache, volksthümlich?"

Ritschl antwortete[3]) auf diese „Meisterfrage" in folgender Ausführung: „Ich bin auf das Thema durch meinen Schüler, den Pfarrverwalter Sell[4]) in Darmstadt, geführt worden, welcher, obgleich als Prediger sehr geschätzt, mir neulich schrieb, daß er es schon als Übelstand empfinde, Solomusikant zu sein; auf den ›Virtuosen der Religion‹ mache er keinen Anspruch. Ich habe ihm geantwortet, daß die Predigt zum Gottesdienste nur insofern gehöre, als sie Gebetsstimmung, den Trieb der

1) An C. Steiz 22. 12. 74.
2) Steiz an R. 30. 12. 74.
3) An Steiz 31. 12. 74.
4) Sell an R. 13. 12. 74.

Anbetung und des Dankes gegen Gott anrege[1]). Also eine vorwiegende Lehrpredigt habe ihre Stelle für sich; aber als solche gehöre sie nicht in den Zusammenhang des Gottesdienstes. Unerträglich freilich ist die »musicirende dogmatische Predigt«, und deren Ende steht bevor, weil kein Mensch, sei es Vormittags oder Nachmittags, sie mehr wird hören wollen. Den Gottesdienst aber denke ich mir keineswegs gefördert durch die liturgischen Wechselreden katholischen Gepräges, — das sind lauter Fragmente, mit einem höchstens künstlichen und unverständlichen Zusammenhang, den nur Schöberlein versteht. Sondern ich meine, daß man unsere Gebetslieder viel vollständiger und zusammenhängender singt. Für mich wenigstens ist dies das sicher erbauliche, und es versteht sich aus der Bestimmung des Gottesdienstes. Also ich meine, dieses Element müßte angebaut werden, — also für Euch ein neues Gesangbuch — und der Predigt muß die Abzweckung gegeben werden, welche ich bezeichnet habe, und welche nicht schon erreicht wird, wenn man Gott dankt, daß die dogmatische Musik der Kanzelreligion zu Ende ist. Sieh, was Du daraus machen kannst! Dixi et salvavi animam meam." In demselben Briefe vom letzten Tage des Jahres blickt Ritschl auf dessen reichen Ertrag zurück, indem er sagt: „Das Jahr 74 ist für mich so bedeutsam gewesen durch die verschiedenen Publicationen, die ich in demselben gemacht habe, und die wohl die Höhe dessen bezeichnen, was ich überhaupt zu leisten vermag. Von jetzt an werde ich mich vielleicht noch ausbreiten, aber in mir selbst keine erheblichen Fortschritte in der Wissenschaft machen. Und deshalb bezeichnet der jetzige Jahreswechsel für mich eine erhebliche Epoche."

* * *

Daß um der Kirche willen theologische Schule nothwendig sei, hatte Ritschl schon im Jahre 1853 ausgesprochen (s. Bd. 1, S. 230), zu einer Zeit, als er bei dem schwachen Besuch seiner Vorlesungen noch kaum daran denken konnte, daß es dereinst einmal eine theologische Gruppe geben würde, die man als seine Schule bezeichnet. Auch später stellte er sich die Erreichung jenes Zieles nur in der Weise vor, daß eine Mehrzahl von einander unabhängiger Gelehrter dazu mitwirken würden (s. Bd. 1, S. 378), einen besseren Betrieb der wissenschaftlichen Theologie[2]) herbei=

---

1) Vgl. Unterricht in der christlichen Religion § 82.

2) Wenn Ritschl von theologischer Schule oder Schulung redete, so handelte es sich dabei für ihn wesentlich um den gleichartigen wissenschaftlichen Betrieb der Theologie, der durch die Übung einer gemeinsamen theologischen Methode geleitet ist (s. o.

zuführen. Dabei aber war seine Erwartung in erster Linie auf eine Erneuerung der biblischen Theologie gerichtet. Unter dieser Voraussetzung allein dachte er auch nur daran, daß die Dogmatik eine andere Gestalt gewinnen müßte. Und indem er es nun selbst als seinen Beruf ansah, in dieser Richtung an seinem Theile mitzuarbeiten, dienten gleichzeitig auch seine dogmengeschichtlichen Forschungen mittelbar dem Zweck, den Betrieb der systematischen Theologie zu verbessern. Insofern lag ihm daran, nicht nur das Verständnis der Vergangenheit durch diese geschichtlichen Untersuchungen zu fördern, sondern zugleich zu zeigen, daß die bisherige Theologie zum guten Theil mit unterchristlichen Voraussetzungen und Vorstellungen arbeitete (s. Bb. 1, S. 375. 412.). Soweit es nun auf diesen Nachweis ankam, handelte es sich sehr wesentlich um den Gewinn von negativen Ergebnissen. Deren positiver Hintergrund aber stellt sich in Ritschls biblisch - theologischen Anschauungen dar. Seine biblisch-theologische Forschung kann überhaupt geradezu als das Rückgrat seiner theologischen Entwicklung bezeichnet werden. Das Interesse für das richtige Verständnis der heiligen Schrift beherrscht bereits die Studien des Anfängers (s. Bb. 1, S. 35. 87. 100 ff.), es tritt zu Tage in dem ersten seiner großen Werke, und es zieht sich als ein deutlich erkennbarer Faden auch durch die ferneren Arbeiten, die der Lehre von der Rechtfertigung und Versöhnung galten, bis Ritschl in dem großen Werke über diesen Gegenstand selbst seine reife und abgeklärte Auffassung des ursprünglichen Christenthums darbieten und auf dieser Grundlage einen in vielen Punkten neuen Entwurf der systematischen Theologie vorlegen konnte.

Auch Ritschls Lehrthätigkeit hat von Anfang bis zu Ende neutestamentliche Vorlesungen umfaßt. Wenn er daneben zunächst auch historische Collegien hielt, so gab er diese doch nach einer Reihe von Jahren wieder

S. 167 f.). Nippold dagegen spricht im Hinblick auf Ritschl von „Schulemachen" meist in dem Sinne, daß er ihm die Absicht unterstellt, als habe er aus Ehrgeiz oder anderen schlechten Motiven nur auf das eine Ziel hingearbeitet, seinen ihm persönlich ergebenen Schülern mit allen erlaubten und unerlaubten Mitteln akademische Lehrämter zu verschaffen. Auf diese Vorstellung, durch die Nippold so vollständig beherrscht ist, daß ihm geradezu jede vernünftige Überlegung ausgeht, komme ich noch öfters zurück. Hier bemerke ich nur, daß, wenn Nippold (Einzelschule 3 4, S. 49) gemeint hat, aus einem Satz, den ich Band 1, S. 2 geschrieben habe, einen Hinweis auf das „Schulemachen" herauslesen zu sollen, er sich durchaus auf einem Irrwege befindet. Ich habe bei den von ihm citirten Worten vielmehr nur an Ritschls theologische Leistungen als solche gedacht. Aber überhaupt verbitte ich mir jeden Versuch, mich als Erbeshelfer gegen meinen Vater ausspielen zu wollen, indem man meine Sätze aus ihrem Zusammenhang herausreißt, um sie durch falsche Auslegung in jener Absicht zu mißbrauchen.

17*

auf. Andererseits hat er sich erst allmählich in die systematische Theologie hineingearbeitet und sie in Vorlesungen zu behandeln begonnen. Tritt also auch in der Ausübung seines akademischen Berufs die ununter= brochene Continuität seiner Beschäftigung mit der heiligen Schrift hervor, so sind es dennoch gerade die biblisch=theologischen Leistungen Ritschls nicht gewesen, durch die er auf weitere Kreise Einfluß geübt hat. Viel= mehr sind seine Schüler ganz überwiegend durch seine systematische Theo= logie für seine Auffassung des Christenthums gewonnen worden. Und wenn viele von ihnen zugleich auch mehr oder weniger von den Ergeb= nissen seiner geschichtlichen Forschungen sich angeeignet haben mögen, so stimmen doch wohl nur wenige mit allen biblisch=theologischen und exege= tischen Auffassungen überein, auf die er selbst Gewicht legte.

Nun hat Ritschls Dogmatik, wie er sich dessen auch durchaus bewußt gewesen ist (s. o. S. 150), verhältnismäßig spät ihre charakteristische Gestalt gewonnen. Die durchschlagende Wichtigkeit des Gedankens von der religiösen Gemeinde und die Bedeutung des Begriffs der Gotteskind= schaft auch für die Dogmatik ist ihm erst unmittelbar bei der Ausarbeitung seines großen Werkes selbst vollständig klar geworden. Indem aber diese Elemente nun in principieller und umfassender Weise zur Geltung gebracht wurden, gelangte die theologische Gesamtanschauung Ritschls zu der Selbständigkeit und Eigenthümlichkeit, durch die sie sich zuvor von den dogmatischen Leistungen anderer moderner Theologen noch nicht deutlich abgehoben hatte. Hieran liegt es aber vor allen Dingen, daß eine theo= logische Schule Ritschls erst entstand, als er mit Hülfe jener Gedanken sein System vollendet und in einheitlich durchgearbeiteter, wenn auch noch nicht in allen Theilen abgeschlossener Gestalt auch öffentlich vorgetragen hatte. Die Anregungen, die er manchem jungen Theologen auch früher schon gegeben hatte, waren theils anderer Art, theils nur partiale gewesen. Denn diejenigen, die damals von ihm beeinflußt worden waren, empfingen zumeist auch von Dorner oder Rothe oder Hofmann oder anderen Dog= matikern bestimmende Einwirkungen. Andererseits sind die tüchtigsten von Ritschls älteren Schülern, wie Link und Thikötter, ebenso wie seine nächsten theologischen Genossen Steiz und Diestel, nur deshalb dauernd im vollen Einvernehmen mit ihm geblieben, weil sie seine späteren Fortschritte nicht nur mit wohlwollendem Interesse begleiteten, sondern sich auch mit ihrem Denken in sie hineinzufinden vermochten. Andere aber, die Ritschls theo= logischer Entwicklung in hauptsächlichen Punkten nicht mehr folgen konnten, wie sein früherer Freund Lipsius und sein einstiger Schüler Nippold[1]), sind in demselben Maße an ihm irre geworden.

---

1) Nippold hat neuerdings die Rede von „jungritschlscher Schule" aufgebracht.

Daß die älteren Theologen, deren Beifall Ritschl fand, deren wissen‍schaftliche Entwicklung aber einst durch andere Einflüsse geleitet worden und nun im Großen und Ganzen abgeschlossen war, nicht als Zugehörige zu seiner Schule gerechnet werden können, liegt in der Natur der Sache. Selbst derjenige von ihnen, der sich Ritschl theologisch am meisten ge‍nähert und 13 Jahre hindurch neben ihm in Göttingen in der gleichen Richtung gewirkt hat, Hermann Schultz, behauptet die durch seine theo‍logische Entwicklung bedingte Selbständigkeit in demselben Maße, in welchem er sich mit Schleiermacher, Schweizer, Lipsius und Beyschlag näher verbunden weiß[1]), als Ritschl dies von sich jemals hätte zugeben können. Anders verhält es sich mit den jüngeren Theologen, die in der überwiegend receptiven Epoche ihres Lebens gerade die entscheidenden Einflüsse von Ritschl empfangen haben, mögen sie diese dann auch im Einzelnen mehr oder weniger selbständig verarbeitet und je nach ihrer Individualität durch andere, zum Theil auch durch fremdartige Elemente ergänzt haben. Und solche Anhänger aus der jungen Theologengeneration gewann Ritschl demnächst verhältnismäßig schnell in beträchtlicher Zahl. Dies waren einmal Männer, die in dem letzten Jahrzehnt bei ihm gehört hatten und dadurch vorbereitet waren, seine nun in nahezu abgeschlossenem Zu‍sammenhange vorliegende Theologie richtig zu würdigen und je nach der Art ihres Berufs in derselben Richtung thätig zu sein. Ferner traten seit derselben Zeit bis zu Ritschls Tode die meisten jüngeren akademischen Theologen in Göttingen, die zum Theil auch durch seine Vorlesungen vorgebildet worden waren, als seine Anhänger hervor. So fand Ritschl unter den in Göttingen habilitirten Privatdocenten zunächst in Kattenbusch und Wendt, später in Bornemann, und in den letzten Jahren in Johannes Weiß theologische Gesinnungsgenossen, die ihm zugleich persönlich nahe

Deren Vertreter stellt er in einen ziemlich schroffen Gegensatz zu den älteren Schülern Ritschls, die zugleich auch Schüler anderer Theologen waren, und zu denen sich Nip‍pold selbst noch manchmal zu rechnen scheint. Diese Auffassung, in der sich unleugbar ein Rest persönlicher Anhänglichkeit Nippolds an Ritschl ausspricht, erkenne ich unter diesem Gesichtspunkt gern und aufrichtig an, um so mehr, als ich sonst nur zu scharfer Abwehr Nippoldscher Angriffe auf Ritschl genöthigt bin. Was die sachliche Beur‍theilung jener Anschauung anlangt, so kann ich allerdings nicht finden, daß sich in Nippolds theologischem Eklekticismus ein nachhaltiger und charakteristischer Einfluß Ritschls verräth. Und wenn Nippold meint, „die Goldbarren Rothes" seien durch Ritschl „zu curßfähiger Münze ausgeprägt worden" (Neueste KG. Bd. 3, S. 459), so muß ich gestehen, daß mir diese Behauptung von sehr geringem Verständniß für die wissenschaftlichen Leistungen und für die theologische Eigenthümlichkeit Rothes sowohl als Ritschls zu zeugen scheint.
1) Vgl. Schultz, die Gottheit Christi. S. X.

standen. Aber gerade der Einfluß von Ritschls literarischer Wirksamkeit zeigt sich endlich darin, daß schon bald auch auswärtige junge Theologen, die niemals in Göttingen studirt oder gelehrt, und die seine theologischen Anschauungen nur durch seine Bücher kennen gelernt hatten, als seine Anhänger und Schüler auftraten und sich ihm zum Theil auch persönlich näherten.

Noch ehe der dritte Band der Rechtfertigungslehre erschienen war, hatte Ritschl sagen können, er merke, daß er in der Ferne allerlei Anhang gefunden habe, der bereit sei, ihm zu folgen (s. oben S. 153). Bei dieser Äußerung hatte er wohl auch eine Kundgebung im Auge, die ihm von einem jungen Theologen der Brüdergemeinde zugegangen, und die ihm selbst um so werthvoller war, je weniger er jemals hatte daran denken können, unter den Herrnhutern Anklang zu finden. Hermann Scholz (jetzt Archidiaconus an der Marienkirche in Berlin) stand im letzten Semester seines theologischen Studiums auf dem Seminar zu Gnadenfeld, als er „getrieben von einem Gefühl der Dankbarkeit, welches sich im Verlauf einer längeren Beschäftigung" mit den Schriften Ritschls ent-wickelt hatte, sich an diesen selber wandte[1]), um ihm auszusprechen, daß er sich ihm gegenüber „wirklich in einer Art Schülerverhältniß" wisse, „welches allmählich über die Sphäre der rein sachlichen Beziehung hinausging und eine persönliche Wendung annahm". Scholz hatte die geschichtlichen Werke Ritschls genau durchgearbeitet, und wie schon in der Entstehung der altkatholischen Kirche, so auch im ersten Bande der Recht-fertigungslehre die „strenge Methode geschichtlicher Analyse und Kritik" und vor allem „eine tiefeinbringende, ja ich sage, liebevolle Untersuchung aller der Bedingungen" gefunden, „welche die Genesis jener Lehrbildung durch die Jahrhunderte verständlich machen". „Wenn eine ganze Richtung der heutigen Theologie," fährt er fort, „Geschichte überhaupt nicht anders zu verstehen vermag, als unter den Kategorien von Glauben und Un-glauben, wenn sie insbesondere die philosophische Arbeit abthut mit dem Hinweis auf den Weisheitsstolz des natürlichen Menschen, wenn sie diffe-rirende Denkweisen, also Sachliches, aus differirenden Seinsweisen, also aus Persönlichem, motiviren zu müssen glaubt, und wenn sie diese Me-thode wie einen Mehlthau lagert über das ernste Streben eines jugend-lichen Gemüths nach selbständiger Anschauung, — dann schafft ein Urtheil wie das Ihre freudigen Muth, es stärkt den Sinn und klärt den Gedanken. Das andere, welches noch tieferen Eindruck auf mich machte, war Ihr Verfahren gegen Hengstenberg. Ich entsinne mich nicht, in einer streng

1 Scholz an R. H. 5. 74.

sachlichen Untersuchung die gleiche Consequenz schon beobachtet zu haben, daß der orthodoxe Gegner, statt verdammt zu werden, vielmehr an seiner schwächsten Stelle dem psychologischen Verständnis nahe gebracht wurde. Hier durfte wohl der Leser einen Blick thun in die Persönlichkeit des Schreibenden. Von dieser Stelle datirt jedenfalls jene persönliche Beziehung, welche mir diese Zeilen dictirt. Wie contrastirt die edle Humanität, das feine Ethos eines solchen Wissenschaftsbetriebes mit den häßlichen Invectiven, welche erst jüngst von einem bedeutenden Theologen gegen den ehrwürdigen Beck geschleudert wurden."

Ritschl[1]) antwortete folgendermaßen: „Ihr Brief, geehrter Herr, hat mich ebenso erfreut, als er von Ihnen liebreich gemeint war. Er hat mich aber unter den Umständen, welche mich bei seinem Empfange beschäftigten, förmlich beschämt. Wenige Stunden vor dem Ihrigen war mir ein Schmähbrief zugegangen von einem ehemaligen Zuhörer, dem ich den Briefwechsel gekündigt hatte, weil er nach seiner anmaßenden Natur immer wieder einen patzigen Ton gegen mich anschlug. Ich hatte ihn schon früher darüber rectificirt, zog aber den Abbruch der Correspondenz der immer sich wiederholenden Nöthigung zu Erörterungen über Schicklichkeit und dgl. vor. War ich zweifelhaft über die Richtigkeit meines Verfahrens, so wurde mir leider dieselbe dadurch bestätigt, wie der Mann sich an mir zu rächen versuchte, und mir ins Gesicht meinen Charakter antastete. Ich habe nicht unterlassen können, Ihr Vertrauen zu mir durch diese Mittheilungen zu erwidern, welche es Ihnen erklären werden, daß ich in Ihren Äußerungen keinen Anlaß zur Selbstgefälligkeit, sondern Anlaß zur Demüthigung vor Gottes Fügung habe finden müssen. — Wenn man aus wissenschaftlichen Büchern überhaupt auf den Charakter des Schriftstellers schließen kann, so wird freilich ein Tableau historischer Kritik, wie ich es unternommen habe, dazu am geeignetsten sein; aber mein Buch hat Ihnen dazu auch nur deshalb dienen können, weil ich mich genöthigt fand, einen andern Ton anzuschlagen, als den der selbstgerechten theologischen Polemik. Da ist mehr von Proben meiner Gesinnung aufs Papier gekommen, als es wohl sonst der Fall sein würde. Ich habe nun wohl dadurch manche geärgert, und gegen diesen Erfolg will ich mich auch nicht sträuben, manchen bin ich unverständlich geblieben, wie dem Diac. Schmidt in den Studien und Kritiken. Das Erwünschteste ist mir natürlich, daß nicht blos meine Freunde diese Züge des Buches richtig taxirt haben, sondern daß ich darin auch neutralen Lesern offenbar werde. Ich wünsche aber endlich, daß die von Ihnen unternommene persön-

---

[1]) An Scholz 15. 5. 74.

liche Anknüpfung nicht ein vorübergehender Eindruck, sondern auch
für mich ein bleibender καρπὸς ἔργον sei. Wie sich das machen wird,
wollen wir Gott anheimstellen . . . . Sie sind übrigens das erste
Mitglied der Brüdergemeinde, mit dem ich in persönliche Beziehung trete.
Ich läugne nicht, daß mich diese Thatsache eigenthümlich angenehm
berührt. Ich habe vor Ihrem Kreise aus der Ferne immer eine besondere
Achtung gehabt, obgleich ich die von da ausgegangenen Einwirkungen
auf die evangelische Kirche, wie Sie wissen, nicht günstig beurtheile. Ich
möchte auch vermuthen, daß Ihre Angehörigkeit zur Brüdergemeinde in
Ihnen die Disposition zu der mir gewidmeten Sympathie mitbedingt;
und dies ist mir auch nicht gleichgültig."

Als dann der dritte Band der Rechtfertigungslehre erschienen war,
sah Scholz sich durch diesen nur noch mehr zu Ritschl hingezogen. „Ich
habe mich," schreibt[1]) er, „nach den ersten Seiten schon heimisch in Ihren
Gedankengängen gefunden, es kam mir alles so einfach, so natürlich, so
selbstverständlich vor . . . . Was längst als dunkle Ahnung,
als kaum gefaßter Gedanke, als freudige Hoffnung der Wahrheit in mir
lebte, was das tiefste Bedürfnis, das ungestillte Verlangen nach einer
errungenen, erarbeiteten Geistesart war, — Sie haben es
ausgesprochen, offen, klar, unumwunden; mit den gewichtigsten Waffen
historischer Kritik und philosophischer Dialektik haben Sie den wissenschaftlichen Beweis für die Gültigkeit dieser Geistesart und des ganzen
Umfangs ihrer Consequenzen geführt. Sie haben der gesamten deutsch-
evangelischen Theologie den Fehdehandschuh hingeworfen, haben, was
bisher für Ketzerei galt, was dem Einzelnen als Unglaube angerechnet
wurde, auf die Höhe einer vollberechtigten und besserbegründeten Christen-
thumsauffassung gehoben. Sie haben — und das ist das Wichtigste —
auf jeder Seite den echten religiösen Glauben eines ›freien Christenmenschen‹ bekundet und aller Welt den Beweis geliefert, daß es Ihnen
nicht um Ihr System, um eine Parteitheologie, sondern um das Christenthum und seine Geltung zu thun ist, für welches jenes nur Mittel zum
Zweck ist . . . . Und eben das ist die einzigartige Bedeutung Ihres
Buches für mich und für uns, daß es die directe Synthese vollzieht
zwischen historisch-philosophischer Kritik und lauterer Frömmigkeit. Damit
habe ich schon angedeutet, daß Sie in einem engeren Kreis der jüngeren
Theologen der Brüdergemeinde seit einer Reihe von Jahren als Autorität
und theologischer Führer betrachtet werden. Es ist freilich nur ein engerer
Kreis, aber die Tüchtigeren gehören ihm an. Und soviel ich sehe, hat

---

1) Scholz an R. 19. 9. 74.

er sich in der letzten Zeit erweitert. Ein früherer Docent in Gnadenfeld, jetzt Privatdocent der Philosophie in Tübingen, Dr. Claß [jetzt Professor in Erlangen], hatte, wie ich höre, schon vor Jahren geäußert, daß, wenn überhaupt noch auf eine gute Dogmatik zu rechnen wäre, eine solche, welche nicht philosophische Metaphysik triebe, — dieselbe von Ihnen ausgehen müsse." Auch Scholz selber hatte dazu beigetragen, daß in Gnadenfeld Ritschls Denkweise bekannter geworden war, und in seinem Briefe führt er des weiteren aus, wie er und seine Freunde der Überzeugung seien, daß, indem „der Kern, der beste, edelste Inhalt der Heilandsreligion", nämlich „jene innige, einfache, kindliche Gemüthsreligion", „sorgfältig bewahrt bleiben" müsse, doch „eine Reform der brüderischen Weltanschauung" und ihre Befreiung „von dem Phantasiemäßigen ihres Charakters" nothwendig sei.

In seiner Antwort[1]) sagt Ritschl, er hoffe, daß, indem er das ihm von Scholz entgegengebrachte Vertrauen erwidere, dabei „keine eitele Selbstgefälligkeit mit unterlaufe. Uns verbindet die gemeinsame Sache; und, wenn es mir noch so sehr persönlich wohlthut, einen Widerhall meines Rufes zu finden, so bin ich durch das Schicksal genug erzogen, um diesen Erfolg nicht der Erwartung eines Fortschritts der guten Sache voranzusetzen. Denn, daß ich, Ihrer Mittheilung gemäß, bei den jüngeren Theologen Ihrer Gemeinde einen gewissen Credit genieße, hat mich ebenso beschämt, wie überrascht und erfreut. Freilich ist das, wie Sie selbst zugestehen, nur möglich unter der Bedingung, daß Sie und Ihre Genossen zu einer erheblichen Modification der Farbe bereit sind, welche die Frömmigkeit der Brüdergemeinde an sich trägt. Ich selbst habe nie eine persönliche Berührung mit derselben gehabt; ich habe auch keine directe oder besondere Neigung zu derselben; ich kann sie aber verstehen und achte sie in ihrer Art. Nur indirect hat mich ihr Wesen berührt in Gestalt der Absenker, welche sie in die Landeskirche entlassen hat. Als ich studirte, waren meine Lehrer in Bonn und Halle voll des Preises der »Erweckung«, und der »persönliche Verkehr mit dem Heiland« wurde von da aus als eine Zumuthung geltend gemacht, die allgemeingültig sei. Mir war das durchaus fremd, und im Vergleich mit meiner häuslichen Erziehung befremdend. Ich habe es auch nach kurzer Überlegung von mir abgelehnt". Aber, fügt Ritschl hinzu, er sei weit entfernt, den privaten Freundesverkehr, der in der Brüdergemeinde an die Vorstellung von dem „Herrn der Herrlichkeit" geknüpft werde,

---

1) An Scholz 7. 10. 74.

jemandem „verleiden zu wollen, der dabei reinen Herzens ist und keine müßige Spielerei treibt".

Auf diesen Punkt ging Ritschl einige Monate später noch einmal ein[1]), nachdem er durch eine ihm von Scholz mitgetheilte Schrift[2]) mit dem Erziehungswesen in der Brüdergemeinde bekannt geworden war. Diese, sagte er, habe „ihm zum ersten Male klar gemacht, was es eigentlich mit dem »Umgange mit dem Heiland« ist . . . . Wie ich jetzt erkenne, ist das Allgemeingültige darin die Wechselbeziehung zwischen Vorsehungsglauben und Gewissenhaftigkeit, welche man auch ohne den Apparat der Einbildungskraft, welchen die Formel bezeichnet, wirksam machen kann . . . . Was Sie über sich und Ihre Beschäftigung mit meinen Sachen schreiben", fährt Ritschl fort, „ist mir sehr erfreulich aus persönlichen und sachlichen Gründen. Daß ich Ihnen dazu verholfen habe, sich in der Stellung zu Ihrer Gemeinde zurechtzufinden und angemessen zu predigen, ist mir werthvoll als Probe auf meine eigenen Bestrebungen und ihre Brauchbarkeit. Es gehört aber auch sowohl die Art von Unabhängigkeit als auch die Art der von Ihnen eingeleiteten Verbindung zwischen uns dazu, um solche Erfahrungen festzustellen. An directen Zuhörern, glaube ich, würden solche Proben für mich weniger leicht zu machen sein. Also deshalb brauchen Sie sich keine Skrupel darüber zu machen, mich zu dem Austausch provocirt zu haben, auf den ich immer gern eingehe, auch mit dem Vorbehalt, daß ich, wenn es indicirt ist, auch Widerspruch von Ihnen erfahre. Ich habe im Leben gelernt, denselben zu ertragen".

Die Briefe von Scholz, die in diese erste Zeit seines nur erst aus der Ferne gepflegten Verkehrs mit Ritschl fallen, sind, wie schon sein erstes Schreiben, Zeugnisse seiner vertrauensvollen Anhänglichkeit an den selbstgewählten Lehrer. Auf dessen Theilnahme und Rath durfte er in allen wissenschaftlichen Fragen, die ihn bewegten, und in allen persönlichen Angelegenheiten, die nun durch seine Beschäftigung als Lehrer an der Knabenschule und dem Lehrerseminar zu Niesky beherrscht wurden, mit Bestimmtheit rechnen. Nach allen Seiten hin befestigt wurde aber das Verhältnis zwischen den beiden Männern, von denen der eine fast 30 Jahr älter als der andere war, als Scholz im Juli 1875 Ritschls Einladung folgte und einen Theil seiner Ferien bei ihm in Göttingen zubrachte.

---

1) An Scholz 13. 3. 75.
2) Tapeinon. Skizzen aus einem Stück Kleinleben. Von H. S. R. von R. Neusalz a. O. 1874.

Einige Zeit, nachdem Scholz zu Ritschl in Beziehung getreten war, empfing dieser Ende Juni den Besuch des Repetenten Bilfinger aus Tübingen (jetzt Delan und erster Stadtpfarrer in Ulm). Diesem, sagt[1]) er, habe er „so viel wie es in der kurzen Zeit seines hiesigen Aufenthalts möglich war, freundliches erwiesen", nicht blos wegen seines Schwiegervaters Weizsäcker, „sondern auch wegen seiner selbst". Er rühmt[2]), daß Bilfinger seinen zweiten Band „ganz binnen habe", und freute sich, daß er sich für überzeugt erklärt habe. Drei Wochen später lernte Ritschl Adolf Harnack kennen, der damals Privatdocent in Leipzig war und ihm bei einem Aufenthalt in Göttingen nun erst einen kurzen Besuch abstattete. Ein zusammenhängender und naher Verkehr zwischen beiden hat sich allmählich an jene erste Begegnung geknüpft. Dann kamen fast zwei Jahre später Harnack und Emil Schürer zusammen von Leipzig nach Göttingen, um mit Ritschl zusammenzusein. Dieser schrieb[3]), ihr Besuch habe ihn sehr erfreut, und Harnack habe ihm jetzt ausführlicher das sehr weit greifende Einverständnis bewährt, das er ihm brieflich wiederholt bezeugt habe. Einige Monate später besuchte der damalige Religionslehrer Johannes Gottschick in Torgau zum ersten Male Ritschl, der ihn schon einmal in Halle flüchtig hatte kennen lernen und durch Nasemann wußte, daß er seiner Theologie zugethan sei.

Schon früher, im Januar 1875, war ein Theologe, der sich soeben in Halle habilitirt hatte, und zugleich an dem dort von Nasemann geleiteten städtischen Gymnasium den Religionsunterricht ertheilte, zu Ritschl in Beziehung getreten, obgleich er sich von diesem zuvor in schroffer Weise zurückgewiesen glaubte. Als nämlich Ritschl im Jahre vorher mit Tholuck zusammen war, hatte ihm dieser seinen gerade auch anwesenden Schüler, Wilhelm Herrmann, empfohlen, und Ritschl hatte mit den Worten geantwortet: ultra posse nemo obligatur. Dennoch sandte ihm Herrmann seine Dissertation über Gregor von Nyssa in Begleitung eines Briefes[4]), in welchem er erklärte, daß er aus sich heraus nie an irgend einen Menschen eine solche Bitte richten würde, wie sie Tholuck in seiner freundlichen Gesinnung für ihn ausgesprochen habe. Daß er sich aber trotz jener herben Antwort, die er nicht verdient zu haben sich bewußt sei, nun dennoch mit der Bitte um Rath in seinen patristischen Arbeiten an Ritschl wende, habe den Grund, daß er, auf dessen Bücher zur rechten Zeit durch Besser hingewiesen, aus ihnen die entscheidenden theologischen

---

1) An Diestel 15. 7. 74.
2) An Link 17. 7. 74.
3) An Zöpffel 23. 4. 76.
4) Herrmann an R. 22. 1. 75.

Einflüsse erfahren und es sich seitdem als eine hauptsächliche Aufgabe gestellt habe, sich in Ritschls Schriften einzuleben.

Herrmanns Dissertation fand Ritschls Beifall. Dieser schrieb dar-über gleich eine Anzeige für die Jahrbücher für deutsche Theologie[1]) und machte auch Herrmann Schultz darauf aufmerksam[2]), daß er die darin ent-haltenen Nachweisungen wohl werde verwerthen können, wenn er einen eben gegen ihn gerichteten[3]) Angriff Dorners abwehren wolle. Indem er Herr-mann davon Nachricht gab, schrieb[4]) er: „Dieses alles hält sich intra posse; und der Spruch, an den Sie mich erinnern, daß ich mit ihm Tholucks Empfehlung Ihrer Person erwidert hätte, — was mir auch jetzt einfällt — konnte doch füglich nicht als eine Zurückweisung der Zumuthung des geehrten Mannes verstanden werden, sondern nur als eine Einschränkung der Erwartungen, welche mit der Zumuthung verbunden sein konnten. Ich erinnere mich ganz gut, daß ich durch die Worte Tholucks zu-gleich überrascht und in eine Stimmung der Selbstironie versetzt worden bin, die ich durch jenen Spruch — wie ich einmal bin — aufrichtig kundgegeben habe. Ich gebe nun zu, daß Ihnen diese subjectiven Um-stände verborgen geblieben sind, und daß dadurch ein Eindruck von Schroffheit meiner Haltung hervorgerufen werden konnte, wobei ich nur bedauere, daß Sie nicht schon längst Aufklärung darüber durch meinen Freund Nasemann begehrt haben. — Denn sachlich angesehen, welche äußere Unterstützung sollte ich in dem Gemeinwesen, dem wir angehören, einem jungen Manne versprechen? Sie wissen im Ganzen ebenso gut, und im Einzelnen vielleicht genauer, wie ich, daß ich als Theolog höchst einsam stehe, daß ich von den bestehenden Parteien, rechts, Mitte, links, feind-selig oder mistrauisch angesehen werde, daß sie mich entweder verläumden oder todtschweigen, daß ich nicht nur keinen Einfluß unter den Theologen besitze, um ihre Hülfe für einen von mir empfohlenen zu gewinnen, son-dern daß ich befürchten muß, einem durch meine wissenschaftliche Aner-kennung zu schaden. Es sind wenige Ausnahmen von diesem Urtheil zu machen; die Collegen, auf deren Vertrauen ich bauen kann, sind sehr spärlich, und mein Vertrauen erlebt von Jahr zu Jahr neue Ent-täuschungen. Sehen Sie, das sind Erfahrungen, die ich seit mehr als einem Vierteljahrhundert gemacht habe; und wenn sich mir der Contrast dieser Lage vergegenwärtigte, indem mich Tholuck mit den Sie betreffenden Worten überraschte, so werden Sie es verstehen, daß ich jenen einschränken-

---

1. Jahrbücher für deutsche Theologie. 1875. S. 146 ff.
2. An Schultz 23. 1. 75.
3) Jahrbücher für deutsche Theologie. 1874. S. 529 ff.
4. An Herrmann 24. 1. 75.

den Spruch dagegen setzte, vielleicht mit einer Miene oder einem Lachen, das vielmehr gegen mich, als gegen einen andern gerichtet war. — Übrigens sind die schroff erscheinenden Menschen nicht die schlimmsten, und insofern hat Sie ein richtiges Gefühl geleitet, sich nichtsbestoweniger an mich zu wenden."

Tholuck gegenüber sprach Ritschl[1]) die Erwartung aus, daß Herrmann, über dessen Dissertation er die bereits erwähnte Anzeige geschrieben habe, ihm „noch andere Veranlassung geben werde zu versuchen, ihm den Weg der sogenannten akademischen Carrière bahnen zu helfen. Wird es aber überhaupt noch Gelegenheit geben, diesen Weg einem Theologen zu bahnen? Zu einem Wege gehört Terrain; werden wir in 20—30 Jahren noch solches haben? Sie und ich, wir halten es noch aus; aber die jungen Leute? Ich erwarte keine Antwort auf diese Fragen; sie bekümmern mich auch eigentlich innerlich nicht; ein jeder Tag hat seine Plage und seinen Segen; thut man seine Schuldigkeit, so wirkt man auch zur Aufrichtung des bedrohten Ganzen. Denn das Nichtwissen der Zukunft ist ja kein Hindernis, sondern eine Quelle des Vertrauens, dessen ich lebe. Ist es denn nicht auch etwas nicht vorhergesehenes, was vor 30 Jahren zwischen Ihnen und mir nicht klar war, daß wir uns jetzt so die Hand reichen, wie es der Fall ist? Darum soll mir auch diese Erfahrung meines Lebens, welche ich nicht hoch genug schätzen kann, zum Spiegel dafür dienen, daß man, wenn man aufrichtig ist, viel mehr Frieden zu erwarten hat, als man im Momente glaubt, und deshalb glaube ich an den Verfall der Theologie und der evangelischen Kirche nur mit ›Zeitglauben‹. — Ich ruhe jetzt," berichtet Ritschl weiter über sein Ergehen, „von Publicationen und deren Vorbereitung einigermaßen aus, nachdem ich die Fachgenossen im vorigen Jahre etwas reichlich heimgesucht habe. Es hat mir wenigstens nicht gelingen wollen, etwas neues, das ich begonnen habe, rüstig zu fördern. Zwei Vorlesungen, deren Stoff und Zusammenhang ich mehr im Kopfe trage, als im Hefte vor mir sehe, nehmen mich zu sehr in Anspruch. Übrigens freue ich mich der Spuren davon, daß ich doch außerhalb Erlangens manche wohlwollende und dankbare Leser finde. Einer davon ist ein junger herrnhutischer Candidat, welcher sich im vorigen Jahre brieflich mir genähert hat. Sie werden mir zugeben, daß ich auf einen Anklang in diesem Kreise niemals gerechnet habe; indessen der Mann bezeugt, daß unter der jüngeren Generation seiner Genossen ein ziemlicher Kreis sich zu mir hält. Ich bin dadurch ebenso erfreut, als überrascht worden; ich glaube aber keines-

---

1) An Tholuck 23. 1. 75.

wegs selbstgefällig zu sein, wenn ich hierin ein leiblich gutes Zeugniß für mich erkenne. Denn ich halte die Herrnhuter für die am meisten friedlich gesinnten Christen. Entweder nun sind diese Theologen sehr aus der Art geschlagen, was doch erst zu beweisen wäre; oder sie müssen an einem solchen Streittheologen, wie ich bin, doch etwas finden, was ihrem Frieden nicht widerstreitet. Ich bin mir nun dieses Elementes in mir mitunter bewußt; obgleich es mir oft genug verborgen wird, wenn mir von »kirchlicher« Seite her meine Feindseligkeit vorgeworfen wird. Indessen tröste ich mich immer damit, daß ich nur streite, um von der Wahrheit zu überzeugen, niemals aber aus Rechthaberei, die ich für die Hauptstärke der »kirchlichen« Theologie halte. . . . . Nehmen Sie diese verschiedenartigen Bemerkungen als einen Beweis meiner Absicht, gerade Ihnen nicht verborgen zu sein, und als einen Beweis der ernsten Pietät und besonderen Achtung, in der ich bleibe. . . . ."

Die Andeutung, welche Ritschl in dem soeben mitgetheilten Briefe macht, daß er mit einer neuen Arbeit, die ihn beschäftige, noch nicht recht vorwärts gekommen sei, bezieht sich auf die Ausführung des schon einmal bei früherer Gelegenheit erwähnten (s. o. S. 158) Plans, ein Lehrbuch für den Religionsunterricht in den höheren Classen zu schreiben. Daß ein solches bringend nothwendig sei, ist Ritschl wohl wesentlich aus den Protokollen über die Abiturientenprüfungen klar geworden, deren Durchsicht ihm als Mitglied der wissenschaftlichen Prüfungscommission oblag (s. o. S. 70 f.). Daß er selbst aber diese Aufgabe ergreifen wollte, erwähnt zum ersten Male Rasemann [1]), dem Ritschl im Sommer 1873 seine Absicht darauf mitgetheilt hatte. Dann war zunächst deren Durchführung durch die Arbeiten, die ihn inzwischen in Anspruch nahmen, verzögert worden. Als aber die Schrift über Schleiermachers Reden erschienen war, begann Ritschl das neue Buch zu schreiben. „Da ich nichts kann, als arbeiten," berichtet [2]) er, „habe ich seitdem das Religionslehrbuch in Angriff genommen und außer der Einleitung von vier Paragraphen schon zwei von der Sache selbst zu Papier gebracht." Aber die Arbeit schritt nur langsam und mit Unterbrechungen vor. „Es handelt sich hiebei darum," sagt [3]) Ritschl, „den Stoff in feste Brocken, Paragraphen genannt, einzutheilen.

1) Rasemann an R. 26. 10. 73.
2) An Diestel 11. 11. 74.
3) An C. Steiz 22. 12. 74.

Deshalb fließt die Arbeit nicht, und wird mich nicht ſo ununterbrochen beſchäftigen, als es gut wäre. So flott, wie ich die letzte kleine Schrift verfertigt habe, wird überhaupt nicht leicht eine Arbeit gehen. Ich habe aber auch die Erregung, in welcher ich jene niedergeſchrieben habe, mit einiger nachträglichen Nervoſität gebüßt, die indeß vor einigen Stahl⸗ pillen gewichen iſt." Erſt in den Oſterferien kam Ritſchl wieder dazu, ſeine neue Arbeit erfolgreich zu fördern. Er habe ja bei dieſer, ſagt[1]) er, „eigentlich nichts zu lernen. Die Compoſition in Form von conben⸗ ſirten Brocken, Paragraphenknöbeln, iſt mir aber ſo ungewohnt, daß ich nicht lange dabei aushalte. Aber fertig ſoll das Ding gemacht werden, und Sie werden es bei dem nächſten Vortrag Ihrer Geſchichte der Theo⸗ logie mit Wohlwollen ›behandeln‹. Denn erſt in dieſer Geſtalt werde ich alle Glieder der Anſchauung des Chriſtenthums aufzeigen, wie ich ſie und ihren Zuſammenhang verſtehe".

Einige Tage ſpäter reiſte Ritſchl nach Halle, wo er faſt eine Woche blieb. Dieſer Aufenthalt, berichtet[2]) er, „war mir nicht blos durch den Verkehr mit den alten Freunden erfriſchend, ſondern auch intereſſant durch neue Bekanntſchaften, welche ich unter der Commiſſion für die Reviſion der Lutherſchen Überſetzung des Alten Teſtaments machen konnte. Ein⸗ mal fand ich wegen der gerade ſtattfindenden Zuſammenkunft derſelben meine Freunde Dieſtel und Kamphauſen vor, und lernte auch die Leipziger Baur und Delitzſch kennen, ungerechnet verſchiedene Geiſtliche, die dazu gehören. Außerdem habe ich mannigfache Gelegenheit gehabt, mich von den Eindrücken meiner Schriftſtellerei und von der verhältnismäßigen Gunſt zu überzeugen, mit welcher man meine Perſon anſieht. Die Halleſchen Profeſſoren kommen mir zwar nicht mit bereitwilliger Zuſtimmung ent⸗ gegen . . . . Tholuck iſt nicht mehr im Stande, das Buch zu ſtu⸗ biren, ſo wohlgeſinnt er mir übrigens iſt. Indeſſen diente es zu meiner großen Überraſchung zu hören, daß Müller mich in der Vorleſung in den höchſten Tönen gerühmt hat. Die anderen aber ſtoßen mich wenigſtens nicht zurück, vielmehr hat mich Schlottmann in einem Toaſt als ›ſchnei⸗ bigen Vermittlungstheologen‹ zu ſeiner Gruppe gerechnet . . . . Die jungen Leute aber in Halle und Leipzig habe ich unbedingt für mich; ſie beſtreben ſich, ſich auf mich einzuſtubiren und verſprechen ſich davon die Zukunft der Theologie". „Tholuck," heißt es in einem andern Briefe[3]), „iſt zwar recht verfallen, auch geiſtig; aber er ging doch auf alle Scherze

---

1) An Mangold 3. 4. 75.
2) An Steiß 15. 4. 75.
3) An Link 18. 4. 75.

und Neckereien in unverminderter Heiterkeit ein, und findet in seinem ursprünglichen Pietismus kein Hinderniß, mich gelten zu lassen." Herrmann, erzählt Ritschl in demselben Briefe, habe sich die bis dahin fertigen Paragraphen des Lehrbuchs, die er nach Halle mitgenommen habe, abgeschrieben und wolle danach in dem Sommersemester den Religionsunterricht in der Prima ertheilen.

Nach einiger Zeit berichtete[1]) Herrmann von dem Erfolg dieses Unternehmens: "So viel ist sicher, daß es sehr wohl möglich ist, die Jungen in das Verständniß Ihrer Sätze einzuführen. Sie sprechen es zwar aus, daß sie ohne die Interpretation wenig davon verstehen würden. Das ist ja aber kein Fehler, da es der Interpretation des Lehrers den nöthigen Raum läßt. Schwierigkeiten," fügt er hinzu, bereite den Schülern "hauptsächlich der tiefeingewurzelte Glaube, daß sie in dieser Stunde bisweilen auf einen vollständigen Gebrauch ihres Verstandes verzichten müssen. Ich gebe mir viele Mühe, dieses Vorurtheil zu zerstreuen, wobei mir die Unterscheidung zwischen religiöser und naturwissenschaftlicher Welt vortreffliche Dienste leistet". Auch Rasemann, dem Ritschl von Anfang an sein Lehrbuch zu widmen beabsichtigt hatte, interessirte sich sehr für dessen Fortschreiten und für den Unterricht, den Herrmann unter seinen Augen bereits danach ertheilte. Indem er Ritschl seinen Besuch für den Anfang seiner Sommerferien in Aussicht stellte, schrieb[2]) er: "Zu Nutz und Frommen Deines Buches habe ich daran gedacht, Herrmann mitzubringen. Er kann Dir doch am besten sagen, wie er den Tenor Deiner Worte gefunden hat. Ich habe auch meine Primaner gefragt. Diese sagen, ohne Herrmanns Interpretation wäre ihnen der Inhalt kaum verständlich. Ist Dir Herrmann recht? In Dein Haus wage ich ihn natürlich nicht mitzubringen." Dieses war aber doch der Wunsch Ritschls, der denn auch ausgeführt wurde. Herrmann und, nach dessen baldiger Abreise, Rasemann schrieben nun wieder die inzwischen verfaßten Paragraphen ab, die jenem, wie er sagt[3]), "nicht nur viel Mühe ersparten", sondern es ihm "vor allem auch möglich machten, mit rechter Freude und Zuversicht ans Werk zu gehen". "Verstärkt wurde der Eindruck Ihrer freundlichen Bewirthung," heißt es in demselben Brief, "durch die sonstige Abhängigkeit von Ihnen. Daß sie die letztere bei Ihren Schülern nicht so wollen, daß sie die Freiheit ausschlösse, hätte mir, wenn ich es nicht immer geglaubt hätte, in Göttingen klar werden können."

1) Herrmann an R. 9. 6. 75.
2) Rasemann an R. 6. 6. 75.
3 Herrmann an R. 13. 7. 75.

Ritfchl erklärte[1]), er wolle feiner gegenwärtigen Arbeit nach Calvins Vorgang den Titel „Unterricht in der chriftlichen Religion" geben. Damals war die Hälfte des Ganzen fertig. „Es ift keine Milchfpeife," fagt er felbft, „fondern fehr ftarke concentrirte Nahrung." Indem er weiter von Herrmanns Verfuch berichtet, den Leitfaden praktifch zu gebrauchen, bemerkt er, daß es gerade im Gegenfatz zu der Erwartung der Primaner in Halle nothwendig fei, die Vernunft zufammenzunehmen, wenn der Unterricht verftanden werden follte. „Nun, wie es mit diefem Gebrauch des Buches fich geftalten mag, fo wird daffelbe, wie ich hoffe, der Beachtung auch der Theologen würdig fein. Deshalb gerade wähle ich den angegebenen Titel, um anzudeuten, daß ich Calvin ablöfen will, implicite natürlich auch die loci Melanchthons und die Sentenzen des Lombarden. Habe ich nicht recht hochfahrende Tendenzen? Ach Gott! Wir Theologen find ja deshalb fo heruntergekommen, weil wir uns von allen lumpen laffen, und dann blos kleine Apologetik treiben. Apologetik aber giebt die Sache fchon zur Hälfte an fremde Maßftäbe preis, ehe man fie als Ganzes auf die Beine geftellt hat. Da nun die bisherige Theologie von Anfang an in der Wurzel apologetifch ift, d. h. die chriftliche Religion immer von unterchriftlichen Maßftäben aus barftellt, fo muß einmal ein Ende damit gemacht werden. Und da in mir auch nicht eine apologetifche Fafer ift, fo will ich das Chriftenthum auf fich felbft ftellen, da ich es aus fich felbft verftehe."

Einem andern Freunde fchreibt[2]) Ritfchl in demfelben Sinne folgendermaßen: „Da ich nun der Schrift ihre hauptfächliche Beftimmung für den Lehrgebrauch gebe, fo muß ich mich enthalten, fie durch eine Betrachtung darüber zu begleiten, worin fich meine Auffaffung des Chriftenthums von allen vorhergehenden unterfcheidet. Die Gegner wenigftens haben das aus dem großen Buch nicht herausgefunden. Indeffen bleibt mir noch immer die Gelegenheit, eine folche Erörterung nachzuholen, des Inhalts, daß alle bisherige Lehre von Chriftus und feinem Werke nicht von dem Erfolge an dem Beftande der chriftlichen Gemeinde und der Ausübung der Freiheit und Gerechtigkeit des Reiches Gottes her orientirt ift, fondern von unterchriftlichen Maßftäben her, nämlich von platonifcher und pharifäifcher Weltanfchauung aus, die man für die feftftehenden allgemeinen Regeln der Vernunft ausgegeben hat. Diefe Verfchiebung der theologifchen Hauptpunkte verdanken wir dem Vorwiegen des apologetifchen Intereffes, welches nothwendig den Inhalt des Chriftenthums der ratio Iudaeorum

---

1) An Dieftel 18. 6. 75.
2) An Lint 24. 6. 75.

et Ethnicorum preisgiebt, wie am Schluß von Cur deus homo mit preis-
würdiger Naivetät verrathen wird. Ich habe nun keine Aber von Apologetik in mir; als Polemiker von Natur und von Erziehung denke ich,
der Angriff ist die einzige sichere Vertheidigung. Das neue Buch wird
die Aufstellung des Christenthums zum Angriff zeigen."

Am 3. September wurde Ritschl mit dem Unterricht in der christlichen Religion fertig, dessen letztes Drittel er schneller als die beiden
früheren in der ersten Zeit seiner Ferien zu Papier brachte. Nun war
er der Erholung sehr bedürftig. „Ich spürte," schreibt[1]) er, „an ab-
wechselndem Heißhunger und Herzklopfen, daß ich den Nerven wohl etwas
zu viel angethan hatte. Ich schiebe dies auch vielmehr auf die Abnutzung
des Körpers durch die unbewußte stete Spannung des Geistes, als daß
ich viele Zeit am Schreibtische zugebracht hätte." Um sich zu erfrischen,
reiste Ritschl aber nur wieder nach Halle, wo er freilich blos drei Tage
blieb, weil er sich dort erst recht abgespannt fühlte. „Ich werde nun,"
heißt es weiter, „von den Freunden ausgelacht, welche aus der Ferne
ihrer Erholungsreisen zurückkehren, daß ich nicht weiter gekommen bin;
aber ich finde es nun einmal am erholendsten zu Hause. Aufs Gerathe-
wohl unter fremde Menschen mich zu setzen, mache ich nicht möglich; der
geistige Austausch mit Freunden, die ich besuche, ist körperlich anstrengend.
Was bleibt mir übrig? Dazu kommt, daß ich mich schäme, daß Fräulein
Heintze mir das Opfer bringen soll, meine Kinder zu hüten, und ich der-
weilen auswärts umherfahren soll. Das ruft mich auch immer sobald
wie möglich zurück. Meine Zukunft liegt ja doch einmal in den Kindern.
Was ich an Zustimmung auf meinem Berufsgebiete finde, reichlich genug,
— verspricht mir doch nichts weniger als eine Besserung des Pastoren-
standes im Großen; ich muß nach Analogie mit allen gleichartigen Erfahrungen mir sagen, daß ich eine Frucht meiner Saat in der Theologie
nicht erleben werde, wenn sie überhaupt zu Stande kommt. Das schlägt
mich nicht nieder, wird mich auch an weiterer Arbeit nicht hindern; aber
es scheucht mich in die Enge des häuslichen Daseins, wo Gott sei Dank
die Kinder meine Erwartung aufrecht erhalten, daß sie zu ordentlichen
Menschen heranwachsen."

Anfang October entschloß sich Ritschl doch noch, von Hannover aus,
wo er zu examiniren hatte, nach Bonn zu reisen, wo er seit sieben Jahren
nicht mehr gewesen war. „Ich habe zwar," schreibt[2]) er nachher von
diesem Aufenthalt, „meinen Eintritt in die alten guten Verhältnisse nicht

---

1) An C. Steitz 11. 9. 75.
2) An Marcus 19. 10. 75.

ohne Wehmuth vollziehen können, und ich hatte mich vor dieser Empfindung geſcheut, indem ich ſo lange den Beſuch in Bonn verzögert habe; indeſſen ich mußte auch dieſes einmal über mich nehmen, und die allſeitige Treue der Freunde, die ich erfahren habe, hat mich dafür entſchädigt." "Als neue Bekanntſchaft," heißt es in einem andern Briefe[1]), "rechne ich v. b. Goltz, dem ich nicht nur eine gute, für mich gute Predigt verdanke, ſondern auch einige vertrauensvolle Unterhaltungen. Die Eindrücke der Reiſe haben meine Stimmung abgeklärt, und ich hoffe es mit Faſſung hinzunehmen, wenn ich heute in meinem Auditorium wieder weniger Zuhörer finde, als im letzten Semeſter." Nicht lange Zeit nach dieſer Reiſe wurde Ritſchl von Bonn aus eine, wie er ſelbſt ſagt, "eigenthüm- liche Erbſchaft" übermittelt. "Der alte Sack," ſo erzählt[2]) er davon, "hat mir ſein Heft der Dogmatik vermacht[3]), die er 1838 ausgearbeitet und nochmals 1844 geleſen hat. Das iſt ein rührendes Zeichen der Dank- barkeit des Mannes. Er hat in ſeiner ängſtlichen Steifheit wenige Menſchen an ſich gefeſſelt, und doch verräth die Dankbarkeit, die ihn zu dieſer Ver- fügung veranlaßt hat, wie tief ſein Bedürfnis nach Gemeinſchaft mit anderen Menſchen geweſen iſt. Ich bin vielleicht 12 Tage vor ſeinem Tode an ſeinem Hauſe vorbeigegangen; es thut mir doch ſehr leid, daß ich nicht meine Begleiter, Marcus und Mangold, habe gehen laſſen, um nach dem damals ſchon bettlägerigen zu fragen."

Nachdem Ritſchl von Bonn über Frankfurt nach Göttingen zurück- gekehrt war, trat die Frage an ihn heran, ob er wieder in die neu zu bildende Landesſynode zu Hannover eintreten wollte. Aber ſeinen Collegen, ſagt[4]) er, habe er die Abſicht ihn zu deputiren ausgeredet. Und ein königliches Mandat zur Synode lehnte er gleichfalls ab. "Ich habe ge- dankt," ſchreibt[5]) er; "ſo wie ich Synoden öffentlich beurtheilt habe [ſ. o. S. 249], kann ich nicht gut dabei ſein." "Mir fehlt," ſo heißt es in einem andern Briefe[6]), "die Kaltblütigkeit der parlamentariſchen Stimmung, und ohne dieſe bleibt man beſſer draußen. Bei den ob-

1) An Link 25. 10. 75.
2) An Link 14. 12. 75.
3) Die betreffende letztwillige Verfügung Sacks wurde Ritſchl mitgetheilt und lautet: „Ich wünſche und beſtimme, daß das eingebundene Heft meiner Vorleſungen über die Dogmatik baldigſt nach meinem Tode Herrn Profeſſor D. Ritſchl in Göt- tingen überſandt werde, den ich bitte, daſſelbe als ein kleines Zeichen meiner Dank- barkeit für die mir mehrfach bewieſene Freundlichkeit anzunehmen. Poppelsdorf, 6. Juli 1873. (gez.) D. K. H. Sack.“
4) An Mangold 25. 11. 75.
5) An Wilhelm R. 26. 11. 75.
6) An Wilhelm R. 27. 12. 75.

waltenden Verhältnissen werden die Stimmen zahlreicher, welche nicht von
Verfassungsformen, sondern von neuer Theologie etwas für die Kirche
hoffen." Ferner schreibt[1]) Ritschl, er „ziehe es vor, die Geschichte der
Kirche nachträglich zu verstehen, als selbst Geschichte zu machen oder
Ohrenzeuge davon zu sein, wie andere Geschichte machen. Deshalb bleibe
ich gegen die Verlockungen in die uns nächstens bevorstehende Landessynode taub." Neuerdings, berichtet er weiter, habe sich in Hannover
eine kirchliche Mittelpartei gebildet. „Es sind mir befreundete Männer
darunter. Ich habe aber abgelehnt, ihre formulirte Erklärung zu unterschreiben; sonst wünsche ich ihnen alles gute, will ihnen auch gern dienstbar sein. Was sie leisten werden, wird freilich abzuwarten sein."

Im November lag der Unterricht in der christlichen Religion gedruckt
vor. Er ist ein Compendium der Theologie Ritschls und enthält deren
religiöse und sittliche Grundgedanken in sehr knapper Fassung. Von der
Mittheilung des theologischen Apparats hat Ritschl darin ebenso abgesehen, wie davon, auf die herkömmliche Auffassung des Christenthums
einzugehen. Nur die Grundzüge des biblischen Beweises sind in den
Anmerkungen enthalten. Ritschl nimmt in der Einleitung gleich ohne
weiteres den Standpunkt als Glied der christlichen Gemeinde ein, in
deren Besitz die Offenbarung Gottes in Christo ist. Unter diesem Gesichtspunkt
verläuft die folgende Darstellung der Lehre vom Christenthum, die in den
vier Theilen vom Reiche Gottes, von der Versöhnung durch Christus, vom
christlichen Leben und von der gemeinschaftlichen Gottesverehrung gegeben
wird. Obgleich der Unterricht eigentlich für den Gebrauch in der Ober-
stufe höherer Lehranstalten bestimmt war, ist sein volles Verständniß doch
nur solchen Theologen zugänglich, welche mit den übrigen dogmatischen
Schriften seines Verfassers gründlich vertraut sind oder mindestens durch
dessen Vorlesungen oder durch die Anleitung von kundigen Schülern Ritschls
gebildet worden sind. Namentlich die Lehre von Gott, aber auch diejenige
von Christus kann, ohne daß man ihre im Unterricht selbst nicht vor-
getragene Begründung kennt, wohl kaum vollständig aufgefaßt und richtig
gewürdigt werden. Diese Schwierigkeit des Buches ist ohne Zweifel der
Grund von vielen Mißverständnissen und vorschnellen, absprechenden Urtheilen, die Ritschls Theologie von den Bequemen unter seinen Gegnern
erfahren hat. Denn wer ohne die nöthige Vorbildung nur nach jenem
kurzen Leitfaden greift, um daraus einzelne Sätze zu polemischen Zwecken
zu entnehmen, verfehlt in der Regel den Sinn, den der Verfasser mit
seinen Worten verbunden hat. Dieselbe Schwierigkeit stellte aber auch

1. An Zopffel 25. 11. 75.

an die Interpreten des Buches, die danach in Gymnasien zu unterrichten unternahmen, um so höhere Anforderungen. Daraus erklärt es sich, daß der praktische Gebrauch des Unterrichts auf die Dauer nicht hat durch= gesetzt werden können. Immerhin hat in der ersten Zeit nicht nur Herr= mann mit Erfolg und eigner Befriedigung das Compendium als Lehrbuch in der Prima benutzt, und gerade dessen schwierige Form als ein Reiz= mittel für die Aufmerksamkeit der Schüler erprobt[1]), sondern auch anderen Anhängern Ritschls gelang der Versuch, danach zu unterrichten. Als aber die Mehrzahl dieser Männer bald in andere Stellungen überging, fanden sich keine Nachfolger, und als Lehrbuch ist der Unterricht auch nirgends officiell eingeführt, sondern immer nur von einzelnen Lehrern im Ein= verständnis mit ihren Directoren gebraucht worden, soweit dies nach den bestehenden Bestimmungen möglich war. In dieser Weise benutzten ihn Besser, der soeben von Halle nach Magdeburg als Professor und geistlicher Inspector am Frauenkloster übergegangen war, ferner Ritschls Schüler Battenberg[2]) in Frankfurt am Main, und in Worms wollte Bender gerade das Buch einführen[3]), als ihm eine ordentliche Professur in Bonn übertragen wurde. Ferner erfuhr[4]) Ritschl, daß das Schulcollegium in Münster von einem Gymnasium angegangen sei, den Gebrauch des Unter= richts zu gestatten[5]). Auch Link benutzte eine Zeitlang das Buch in seinen Religionsstunden[6]).

Als Ritschl zuerst von diesen Erfolgen berichten konnte, schrieb[7]) er: „Ich kann mir dieses alles nicht dankbar genug vergegenwärtigen. Man wird ja im Leben ganz anders geführt, als man sich im Voraus denkt oder vornimmt. Wohin ich aber als Theolog gekommen bin, das ist nicht nur nicht mein Verdienst, sondern ich habe es mir ursprünglich auch nicht vorgenommen oder mit bestimmtem Urtheil erstrebt. Ja ich stehe vor meinen Arbeiten, namentlich auch vor der jüngsten, mit der Verwunderung, daß ich solches überhaupt habe machen können. Es thut mir aber auch noth, mir dieses zu vergegenwärtigen, um, wie man ja durch böse und durch gute Gerüchte geht, mir die Geduld als das Schwerere und die Demuth zu erhalten. Ich denke, Sie halten mich nicht für unbescheiden, daß ich solches vor Ihnen ausspreche, da ich von Ihrer Theilnahme und

---

1) Herrmann an R. 9. 12. 75.
2) Battenberg an R. 28. 1. 76.
3) Bender an R. 28. 12. 75.
4) Herrmann an R. 5. 1. 76.
5) An Link 8. 2. 76.
6) Link an R. 13. 10. 76.
7) An A. Bartels 6. 1. 76.

Freundschaft überzeugt sein darf, und da Sie mich in einer Epoche gekannt haben, wo ich wahrscheinlich etwas anders über das Leben dachte."
Auch insofern, schreibt Ritschl in demselben Briefe, sehe er auf das ver-
flossene Jahr mit besonderer Dankbarkeit zurück, „als ich doch eine Reihe
von Proben dafür verzeichnen kann, daß mein Werk über die Versöhnungslehre Erfolge hat, wo ich sie am wenigsten erwartet habe. Natürlich hat
es nicht an Bemäkelungen in den Zeitschriften gefehlt, wobei mir das
komisch ist, daß die Leute, welche mich lästern wollen, immer erst einige
Verbeugungen vorherschicken. Aber unter den jüngeren Leuten, denen es
um rechtschaffene Theologie zu thun ist, habe ich hie und da eifrige Anhänger gefunden . . . . Neben den Jüngeren sind es etliche Alte,
die sich zu mir bekennen. Das Rührendste in der Hinsicht ist, daß der
Fürst von Solms-Lich, ein Herr von 70 Jahren, welcher in rechtschaffener
Weise theologisch schriftstellert, einen Auszug aus dem dritten dogmatischen
Theil der Versöhnungslehre angefertigt hat, eventuell in der Absicht, ihn
drucken zu lassen und mir dadurch Leser zu gewinnen. Er hat sich freilich
ohne Schwierigkeit bestimmen lassen, davon abzustehen, und hat sich leicht
überzeugt, daß mein eigenes kleines Buch jenem Zwecke besser dienen wird;
ich bin aber ihm zu großem Dank verpflichtet." Der Fürst Solms selbst
hatte nämlich, als ihm Ritschl seinen Unterricht in der christlichen Religion
zugesandt hatte, geschrieben[1]), es sei ihm „schon vorher vollkommen erklärlich und deshalb gewiß keine enttäuschte Erwartung gewesen", daß
jener die Veröffentlichung seines Auszugs aus dem dritten Bande der
Rechtfertigungslehre nicht angezeigt gefunden habe; „jetzt aber ist es mir
noch klarer geworden, daß diese Übersicht zwischen Ihrem Werke und dieser
neuesten Schrift gar keinen Platz gefunden hätte". Seine Ansicht über
Ritschls Rechtfertigungslehre hat jedoch der alte Herr in einem anderen
Zusammenhange[2]) auch öffentlich ausgesprochen. Ritschl bemerkte[3]) dazu,
der Fürst habe ihm sogar den höchsten Ehrentitel verliehen, „der in seinem
theologischen Reiche vorkommt, den eines Theosophen. Ich könnte mich
jetzt", fügt er scherzend hinzu, „K. preußischer Consistorialrath, Fürstlich
Solmsscher Theosoph — nennen."

———————

Die nächsten Arbeiten, denen sich Ritschl nach der Vollendung seines
Unterrichts widmete, hatten eine äußere Veranlassung. Diese gab ihm

———————

1) Fürst Solms an R. 18. 11. 75.
2) Jahrbücher für deutsche Theologie. 1875. S. 470 ff.
3. An Marcus 29. 10. 75.

das Verhältnis, in welches er zu der neuen Zeitschrift für Kirchengeschichte getreten war. Bei deren Gründung waren in erster Linie Theodor Brieger als Herausgeber und sein Lehrer Hermann Reuter als eifriger Förderer des Unternehmens betheiligt. Dieser hatte zuerst gemeint, daß Brieger die Zeitschrift ohne die Mitwirkung anderer selbständig leiten sollte. Da aber ein strenger Maßstab an die eingelieferten Beiträge angelegt werden sollte, und da es zu diesem Zweck erwünscht erschien, daß der junge Redacteur an anerkannten Meistern einen Rückhalt besäße, ließ sich zunächst Reuter selbst bereit finden, sich an der Herausgabe der Zeitschrift zu betheiligen, und beide waren gleich darüber einig, daß möglichst auch Gaß und Ritschl gewonnen werden müßten. Indem Brieger diese Vor-verhandlungen mittheilt, begründet[1]) er sein Anliegen an Ritschl mit folgenden Worten: „Ich übernahm es, zugleich in Reuters Namen Ihnen die Bitte vorzutragen. Und dabei waren wir von vorn herein sicher, aus Ihrem Munde nicht den Vorwurf vernehmen zu müssen, daß wir fehl-gegriffen hätten, sofern Sie Systematiker und nicht Historiker seien. Die Systematik in allen Ehren, und auch davon ganz abgesehen, daß jeder Student im ersten Semester in der Kirchengeschichte ganz weiblich von Ihnen erfährt — der Charakter eines Dogmenhistorikers haftet Ihnen nun einmal als indelebilis an, und Sie können uns nicht verargen, daß wir die Thatsache auszubeuten gesonnen sind."

Ritschl zögerte zunächst, in Briegers Begehren einzuwilligen. Weil er seine „Ungebundenheit liebte"[2]), wollte er keine Verpflichtung über-nehmen, auch selber Beiträge in die Zeitschrift zu liefern. Als aber Brieger[3]) ihm in diesem Punkte völlig freie Hand ließ und doch seine Bitte aufrechterhielt, erklärte sich Ritschl bereit, auf den Vorschlag ein-zugehen, da er „schließlich nur den einfach verneinenden Willen dagegen hätte setzen können, welcher ein grundloser gewesen wäre"[4]). Er meinte[5]) nun aber auch, es rechtfertigen zu müssen, daß er als „Onkel" bei der Zeitschrift auftrete. „Ich liebe es nicht," sagt[6]) er, „in solcher Weise Gastrollen zu spielen, und zwar als stumme Person; ich werde mich also demnächst entschließen, einen kirchenhistorischen Essay zu begehen, um mir selbst zu genügen."

In dieser Hinsicht hegte Ritschl ursprünglich einen andern Plan,

1) Brieger an R. 14. 8. 75.
2) An Lipf. 22. 9. 75.
3) Brieger an R. 19. 8. 75.
4) An Zöpffel 25. 11. 75.
5) An Diestel 18. 11. 75.
6) An Diestel 23. 9. 75.

als welchen er nachher wirklich ausführte. Seit etwa einem Jahre nämlich
bewegten sich seine wissenschaftlichen Interessen in allgemeineren Gedanken
über den Gang der gesamten Kirchengeschichte. Als sein Freund Link
im Herbst 1874 ihn in Göttingen besuchte, war Ritschl in der Unterhaltung auf einem Spaziergang die „Aufgabe einer Theorie der Kirchengeschichte" plötzlich „aufgeschossen". Diese Ideen machte er im folgenden
Semester für seine Vorlesung über Symbolik fruchtbar, in welche er,
wie er sagt[1]), die Elemente jener Theorie verwob. Ein andermal
schreibt[2]) er geradezu, er sehe sich durch den guten Besuch seiner Vorlesung über Symbolik ermuntert, diese „zu einer Art von Theorie der
Kirchengeschichte zu gestalten oder wenigstens die allgemeinen Gesichtspunkte einer solchen für die Beurtheilung der Theilkirchen geltend zu
machen. Daraus entspringt mir vielleicht auch einmal der Vorsatz einer
literarischen Behandlung des Gegenstandes. Indessen, damit hat es noch
gute Zeit." Zunächst müsse der Unterricht in der christlichen Religion
fertig werden. Nach dem Ablauf desselben Semesters berichtet[3]) Ritschl,
er habe den Eindruck, daß die Studenten sich gerade für jene Behandlung der Symbolik besonders interessirt hätten. Er selbst aber habe im
Zusammenhange damit „insbesondere Calvin genauer ins Auge gefaßt,
als bisher, und im Vergleich mit ihm mich in meinem Lutheranismus
bestärkt, ebenso wie in meinem Antipietismus". Mit jenen Plänen berührte sich nun das Thema, an welches Ritschl zunächst dachte, um es
für die Briegersche Zeitschrift zu behandeln. „Ich werde," schreibt[4]) er,
„meine Ansichten über die griechische Kirche ausarbeiten zu einem Essay,
wie sie es nennen. Denn directe specielle Studien zur Kirchengeschichte
oder auch zur Dogmengeschichte, welche ich dort ablagern könnte, liegen
mir fern. Ohne schriftstellerische Arbeit aber kann ich jetzt wirklich nicht
existiren. Eigentlich möchte ich die Lehre von der Kirche bearbeiten; das
thut wohl am meisten noth; auch könnte in dieser Form dasjenige mitgenommen werden, was wir bereinst hier auf dem Walle besprachen, die
Theorie der Kirchengeschichte. Du wirst finden, daß ich auch in dem
›Unterricht‹[5]) nicht umhin gekonnt habe, das Feld zu berühren. Indessen ist dieses ein Project, welches mehrere Jahre in Anspruch nimmt.
Welche Hindernisse werden ihm erwachsen! Ich bin ja nicht für die
Zukunft sorglich, indem ich dieses sage; indessen so ungestört, wie ich den

---

1) An Link 10. 1. 75.
2) An Zöpffel 19. 11. 74.
3) An Link 18. 4. 75.
4) An Link 25. 10. 75.
5) § 87. 2.—5. Aufl. § 88.

zweiten und dritten Band der Versöhnungslehre habe machen können,
wird das Leben nicht immer fließen. Indem ich dieses dankbar erkenne,
maße ich mir keinen Anspruch darauf an, daß es immer so sei. Deus
providebit."

Dennoch nahmen Ritschls Arbeitspläne eine andere Richtung. Er
schreibt[1]), er sei „gegenwärtig unter die Kirchenhistoriker gegangen", und
sei dieses seit 3—4 Wochen so auf seine Weise. „Die Abhandlung, der
ich gegenwärtig lebe, habe ich betitelt: Die Entstehung der lutherischen
Kirche, um an einen analogen, mir nahe stehenden Buchtitel zu erinnern. Ich
könnte auch sagen: Melanchthon als der Begründer der lutherischen
Kirche; aber ich wollte doch nicht gleich wieder dem Kalb ins Auge
schlagen. In der Sache kommt es nun aber darauf hinaus, was der
zweite Titel direct bezeichnet, und was ich irgendwo im ersten Theil der
Versöhnungslehre kurz behauptet habe[2]). Das hat damals einen Ge-
lehrten in der Neuen Evangelischen Kirchenzeitung[3]) sehr in Aufregung
versetzt; er hat eine Untersuchung dieser Anklage des großen Helden der
Vermittlungstheologie verlangt, aber — nicht selbst geleistet. Jetzt bringe
ich die Sache vergnügt zu Stande." Er enthalte sich dabei, schreibt[4])
Ritschl in einem andern Briefe, aller Anzüglichkeiten. „Was mir der
Art aus der Feder geflossen ist, habe ich getilgt." Aber er wisse im
Voraus, fügt er hinzu, daß seine Nachweisungen zweierlei Leuten zum
Anstoß gereichen würden, weil er „ihnen ein übereinstimmendes Vor-
urtheil zerstöre, das sie nur entgegengesetzt verwerthen. Das sind
die Vermittlungstheologen, denen ich ihren geschätzten Helden entziehe,
und die Lutheraner, denen ich den geringgeschätzten Mann aufbränge."
Da beide den Wald vor Bäumen nicht sehen, heißt es weiter in dem
Brief an Zöpffel, „so lassen sie einem die schönsten Themata übrig. Im
Ganzen kommt nun meine Untersuchung auf eine Geschichte der melan-
chthonischen Lehre von der Kirche hinaus; und da darf ich wohl die Bemerkung machen, daß es nützlich ist, auch als Dogmatiker mit dem Gegenstande in Ordnung zu sein, um das geschichtliche Thema richtig anzu-
fassen und die in dasselbe hineinfallenden Veränderungen als solche zu beurtheilen. Übrigens bin ich seit langen Jahren auf dieses Ding aufmerksam (s. o. S. 81), und die nöthigen Data in dem Corpus Reforma-
torum fand ich großentheils schon mit Bleistift unterstrichen. Aber ich
bin überzeugt, daß ich den Kern einer Entwickelung aufzeige, die man

1) An Zöpffel 25. 11. 75.
2) Rechtfertigung und Versöhnung I. S. 190. 2. A. 202 f.
3) Vgl. Neue Evangelische Kirchenzeitung. 1871. S. 50 s.
4) An Wilhelm R. 26. 11. 75.

bisher nur in ihren äußeren Erscheinungen hat kennen wollen, deren Werth man ad libitum so oder so bestimmt hat."

Binnen fünf Wochen war die Arbeit fertig. Sie erschien in dem ersten Heft der neuen Zeitschrift[1]) und führte aus, wie der ursprünglich durchaus universalistische Kirchenbegriff der Reformation wesentlich durch Melanchthons einseitige Behandlung umgesetzt worden ist zu dem particularistischen Begriff einer Schule der reinen Lehre, und wie unter dieser Voraussetzung die theologisch durch Melanchthon selbst gebildeten Gnesiolutheraner die gleichfalls von diesem in Gang gesetzte specifische Schätzung der Auctorität Luthers gegen ihn selbst mit Erfolg geltend gemacht haben. Kaum war diese Arbeit fertig, so folgte ihr schon wieder eine andere. Davon erzählt[2]) Ritschl: „Dann ist mir noch eine kleine Untersuchung aus den Fingern geflossen, woher die famose Annahme der zwei Principien des Protestantismus herstammt. Danach hat vor 25 Jahren ein Württemberger den seligen Ullmann öffentlich gefragt, und keiner hat geantwortet. Jetzt kommt heraus, daß die ersten Anlässe zu der Sache 1801 auftreten, daß die Formel durch Twesten 1826 fertig gebracht ist. Rechnest Du dazu die Anfrage von 1851 und die Antwort 1876, so hast Du eine schöne Regelmäßigkeit in chronologischer Hinsicht. Die Art, wie das Ding zu Stande gekommen ist, ist die beste Kritik, und ich habe mir das Vergnügen gemacht, dieses in der besten Laune zu gruppiren." Auch diese Untersuchung, bei der Kattenbusch Ritschl behülflich gewesen war[3]), ist im ersten Bande der Zeitschrift für Kirchengeschichte[4]) veröffentlicht worden. Ritschl hatte die Genugthuung, seine Abhandlung noch demjenigen Manne überreichen zu können, dessen Frage an Ullmann ihm den Anlaß zu der Arbeit gegeben hatte. Er empfing nun den Dank dieses Theologen, des Prälaten und Generalsuperintendenten Beck in Schwäbisch-Hall. Dieser hatte, wie er schreibt[5]), schon darauf verzichtet, eine Antwort auf seine Frage zu erleben, die er, ehe er sie in den Studien und Kritiken öffentlich gestellt habe, schon vergeblich an die württembergischen Auctoritäten Baur, Schmid und Landerer gerichtet habe.

Auch zu einer anderen Zeitschrift trat Ritschl im Jahre 1875 als

---

1) Zeitschrift für Kirchengeschichte Bd. I, S. 51—110, abgedruckt in Ritschls Gesammelten Aufsätzen, S. 170—217.
2) An Lipf 14. 12. 75.
3) Vgl. Ritschl, Gesammelte Aufsätze, S. 235.
4) Zeitschrift für Kirchengeschichte. I, S. 397—413, abgedruckt in Ritschls Gesammelten Aufsätzen, S. 234—247.
5) Beck an R. 29. 1. 77.

Mitarbeiter in Beziehung, den „Friedlichen Blättern für die protestantische Gemeinde", die einer seiner ehemaligen Zuhörer, der Pastor Löfflab
in Braunsberg, herausgab. Ritschl suchte dieses Unternehmen durch
einige kleinere Artikel, die er dafür schrieb, zu fördern, es ging aber bereits nach kurzer Zeit wieder ein.

Von ungleich größerer Bedeutung endlich als die Verbindung mit
diesem populären Blatt, aber auch wichtiger als diejenige mit der Zeitschrift für Kirchengeschichte war für Ritschl und seine Bestrebungen die
Gründung der Theologischen Literaturzeitung, welche Schürer in Leipzig
damals ins Leben rief, und deren erste Nummer am 8. Januar 1876
herausgekommen ist. Für diese Revue über die Leistungen der theologischen Wissenschaft hat Ritschl selbst vom ersten Jahre ihres Bestehens
an bis in seine letzte Lebenszeit hinein eine beträchtliche Anzahl von
Anzeigen verfaßt. Es wird sich später die Gelegenheit darbieten, auf
Ritschls und seiner nächsten Genossen Mitarbeit an jener Zeitung zurückzukommen und auch hin und wieder auf einzelne Recensionen Ritschls
näher einzugehen.

Im Anfang des Jahres 1875 hatte Ritschl, nachdem sich Herrmann
eben ihm genähert hatte, sagen[1]) können, es komme ihm so vor, „als
ob die theologische Jugend, welche überhaupt irgendwo sich wissenschaftlichen Aufgaben widmet, sich zu mir schlagen wird. Daß dazwischen auch
noch andere Töne klingen, feindselige wie mißbehagliche, ist naturgemäß;
und es wäre für mich gefährlich, wenn es anders wäre. Wenn die Welt
für evangelisches Christenthum noch nicht verloren ist, so darf ich darauf
rechnen, daß meine Dienstleistung nicht vergeblich sein wird Und wenn
mir dieses zu Theil wird, so schweige ich darüber, daß mir anderes entzogen worden ist, so wenig ich über die Entbehrung hinauskomme."
Einige Zeit später schrieb[2]) ihm Diestel: „Nur die werden für Dich sein,
welche auch auf den centralen Gebieten der Dogmatik noch große Aufgaben anerkennen und dieselben durch streng methodische Geistesarbeit zu
lösen suchen. Die entschiedene Ablehnung Deiner Führerschaft durch den
Recensenten der Neuen Evangelischen Kirchenzeitung[3]) ist ein Ausdruck
der blassen Furcht, daß Du gerade für die jüngere, jetzt aufwachsende

1) An C. Steiß 27. 1. 75.
2. Diestel an R. 14. 5. 75.
3. Neue Evangelische Kirchenzeitung. 1875. S. 220.

Generation, welche überall Probleme sieht und anerkennt, ein Führer werden könntest." Nun begann bereits diese Aussicht sich zu erfüllen, und auch außer den erklärten Anhängern wußte Ritschl manchen, der sich in ernster Weise mit seinen Schriften beschäftigte. „Ich bin in sehr dankbarer Stimmung darüber," sagt[1]) er, „und lasse mich die übrige Feindschaft nicht anfechten. . . . . Ich bin doch wohl in Gottes Schutz, und wenn ich auch keine Berge versetzen will, so darf doch mein Glaube seinen Platz behaupten."

Demnächst handelte es sich für die Göttinger Facultät darum, für die Professoren Ehrenfeuchter und Duncker, von denen dieser am 7. November 1875 gestorben, jener durch schweres Leiden an der Ausübung seines Lehramts gehindert war, geeigneten Ersatz zu finden. Man hatte zunächst, wie Ritschl berichtet[2]), einhellig gewünscht und gehofft, daß Uhlhorn als der einzige „praktische Geistliche in unserem Gesichtskreis, welchem man zutrauen konnte, gut zu predigen und den Bildungsgrad zu besitzen, der zu einem Professor gehört", eine Berufung nach Göttingen annehmen würde. Als sich Uhlhorn aber nicht dazu bestimmen ließ, erschien es als die beste und erfreulichste Lösung der Frage, daß zunächst Schultz, dem gleichfalls der Ruf eines vortrefflichen Predigers vorausging, für die eine der beiden erledigten Stellen gewonnen werden konnte. „Wenn Uhlhorn," sagt Ritschl weiter, „gekommen wäre, so würde er Ehrenfeuchter und Duncker gedeckt haben; wir würden aber auch bei der Absage jenes nicht geeilt haben, Dunckers Stelle zu besetzen, wenn nicht der Minister direct dazu aufgefordert hätte. Denn Wagenmann ist ja da, außerdem ein neuer Privatdocent. . . . . Aber Wagenmann selbst hat unter den obwaltenden Verhältnissen Reuter vorgeschlagen und mit Recht, auch wenn er dadurch ins Hintertreffen geräth. Denn nur der Renommirteste in der Kirchengeschichte konnte uns dienlich sein." Ritschl erzählt ferner, daß er seit seiner Verbindung mit der Zeitschrift für Kirchengeschichte von Reuter mehrere sehr deutliche Beweise seines wissenschaftlichen Zutrauens empfangen habe, und schließt mit der Erwartung: „Bisher habe ich in meinem akademischen Leben außer Dir keinen Collegen besessen, von dem ich etwas gelernt hätte; ich erlaube mir, auf Reuter in dieser Hinsicht als den zweiten zu rechnen." Wenn nun auch in der Folgezeit dieses gute Verhältnis zwischen Reuter und Ritschl nicht immer ungetrübt blieb, so erkannte dieser doch bald mit freudiger Genugthuung, daß durch den Eintritt der beiden neuen Collegen in die Göt-

---

1) An Lipf 14. 12. 75.
2) An Diestel 12. 2. 76.

tinger Facultät beren Anziehungskraft und Leistungsfähigkeit im Ganzen
erheblich gesteigert worden war. „Durch Reuter und Schulz[1])", schrieb
er nach Jahr und Tag, „wird ein bedeutender Einfluß auf die Studenten,
theils in energischer Anregung ihres Interesses, theils in wesentlicher
Übereinstimmung mit mir ausgeübt. Ich kann also um so mehr in Gebuld die Früchte heranreifen lassen, die vielleicht über 20 Jahre ins Gewicht fallen werden."

Als freilich Schulz und Reuter erst eben für Göttingen gewonnen waren,
bekannte Ritschl, so sehr er persönlich durch deren Berufung befriedigt
sei, so stehe er doch im Allgemeinen der Veränderung in seiner Facultät mit
„Apathie" gegenüber. Er schreibt[2]): „Die Lage der theologischen Facultäten
zu den Kirchentyrannen ist in Norddeutschland so völlig aussichtslos, daß
es mir gleichgültig ist, wie sich die amtliche Wirksamkeit des Einzelnen
und im Collegium gestaltet. Ich bin nicht mehr im Stande, Begeisterung
und Hoffnungen an eine amtliche Thätigkeit zu setzen, die man mit loyalen
Mitteln nicht aufrecht erhalten kann, und die der Verläumbung und allen
möglichen schlechten Künsten preisgegeben ist . . . .
Sonst habe ich mich in den Ferien auf die Vorlesungen gefreut, jetzt nicht
mehr. Du darfst diese Äußerungen nicht auf desperate Stimmung tariren,
die ist mir fern; nur bin ich jetzt alt genug, um gewisse Illusionen ad
acta zu legen. Gut Ding will Weile haben; wenn ich etwas zur Besserung
von Theologie und Protestantismus beigetragen habe, so werde ich keine
reifen und imponirenden Früchte davon erleben. Ich bin kein schlechter
Docent; wenn einem aber durch kleine und große Intriguen, wie jetzt die
Poussirung von Leipzig ist, die Luft entzogen wird, so nehme ich das als
Demüthigung zu meiner Zucht sehr gebuldig hin, habere nicht, sondern
begreife die Sache. Weißt Du, die Ungebuld ist das Merkmal aller
Pietisten und Sectirer; seitdem ich mir das klar gemacht habe, übe ich
mich in der Gebuld und mit besserem Erfolg, als sonst." Sonst freilich
nahm es Ritschl nicht schwer, daß eine Reihe von Jahren hindurch die
Zahl der in Göttingen studirenden Theologen recht gering war. So meinte[3])
er einmal, er sei ja von Jugend auf nicht verwöhnt und wundere sich
nur, wenn er viele, nicht wenn er wenige Zuhörer habe. Und dann
schreibt[4]) er wieder: „Der Studenten werden zwar immer weniger,
. . . . indessen so lange ich noch die Feder führen kann, verzweifele
ich nicht an der Sache, welche ich zu vertreten habe. Wir sitzen jetzt

1) An Everś 10. 8. 77.
2 An Diestel 8. 4. 76.
3) An Wilhelm R. 5. 11. 74.
4) An Wilhelm R. 8. 4. 76.

überhaupt in dem Katzenjammer von der romantischen Bildung, und der
ist für die evangelische Kirche und Theologie um so zerrüttender, als dieselbe die ästhetische Erregung und die romantische Repristination, welche
unter dem Titel »Erweckung nach den Freiheitskriegen« gangbar ist, für
den heiligen Geist zu halten gelehrt worden ist. Der Neubau mit soliden
Mitteln geht natürlich nicht so schnell vor sich, als der Einsturz des Alten
erfolgt ist, und die wenigsten sind auch nur über den Zusammenhang
orientirt, um sich an dem thätig zu betheiligen, was unternommen werden
muß. Soweit ich in der Richtung etwas zu helfen mich bestrebt habe,
kann ich dankbar bezeugen, daß der Absatz meiner Bücher beweist, wie ich
Platz greife. Auch sonst treten in der periodischen Literatur manche
Spuren davon auf, daß die alten Parteien nicht mehr dominiren, daß
sich neue Combinationen von Parteien und Tendenzen einstellen."

Immerhin hatte Ritschl in dieser Zeit eine sehr deutliche Vorstellung
davon, daß er mehr durch seine Schriften, als durch seine Vorlesungen
wirke. Doch war mit der gedrückten Stimmung, die ihn gelegentlich
wegen seiner verhältnismäßig erfolgloseren Lehrthätigkeit überkam, keinerlei
Neigung verbunden, etwa einen günstigeren Wirkungskreis auf einer anderen
Universität zu erstreben. Selbst Halle, meint[1]) Ritschl einmal, würde ihn
jetzt nicht mehr locken. Auch zog es ihn nicht mehr nach Bonn zurück,
wo, wie ihm Mangold[2]) mitgetheilt hatte, die Majorität der Facultät
ihn als Nachfolger von v. d. Goltz vorgeschlagen haben würde, wenn er
selbst nur bereit gewesen wäre, einen etwaigen Ruf borthin anzunehmen.
Ein Gerücht ferner, daß die Berliner Facultät ihn jetzt einstimmig zu
haben wünschte, erwähnt[3]) Ritschl blos, um seine Zweifel darüber auszudrücken, daß Dorner an diesem Begehren betheiligt sei. In Göttingen
selbst aber, meint er, sei er nun entbehrlich, da Schultz dort seine Fächer
auch allein vertreten könne. So wandelten ihn bisweilen Gedanken der
Resignation an, die doch, da an ihre Ausführung gar nicht zu denken
war, nicht als ernsthafte Wünsche angesehen werden können. „Wenn es
meine Mittel erlaubten," sagt[4]) er einmal, „packte ich auf und würde
Privatschriftsteller. Du kannst hieraus abnehmen, daß ich ungeeignet bin,
. . . . v. d. Goltz' Nachfolger zu werden. Wer am liebsten
ganz einpacken möchte, kann nicht noch einmal am andern Orte auspacken,
am wenigsten aber da, wo man schon einmal eingepackt hat." „Wenn ich

1) An Marcus 4. 4. 76.
2) Mangold an R. 14. 2. 76.
3) An Zöpffel 1. 3. 76.
4 An Mangold 17. 2. 76.

nun aber doch," so heißt es in einem anderen Brief[1]), „Vorlesungen halten
soll, die ich reichlich satt habe, und wenn ich nicht in der Lage bin, als
Rentier zu leben, so scheue ich jeden Umzug, und lebe der Überzeugung,
daß ich Bücher am besten in dem Zimmer schreibe, welches Sie kennen."

Der eigentliche Grund für solche Stimmungen, die Ritschl damals
wiederholt bezeugte, war nun der, daß ihm gerade eine größere literarische
Aufgabe fehlte, die seine Kräfte ganz in Anspruch nahm. Auch ein kleineres
Thema anzugreifen, das er zu behandeln die Absicht hatte, und das ihm
übrigens keine große Mühe in Aussicht stellte (s. u. S. 288 f.), entschloß er
sich erst nach längerem Zögern. Inzwischen drückte den seit Jahren an
ununterbrochene literarische Thätigkeit gewöhnten Gelehrten die Entbehrung
eines fest ins Auge gefaßten Arbeitszieles als ein ihm selber unbewußter
Mangel, und daß dieser Zustand sich in der Verstimmung insbesondere
über die bescheideneren Erfolge seiner Lehrwirksamkeit äußerte, ist ebenso
erklärlich, wie daß solche Regungen auch bald wieder vorübergingen. Den
Jahren einer ergiebigen Production folgten eben, wie der Fluth die Ebbe,
einige Monate des Ausruhens, in der sich die Arbeitskraft wieder sammelte,
bis ihr neue Interessen eine neue Richtung gaben. So sehen wir Ritschl
nach neuen Aufgaben tasten, wenn er noch immer dem Gedanken nach-
hing, demnächst die Lehre von der Kirche zu bearbeiten. Und doch kam
er nicht dazu, dieses Thema mit einem festen Entschluß zu ergreifen.
„Im Ganzen," schreibt[2]) er, „bin ich der Absicht, ein Buch über die
Lehre von der Kirche zu schreiben. Nun war schon immer in dem Anzeige-
blatt der Studien und Kritiken zu lesen, daß ein Buch von Alfred Krauß
über die unsichtbare Kirche unter der Perthesschen Presse sei. Das übte
aber auf meinen Vorsatz eine Presse aus, und ich glaubte mich vertagen
zu müssen, bis ich meine Directiven von daher nehmen könnte. Nun habe
ich zwar dieselben durch die Güte des Verfassers kostenfrei empfangen.
Aber nun ist wieder das Semester im Abscheiden begriffen, und das Vor-
gefühl davon, in dem man schon seit Wochen lebt, macht sich als Alp-
druck geltend. Also ist nicht nur das Fleisch fortwährend schwach, sondern
auch der Geist unwillig, und das erstreckt sich auch auf die secundären
Schreibefunctionen."

Während Krauß noch in Marburg war, hatte Ritschl ihn dort und
in Göttingen öfter gesehen und eine große Zuneigung zu ihm gefaßt.
Als dann der neue Bekannte nach Straßburg berufen worden war, schrieb[3])

---

1) An Zöpffel 1. 3. 76.
2) Ebenda.
3) An Schmidt 28. 5. 73.

Ritschl an Schmidt: „Daß Dein College Krauß Marburg gegen Straßburg
vertauschte, thut mir um Euch leib, und für mich bedauere ich es insofern,
als die wiederholte Begegnung mit ihm ihn mir sehr werth gemacht hat,
die Entfernung aber auf die Fortsetzung des Verkehrs wenig Aussicht übrig
läßt. Aber das ist ja im Ganzen das Schicksal des späteren Lebens;
die erwünschten Anknüpfungen gewähren weniger Stetigkeit, als die gleich-
gültigen Verhältnisse, in denen man sich befindet." Thatsächlich fand
denn auch bei den nun selteneren Berührungen beider Männer ihr Verhältnis keine neue Nahrung, ja es wurde durch eine, allerdings nur
vorübergehende Verstimmung unterbrochen. Diese rührte daher, daß Ritschl
in dem Buche von Krauß über die unsichtbare Kirche seine demselben
Gegenstand gewidmeten Arbeiten nicht genügend beachtet fand und den Verfasser darauf brieflich und in seiner Recension[1]) über das Werk aufmerksam
machte. Während aber Krauß dieses Monitum auf persönlichen Ehrgeiz
zurückführen zu wollen schien[2]), betonte[3]) Ritschl nachdrücklich, daß es
ihm nur auf die Sache ankomme, die er vertrete, und die Krauß verfehlt habe. Von Eitelkeit, sagt[4]) er, „weiß ich mich völlig frei; aber ich
will nicht leiden, daß eine wichtige Wahrheit, die ich ausgesprochen habe,
unberufenermaßen bei Seite gesetzt und . . . . verdunkelt werde".
Erschien nun auch, als Ritschl im folgenden Jahre in Straßburg war,
die Differenz mit Krauß vollkommen ausgeglichen[5]), so gewährte ihm doch
dessen Schrift nur die Veranlassung zu jener Recension, in der er seine
bereits früher vertretenen Ansichten noch einmal vortrug, sie gab ihm aber
nicht die von ihm erwartete Anregung, die Lehre von der Kirche in
größerem Zusammenhange zu entwickeln. Und wenn er auch wohl später
zuweilen daran dachte, auf dieses Thema zurückzukommen, so ist der Plan
doch unausgeführt geblieben, da er nicht sofort in Angriff genommen wurde.

Eine stetige Arbeitsstimmung gewann Ritschl wieder, als er gegen
Ende März 1876 sich entschloß, einen Vortrag über das Gewissen, den
er im Januar zu Gunsten des Göttinger Frauenvereins gehalten hatte,
nachträglich aufzuzeichnen und herauszugeben. Er hatte schon früher einmal
in seinem Herrenkränzchen über das Gewissen geredet[6]) (s. o. S. 132). Aber
vielleicht weil ihm daher der Stoff geläufig war, gewann er es lange
Zeit nicht über sich, ihn schriftlich zu gestalten. Und doch war es ihm

1 Theologische Literaturzeitung 1876. S. 316 ff.
2) Krauß an R. 4. 6. 76.
3) An Holtzmann 8. 6. 76.
4) An Herrmann 28. 6. 76.
5 An Herrmann 14. 10. 77.
6) An C. Steitz 13. 3. 73.

darum zu thun, wieder in schriftstellerischer Weise beschäftigt zu sein. Als die Weihnachtsferien seine Vorlesungen unterbrochen hatten, erklärte [1] er: „Ich kann nicht sagen, daß ich mich erheblich darüber freue. Über der Weihnachtszeit liegt nun einmal für mich ein trüber Schleier, und den kann ich mir um so weniger verbergen, je unthätiger ich bin. Ich muß aber directe schriftstellerische Aufgaben haben, um mich oben zu halten. Da ist es mir denn recht erwünscht, daß ich nach Neujahr wieder einen wohlthätigen Vortrag zu halten habe. Nur käme es darauf an, daß ich erst die Feder dazu ansetzte, und den Entschluß habe ich mir erst abzugewinnen. Dann giebt ein Wort das andere, und ein Gedanke zieht den andern nach sich. Aber wenn ich nicht in der Art beschäftigt bin, komme ich mir so abkömmlich vor. Nun, das sind Zwischengedanken, die auch gehen, wie sie kommen; Du verzeihst es mir aber wohl, daß ich sie Dir nicht verhehle." Nach einiger Zeit berichtete [2] Ritschl von dem Vortrag selbst, den er inzwischen gehalten hatte: „Da ich des Stoffes im Ganzen mächtig war, so konnte ich mir den Entschluß nicht abgewinnen, ihn im Voraus in Form zu bringen. Ich habe also blos nach Notizen frei gesprochen, und es ist mir wahrscheinlich dadurch mehr gelungen, Eindruck zu machen. Das sehr zahlreiche Auditorium beiderlei Geschlechts hat 65 Minuten sehr andächtig zugehört, und man hat noch eine Woche lang über das Thema geredet, bis es durch den folgenden Vortrag über den ›Husten‹ abgelöst worden ist." Erst im März entschloß sich Ritschl endlich, den Vortrag über das Gewissen nachträglich zum Druck aufzuschreiben, wie er sagt [3], auf den „Antrieb einiger jüngerer Freunde, welche meine Auffassung für werth hielten, in die Öffentlichkeit zu kommen". In dem ersten Theil seiner Auseinandersetzungen behandelte Ritschl die Gewissensrüge oder das böse Gewissen als die Grundform des Gewissens überhaupt. Darin folgte er der Auffassung von Gaß [4] (s. o. S. 21), der denn auch seine eigne Ansicht bei Ritschl in den Grundzügen wieder fand [5], „aber doch anders formulirt und verbunden mit neuen Momenten und Folgerungen, namentlich im zweiten Theil". In diesem spricht nämlich Ritschl über das gesetzgebende Gewissen, so wie es in der Tugend der Gewissenhaftigkeit zur Erscheinung kommt.

Nach Vollendung dieser Arbeit reiste Ritschl auf einige Tage nach

---

1) An C. Steitz 18. 12. 75.
2) An C. Steitz 25. 1. 76.
3) An C. Steitz 6. 4. 76.
4) Gaß, Die Lehre vom Gewissen. 1869.
5) Gaß an R. 14. 5. 76.

Halle. Hier, erzählt er[1]), „habe ich nicht die erfreulichen Eindrücke ein-
gesammelt, welche meinen Aufenthalt daselbst im vorigen Frühling ausgezeichnet hatten. Und das kam doch daher, daß ich Dich dort nicht
wieder fand. Der Verkehr mit Nasemann und mit Lic. Herrmann war
ja sehr erfreulich; allein die Facultätscollegen verbanden mit den gewiß
aufrichtigen Bezeugungen ihrer Freundschaft eine Zurückhaltung in theologischem Austausch, die ich mir wohl erklären, aber nicht billigen kann.
Deshalb war mir das Zusammensein mit denselben weniger erquickend,
als ich es im vorigen Jahre gefunden habe." „Der alte Tholuck," heißt
es in einem andern Brief[2]), „ist noch immer frisch genug, um über
schlechte und gute Witze zu lachen und mir seine besondere Liebe zu
bethätigen. Sonst ist er freilich in einem deutlichen Marasmus begriffen."

Im folgenden Sommer endlich richteten sich Ritschls Interessen wieder
auf einen umfangreichen historischen Stoff, dessen Bewältigung seine
Arbeitskraft, wenn auch mit manchen Unterbrechungen, die nächsten zehn
Jahre seines Lebens hindurch in Anspruch nahm. Er begann seine Studien
über die Geschichte des Pietismus, wobei ihn zunächst einzelne charakteristische Gestalten dieser Richtung fesselten. Die Anregung dazu verdankte
er der Schrift von Tschackert über Anna Maria von Schurmann, deren
Lebensgang und Charakter ihm großes Interesse abgewann. Indem also
hier seine Arbeit einsetzte, wurde sie demnächst auf Labadie und die anderen
Labadisten geführt. Über dieses Thema hielt Ritschl damals einen Vortrag vor einem engeren Kreise. „Seit drei Jahren," so erzählt[3]) er
davon, „haben wir unser zehn ein Kränzchen mit Vortrag und Roastbeef,
welches jetzt seine fünfzigste Sitzung erlebte. Hiezu wurden nun die
Damen zugezogen; und obgleich die Reihenfolge dahin geführt hätte, daß
diese Unternehmung in meinem Hause stattfände, so überließ ich sie tausch-
weise an Pauli, dessen Local weitläufiger ist, und übernahm nach dem
Wunsche der Genossen den 50sten Vortrag, da ich den ersten gehalten hatte.
Ich glaube auch die Gesellschaft gut unterhalten zu haben, indem ich ihr
von Jean de Labadie und seiner reformirten Separatistengemeinde erzählt
und die allgemeinen geschichtlichen Beziehungen dieser ersten Gestalt des
Pietismus angedeutet habe, den ich ja bekanntlich sehr auf dem Strich
habe." Einige Zeit später berichtet[4]) Ritschl von der Fortsetzung seiner
Studien: „In der letzten Zeit habe ich mich mit allerlei Pietistica beschäftigt, nachdem ich mich an dem Goebelschen, durch Deine Redaction

[1] An Diestel 8. 4. 76.
[2] An Wilhelm R. 8. 4. 76.
[3] An C. Stein 17. 5. 76.
[4] An Linf 10. 7. 76.

fertig geworbenen Buch¹) orientirt hatte. Aus den Quellen — soviel
ich hier aufgetrieben habe — ist mir freilich von manchen Personen ein
etwas anderes Bild aufgegangen, als dem . . . . guten Goebel.
. . . . Es wäre nicht unmöglich, daß ich bei einer Behandlung
des Gegenstandes, zu welcher mich mein Engagement bei der Zeitschrift
für Kirchengeschichte auffordert, an Goebel die Hauptfehler herrschender
Irrthümer anschaulich mache. Ich habe meine Excerpte aus Labadie, der
Schurmann, Tersteegen, Jung-Stilling und kann gründlich mitreden, um
diese christliche Vollkommenheit zu beleuchten."

Die kaum begonnenen Studien über die Geschichte des Pietismus
wurden indessen bald in ihrem stetigen Fortschritt aufgehalten, da Ritschl
sich nun nicht mehr länger weigern konnte, das Prorectorat der Universität
zu übernehmen, das ihm seine Collegen schon seit mehreren Jahren zugedacht hatten. Ihm fehlte jetzt jeder stichhaltige Grund, sich deren
Wünschen zu entziehen, und so nahm er die Wahl, die ihn traf, wenn
auch ohne große Freudigkeit an. „Das Prorectorat," sagt er²), „ist für
mich kein Gegenstand ehrgeizigen Strebens gewesen, ... ich habe
es nur aus Pflicht mir gefallen lassen, weil man den Dienst leisten muß,
den das Vertrauen der Collegen einem zumuthet, und weil ich mit keinen
bringend nothwendigen Arbeiten behaftet bin, wie bis zum vorigen Jahre."
Ritschl meinte³) auch, daß er jetzt „wohl etwas kaltblütiger und indiffe-
renter gegen manche Anstöße sei, als früher". Ehe er nun am 1. September sein neues Amt antrat, ließ er sich gegen seine sonstige Gewohnheit
von Wagenmann dazu bestimmen, mit ihm zusammen nach Friedrichshafen
am Bodensee zur Sommerfrische zu reisen. Das tägliche Baden und
der Verkehr mit den verschiedensten Leuten aus anderen Berufskreisen boten
Zerstreuung und Unterhaltung genug, um den Aufenthalt angenehm und
erfrischend zu machen. Indessen erklärt⁴) Ritschl, daß ihn doch eine gewisse
Reue über die völlige Nichtsthuerei im Stillen begleite, und daß er nicht
unglücklich sein werde, wenn er demnächst Friedrichshafen wieder verlassen
müsse. Von hier nahm er den Rückweg nach Göttingen über Halle, wo
seine Reise freilich durch einen Unfall einen unerwünschten Abschluß fand.

---

1) Goebel, Geschichte des christlichen Lebens in der rheinisch-westphälischen evangelischen Kirche, 3 Bde. 1849—1860.
2) An Wilhelm R. 24. 10. 76.
3) An Marcus 19. 7. 76.
4) An Otto R. 22. 8. 76.

Ritschl stolperte im Dunkeln über die Einfassung eines Bosquets und
verletzte dabei das eine Bein so erheblich, daß er in Göttingen noch einige
Wochen lang ans Zimmer gefesselt war und sich kaum einige Schritte
fortbewegen konnte. In den Ferien nahm ihn aber sein Prorectorat noch
fast gar nicht in Anspruch, und so gelang es ihm doch, seine Arbeit über
den Pietismus erfolgreich weiter zu führen.

Erst mit dem Anfange des Semesters wurde Ritschl sein Amt zu
einer recht beschwerlichen Bürde. Er erzählt[1]) davon: „Ich hatte besorgt,
ich würde mich viel ärgern. Nachdem ich einige Male dazu Anlaß gehabt
habe, aber die Veranlasser angefahren hatte, fühle ich, daß ich »langsamer
zum Zorn« werde, als mein Temperament in Aussicht stellte. Gegen
gewisse Dinge wird man gleichgültig. Nun ist hier die Schwierigkeit,
daß die meisten Professoren entweder keinen Sinn oder keinen Ernst für
Ordnung haben; bei dem jährlichen Wechsel des Prorectors dauert der
Schlendrian der Verwaltung fort; und eigentlich ist man neben den
ständigen Beamten aller Grade das fünfte Rad und blos dazu gut, Unter-
schriften zu leisten. Dem suche ich nun durch meine Art von Ordnungsliebe etwas zu steuern und werde wenigstens versuchen, einige Reformen
anzubahnen; mit welchem Erfolge, steht dahin. Indessen dient nun zu
meiner Überraschung, daß der Betrieb der kleinen, unzusammenhängenden
Dinge mich total abspannt. Also heute z. B. habe ich meine Vorlesung
von 9—10 mit aller Frische und großem Behagen gehalten, nachher aber
von 11 Uhr an die Papiere zur Immatriculation von etwa 20 Leuten
geprüft, deren Namen je zweimal geschrieben, meinen Namen zwanzigmal,
und zuletzt nach einer gelinden Ansprache über Recht und Pflicht zwanzig
Hände gedrückt, als Symbol des Gehorsams der Studenten gegen mich;
dazwischen noch einen klinischen Assistenten vereidet. Ich kam nach noch
nicht zwei Stunden völlig zerschlagen nach Hause. Es ist doch eine ganz
andere Art, in welcher man in der wissenschaftlichen Arbeit unzählige
Kleinigkeiten sammeln und gegenwärtig halten muß. Da ist der Stoff
des Gedächtnisses immer in der Lage, durch einen ideellen Gesichtspunkt
organisirt zu werden; und in einer solchen Thätigkeit fühle ich mich stets
eigenthümlich gehoben, bis alles ordnungsmäßig zu Papier gebracht ist.
Nun sollte man denken, eine blos mechanische Aufmerksamkeit auf solche
nicht zusammenhängende Einzelheiten müßte leichter und bequemer sein.
Nein, gerade umgekehrt! Ich sehe daraus, daß ich eigentlich sehr verwöhnt
bin, und daß die Art von Anstrengung des Geistes, bei der ich alt geworden bin, durch eine gleichzeitige Seligkeit compensirt wird, welche jeder

---

1) An A. Bartels 7. 11. 76.

blos mechanischen Thätigkeit fern bleibt. Habe ich mitunter gedacht, daß ich alt genug wäre, um mich vom Katheder irgendwohin an einen grünen Tisch zurückzuziehen, so werde ich dieses nunmehr bleiben lassen. Nämlich mich beschleicht mitunter eine allgemeine Gleichgültigkeit gegen das Dociren, zumal da meine geschworensten Anhänger nicht meine Zuhörer waren, sondern meine Leser sind; allein ich kann nicht verhehlen, daß, wenn ich mit Unlust auf das Katheder gehe, ich stets mit besonderer Lust docire. Also will ich doch beim letztern bleiben; vielleicht geht es mir dereinst so, wie dem berühmten Theologen Daub in Heidelberg, den auf dem Katheder der Tod ereilte."

Andre Dinge, als der ihm ungewohnte Verwaltungsmechanismus, stellten Ritschls Gleichmuth auf härtere Proben. „Übrigens," schreibt[1]) er seinem Freunde Mangold, der gleichzeitig in Bonn Rector war, „gönne ich es dem hiesigen polnischen Reichstag, genannt Senat[2]), daß das Unterrichtsgesetz ihm den Garaus machen wird. Er ist das einzige, was mir Ärger zu bereiten versteht oder verspricht. Einmal ist zu befürchten, daß alle Reformen an ihm scheitern, und ich habe zunächst die Veränderung der dem Anmeldebuch beigefügten Bestimmung über Annehmen und Testiren der Vorlesungen in Angriff genommen. Ferner giebt der Senat einem alten Philologen, Namens von Leutsch, den Anlaß, ihn durch allerlei Anträge zu belästigen, die blos zu nichtigem Geschwätze führen. Ein solcher Fall liegt gerade vor, und ich habe zunächst den mir dadurch bereiteten Ärger dadurch vergolten, daß ich in der letzten Sitzung aus Geschäftsordnungsgründen die Anträge gar nicht mitgetheilt habe, die er mir zu diesem Zwecke hatte zukommen lassen. Ich beneide Dich um die geordneten Verhältnisse, in denen Deine Verwaltung sich bewegt. Hier ist eigentlich alles blos Routine und abusus. Indessen bin ich vergnügter und gleichmüthiger, als ich mir vorher vorgestellt hatte, und einige Male bin ich auch schon in sehr zweckdienlicher Weise grob geworden." Ein andermal klagt Ritschl über die Zersplitterung der allerdings nicht zahlreichen Prorectoratsgeschäfte. „Wenn dieselben," sagt er[3]), „beschränkt wären auf tägliche Bureaustunden und mich in denselben an Einem Ort mit den Beamten zusammenführten, so wäre es gut. Allein jeder sitzt auf seinem Zimmer, und der Pedell vermittelt einen Verkehr, den man nicht controliren kann und deshalb an alles mögliche denken muß, damit es nicht irgendwo liegen bleibt . . . . . .

---

1) An Mangold 20. 11. 76.
2) Senat heißt in Göttingen des Corpus sämtlicher ordentlicher Professoren.
3) An Wilhelm R. 17. 2. 77.

Ich mag nichts ernstes lesen und habe seit 5 Wochen es aufgegeben, literarisch zu arbeiten, nachdem ich in den 4 Monaten mit 3—4 Bogen fertig geworden war, welche an die Redaction der Zeitschrift für Kirchen= geschichte[1]) gewandert sind. Es sind »Prolegomena zu einer Geschichte des Pietismus«, auf welche ich, so Gott will, diese selbst folgen lassen will, natürlich vollständig herunter bis auf die lutherische Maskerade dieser Richtung." „Ich habe die Genugthuung," heißt es in einem andern Briefe[2]) über diese Arbeit, „so etwas als Prorector gemacht zu haben; allein seitdem habe ich keine Feder angesetzt, nicht einmal zum Briefschreiben. Nicht, daß ich viel zu thun hätte; aber die zwei wöchent= lichen Gerichtssitzungen machen mich völlig mürbe. Ich sehne mich dies= mal nach den Ferien, in denen diese Plage aufhört. Hoffentlich werde ich einige Tage Urlaub nehmen können, um mich anderswo auszuspannen."

Diese Absicht führte Ritschl in den Osterferien aus, indem er seine „jährliche Wallfahrt nach Halle" mit dem Umweg über Berlin antrat. Hier hatte er Audienz bei dem Minister, dem er, wie er sagt[3]), ver= schiedenes vorzutragen hatte. Außerdem sprach er die Ministerialdirec= toren Greiff und Förster. „Freundschaftlich," so erzählt er weiter, „war ich auch beim Präsidenten des Oberkirchenraths und beim Propste v. d. Goltz. Da ich nun aber doch nicht so leicht bei allen herumkommen konnte . . . . . ., so habe ich mich auch nicht länger als zwei Tage aufgehalten. In Halle habe ich mich wie üblich sehr behaglich gefunden und die verschiedensten Leute gesprochen. Gesehen habe ich auch Tholuck, aber nicht mehr gesprochen. Sein Gehirnleiden hatte wenige Tage vorher wieder einen Fortschritt gemacht; er lag bewußtlos mit offenen Augen und zurückgefallenem Kinn im Bett und reagirte nur leise auf die Stimme seiner Frau. Das Ende wird nicht lange auf sich warten lassen, da in diesem Zustand auch keine Ernährung möglich ist. Ob= gleich seine Erinnerung und seine Sprache schon lange behindert gewesen sind, so hat er doch noch vor 14 Tagen freiwillig den Lic. Herrmann gefragt, ob er mich demnächst sehen werde. Es ist mir sehr rührend, daß dieser Führer einer theologischen Entwicklung, die ich abzulösen be= strebt bin, mir friedlich und anerkennend die Hand gereicht hat." Als dann zwei Monate später die Nachricht von Tholucks Tode eintraf, schrieb[4]) Ritschl, der gerade von einem doppelten Angriff der Protestan=

---

1) Zeitschrift für Kirchengeschichte, Bd. 2, S. 1—55.
2) An Mangold 14. 2. 77.
3) An Wilhelm R. 10. 4. 77.
4 An Harnack 12. 6. 77.

tischen Kirchenzeitung[1]) auf seine Schule Kenntnis genommen hatte, es
koste ihn gar nicht einmal Mühe, „dieser Bedrängnis Gedulb entgegenzusetzen,
worüber ich heute nach Röm. 5 geredet hatte . . . . . . Insbesondere
aber fühle ich mich dadurch gerade jetzt gegen solche Versuchungen gesichert, als ich gleichzeitig Tholucks Abscheiden vernahm, dessen Verhältnis
zu mir von einem so ausgesprochenen Gepräge der Versöhnung Zeugnis
giebt, daß ich mir den unmittelbaren Segen derselben ungetrübt bewahren möchte."

Bald nach Ritschls Rückkehr aus Halle fand in Göttingen unter
seiner Leitung die Feier des 100sten Geburtstags von Gauß statt. „Die
Universität," berichtet[2]) er davon, „hatte dieselbe vor meinem Amtsantritt
beschlossen und mir dadurch allerhand Besorgungen auferlegt, die ich mit
Resignation pünktlich erledigt habe, so daß am 30. April alles glatt
ging . . . . . . Nun waren aber auch einige zwanzig Mathematiker von
auswärts gekommen, die man am Abend vorher gesellig zu empfangen
hatte; und es ist mir gelungen, daß ich sie am Haupttage sämtlich bei
Namen und Wohnort kannte. Dann mußte ich beim Diner präsidiren
und den Berliner Weierstraß, einen berühmten Mathematiker und gemüth-
lichen Westfalen, unterhalten. Die erstere Function hat man mir gedankt, weil ich durch den ersten Toast auf den Kaiser eine angemessene
Stimmung fixirt und wenigstens e i n e n wahrscheinlich unpassenden Toast
eines komischen Kerls hintertrieben habe. Die Fremden haben kundgegeben, daß die Feier in allen ihren Theilen würdig verlaufen, und
daß ihnen das Zusammensein behaglich gewesen ist." Als dann das
Prorectorat zu Ende ging, dessen Beschwerden in den letzten Monaten
mehr zur Gewohnheit geworden und deshalb nicht mehr ein Gegenstand
der Klage waren, konnte Ritschl aufathmend sagen[3]), nun werde er sich
selbst wiedergegeben, und hinzufügen, er freue sich „hauptsächlich darauf,
im nächsten Winter etwas ordentliches vor sich bringen zu können".
Das gesamte Prorectorat hinterließ ihm aber den Eindruck, den er schon
einmal früher treffend mit dem Wort des Thomas a Kempis wiedergegeben[4]) hatte: Melius est permanere in subjectione, quam esse in
praelatura.

Als Ritschl nach Ablauf seiner Amtszeit die volle Freiheit der Bewegung wiedergewonnen hatte, begab er sich zunächst nach Frankfurt, wo
er an dem Gustav-Adolf-Tage Theil nahm. Er traf dort auch mit Nase-

---

1) Protestantische Kirchenzeitung. 1877, S. 485 ff.; f. u. S. 301 f.
2) An A. Bartels 2. 6. 77.
3) An Clara R. 27. 8. 77.
4) An Wilhelm R. 17. 2. 77.

mann und Gustav Baur zusammen, den er als Mitglied der Bibel-
commission bei seinen Besuchen in Halle zu treffen pflegte, und mit dem
er auf der Basis des Humors ein sehr freundschaftliches Verhältnis
unterhielt. Nach Göttingen zurückgekehrt verfaßte Ritschl den „Nachtrag zur Entstehung der lutherischen Kirche", in dem er seine Deutung
des 7. Artikels der Augsburgischen Confession gegen Franks Einwendungen [1]) aufrecht erhielt. Er ließ sich auf die streitige Frage nur deshalb noch einmal ein, weil er „neues Material" hatte, um seine Auffassung zu stützen [2]). Der Aufsatz erschien in dem Heft der Zeitschrift
für Kirchengeschichte [3]) vom 1. Mai 1878.

Nach Vollendung dieser Arbeit unternahm Ritschl mit den Seinigen
eine Reise in den Schwarzwald. „Die Freunde," so erzählt [4]) er davon,
„hatten immer ihre Bedenken ausgesprochen, ob es nicht am 22. September
zu spät sein würde, eine Reise anzutreten, uns selbst aber war das Be-
denklichste, ob das stete Regenwetter anhalten würde. Die jüngste Schwester
von Fräulein Heintze, welche uns begleiten sollte, war schon da, aber der
graue Himmel goß nach wie vor. Da entwickelte sich an dem bestimmten
Tage aus dem Morgennebel das schönste Sonnenwetter, und dieses ist
uns zwei Wochen lang treu geblieben, mit Ausnahme von zwei Tagen,
welche den Nebel nicht fallen ließen . . . . . . In Heidelberg haben wir
alles mögliche abgesucht, auch den Schwetzinger Park, den ich zum ersten
und letzten Male gesehen habe. Dazwischen konnte ich noch meinen
Collegen Gaß, einen beweglichen und befreundeten Mann, sehen, auch
Schenkel, der von Dankbarkeit überfloß, und dessen Schmeicheleien ich
dieses Mal nicht überbieten konnte. Er fühlt sich an die Wand gedrückt
und hat darum sein Selbstgefühl einigermaßen berichtigt." Dann erzählt Ritschl weiter von den Erlebnissen in Baden-Baden und Aller-
heiligen. In Freiburg ferner besuchte er an einem nebligen Tage, an
dem er reichlich viel freie Zeit hatte, da er an der ganzen Universität
keinen Menschen kannte, den dort ansässigen Geheimrath Stiehl, den
Verfasser der einst viel besprochenen preußischen Schulregulative. „Ich
hatte ihn," erzählt er, „vor einigen zwanzig Jahren einige Male gesehen,
also hin! Leider fand ich ihn nicht; aber er kam noch gegen Abend
zu mir und war offenbar befriedigt, einen von meinem Kaliber aus
Preußen zu sehen und zu sprechen. Wenn ich wieder des Weges komme,

---

1) Zeitschrift für Protestantismus und Kirche. Bd. 72. 1876. S. 76—86.

2) An Diestel 28. 10. 77.

3) Zeitschrift für Kirchengeschichte, Bd. 2. S. 366—385. Abgedruckt in Ritschls
Gesammelten Aufsätzen. S. 218—233.

4) An A. Bartels 28. 12. 77.

soll ich mich vorher bei ihm anmelden; ist das nicht geschwinde Freundschaft?" Die Rückreise brachte einen mehrtägigen Aufenthalt in Straßburg, wo Ritschl zwar nicht mit Zöpffel, da dieser gerade auf auswärtigen Archiven arbeitete, aber viel mit Holtzmann und Krauß verkehrte. Die „letzte Reiseetappe von Frankfurt her" war endlich, wie
Ritschl in einem andern Briefe[1]) schreibt, „dadurch ausgezeichnet, daß
ich auf dem dortigen Bahnhofe theils Frau Tholuck, theils Harnack begegnete und des letzteren Gesellschaft bis Bebra genoß. Mir hat nachher
der Kopf wie nie gebrunnt, da ich etwa 4 Stunden lang mit Harnack
geschwatzt hatte." „Das Ganze," sagt[2]) Ritschl im Rückblick auf die
Reise, „war äußerst gelungen; und da ich bei der Jahreszeit in allen
fremden Betten gut schlafen konnte, wurde meine grundsätzliche Scheu
vor dem Reisen thatsächlich widerlegt."

Inzwischen erregte Ritschls Theologie, namentlich seitdem auch
andere als er selbst sie öffentlich vertraten, mehr und mehr Aufsehen,
und die Zahl derjenigen nahm zu, die ihn als ihren wissenschaftlichen
Führer ansahen, oder die wenigstens von ihm zu lernen bestrebt waren.
So beschränkten sich seine Einwirkungen nicht auf die Männer, welche
im engeren Sinne als seine Anhänger betrachtet werden konnten, sondern
seine Werke wurden auch in anderen Kreisen eifrig studirt. Namentlich
ist das theologische Stift in Tübingen zunächst unter dem Einfluß des
Dr. Mezger (jetzt Pfarrer in Thamm in Württemberg), später unter
demjenigen anderer Repetenten eine Reihe von Jahren hindurch ein
empfänglicher Boden für Ritschls Theologie gewesen. Ebenso beschäftigte
man sich mit dieser viel auf dem hannoverschen Predigerseminar zu
Loccum, und gar manche Candidaten, die auf Geheiß ihrer lutherischen
Väter in Göttingen Ritschls Vorlesungen hatten meiden müssen, wurden
nachträglich in Loccum durch ihre dortigen Collegen in seine Theologie
eingeführt und zum Theil für sie gewonnen.

Nach außen hin trat die theologische Gemeinschaft, die zwischen
Ritschl und seinen Anhängern bestand, vor allem in Schürers Theologischer Literaturzeitung hervor, besonders seitdem sich eine Anzahl
Theologen von anderer Richtung, die im Anfang sich betheiligt hatten,
von der ferneren Mitarbeit zurückzogen. Die Sicherheit des dog-

---

1) An Herrmann 14. 10. 77.
2) An K. Bartels 23. 12. 77.

matischen Urtheils, welche nicht nur Ritschls eigene Kritiken, sondern auch diejenigen von Gottschick, Herrmann und Kattenbusch auszeichnete, und die oft scharfe und rücksichtslose Bestimmtheit, mit der die eigene Ueberzeugung geltend gemacht wurde, trugen nicht wenig dazu bei, daß der Unterschied dieser theologischen Schule von den älteren Richtungen leicht erkennbar wurde, aber auch dazu, daß bei vielen Theologen die Neigung vermindert wurde, von Ritschl in unbefangener Weise zu lernen und seine Bestrebungen unparteiisch zu würdigen.

Auch größere Arbeiten wurden bald dem theologischen Publicum von Schülern Ritschls vorgelegt. Zuerst erschien 1876 Herrmanns Schrift über „die Metaphysik in der Theologie", im folgenden Jahre „die Ethik Calvins" von Lobstein, der im Sommer 1875 Ritschls Zuhörer gewesen war. Um dieselbe Zeit veröffentlichte Wendt seine Ritschl gewidmete Schrift „über die Begriffe Fleisch und Geist im biblischen Sprach= gebrauch", und nicht lange darauf brachten die Theologischen Studien und Kritiken die „Kritischen Studien zur Symbolik" von Kattenbusch (1878. Heft 1 und 2). Von diesen Arbeiten erregte namentlich diejenige von Herrmann großes Aufsehen und leidenschaftlichen Wider= spruch bei den in ihr angegriffenen Vertretern der speculativen Theologie. Insofern führte sie eine Klärung in dem Verhältnis der übrigen theo= logischen Richtungen zu Ritschl und seinen Anhängern herbei. Zugleich aber lenkte sie die Aufmerksamkeit überwiegend auf methodologische und erkenntnistheoretische Fragen, die Ritschl sich bisher möglichst fern ge= halten hatte, auf die er sich nun aber auch mit immer größerem Interesse einließ.

Je mehr die Anziehungskraft wuchs, die Ritschl auf die junge Generation, namentlich der akademischen Theologen, ausübte, und je ent= schiedener einige von diesen für seine Bestrebungen eintraten, um so größer wurde die Abneigung seinen Leistungen gerecht zu werden bei den Wortführern der übrigen theologischen Richtungen, die ihren Einfluß durch seine zunehmenden Erfolge bedroht sahen. Diese Entwicklung der Gegenbewegung gegen Ritschls Theologie ist an dem Verhalten der theo= logischen Presse deutlich ersichtlich. Als Ritschl noch allein zu stehen schien, und nur erst seine eigenen Bücher sich der fachwissenschaftlichen Beurtheilung als Objecte darboten, verbanden die Recensenten, die in den kirchlichen Blättern das Wort ergriffen, mit ihren Einwendungen und Ausstellungen eine im Ganzen höfliche Anerkennung seines Scharfsinns und seiner Gelehrsamkeit. Manche Organe, wie z. B. die Evangelische Kirchenzeitung, ignorirten allerdings noch gänzlich die Arbeiten Ritschls, und überhaupt erschienen die Auslassungen über diese sehr allmählich.

Sofort ließ sich nur erst der Erlanger Kritiker wieder vernehmen[1]), der schon 1871 (s. o. S. 99) den ersten Band der Rechtfertigungslehre besprochen hatte. Er schien nun zwar geradezu geflissentlich[2]) auf eine eigne Auseinandersetzung mit Ritschls Ansichten verzichten zu wollen, da eine Kritik im Einzelnen keinen Sinn habe, „wo hinsichtlich der obersten Principien keine Übereinstimmung bestehe" (S. 274). Aber seine Bemühungen, die „Principien der theologischen Kritik" Ritschls (S. 246) zu construiren, und die Art, in der er über einige von dessen Lehren berichtete, bekunden um so deutlicher die durchaus ablehnende Haltung, die er gegen Ritschls Theologie einnahm. Und deshalb war er auch durchaus in seinem guten Recht zu remonstriren[3]), als erst nach mehr als Jahresfrist die Luthardtsche Kirchenzeitung[4]) das „relative Schweigen" meinte erklären zu müssen, welches die von Ritschl „am heftigsten angegriffene Partei"[5]) bisher der Lehre von der Rechtfertigung und Versöhnung gegenüber beobachtet habe. Jedenfalls nahm nun erst das Leipziger Organ das Wort, und dessen Recensent verhielt sich trotz vieler Vorbehalte durchaus nicht etwa völlig abweisend gegen Ritschls Ausführungen. Dieser hatte Grund, es für wahrscheinlich zu halten[6]), daß sein anonymer Kritiker in dem Luthardtschen Blatte kein andrer sei, als Herrmann Schmidt († als Professor in Breslau 18. 11. 93), der um dieselbe Zeit die Rechtfertigungslehre in den Studien und Kritiken[7]) besprochen hatte. Auch diese Anzeige war noch keineswegs so unfreundlich gehalten, wie die anscheinend aus derselben Feder stammende Auseinandersetzung, die zwei Jahre später wieder in der Luthardtschen Kirchenzeitung[8]) erschien. In jenen früheren Recensionen aber verrathen die vielen unbestimmten Wendungen, in denen ihr Verfasser neben manchen Zugeständnissen seine Bedenken und seinen Widerspruch gegen Ritschls Ansichten vorbrachte, wie unsicher und gleitend noch die Maßstäbe waren, nach denen man diese glaubte beurtheilen zu können.

Daß aber die Luthardtsche Kirchenzeitung zuerst überhaupt gar nicht eine Kampfesstellung gegen Ritschl einnehmen zu wollen schien, das be-

---

1) Zeitschrift für Protestantismus und Kirche. Bd. 68. 1874. S. 231—274.
2) A. a. O. S. 250 f. 261. 270. 274.
3) A. a. O. Bd. 71. 1876. S. 301.
4) Allgemeine Evangelisch-Lutherische Kirchenzeitung. 1876. S. 121.
5) Vgl. dazu F. Nitzsch in den Jahrbüchern für deutsche Theologie. 1875. S. 352.
6) An Harnack 14. 6. 76.
7) Studien und Kritiken. 1876. S. 317—369.
8) Allgemeine Evangelische Kirchenzeitung. 1878. S. 289 ff. 313 ff.

weist eine Auslassung, die vielmehr geradezu von Sympathie für seine
und seiner Anhänger Bestrebungen zeugte. In einem Artikel über „die
kirchlichen Parteien in Preußen" ist nämlich zuletzt von der „Partei der
vornehmen Wissenschaft" die Rede[1]. Von deren Vertretern heißt es,
daß sie „vielleicht ihnen selbst unbewußt der confessionellen Theologie
näher stehen, als irgend einer anderen", und es wird die Hoffnung ausgesprochen, daß die Männer dieser Partei „durch die Schule des Lebens"
noch einmal dahin geführt werden möchten, „dem confessionellen Standpunkt gerecht zu werden und ihre nicht unbedeutenden Gaben gemeinsam
mit den Confessionellen in den Dienst der Kirche zu stellen". Es war
wohl nicht ohne Grund, daß Ritschl ebenso wie andere diese geheim-
nisvollen Andeutungen, auf die er gleichzeitig von zwei verschiedenen
Seiten aufmerksam gemacht worden war, auf sich und seine Freunde
deutete. Er meinte[2], man müsse wohl „hinter dem Titel der ›Wissenschaft‹ sehr werthvolle religiöse und zwar lutherische Lebensmotive
wittern, denen eine Geltung nicht abgestritten werden kann. Man scheint
aber auch eine praktische Wirkung der ›vornehmen Wissenschaft‹ auf
kirchliche Männer wahrzunehmen, welche es anräth, mit jener einen Com-
promiß einzugehen. Die Auslassung ist sehr merkwürdig, wenn sie ein
Wink für mich sein soll, und die Zugeständnisse so unerwartet wie möglich". Aber Ritschl hatte gar keine Neigung, jenes scheinbare Entgegen-
kommen des Leipziger Blattes irgendwie zu erwidern. Mit Kirchenpolitik wollte er zunächst überhaupt nichts zu thun haben. Und gerade
mit im Hinblick auf den eben erwähnten Artikel der Luthardtschen
Kirchenzeitung sagt[3] er: „Im Ganzen wäre es mir lieber, wenn man
von uns seltener Notiz nähme und häufiger im Stillen von uns lernte."

Ebenso hatte schon früher „der Beweis des Glaubens" eine von
Zöckler verfaßte Besprechung der Lehre von der Rechtfertigung und Versöhnung gebracht[4], die trotz vieler Einwendungen im Einzelnen doch
keineswegs die theologischen Bestrebungen Ritschls im Ganzen ablehnte.
Vielmehr meint Zöckler, Ritschl würde „schweres Unrecht widerfahren,
wollte man ihn ohne weiteres den Vertretern des theologischen Radicalismus zuzählen und das mancherlei werthvolle, der evangelischen
Theologie zu positiver Förderung gereichende seiner Darlegungen ver-
kennen". Und zum Schluß heißt es: „Referent kann nicht umhin, die
dem kirchlich theologischen Standpunkte und seinen gegenwärtigen Lehr-

1) Allgemeine Evangelisch-Lutherische Kirchenzeitung. 1876. S. 1093 f.
2) An Lind 6. 12. 76.
3) An Harnack 28. 6. 77.
4) Der Beweis des Glaubens. 1875. S. 144—149.

bedürfnissen wohlthuenden und sympathischen Elemente des Buchs als die überwiegenden zu bezeichnen, so sehr er es auch bedauert, daß ihnen ein ungemein starkes Quantum heterodoxer Zuthaten, darüber auch so manche ganz unmotivirte und lediglich in der scharf ausgeprägten Subjectivität der Verfassers wurzelnde, beigemengt erscheint. Zum Studium des Werkes als in hohem Grade lehrreichen und auch gar manche positiv und direct heilsame Frucht für kirchlich-theologisches Forschen abwerfenden gelehrten Leistung ladet er alle Glaubens- und Gesinnungsgenossen angelegentlich ein."

Anders hat sich von vorn herein die Meßner'sche Neue Evangelische Kirchenzeitung der Theologie Ritschls gegenübergestellt. Deren Wortführer versuchte freilich nicht einmal im geringsten Umfange die von diesem vertretenen Anschauungen zu widerlegen. Aber er faßt sein Gesamturtheil[1] (s. o. S. 283) in folgenden Worten zusammen: „Die Stärke des Verfassers ist die Kritik des Gegebenen, nicht die Fähigkeit zur Gestaltung eines Neuen. . . . . Nicht zum Führer ist er geeignet, aber den Erfolg wird seine ernste, verdienstvolle Arbeit haben, daß sie zu neuer Untersuchung und Bearbeitung zahlreicher und bedeutender Probleme der theologischen Forschung kräftige und fruchtbare Anregung giebt."

Immerhin war in den ersten beiden Jahren nach der Veröffentlichung der Rechtfertigungslehre der auch in der Polemik gegen Ritschl angeschlagene Ton relativ maßvoll. In sichtlich gereizter Weise und mit einigen derben Wendungen bekämpfte erst Frank im Juniheft und im Augustheft der Erlanger Zeitschrift von 1876 Ritschls Lehre von Gott und seine Forschungen über die Entstehung der lutherischen Kirche. Doch auch diese Leistung wurde bald weit überboten durch zwei Artikel in ein- und derselben Nummer der Protestantischen Kirchenzeitung[2]. In diesem Blatte waren Ritschls Arbeiten bisher im Ganzen freundlich beurtheilt worden. Nun aber gab Herrmann die Veranlassung zu einer Polemik von der liberalen Seite, die sich direct gegen ihn richtete, um in ihm zugleich auch Ritschl zu treffen. Der eine dieser Artikel „zur Abwehr", dessen Verfasser Graue war, vertheidigte die Dogmatik von Lipsius gegen eine Recension von Herrmann, von welcher bald noch mehr die Rede sein wird. Die andere Auslassung stammte von Pfleiderer und ist in einem längeren Aufsatz unter dem Titel „Silhouetten aus der Religionswissenschaft der Gegenwart" enthalten. Pfleiderer konnte es sich „nicht versagen", die von ihm vorgeführte „Reihe kritischer Studien mit einer

---

1) Neue Evangelische Kirchenzeitung. 1875. S. 220 f.
2) Protestantische Kirchenzeitung. 1877. Nr. 23; s. o. S. 294 f.

Zeichnung der Ritschlschen Theologie zu schließen, zu welcher zwar nicht
der Meister selbst, aber sein getreuer Schüler: Herr Lic. Herrmann
in Halle in seiner gegen mich und Dorner gerichteten Streitschrift:
Die Metaphysik in der Theologie (Halle 1876) das Original liefern
mag". Zu dem Namen Dorner findet sich folgende Anmerkung: „Diese
Zusammenstellung ist so grundlos gar nicht, wie sie manchem vielleicht
erscheint; sobald man sich erinnert, daß wir beide Schwaben sind, und
das Gemeinsame aller schwäbischen Theologie in ihren verschiedenen
Richtungen immer der speculative Zug, das Hinausstreben über
das bloß Geschichtliche zur Idee in der Geschichte und über den Dualis-
mus einer zwiespältigen zum Monismus einer einheitlichen Weltanschauung
ist, so wird man begreifen, warum die schwäbische Theologie als solche
das Stichblatt der Ritschlschen Schule ist. Diese Theologen haben ja
allerdings einen andern Geist, als wir Schwaben, ob aber gerade einen
bessern? Darüber wird es erlaubt sein, verschiedener Meinung zu sein."
    Diese Bemerkung empfängt nun eine eigenthümliche Beleuchtung,
wenn man bedenkt, daß gerade damals die theologische Facultät und der
akademische Senat in Tübingen als Nachfolger Landerers Ritschl an erster
und Pfleiderer an dritter Stelle vorgeschlagen hatten. In dieser Angelegenheit kreuzten sich freilich auch noch andere Einflüsse. Denn diejenigen Württemberger, welche dem Protestantenverein feindlich gegenüber-
standen, schienen doch eine größere „Beunruhigung" zu empfinden, wenn
sie befürchten mußten, „mit der Zeit ein Heidelberg oder Jena" zu bekommen [1]), als wenn Ritschl nach Tübingen berufen worden wäre.
Schließlich wurde die Angelegenheit in der Weise erledigt, daß weder
Ritschl noch Pfleiderer, sondern Buder die Stelle Landerers erhielt. Ritschl
sagte [2]): „Ich sehe die Sache mit vielem Gleichmuth an, denn ich würde
wahrscheinlich einen Ruf doch nicht angenommen haben, und Pfleiderer
hat übrigens seinen Angriff damit motivirt, daß ich Anhang fände."
(A. a. O. S. 485.) Die Anmerkung über Ritschls angeblich feindseliges
Verhalten gegen „alle schwäbische Theologie" war indessen nicht der
einzige Trumpf, den Pfleiderer gegen jenen ausspielte. Vielmehr enthalten
die „Silhouetten" des speculativen Religionsphilosophen, der auf einmal
wie ein Orthodoxer zu reden und zu urtheilen begann, einen ganzen
Katalog von Ketzereien, die Ritschl schuld gegeben wurden. Während
dessen andere Gegner ihm bisher noch immer mit einer gewissen Zurückhaltung, ja zum Theil sogar Schüchternheit bald rationalisirende und

1) Neue Evangelische Kirchenzeitung. 1877. S. 352.
2) An A. Bartels 9. 8. 77.

pelagianisirende, bald katholisirende Tendenzen vorgeworfen hatten, faßt nun Pfleiderer diese und andere Urtheile möglichst vollständig zusammen und bildet sie in gehässigster Weise zu handlichen Schlagwörtern aus. Er redet eifrig darauf los von „doppelter Wahrheit", von „barstem Pelagianismus", von „Ebjonitismus", von „Preisgebung der protestantischen Carbinallehre von der Rechtfertigung allein durch den Glauben zu Gunsten der katholischen Carbinallehre von der Rechtfertigung durch die Kirchengemeinschaft", von „fatalem Katholisiren" und dergl.

Daß aber dergleichen scharfgeprägte Schlagworte, so grundlos auch die in ihnen enthaltenen Anschuldigungen sein mögen, niemals ohne Erfolg in die Welt gesetzt werden, das sollte sich auch in dem vorliegenden Falle bald genug zeigen. Ritschl selbst zwar machten die Angriffe Graues und Pfleiderers um so weniger Eindruck (s. o. S. 302), je deutlicher es erkennbar war, an welche Adresse der letztgenannte seine Polemik recht eigentlich gerichtet wissen wollte. Ritschl meinte[1]) daher, jene beiden Gegner verdienten keine andere Entgegnung, „als ihnen demnächst bei Schürer in meiner Anzeige von Hesse, Terministischer Streit, zu Theil wird". In dieser Recension[2]) ist es aber lediglich der folgende, ganz allgemein gehaltene Satz, in welchem Ritschl auf jene ihm widerfahrenen Anfeindungen Bezug nimmt. Die theologischen Streitigkeiten, sagt er, werden, weil sie gegenwärtig nicht mehr, wie vor 200 Jahren, im Vordergrund des öffentlichen Interesses stehen, „in der Verborgenheit der kirchlichen Zeitschriften kurzer Hand abgemacht, und der in dieser Literatur angefochtene oder auch verleumdete Theolog kann darauf rechnen, daß sein einfaches Schweigen ihn am sichersten von solchen Gegnern befreit". Indessen hat Ritschl die Tragweite der von Pfleiderer ausgestreuten Beschuldigungen offenbar unterschätzt. Denn diese lösten nun auch anderen

---

1) An Harnack 12. 6. 77.
2) Theologische Literatur-Zeitung. 1877. S. 365 f. Diese Recension Ritschls spielt in Nippolds Phantasien über die „Eroberung der theologischen Facultäten" durch die Ritschlsche Schule eine merkwürdige Rolle. Sie soll, obgleich Ritschl in ihr nur die Wahl des Themas als unfruchtbar rügt, übrigens aber kein tadelndes Wort über Hesses Leistung selber sagt, „der erste öffentlich bekannt gewordene Schritt zur Discreditirung eines derart verdient gewordenen Mannes" sein. „Ersichtlich hat man in Göttingen nicht so lange warten können, bis in ordnungsmäßiger Weise einige Katheder vacant wurden. So wurden denn mit jener Recension, welcher nachmals eine Reihe ähnlicher für ähnliche Zwecke gefolgt sind, die Laufgräben gegen die zuerst in Aussicht genommene Festung eröffnet" (Einzelschule 3 4. S. 97). Nippold sieht Gespenster am hellen, lichten Tage. Mehr habe ich der vernichtenden Kritik nicht hinzuzufügen, der Stabe jene Einbildungen in seiner Schrift über „die Reorganisation der Theologischen Facultät zu Gießen. 1894." S. 17 unterzogen hat.

Gegnern die Zunge, und insbesondere griffen die traditionalistischen Theologen, die bisher noch immer nicht recht gewußt hatten, in welcher Weise sie Ritschls ihnen jedenfalls schon unbequeme Theologie beurtheilen sollten, wie es scheint, nicht ungern jene Schlagwörter auf. Sie bemächtigten sich wenigstens alsbald der nicht einmal neuen Gesichtspunkte, die Pfleiderer auch für ihren Gebrauch geschickt präparirt hatte. Andererseits kam ihnen ein Buch von Kreibig gerade recht gelegen [1]), das einen Versuch enthielt, Ritschls Versöhnungslehre ins Unrecht zu setzen. Denn nun erst äußerte sich auch die Evangelische Kirchenzeitung [2]), indem sie Kreibig in dem Urtheil zustimmte, „daß Ritschl in seinen Resultaten weder mit der heiligen Schrift, noch mit dem christlichen Bewußtsein im Einklang sich befinde", und zugleich daran „erinnerte", daß „unlängst Pfleiderer . . . . . . mit einem freilich oft recht verwunderlich klingenden Schauffement die Ritschlsche Schule des Ebjonitismus und Pelagianismus bezichtigt" habe. Aber auch der Kritiker der Luthardtschen Kirchenzeitung beruft [3]) sich jetzt mit dem gegen Ritschl wieder vorgebrachten Vorwurf des Rationalismus ausdrücklich auf Pfleiderer und schlug nun gleichfalls einen gehässigen Ton gegen ihn an, der ihm früher noch nicht eigen gewesen war (s. o. S. 299).

So klärte sich allmählich die Situation, indem sie den Charakter annahm, den sie im Ganzen beibehalten hat, wenn auch der Streit zunächst noch einige Jahre nur erst ein literarischer blieb. Aber die traditionalistischen sowohl wie die liberalen Theologen begannen gleichermaßen Ritschl und seine Anhänger eifrig zu bekämpfen, und sie richteten gegen die neue Schule auch meist dieselben Anklagen und Vorwürfe. Das ist ja auch gar nicht erstaunlich, wenn man bedenkt, wie so manche Grundanschauungen sie mit einander theilen, die für Ritschl ihre Geltung verloren hatten. Diesem war es auch in keiner Weise eine Überraschung oder gar Enttäuschung, die liberale Richtung nicht als Bundesgenossin zur Seite zu haben. Er stand ja schon lange, seit er zuerst sich von der Tübinger Schule abgewandt hatte, mit manchen hauptsächlichen Vertretern des kirchlichen Freisinns auf gespanntem Fuße. Daher hatte ihm denn auch ein Ausfall, den der Pfarrer Bitzius in Twann schon einige Jahre früher in einem Artikel [4]) über Keims Geschichte Jesu gegen „die klugen Leute von der Göttinger Schule" gerichtet hatte, „die hochwissenschaftlich und

---

1) Kreibig, Die Versöhnungslehre auf Grund des christlichen Bewußtseins. 1878.

2) Evangelische Kirchenzeitung. 1877. S. 1240.

3) Allgemeine Evangelisch-Lutherische Kirchenzeitung. 1878. S. 289 ff.

4) Augsburger Allgemeine Zeitung. Beilage vom 20. April 1875. Nr. 110.

doch den Orthodoxen zum Gewinn, die verschmitzte Parole ausgaben, daß zur Construction der Biographie Jesu das Material fehle, und daß darum ein wirklicher wissenschaftlicher Sinn diese Aufgabe als unlösbar zurück-stelle", nur „zur Bestätigung[1]) von mancherlei Spuren" dienen können, „daß ich niemandem unbequemer bin, als den Gruppen, welche das Lager des Protestantenvereins et hoc genus omne bilden. Das sind halt Socinianer und nichts anderes, wenn sie es auch nicht wissen". Und noch einige Monate früher hatte Ritschl geschrieben[2]): „Interessant ist es mir aber, daß ich auch von der Ungunst der liberalen Herren, deren Haupt-quartier Jena ist, gegen mich Spuren habe, um so interessanter, als ich durch ein gewisses Maß von Freundschaft mit dieser theologischen Gruppe bisher verbunden war. Ich nehme allerdings Holtzmann aus, der viel zu weitsichtig und so durchaus von Eitelkeit frei ist, daß sein Wahrheits-sinn die Schranken von sich weist, in denen sich . . . . . . Lipsius gefällt. Aber eben dieser, welcher die Dogmatik zu beherrschen glaubt, obgleich er keine selbständigen Studien in ihrem Gebiet gemacht hat, hat mich seine Ungunst deutlich erkennen lassen."

Daß Ritschl in dem letzten dieser Sätze die ihm von Lipsius ein halbes Jahr zuvor kundgegebene Geringschätzung seiner Leistungen (s. o. S. 241) im Sinne hatte, läßt sich unschwer erkennen. Er hatte trotz der Retractationen, zu denen jener sich Diestel gegenüber (s. o. S. 243) ver-standen hatte, das Vertrauen nicht wiedergewinnen können, daß die Gesinnung von Lipsius gegen ihn die Achtung einschloß, welche für ihn die Voraussetzung jedes aufrichtigen Freundschaftsverhältnisses war. Sollte also ein solches weiter fortbestehen oder wieder erneuert werden, so bedurfte er überzeugender Beweise dafür, daß Lipsius thatsächlich die Ansichten nicht mehr aufrecht erhielt, die er in seinem letzten Briefe aus-gesprochen hatte. Als einen solchen Beweis sah nun Ritschl, allerdings nach einiger Überlegung, einen Annäherungsversuch an, durch den ihm Lipsius im Juli 1876 entgegenkam. Denn andererseits hatte es auch Lipsius, in dessen Absicht es ja keineswegs gelegen hatte (s. o. S. 243), mit Ritschl in ein gespanntes Verhältnis zu gerathen, mit der Zeit erkannt, daß es an ihm sei, zuerst wieder mit diesem anzuknüpfen. Dazu bot sich ihm aber die Gelegenheit, als er seine Dogmatik vollendet hatte. Und dieses Werk überreichte er nun Ritschl mit folgendem Begleitschreiben[3]): „Sehr geehrter Herr College! Anbei beehre ich mich, Ihnen ein Exemplar

1) An Diestel 26. 4. 75.
2) An Scholz 22. 1. 75.
3) Lipsius an R. 7. 7. 76.

meiner soeben erschienenen Dogmatik zu senden. Sie werden, wenn Sie
dieselbe einer näheren Kenntnisnahme würdigen wollen, daraus ersehen,
daß ich auf Ihre Arbeiten, namentlich auf den ersten und dritten Band
Ihrer Lehre von der Rechtfertigung und Versöhnung, eingehende Rücksicht
genommen habe. Es ist mir eine Freude gewesen, in einer Reihe von
wesentlichen Punkten mit Ihnen übereinzustimmen. Gewisse Erörterungen,
die Sie vielleicht in den Abschnitten über den Gottesbegriff und den
Weltbegriff vermissen werden, fehlen darum nicht, sondern sind absichtlich
für die specielle Heilslehre aufgespart. In der Christologie, der Lehre
von der Rechtfertigung und in der Lehre von der Kirche glaube ich dogmatisch mich mit Ihnen im wesentlichen Einklange zu befinden, auch wenn
meine biblisch = theologische Darstellung vielfach zu anderen Resultaten
kommt. Mit vorzüglicher Hochachtung Ew. Hochwürden ergebenster
Dr. R. A. Lipsius.“

    Darauf antwortete Ritschl in nachstehendem Briefe[1]): „Lieber Lipsius!
Wenn ich in den Methoden der neuesten »Kritik« geübter wäre, als es
der Fall sein wird, so möchte ich den Beweis antreten, daß der Brief,
welcher in dem mir überreichten Exemplar Ihrer Dogmatik lag, nicht
ächt ist. Denn Formeln, wie Ew. Hochwürden und vorzügliche Hochachtung, sind zwischen Ihnen und mir nicht angezeigt, und die Erklärung
der wesentlichen Übereinstimmung mit einem Buche, welches Sie 1872
mündlich und 1874 schriftlich als einen Abaelardus redivivus zu den
Todten geworfen hatten, verstößt gegen Ihre prophetische Gabe, welche
in Ihrer Würde als Doctor ecclesiae eingeschlossen ist. Soll ich nun
aber trotzdem glauben, daß der Brief mit Ihres Namens Unterschrift ächt
ist, so nehme ich Ihr begleitendes Geschenk als ein willkommenes Zeugnis
dessen an, daß Sie es gut mit mir meinen, sofern nicht zufällig Ihre
prophetische Gabe dazwischen tritt, und lasse mir zugleich Ihre Freude
über die gewonnene Übereinstimmung mit wichtigen Ergebnissen meiner
Forschung gern gefallen, — um so mehr, als Sie durch diese Stimmung
den Antheil an der Verdammnis compensiren, den Sie von mir aus auf
Ihre Schultern übernehmen. Demgemäß müssen Sie sich aber auch die
Versicherung meiner Freundschaft gefallen lassen, in der ich seit fast zwanzig
Jahren gewohnt bin Ihrer zu gedenken als der Ihrige A. R.“

    Diestel, dem Ritschl dieses Schreiben nachträglich mittheilte, rühmte[2])
erfreut die sich darin kundgebende „hinreißende Offenheit und überwältigende
Liebenswürdigkeit“. „Jedenfalls,“ sagt er, „ist Dein Brief eine goldne

---

1) An Lipsius 16. 7. 76. Dieser Brief liegt mir in einer Abschrift vor.
2) Diestel an R. 19. 7. 76.

Brücke, das Verhältnis herzustellen. Denn er wird Dir antworten, seine Äußerung über Abaelardus redivivus sei um Himmels willen nicht so gemeint gewesen und schließe die wärmste Anerkennung Deiner Leistung nicht aus. Das kannst Du ihm in höherem Maße glauben, als er es vielleicht sagen wird. Denn das Maß wissenschaftlicher Achtung, das Lipsius Dir zollt, ist bedeutend größer als umgekehrt. Das kannst Du mir sicher glauben und als unsichtbaren Hintergrund bei allen seinen Äußerungen getrost voraussetzen . . . . . Euer Verhältnis kann sich ganz gut gestalten, wenn jeder darauf verzichtet, von dem andern in dem Umfange anerkannt zu werden nach Art und Höhe der Leistung, wie er es selbst wünscht und glaubt in Anspruch nehmen zu können."

Allerdings traf keine Antwort von Lipsius auf Ritschls Brief ein, wie sie Diestel gemeint hatte vorhersagen zu können. Andererseits verstärkte sich der Eindruck, den Ritschl alsbald von dem Werke jenes gewann, mit der Zeit immer mehr, daß er sich „im Spiegel zu sehen glaube, wenn er die betreffenden Partien" in Lipsius' Dogmatik lese[1]). Und als ihm dann noch die protestantische Kirchenzeitung[2]) vom 22. Juli vor Augen gekommen war, in der sich Lipsius über seine Dogmatik eingehend ausspricht und Herrmanns Schrift über die Metaphysik in der Theologie recht abfällig beurtheilt, meinte[3]) Ritschl, er sei doch zufrieden, jenen Brief früher geschrieben zu haben. Zwar bereue er die freundschaftliche Regung nicht, die ihn dazu bewogen habe. „Aber ich würde schwerlich mich zu jener Richtung bestimmt haben, wenn ich die fortgesetzten Verschweigungen wahrgenommen hätte, durch welche Lipsius sich über mich zu erheben versucht. Ich meine nicht nur die wiederholte Phrase von der ›Übereinstimmung‹ mit mir, sondern daß er tobtschweigt, was ich III, § 29 versucht habe, wenn es auch nicht gelungen sein sollte." Diese Auffassung Ritschls stellte allerdings seinen ferneren Beziehungen zu Lipsius kein günstiges Prognostikon. Dazu kam aber weiter ein Streit, der zwischen Herrmann und Lipsius ausbrach. Daß dessen Dogmatik von Ritschls Rechtfertigungslehre stark beeinflußt sei, hatte Herrmann unabhängig von Ritschl auch gleich bemerkt und diesem darüber geschrieben[4]): „Ihre Beobachtung an Lipsius hatte ich auch bereits gemacht und mir vorgenommen, sie Ihnen mitzutheilen. Ich vermuthe, daß ich das, was er von ihnen entlehnt hat, noch stärker empfinde, als Sie selbst." Zugleich erklärt Herrmann, er habe die Ab-

1) An Marcus 19. 7. 76.
2) Protestantische Kirchenzeitung. 1876. S. 641 ff.
3) An Herrmann 3. 8. 76.
4) Herrmann an R. 16. 7. 76.

sicht, eine Recension über Lipsius' Dogmatik zu schreiben. Zur Aufnahme einer solchen war die Redaction der Studien und Kritiken bereit, die Herrmann dabei völlig freie Hand ließ [1]). So schrieb dieser den über zwei Bogen starken Aufsatz, der im April 1877 im dritten Heft des laufenden Jahrgangs jener Zeitschrift erschien. Die gegen Lipsius gerichtete Kritik fiel schärfer aus, als Herrmann selbst es später [2]) billigen konnte, und Lipsius hatte allerdings Grund, sich durch sie verletzt zu fühlen. Nun tauchte nicht lange darauf das völlig gegenstandslose Gerücht auf, daß Ritschl der intellectuelle Urheber jener Recension von Herrmann sei, und Zwischenträger waren geschäftig, mit solchem Gerede Lipsius gegen Ritschl einzunehmen und zwischen beiden Zwietracht zu säen. Darüber geben folgende Mittheilungen Ritschls Aufschluß. Dieser berichtet [3]), ohne seinen Auftrag habe ein befreundeter Collega in einem Briefe an Lipsius einfließen lassen, „daß Sie nicht von mir zu der Recension über ihn angestiftet seien. Und das war gut. Denn Lipsius antwortet nun, obgleich ihm das Gegentheil von Halle aus gemeldet sei, habe er es bei unserer alten Freundschaft nicht glauben wollen. Auch er gehöre zu den Neokantianern, und bei unserer sachlichen Übereinstimmung komme es ja auf Abweichungen in der Methode nicht so groß an. Er mißbillige sowohl Pfleiderers als Graues Auftreten (s. o. S. 301), habe das letztere nicht hervorgerufen, und würde, wenn ihm der Artikel vorher vorgelegen hätte, den Klatsch am Ende [4]) unbedingt gestrichen haben.“

Man versteht es, daß Lipsius mit diesen Auslassungen seiner Gesinnungsgenossen nicht einverstanden war, wenn man beachtet, in wie ungleich würdigerer Weise der Jenenser Theologe bald darauf das Wort ergriff, um Herrmanns Kritik seines Werkes entgegenzutreten. Das geschah in den „dogmatischen Beiträgen zur Vertheidigung und Erläuterung meines Lehrbuchs“ (Leipzig 1878), die zuerst in den Jahrbüchern für protestantische Theologie (1878. Heft 1—4) herausgekommen waren. In dieser maßvollen Vertheidigung seines Standpunkts fand sich aber doch ein Satz, den Ritschl, wenn er ferner den Verkehr mit Lipsius aufrecht erhalten wollte, nicht unbeanstandet lassen konnte. Lipsius hatte nämlich im Hinblick auf Herrmann geschrieben: „Eine so angenehme Aufgabe es daher für mich ist, mich mit den meisterhaften Artikeln Biedermanns in

---

1) Herrmann an R. 13. 8. 76.
2) Vgl. W. Herrmann, Die Religion im Verhältnis zum Welterkennen und zur Sittlichkeit. 1879. S. VII.
3) An Herrmann 23. 7. 77.
4) Vgl. Protestantische Kirchenzeitung. 1877. S. 501.

der Protestantischen Kirchenzeitung [1]) auseinanderzusetzen, so widerwärtig
ist mir das gleiche Geschäft gegenüber jenem — ich glaube sagen zu
dürfen — unberufenen Wortführer der Ritschlschen Schule" (S. 4).
Diese Wendung gab Ritschl Veranlassung dazu, Lipsius selbst deswegen
zu interpelliren. Er berichtet [2]) davon in folgendem Zusammenhange:
„Es ist mir sehr tröstlich, daß ich die Übereinstimmung mit Ihnen in so
manchen Dingen wieder erprobt habe. Denn mit meiner Rückkehr [s. o.
S. 297] und dem Quartalwechsel präsentirte sich eine neue Anfechtung
unter der Firma Lipsius. Nun habe ich mich wirklich nicht im Stande gefühlt, seine 78 Seiten voll Streiterörterungen gegen Herrmann und mich
zu lesen; ich habe sie mit den Augen überflogen. Ich lasse meine eigenen
Sachen anfechten, so viel man will, ohne gleich binnen einem Vierteljahr
dem Publicum die Überzeugung aufzudrängen, daß ich Recht habe und der
Gegner Unrecht. Ich habe von meinen eigenen Sachen soweit Abschied genommen, um anderes arbeiten zu können. Ich missbillige also diese Angst
und Ungeduld Recht zu behalten, und enthalte mich ihrer. Soll ich mir
die Laune verderben lassen, wenn ich genöthigt werde, dreierlei Texte zu
collationiren, um zu sehen, ob etwas nicht richtig citirt oder richtig verstanden ist? Zu etwas habe ich mich aber durch Lipsius' Einleitung zu
seinen Streiterörterungen veranlaßt gesehen: bei ihm selbst Verwahrung
einzulegen gegen die Phrase, daß Herrmann »unberufener Wortführer der
R.'schen Schule« sei. L. ist so loyal und freundschaftlich gewesen, umgehend die verletzende Absicht der Worte in Abrede zu nehmen, — die
ich ihm auch nicht zugetraut habe; er hat auch das Ungeschick derselben
eingeräumt, aber dies alles nicht ohne die Empfindlichkeit, welche mit
zu seiner Eigenthümlichkeit gehört, und nicht ohne mir anderes vor-
zurücken, was ihm gar nicht im Ernste beikommen kann, nämlich,
daß ich H.'s Angriff auf ihn hätte missbilligen sollen. Dahinter steckt
doch nur die Zumuthung, daß ich als Schulhaupt meine Leute dirigire
oder dirigiren sollte, was ich eben von mir ablehne als etwas, was gar
nicht stattfindet und nicht von mir präsumirt werden soll. Gott bewahre
einen vor empfindlichen Freunden, welche namentlich diese Eigenschaft so
ausschließlich gepachtet haben, daß sie es nie für möglich halten, einen
andern zu verletzen."

Daß Ritschls Vorstellungen bei Lipsius wegen jener Äußerung nicht
etwa eine grundlose Besorgnis ausdrückten, sie könnte von anderen misdeutet werden, das bestätigte ihm bald ein Brief von Mangold, in dem

1 Ebenda 1877. S. 21. 45. 65. 89. 105.
2 An Holtzmann 29. 10. 77.

es hieß[1]): „Weniger behaglich berührt mich der Kampf Deiner Schüler
mit Lipsius; es ist ja wahr, daß Lipsius Dich stark ausgeschrieben hat;
ich ließe aber an Deiner Stelle die Sache mehr laufen; die Configuration
unserer theologischen und kirchlichen Zustände muß uns drängen, alles,
was wie häuslicher Streit aussieht, zu vermeiden; der Einsichtige weiß
doch, wo die Quelle und der abgeleitete Bach ist." Ritschl konnte diese
Mahnung Mangolds nur als eine Wirkung der von ihm beanstandeten
Wendung von Lipsius auffassen. Indem er Mangold diesen Umstand
vorhält[2]), sagt er weiter: „Du kannst doch nur an die Controverse des
einzigen Herrmann denken, den Lipsius als den Vertreter meiner Schule
aufputzt, und den Du in den pluralis erhebst. . . . . . Ich muß sehr
entschieden die von Lipsius angedeutete Supposition ablehnen, als ob ich
jenen aufgestiftet, also anstatt dessen auch ›die Sache laufen lassen‹
könnte. Ich bitte Dich, in dieser Beziehung Dein Ohr den Verdächti-
gungen zu verschließen, welche den Thatbestand trüben. Ich denke, daß
Du mich soweit kennst, um mir keine Intriguen zuzutrauen." In seiner
Antwort erklärt dann Mangold, wie er zu jener Bitte gekommen sei.
„Ich hatte," schreibt[3]) er, „Gott weiß woher, in den Herbstferien die,
wie es sich herausstellt, Tartarennachricht empfangen, Gottschick wolle
sich das Vergnügen machen, einen genauen Rechenschaftsbericht darüber
zu veröffentlichen, was Lipsius aus Deiner Versöhnungslehre alles entlehnt, bezw. abgeschrieben haben müsse; und da Du nun, falls die Sache
sich so herausstellte, gewiß der intellectuellen Urheberschaft geziehen
worden wärest, so hielt ich es für Freundespflicht, durch Dich abwiegeln
zu lassen; Dein Name war mir zu lieb, als daß er in der Lipsiusschen
Polemik herumgezogen werden sollte; wie unerschöpflich diese Polemik
sein kann, zeigen seine Artikel . . . . . ." Endlich kommt Ritschl,
indem er erzählt, er sei vor Kurzem mit Kattenbusch und Wendt zusammen in Halle gewesen, wo sich auch Gottschick eingestellt habe, noch
einmal auf die Angelegenheit mit den Worten zurück[4]): „Wenn Du
aber wieder hören solltest, daß dort eine Versammlung der Schule stattgefunden habe, in welcher eine diocletianische Verfolgung anderer beschlossen, die Rollen vertheilt, und schnöde Pläne gefaßt seien, so er-
mächtige ich Dich, dem zu widersprechen."

Unter solchen Umständen würde es nun Ritschl für einen wirklichen
Freundschaftsdienst von Lipsius gehalten haben, wenn dieser, als er dem-

---

1 Mangold an R. 8. 12. 77.
2 An Mangold 15. 1. 78.
3) Mangold an R. 7. 2. 78.
4 An Mangold 2. 3. 78.

nächst seine dogmatischen Beiträge auch in Buchform herausgab, darin
die mißverständliche Wendung über Herrmann nicht hätte stehen lassen.
Ritschl hatte auch thatsächlich gedacht, daß Lipsius auf seine Einwendung
hin an der betreffenden Stelle einen Carton drucken lassen würde[1]. Daß
er sich jedoch in dieser Erwartung enttäuscht sah, war für ihn der Grund,
die bisher nur noch mit Noth aufrechterhaltenen Beziehungen zu jenem
nicht mehr fortzusetzen. Da Ritschl und Lipsius sich auch persönlich
nicht wieder begegneten, so steigerte sich seit dieser Zeit die gegenseitige
Entfremdung immer mehr. Als Grund dafür ist nicht nur die Thatsache zu erkennen, daß der theologische Gegensatz zwischen beiden in der
Folge sich noch weiter zuspitzte, sondern es scheinen auch dunkle Ehren-
männer vorhanden gewesen zu sein, die durch Verbreitung von allerlei
uncontrolirbarem Klatsch Lipsius gegen Ritschl einzunehmen nicht ohne
Erfolg bestrebt waren. Ritschl hat aber außer der Polemik im zweiten
Bande seiner Rechtfertigungslehre (s. o. S. 240 f.) niemals etwas gegen
Lipsius drucken lassen. Dagegen hat dieser 1888 in einem Vortrag
„über die Ritschlsche Theologie" sich öffentlich als deren Gegner erklärt.
Erst nach Ritschls Tode hat Lipsius seinem einstigen Freunde wieder
größere Anerkennung gezollt[2].

Die Anfeindungen, welche Ritschls Theologie von traditionalistischer
Seite mehr und mehr erfuhr, zeitigten einen ersten Erfolg in der Stellung,
welche die officielle Leitung der Brüdergemeinde gegen die Einwirkungen
Ritschls auf die jungen herrnhutischen Theologen einzunehmen für gut
befand. Als Hermann Scholz zu Ritschl in Beziehung trat, dachte er
in keiner Weise daran, deswegen aus der Brüdergemeinde auszuscheiden
oder deren Dienste sich zu entziehen. Er wirkte vielmehr, nachdem sein
Studium beendet war, einige Jahre als Lehrer an den Schulen der
Gemeinde zu Niesky. „Alles in allem," schrieb[3] er einmal von dort,
„ich bleibe herrnhutischer Theolog — aber mit Vorbehalt, ja meinetwegen
auf das Risico von Zukunftsplänen, welche außerhalb des officiellen
Schemas verlaufen. — Einstweilen erleichtern Sie mir auch diese Bedenken durch die ungemein freundliche Art Ihres Urtheils über brüderische
Dinge." Ein andermal berichtete[4] Scholz von einem Aufenthalt in

---

1) An Herrmann 14. 11. 78.
2) Diese Mittheilung verdanke ich meinem Freunde C. Baumgarten, dem Herausgeber der dritten Auflage der Dogmatik von Lipsius.
3 Scholz an R. 29. 2. 76.
4) Scholz an R. 27. 8. 76.

Gnadenfeld. Dort hatte er erfahren, daß Ritschls Werke von den herrn=
hutischen Theologen „in einer Weise studirt werden, die den Fortschritt
der guten Sache selbst bedeutet. Abgesehen von dem durchschlagenden
Interesse, welches die studirende Jugend an und für sich selbst Ihrer
Theologie entgegenbringt . . . . . ., so habe ich mit Freuden wahr=
genommen, daß Ihr Name auch von Seiten der Gegner innerhalb der
Lehrerschaft nie anders, als mit hoher Achtung genannt wird". Auch
daß er selbst mit den maßgebenden Lehrern in Gnadenfeld in bestem
Einvernehmen stehe, konnte Scholz melden. Nur fügt er hinzu, man sei
zuweilen über die unerbittliche Schärfe und ironische Art der Kritik
Ritschls gereizt. „Ich hatte gerade in dieser Hinsicht keinen ganz leichten
Stand, da ich selbst zwar Ihr Verfahren sehr wohl verstehe, aber
wiederum den entgegengesetzten Eindruck bei anderen natürlich finde."
Auf diese Mittheilung erwiderte[1]) Ritschl: „So weit Sie für meine
Theologie auch dort eingetreten sind, so dürfen Sie sich von meinen
Schroffheiten lossagen. Daß ich dadurch Herrnhutern Anstoß gebe, räume
ich bereitwilligst ein; nur habe ich mich gegen die Brüdergemeinde nicht
vergangen, und die Herren sollten mir dieses doch anrechnen. Diejenigen,
die ich habe treffen wollen, würden sich nicht so anständig in ihren
Entgegnungen benommen haben, wenn ich sie nicht erst gezaust hätte.
Denn was habe ich durch die rein sachliche Haltung der Abhandlung
über »die Entstehung der lutherischen Kirche« erreicht? Herr Frank ist
im Augustheft der Erlanger Zeitschrift geradezu impertinent gegen mich
geworden." Aus dieser Erfahrung, erklärt Ritschl, habe er die Lehre
gewonnen, seinen überlegenen Ton nicht aufzugeben, da er sich hierdurch
allerdings bei seinen Gegnern in Respect erhalte.

Indessen war der theologische Standpunkt, den Scholz einnahm, auf
die Dauer mit seiner Thätigkeit in der Brüdergemeinde nicht vereinbar.
Auf seine Mittheilungen[2]), die darüber näheren Aufschluß gaben, antwortete[3])
Ritschl: „Daß Sie meinetwegen verdächtigt werden, müssen Sie theils
ertragen lernen, theils finden Sie ja die Mittel geduldiger Auseinander=
setzung. Wie die Leute in ihrer Religion das Recht der Gewohnheit
geltend machen, und die oder jene individuelle Formel als allgemeingültig
behaupten, weil sie und ihre Nachbaren daran gewöhnt sind, so ist es
immer gewesen. Indessen können Sie dem Anspruch, den man für den
Umgang mit Jesus macht, mit Ruhe die Anforderung entgegenstellen,

---

1) An Scholz 13. 11. 76.
2) Scholz an R. 13. 10. 77.
3) An Scholz 25. 10. 77.

Ihnen die Geltung dieser Methode im Neuen Testament und in den lutherischen Symbolen nachzuweisen. Daß die Versöhnung mit Gott durch Christus in dem Vorsehungsglauben u. s. w. erlebt wird, steht nicht blos in der Augustana an den bekannten Stellen, Art. 20 §§ 24. 25; Art. 27 § 49, sondern auch in der Apologie III, §§ 4. 45. 46. 182. VIII, § 73. Sie sind Lutheraner in der Brüdergemeinde, und so zu denken und zu leben ist Ihr Recht in derselben . . . . Der Umgang mit Christus . . . . klingt auch bei Thomas a Kempis an. Dieser Typus der Frömmigkeit schließt sich überhaupt am nächsten dem mittelaltrigen Typus der Nachfolge Christi an und trägt deshalb einen gesetzlichen oder einen schwärmerischen Charakter. Beides wird von Luther abgewiesen, also halten wir uns auf dessen Spur. Ich verstehe es nun ganz gut — ein Beweis, daß ich in meiner Art nicht fanatisch bin, sondern blos nüchtern; soll ich denn einen Rausch haben um Christi willen? — daß man nach diesen und anderen Elementen der gewohnten Frömmigkeit greift, die man dann mit dem schönen Namen: Mystik schmückt. Denn das sind die individuellen Farben und Geschmäcke, die dabei sein dürfen, und die ich keinem aufrichtigen Christen verleiden will. Aber ich habe nach dem Neuen Testament und in der Richtung des zugleich lutherischen und calvinischen Protestantismus festzustellen, was die Versöhnung im Allgemeinen und Ganzen ist und für jeden Einzelnen sein soll. Das schließt aber doch nicht in sich, daß ich die individuelle Frömmigkeit eines jeden zu bezeichnen hätte. Wenn Ihr Freund . . . . sich das nicht selbst sagt, so hat er nicht das richtige Einsehen in eine theologische Aufgabe. Und wenn er vielleicht verlangen dürfte, daß ich im letzten Kapitel auch die mystisch-phantastische Ausprägung des christlichen Lebens hätte feststellen sollen, zur Auswahl etwa, so erwidere ich, daß ich nie die Ehre gehabt habe, diese pietistische Art genau zu beobachten. Denn man hat mir stets von dieser Seite so umfassendes Mistrauen zugewandt, daß ich niemals in das Heiligthum solcher Art des christlichen Lebens eindringen konnte. Übrigens, um ganz concret zu sprechen, ich lasse die Bekenntnisse einer schönen Seele in Goethes Wilhelm Meister vollständig gelten, finde sie in ihrer Art musterhaft, würde aber in der Nähe dieser Dame ebenso wenig ausgehalten haben, wie Goethe. Diese Religiosität fällt eben unter den Titel: Eines schickt sich nicht für alle. Nun, über diese Controverse werden wir nicht so schnell hinauskommen. Dorner schlägt denselben Ton an, indem er bei mir die Mystik und ihre richtige Schätzung vermißt, und in den Ton stimmt mein Freund Lipsius ein, der in seiner Seele keine Faser davon

hat, aber sich unter diese Decke streckt, weil er eine falsche Methode im
Verständnis der Religion befolgt."

Inzwischen waren aber Ritschls Rathschläge und seine Erläuterungen
über seine Stellung zur Mystik durch den Gang der Ereignisse weit über-
holt worden. Mehrfache Verhandlungen, welche die Oberbehörde der
Brüdergemeinde mit Scholz wegen seiner theologischen Richtung gepflogen
hatte, führten zu dem Ergebnis, daß er seinen Abschied aus dem Amt
erbat, ohne übrigens seine persönliche Zugehörigkeit zur Gemeinde aufzugeben. Nun wurde er, indem sein Studium in Gnadenfeld und seine
bisherigen Examina anerkannt wurden, in den Dienst der preußischen
Landeskirche übernommen. Seine Angelegenheit war die Veranlassung,
daß ein Antrag auf Einführung des Bekenntniszwanges an die im Mai
1878 zusammentretende Provinzialsynode der deutsch-festländischen Brüdergemeinde gestellt wurde[1]). „Bin ich es wirklich werth," schreibt[2]) Ritschl,
„daß die Brüdergemeinde mir zu Ehren ihre theoretische Weitherzigkeit,
die sie ihrem Grafen schuldig ist, verleugnet?" Vor diesem Äußersten,
berichtete[3]) Scholz nach einiger Zeit, sei freilich die Synode zurückgeschreckt,
indem sie vielmehr die Losung geduldigen Abwartens ausgegeben habe.

Ein langwieriger Glaubensproceß, der noch eine Reihe von Jahren
andauerte, wurde um dieselbe Zeit wegen alttestamentlicher Streitfragen
gegen einen anderen Freund Ritschls geführt. W. Robertson Smith in
Aberdeen schließt seinen Bericht[4]) von dem ersten Stadium der ihm
widerfahrenen Anfechtungen mit den Worten: „Ob ich in diesem Jahre
nach Deutschland komme, ist äußerst unsicher. Um so wünschenswerther
wäre es, daß Sie endlich unsere Heimath besuchten. Ich führe Sie herum,
lieber Herr Professor, als den Urvater der ›Aberdeen Heresy!‹". „Das
werde ich nun," sagt[5]) Ritschl, „meinem Consistorialrath und dem andern
Titelwesen hinzufügen; obgleich ich mich nicht entsinne, mit dem guten
Manne jemals über die Pentateuchfrage gesprochen zu haben. Er ist sich
nur offenbar auch anderer Heterodoxien bewußt, die ich in ihm erzeugt
habe. Und wegen dieser werde ich ja zwar auch von den alten Weibern
verläumdet, aber doch nicht verklagt." Ein Jahr später berichtet[6]) Ritschl
dem deutschen Leidensgefährten von Smith über dessen Lage folgendes:
„Es ist dieselbe Collision zwischen Inspiration der Bibel und Urkunden

1. Scholz an R. 19. 4. 78.
2 An Harnad 2. 5. 78.
3) Scholz an R. 19. 8. 78.
4 Smith an R. 9. 2. 77.
5) An Mangold 14. 2. 77.
6 An Scholz 8. 3. 78.

der Religion, welche man auch Ihnen hat imputiren wollen. Nach gewissen
Wechselfällen ist jetzt der ordentliche Proceß vor dem Presbytery (Kreis-
synode) zu Aberdeen im Gange. In einer vortrefflichen Vertheidigungs-
schrift hat Smith wegen der ersten Anklage nachgewiesen, daß die West-
minster-Confession die Inspiration der Bibel behauptet, nichts aber über
den Vorgang, und nichts über die Inspiration der Verfasser zu den einzelnen
Büchern, und daß seine Ansichten gegen jenen Satz nicht verstoßen. Nach
sechstägigen Verhandlungen hat die Behörde die Anklage auf Häresie
zurückgewiesen. Nun restirt noch die auf Glaubensgefährlichkeit seiner
Meinungen, worauf er fein geantwortet hat, daß dies kein Vorwurf sei,
der gegen ihn erhoben werden dürfe. Die Lehren von der Trinität und
der Präbestination seien auch gefährlich, also 2c. Er hofft, daß auch diese
Anklage, über welche nach einer Erholungspause von 14 Tagen verhandelt
werden soll, abgewiesen werden wird, da sie nach dortigem Kirchenrecht
gar nicht gestellt werden dürfe. Der arme Mensch wird mit diesen
Sachen seit 1½ Jahren herumgezogen, und wer weiß, wie es ausgeht,
wenn die Gegner an die Generalsynode gehen, die aus Hunderten von
Gläubigen, will ich sagen, besteht, unter welchen die Bergschotten sich
ein großes Stück theologischen Aberglaubens halten, um ihre bekannte
Blöße zu bedecken."

Kapitel XVII.

Die Geschichte des Pietismus.

(1877—1881.)

„Ich komme mir etwas wie Rothe vor, der nach Heidelberg zurück-
ging, um seine Jugendliebe, die Kirchengeschichte, zu pflegen. Nur ist es
bei mir insofern anders, als ich Quellenstudien treibe, die Rothe von
1854 an doch nicht mehr meinte." So schrieb[1]) Ritschl, als ihm nach
Ablauf seines ersten Prorectorats wieder volle Muße für weitere wissenschaftliche Arbeiten zu Theil geworden war. Ihn beschäftigte damals
die Abfassung einer Recension über Reuters „Geschichte der religiösen
Aufklärung im Mittelalter", die er auf den Wunsch des Verfassers über-

---

1) An Holtzmann 29. 10. 77.

nommen hatte. Da Ritschl über die meisten Gegenstände, die Reuter behandelt hatte, niemals eigene Forschungen getrieben hatte, so nahm ihn jene Arbeit mehrere Wochen hindurch in Anspruch, zumal er sich in der Lage sah, überwiegend seinen Widerspruch gegen die Auffassung seines Collegen zur Geltung zu bringen. Die umfangreiche Besprechung des Reuterschen Werks erschien demnächst in den Studien und Kritiken (1878, S. 541—559).

Darauf wandte sich Ritschl einer Arbeit über Georg Witzel zu. Auf diesen Theologen des Reformationszeitalters war er im Zusammenhang der Studien aufmerksam geworden, deren Ertrag er in seinen Prolegomena zu einer Geschichte des Pietismus niedergelegt hatte. Nun meint er, die Untersuchung über jenen „Apostaten vom Lutherthum und Ireniker des 16. Jahrhunderts" werde er auch für seinen Hauptzweck, die Geschichte des Pietismus, verwerthen können. „Witzel," schreibt[1]) er, „interessirt mich nicht blos wegen seiner Grundansicht, in der er mit dem Reformationsprogramm der Franciscaner (Rückgang auf die sociale und sittliche Lage der apostolischen Kirche) übereinstimmt, sondern auch, weil er ein Apostat von einer Partei ist, der er in jugendlicher Einsichtslosigkeit sich hingegeben hatte, und weil er um der Wahrheit willen nach beiden Seiten schlug, und von beiden Seiten geschlagen wurde. In dieser Situation war er aber ein rechter Vermittelungstheolog, der zwischen zwei Stühlen sich nicht auf einen dritten, sondern auf die Erde setzte." „Indessen," heißt[2]) es in einem andern Briefe, „erregt er nicht nur meine Theilnahme in persönlicher Hinsicht, sondern weil er ein Vertreter des franciscanischen Evangeliums ist. Zugleich ist er Erasmianer. Sollte nicht die Haltung des Erasmus auch auf den Franciscanismus zurückzuführen sein?" Die Arbeit wurde noch im Jahre 1877 fertig und erschien unter dem Titel „Georg Witzels Abkehr vom Lutherthum" in dem am 1. Mai 1878 herausgegebenen Heft der Zeitschrift für Kirchengeschichte (II, S. 386—417). „Die Abhandlung über Witzel," schrieb[3]) Ritschl bald darauf, „möchte ich verstanden wissen als eine specielle Probe auf den Werth desjenigen, was die Confessio Augustana 27 über die christliche Vollkommenheit aufstellt. Wer der Geduld und der Berufstreue entbehrte, war nicht geeignet und nicht werth, den Pflug der lutherischen Reformation zu führen; indem er nach dem Ideal einer andern Reformation sich umschaute, muß er die Hand von jener Aufgabe abziehen, und wurde

---

1) An Lipsius 26. 8. 77.
2) An Herrmann 23. 8. 77.
3) An Diestel 25. 5. 78.

ein Schwätzer ohne Erfolg. . . . . Es ist aber eine wohlthuende
Wahrnehmung, wenn sich Gedanken, die man erst unvollständig hat, allmählich auswachsen. Meine Einwendungen[1]) von 1870 gegen die »Reformatoren vor der Reformation« sind jetzt hübsch completirt zu der Erkenntnis der zwei entgegengesetzten Reformationen in der zweiten Hälfte
des Mittelalters und im 16. Jahrhundert. Daß dieselben im Pietismus
durch einander gerührt worden sind, ist der Fluch, unter dem wir
leiden."

So stand die Abhandlung über Witzel für Ritschl durchaus in der
Beleuchtung durch das Interesse, das ihm für die Geschichte des Pietismus aufgegangen war. In die Fortsetzung der Studien über diese
mündete also seine neu angeregte Neigung zu kirchengeschichtlichen Arbeiten ein, und auf sie concentrirte sich in den nächsten Jahren fast seine
ganze literarische Thätigkeit. Der Eifer, mit dem er mehr und mehr
jenen Forschungen oblag, hatte für ihn namentlich auch das Gute, daß
seine Gedanken sowohl von den unerfreulichen Verhältnissen, die mit dem
Emporkommen der sogenannten positiven Union und mit dem bereits in
Aussicht stehenden Rücktritt seines Freundes Herrmann von dem Präsi-
bium des Oberkirchenraths in Preußen eintraten, als auch von anderen
Schwierigkeiten abgezogen wurden, die dem gedeihlichen Fortgang seiner
theologischen Bestrebungen entgegenstanden. Im Hinblick auf diese Entwicklung der Dinge konnte Ritschl in den historischen Studien, denen er
sich ergeben habe, etwas tröstliches erblicken. „Deshalb muß ich es
Brieger danken," sagt[2]) er, „daß er nicht müde geworden ist, mich für
seine Zeitschrift zu werben; es war gerade die rechte Zeit, mir dieses
Feld zu eröffnen. Jetzt habe ich nun freie Zeit, dem Gegenstande zu
Leibe zu gehen, welchen ich durch die neulich publicirten Prolegomena
angerührt habe. Ich möchte wirklich eine Geschichte des Pietismus
schreiben, bis auf die Gegenwart hinab. Ich sehe mich nur dabei vor
eine Schwierigkeit gestellt. Der Pietismus ist so eng verflochten mit
Mystik und Theosophie, daß auch diese nicht unberührt bleiben können.
Aber dieses Gebiet durchzuwandern, dazu gebricht es mir vorläufig an
Muth." „Nicht wahr, Du billigst es," heißt es in einem andern Briefe[3]),
„daß ich mich einer neuen großen Aufgabe widme, und mich durch so
und so viel Misverständnisse und Misdeutungen, welche ich wegen der
Versöhnungslehre erfahre, nicht dazu verleiten lasse, die Leute von ihrem
Unrechte und meinem Rechte zu überführen?"

1. Rechtfertigung und Versöhnung I, S. 118 ff. 2. A. 130 ff.
2) An Weizsäcker 9. 12. 77.
3) An Diestel 11. 1. 78.

Es ist schon berichtet worden (s. o. S. 290 f.), welche Gestalten in der Geschichte des Pietismus Ritschls Aufmerksamkeit zuerst auf sich ge= zogen haben. Diesen anfänglichen Eindrücken entsprach es, daß er nach der Vollendung der Prolegomena zunächst die Absicht hatte, sich mit der Lababistischen Literatur noch eingehender als zuerst zu beschäftigen. „Ich habe zwar," sagt[1] er, „keine »unparteiische Vorliebe« für die Gesell= schaft, wie Goebel von sich bezeugt, aber sie soll ordnungsmäßig analysirt und nach Humanität beurtheilt werden." Als Ritschl dann die Eucleria der Schurmann gelesen hatte, sprach[2] er sich sehr befriedigt über diese Lectüre aus: „Da sieht man direct in ein frommes Leben hinein, und wenn man auch dessen besondere Regeln nicht anerkennt, macht man doch Beobachtungen, die im Allgemeinen normal sind." Nun stand Ritschl gegen Ende des Jahres 1877 vor der eigentlichen Aufgabe selbst, die Geschichte des Pietismus im Zusammenhange zu erforschen und dar= zustellen. Dabei waren denn, besonders im Anfange, mancherlei Schwierig= keiten zu überwinden. „Ich laborire," schreibt[3] er, „daran, erst soviel Quellen= material zusammenzubringen, als mir nöthig ist, um nur meine Aufgabe, die Geschichte des Pietismus, richtig zu begrenzen. Jedes Buch, welches ich von der Bibliothek hole, weist mich auf andere hin, die verglichen werden müssen. Jetzt aber, in dieser Woche, haben auch die Bibliotheks= menschen einmal Ferien, und ich muß meine Sehnsucht nach gewissen Dingen vertagen. Die bezeichnete Aufgabe wird mich mehrere Jahre beschäftigen, auch wenn ich für gewisse Gruppen derselben mich auf die Arbeiten von Vorgängern verlasse. Aber ich freue mich sehr auf dieses Unternehmen, weil ich auf jedem Schritte wahrnehme, daß mein leitender Gesichtspunkt, den ich schon in »Prolegomena« . . . . . vorgetragen habe, sich bewährt."

Ferner klagte Ritschl immer wieder über die Lückenhaftigkeit des Materials, das ihm für seine Arbeit nothwendig war, und dieser Nach= theil stellte sich bei jedem Kapitel von Neuem ein. Auch sagt[4] er zunächst, er „wisse nicht, wo anfangen. Das aber weiß ich, wenn ich ganz besperat bin, fange ich irgendwo an". Aber hierüber kam Ritschl doch bald ins Klare. „Jetzt ergötze ich mich," schreibt[5] er, „an reformirter und luthe= rischer Casuistik des 17. Jahrhunderts, hauptsächlich an Gisbert Voet, der den Kreis repräsentirt, in welchem »die Feinen« als erste Form dessen

1) An Lipk 25. 2. 77.
2) An Lipk 31. 3. 77.
3) An Wilhelm R. 29. 12. 77.
4) An A. Bartels 28. 12. 77.
5) An Harnack 11. 1. 78.

ins Leben getreten ſind, was nachher, auf lutheriſches Gebiet übertragen, Pietismus genannt wird . . . . . . Ich weiß jetzt, wie ich die Aufgabe anzufaſſen habe, in specie, daß ich noch einige Prolegomena aufſtellen muß über Myſtik (deutſche und ſpaniſch-franzöſiſche) des 16., 17. Jahr- hunderts, und über das, was man proteſtantiſche Scholaſtik nennt, — nützlich und lehrreich, wie ich hoffe, zu leſen."

Indem Ritſchl mehr und mehr mit dem holländiſchen Pietismus vertraut wurde, fand[1]) er, daß er „bedeutendes lerne, was in ganz Deutſchland unbekannt iſt, und was, indem es meine Erwartungen be- ſtätigt, ſie noch immer überbietet. Das Ganze kommt hinaus auf die vorgebliche Ergänzung oder Verbeſſerung des höchſt praktiſchen Calvinismus durch Motive der Contemplation, welche ihrer Art nach dem katholiſchen Mittelalter conform, übrigens in ſich verſchiedene ſind. Beſonders über- raſcht hat mich aber, daß auch eine ſo weichliche Manier, wie die von Zinzendorf iſt, ſchon von einem dieſer alten Holländer[2]) vertreten wird". „Wer hat ſo etwas," heißt es in einem anderen Briefe[3]), „bei Calviniſten geſucht? . . . . . . Ich muß nun einen Excurs machen über die Devo- tion des 15. Jahrhunderts in den Niederlanden. Deren Art iſt hier offenbar copirt. Aber ich werde direct hingewieſen auf die vom hei- ligen Bernhard abſtammende Benutzung des Hohenliedes. Hinc illae lacrimae. Luther und Calvin haben weder von dieſem Apokryphum, noch von dem andern, der Apokalypſe, Gebrauch gemacht, Gott lohne es ihnen. Der Pietismus führt ſeinen Siegeszug . . . . . . auf dieſen beiden Vehikeln ſtehend." Ehe der Einfluß dieſer beiden Schriften nicht beſeitigt werde, könne alles Reden vom „Bekenntnis unſerer Kirche uns nicht die Geltung der Frömmigkeit ſichern, welche Luther und Calvin geübt haben, indem ſie kein Spiel der bräutlichen Liebe gegen den Herrn Jeſus und der Neugierde auf die Zukunft geübt haben. Ich verſtehe jetzt vieles von den directen und indirecten Klagen über meinen Unglauben".

Bei ſeiner weiteren Arbeit fand Ritſchl, daß Brakel mit ſeiner Jeſusmyſtik nicht allein baſtehe, ſondern „daß in den Niederlanden vom Anfang des 17. Jahrhunderts eine Reihe von Aſketikern auf einander folgt, welche diejenige Frömmigkeit abſpielen, die ſich auf des heiligen Bernhard Auslegung des Hohenliedes ſtützt, und die man in der Perſon Zinzendorfs für etwas urſprüngliches und eigenthümliches hält. Sie iſt hingegen ſpecifiſch katholiſch; und mit dieſem katholiſchen Zuge haben

---

1) An A. Bartels 6. 6. 78.
2) Wilhelm v. Brakel; vgl. Geſchichte des Pietismus I, S. 297 f.
3) An Harnack 17. 6. 78.

jene Mynheers das reformirte Christenthum reformiren wollen"[1]). Zu
diesen frommen Niederländern, sagt[2]) Ritschl, verhalte sich Zinzendorf
einfach als Epigone, und er habe auch die „begründete Vermuthung, daß
alles, was in Speners Epoche in der lutherischen Kirche als Pietismus
auftritt, und was Spener nur tolerirt und patronisirt hat, von Holland
durch die calvinistischen Territorien in Deutschland vorgedrungen und
von Lutheranern einfach übernommen worden ist. Also diese Erscheinungen, welche uns als Reformation des Lutherthums aufgeredet werden,
sind zunächst calvinistisch, in letzter Instanz mittelaltrig-katholisch. Über
Francke und seinen Kreis habe ich noch kein Urtheil, und ob Zinzendorf
seinen »Umgang mit dem Heiland« von den Holländern oder direct von
Bernhard gelernt hat, ist mir noch dunkel. Im Vergleich mit der Fülle
und der von der Welt abgewendeten Haltung jenes ersten Kreises von
Pietismus erkennt man, daß die jetzigen Pietisten nur noch auf Trümmern
wohnen, und daß sie verweltlicht sind; um so untauglicher aber sind sie,
sich, wie sie es thun, der Kirche anzunehmen. Daher die Verwirrung!
Aber daher auch die Nothwendigkeit, ihnen ihre Geschichte vorzuhalten,
um sie ins offene Unrecht zu setzen".

Von den neuen Ergebnissen seiner Forschung unterhielt Ritschl auch,
wenn die Reihe an ihm war, seine Freunde in dem Herrenkränzchen.
Dort sprach er am 1. Mai über „die Abstammung des Pietismus in
der Epoche Speners aus dem niederländischen Calvinismus"[3]). Das
nächste Mal redete er über „die in Holland zu Anfang des 18. Jahrhunderts zu Stande und zur Geltung in den Conventikeln gelangte
Frömmigkeit nach dem Typus des Hohenliedes". „Ich schloß mit der
Frage," erzählt[4]) er, indem er zugleich auf eine Mittheilung Harnacks[5])
eingeht, daß Bruno Bauer[6]) den Pietismus als den Culturträger der
modernen Zeit bis zum Anfang des 19. Jahrhunderts ausgebe, „welche
Culturbedeutung diese Ernährung der Sentimentalität, welche vom 12. Jahrhundert ihren Lauf nimmt, in Anspruch zu nehmen hat. Ich fürchte
aber, daß Bruno Bauer, trotzdem er im siebzigsten Lebensjahre steht,
nicht durch besondere Kenntnisse legitimirt ist, eine runde Antwort
darauf zu geben. Conventikelleute sind nie Träger der Cultur, weil sie

1) An Herrmann 14. 11. 78.
2) An Diestel 23. 10. 78.
3) An Harnack 2. 5. 78.
4) An Harnack 17. 12. 78.
5) Harnack an R. 16. 12. 78.
6) B. Bauer, Einfluß des englischen Quäkerthums auf die deutsche Cultur
und auf das englisch-russische Project einer Weltkirche. 1878.

keinen Gemeinsinn haben. Nichtsdestoweniger glaube ich, daß diese Gesellschaft ein Element in dem Gange der revolutionären Bewegung in Europa gewesen ist. Sie haben eben keine Achtung vor den kirchlichen Institutionen gehabt und kein Verständnis für die in ihrem Rahmen gestellte Aufgabe. Zugleich haben sie durch ihre quasi chiliastische Tendenz, den Glauben an eine plötzliche Wendung der kirchlichen Zustände zu einer idealen Höhe, was sie von Coccejus übernommen haben, dieselbe irreführende Stimmung auf ihrem religiösen Gebiet angebaut, welche die Aufklärung und der politische Liberalismus in Frankreich im 18ten in Deutschland im 19ten Jahrhundert erweckt haben, als ob mit gewissen Mitteln die politische Gesellschaft sprungweise auf einen idealen Stand gebracht werden könnte[1]). Wenn dasjenige, was darum und daran hängt, die wünschenswerthe Culturhöhe ist, dann sind die Pietisten die Pioniere der dahin führenden Bewegung. . . . . . . Ich habe auch die pietistische Zudringlichkeit zu dem Herrn Jesus, wobei nach dem Recept des heiligen Bernhard die Ehrfurcht schweigt, und der Meister hinter dem Bräutigam verschwindet, im Verdacht, die Aufgabe des »Lebens Jesu« geboren zu haben. In beiden Fällen ist er isolirt von der an ihn glaubenden Gemeinde und entkleidet der Herrschaft über die Welt, die ihm zukommt. Den »allerschönsten und liebenswürdigsten der Menschen«, aber nicht unsern Herrn Jesus Christus kann man darauf ansehen, zu einem Lebensbilde zu sitzen. Es ist wohl nicht zufällig, daß das erste Gedicht von Strauß, das ich kürzlich in dem von Zeller edirten Band Gedichte gesehen habe, an den pietistischen »Herrn Jesus« gerichtet ist. Wenn wir über die verschiedenen Leben Jesu zu unserer Aufgabe zurückkommen sollen, müssen wir auch über den ganzen aufgewärmten Bernhardismus zur Tagesordnung übergehen, den uns die Herren von der Neuen evangelischen Kirchenzeitung als evangelisches Christenthum auftischen. Ich danke Gott, daß ich noch dahinter gekommen bin, warum ich in meiner Jugend auf diese Seelenspeise nicht habe anbeißen mögen."

So energisch Ritschl aber auch sich den Motiven katholischer Frömmigkeit widersetzte, die durch den Pietismus in den Protestantismus eingedrungen waren, so mußte er sie doch in ihrer Art anzuerkennen, wo sie ihm in ihrem eigenen Bereich entgegentraten. „Haben Sie wohl das Buch gesehen," schreibt[2]) er einmal in derselben Zeit, „Schwester Augustine, Amalie von Lasaulx? Es ist die Lebensbeschreibung jener Oberin der Barmherzigen Schwestern in Bonn, welche wegen des Unfehl-

---

1) Vgl. Geschichte des Pietismus I. S. 266 f.
2) An A. Bartels 27. 10. 78.

barkeitsbogma malträtirt worden und 1872 gestorben ist. Es ist eine
Nonne von einer merkwürdigen Freiheit und Gesundheit des Gemüths,
welche mit meinen Freunden Clemens Perthes und Hilgers in genauer
Freundschaft gestanden hat, ebenso wie diese ein Charakter n i ch t nach
der Schablone, und für mich ein Beweis, daß auch in dem Typus der
katholischen Frömmigkeit des heiligen Bernhard etwas werthvolles
erreicht werden kann, wenn dabei die praktische Aufopferung in dem
Berufe geübt wird. Aber indem jene vortreffliche Frau hierin eigentlich
ganz evangelisch denkt, ist ihre Art der Andacht für meinen Maßstab
der Beobachtung doch katholisch, so viele vielleicht geneigt sind, ihn als
evangelisch anzusehen. Denn was sich als besonders inniges und gefühl=
volles evangelisches Christenthum giebt, ist, wenn es auch nur leise An=
knüpfungen an die Beziehungen des Hohenliedes darbietet, meines Er=
achtens katholisch."

Indem Ritschl durch seine Studien über den holländischen Calvinismus
ein Gebiet der Kirchengeschichte kennen lernte, das ihm bisher fast gänzlich
unbekannt war, drängten sich ihm manche Parallelen mit seinen eigenen
Beobachtungen und Erfahrungen auf. So fand[1]) er, „die Combination
von Pietismus und Kirchlichkeit, welche seit 1840 die Signatur unserer
religiösen Lage bildet, sei schon 1670—1700 in der niederländisch-calvi-
nistischen Kirche dagewesen, dort ehe sich beides getrennt hatte". Ein
andermal bemerkt[2]) er: „Bei der Überlegung des Streites zwischen
Voetianern und Coccejanern ist mir eine gewisse Ähnlichkeit des Ver=
laufes mit demjenigen aufgefallen, was ich jetzt zu erfahren habe. Ihre
beiderseitigen Theologien sind im Ganzen so verschiedenartig wie möglich.
Und den Voetianern als den Angreifenden ist völlig verborgen geblieben,
worauf der Gegensatz eigentlich hinauskommt, da sie keine Selbsterkenntnis
hatten. Nur untergeordnete, abgeleitete Punkte haben sie in Angriff
genommen. Und dann haben sie sich den Spaß gemacht, Coccejus mit
Cartesius zusammenzuwerfen, die gar nichts mit einander gemein hatten,
um dann jenen des Rationalismus zu zeihen. Derweile sickerten die
pessimistischen Ansichten des Coccejus von der Lage der Kirche durch und
verschoben die Stimmung so, daß die repräsentative kirchliche Tendenz
der Voetianer ein gewaltiges Loch gekriegt hat, das niemals verstopft
worden ist. Wenn Voetius' Ziel das der Kirche war, so waren Coccejus'
Ziele und letzte Gedanken nicht die der Kirche; eigentlich aber hat er in
den orthodoxen Kreisen Recht behalten. Alles schon dagewesen, Herr

1) An Zöpffel 5. 7. 75.
2) An Harnack 3. 4. 78.

Luthardt! Man muß nur Geschichte des christlichen Lebens studiren, anstatt durch wöchentliche Kirchenzeitung das Christenthum zu entwerthen."

An Coccejus interessirte Ritschl namentlich seine Lehre von dem Reiche Gottes[1]). „Da habe ich," schreibt[2]) er, „eine Entdeckung gemacht, die sich Gaß hat entgehen lassen, nämlich eines Panegyricus de regno dei von 1660 im ö. Bande der Opera. Dieses Document, welches an die Stelle des allgemeinen protestantischen Begriffs der ecclesia das regnum dei setzt, wie auch Alfred Krauß beabsichtigt, ist die Grundlage des allgemein pietistischen Sprachgebrauches. Der Gedanke ist eine unläugbare Bereicherung des protestantischen Gesichtskreises, aber nicht das Ganze, weil Coccejus nicht die protestantisch-reformatorische Schätzung des sittlichen Berufes recipirt hat. Indem er es unterläßt, diesen Grund der Gliederung des Reiches Gottes zu verwenden, hat er eben nur die pietistische Auffassung normirt, welche Heidenmission und innere Mission allein als Werke des Reiches Gottes veranschlagt. . . . . Coccejus ist übrigens nichts weniger als Pietist, aber er ist nur in den pietistischen Kreisen wirksam geworden; da ist er aber der eigentliche Golbonkel, den Bengel und Hofmann[3]) beerbt haben, — also auch H. Schmidt." Coccejus' Rede de regno dei, heißt es in einem anderen Briefe[4]), biete auch dafür den Schlüssel, „daß die süddeutschen Pietisten immer auf Reich Gottes und nicht auf Kirche hinhalten. Nun, das ist so ein Pröbchen von erfreulichen Resultaten meiner Studien, bei welchen ich mich nicht stören lasse durch alle Attaquen von links und von rechts, — denn ich lese von denselben nichts, sondern lasse mir von meinen jüngeren Freunden nur Bericht erstatten. Warum krakehlt man mich immer an? weil man sich von mir bedroht fühlt, namentlich aber, weil man meinen Erfolg beneidet, daß ich Schüler habe."

Die Beschäftigung mit Lodensteyn ferner lenkte Ritschls Blick auf eine andere Parallele mit den kirchlichen Verhältnissen seiner eigenen Zeit. Von dem, was in dessen Hauptwerk „Beschauung Zions" stehe, sagt[5]) er, „hat kein Mensch eine Ahnung; auch Goebel hat sich mit dem Titel begnügt, ohne sich um den Inhalt zu bemühen. Hier ist der Pietismus noch im Schoße der Kirchlichkeit, und zwar der calvinistischen mit ihren theokratischen Ansprüchen und ihrer socialen Tendenz. Hier

---

1) Vgl. Geschichte des Pietismus I, S. 140 ff.
2) An Diestel 24. 4. 78.
3) Vgl. Theol. Lit.-Z. 1878. S. 515.
4) An Wilhelm R. 7. 4. 78.
5) An Link 10. 3. 78.

finden sich aber auch die Charakterzüge, durch welche der moderne kirchlich
geworbene Pietismus sich so widerwärtig macht, namentlich das Coquettiren
mit dem päpstlichen Kirchenwesen und die Sozialpolitik, wie Herr Stöcker
sie gegenwärtig betreibt. Ich hoffe, es soll mir gelingen, ein lebendiges
Bild dieses Christenthums zu entwerfen, in welchem schon die neuesten
Doubletten ihre Verurtheilung finden". Bald darauf sah sich Ritschl
durch seine weiteren Forschungen über Lobenstehn zu folgender Betrachtung [1] veranlaßt: „Du siehst, ich bewege mich in der »feinsten«
Christengesellschaft, glücklicherweise mit einer zureichenden Unterscheidungs-
gabe, um mich wieder herauszufinden. Mir gereicht es dabei zur Genugthuung, daß die . . . . . zur Rechten und zur Linken, die mich abwechselnd zu dem Rationalismus und zur Vermittlungstheologie rechnen,
keine Ahnung davon haben, wo die Glocken hängen, nämlich nach welchen
Maßstäben, richtigen oder irrigen, sich das Leben des Christen richtet.
Das Dilemma wird von meinem Lobenstehn so gestellt: Geistloser
Buchstabendienst und heidnisches Leben — oder geeleveerd als een
Christen zoude, das heißt eine Contemplation Gottes, der alles ist,
während die Creatur nichts ist, nebst einem Grübeln nach Sünden und
dem Bewußtsein, trotzdem in der Heiligkeit immer höhere Stufen zu
erreichen. Mein Dilemma lautet: Entweder das Christenthum als
Sitte oder als ziellose Aufgeregtheit und begleitender Hochmuth. Der
Hauptirrthum der letztern Richtung ist, daß die Kirche das Reich Gottes
sein soll, und die vorgespiegelte Orthodoxie ist gänzlich verlassen von der
Einsicht, wie das sittliche Leben im Einzelnen wie im Ganzen zu organi-
siren ist. Ferner indem man blos die ordinäre Kunde vom Gegensatz
zwischen Katholisch und Evangelisch hat, nimmt man eine Menge mittelaltriger Lebenselemente, die man nicht als katholisch kennt, zur Verbesserung
des evangelischen Christenthums auf."

In den Zusammenhang mit der pietistischen Weltanschauung trat
für Ritschl auch ein Einwand gegen seine Lehre von der christlichen
Vollkommenheit, dessen relative Berechtigung er zunächst nicht hatte
umhin können anzuerkennen. In seiner Recension über die Ethik Calvins
von Lobstein hatte Kähler [2] darauf hingewiesen, der Begriff der Vollkommenheit sei „den Reformatoren ein untergeordneter, ihnen nur durch
die Polemik gegen die perfectio evangelica, d. h. die katholische Vollkommenheit nach Maßgabe der consilia evangelica gegebener". Von
dieser Recension sagte [3] nun Ritschl: „Kähler ist entschieden verstimmt

1) An Diestel 23. 9. 78.
2) Theologische Literaturzeitung 1878. S. 296.
3) An Herrmann 15. 7. 78.

gegen mich, weil er seine Überzeugungen bedroht findet. Sein Argument wegen der Idee der Vollkommenheit ist aber die erste zweckmäßige Ein- wendung, die gegen mich geltend gemacht worden ist." „Seine Bemerkung über Lobstein," heißt[1]) es dann aber nach einiger Zeit, „halte ich darum nicht für unwiderleglich, weil ich sie für erheblich und charakteristisch an- sehe. Ich habe mich nur insofern an ihr erfreut, als sie einen reinen Gegen- satz der Richtung andeutet. Ich habe ihr deshalb die Ehre erwiesen, in einem Kapitel, welches ich in die Prolegomena zum Pietismus eingeschoben habe, sie nach allen Regeln der Kunst zu widerlegen[2]), als eine Ansicht, in welcher ich die petitio principii für die seligmachende Kraft des Pietismus erkenne. Denn wenn die Reformation auf dem Punkt nur fragmentarische Lebensregeln geboten hat, so kann man bei ihr nur bleiben, wenn der Pietismus den Schaden getilgt hat. Übrigens vergleichen Sie einmal Calvin, Instit. lib. I. cap. 2." In einem andern Brief[3]) sagt Ritschl, „verbotenus" habe Kähler Recht. „Wenn man ihm aber hierin nachgiebt, so ist die Religion der Reformatoren ein Stoppelwerk von Fragmenten, in denen ich mich ebenso wenig zurechtfinde, wie die, so vor mir waren. Und unter dieser Voraussetzung bedurfte es der Reform durch den Pietismus, der seine Vollkommenheit, Präcisität, Nicht-Tanzen ꝛc. den Fragmenten des seligen Melanchthon überstülpte. . . . . . Aber wenn ich den Reformatoren folgen soll, so muß ich sie nach der Idee verstehen, welche ihren Gedanken und Absichten das Gepräge der Ganz- heit verleiht, auch wenn ich sie darin besser verstehe, als sie regelmäßig selbst gewußt haben. Sonst bin ich bei meinem Verständnis der Religion nur in der Lage, mich nach einem auf das Ganze zugeschnittenen System umzusehen, und dieses würde ich nicht in dem löblichen Pietismus, sondern nur im Katholicismus finden. Wir können jene Erscheinung nur verdrängen und die Reformation nur rechtfertigen, wenn wir die Entdeckung der Idee der Vollkommenheit in der Confessio Augustana (auch Art. 16, vgl. Art. 2) auf den Schild heben. Und wenn die Rechtgläubigen, einschließlich Spener, das gewußt hätten, hätten sie den Pietismus in der Geburt stranguliren können."

Noch gegen Ende 1878 wurde Ritschl mit der am Anfang desselben Jahres begonnenen Geschichte des holländischen Pietismus fertig[4]). Diese Arbeit nahm ihn, wie überhaupt auch in den folgenden Jahren das Studium des Pietismus, innerlich so sehr in Anspruch, daß er daneben

---

1) An Herrmann 14. 11. 78.
2) Geschichte des Pietismus I, S. 41 ff.
3) An Harnack 4. 8. 78.
4) An C. Steitz 23. 12. 78.

für andere Dinge nicht viel Interesse mehr hatte. Das empfand er auch
selbst mehr und mehr als einen Mangel, dem sich jedoch nicht abhelfen
ließ, und der daher nun einmal ertragen werden mußte. Im Anfang
seiner Arbeit freute er sich zwar sagen[1]) zu können: „So lange
ich noch zu arbeiten vermag und solche Dinge lerne, die außer mir keiner
weiß, so komme ich mir mitunter in sehr drastischer Weise noch recht jung
vor. Diese Empfindung habe ich seit Neujahr . . . . wiederholt
gehabt." Dann aber berichtet[2]) er in anderer Stimmung von seiner
Beschäftigung in den Herbstferien: „Ich sitze nun seit mehr als vier
Wochen bei strammer Arbeit. Die Zeit ist mir im Umsehen vergangen;
aber ich muß meine Manuscriptblätter, die ich in die Mappe gelegt habe,
zählen, um meinen Eindruck zu berichtigen, daß ich noch nichts rechtes
gefördert habe. Deshalb denke ich auch noch gar nicht mit Bestimmtheit
daran, wann und wo ich mir auswärts eine sogenannte Erholung suchen
soll. Denn ich habe nun einmal kein Talent zu reisen und mich anders=
wo behaglich zu fühlen, wo ich nicht Fachgenossen finde, mit denen
ich mich unterhalten kann. Ich bin ein sehr einseitiger Mensch ge=
worden, und jetzt zumal lebe ich wirklich nur unter den holländischen
Frommen des 17. Jahrhunderts, über welche ich studire und schreibe.
Manchmal könnte ich über mich selbst bange werden; indessen auf die
Ferien folgt nachher wieder das Semester und der Verkehr in dem Sprech=
zimmer mit den anderen Collegen. Dadurch wird die fast völlige Ab=
geschiedenheit der gegenwärtigen Zeit wieder ausgeglichen. Aber aller=
dings ist diese Abgeschiedenheit fast vollständig. Die wenigen Bekannten,
welche hier sind, sitzen ein jeder auf seiner Stube, und ich bin
ganz überrascht, wenn — selten — einer kommt. Ich aber gehe erst recht
zu keinem! In der vorigen Woche hatte ich allerdings mehrere Tage
Besuch von dem Pastor Link aus Coblenz. Ehemals mein Zuhörer, ist
er Schüler und Freund geworden, und hat wiederholt eine kleine Erholung
hier gefunden. . . . . Ich habe mich durch ihn durchaus nicht aus
der Arbeit reißen lassen, sondern ihn Morgens bis 11 Uhr entweder der
Unterhaltung mit Fräulein Heinze oder einiger Lectüre überlassen. . . . .
Du siehst, ich komme immer auf die Theologie zurück, jetzt meine einzige
Königin."

    Eine Unterbrechung der Arbeit brachte nur ein zweitägiger Aufenthalt
in Halle, der Ritschl indes blos „überzeugte, daß er sich bei solcher
Gelegenheit nicht erhole, sondern die Anstrengung erst wieder überwinden

---

1) An Wilhelm R. 7. 4. 78.
2) An Clara R. 10. 9. 78.

müsse"[1]). Er kehrte also schnell an die gewohnte Beschäftigung zurück und gab sich weiter deren absorbirenden Einflüssen hin. „Es kommt mir so vor," schreibt[2]) Ritschl wieder davon, „als ob ich auch in der Familie schweigsamer und zu Besuchen anderer nicht sehr geneigt bin; kurz, daß ich gegen meine Natur anfange, mich in mich zurückzuziehen. Ich erkenne aber wohl, daß dieses mit meiner Arbeit zusammenhängt, welche mich mehr occupirt, als so etwas früher der Fall war. Es ist jetzt fast ein Jahr, seitdem ich mich mit dem niederländischen Pietismus beschäftige. Bei der Schwierigkeit, die Quellen zu kriegen, bei der Hemmung, die daraus entspringt, daß ich bald vor-, bald zurückgreifend habe arbeiten müssen, bin ich in eine gewisse Hast gerathen, die mich ungemüthlich nach außen stimmt, zumal ich von anderer Seite her kein Gegengewicht erfahre. Es wird ja wohl so mein Schicksal sein und bleiben. Natürlich habe ich dann nichts mitzutheilen; denn von meinen godzaligen Holländern kann ich doch nicht immer reden; und so verkrumpelt man einigermaßen."

<hr />

Ritschls Beschäftigung mit der Geschichte des Pietismus wurde im Sommer 1878 einige Zeit lang durch eine zwar nur kleine Arbeit unterbrochen, die aber doch erwähnt werden mag, da sie zur Kennzeichnung seiner Stellung zu Hofmann in Erlangen nicht unerheblich ist. Es ist die Recension über dessen Theologische Ethik, die in der Theologischen Literaturzeitung[3]) erschien. Ritschl fand in diesem Werk das Zugeständnis, „daß der Theolog sein Christenthum nicht nach dessen individuellen Bedingungen, sondern in den allgemeingültigen Beziehungen darzustellen habe". Damit, erklärte er, seien seine Einwendungen gegen Hofmanns frühere Formel[4]) erledigt. Er vermißte aber auch in dem neuen Buch eine jener Ansicht entsprechende theologische Methode. Während Ritschl noch mit der Abfassung dieser Anzeige beschäftigt war, schrieb[5]) er: „Der Selige ist mir wie immer in demselben Maße antipathisch wie sympathisch. . . . . . . Wenn ich ihn apologetisch für mich verwenden dürfte, so würde ich gewisse Leute, die in Ihrer Nähe wohnen, gründlich anschauen können; aber ebenfalls, weil ich diesem Reize widerstehen muß, komme ich

<hr />

1) An C. Steitz 11. 10. 78.
2) An Steitz 3. 12. 78.
3) Theologische Literaturzeitung. 1878. S. 514 ff.
4) Vgl. Rechtfertigung und Versöhnung II, §§ 2 und 3: f. Bd. 1, S. 308.
5) An Harnack 10. 7. 78.

nicht vom Flecke." Besonders interessire es ihn, sagt[1]) Ritschl, „die mannigfachen Übereinstimmungen zu constatiren, die zwischen jenem und mir vorkommen". Zugleich nahm er Hofmann einem Freunde gegenüber in Schutz, der ihm sein Befremden ausgesprochen[2]) hatte, daß jener den metaphysischen Sauerteig aus der wissenschaftlichen Behandlung der Religion hinwegschaffen wolle, indem er sie als eine Art Philosophie der Geschichte[3]) zu vollziehen suche. „Die citirte Äußerung von Hofmann," entgegnete[4]) Ritschl, „die mir ebenfalls aufgefallen ist, dürfen Sie als Zeugnis für die Wahrheit nicht gering achten, wenn auch seine correlate positive Ansicht so unbeutlich ist, wie man von ihm erwarten darf. Aber die Analogie der Theologie mit Philosophie der Geschichte ist doch nicht durchaus unrichtig, wenn die Ablehnung der Metaphysik zu verstehen ist als Ablehnung einer Philosophie der übernatürlichen Naturordnungen. Der Fehler bei Hofmann ist nur, wie er Gott selbst in die Geschichte hineinzieht."

Einem andern Vertreter der älteren Theologengeneration, zu welchem Ritschl ebenso wie zu Hofmann niemals persönliche Beziehungen gehabt hatte, und von dessen Bestrebungen sich die seinigen immerhin noch mehr unterschieden, als von denen Hofmanns, bewahrte er doch aus persönlichen Gründen ein sehr freundliches Gedächtnis. Als die Stelle Landerers in Tübingen wieder besetzt werden sollte (s. o. S. 302), war Beck durchaus damit einverstanden gewesen, daß Ritschl von der Facultät an erster Stelle vorgeschlagen würde. Dieses unbefangene und unparteiliche Verhalten aber rechnete[5]) ihm Ritschl um so höher an, als jener ihn einige mißliebige Äußerungen in seinem Werke über die Rechtfertigungslehre nicht habe entgelten lassen, die er daher auch in einer etwaigen neuen Auflage streichen wolle. Dann schrieb[6]) Ritschl einige Tage nach dem Tode dieses Theologen: „Auch Beck ist abgerufen worden, für sich ein respectabler Mann in jeder Beziehung, aber nicht von wohlthuender Wirkung für die Kirche! Wenn die Alten abgeben, rücken wir ins alte Register ein."

Und daß er nun in dem zunehmenden Alter in anderer Weise seinen Weg verfolge, als in jungen Tagen, dessen war sich Ritschl wohl bewußt, als er folgendes erzählte[7]): „Als ich kürzlich aufgefordert wurde, zu

1) An Zöpffel 5. 7. 78.
2) Herrmann an R. 13. 7. 78.
3 Vgl. Hofmann, Theologische Ethik. S. 20.
4) An Herrmann 15. 7. 78.
5) An Harnack 28. 6. 77.
6) An Link 30. 12. 78.
7) An A. Bartels 27. 10. 78.

einer Statistik der evangelischen Geistlichkeit[1]) mein Bild nebst Denkspruch
herzugeben, habe ich mich charakterisiren zu dürfen geglaubt durch den
Spruch des Paulus: ›Wir rühmen uns der Bedrängnisse, denn die Be-
drängniß wirket Geduld‹. Und zwar nach dem Ausspruch desselben, nicht,
weil ich sie erreicht hätte, aber weil ich sie zu erwerben als die tägliche
Aufgabe ansehe. Hätten Sie mich wohl vor 30 Jahren dafür angesehen,
daß ich darauf hinauskäme?" Doch wie vor 30 Jahren, so waren es
auch nun wieder gerade öffentliche Dinge, die Ritschls ganzes Empfinden
in Anspruch nahmen, wenn ihm auch selbst nicht mehr die Gelegenheit
eine Pflicht auferlegte, seine Kraft für das Wohl des staatlichen Gemein-
wesens direct dienstbar zu machen. Aber im Innersten seiner Persönlichkeit
war er empört und tiefbetrübt, daß die aufrührerische Bewegung, der er
selbst einst als junger Mann geholfen hatte entgegenzuwirken (s. Bd. 1.
S. 142 ff.), von Neuem, nur in anderer Form, hervortrat, und in den
verbrecherischen Angriffen auf die ehrwürdige Person des Kaisers ihre
letzten Ziele enthüllte. „Verzeihe," schreibt[2]) er einmal, „daß ich mich
gegen Dich in allerlei Scherzen ergehe zu einer Zeit des tiefsten Druckes
und der entsetzlichsten Schande, deren Maß nun aber erfüllt ist, und
unsern Blick auf die nöthige Gegenwirkung richten läßt. Wenn ich dem
nachhinge, so wäre ich nicht im Stande gewesen, die Feder zu ergreifen.
Ich habe noch nie so wenige Briefe empfangen und geschrieben, als in
den letzten fünf Wochen. Die Lähmung, welche ich in dieser Beziehung
erfahren habe, scheint auch die anderen betroffen zu haben. Also da wir
höchstens über den Grad der nothwendigen Reaction uneinig sein könnten,
da Du, wie ich glaube, es bis auf den zweimaligen Besuch des sonntäg-
lichen Gottesdienstes wirst treiben wollen, der für jeden Wähler obliga-
torisch sein soll, — so drücke ich Dir im Geiste die Hand des Einverständnisses ohne Worte."

Ebenso beginnt Ritschl einen anderen Brief[3]) mit derselben Mittheilung, er habe noch nie so wenig von seinen Freunden erfahren, „wie
in der letzten Zeit, und ich lege mir eine Nöthigung auf, indem ich mich
entschließe, die Feder zu ergreifen. Aber ich habe in der bezeichneten Frist
oft genug an Sie gedacht, um mich heute an Sie zu wenden, um mit
Ihnen die Klage darüber auszutauschen, was aus uns seit wenigen Jahren
geworden ist. Soweit mußte es kommen, um alle die doctrinären und
parteiischen Impulse zu erschüttern, durch welche sich die Leiter der öffent-

---

1) Hottinger, Die Evangelischen Geistlichen des Deutschen Reichs. Berlin
und Straßburg. 1880.
2) An Marcus 10. 6. 78.
3) An A. Bartels 6. 6. 78.

lichen Angelegenheiten haben treiben oder einschläfern lassen. Und leider
ist von allen Seiten gesündigt worden theils durch das Zutrauen, daß
sich alle Misbräuche der Freiheit durch deren schrankenlose Ausdehnung
heben ließen, theils durch die Voraussetzung, daß man nur streng an
seinem Parteiprogramm halten müsse, um sich der Macht zu versichern,
zu der man auf seinem Gebiete, Staat oder Kirche, berechtigt sei. Gesetzt
nun, daß jetzt das Nothwendigste geschieht, die Partei des Umsturzes zu
bändigen, so haben wir dadurch noch kein sicheres Fahrwasser zu erwarten,
da das Staatsschiff unter keinem sichern Steuer steht, um das richtige
Fahrwasser zu erreichen. Ist es Bismarcks Krankheit, oder hat der Mann
die Grenze desjenigen erreicht, wozu er befähigt ist; es ist ein solches
Schwanken und hastiges Haschen nach neuen Maximen eingerissen, daß
niemand weiß, welche Entscheidungen auf allen Gebieten demnächst zur
Geltung kommen werden. In dieser Hinsicht aber ist für uns von der
Universität und von der Kirche die noch schwebende Krisis Falks die
nächste Sorge. Die Quertreiberei der Herren Hofprediger könnte für
vieles verhängnisvoll werden, was man in Falks sicherer Hand geborgen
achtete. Wir haben vor drei Wochen den Unterstaatssecretär Sydow hier
gehabt. Derselbe hat unter anderem mit meiner Facultät eine Conferenz
gehalten. . . . . Wir haben uns von dem guten Willen dieses
Stellvertreters Falks und von seiner Offenheit und Feinheit in Geschäften
zu überzeugen Ursache gehabt, und ich insbesondere von einer gewissen
Gunst, die man mir zuwendet. Ich habe auch noch Gelegenheit gehabt,
mich öffentlich dafür dankbar zu erweisen. Nämlich bei dem Diner,
welches die Mitglieder der Universität dem Herrn gaben, beging . . . .
die Ungeschicktheit, allerlei Lamentationen vorzutragen, welche in gewissen
Schichten der Professoren gangbar sein mögen, welche er selbst aber kaum
theilt. Ich war mit meinem Nachbar, einem alten Göttinger, darüber
einig, daß dies wenig tactvoll geredet war, als mir . . . . zwei
Zettel von Collegen zukamen mit der Aufforderung, einen Toast auf Falk
auszubringen. Es war nicht Zeit, sich zu besinnen, wenn ich der Erwiderung Sydows zuvorkommen wollte; also legte ich - unvorbereitet, wie
ich war-, los, und muß wohl das Richtige getroffen haben; denn selbst
. . . . hat sich zweimal bei mir bedankt, und für die Erwiderung
Sydows war die Luft gereinigt. Kaum hatte uns derselbe verlassen, als
die Krisis in die Öffentlichkeit kam. Sollten meine guten Wünsche vergeblich gewesen sein, oder werden sie zu einem guten Ausgange helfen?"

Kurz nach dieser besorgten Äußerung entschied es sich zwar, daß Falk
noch in seinem Amte blieb, und Ritschl konnte erklären[1]: „Die einzige

---

1) An Marcus 10. 6. 78.

Genugthuung in den letzten Wochen der Verwirrung hat mir die Erhaltung
von Falk gewährt." Ein Jahr später aber schied der verdiente Minister
wirklich aus seinem Amt. Damals schrieb[1]) Ritschl: „Übrigens leben
wir im Allgemeinen in keiner erfreulichen Zeit," und wies auf „die Ver-
wicklungen der politischen Lage" hin, „deren Ablauf unklar ist, obgleich
ich weit entfernt bin von dem Pessimismus der Liberalen, die an ihrem
Fiasco selbst schuld sind. Falks Abgang ist mir leid, zumal er durch die
Machtstellung von Kögel und Consorten herbeigeführt ist. Einen großen
Fehler hat jener freilich durch die Simultanschulen begangen. Aber
was Herr v. Puttkamer leisten wird, steht nicht unter günstigen
Auspicien."

Von Gegnern Ritschls ist die Meinung verbreitet worden, daß Ritschl
auf Falk großen Einfluß gehabt und namentlich dazu ausgenutzt habe,
seine Schüler in erledigte Professuren zu bringen, wie er überhaupt auch
sonst diesen Zweck auf jede mögliche Weise erstrebt haben soll. Allerdings
hat Ritschls Urtheil bei Falk und einigen seiner Berather in einem gewissen
Ansehen gestanden, und einigen seiner Anhänger hat er damals thatsächlich
durch seine Fürsprache zur Professur verholfen[2]). Unter den späteren
Ministerien aber ist Ritschl gar nicht mehr in der Weise Vertrauensperson
gewesen, daß er es sich hätte herausnehmen können, in Berufungsangelegenheiten seine etwaigen Wünsche vorzutragen[3]). Wenn er übrigens aber

1) An Wilhelm R. 21. 7. 79.

2) Im Ganzen sind es folgende Fälle, in denen Ritschl durch seinen persönlichen
Einfluß auf die ausschlaggebende Behörde die Beförderung einiger seiner Schüler zum
Professor erreicht hat. Der erste Fall spielt nicht in Preußen, sondern im Elsaß (f. o.
S. 121 f.). Zweitens ist Ritschls Empfehlung für Benders Berufung nach Bonn mit
ins Gewicht gefallen. Auf eine Anfrage Holtzmanns (17. 10. 74) hatte er diesen bereits
am 24. 10. 74 auf Bender aufmerksam gemacht, der geeignet sei, die durch Schultz' Über-
gang nach Heidelberg erledigte systematische Professur in Straßburg auszufüllen. Dann
hat Ritschl wieder auf eine ausdrückliche Anfrage Mangolds (14. 2. 76) noch einmal
Bender als Ersatz für v. d. Goltz in Bonn empfohlen (17. 2. 76), und, nachdem die
Bonner Facultät „einmüthig Bender und Kaftan ohne Location dem Ministerium zur
Auswahl präsentirt" hatte (Mangold an R. 19. 3. 76), auf Mangolds Bitte um dieses
„Freundschaftsstück", in einem Briefe an den Ministerialdirector Förster sich für
Bender verwandt (An Mangold 25. 3. 76). Drittens hat Ritschl 1877 durch seine
Fürsprache bei dem Ministerium erreicht, daß Duhn in Göttingen zum Extraordinarius
ernannt wurde.

3) Nippold (Neueste KG. Bd. 3. S. 451) u. a. sind der Ansicht, daß Ritschls
persönliche Beziehungen zu dem Referenten in dem Cultusministerium, Bernhard
Weiß, von Einfluß auf die Besetzung von akademischen Lehrämtern gewesen
seien. Herr Wirkl. O.-C.-R. Weiß hat mich ermächtigt zu erklären, daß
er in Berufungsangelegenheiten niemals Ritschl um Rath gefragt.

gelegentlich von auswärtigen Collegen um seinen Rath in diesen Dingen gebeten wurde, so hat er doch nur ein ihm eben durch solche Fragen ausdrücklich zuerkanntes Recht ausgeübt, indem er Männer nannte, die er für die betreffenden Stellen als geeignet ansah. Immerhin war Ritschl mit seinen Empfehlungen viel zurückhaltender, als gewisse andere Theologen[1]). Insbesondere hat er bei Neubesetzungen, die in Göttingen selbst nothwendig wurden, die etwaigen Interessen seiner „Schule" in keiner Weise den rein sachlichen Rücksichten vorangestellt, durch die allein er sein Verhalten bestimmen ließ (s. o. S. 284). Er war viel zu loyal und hatte eine zu große Achtung vor den gleichen Rechten seiner Collegen, als daß er jemals in Versuchung gekommen wäre, deren Absichten und Meinungsäußerungen durch Intriguen oder irgend welche Begünstigungen seiner Anhänger oder ihm anderweitig empfohlener[2]) Personen wirkungslos zu machen.

und daß dieser ebenso wenig jemals den Versuch gemacht hat, ihm in diesen Dingen seinen Rath zu ertheilen.

1) Vgl. z. B. die Mittheilungen bei Stade, Die Reorganisation der Theologischen Facultät zu Gießen. S. 53. 59.

2) Auf Ritschls Verhalten bei der Besetzung der zu seiner Zeit erledigten Professuren in Göttingen achtet Nippold in seinem Tendenzroman von der „Eroberung der theologischen Facultäten" durch die „Ritschl'sche Schule" merkwürdiger Weise gar nicht. Und doch ist es ihm vielleicht nicht unbekannt, welche Stellung Ritschl einer Zumuthung gegenüber eingenommen hat, die ihm Nippold selbst im Jahre 1875 hatte ansinnen lassen. Darüber geben zwei Briefe Ritschls nähere Auskunft. Dieser schrieb am 2. 12. 75 an Diestel: „Gestehe es nur, daß Deine lebhafte Schutzrede für Nippold nicht durch meine neulich gemachten Mittheilungen hervorgerufen ist, sondern durch das Gesuch Nippolds um Deine Intercession bei mir. Er hat sich in derselben Weise auch an Steitz gewendet, der mir den betreffenden Passus seines Briefes mitgetheilt hat. Nun haben wir den Vorschlag zur Besetzung der Dunckerschen Stelle schon gemacht, und derselbe geht nicht auf Nippold. Aber gesetzt, daß res integra wäre, so würde ich bei aller Achtung vor Nippolds Talenten und Betriebsamkeit ihn nicht vorgeschlagen haben, 1) weil ich ihn nicht durchgesetzt haben würde, 2) weil ich ihm kein Vertrauen schenke. Ich achte es nicht als gleichgültig, daß er durch seine stets geübte Verknüpfung seiner historischen Darstellungen mit Seitenblicken auf die Gegenwart seinen Credit verdorben hat. Ich werde ebenso verletzt durch die Lobhudeleien, die er ausstreut, ... als durch die unmotivirten Anzüglichkeiten nach anderen Seiten hin." Ferner heißt es in einem Brief an Steitz vom 28. 12. 75: „Unmittelbar nach Deiner letzten Mittheilung empfing ich nämlich auch einen Empfehlungsbrief für ihn von Diestel, der es freilich verschwieg, daß er durch Nippold selbst angeregt sei. Endlich hat er auch noch Jacobi in Halle in Bewegung gesetzt, ... ihn durch Bertheau an uns zu empfehlen. Welcher ordentliche Professor thut solche Schritte! Überdies hat er wunderliche Vorstellungen, wenn er meint, daß ich auf meinen Kopf in der Sache über meine Collegen verfügen könnte. Aber ganz abgesehen von der Geneigtheit, die ich nicht gehabt habe, ... ist eine Berufung seiner

Hielt sich also Ritschls Mitwirkung bei der Besetzung von theologischen Lehrstühlen durchaus in den Grenzen der ihm von den eigentlich betheiligten Factoren selbst eingeräumten Zuständigkeit, und hatte sie daher auch bei weitem nicht den Umfang, der ihr von gewissen Gegnern angedichtet wird, so gereichte es ihm doch zur großen Genugthuung, daß alsbald einer erheblichen Zahl seiner Anhänger in den meisten Fällen ohne sein Zuthun wichtige theologische Lehrämter übertragen wurden. Nachdem zunächst Bender 1876 als ordentlicher Professor nach Bonn berufen worden war, kam 1878 Kattenbusch, und 1879 Harnack nach Gießen. Da außer diesen beiden auch Schürer und Stade, dessen fast ausschließliches Verdienst die Erneuerung der Gießener Facultät war, mit Ritschl freundlich standen, so konnte Gießen allerdings mehr als jede andere Universität für eine Pflanzstätte seiner Theologie angesehen werden. Im Hinblick auf die Berufung Kattenbuschs schrieb[1]) Ritschl: „Für allerhand Hasser und Reiber ist es wissenswerth, daß ich dazu so gut wie nichts mitgewirkt[2]) habe,

Person hieher nicht ausführbar, weil er reformirter Confession ist: wenigstens ist das wegen seiner Herkunft aus dem Clevischen Orte Emmerich zu präsumiren. Diesen Defect objectiver Kirchenangehörigkeit wird er wohl schwerlich durch subjectiv lutherisches Bekenntniß ersetzen; wir aber sind statutarisch daran gebunden. Tieftel scheint ihn unterrichtet zu haben, daß für ihn nichts los ist. Ich habe keinen Anlaß genommen, ihm direct etwas mitzutheilen, da er doch nicht das gute Gewissen gehabt hat, sich brieflich an mich zu wenden, obgleich er mir einige Kleinigkeiten unter Kreuzband zugesendet hat. Es ist zu bedauern, daß er nicht weiß, daß sein Werth von den anderen ganz anders beurtheilt wird, als von ihm selbst." Wie oben berichtet ist (S. 284), wurde Reuter damals nach Göttingen berufen, auf Anregung Wagenmanns, dessen Wünschen sich Ritschl ohne weiteres angeschlossen hatte. Wäre dieser nun wirklich der intrigante und rücksichtslose Protector seiner Schüler gewesen, als den ihn Nippold zu verdächtigen liebt, so wäre es ihm damals unter Falks Ministerium vielleicht nicht allzuschwer gewesen, etwa Harnack oder Zöpffel die Stelle in Göttingen zu verschaffen. Aber er hat auch nicht einen Finger dazu gerührt, die Berufung eines dieser beiden Männer zu erstreben, die sich, auch objectiv angesehen, wohl leichter hätte durchsetzen lassen, als etwa Nippolds von diesem selbst ambirte Berufung. Ebenso unparteiisch hat aber Ritschl auch später bei Göttinger Berufungsangelegenheiten gehandelt. Ich habe nicht das Material, um auch darüber bereits im Einzelnen nähere Mittheilungen zu machen.

1) An Linf 30. 12. 78.

2) Nippold, der in der 3. Aufl. seiner neuesten Kirchengeschichte (S. 457 f.) sich nur erst in allgemeinen und doch hinlänglich durchsichtigen Andeutungen über das „Schulemachen" ergangen hatte, liefert das eigentliche Paradestück seiner großartigen Legendenproduction in dem Gerede von der „Göttinger Strategie", durch welche die theologische Facultät Gießen von Ritschl und seinen Helfershelfern für seine Schule planmäßig erobert worden sein soll (Einzelschule 3'4. S. 86 ff.). Soweit in diesen Constructionen Ritschl selbst die eigentlich agirende Rolle von Nippold zugeschrieben wird, sind sie durch die actenmäßige Darstellung von Stade (Die Reorganisation

denn daß ich über Kattenbusch Auskunft geben mußte, war nicht entscheidend." Dann wurde Herrmann 1879 als Vertreter der systematischen
Theologie nach Marburg berufen, wo außer ihm Brieger und Heinrici zu
Ritschl in einem freundlichen Verhältnis standen. 1882 erhielt Gottschick
die Professur für praktische Theologie in Gießen. Im Jahre 1883 kam
Wendt als ordentlicher Professor nach Kiel, zwei Jahre später nach Heidelberg. Endlich wurde Lobstein 1884 Ordinarius in Straßburg, wo er seit
1877 bereits als Extraordinarius thätig gewesen war.

Doch schon ehe diese späteren Veränderungen erfolgten, konnte Ritschl
freudig hervorheben[1]), daß auf allen Facultäten des westlichen Deutschlands, mit Ausnahme von Heidelberg, seine Dogmatik vorgetragen werde.
„Wer hätte das vor fünf Jahren erwartet? Ich nicht. Ich bin auch
so fromm, daß ich Gott nicht um diese Fügungen angebettelt habe; aber
ich danke ihm dafür." In den Pfingstferien 1879 besuchte Ritschl seine
Freunde in Gießen. „Hier," schreibt[2]) er, „habe ich einige vergnügte Tage
mit den jungen Herren zugebracht; mit mir war Wendt gereist, und dort
trafen wir auch Brieger. Schade, daß Du nicht zufällig auch daselbst
zu finden warst. Zum 31. Juli bin ich sehr bringend nach Straßburg
begehrt, um Reuß mit feiern zu helfen; indessen das geht aus verschiedenen
Gründen gar nicht an, zumal ich allen solchen Strapazen gern aus dem
Wege gehe, und mir deshalb auch die Mission zur goldenen Hochzeit[3])
in Berlin verbeten habe."

Während zu Ritschls Freude seine jüngeren Freunde nach und nach,
zum Theil recht schnell, in ihrer Laufbahn vorwärts kamen, raubte ihm
der Tod binnen kurzer Zeit die nächsten seiner alten theologischen Genossen.
Nachdem im December 1878 sein Schwager, der Pfarrer Wehner in
Frankfurt, einem langen Leiden erlegen war, starb am 19. Januar 1879
auch sein Schwager Steitz. Als Ritschl die diesem gewidmeten Gedächtnis-

der Theologischen Facultät zu Gießen 1894; s. bes. S. 43) in jeder Hinsicht widerlegt
worden. Und gerade diese Nachweisungen Stabes über Ritschls Betheiligung an jener
Angelegenheit werden auch durch die Gegenschrift von Weiffenbach (Herrn Dr. Stabes
Wahrheit und Dichtung. 1894) in keiner Weise erschüttert, sondern vielmehr nur bestätigt. Außerdem vergleiche man zu Nippolds Klagen über das angeblich Pünjer
widerfahrene Unrecht, für welches auch wieder Ritschl verantwortlich gemacht wird
(Neueste KG. S. 458. Einzelschule 3 4. S. 99 f.), die Mittheilungen bei Stabe,
S. 57 ff.: ferner zu der ganzen Sache Schürer in der Theologischen Literaturzeitung.
1894. S. 145 f.
1) An Rasemann 22. 8. 79.
2) An Mangold 3. 7. 79.
3) Gemeint ist die goldene Hochzeit des Kaisers Wilhelm und der Kaiserin
Augusta.

reben empfangen hatte, schrieb[1]) er der gebeugten Witwe: „Sie sind, wie
sie sein können, pietätvoll und wahr, indessen wie viel reicher ist ein
Charakter, und wie viel nüancirter müßte die Schilderung desselben sein,
wenn sie dem näher stehenden treffend erscheinen sollte! Ich will ja
weder gegen den einen noch den andern einen Vorwurf hiemit erheben,
sondern nur ausdrücken, daß ich die Schwierigkeit voll empfinde, solche
Erinnerungen zu sammeln und auszusprechen. Wer kann es auch nur
einem dritten sagen, wie freudig behaglich und wie geistig erhebend die
Stimmung war, in welche man durch Eduards Güte und Noblesse versetzt
wurde, man mochte Großes oder Kleines mit ihm durchsprechen. Das
wissen nur wir, und darin glich er trotz der Verschiedenheit des Tempera-
ments meinem Vater." Und seinem Freunde Diestel gegenüber äußerte[2])
sich Ritschl über die beiden Todesfälle in seiner Verwandtschaft mit
folgenden Worten: „Als ich im October 1877 mit allen den Meinigen
zuletzt dort war, habe ich nicht geahnt, daß ich die beiden trefflichen
Männer zum letzten Male gesehen habe. Indessen ist es gut, daß einem
solche Ahnungen nicht aufgehen."

Dieser Ausspruch steht in dem letzten Briefe, den Ritschl an Diestel
geschrieben hat. Vom 23. bis zum 25. April war dieser noch einmal
bei ihm in Göttingen zu Besuch. Dann traf ihn als die nächste
Nachricht, die er aus Tübingen empfing, die ganz überraschende
Mittheilung von dem am 15. Mai erfolgten Tod des treuen Freundes.
„Er war mein ältester theologischer Genosse," schreibt[3]) Ritschl, „mit
dem ich mich auf das leichteste verstand. Ein ehrlicher treuer Mensch, der
sein Fach musterhaft vertrat und eine ausgebreitete Gelehrsamkeit und
theologische Bildung besaß." Zugleich war Ritschls Theilnahme durch
den Tod seines Göttinger Collegen Grisebach und durch die Aussicht,
daß sein Freund v. Seebach einem schweren Leiden in absehbarer Zeit
erliegen werde, aufs lebhafteste in Anspruch genommen. Er sah in allen
diesen Verlusten „die Einsamkeit des Alters sich vorbereiten."

Am 25. Juni 1878 wurde Ritschl zum außerordentlichen geistlichen
Mitglied des Landesconsistoriums in Hannover ernannt: „Dieses Vergnügen," sagt[4]) er „hätte ich jedem andern auch gegönnt. Denn wenn

1) An C. Steitz 18. 2. 79.
2) An Diestel 21. 2. 79.
3) An C. Steitz 30. 5. 79.
4) An Zöffel 5. 7. 78.

ich ein ordentlicher Theolog bin, so bin ich barum gar nicht kirchen-
regimentlich qualificirt. So was mag sich für den großen . . . .
schicken, ich aber bin zu geringe, um so viele Charismen auf mich zu
nehmen, wie jener, und schließlich kommt die Vielheit derselben auf das
Zungenreden hinaus, bei welchem der νοῦς nicht betheiligt zu sein
braucht." Allerdings legte das neue Amt Ritschl nur selten die Pflicht
auf, an Sitzungen des Consistoriums Theil zu nehmen, aber da es dann
gewöhnlich geringfügige Sachen waren, zu deren Erledigung er sich nach
Hannover begeben mußte, so waren ihm solche Fahrten bei seiner Schwerfälligkeit im Reisen meist gar nicht willkommen. Doch fand er, ebenso
wie wenn er an dem Examen in Hannover mitwirkte, an dem collegiali-
schen Verkehr mit den Herren vom Consistorium großes Gefallen. Als
er zum ersten Mal an einer Sitzung dieser Behörde und des Synodal-
ausschusses Theil genommen hatte, erzählt[1]) er, er „habe sich ganz
freundlich mit den Herren berührt und habe durch einen Toast am Tische
des Abtes zu Loccum sogar den Herrn Brüel . . . . zu einem
Toast auf die echte Wissenschaft begeistert. Was willst Du bei Tische
mehr?"

Ein anderes Nebenamt hatte Ritschl nun bereits fast 10 Jahre inne,
das theologische Examen der Schulamtscandidaten. Von seinen Erfahrungen in dieser Thätigkeit berichtete[2]) er noch einmal seinem Freunde
Diestel folgendes: „Ich habe als Mitglied der wissenschaftlichen Prüfungscommission hier das zweifelhafte Vergnügen, einen großen Theil der
Candidaten des Schulamtes in der Religion auf allgemeine Bildung zu
prüfen. Wenn ich nun frage, worauf sie Werth legen, daß sie Protestanten und nicht Katholiken sind, so kriege ich immer die Antwort:
›daß wir eine größere Freiheit haben, nämlich unsere Überzeugung selbst
festzustellen‹. Und wenn ich frage: ›Weiter nichts‹? so heißt es stets:
›daß wir dabei blos die heilige Schrift gebrauchen‹. Ich schließe daraus,
daß, soweit noch religiöses Interesse in den mittleren Classen vorhanden
ist, es auf dasjenige läuft, wogegen Schleiermacher und seine Nachfolger,
die Vermittlungstheologen ohne und mit Hahnenkamm (dies sind die
sich so nennenden Lutheraner), reagirt haben. Diese ganze Gesellschaft,
welche seit 60 Jahren den Stuhl Mosis einnehmen, ist für das Volk,
welches den mittleren Durchschnitt der Bildung einnimmt, völlig
wirkungslos, und die niederen Classen haben sie geradezu vom Christenthum entfremdet."

1) An Link 7. 5. 79.
2) An Diestel 21. 2. 79.

Um seinerseits dazu beizutragen, auch bei den nichttheologischen Studenten, namentlich den künftigen Religionslehrern, das Verständnis des Christenthums als einer zusammenhängenden Welt- und Lebensanschauung zu fördern, hatte Ritschl bereits im Winter 1877/78 seinen „Unterricht in der christlichen Religion" vor Hörern aus verschiedenen Facultäten erläutert, und dasselbe Unternehmen wiederholte er im Sommer 1880. Das erste Mal waren die Theologen, das zweite Mal die Philosophen in der Minderzahl. Von den Anfängen jener ersten Vorlesung über sein Lehrbuch berichtete[1]) Ritschl folgendermaßen: „Ich bin mit einer nicht geringen Spannung an die Aufgabe gegangen, da ich mir über die Art des Vortrags im Voraus keinen Vers machen konnte. Erleichtert wurde mir die Sache, als ich wahrnahm, daß die 50 Zuhörer, die ich bisher gefunden habe, von Anfang an zwar Papier zum Schreiben, aber meist nicht das Buch vor sich hatten. Ich sah also, daß ich mich nicht blos auf freie Rede einlassen durfte, sondern der σκληροκαρδία nachgeben und Sätze dictiren mußte. Das habe ich nun nach Bedürfnis geleistet und durch die Art der schriftlichen Glossirung erreicht, daß die Leute das Buch haben, aus dem ich auch nur immer einzelne Sätze hervorhebe, die der Erläuterung theilhaftig werden. . . . . . Das Übele aber ist, daß ich in keiner Stunde so weit komme, wie ich will. Ich muß nachher zu überspringen versuchen. Ob ich die richtige Manier treffe, muß ich dahingestellt sein lassen. Ich will aber erst daran zweifeln, wenn die Schaar dünner werden sollte." Ähnliche Mittheilungen machte Ritschl Rasemann, und dieser verhehlte ihm in seiner Antwort[2]) nicht, er sowohl wie Herrmann hätten sich bei dem Gedanken „weiblich gehegt", daß auch dem Verfasser selbst die Auslegung seines Lehrbuchs nicht leicht geworden sei.

In demselben Semester behandelte auch Harnack in Leipzig Ritschls Unterricht in conversatorischen Übungen mit einem Kreise von 12 Studenten[3]), unter denen sich Martin Rade und Wilhelm Bornemann befanden. Er berichtete mehrfach mit vielem Vergnügen davon, mit welchem Eifer und Verständnis die jungen Theologen, die zur Hälfte Ritschls Rechtsfertigungslehre kannten, an den Verhandlungen Theil nähmen, und wie sie durch diese gemeinsame Beschäftigung auch persönlich einander als Freunde nahe getreten seien. Am Schluß des Semesters ließen sich alle mit Harnack in der Mitte photographiren und überreichten Ritschl

---

1) An Harnack 9. 11. 77.
2) Rasemann an R. 3. 11. 77.
3) Harnack an R. 15. 11. 77.

ein Exemplar des Bildes als Zeichen ihres auch ihm gezollten Dankes. Einige Tage später kam Harnack selbst nach Göttingen, um Ritschl zu besuchen. „Ich habe," schreibt[1]) dieser, „im Verkehr mit ihm fast ge= schwelgt, da aller Austausch zwischen uns glatt und ohne Friction vor sich ging. Er hatte sein Exemplar des Unterrichts mitgebracht und hat mir seine Desiberien mitgetheilt, welche ich bei der neuen Auflage berück= sichtigen werde."

Die Aussicht, daß eine solche über kurz oder lang nothwendig werde, erfüllte sich freilich nicht so rasch, wie man es nach dem bis= herigen Absatz des Buches schien annehmen zu können. Ein Grund dafür lag ohne Zweifel darin, daß dessen Gebrauch in Schulen, wie Ritschl einmal mittheilt[2]), allerlei Gegenwirkungen erfuhr. Andererseits empfahl es sich, bei einer etwaigen neuen Auflage auch auf die Bedürf= nisse der Studenten Rücksicht zu nehmen, die den Unterricht mehr und mehr als Lehrbuch zu gebrauchen begannen. Im Hinblick hierauf war Ritschl zunächst nicht abgeneigt[3]), auf einen Vorschlag von Marcus ein= zugehen und die Vorlesung, die er gerade über seinen Leitfaden hielt, als besonderes Buch zu gestalten und herauszugeben. Er hatte freilich den Eindruck, daß die Erläuterungen, die er in seinem Colleg gab, sich zu dem Stoffe selbst ungleichmäßig verhielten, er erwog indessen, daß die Sache nicht allzu schwer ausführbar sein würde, da er die Stenogramme eines Zuhörers hätte benutzen können. Dann muß ihm aber doch das Unternehmen unzweckmäßig erschienen sein. Denn in seinem nächsten Briefe bezeichnete[4]) er es vielmehr als die Aufgabe einer zweiten Auflage, „das Buch den Ansprüchen der Schule mehr zu accommodiren, ohne seine Brauchbarkeit für die Studenten zu vernichten". Vor einer Umarbeitung unter diesen beiden Gesichtspunkten, sagt Ritschl, schrecke er nicht zurück, da er „auf die Unterstützung von Freunden rechnen könne, welche das Buch in der einen und in der andern Anwendung kennen gelernt haben. Dabei reizt mich aber der Gedanke, ob ich nicht in ähnlichem Umfang die Kirchengeschichte bearbeiten soll, über die ich ebenso . . . . . . neue Gesichtspunkte habe, die ich in aller Kürze unter die Leute bringen möchte. Aber der Ausführung dieses Gedankens steht meine Unternehmung über den Pietismus im Wege . . . . Embarras de richesses, ein Beweis, daß ich noch nicht ganz alt bin". Die zuletzt erwähnte Absicht

---

1) An Rasemann 12. 3. 78.
2) An Marcus 6. 2. 79.
3) An Marcus 1. 2. 78.
4) An Marcus 25. 2. 78.

begründet[1]) Ritschl in einem andern Briefe mit dem Satze, seine Ge-
schichtsansicht sei ein wesentliches Glied seines „Gesamtverständnisses des
Christenthums". Andererseits hielt Ritschl die Abfassung von Lehr-
büchern überhaupt für erwünscht. So sagt[2]) er im Blick auf die damalige
kirchenpolitische Situation: „Freilich verspricht die Zusammensetzung der
Generalsynode nichts gutes, da die Leute ohne Zweifel sich auf die Besetzung der theologischen Facultäten werfen werden. Allein es ist dafür
gesorgt, daß die Bäume nicht in den Himmel wachsen. Auf Gott vertrauen, Pulver trocken halten, Lehr- und Handbücher schreiben. Fassen
Sie nur Ihr Project der Dogmengeschichte fest ins Auge. Unter gegebenen Umständen mache ich mich anheischig zu einem »Unterricht in
der Kirchengeschichte«." Obwohl nun Ritschl auf diesen Gedanken nur
„zunächst" verzichtete[3]), so ist er doch auch später nicht mehr dazu gekommen, dem Plane näher zu treten. Und in der zweiten Auflage des
Unterrichts in der christlichen Religion, die im Jahre 1881 erschien, sind
auch keine erheblichen Neuerungen vorgenommen, sondern nur einige
„Unebenheiten ausgeglichen" und „Mängel berichtigt" worden, wie es in
der Vorrede heißt. Die hauptsächliche Änderung besteht darin, daß
Ritschl den Abschnitt unter dem Titel „das Reich Gottes als sittlicher
Grundgedanke", der ursprünglich in dem ersten Theil als ein Glied der
„Lehre von dem Reiche Gottes" behandelt worden war, nun in den
dritten Theil hineinarbeitete, der „die Lehre von dem christlichen Leben"
enthält. Die dritte Auflage vom Jahre 1886 stimmt bis auf drei Paragraphen (11—13), die verändert worden sind, mit der zweiten überein,
die vierte von 1890 und die fünfte von 1895 sind nur nach Ritschls
Tode veranstaltete Abdrücke der dritten.

Ein anderer unausgeführter Plan, für den sich Ritschl interessirte,
den aber nicht er selbst, sondern einer seiner Freunde verfolgte, war der
Neubruck wichtiger Schriften, die ein Zeugnis für seine Auffassung vom
Christenthum ablegten. In erster Linie kam dabei die Rede des Coccejus
de regno dei (s. o. S. 323) in Betracht. Außer diesem Document,
erzählt[4]) Ritschl, habe er jenem vorgeschlagen, „auch noch Luthers
libertas christiana und du Moulin, de la paix avec dieu (Versöhnungslehre III, 160) drucken zu lassen; vielleicht lassen sich noch andere testes
veritatis ähnlichen Werthes auftreiben".

1) An Link 10. 3. 78.
2) An Harnack 17. 6. 78.
3) An Rasemann 12. 3. 78.
4) An Harnack 2. 5. 78.

Ritschl selbst war nach wie vor durch seine Arbeit an der Geschichte der Pietismus völlig in Anspruch genommen. Es ist schon berichtet worden (s. o. S. 319 f.), wie in diesem Zusammenhange seine Aufmerk= samkeit auf den heiligen Bernhard gelenkt wurde. Aber die nähere Bekanntschaft, die er nun mit dessen Predigten über das Hohelied machte, bestätigte ihm nicht nur die Vermuthungen, mit denen er jene Lectüre begonnen hatte, sondern sie war ihm auch namentlich insofern lehrreich, als sie ihm zeigte, daß Bernhard gelegentlich die dogmatischen Lehren „in eine andere Gestalt gebracht hat, als welche sie in der hergebrachten Dogmatik" sowohl der Katholiken, als der Evangelischen behaupten. Er hat nämlich jene Lehren „in modificirter Form zu Gliedern einer Gesamt= anschauung ausgeprägt, deren beherrschender Gedanke der ist, daß die ganze Welt nur als das Mittel für die von Gott geliebte Gemeinde Christi ge= schaffen und geleitet wird". Dies zeigte Ritschl an acht Lehrpunkten in einem Aufsatz, der unter dem unscheinbaren Titel „Lesefrüchte aus dem heiligen Bernhard" in den Studien und Kritiken (1879, S. 317—335) erschienen ist, der aber, weil er sehr charakteristisch für einige theologische Grundanschauungen Ritschls selbst ist, ungleich mehr Beachtung verdient, als er bisher thatsächlich erfahren hat.

„Der heilige Bernhard," sagt[1] Ritschl, „ist mir im Laufe meiner Arbeit sehr wichtig geworden, ... da man in ihm die nächste fundamentale Gestalt des abendländischen Katholicismus nach Augustin erkennen darf. Er dient mir aber auch als der Hauptschlüssel für den Pietismus. Daß er neben anderem antipathischen für uns so ansprechende Gedanken hat, wie die von mir gesammelten, läßt in ihm zugleich eine Stütze richtiger abendländischer Theologie erkennen. Die Berührungen zwischen meinen Bestrebungen und seinen Sätzen weisen übrigens darauf hin, daß die calvinistischen Theologen, an denen ich mich zunächst für meine Combination orientirt habe, einen starken und verständigen Gebrauch von Bernhard gemacht haben. Schon Calvin selbst citirt ihn in der Institutio neben Augustin am meisten. Aus meiner Anzeige von Heppe[2] können Sie ersehen, daß Bernhard auch den Stoff zu einem Hauptinteresse des calvinistischen Pietismus geliefert hat; und da der ›Verkehr oder die Gemeinschaft mit dem Herrn Jesus‹, welcher nicht erst von Zinzendorf erfunden ist, sondern von Bernhard

---

1) An Gottschick 3. 8. 79.
2) Heppe, Geschichte des Pietismus und der Mystik in der reformirten Kirche. 1879. Vgl. Theologische Literaturzeitung. 1879. S. 332 ff.

her die mönchische oder vielmehr besonders die nönnische Frömmigkeit genährt hat, darauf als Pietismus wieder in Übung gesetzt ist und das Stichwort unserer Frommen bildet, so wird es einiges Aufsehen machen, daß ich hierin eine eingeschmuggelte Waare nachweise. Hat doch die Neue Evangelische Kirchenzeitung[1]) 1875 mich ganz vornehm damit abgethan, ich kennte nicht die Verbesserung des evangelischen Glaubens durch den Begriff der Gemeinschaft mit Christus, stände also auf einem überwundenen Standpunkt. Es wird sich zeigen, wer der Überwinder ist.“

Das dritte Buch der Geschichte des Pietismus über dessen Auftreten und Entwicklung in der reformirten Kirche Deutschlands und der Schweiz hat Ritschl erst nach einer Pause von mehreren Monaten zu schreiben begonnen, während deren ihn namentlich eine neue exegetische Vorlesung (s. u. S. 363) in Anspruch nahm[2]). Zuvor erschien ihm die Aussicht auf die fernere Arbeit recht wenig erfreulich, ja geradezu beklemmend. „Im Grunde“, sagt[3]) er, habe er eine „förmliche Angst“, sich wer weiß wie lange noch mit dem Pietismus beschäftigen zu müssen. „Es ist ja ziemlich immer dieselbe Litanei, die ich in den verschiedenen Büchern, die zu lesen sind, erwarten darf; und wo der Fehler sitzt, das weiß ich). Sich demgemäß unter lauter fehlerhaften Gedankenreihen herumzutreiben, ist niederdrückend. Indessen, ich habe einmal mich in die Geschichte hineingewagt, und da muß ich durch, — zunächst wenigstens noch durch die deutsch-reformirte Succession.“ Dieses Forschungsgebiet, meint Ritschl in einem anderen Briefe[4]), werde er „auch mit lückenhaftem Material durchmessen können . . . . Aber vor dem Pietismus in der lutherischen Kirche fürchte ich mich, wenn ich bedenke, daß ich frühestens nach einem Jahre an denselben komme. Es ist ein schlechtes Zeichen für den historischen Sinn in unserer Kirche, daß man von dieser Erscheinung nur kennt, was J. G. Walch für seine Geschichte der Lehrstreitigkeiten zusammengetragen hat. Als ob der Pietismus darin aufginge! Er ist ebenso wie die gleichartigen Erscheinungen in der reformirten Kirche hauptsächlich nach den asketischen Büchern zu bestimmen. Wer aber hat auch nur eine lückenhafte Kenntnis dieses Materials? Nun ist eine große Masse desselben auf der Hamburger Stadtbibliothek. Aber eben weil ich den Katalog davon gesehen und schon an den holländischen Pendants mich satt gelesen habe, habe ich ein Grauen davor. Indessen, die Arbeit muß einmal gethan werden.“

1) Neue Evangelische Kirchenzeitung. 1875. S. 220.
2) An Mangold 12. 2. 79.
3) An Harnack 11. 2. 79.
4) An Diestel 21. 2. 79.

Als Ritschl in den Osterferien 1879 sich dieser wieder zugewendet hatte, klagte er insbesondere über die Schwierigkeit, die Erbauungsbücher aus dem 17. und 18. Jahrhundert aufzutreiben, aus denen er seinen Stoff zu schöpfen habe. „Aber," sagt[1]) er, „seien dieselben holländisch oder deutsch — und dick sind sie immer —, so habe ich jetzt eine Fertigkeit, ihnen auf den Zahn zu fühlen, daß ich im Umsehen mit ihnen fertig bin. Dann geht wieder die Sehnsucht und Sorge um andere Bücher an, und — endlich bin ich früher, als es gut ist, der immer eintöniger werdenden Litanei herzlich satt. Aber neulich habe ich sogar im Traume einen Vortrag über den Werth (oder Unwerth) der auf das Hohelied gestützten Frömmigkeit gehalten, so voll geladen . . . . bin ich. Ich bin ja nie in pietistische Kreise eingedrungen, habe es auch nie begehrt, bin auch stets von deren Genossen als Ungläubiger mit Zurückhaltung angesehen worden. Also ich lerne ihren Inhalt, wie er, vielleicht etwas abgeschliffen, noch im Gange ist, erst jetzt aus verschollenen Büchern kennen. Aber ich bin doch überrascht, daß dieser Inhalt mir fremdartiger ist, als ich vorausgesetzt hatte. Die Leute haben demnach in ihrer Weise ganz Recht, mich als fremdartig zu achten, da ich ihnen das nur erwidern kann. Denn kurz gesagt, es ist der Weihrauchduft katholischer Frömmigkeit, der in dieser Form in die evangelische Kirche eingedrungen ist. Ist es vielleicht der erste Schritt, um ihn zu verdrängen, daß dieses endlich einmal als die Thatsache aufgezeigt wird? Ich sehe nicht auf den Erfolg, daß diejenigen, welche die Sache am nächsten betrifft, mich entweder totschweigen oder ihren Zorn an mir üben. Das letztere wäre mir das liebere. Ein Buch, das ich vor 20 Jahren veröffentlicht habe, ist damals totgeschwiegen worden, jetzt ist sein leitender Gedanke bei allen, welche etwas von der Sache verstehen, recipirt. Ich rechne nun, daß solches viel früher eintritt, wenn sich die Leute erst austoben. Dann ist die Widerstandskraft viel früher erschöpft, als durch Ignoriren."

Als Ritschl sich weiterhin mit Tersteegen beschäftigte, schrieb[2]) er: „Der Mann ist mir leiblich langweilig, indem er mich wie ein kühles, halbdunkles Zimmer anmuthet, in welchem man sich erholen kann, wenn man in grellem Sonnenbrand und im erschöpfenden Schweiß sich an ernsten Arbeiten abgemüht hat[3]). Aber Einsiedelei und mystische Gelassenheit ist nicht die Norm des menschlichen — christlichen Lebens. Aber ein besonderes Interesse gewähren seine Lebensbeschreibungen heiliger Seelen,

1 An A. Bartels 5. 4. 79.
2) An Kattenbusch 17. 6. 79.
3. Vgl. Geschichte des Pietismus I, S. 492.

alle katholiſch, meiſtens aus der Epoche der Contrareformation, und dieſe alle entweder ſpaniſch oder franzöſiſch. Dieſes Buch iſt hauptſächlich ſchuld an der Verwechſelung von Myſtiſch und Evangeliſch, und mit ſeiner Vorrede, die das unterſtützt, freue ich mich ſcharf ins Gericht gehen zu können. Unter den Nonnen, die das Hauptcontingent dieſer Heiligenbilder ſtellen, giebt es übrigens nicht unintereſſante Modificationen der Bräutigams-liebe. Dabei ſind die modernen Spanierinnen und Franzöſinnen von einer Überreiztheit, die charakteriſtiſch iſt. Wie ſticht von ihnen die deutſche Nonne Gertrud aus dem 13. Jahrhundert ab. . . . . Die Gertrud iſt als Braut des Herrn Jeſu völlig naiv, quasi Naturburſche, welche den Grundſatz befolgt, der Heiland müſſe als ihr Bräutigam ihr in allem zu Willen ſein, und er iſt auch ſo gefällig geweſen. Die laſſe ich mir gefallen. Aber bei den anderen, modernen, romaniſchen Nonnen ſchlägt immer die Sinnlichkeit oder der abgeſchmackte Hochmuth durch."

Ferner fand[1]) Ritſchl, Terſteegen gehöre „nach Poiret und neben Arnold zu den Verfälſchern der Anſicht von der Kirchengeſchichte[2]), an der wir laboriren. Er batirt wie Poiret den Hauptſchaden der Kirche von Conſtantin her. Bei meinen übrigen Pietiſten habe ich dieſe Anſicht nicht gefunden, auch bei Lampe nicht, ſondern bei dieſem vielmehr eine Werthſchätzung des Schrittes, den die Kirche unter jenem Kaiſer gemacht hat. Alſo erſt die geſchärfte Abneigung der Quietiſten gegen die öffent-liche Kirche iſt auf die Feindſeligkeit zurückgekommen, welche die Franciscaner-Spiritualen und ihre Verwandten im Mittelalter gegen den Kaiſer gefaßt haben, weil er vorgeblich dem Papſt Sylveſter das imperium übertragen habe. Ich denke dabei auch an die Epigonen, namentlich an . . . ., der trotz ſeiner patriſtiſchen Gelehrſamkeit ſich die Kirche im 3. und Anfang des 4. Jahrhunderts ſo vorſtellt, wie eine pietiſtiſche Freikirche. . . . . Die Kirchengeſchichte müſſen wir dieſen Helden ebenſo erſt entreißen, wie die ſyſtematiſche Theologie. Ich habe mir ſchon immer gedacht, daß ich von ſo vielen Leuten in dieſem Gebiet nicht ver-ſtanden werde, weil ſie keine Ahnung haben, daß ich eine andere Kirchen-geſchichte im Kopfe habe, als ſie. Und dieſer Beſitz erſtreckt ſich nicht auf irgend eine Periode, ſondern auf den ganzen Verlauf."

Von Terſteegen wandte ſich Ritſchl Lavater zu. „Der Mann," ſagt[3]) er, „intereſſirt mich durch das, was an ihm geſund iſt, wie durch die neue Wendung, die er dem Pietismus gegeben hat. Er hat nämlich

---

1) An Harnack 19. 6. 79.
2) Vgl. Geſchichte des Pietiśmus I, S. 488.
3) An Raſemann 22. 8. 79.

die Gemeinschaft mit dem Herrn Christus mit der Feststellung der Gebets-
erhörungen als Proben seiner Allmacht combinirt. . . . . . . Ich bin so
glücklich, diese Wendung der Sache als Probe der Verweltlichung des
Pietismus und als Verfälschung seiner religiösen Grundlage nachweisen
zu können. Ursprünglich ist derselbe darauf angewiesen, auf alle weltlichen Interessen zu verzichten, auf deren Erledigung die Leute seit Lavater
ihre Gebete richten, — z. B. um schönes Wetter für die Missionsfeste,
um Reisegeld für eine Vergnügungsreise, um vernünftige und gewissen-
hafte Recensenten, wenn man ein Buch herausgiebt. Es ist klar, daß so
etwas bei Tersteegen völlig ausgeschlossen ist; denn unter Gebet versteht
derselbe, daß man Gott besieht und sich von ihm besehen läßt. Und dies
ist jedenfalls frommer, als jene Betteleien."

Einige Zeit später schrieb[1]) Ritschl: „Meine Arbeit geht nur mäßig
voran, und das ist es eigentlich, was mich etwas drückt. Das hängt
aber eigenthümlich zusammen. Seit 1³/₄ Jahren beschäftigt mich der
gleiche Stoff in immer neuen Gestalten gottseliger Leute. Ich darf mich
nicht über das Gleiche und Übereinstimmende dieser Beschäftigung beklagen;
denn ich weiß den Frommen immer wieder neue Seiten abzugewinnen.
Allein es kostet immer einige Mühe und cassirte Blätter, ehe ich mit
Tersteegen oder Lavater u. a. in Zug komme; ist mir das aber gelungen,
so ist die Darstellung in wenigen Tagen wieder erschöpft, und anstatt
mich in breiter Schaffensfreude zu ergehen, muß ich wieder ein neues
Strickzeug einrichten. Im Herbst des vorigen Jahres habe ich mehr vor
mich gebracht, als jetzt. Aber ich nähere mich jetzt auch dem Ende, und
sollte ich in den jetzigen Ferien nicht fertig werden, so hat es keine Noth,
da ich bis zum December erst den Schluß des Druckes des Ganzen zu erwarten
habe." Inzwischen hatte nämlich bereits im Juni der Druck des Buches
begonnen, und er schritt gemäß Ritschls Absicht nur langsam fort. Dieser
beendete das Manuscript am 9. November und meinte[2]), indem er davon
berichtet: „Eine Streitschrift ist das Buch nicht geworden; aber ich kann
keine Geschichte des Pietismus schreiben, ohne die einzelnen Erscheinungen
zu beurtheilen, lediglich um sie verständlich zu machen. Wenn dabei sich
die Verurtheilung der Brauchbarkeit der Richtung ergiebt, so bin ich
daran nicht schuld."

Das letzte Kapitel über den „alten Gottfried Daniel Krummacher
in Elberfeld" und dessen Wirkungen, welches Ritschl inzwischen verfaßt
hatte, bezeichnete er selbst als „sehr charakteristisch". Bei dessen Aus-

1) An Clara R. 10. 9. 79.
2) An Herrmann 19. 11. 79.

arbeitung, erklärt [1]) er, habe er es sich „klar gemacht, wie harmlos unser
einer" in der Nähe eines solchen Pietismus „gelebt hat, ohne mehr als
eine blasse Ahnung davon zu haben. Ich finde es sehr natürlich, daß
ich mich des höchsten Mistrauens der so gesinnten habe erfreuen dürfen,
obgleich immer nur vereinzelte Töne jener Musik in mein Ohr gedrungen
sind. Zustände von geschichtlichem Gewicht lernt man immer nur aus
den Acten kennen; ich bin aber auch recht zufrieden damit, endlich diesen
Weg gefunden zu haben". Im Januar 1880 wurde der erste Band der
Geschichte des Pietismus, die „Geschichte des Pietismus in der reformirten
Kirche", der Öffentlichkeit übergeben. Er war, wie Ritschl sagt [2]), abgesehen von den zum größeren Theil schon früher gedruckten Prolegomena,
„der Ertrag der Arbeit von 22 Monaten, resp. von vier großen Ferien-
zeiten. Ich habe," heißt es weiter, „dieser Arbeit mit einer Hast obgelegen, wie keiner früheren. . . . . Ich weiß auch
wirklich nicht, welche Umstände diese Stimmung hervorgerufen haben,
wünsche aber nicht, jemals wieder in ähnlicher Lage zu arbeiten." „Warum
ich aber," meint [3]) Ritschl einige Wochen später, „an dem bisherigen
Stoff so hastig gearbeitet habe, mag theilweise davon abhängen, daß ich
fast durchgängig erst mühsam die Literatur zusammenbringen mußte, theilweise davon, daß ich auf dem Wege der Charakteristik von Personen mich
zu bewegen hatte, eine Aufgabe, welche mir bisher noch niemals zugewachsen war, und worin ich keine Übung hatte. Ich will nur wünschen,
daß ich in dieser neuen Leistung es nicht verfehlt habe." „Du wirst
finden," schreibt [4]) Ritschl ein andermal, „daß die Geschichte des Pietismus
eine große Anklageschrift geworden ist, blos dadurch, daß ich ihn verständlich zu machen versucht habe. Nichtsbestoweniger werden die Leute, welche
in dieser Schule krank sind, mir zum Vorwurf machen, daß er schlecht
weg kommt. . . . . . Die meiste Feindschaft, die ich erfahre, wurzelt
doch dort; und es ist gut, seine Feinde in den Nachtheil zu setzen, daß
sie anders sind, als sie sich vorkommen." „Gewissermaßen," heißt es in
einem andern Briefe [5]), „ist die Geschichte des Pietismus eine Ergänzung
der Versöhnungslehre, insofern als ich nur sehr lückenhafte Kenntnis jener
Erscheinung hatte, als ich das Buch schrieb. Jetzt wird aber die Neue
Evangelische Kirchenzeitung nicht mehr mit der Einwendung kommen
dürfen, daß jenes Buch von vorn herein obsolet sei, weil darin nichts

---

1) An Kattenbusch 12. 11. 79.
2) An Wilhelm R. 11. 1. 80.
3) An A. Bartels 19. 2. 80.
4) An Wilhelm R. 11. 1. 80.
5) An Weizsäcker 9. 2. 80.

vom Umgange mit dem Herrn Jesus stände (f. o. S. 341). Diesem Titel
habe ich seine Herkunft und Tragweite nachgewiesen, und, wie ich hoffe,
ihn ins Unrecht gesetzt." Doch auch bei solchen Urtheilen über die
pietistische Frömmigkeit machte Ritschl immer wieder den Vorbehalt[1]),
daß er es jedem einzelnen zugebe, sich auf seine Art „seiner Seligkeit zu
versichern, — wenn es wirklich gelingt".

Die Geschichte des Pietismus, deren erstem Bande 1884 der zweite
und 1886 der dritte folgten, ist das dritte große Werk, das abzufassen Ritschl
beschieden war. Und sein Interesse für den Stoff, den er darin behandelte,
steht in directer Continuität mit den Ideen, die er in seiner Lehre von
der Rechtfertigung und Versöhnung entwickelt hatte. Er hat selbst wohl
die Geschichte des Pietismus als Commentar zu diesem Werke bezeichnet.
Und wer, ohne bereits anderweitig darauf vorbereitet zu sein, ein wirkliches Verständnis jener früheren, schwer zu bewältigenden Leistung Ritschls
gewinnen und ihren Intentionen gerecht werden will, der wird gut thun,
zuvor die Geschichte des Pietismus aufmerksam zu studiren[2]). Diese ist
durchgängig leichter und flüssiger geschrieben, als die meisten anderen
Schriften Ritschls, und die leitenden Gesichtspunkte treten darin deutlicher
und faßbarer hervor. Der Grund dafür ist der, daß die Geschichte des
Pietismus im Wesentlichen eine Darstellung christlichen Lebens und christlicher Frömmigkeit ist. Manche ihrer Abschnitte behandeln ja daneben
auch bestimmte Gebiete aus der Geschichte der christlichen Lehre. Aber
diese dogmengeschichtlichen Auseinandersetzungen sind nicht die wichtigsten
und die eigentlich charakteristischen. Im Zusammenhang des Ganzen sind
sie unentbehrlich, sie bilden aber nicht, wie sonst in Ritschls geschichtlichen
Arbeiten, den Tenor der Darlegungen, sondern dieser besteht in den Aus-

---

1) An A. Bartels 19. 2. 80.
2) Wer sich mit Ritschls Theologie zusammenhängend und in der Absicht wirklich etwas zu lernen beschäftigen will, dem ist es nicht etwa zu empfehlen, sein
Studium zuerst mit dem „Unterricht in der christlichen Religion" oder gar mit „Theologie und Metaphysik" zu beginnen. Zweckmäßiger wird es sein, wenn ein Anfänger
zuerst die Geschichte des Pietismus liest, dann einige der kleineren historischen Arbeiten Ritschls, von denen sich dazu die „Entstehung der lutherischen Kirche" (f. o.
S. 281) und die „Lesefrüchte aus dem heiligen Bernhard" (f. o. S. 340) am besten
eignen möchten. Darauf nehme man den zweiten, den ersten und erst nach diesem den
dritten Band der Rechtfertigungslehre vor. Zuletzt endlich lese man den „Unterricht
in der christlichen Religion" und „Theologie und Metaphysik".

führungen, welche der Entwicklung, den Wandlungen und der Herkunft der pietistischen Frömmigkeit und Lebensauffassung gewidmet sind.

In dem überlieferten Bestande der Kirchengeschichte nahmen seit Weißmanns Introductio die theologischen Kämpfe, welche durch Speners, Frandes und ihrer Gesinnungsgenossen Auftreten verursacht worden waren, unter dem Namen der pietistischen Streitigkeiten eine räumlich und zeitlich eng begrenzte Stelle ein[1]). In diesem Umfange haben auch J. G. Walch, J. M. Schröch, H. Ph. K. Henke und dann wieder H. Schmid und E. Sachse die geschichtliche Erscheinung des Pietismus ins Auge gefaßt. Inzwischen hat zuerst M. Goebel in seiner „Geschichte des christlichen Lebens in der rheinisch-westphälischen evangelischen Kirche" (3 Bände 1849—1860) den Namen Pietismus auch auf solche Lebens= äußerungen in dem Gebiet der reformirten Kirche ausgedehnt, welche mit jener Richtung Speners und Frandes in der lutherischen Kirche gleichartig waren. Dann hat Heppe in demselben Sinne die „Geschichte des Pietismus und der Mystik in der reformirten Kirche, namentlich der Niederlande" (1879) darzustellen unternommen, dabei aber die Grenzen des Sprachgebrauchs noch weiter gesteckt, indem er auch auf verwandte Erscheinungen im Bereich des englischen Puritanismus den Ausdruck Pietismus anwandte. Ritschl schließt sich im Wesentlichen dem Sprach= gebrauch Goebels an, indem sein erster Band von dem Pietismus in der reformirten Kirche handelt, während die beiden folgenden Theile seines Werkes dem Pietismus in der lutherischen Kirche gewidmet sind. Auf den englischen Pietismus hat er nur beiläufig hingewiesen (I, 128. 343). Er beschränkt sich auf die Geschichte des Pietismus in den Niederlanden und in Deutschland, die er in der reformirten Kirche bis in den Anfang dieses Jahrhunderts, in der lutherischen bis gegen Ende des vorigen verfolgt. Innerhalb dieser Grenzen ist Ritschls Darstellung zum Theil vollständiger, zum Theil gleichmäßiger, als die jener anderen Geschichts= schreiber. Allerdings sagt Ritschl (I, S. IV), er habe theilweise mit einem weit lückenhafteren Apparat arbeiten müssen, als Heppe, dessen Buch er zwar nicht wegen der darin vorliegenden Behandlung des Stoffes, sondern nur als ein schätzbares Repertorium der einschlägigen englischen und niederländischen Literatur anerkannte[2]). Da jedoch Ritschl außer dem niederländischen auch den deutschen Pietismus sowohl in der reformirten wie in der lutherischen Kirche eingehend behandelte, so bietet sein Werk schon blos extensiv weit mehr, als dasjenige Heppes, dem er,

---

1) Vgl. Geschichte des Pietismus II, S. 166 f.
2) Vgl. Theologische Literaturzeitung. 1879. S. 332.

wie er erklärt, außer einigen literarischen Notizen nichts entlehnt habe.
Von denjenigen Historikern aber, die nach herkömmlicher Weise sich wesentlich
auf die sogenannten pietistischen Streitigkeiten in der lutherischen Kirche
beschränkten, weicht Ritschl ferner darin ab, daß er absichtlich gerade diese
Streitigkeiten möglichst in den Hintergrund treten ließ, da „diese Seite
der Sache, welche die unfruchtbarste ist, bisher so ausgiebige Behandlung
erfahren" habe (II, 167; vergl. I, 3 ff.). Dagegen stellt er den Grundsatz auf, daß die Documente des Pietismus und die eigentlichen
Quellen seiner Geschichte vor allem asketische Bücher, religiöse Lieder
(I, 4: f. o. S. 341) und Biographien (II, 225) seien. Und solche, zum
großen Theil fast unbekannte Literatur hat Ritschl in erheblicher Menge
zu sammeln sich bemüht und in seinem Werke mit unermüdlichem Fleiße
ausgeschöpft.

Nun verstand es sich für Ritschl ganz von selbst, daß er den Pietismus, dessen Geschichte er darzustellen hatte, nicht nur als einen beschränkten Ausschnitt aus der Entwicklung des religiösen Lebens in der
evangelischen Kirche ins Auge faßte, sondern daß er ihn, gemäß seiner
stets auf eine Gesamtanschauung hinstrebenden Geschichtsbetrachtung
überhaupt, im Zusammenhange mit der Geschichte des Protestantismus,
ja des gesamten abendländischen Christenthums zu untersuchen und zu
würdigen unternahm. Diesen historischen Hintergrund der Geschichte
des Pietismus zeichnen in den wichtigsten Grundzügen die Prolegomena,
von denen die drei ersten und der fünfte Abschnitt bereits zuvor in der
Zeitschrift für Kirchengeschichte erschienen waren (f. o. S. 294). Ergänzt [1]) werden diese Darlegungen nicht nur durch das 27. Kapitel des
Werkes selbst (II, 3 ff.), sondern auch durch das 3. und 4. Kapitel des
ersten Bandes der Rechtfertigungslehre, durch den Aufsatz über die „Entstehung der lutherischen Kirche" (f. o. S. 281) und durch die „drei
akademischen Reden" (1887).

---

[1]) An den oben angegebenen Orten hat Ritschl die Grundgedanken literarisch
entwickelt, die er in seiner am meisten beliebten Vorlesung über die Symbolik auszuführen pflegte. Dazu vergleiche man etwa noch die Aufsätze über die Methode der
älteren Dogmengeschichte (f. o. S. 105) und über den „Gegensatz der morgenländischen
und der abendländischen Kirche" (f. Bd. 1, S. 305 ff.). Kattenbusch sagt richtig in
seiner „vergleichenden Confessionskunde", Bd. 1, S. 69. Anm. 1: „Die Gedanken,
auf denen sich die Vorlesungen über Symbolik erbauten, hat R., soweit ich sehe, vorher
und nachher vollständig literarisch zum Ausdrucke bringen können." Also ist die
Veröffentlichung des Heftes von Ritschl über die Symbolik entbehrlich, um die ich
wiederholt angegangen worden bin, der ich mich aber aus bereits angegebenen Gründen (f. Bd. 1, S. V) nicht unterziehen kann.

Ritſchl geht davon aus, daß der Pietismus in allen Fällen den Anſpruch auf reformatoriſche Bedeutung für die evangeliſchen Kirchen mache. Ebenſo hielten die Wiedertäufer, deren Richtung Goebel in ab-geſchwächter und ermäßigter Geſtalt in dem Pietismus wiederfand, ihre eigenen Beſtrebungen für die eigentliche Vollendung des von Luther und Zwingli begonnenen Reformationswerkes. Demgegenüber ſteht jedoch das Urtheil der Reformatoren, daß das Wiedertäuferthum vielmehr eine Er-neuerung der Möncherei geweſen ſei. Um nun zu dieſen verſchiedenen Auffaſſungen Stellung zu nehmen, wies Ritſchl zunächſt darauf hin, daß der in der proteſtantiſchen Kirchengeſchichtsſchreibung gangbare Begriff der Reformation viel zu eng ſei. Denn nach dem im Mittelalter gültigen Maßſtab, der in dem Worte des Paulus Röm. 12, 2 nach der Faſſung der Vulgata enthalten iſt, muß die Geſchichte der abendländiſchen Kirche im Mittelalter als eine faſt ununterbrochene Kette von kirchlichen Reformationsbeſtrebungen angeſehen werden. In dieſer Entwicklung ſind die cluniacenſiſche Reform des Benedictinerordens und die Stiftung des Franciscanerordens die Epoche machenden Ereigniſſe. Jene Bewegung zog unter Gregor VII. die möncһiſche Reform auch des Klerus und die Befreiung der durch dieſen vertretenen Kirche von der kaiſerlichen Ober-herrſchaft nach ſich. Sie fand dann gegen Ende des Mittelalters ihre Grenze und ihre factiſche Berichtigung in der Entwicklung der Landes-kirchen, durch deren Befugniſſe der Machtbereich des Papſtthums wieder eingeſchränkt wurde. Die franciscaniſche Reform aber ſtrebte dem Ziele zu, die asketiſche Lebensweiſe auch in die bürgerliche Geſellſchaft ein-zuführen. Dieſem Zwecke dienten die Tertiariercongregationen, in denen eine halbmönchiſche Organiſation von Laien erſtrebt und in bedeutendem Umfange auch erreicht wurde. Inzwiſchen fand der Streit der auf die vollkommene Durchführung des Armuthsprincips bedachten Franciscaner-Spiritualen gegen das die Weltherrſchaft erſtrebende Papſtthum ſeinen äußern Abſchluß darin, daß jene auf dem Concil von Conſtanz als Fratres regularis observantiae anerkannt wurden, ohne daß deshalb die in dieſen Kreiſen bisher herrſchende antipäpſtliche Stimmung als völlig verſiegt gelten dürfte. In dieſen Erſcheinungen des Mittelalters tritt ein Begriff von Reformation hervor, demgemäß ſie „die Herſtellung des richtigen Verhältniſſes zwiſchen Chriſtenthum und Welt unter der Voraus-ſetzung" bedeutet, „daß daſſelbe in eine Vermiſchung des Chriſtenthums mit der Welt übergegangen iſt. Innerhalb dieſes allgemeinen Begriffs kommt ebenſo die Rückſicht auf das chriſtliche Perſonleben wie die auf die Weltſtellung der Kirche in Betracht" (S. 18). Für die francis-caniſche Reform aber iſt es ebenſo wie für alle Reformationsbeſtrebungen

in der zweiten Hälfte des Mittelalters charakteristisch, daß die gesell-
schaftlichen Zustände der ersten Gemeinde zu Jerusalem und das Ideal
des apostolischen Lebens, so wie es „in der wirklichen Beobachtung der
Gebote Christi, in freiwilliger Armuth, überhaupt in evangelischer (asketischer) Vollkommenheit" besteht, als vorbildlich galten.

Die bisher betrachteten reformatorischen Bestrebungen sind nun
qualitativ verschieden von denjenigen, die Luther und Zwingli ver-
folgten. Die Wiedertäuferei aber ist so gewiß nicht eine gründlichere,
entschiedenere und vollständigere Durchführung der lutherischen und
zwinglischen Reformation, wie dies Goebel behauptet, als sie vielmehr
in wesentlichen Zügen mit den Tendenzen der franciscanischen Reform
übereinstimmt und insbesondere, was die Stellung zum Papstthum angeht, als die Erneuerung des Sturms der franciscanischen Spiritualen
erscheint. Unter diesen Umständen findet Ritschl es wahrscheinlich, daß
das Wiedertäuferthum überhaupt seinen Ursprung aus dem Bereich der
franciscanischen Reform genommen hat. Denn die wiedertäuferische
Bewegung hat namentlich in der niederen Handwerkerbevölkerung ihre
Anhänger gehabt, und dies sind dieselben Kreise, in denen zuvor die
Tertiariercongregationen einen besonders fruchtbaren Boden gefunden
hatten. Dafür freilich, daß es sich hierbei um ein directes Abhängigkeitsverhältnis handele, vermag Ritschl keinen urkundlichen Beweis zu er-
bringen[1]). Deshalb hält er in der Geschichte des Pietismus (S. 30)
jene Hypothese nicht mehr in der zugespitzten Form aufrecht, in der er
sie zuerst in der Zeitschrift für Kirchengeschichte vorgetragen hatte[2]).

Dem lateinischen Katholicismus gegenüber bestimmt Ritschl die
Eigenthümlichkeit des kirchlichen Protestantismus in drei Beziehungen.
Er zeigt zunächst, daß, während das katholische Christenthum sein Lebensideal in dem Mönchthum habe, „in dem Lebensideal unserer Reformation
der Glaube an Gottes Vorsehung nebst dem Gebet und die Schätzung
der weltlichen Berufe als des Ortes für die Übung der Liebe gegen die
Menschen in gegenseitiger Wechselbeziehung stehen" (S. 41). Während
ferner nach katholischer Anschauung die religiöse und die rechtliche Gemeinschaft, welche zugleich unter dem Titel der Kirche zusammengefaßt
sind, sich durchaus decken, so daß jede von ihnen abwechselnd als Zweck
und als Mittel angesehen werden kann, gilt im Protestantismus
„die gemeinsame Rechtsordnung der Kirche unbedingt nur als das

---

1) Vgl. indessen A. Ritschl, Wiedertäufer und Franciscaner, in der Zeitschrift
für Kirchengeschichte. Bd. 6. S. 499—502.
2) Zeitschrift für Kirchengeschichte. Bd. 2. S. 29 f.

Mittel für die Gemeinsamkeit der religiösen Thätigkeit, oder diese wird stets dahin beurtheilt, daß sie über den Rahmen der Rechtsordnung hinausgeht und niemals von derselben gedeckt wird" (S. 44). Während endlich der Staat nach katholischer Anschauung als Form der sündigen Welt oder wenigstens als eine der kirchlichen Rechtsordnung unterzuordnende göttliche Ordnung beurtheilt wird, ist er im Sinne des Protestantismus ein von Gott gewährleistetes Gut und eine Stütze der religiösen Gemeinschaft am Christenthum, wenn er auch dieser selbst an Werth nicht gleichkommt. Wie aber alles Recht, so ist auch das Kirchenrecht specifisch weltlich. Indem der Katholicismus diese Thatsache verkennt, schließt er, gemessen an dem leitenden Reformprogramm Röm. 12, 2, eine specifische Conformation des Christenthums mit der Welt in sich. Demgemäß entspricht der Protestantismus jener auch für ihn geltenden Regel der Reformation in ungleich höherem Grade. Denn daß in ihm das Mönchthum abgelehnt und die weltlichen Berufe hochgeschätzt werden, hat den Sinn, daß diese nicht weltlich, sondern geistlich geführt werden sollen. Und wenn die rechtliche Leitung der rechtlichen Functionen der Kirche dem Staate zugestanden wird, so waltet dabei die Absicht ob, daß „die religiösen Gemeinthätigkeiten, welche eigentlich die Kirche bilden, um so weniger behelligt werden durch die rechtlichen, also weltlichen Geschäfte" (S. 44).

Aber der katholische Begriff der christlichen Vollkommenheit wird doch nur officiell in den drei Mönchstugenden erschöpft. Thatsächlich wird sie dagegen im vollen Umfange erst erreicht durch die contemplative Art der Frömmigkeit, zu der die Mönche angehalten werden. Indem dies beachtet wird, kann erst der Gegensatz zwischen dem evangelischen und dem katholischen Begriff der Vollkommenheit durchaus verständlich werden. „Denn den drei Mönchstugenden wird die Treue im weltlichen Berufe entgegengesetzt." Der Glaube an Gottes Vorsehung aber und das davon getragene Gebet, die gleichfalls zu dem Begriff der evangelischen Vollkommenheit gehören, „finden ihren entsprechenden Gegensatz in der scheinbar viel höher greifenden Contemplation, welche den Mönchen obliegt" (S. 45). Dieser Zusammenhang führt Ritschl dazu, die eigentliche katholische Frömmigkeit, die im Mönchthum heimisch, aber durch die Tertiarierorden und verwandte Bildungen auch unter Laien verbreitet worden ist, so wie sie von dem heiligen Bernhard in classischer, vorbildlicher und das ganze Mittelalter hindurch maßgebender Darstellung vertreten wird, in ihren Grundzügen zu entwickeln. Aus diesen Ausführungen ergiebt es sich aber, daß der mystische Verkehr der einzelnen Seele mit Christus, der im Anschluß an das Hohelied unter dem Bilde des Verhältnisses zwischen

Braut und Bräutigam auf dem Fuße der Gleichheit ausgeübt wird, und
daß die sinnlich gefärbte Contemplation des Leidens und der Wunden
Christi, der in dieser Hinsicht gerade als Mensch vergegenwärtigt wird,
durchaus katholischer Art und Herkunft und, um überhaupt vollständig
vollzogen werden zu können, auf die Bedingungen der klösterlichen Welt=
flucht berechnet ist. Für diese Art der Frömmigkeit ist freilich ebenso
wie für die evangelische die Gnade der oberste Gesichtspunkt. Aber eben
die „Folgerungen und Anwendungen" dieses „Gedankens" sind andere bei
den im sorgenfreien Leben stehenden Mönchen und bei den evangelischen
Christen, welche in dem weltlichen Stande ihres Lebens bleiben und in
den unumgänglichen Sorgen desselben die Proben ihres Glaubens leisten
sollen" (S. 60).

Von den verschiedenen Kirchenbildungen selbst, die im Bereich des
Protestantismus entstanden sind, steht die reformirte Kirche den Bestrebungen
der Wiedertäufer näher, als die lutherische. Allerdings hat die theokratische
Ansicht Zwinglis, wonach die Mittel des bestehenden Staates zu dem
Zwecke einer wirklich sittlichen Lebensordnung verwendet werden sollen,
einen völlig andern Sinn, als die Tendenz der Wiedertäufer, auf den
Trümmern der Staatsordnung ihr vollkommenes Christenthum zu Stande
zu bringen. Und überdies ist Zwinglis theokratische Auffassung in den
von ihm beeinflußten Gebieten der Schweiz theils überhaupt nicht maß=
gebend geworden, theils nach seinem Tode nicht fortgesetzt worden. Aber
die Schätzung der kirchlichen Disciplin, so wie sie sich bei Calvin und
im außerdeutschen Calvinismus findet, begründet eine wesentliche Abweichung des auf diesem Gebiet entstehenden Kirchenwesens von den in
der lutherischen Kirche geltenden Grundsätzen. Nach lutherischer Ansicht
hat nämlich die Kirche als „die Gemeinschaft aus der göttlichen Gnade
und als die Trägerin der Gnadenverkündigung grundsätzlich keine straf=
rechtliche Competenz über ihre Angehörigen", und soweit dennoch das
Strafrecht nicht nur vom Staat, sondern auch von der Kirche geübt wird,
erklärt sich dies „nur durch ein zufälliges Misverhältnis zwischen Kirche
und Staat zu einer bestimmten Zeit" (S. 66). Die Disciplin selbst aber
wird von den Lutheranern verstanden als die moralische Erziehung des
ganzen Volks. Calvin dagegen steht als Mann der zweiten Generation
der Auctorität der heiligen Schrift weniger frei gegenüber als Luther.
Daher hat er „nicht blos den religiösen Gedankenkreis des N. T., sondern
auch gewisse sociale Einrichtungen der ersten christlichen Gemeinden für
dauernd verbindlich geachtet, während Luther und die eigentlichen Lutheraner auf die letzteren verzichten" (S. 71). So hat er auch die Disciplin
als eine nicht nur zufällige, sondern wesentliche Function der Kirche be=

urtheilt. Demgemäß lautet die lutherische Formel: „Wenn kirchliche Disciplin durchgeführt werden soll, so ist überhaupt eine moralische Erziehung des Volkes nothwendig. Die calvinische Formel ist so auszubrücken: Weil die kirchliche Disciplin sein soll, so ist das Leben des Volkes auch noch weiter einzuschränken, namentlich in Hinsicht der geselligen Erholung und der öffentlichen Spiele" (S. 76). Allerdings ist die Disciplin für Calvin nur ein Mittel äußerer Ordnung, das man der Ehre Christi und der sittlichen Gesundheit der einzelnen Gemeinbeglieder schuldig ist. Dagegen fassen die Wiedertäufer sie als Mittel, die wirkliche Heiligkeit der wahren Gemeinde selbst herzustellen. Dennoch ist im Bereich des Calvinismus der nur äußerliche Charakter der Disciplin nicht so bestimmt aufrecht erhalten worden, daß nicht später die allgemeine Disposition hervorgetreten wäre, solche Lebensformen aufzunehmen oder neu zu erzeugen, welche der franciscanischen Reformation entsprechen.

Andererseits sind „in der lutherischen Kirche wirklich manche Elemente mittelaltriger Herkunft fortgepflanzt oder mit Modificationen reproducirt worden", welche in den reformirten Kirchen von vorn herein weggefallen sind. Und doch ist in der reformirten Kirche früher als in der lutherischen das Bedürfnis empfunden und die Aufgabe ergriffen worden, die Reformation zu vollenden. Das ist von Seiten des Pietismus geschehen, der gegen die schulmäßige Einschränkung des reformirten ebenso wie des lutherischen Protestantismus reagirt hat. Dieser Doctrinarismus, in welchem die christliche Lehre in beiden Confessionen ausgeprägt worden ist, kann zwar heutzutage als eine Verkümmerung oder Misbildung leicht erkannt werden. Andererseits ist er doch auch wohlthätig gewesen, sofern er zu seiner Zeit für die Erhaltung des Protestantismus im Ganzen zweckmäßig war. Wenn aber überhaupt verschiedene Rückbildungen des Katholicismus in den Protestantismus erfolgt sind, so ist diese Erscheinung an sich nicht etwa durchaus abnorm. Denn „die Massen, welche nicht geistig productiv, sondern höchstens in abgestuftem Grade empfänglich sind, können für etwas neues nicht gewonnen werden, wenn nicht zunächst Accommodationen an das Alte oder Rückbildungen des Alten in das Neue eintreten. Die Masse der blos Empfänglichen würde corrumpirt werden, wenn sie den Bruch im geistigen Leben in voller Reinheit und Nacktheit erfahren müßte. Es kommt nur nachher darauf an, daß diese Compromisse nicht wieder als ehrwürdige Ordnungen fixirt werden sollen, wenn sie ihre ursprüngliche Geltung verloren haben und im Begriff sind abgestoßen zu werden" (S. 94 f.). So ist in der lutherischen Kirche vor allem das Beichtinstitut eine solche Rückbildung gewesen, während sich der Calvinismus gegen alle Institute und Cultusformen der mittelaltrigen Kirche ausschließend ver-

halten hat. Aber in anderer Hinsicht sind „in dem Calvinismus fremdartige Elemente in größerem Umfange mit einander verbunden, als
in dem vorgeblich halbkatholisch gebliebenen Lutherthum" (S. 96). Denn
Calvin hat mit Luthers Grundsätzen die Aufgabe vereinigt, die welt-
flüchtig heilige Gemeinde, soweit es im Staate möglich war, herzustellen.
Hierin zeigt sich eine Äußerung desjenigen Reformtriebs, der im Ausgange des Mittelalters in den Volksmassen lebte und auch in der Wiedertäuferei wahrnehmbar ist. Indem aber der Pietismus eine berechtigte
Gegenwirkung gegen das blos buchstäbliche Verstandeschristenthum unternahm, hat er andererseits in der reformirten Kirche nicht ebenso gegen
die weltflüchtigen Elemente der geltenden Lebensordnung reagirt, wie in
der lutherischen Kirche gegen das Beichtinstitut. Der Grund für diese
Erscheinung ist der, daß der Pietismus selbst in ungleich höherem Grade,
als dies in den protestantischen Kirchen bisher der Fall gewesen war,
katholische Lebensmotive erneuert hat, und das ist der Gesichtspunkt,
unter welchem Ritschl weiterhin die Geschichte des Pietismus überhaupt
betrachtet.
     Aus dieser Geschichte, so wie sie Ritschl vor Augen führt, wird es
klar, daß der Pietismus durchaus nicht etwa eine eindeutige Richtung
ist, auf deren sämtliche Gruppen und Vertreter alle Züge zutreffen, die
im Ganzen als Merkmale des Pietismus zusammengestellt werden können.
Vielmehr vertheilen sich auf die einzelnen Erscheinungen des Pietismus
in der mannigfaltigsten Weise die verschiedenen charakteristischen Kenn-
zeichen dieser Richtung, die größtentheils gleichartig sind und innerlich mit
einander zusammenhängen. Als das Hauptmerkmal des vollständigen
Pietismus betrachtet Ritschl die Bildung von Conventikeln (I, 101;
II, 3; III, 119). Diese ständigen Gemeindegruppen suchen sich „durch
einen besondern Ernst der Heiligung und durch Abwendung des Lebens
von der Welt vor den übrigen Gemeindegliedern auszuzeichnen" (I, 101).
Insofern sind sie die Form, in der eine eigenthümliche Praxis des
Christenthums in den evangelischen Kirchen sich geltend gemacht hat
(II, 3). In ihnen stellen sich nun die Pietisten selbst als eine Gesellschaft
dar, „welche zugleich die Reformation der Kirche fordert und sich selbst
von deren öffentlichen Interessen möglichst zurückzieht. . . . . . Es kommt
jenen immer an auf das Streben nach moralischer Vollkommenheit oder
Präcisität, die Enthaltung von Tanz, Schauspielen, Gewinnspielen u. dgl.,
die Misbilligung des Einflusses des Staates auf die Kirche, endlich die
Beschäftigung mit der Mystik" (I, 191). So zeigt sich auch in den
pietistischen Collegien, die Spener begründet hat, „das Streben nach
Gefühlsseligkeit einerseits, die scrupulose Selbstprüfung auf Moralität

andererseits, endlich der Zug zur ganzen oder halben Separation" (II, 163). Im Allgemeinen liegt nämlich in der Conventikelbildung überhaupt die Tendenz zur Separation eingeschlossen. Und dazu ist es ja thatsächlich im Bereich des Pietismus wiederholt gekommen, so oft man es als unmöglich erkannte, innerhalb der verweltlichten und häufig als irreformabel oder als Babel beurtheilten Kirche das Ideal zu erreichen, eine Gemeinschaft von wirklich wiedergeborenen und activ Heiligen herzustellen. So lange aber der Pietismus noch den Boden der bestehenden Kirche behauptet, ist es nicht zufällig, daß sich bei manchen seiner Vertreter eine Hinneigung zu hierarchisch-katholischen Einrichtungen zeigt (I, 192), indem zugleich die Verbindung der Kirche mit dem Staat als verfehlt angesehen wird. Und damit hängt es weiter zusammen, daß, wie schon von Calvin, so auch sonst vielfach die Norm der primitiven Kirche als verbindliches Vorbild für die socialen Einrichtungen des christlichen Lebens geachtet wird, während andererseits die Zukunftshoffnung in chiliastischen Vorstellungen ausgedrückt und gelegentlich mit der Erwartung der Wiederbringung aller verbunden ist.

Die pietistische Frömmigkeit ist in verschiedenen Formen ausgeprägt, die bei den einzelnen Richtungen und Personen theils mit einander vereinigt sind, theils auch sich gegenseitig ausschließen. Die gesetzliche Präcisität, wie sie auch dem calvinischen Puritanismus eigen ist, kann als pietistisch erst in Anspruch genommen werden, wo sie sich von dem Zusammenhang mit der großen Menge der Christen in der Kirche in die Conventikel zurückzieht, oder wo sie von der Übung der Mystik begleitet ist. Diese mystische Devotion aber, der auf Grund der formalen Selbstverleugnung sich vollziehende sentimentale Verkehr mit dem Heiland, der unter dem Bilde des Brautverhältnisses nach dem Muster des Hohenliedes gepflegt wird, und die in der Regel damit verbundene Contemplation der Wunden Jesu, ist recht eigentlich die Art der Frömmigkeit, die von den Durchschnittspietisten der verschiedensten Richtungen geübt wird. Im Zusammenhang mit dieser religiösen Praxis findet sich mehrfach auch eine empiristische Auffassung der Gebetserhörung, mit welcher weiterhin die in gewissen Kreisen verbreitete Gewohnheit zu däumeln, d. h. in der Bibel Orakel zu suchen, verwandt ist. Seltener als diese Art von Frömmigkeit ist der gleichfalls die Leistung der formalen Selbstverleugnung voraussetzende Quietismus, der sich, wo er vollständig entwickelt vorliegt, mit jener Jesusmystik ausschließt. Endlich haben manche der charaktervollsten Pietisten auch den zuversichtlichen Vorsehungsglauben im Sinne der Reformation theils ohne die Begleiterscheinung der Mystik, theils in Verbindung mit dieser gehegt. Damit schloß es sich allerdings nicht immer

23*

aus, daß Männer, die durch solche Frömmigkeit ausgezeichnet waren, wie
namentlich Francke, im Widerspruch mit der lutherischen Auffassung von
der Taufgnade, für die Nothwendigkeit des Bußkampfs in der Theorie
und in der Praxis eintraten.

So stellen sich die Bestrebungen der Pietisten und die Erscheinungen
der pietistischen Frömmigkeit in den verschiedensten Gestaltungen dar.
Indem Ritschl alle diese mannigfaltigen und doch mit einander verwandten
Bildungen des christlichen Lebens schilderte und ihre geschichtlichen Zusammenhänge verfolgte, bot sich ihm reichlich Gelegenheit dar, die historische Kunst in der Charakteristik von Personen, in der Darstellung von
Zuständen und in der Combination von zusammengehörigen Entwicklungs-
reihen zu üben. Und gerade diese zusammenfassende Betrachtung machte
es Ritschl wieder möglich, ein scharf umrissenes, einheitliches Gesamtbild
des Pietismus zu entwerfen. Daß er aber dazu im Stande war, ist
durch nichts anderes bedingt, als durch die Sicherheit des eigenen religiösen und ethischen Standpunkts, welchem die verschiedenen Erscheinungen
von Pietismus näher oder ferner standen. So vermochte Ritschl manche
der von ihm geschilderten Gestalten, wie die Schurmann, Spener, Moser,
Bengel, Tersteegen, so heterogen sie ihm doch zum Theil waren, mit voller
Sympathie zu zeichnen. Aber auch wo er es mit Personen zu thun hatte,
deren Frömmigkeit und Lebensrichtung ihm überwiegend fremdartig war,
bestrebte er sich in jedem Falle, gerecht gegen sie zu sein. Und so oft er
auch genöthigt war, mit seinem tadelnden oder ablehnenden Urtheil nicht
zurückzuhalten, so unterließ er es doch nicht, wo ihm dies nur irgend
möglich war, neben den von ihm aufgedeckten Schattenseiten auch die
entgegenstehenden Lichtseiten hervorzuheben. Diese verhältnismäßig in
großem Umfange erreichte Objectivität gegenüber den Personen, die zu
schildern waren, haben auch solche Kritiker Ritschls nicht umhin gekonnt
anzuerkennen [1]), die übrigens in dem sachlichen Urtheil über den Pietismus
im Ganzen mit ihm durchaus nicht einverstanden waren oder in einzelnen
Fällen differirender Auffassung sogar gemeint haben, sehr scharf gegen
ihn ausfallen zu sollen.

Ritschl wußte es eben begreiflich zu finden, wie die einzelnen Pietisten aus allgemeinen oder besonderen Gründen Vertreter einer Art von
Frömmigkeit und von Bestrebungen geworden waren, die er im Bereich
des Protestantismus allerdings keineswegs als berechtigt gelten lassen
konnte. Denn sein allgemeines Urtheil über den kirchlichen und den reli-

---

1) Vgl. s. A. Zöckler, im Beweis des Glaubens. 1880. S. 438. Orelli,
im Kirchenfreund. 1880. S. 316.

giösen Werth des Pietismus war durchaus bedingt durch den Maßstab
der Kirchlichkeit und der Frömmigkeit im Sinne der deutschen Reformation.
Diese Norm stellt er fest, wenn er sagt, daß er seinen Standpunkt in
dem Bekenntnis der lutherischen Kirche einnehme (I, S. VI). Man hat
vielfach diese unumwundene Erklärung bemängelt, theils weil man Ritschl
die thatsächliche Richtigkeit dessen, was er damit behauptet, nicht zugestehen
will, theils weil man es mit der Aufgabe des Geschichtschreibers überhaupt unverträglich findet, daß dieser sich im Voraus zu einem bestimmten
Standpunkt bekenne, der weiterhin für die Art seiner Kritik gültig sein
solle. Was jenen Einwand betrifft, so ist es selbstverständlich, daß Ritschl
nicht eine fremde, sondern nur seine eigene wohlbegründete Auffassung
der lutherischen Bekenntnisschriften angerechnet werden darf. Er aber
faßte diese allerdings nicht in juristischem Sinne als verbindlich auf. Er
hing auch nicht an dem Buchstaben und an dem theologischen Apparat,
der in den Bekenntnisschriften verwendet wird, und der, gemessen an dem
Fortschritt der theologischen Wissenschaft seit 300 Jahren, sich vielfach
als lückenhaft, unvollständig und verfehlt erweist. Aber Ritschl schätzte
die Bekenntnisse des Lutherthums trotz jener offenbaren Unvollkommen-
heiten als die classischen Documente der religiösen Grundstimmung und
der praktischen Tendenz der Reformation Luthers. Insofern sind sie ihm
durchaus die für ihn maßgebenden Zeugnisse der protestantischen Frömmigkeit, d. h. des starken, freudigen Vorsehungsglaubens, dessen Voraussetzung
die durch Christus bewirkte Versöhnung der Sünder mit Gott ist. Und
sie sind ihm ferner die leitende Instanz in der Beurtheilung der Kirche
und der kirchlichen Angelegenheiten. Dieser Idealismus des reformatorischen Kirchenbegriffs und jener Idealismus eines Gottvertrauens, das
allein in Gottes Gnade den eigenen Frieden der Seele findet und es auf
Gottes Vatertreue hin wagt, den Kampf mit der ganzen Welt aufzunehmen, um ihn in der Übung der christlichen Freiheit und der Pflicht-
treue in dem sittlichen Beruf zum siegreichen Ende zu führen, das sind
die Kernpunkte, in denen sich Ritschl mit den Reformatoren einig wußte.
Und in dem Bewußtsein dieser tiefsten Übereinstimmung in den Dingen,
die eigentlich ausschlaggebend sind, ließ er wenigstens sich nicht stören
durch die von ihm übrigens durchaus nicht ignorirte Thatsache des Unter-
schieds in den theologischen Hülfsvorstellungen. Denn diese sind eben deshalb
nur von untergeordnetem Gewicht, weil sie allein das verstandesmäßige
Denken angehen, das in den verschiedenen Zeitaltern durch verschiedene
allgemein wissenschaftliche Einflüsse bedingt ist. Man erkennt auch hier
nur wieder, und zwar in der Anwendung auf Ritschls eigene theologische
Überzeugung, seine religionsgeschichtliche Methode (s. o. S. 170 f.), in der

es auf die Continuität der religiösen Grundanschauungen, nicht aber auf
die Übereinstimmung in den vergänglichen Formen der begriffsmäßigen
Ausprägung des Christenthums ankommt.

Wenn es nun aber als eine unberechtigte subjective oder gar ten-
denziöse Voraussetzung beurtheilt wird, daß ein Geschichtschreiber, der
religiöse Stoffe zu erforschen und darzustellen hat, seine persönliche Überzeugung zur Geltung bringt, indem er die Erscheinungen, die er schildert,
auch beurtheilt, so übersieht man, daß überhaupt kein charaktervoller
Historiker, der sich nicht etwa nur auf chronologische oder sonst indiffe-
rente Untersuchungen beschränkt, das Recht sich nehmen läßt, mit seinem
eignen Urtheil nicht zurückzuhalten. Politischen Historikern macht man
es nicht zum Vorwurf, wenn sie es nicht verhehlen, ob sie selbst monar-
chischer oder demokratischer Gesinnung sind, und wenn sie die Personen
und Zustände, die sie schildern, nach der Norm ihrer eignen rechtlichen
und sittlichen Überzeugungen beurtheilen. Die Grenzen des Zulässigen über-
schreitet der Historiker dagegen erst, wenn er die Wahrheit beugt, um
der einen Partei Recht, der anderen Unrecht zu geben, und wenn er
versucht, die erkennbaren Motive der geschichtlichen Personen zu ver-
schleiern, oder Zustände und Handlungen theils zu beschönigen, theils zu
carrikiren. Beweise man doch erst, daß Ritschl dergleichen Fehler begangen hat! Vielmehr hat er sich Haß und Verleumdung gerade dadurch
zugezogen, daß er gegen die Liebhaberei der modernen Pietisten aufgetreten ist, von ihren Vorgängern nur Heiligenbilder haben zu wollen
(II, 538). Denn er hat die Pietisten der Vergangenheit als einfache
Menschen mit guten und schlechten Seiten, mit Irrthümern, Schwächen, aber
auch mit persönlichen Vorzügen und anerkennenswerthen Eigenschaften ge-
schildert. Darin aber hat er nur eine Pflicht des Historikers erfüllt, der
Wahrheit die Ehre zu geben und ohne Rücksicht auf herrschende Stimmungen, Vorurtheile und Selbsttäuschungen die verschiedenen Momente,
die sich der Betrachtung darbieten, nach bestem Wissen und Gewissen ab-
zuwägen. Wenn jedoch Ritschl im Ganzen eine ablehnende Stellung
gegen den Pietismus überhaupt eingenommen und durch die Darstellung
von dessen Geschichte begründet hat, so liegt sein objectives Recht dazu
darin, daß der Pietismus im Bereich des Protestantismus mit dem Anspruch aufgetreten ist, diesen reformiren zu wollen. Diese Selbstbeurtheilung des Pietismus schließt zugleich ein historisches Urtheil über sein
Verhältnis zur Reformation in sich. Deshalb fordert sie aber direct dazu
auf, sie auf ihre Berechtigung zu prüfen, und gerade dem Historiker wird
dadurch die Aufgabe gestellt, durch Vergleichung der pietistischen Tendenzen und Leistungen mit denen des ursprünglichen Protestantismus das

Recht oder das Unrecht jenes Anspruchs zu ermitteln und den Unterschied der pietistischen und der reformatorischen Auffassung des Christenthums zu ergründen. Indem Ritschl diese Aufgabe ergriff, ergab sich
ihm in wesentlichen und grundlegenden Fragen die Verwandtschaft des
Pietismus vielmehr mit gewissen Richtungen des Katholicismus, als mit
dem ursprünglichen Protestantismus. Nach seiner Überzeugung aber bedurfte die zutreffend verstandene Anschauung der Reformation von dem
Christenthum überhaupt keiner Ergänzung durch katholische Lebensmotive
und Ideale. Wenn es dennoch dazu gekommen ist, daß solche fremde
Elemente im Protestantismus wieder zur Geltung gelangt sind, so mußte
Ritschl es zu begreifen und geschichtlich verständlich zu machen, welche
Entwicklungen zu diesem Verlauf geführt haben. Ja, er verkannte nicht,
daß die pietistische Phase des Protestantismus in mancher Hinsicht auch
segensreiche Veränderungen herbeigeführt hat (I, 96; II, 423. 514).
Wenn er demgegenüber aber den überwiegenden Schaden nicht übersah,
sondern deutlich hervorhob, den der Pietismus der Kirche der Reformation zugefügt hat, so erfüllte er damit auch nur wieder eine gerade dem
Kirchenhistoriker obliegende Pflicht der Aufrichtigkeit gegen die protestantische Kirche seiner Zeit, indem er mit seiner geschichtlichen Einsicht in
das Wesen des Pietismus nicht zurückhielt, sondern die Punkte aufdeckte,
auf denen der Protestantismus dank dem Pietismus seinen ursprünglichen
Tendenzen nicht treu geblieben war. In diesem Zusammenhange ist
Ritschls geschichtliches Urtheil über den Pietismus zu würdigen, so wie
er dies einmal treffend in folgenden Worten zusammenfaßt: „Die
Signatur des Pietismus ist überhaupt nicht die Folgerichtigkeit, weder
im religiösen Erkennen noch in der Praxis; sondern die Anstrengung der
Phantasie, des Gefühls und des Willens in lauter Situationen, welche
nicht folgerecht geordnet sind. Der allgemeine Grund aber ist der, daß
der Pietismus im Protestantismus die mönchische Contemplation erneuert.
Diese Combination ist in sich widersprechend; soll sie also aufrecht erhalten werden, so ruft sie die Anstrengungen hervor, welche theils überhaupt ziellos sind, theils in den Verlassungen das Gegentheil der evangelischen Heilsgewißheit erreichen" (I, 445).

- - - - -

Der erste Band der Geschichte des Pietismus fand im Ganzen mehr
Beachtung, als später der zweite und namentlich der dritte. Wie Ritschl
vorausgesehen hatte, erfuhr er von pietistischer Seite zum Theil recht
heftige Anfeindungen. Allmählich hat man sich in diesen Kreisen gegen

feine Nachweisungen mehr und mehr verschlossen, indem man die Parole
ausgab, es fehle Ritschl überhaupt an Verständnis für den Pietismus,
und deshalb auch die Fähigkeit ihn geschichtlich richtig zu würdigen.
Anders urtheilte ein sachverständiger Historiker. Weizsäcker[1]) fand das
wesentlich Neue und Epoche machende in der Arbeit Ritschls darin, daß
dieser den Pietismus für die Dogmengeschichte als ein neues höchst be-
deutsames Gebiet erworben habe. „Die Bedeutung des Werkes aber,"
heißt es weiter, „liegt nicht blos in der wissenschaftlichen Leistung dieses
Stückes von Dogmengeschichte, sondern noch mehr darin, daß der Verf.
von vornherein Stellung zu seiner Sache genommen hat und diese mit
eiserner Consequenz Schritt für Schritt durchführt. Wer Ritschls Werk
über die Rechtfertigungslehre kennt, kann darüber nicht im Zweifel sein,
welches diese Stellung ist. In der That ist das gegenwärtige Werk eine
Ergänzung des vorigen. Die Absicht ist, auf dem historischen Wege die
Ablenkung von dem reformatorischen Begriffe der Rechtfertigung als einen
Fehler zu erweisen, und damit auf jenen Anfang zurückzuführen, bezieh-
ungsweise auf die genaue Fortbildung desselben zu verweisen. . . . . . .
Wir haben den Muth dieses Vorgehens hoch anzuschlagen, ich meine
nicht den Muth des Streites gegen weit verbreitetes Vorurtheil, wohl
aber den Muth der Überzeugung, daß der Protestantismus eine andere
Lebensmacht und Zukunft besitzt, und damit nur seinen Anfängen getreu
bleibt und gerecht wird." Andererseits meint Weizsäcker, der in der
Fortsetzung des Werks zu erwartende Abschluß des geschichtlichen Urtheils
werde doch auch bei dem Verfasser ohne Zweifel nicht auf das Verdict
eines reinen Fehlgangs hinauskommen, wie ja auch, nachdem die Selbst-
bespiegelung der Romantik überwunden sei, Errungenschaften dieser geschichtlichen Culturepoche anzuerkennen seien.

Auf diese Erwägungen nimmt Ritschl Bezug in einem Brief an
Weizsäcker, indem er folgendes schreibt[2]): „Ob ich Ihrer Erwartung in
Hinsicht des projectirten zweiten Bandes entsprechen werde, an dem Pietismus die Hegelsche Manipulation des ›Aufhebens‹ vorzunehmen, weiß
ich natürlich noch nicht. Ob die S u b s t a n z der Richtung der Conservation werth ist, bitte ich einmal zu erproben an dem Buch von Wangemann über Knak, welches ich bei Schürer im vorigen Jahr Nr. 19 angezeigt[3]) habe, ferner an Schnabel, die Kirche und der Paraklet, einer
Darstellung des Christoph Blumhardtschen Pietismus, deren Anzeige ebenda in

1) Theologische Literaturzeitung. 1880. S. 306—311.
2) An Weizsäcker 22. 6. 80.
3) Theologische Literaturzeitung. 1879. S. 455—457.

einigen Wochen erscheinen wird¹). Diese Dinge müssen meines Erachtens einfach ausgefegt werden. Daß ich die allgemeine Tendenz des Pietismus auf praktisches Christenthum anerkenne, versteht sich ja von selbst, übrigens bitte ich S. 326 zu vergleichen. Aber alle specifischen Mittel, in denen die Pietisten die Lösung der Aufgabe suchen, halte ich für unbrauchbar. Was die Accidenzen des Pietismus betrifft, so ist ja alles, was in Coccejus' Begriff vom Reiche Gottes einschlägt, werthvoll, aber auch nicht in allen Beziehungen gesund. Auch da ist die Conservation nur auf die allgemeine Tendenz zu beschränken. Doch das sind curae posteriores. Sie werden sich aus der Billigkeit, die ich gegen die Pietisten geübt habe, überzeugen, daß ich nicht fruchtlos das Alter erreicht habe, in dem ich stehe, und daß ich auch der folgenden Gesellschaft in persönlicher Beziehung gerecht werden werde."

Ebenso erfreulich, wie Weizsäckers „Zeugnis von der praktischen Tendenz seines Buches", berichtet²) Ritschl, sei ihm eine andere Kundgebung gewesen, die gleichfalls die praktische Brauchbarkeit seiner Arbeit bestätige. Vor fünf Wochen habe ihm der Oberpastor Lütkens in Riga einen ausdrücklichen Dankbrief³) geschrieben, „da er dort mit Diakonissenthum katholisirender Richtung im Kampfe liegt und nun durch mich die breite Basis dieser Erscheinung kennen gelernt hat und zu weiteren Kämpfen gestärkt worden ist. Das letztere Bekenntnis hat mich besonders erquickt. Aus Bremen höre ich ebenfalls, daß das Buch bei den Pastoren positiver Richtung ebensolche Theilnahme findet, wie meine Theologie überhaupt. Hingegen will die dortige Freisinnigkeit sich nicht darauf einlassen und ist über den Schluß der Vorrede entrüstet . . . . »Partei der vornehmen Wissenschaft· geht ihren eigenen Weg. Denn in erster Linie haben wir dankbar zu sein, daß wir da sind, und daß sie von allen Seiten, welche parteiisch sind, uns Übeles nachreden, darinnen sie lügen." „Die Liberalen," schreibt⁴) Ritschl im Hinblick auf dieselbe Veranlassung in einem anderen Briefe, „haben nämlich vielfach selbst eine Wurzel im Pietismus, und achten ihn wenigstens wegen seiner die Kirche zersetzenden Wirkung; und sowie man nur im geringsten eine kirchliche Position einnimmt, wittern sie eine Absicht gegen sich selbst."

Wie stets, wenn Ritschl ergiebige theologische Studien trieb, deren Ertrag seinen Vorlesungen zum Nutzen gereichte, so wurden diese auch durch die Fortschritte seiner kirchengeschichtlichen Forschungen und durch

---

1) Theologische Literaturzeitung. 1880. S. 367—369.
2 An Lipsius 19. 6. 80.
3) Lütkens an R. 15. 5. 80.
4) An Kattenbusch 28. 6. 80.

die allgemeinen theologischen Gesichtspunkte befruchtet, die sich ihm hierbei
aufthaten. Indem er wieder einmal berichtet [1]), seine Vorlesungen
machten ihm Freude, fügt er hinzu: „Und jetzt, wo ich den bisher ganz
unbekannten holländischen Pietismus vollständig übersehe, habe ich auch eine
Reihe von Resultaten für mich einstreichen können, die auch der Dogmatik zu
Statten kommen." Endlich hob sich auch wieder die Zahl der theologischen Studenten in Göttingen, und nahm in den folgenden Jahren
bis zu Ritschls Tode mit geringen Schwankungen immer mehr zu. Zuerst im Sommer 1879 konnte er mittheilen [2]), daß er „wieder mehr Zuhörer habe, als jemals seit 1870, und unter ihnen eine Anzahl von
willigen und zutrauensvollen Anhängern". Einige Zeit später erzählt [3])
er von seiner Lehrthätigkeit selbst: „So lange ich auf dem Katheder stehe
und rede, merke ich nichts von der Schlechtigkeit meiner Hefte; wenn ich
aber mich an ihnen vorbereite, so empfinde ich die Unsicherheit meiner
Instruction zu dem beabsichtigten Vortrag in einer etwas peinlichen Spannung, die sich dann in actu dicendi in Wohlgefallen auflöst. Ich bin
das auch soweit gewohnt, daß ich auch bei schwierigeren Aufgaben mich
auf meinen guten Tact verlasse. Das ist der Fall am Donnerstag Abend,
wenn ich mit acht Studenten das Buch unseres Freundes Herrmann [4])
in deren freiem Vortrage reproduciren lasse. Die Leute haben mich zu
dieser Beschäftigung insofern genöthigt, als sie mir eine Societät zu-
mutheten. Nun war im vorigen Winter Calvins Institutio christianae
religionis unser Stoff, und nichts ist besser, als dieser. Ich habe lange
gegrübelt, womit wir uns jetzt zu unterhalten hätten, bis ich auf den
neusten Heros verfiel. Über Erwarten hat sich dieses Unternehmen bewährt. Denn indem wir dem Verfasser durchaus folgen, ergiebt sich
manchmal, daß seine Gedankengänge in seinem eigenen Sinne zu ergänzen
oder in eine andere Reihenfolge zu bringen sind. Gestern hat einer der
Studenten einen ganz vorzüglichen Vortrag gehalten darum, daß er die
Sachen anders als der Auctor gruppirt hat. An diesen Vorträgen orien-
tire auch ich mich erst vollständig, und wenn ich dann in der Resumtion
die Gesichtspunkte in aller möglichen Genauigkeit zusammenstelle, so
werden die Notizbücher gehandhabt wie von den Feldwebels auf der
Parole. Wer weiß, ob nicht einer der Genossen nachher im Stande ist,
das Buch gründlich zu beurtheilen." Ritschl selbst sah in dem Werke

1) An Wilhelm R. 20. 12. 78.
2) An C. Stein 30. 5. 79.
3) An Rasemann 12. 12. 79.
4) Herrmann, Die Religion im Verhältnis zum Welterkennen und zur Sittlichkeit. 1879.

von Herrmann, daß bekanntlich eine gänzlich neue Bearbeitung von dessen Schrift über die Metaphysik in der Theologie (s. o. S. 298) ist, „die passende Methodenlehre" für seine eigne Lehrweise [1]). Nur war er mit dem letzten Abschnitt des Buches nicht in allem einverstanden [2]).

Von den Studenten, welche damals bei Ritschl hörten und ihm zum Theil persönlich nahe traten, brachten mehrere seiner Lehrweise ein bereits entwickeltes Verständnis entgegen, da sie zuvor in Leipzig Harnacks Schüler gewesen waren. Dies waren Wilhelm Bornemann (jetzt Professor und geistlicher Inspector in Magdeburg), Friedrich Loofs (jetzt Professor in Halle), William Wrede (jetzt Professor in Breslau) und Paul Drews (jetzt Professor in Jena). Außer diesen gehörten in den Jahren 1877—1880 zu Ritschls Zuhörern die jetzigen Professoren Baldensperger (in Gießen), Eichhorn (in Halle), Smend (in Straßburg), Flöring (in Friedberg), Holtzmann (in Gießen), Link (in Königsberg), Baumgarten (in Kiel) und der Privatdocent Simons (in Bonn). In späteren Jahren hörten bei Ritschl die jetzigen Professoren Gunkel (in Berlin), Bratke (in Bonn), Reischle (in Gießen), Dalmer (in Greifswald), Weiß (in Marburg), Mirbt (in Marburg), Tröltsch (in Heidelberg) und die Privatdocenten Beß (in Marburg), Rahlfs (in Göttingen), Bousset (in Göttingen).

Im Winter 1879 80 las Ritschl zum ersten Male über die katholischen Briefe ein Colleg, das er seitdem mehrfach wiederholt und immer besonders gern gehalten hat. Im Sommer 1879 war in Göttingen ein wissenschaftlich-theologisches Seminar gegründet worden, dessen dogmatische Classe zuerst unter Schöberleins Direction stand. Dann übernahm sie Ritschl im Herbst 1880, um sie von nun an abwechselnd mit Schultz je zwei Jahre zu leiten. Diese Aufgabe fiel ihm also in den Zeiträumen von 1880—1882 und 1884—1886, und dann noch einmal wieder im Herbst 1888 zu. Den Verhandlungen im Seminar legte Ritschl viermal seinen Unterricht in der christlichen Religion zu Grunde, mit dessen Ausführungen das eine Mal die entsprechenden Paragraphen in Luthardts Compendium der Dogmatik verglichen wurden. In je zwei Semestern wurden gewisse Abschnitte aus Calvins Institutio und aus Schleiermachers Glaubenslehre durchgenommen, und in einem Semester wurde die Apologie der Augsburgischen Confession behandelt.

Am 10. November 1880 gründete Dove die Gesellschaft für Kirchenrechtswissenschaft zu Göttingen. Dieser gehörte Ritschl von Anfang

---

1) An Link 7. 5. 79.
2) Herrmann an R. 2. 3. 79.

an als Vorstandsmitglied an. Er hielt in ihr auch wiederholt Vorträge,
über welche in dem Organ jener Gesellschaft, der Zeitschrift für Kirchenrecht, jedesmal Bericht erstattet ist.

Als Ritschl den ersten Band der Geschichte des Pietismus vollendet
hatte, schrieb [1]) er: „Ich denke aber noch lange nicht an den zweiten
Band, um so weniger, als ich mir vornehme, nicht die Ferien so durch-
zuarbeiten, wie in diesen zwei Jahren. Und im Semester komme ich
nicht dazu. Publicus soll auch das Buch erst verdauen, sie verdauen ja
noch an der Versöhnungslehre." Nicht viel später freilich meinte [2])
Ritschl: „Wie lange ich mich arbeitslos erhalten werde, weiß ich nicht;
als ich neulich Weizsäckers Anzeige [3]) des Buchs von Kramer über
A. H. Francke gelesen habe, hat es mich gekribbelt, mich ausführlich
diesem Manne zu nähern, von welchem ein Zeitgenosse sagt, er sei capabel
gewesen, einen Generalem Jesuitarum abzugeben, und die Jesuiten im
Papstthum seien Bärenhäuter gegen ihn" [4]). Aber Ritschl gönnte sich doch
noch längere Zeit Ruhe, ehe er seine Arbeit wieder aufnahm. Er komme
sich, schreibt [5]) er, wie ausgehöhlt vor und „empfinde die vertrauensvollen
Zumuthungen, welche einige meiner Correspondenten an mich gerichtet
haben, ich solle mit dem zweiten Bande nicht säumen, als eine grausame
Hetzerei".

Inzwischen lenkte zunächst ein Vortrag, den Ritschl im Januar
wieder zu Gunsten des Göttinger Frauenvereins zu halten hatte, seine
Aufmerksamkeit von seinen pietistischen Interessen ab. Allerdings nahm
diese Leistung seine Gedanken nur wenige Tage in Anspruch. Er hatte
sich, wie er erzählt [6]), dazu bereit finden lassen, „weil auf diesem Gebiet
die meisten sich mit der Redensart: ich bitte Dich, entschuldige mich —
abfinden, und dann das officium auf einigen Gutmüthigen sitzen bleibt,
zu denen ich gehöre. Um nichts noch erst zusammenzuarbeiten, habe ich
aus der Faust ‹vom Reiche Gottes› gesprochen, und bin froh, daß ich
die Sache hinter mir habe, werde auch dem mannigfach laut gewordenen
Begehren, die Sache drucken zu lassen, nicht willfahren. Denn ich würde

1) An Rasemann 10. 11. 79.
2) An Harnack 20. 1. 80.
3) Theologische Literaturzeitung. 1880. S. 10 ff.
4) Vgl. Geschichte des Pietismus II, S. 282.
5) An Harnack 25. 2. 80.
6) An Mangold 26. 1. 80.

sie anders aufschreiben, als ich vorgetragen habe; und wie viele würden es kaufen? Obgleich die Leute zahlreich sehr scharf aufgepaßt haben! Ich habe auch die Freudigkeit, daß man mich hier dankbar und mit Respect anhört, ohne Krittelei, wie man sie in einer fremden Stadt jedesmal wird voraussetzen müssen. Für derartige Anträge pflege ich auch bestens zu danken."

Ende Februar wurde Ritschl durch den Tod seines Bruders Wilhelm, des letzten seiner sieben Geschwister, zu einer Reise nach Marienthal in Pommern veranlaßt. Im Sommer 1878 hatte er den Verstorbenen zuletzt gesehen, als dieser mit den Seinigen bei ihm in Göttingen einige Zeit zu Besuch war. Nun mußte Ritschl der Witwe und ihren beiden jugendlichen Kindern mit Rath und Trost beistehen; er konnte aber wegen seiner Vorlesungen nur ein paar Tage von Göttingen abwesend sein. Die bei strenger Kälte zum Theil auf Feld- und Waldwegen zurückzulegende Reise überstand er, ohne Schaden an seiner Gesundheit zu nehmen. „Nach allem, was ich gehört habe," bemerkte[1]) er nach seiner Rückkehr, „hat mein Bruder durch seine ruhige, bescheidene und dabei bestimmte Art einen wohlthuenden und sehr anerkannten Einfluß auf die Gemeinde geübt und eine große Liebe seiner Amtsbrüder genossen. . . . . Seine Bescheidenheit und Treue ist die Hauptsache gewesen, auf die sich sein persönlicher Charakter gestützt hat. Wir wollen ihn in gutem Gedächtnis bewahren."

Kaum hatte Ritschl in den Osterferien eine neue Arbeit begonnen, die Untersuchung des angeblich Taulerschen Buches „Von geistlicher Armuth", als ihn ein anderer Trauerfall, der Tod seiner hochbetagten Schwiegermutter, in der Mitte des März nach Frankfurt führte. Dann unternahm er gegen Ende des Monats zusammen mit seinem zweiten Sohne eine schon seit längerer Zeit geplante Reise nach Bonn, wo er seine alten Freunde und seinen dort studirenden ältesten Sohn besuchte. An den Aufenthalt in Bonn schlossen sich Besuche in Coblenz, in Wiesbaden, wo Harnack sich gerade eine Zeit lang aufhielt, in Straßburg und in Gießen. Von hier aus hatte Ritschl die Absicht gehabt[2]), auch zu dem ihm so wohlgesinnten Fürsten Solms nach Lich zu fahren. Der alte Herr hatte nämlich, als ihm Harnack und Kattenbusch einmal von Ritschls vorjährigem Besuch erzählten, mit Bedauern bemerkt, das hätte ihm dieser doch nicht anthun sollen, nach Gießen zu kommen, ohne ihn aufzusuchen[3]). Aber das Versäumte ließ sich nicht mehr nachholen.

---

1) An Otto R. 6. 3. 80.
2) An Kattenbusch 4. 2. 80.
3) Kattenbusch an R. 9. 8. 79.

Kurz bevor Ritschl seine Reise antrat, erhielt er die Mittheilung[1]), daß
der verehrungswürdige Fürst vor nicht langer Zeit gestorben sei und in
Hessen allgemein betrauert werde. Zu Pfingsten desselben Jahres reiste
Ritschl nach Marburg, um nach mehr als sechs Jahren einmal wieder
seinen alten Freund Leopold Schmidt und dessen Frau zu besuchen.
„Neben dem engen freundschaftlichen Verkehr mit diesen," sagt[2]) er,
„war der Umgang mit den theologischen Freunden sehr befriedigend."
An einem Tage sei er an Heinricis Tisch mit einer Anzahl der Marburger
und Gießener Theologen zusammengewesen. „Da saßen also sechs ordentliche Professoren um mich, die mir mehr oder weniger zugewandt und
alle anhänglich sind, weil sie in der einen und andern Beziehung meine
Wege verfolgen. Ich rühme mich dessen nicht, daß ich es mir gemacht
oder erzielt hätte, aber um so dankbarer ist meine Freude, daß es Gott
so gefügt hat."

Der Verkehr mit den ihm befreundeten jüngeren Theologen, namentlich
mit Wendt und Harnack, bot Ritschl nicht nur, was er früher oft hatte entbehren
müssen, die Gelegenheit eines lebendigen wissenschaftlichen Austauschs mit
Männern dar, die ein Verständnis für seine Bestrebungen hatten, und
deren eigene Interessen ihm selbst wieder neue Anregungen zuführten,
sondern befriedigte auch das sehr entwickelte Bedürfnis seines Gemüthes,
mit gleichgesinnten Genossen Freundschaft und Gemeinschaft zu pflegen.
So war sein Verhältnis zu denjenigen seiner Anhänger, mit denen er
häufiger zusammen kam, so herzlich, vertrauensvoll, ja väterlich, wie es
sonst wohl nicht oft vorkommen mag. „Es ist eine große Gabe, die ich
erfahre," sagt[3]) Ritschl einmal, „daß mir nicht nur eine Menge von
alten Freunden aus den verschiedenen Lebensepochen erhalten ist, sondern
eine Anzahl von jungen Freunden dazu gekommen ist, die auch zu Haus-
freunden geworden sind, da sie hin und her bei mir einkehren. Ich lerne
von ihnen, wie sie von mir, und so entsteht eine Gleichheit in jeder Beziehung." Unbefangen, offen und theilnehmend, wie Ritschl selbst allen
denen entgegenkam, die ihm Vertrauen einflößten, so liebte er es auch, daß
andere sich ihm gegenüber gaben. Und wenn jemand sich in dieser Weise
zu ihm stellte, dann war er auch keineswegs unzugänglich für gut begründeten Widerspruch gegen seine eigenen Ansichten. Wie er selber aber
bei allem Selbstbewußtsein frei von Eitelkeit und Hochmuth war, so haßte
er geradezu diese Charakterfehler, wenn sie ihm bei anderen entgegentraten.

---

1) Kattenbusch an R. 26. 3. 80.
2) An Otto R. 5. 6. 80.
3) An Rößler 29. 3. 81.

In diesem Punkte war er außerordentlich empfindlich, und die rücksichtslose Schärfe, die er zuweilen gewisse Widersacher empfinden ließ, ist in
nicht wenigen Fällen darauf zurückzuführen, daß er von den betreffenden
den Eindruck der Eitelkeit oder der Überhebung empfangen hatte.

In einem besonders freundlichen Verhältnis stand Ritschl mit einigen
seiner älteren Collegen in Göttingen, die sonst zum Theil nicht mehr viel
Geselligkeit mitmachten, namentlich mit den Juristen Ribbentrop und
Thöl, dem Archäologen Wieseler, dem Mathematiker Stern und dem
Philosophen Bohtz. Der zuletztgenannte, ein rechtes Original und ein
treuer Mensch, empfing Ritschl, wenn dieser ihn besuchte, gewöhnlich mit
den Worten: „Gerade habe ich an Sie gedacht", und dann begann er
seine Lieblingsgespräche über Schelling und über die Lehrer am Stettiner
Gymnasium, die einst ihn und 20 Jahre später Ritschl unterrichtet hatten.
Ferner tauschte dieser mit dem auch ganz zurückgezogen lebenden Chemiker
Boedeker, seinem einzigen Dußfreund in Göttingen, mit dem er als Privatdocent
in Bonn zusammen gewesen war, von Zeit zu Zeit Besuche aus. Gut
befreundet war er ferner besonders mit dem Director der Irrenanstalt,
Meyer, den Juristen Dove und Frensdorff, dem Historiker Pauli und dem
Philosophen Baumann. Auch die Juristen John und Ziebarth, der
Philolog Sauppe, der Ophthalmolog Leber, der Chemiker Hübner und die
beiden Professoren für Landwirthschaft Drechsler und Henneberg gehörten
zu Ritschls näherem Umgang. Von den Theologen stand ihm Schultz
am nächsten, aber auch mit Wiesinger und Wagenmann verband ihn eng
die langjährige Collegialität, und mit Schöberleins Nachfolger, Knoke,
der noch sein Zuhörer gewesen war (s. o. S. 10), verkehrte er von vorn
herein recht freundschaftlich. Auch zu manchen andern der erst später
nach Göttingen berufenen Professoren, wie den Historikern Kluckhohn und
Weiland, dem Juristen Regelsberger, dem Physiker Voigt und dem
Geographen Wagner gestalteten sich Ritschls Beziehungen recht freundlich.
Am besten aber verstand er sich mit dem Juristen Meier, der seinen theologischen Bestrebungen ein sehr lebhaftes Interesse entgegenbrachte. Von
diesem ließ er sich auch immer gern zu Spaziergängen veranlassen, die
sie dann meistens in der Richtung nach dem Dorfe Nikolausberg machten,
weil man in dieser Gegend am wenigsten anderen Menschen begegnete.
Sonst war es oft nicht leicht, Ritschl zum Spazierengehen zu bewegen,
obgleich ihm eine reichlichere körperliche Bewegung zuträglicher gewesen
wäre. Aber so sehr ihm namentlich Harnack immer wieder zuredete, sich
zur Erhaltung seiner Gesundheit einen regelmäßigen Spaziergang anzu-
gewöhnen, so konnte er sich dazu doch nicht entschließen, und namentlich

in der heißen Jahreszeit und im Winter beschränkte er sich fast ausschließlich auf die Wege nach der Universität.

Ritschl war von Haus aus eine sehr gesellige Natur. Aber er bevorzugte von jeher das freundschaftliche Zusammensein im kleineren Kreise.
Und deshalb war ihm vor allem das Herrenkränzchen werthvoll, das ihn
während des Semesters mit einer Anzahl der schon genannten Freunde alle
14 Tage zusammenführte. Er war für die Mittheilungen aus anderen
Wissenschaften, die ihm hier geboten wurden, im Allgemeinen recht empfänglich und wußte manches von dem, was er so zu hören bekam, auch
im Zusammenhang mit seinen eigenen Gedanken zu verwerthen. Andererseits berichtete er selber gern von den wissenschaftlichen Interessen, die
ihn gerade beschäftigten (f. o. S. 320). So angenehm aber Ritschl diese
Art des Verkehrs war, so wenig Lust hatte er in seinen späteren Jahren
zu den größeren Gesellschaften, die ihm leicht schlaflose Nächte einbrachten,
und die er daher zeitweise gänzlich mied. Weit mehr Freude hatte er an
der jugendlichen Geselligkeit, die, als seine Kinder erwachsen waren, nicht
selten in seinem Hause veranstaltet und häufiger noch improvisirt wurde.
„In unbefangener, vertraulicher Weise," schreibt[1]) er einmal, „wissen die
jungen Leute mit ihren Freunden und Freundinnen noch viel besser sich
zu amüsiren, als auf einem förmlichen Balle möglich ist, wo auch ferner
stehende zu finden sind. Wenn für einen Sonntag Nachmittag nur
einige Andeutungen gegeben werden, so ist die Stube alsbald voll, und
das Plaisir außer Zweifel; und dadurch empfiehlt sich mein Haus vor
anderen, theils weil beide Geschlechter vertreten sind, theils weil ich fern
genug bin, um nicht gestört zu werden. Ich gönne es auch den Kindern um
so mehr, als mir solche Erfahrungen in der Jugend nicht zu Theil
geworden sind — vielleicht eine kurze Zeit lang in Stettin, nachdem ich
ausstudirt hatte, aber damals doch auch unter anderen Bedingungen."
„Als Familienvater," erzählt[2]) er ein andermal, „habe ich in diesem
Winter wiederholt tanzen lassen, zuletzt gestern vor acht Tagen, und als
Mensch habe ich dazu Bowle getrunken, damit die jungen Leute nicht zu
viel davon bekämen. Unter den Tänzern war die Mehrzahl Theologen,
und einer davon der Sohn des . . . . . in . . . . . ., der es zu Hause
nicht wagen darf, wegen Übermacht des Pietismi daselbst. Hier gerirt
er sich lutherisch. Aber die ganze Tanzerei ist lutherisch nach der Regel:
Werde ein Kind und tanze immerhin[3]). Soweit kann ich mich als

1) An A. Bartels 19. 2. 81.
2) An Baise 6. 3. 81.
3) Luthers Werke. Erlanger Ausgabe. Bd 11, S. 42.

Familienvater noch leiblich sehen lassen." Wenn Ritschl selbst bei solchen Gelegenheiten auch nur ab und zu anwesend war oder als Zuschauer sich im Nebenzimmer aufhielt, so prägte sich doch in der ganzen Art seines Verkehrs mit den jugendlichen Gästen ein so herzliches Wohlwollen aus, daß auch dieser Eindruck seiner gewinnenden Güte dazu beitrug, das Vergnügen zu erhöhen, und daß namentlich die jungen Mädchen eine dankbare Verehrung für den freundlichen „Herrn Ritschl" hegten und gelegentlich auch durch kleine Aufmerksamkeiten kundgaben. Überhaupt war dieser als vortrefflicher Unterhalter und als für alles theilnehmender Freund bei den Damen seines Umgangskreises sehr beliebt, und wenn auch sein Witz nicht immer ohne Schärfe war, so kannten ihn doch die befreundeten Frauen und Männer gut genug, um zu wissen, daß seine Bonmots im Grunde gar nicht so schlimm gemeint waren, wie es Fremden leicht so scheinen mochte. Ritschl wußte namentlich die Damen, die ihm aus irgend welchen Gründen interessant waren — aber dazu zählten weder die geistreichen, noch die auf äußere Frömmigkeit bedachten —, so zu nehmen, wie es der Eigenthümlichkeit einer jeden entsprach. So stand er mit der sehr originellen Frau eines befreundeten Collegen auf einem sehr scherzhaften und neckischen Fuße. Andererseits zog es ihn an, mit der sehr gebildeten Sanitätsräthin Langenbeck, die, durch ein lange Jahre währendes Leiden zur äußersten Schonung genöthigt, über vieles gelesen und nachgedacht hatte, die ernstesten Interessen auszutauschen. Mit anderen liebte er es, die einfachen Dinge des täglichen Lebens und die in diesem sich darbietenden Erfahrungen von Freude und Leid zu besprechen. Und zu diesen gehörte in dem letzten Jahrzehnt seines Lebens eine alte Bekannte aus seiner Jugendzeit, deren schlichte und aufrichtige Theilnahme an allen seinen Angelegenheiten ihm besonders wohlthuend und, wenn ihn etwas erregt hatte, oft beruhigend war. „Zu meinem Umgang," so erzählt[1] er, „ist seit Ostern eine Dame hinzugetreten, welche ich als junge Frau vor 30 Jahren in Stettin einige Male gesehen habe. Jetzt ist sie als Witwe des Directors des Rechnungshofes des deutschen Reiches, Peterson, von Potsdam hieher gezogen, da ihre Tochter mit dem hiesigen Professor Hübner verheirathet ist. Sie hat mir stets eine freundliche Erinnerung bewahrt und mir das Zutrauen der Gegenseitigkeit geschenkt, und ich wandle von Zeit zu Zeit zu ihr, nur gehindert dadurch, daß sie gerade auf dem entgegengesetzten Ende der Stadt wohnt. . . . . Es ist merkwürdig, wie stark sich im Alter Beziehungen bewähren, welche man in der Jugend, wenn auch noch so oberflächlich, angeknüpft hat.

---

1) An Clara R. 28. 11. 80.

Und das ist ja ein Vortheil, da allmählich ein Faden nach dem andern abreißt. . . . . Ich würde mich lieber auf die alten Freundschaften beschränken und gern auf die neuen Feindschaften verzichten, welche eintreten, wenn man sein Licht nicht unter den Scheffel stellt, oder wenn man nicht allen Leuten zu Willen ist. Indessen will ich Dich von diesen Erfahrungen nicht unterhalten."

So eng verbunden Ritschl auch mit einer nicht geringen Anzahl Göttinger Collegen war, so fand sein großes Freundschaftsbedürfnis doch wohl eine noch reichere Nahrung durch die Beziehungen, welche er mit den auswärtigen Freunden aus den verschiedensten Epochen seines Lebens unterhielt oder auch nach längerer oder kürzerer Unterbrechung wieder aufnahm. Mit vielen alten Getreuen blieb er in dauernder Verbindung. Mit anderen ergaben sich ungesucht gelegentlich neue Berührungen. So traf Ritschl, als er 1880 in Bonn war, nach mehreren Jahrzehnten zum ersten Male wieder einen seiner ältesten Jugendfreunde, den nach seiner Pensionierung dorthin übergesiedelten General von Veith. Besonders gern aber gedachte er stets der Genossen, mit denen er einst als Student in Halle einen so anziehenden Verkehr gepflogen hatte. Von diesen sah er gelegentlich den einen oder andern wieder, und durch Rasemann, mit dem er ja mindestens ein oder zwei Mal im Jahre zusammentraf, stand er wenigstens in mittelbarer Fühlung auch mit den anderen. Speciell zu Karl Schwarz hätte er gern wieder ein freundliches Verhältnis gewonnen. Seine Verstimmung gegen diesen (s. o. S. 17) hatte er längst überwunden. Er überlegte denn auch eine Zeit lang, ob er dem einstigen Lehrer und Freunde seine Geschichte des Pietismus zusenden und so mit ihm wieder anknüpfen sollte. Schließlich unterließ er es, weil die protestantische Kirchenzeitung ihn gerade wieder in feindseliger Weise angegriffen[1] habe, und weil die Partei demnächst in Gotha tagen werde. „Da erschien es mir bedenklich," schreibt[2] Ritschl, „dem Chef derselben in so außerordentlicher Weise entgegenzukommen. Der Apostel Johannes schreibt: Kindlein, hütet euch vor den Abgöttern! Ein Parteichef aber ist ein Abgott; also —."

Einige Zeit später wurde von anderer Seite in Aussicht genommen, eine Zusammenkunft der alten Halleschen Freunde zu veranstalten. Constantin Rößler, der damals Chef des Preßbureaus des preußischen Staatsministeriums war, hatte, wie Ritschl erzählt[3], „schon seit etlichen Jahren den Plan ausgebrütet", daß der einst „in Halle bestehende Umgangskreis

---

1) Protestantische Kirchenzeitung. 1880. S. 4.
2) An Rasemann 17. 3. 80.
3) An A. Bartels 19. 2. 81.

sich wieder — und zwar jetzt in Berlin — zusammenfinde. Aus-
gestorben sind wir eben noch nicht, und speciell in Berlin wohnen noch
der G. O.-R.-R. Dr. Max Duncker und der Geh. O.-J.-R. Hinrichs.
Also ist es ziemend, daß diese Masse uns übrige Zerstreute anziehe. Ich
habe auch schon eingewilligt, mich zum 19. März, heut über vier Wochen,
zum Festdiner zu stellen. . . . . . Von besonderem Interesse würde es
sein, wenn auch der Oberhofprediger Schwarz aus Gotha erschiene. Denn
mit dem habe ich einen etwas malitiösen Schriftwechsel seiner Zeit gehabt;
bin aber ganz bereit, ihn um Verzeihung meiner Kitzeleien zu bitten,
nachdem er den Hader angefangen hat. Außerdem wird mein treuer
Freund Rasemann . . . . . dabei sein; schwerlich wird ein anderer Schul-
monarch aus Mühlhausen dabei sein, der Dichter Osterwald. . . . . . .
Ich fürchte nur, daß meine Verpflichtung gegen diesen Kreis meinen
übrigen Interessen in Berlin etwas hinderlich sein wird, indessen qui
vivra, verra." Schließlich kam aber die Zusammenkunft gar nicht zu
Stande. Ritschl war der einzige, der sich nach Berlin begab. Er sah
die dort wohnenden Studienfreunde auch nur einzeln, verbrachte aber
nach einer Trennung von fast 35 Jahren einen ganzen Nachmittag in
der lebhaftesten und befriedigendsten Unterhaltung mit Rößler. Dieser
fand[1]) im Rückblick auf das Wiedersehen, Ritschl sei der fröhliche Über-
muth der Hallescher Zeit abhanden gekommen. Ritschl antwortete[2]):
„Lieber Freund, Du könntest Dich im Sprechzimmer der Göttinger Universität eines andern belehren, da habe ich einen Ton eingeführt, den
man vor mir nicht gekannt hat. Daß ich ihn aber Dir gegenüber nicht
angeschlagen habe, ist wohl erklärlich, denn es fehlte die Gelegenheit und
die Objecte. Wäre es anders, so würde ich den Vorwurf der Petulanz
und der Unreife auf mich ziehen. Aber wenn es Dir lieb ist, daß ich
jenen Charakterzug nicht verloren haben möge, so kannst Du überzeugt
sein, daß ich mit dieser Gabe auch im literarischen Verkehre meinen
Gegnern diene, wie es recht ist." Bei demselben Aufenthalt in Berlin,
als Ritschl seine Beziehungen zu Rößler erneuerte, lernte er endlich
auch Bernhard Weiß persönlich kennen, nachdem die beiden Männer, die
später in ein noch engeres Verhältnis treten sollten, schon seit 25 Jahren
mehrfach in brieflichem und literarischem Austausch gestanden hatten.

Eine andere Bekanntschaft, die ihm sehr werthvoll war, machte
Ritschl im Herbst desselben Jahres in Tegernsee. Ihm sei, so erzählt[3])

---

1) Rößler an R. 24. 3. 81.
2) An Rößler 29. 3. 81.
3) An Rößler 20. 8. 81.

er, durch dritte Hand ein Wink gegeben worden, daß Döllinger dort
weile und seinen Besuch gern sehen werde. „Der Mittelsmann war
Lord Acton, sein ehemaliger Zögling, dessen Name Dir aus der
Oppositionsliteratur zum vaticanischen Concil bekannt sein wird. Derselbe war vor drei Jahren in Göttingen, um meinen Collegen Pauli zu
besuchen, und dieser brachte ihn zum Kränzchen in mein Haus. Ich
habe ihn damals gebeten, mich an Döllinger zu empfehlen, und das hat
wohl den Anlaß zu dieser Andeutung gegeben, daß Döllinger hier für
mich zu finden sei. Er pflegt nämlich in dieser Jahreszeit in der Villa
der Gräfin Arco, der Schwiegermutter von Acton, zu verweilen, und
zugleich ist dieser mit seiner Familie ebenda. Acton beschäftigt sich mit
Vorliebe mit englischer Geschichte und mit deutscher Theologie, und giebt
namentlich kund, meine Sachen zu kennen." Ritschl traf am 16. August
in Tegernsee ein, nachdem er auf der Hinreise zunächst einige Tage in
Gießen bei Harnack zugebracht hatte, der zu ihrer beider Bedauern verhindert war, an der Fahrt zu dem ihm bereits von früher her persönlich
bekannten katholischen Theologen Theil zu nehmen. „Freilich begegnete
ich Acton," so berichtet Ritschl weiter, „auf einer Station zwischen
München und hier, ... indessen ist er gestern wiedergekommen.
Da er nun die Aufmerksamkeit geübt hatte, von Holzkirchen aus meine
Ankunft seiner Frau zu melden, so war ich, als ich am Dienstag
Döllinger aufsuchte, erwartet, und wurde auch von den Damen mit
großer Zuvorkommenheit aufgenommen. Da ich zunächst im Gasthof ein
recht schlechtes Quartier gefunden hatte, sollte ich in der Villa wohnen,
indessen fand ich in einem andern Gasthof, wo mein Freund Windt-
scheid mit Familie residirt, ein angemessenes Zimmer, bin jedoch täglich
Mittagsgast bei Gräfin Arco, habe lange Unterhaltungen mit Döllinger
und bin mit ihm zweimal . . . . spazieren gefahren . . . .
Die Spaziergänge mit Döllinger erinnern mich in mancher Beziehung
an Tholuck. Die Gestalt des Mannes, seine Mittheilsamkeit und Zu-
gänglichkeit erinnern mich lebhaft an jenen, sein Gesichtsausdruck in
manchen Momenten an Ritzsch. Er ist sehr schlicht, bescheiden, offen und
aufrichtig und hat eine Fülle und Präsenz des Wissens, welche überwältigend ist; aber keine Geistreichheit. Da wir beide ganz objectiv über
die Angelegenheiten beider Kirchen urtheilen, so erfolgt nie eine Collision.
. . . . Er ist ein merkwürdiges Exempel von Wahrheitssinn
und Gerechtigkeit, welche mit dem Mittel allseitiger Quellenstudien ursprünglich gehegte Vorurtheile überwunden haben. Ich freue mich, daß
ich die Bekanntschaft des 82jährigen Mannes noch habe machen dürfen."
    In anderen Berichten von seinem Aufenthalt in Tegernsee erzählt

Ritschl, daß Döllinger ihn wie einen alten Bekannten aufgenommen habe. Freilich konnte er merken, daß diesem seine neueren Arbeiten un= bekannt geblieben waren. „Sein Interesse an mir," meint[1]) er daher, „muß genährt sein durch Äußerungen meines Interesses an ihm, welche ihm durch verschiedene media zugekommen sind . . . . Sein erster Gesprächsgegenstand auf einem Vormittagsgange vorgestern war die Geldsucht der Curie und deren gegenwärtige Lage zwischen der italienischen Regierung und den Demonstrationen der Radicalen gegen das Garantiegesetz. Ich lenkte ihn demnächst auf den Franciscanismus und dessen die zweite Hälfte des Mittelalters beherrschende Reformideen[2]), die schließlich in der Formulirung und der Person des Erasmus ihre Unausführbarkeit bezeugen. Erst wollte er nicht anbeißen, indem er bei den Spiritualen nur an die Extremen dachte; nachher gab er zu, daß die Älteren und Besonnenen der Partei für die Armuth der Curie, wie für die Tugenden der Bergpredigt eingetreten sind. Meine Unterscheidung der beiden Ordenstypen der Mystik[3]) war ihm ganz neu, er wurde aber lebhaft davon bewegt und meinte, es sei der Mühe werth, die Sache ge= nauer zu erörtern. Dann proponirte ich gestern Vormittag in der Bibliothek der Villa eine Discussion der Rechtfertigungslehre. Sie dauerte mindestens eine Stunde und afficirte ihn so, daß ihm die Zeit viel kürzer erschien, und er mit aufgesperrten Augen und Mund meinen Deductionen folgte. Was katholisch mit justificatio gemeint sei, darüber waren wir einig, was er aber als protestantische Lehre mir proponirte, mußte ich ablehnen, und was ich ihm als solche bezeugte, und wie ich die Verkrumpelung dieser praktischen Wahrheit ihm erklärte, war ihm völlig neu. Er meinte, erstens sei die Rechtfertigung als die imputatio justitiae Christi gemeint, wodurch die Heiligung überflüssig sei, was ich für eine spätere, gar nicht verbindliche Formel erklärte[4]), — zweitens daß die Heilsgewißheit als ein absolutes, unfehlbares Datum gemeint sei, unabhängig von allen übrigen Bedingungen des persönlichen Lebens, wogegen ich darauf verwies, daß die Thatsache schwachen Glaubens zugestanden, und die und die Mittel dagegen verwendet werden[5]). Ich erörterte nun, daß Luther an der Sünde zuerst den defectus fiduciae ergo deum als Ausdruck der Schuld hervorhebe, und demgemäß die Rechtfertigung als Aufhebung der Schuld und als Grund der fiducia gedacht sei, daß sie ihre nächste

1) An Harnack 19. 8. 81.
2) Vgl. Geschichte des Pietismus I, S. 13 ff.
3) Vgl. ebenda S. 469 ff.
4) Vgl. Rechtfertigung und Versöhnung III, § 14.
5) Vgl. ebenda § 23 ff.

Probe an ihr und der Demuth und Geduld finde, und erst unter Voraussetzung dieses Erwerbes gute Werke und Charakterbildung möglich, und
dadurch die fortschreitende Befreiung von der Sündenmacht zu erwarten
sei. Ich hatte ihm vorher einen Compromißvorschlag gemacht, daß bei
der gleichen Forderung von timor dei und von bona opera, wir den
ersteren, die Katholiken den letzteren Factor betonten, und daß diese
individuelle Verschiedenheit für verschiedene Menschen gleichwerthig sei.
Das hatte er abgelehnt. Als ich aber das Argument der Schuld
deutlich machte, war er offenbar überrascht und fand keine Auskunft.
Ich brach nun ab, weil es Essenszeit war, und dankte ihm für die
Unterhaltung, weil ich es für wichtig achtete, über diesen Gegenstand
gelegentlich einmal den status causae wieder festzustellen. Darauf nahm
er den Dank für sich in Anspruch, da er aus der Unterhaltung jedenfalls
mehr gelernt habe, als ich. — Der Mann ist von der vollkommensten
Aufrichtigkeit und hat einen hervorragenden Wahrheitssinn. Aber, sagt
Windscheid, er verbinde damit keine Thatkraft und einen großen Mangel
an Menschenkenntnis. Das ist ja sehr verträglich mit einander, zumal
wenn man beachtet, daß katholische Erziehung die Thatkraft im Dienste
selbständiger Wahrheitserkenntnis lähmt. Aber der Mann ist von der
höchsten Respectabilität. Ich habe ihm Tatian zu Matth. 16 vorgetragen[1]),
wovon er noch nichts wußte; da hat er auch die Augen aufgerissen."

Als Ritschl wieder nach Göttingen zurückgekehrt war, erzählte[2]) er
von seinem Verkehr mit Döllinger noch folgendes: „Er entließ mich mit
der Hoffnung auf fortdauernde Verbindung, und die leiste ich, indem ich
heut den »Pietismus« an ihn sende, von dem er noch nichts wußte,
über dessen Erscheinung in Lobenstein er jedoch genau unterrichtet war.
Über Spener sprach er sich sympathisch aus und freute sich, daß ich
ihm günstiger gegenüberstehe, als den anderen .... In den letzten Tagen
kam er immer wieder auf die katholischen Theologen, welche, zum Widerruf genöthigt, ihre Ansichten trotzdem aufrechterhalten und als das
Richtige vertreten haben. Er widersprach nicht, als ich sagte, das sei
ein Schaden in der katholischen Kirche von demselben Gewicht, wie die
Lehrzersplitterung bei uns. Aber eben deshalb steht er seiner Kirche
factisch fern, indem er nicht widerruft, und in der kritischen Zeit nicht
eine schlaflose Nacht gehabt haben will. Windscheid, der sich für die
Zweckmäßigkeit einer entscheidenden Lehrauctorität in der Kirche begeistert,
stellte demgemäß an mich die Frage, ob Döllinger noch Katholik sei, da

1) Vgl. Harnack in der Zeitschrift für Kirchengeschichte. Bd. 4. S. 484 f.
2) An Harnack 29. 8. 81.

er weder den Papst noch das Concilium anerkenne. Ich erklärte, ich wisse es nicht, da ich ihn nicht danach gefragt habe; aber in der Rechtfertigungslehre — auf deren Discrepanz Windscheid nicht lauten will — sei Döllinger katholisch. Ich bin discret genug gewesen, seine persönliche Stellung nicht zu ergründen, habe auch über den Altkatholicismus nicht geredet. Ich wollte ihn ja nicht interviewen, und ich vermuthe, daß dies sein Zutrauen erweckt hat. Eine wundervolle Geschichte erzählte er zur Charakteristik Benedicts XIV. In einem Nonnenkloster zu Bologna, dessen Äbtissin seine Schwester war, hält dieser Papst das Hochamt am Feste des Patrons. Die Nonnen singen dazu die schönste Messe, lang ausgedehnt mit ihren süßesten Stimmen, und können im Credo gar nicht fertig werden mit immer wiederholtem genitum, non factum. Da dreht sich der Papst am Altar um und unterbricht das Gesänge mit: sive genitum, sive factum, pax vobiscum. Das ist doch eine prächtige Ironie auf alle Dogmatik und deren Streitsätze, wofür ich heute bei Spener einige analoge, ganz aufklärerisch gedachte Sätze gefunden habe. Die Gräfin Arco ließ einmal einfließen: Eine kirchliche Auctorität sei doch nothwendig, worauf ich ihr erzählte, ich hätte in dem Buch von Hettinger[1]) gefunden, daß ich wegen der lutherischen Schätzung der Kirche, welche die Schwaben[2]) und demgemäß Hettinger als katholische Tendenz auslegen, von diesem als auswärtiges Mitglied der katholischen Kirche angesehen werde, ich dürfte mich also in diesem Kreise ganz wohl fühlen. Dem Hettinger will ich übrigens etwas aufspielen[3]), und dabei die Herren Schwaben besonders aufziehen mit diesem Gerede, was natürlich ein katholisches Ohr gern hört."

So fiel der Aufenthalt in Tegernsee, der Ritschl zugleich mit den neuen Bekanntschaften ein längeres Wiedersehen mit seinem alten Freunde Windscheid gewährte, auf das befriedigendste aus. Der Verkehr mit Döllinger, sagt[4]) er, sei ihm „höchst anziehend gewesen, und der Austausch war in dem Maße rückhaltslos, als jeder von uns des andern sicher war, daß er keinen Streit suchte. . . . . Und was war das für eine Combination von Menschen, die wir täglich in der Villa bei Tisch und nachher zusammen waren! Die Gräfin, eine geborene Italienerin aus römischer Familie, der irische Lord, und wir zwei deutsche Theologen verschiedener Confession — und die kirchlichen Dinge Hauptgegenstand der Unterhaltung". „Aus den Äußerungen der Gräfin," heißt

---

1) Hettinger, Die „Krisis des Christenthums". 1881. S. 110.
2) Gemeint sind Dorner, Pfleiderer, H. Schmidt.
3) Vgl. Theologische Literaturzeitung. 1881. S. 627—629.
4) An A. Bartels 5. 11. 81.

es in einem andern Briefe[1]), „die mich noch länger festhalten wollte und auf Wiederholung meines Besuches rechnete, weil ich doch mit dem Propst mich noch nicht ausgesprochen hätte, darf ich schließen, daß Döllinger sich durch meine Unterhaltung befriedigt gefunden hat. Schließlich empfand ich aber, daß ich die vielen Aufmerksamkeiten, die mir erwiesen wurden, nicht noch weiter ausnutzen dürfte, und blieb fest bei dem Termin der Abreise am 22sten. Von den Tagen in Tegernsee war nur der Freitag ganz regenlos; da ließ die Gräfin uns nach Kreuth fahren, eine schöne Fahrt!"

Trotz der reichen Anregung, die Ritschl in Tegernsee fand, hatte er dort doch manche Stunden, in denen er sich nach der Arbeit an Spener sehnte[2]). Dieser lag er denn wieder in den folgenden Ferienwochen in ungestörter Ruhe ob. Er berichtet[3]), Spener habe ihn „bei näherer quellenmäßiger Bekanntschaft lebhaft interessirt. Das ging den ganzen September durch, und wurde auch durch eine kurze Abwesenheit in Hannover zum Examen nicht gestört. Indessen bin ich im October nochmal auf elf Tage theils in Halle, theils in Wernigerode und wiederum in Hannover gewesen". Von Halle aus machte Ritschl damals einen Abstecher nach Leipzig, um Harnack zu treffen, der sich dort gerade aufhielt. Mit diesem zusammen besuchte er Kahnis und Delitzsch, von denen er „sehr günstig aufgenommen" wurde[4]). Der Tag in Leipzig, erklärte[5]) er nachher, sei „ein besonderer Glanzpunkt" seiner Reise gewesen, die auch weiterhin erfreulich verlaufen sei. „In Wernigerode habe ich zwei angenehme Tage verbracht, und der dortige Bibliothekar, durch Gottschick vorbereitet, empfing mich als lange erwarteten Gast, und hat alle Unterstützung durch seine nicht geringen Bücherschätze versprochen."

Während Ritschl noch immer neue werthvolle Bekanntschaften machte und manche alte Freundschaft erneuerte, so riß doch auch wieder der Tod nicht wenige Lücken in den Reihen derer, die ihm, sei es in Göttingen, sei es anderwärts, nahe standen. Mit seinem von ihm so hoch verehrten Göttinger Collegen Lotze hat Ritschl bei dessen zurückgezogener Lebensweise in einem geselligen Verkehre nicht gestanden. Indessen traf er ihn doch manches Semester hindurch regelmäßig zu derselben Stunde im Sprechzimmer der Universität. Da war Gelegenheit genug vorhanden, sich nicht nur mit der Zeit genau kennen zu lernen, sondern auch in

---

1) An Otto R. 28. 8. 81.
2) An Harnack 19. 8. 81.
3) An A. Bartels 5. 11. 81.
4) An Marcus 18. 10. 81.
5) An Harnack 26. 10. 81.

Gesinnung und Anschauungsweise ein weitreichendes Einverständnis zu erproben. Als nun Lotze zu Ostern 1881 einem Rufe nach Berlin Folge leisten wollte, besorgte Ritschl, daß er sich wohl nur schwer an dem neuen Orte zurechtfinden werde. „Ein sehr sensitiver Mann," so schreibt [1]) er, „durchaus Kleinstädter, schlicht und anspruchslos, gewohnt ganz still zu leben, wird er ohne Zweifel das bortige Treiben bald herzlich satt haben. Mit 63 Jahren findet man sich in den Contrast mit dem Leben in der Ruhe nicht mehr hinein, die einem hier mitunter etwas zu viel wird. Aber er hat gewählt, und wir müssen ihn ziehen lassen. . . . . . . Er hat, als es sich entschieden hatte, mir die freundliche Zumuthung ge= stellt, daß er mich nach=zuziehen hoffe, und es wäre ja möglich, daß, wenn . . . . der an einem unheilbaren Übel leidet, ab= geht, die bortige theologische Facultät wieder auf mich verfällt, und dann würde wahrscheinlich die Rücksicht auf die Erziehung meiner Kinder mich nicht mehr wie früher hindern. Allein ich habe den Eindruck, daß ich dort nicht mehr arbeiten würde, und ich habe noch ein hübsches Pensum zu lösen vor mir, wozu mir die hiesige Existenz die Bedingungen dar= bietet. Hier kann man nur arbeiten oder man vergeht!" Von Berlin aus war Lotze noch einmal in den Pfingstferien ein paar Tage in Göt= tingen, dann traf einige Wochen später die Kunde ein, daß er schwer erkrankt sei, und bald darauf folgte die Nachricht von seinem Tode. „Wir sind aufs tiefste erschüttert," schreibt [2]) Ritschl, „durch den gestern in Folge von Lungenentzündung erfolgten Tode Lotzes. Er soll am Montag hier beerbigt werden. In der Pfingstwoche war er hier, und erschien mir frischer als sonst und sprach sich befriedigt aus. Und nun dieses tragische Ende! Was ihn nach Berlin gezogen hat, war · · · · · die Meinung, daß er zur Vollendung seines Systems der Philosophie ein angeregteres Leben bedürfe, als ihm hier zustand. Ich habe dies nicht als zureichenden Grund für den Wechsel des Daseins bei einem Manne von 64 Jahren erkennen können, und habe ihn gerade davor gewarnt, was ihm den Tod zugezogen haben wird, vor dem Winde in den breiten Straßen Berlins. Wir haben ihn leider gehabt. Aber ich bedauerte seinen Weggang speciell deshalb, weil er ein Mensch von hoher und lauterer Humanität war, und ein Mann, an dem ich hinaufsehen durfte." Und noch mehrere Monate nachher sagt [3]) Ritschl: „Es hat mich nicht leicht je der Verlust eines Freundes so erschüttert, wie dieser,

—

1) An Rößler 26. 1. 81.
2) An Harnack 2. 7. 81.
3) An A. Bartels 5. 11. 81.

und es ist eine tragische Verkettung der Ursachen dieses Todesfalles unverkennbar." Andererseits bezeugte[1]) Lotzes jüngster Sohn nach dem
Tode seines Vaters, daß dieser auf Ritschls „treue Freundschaft stolz"
gewesen sei.

Eine Woche nach Lotzes Tode erlag auch Schöberlein einem langen
schmerzvollen Leiden. „Er ist von der größten Geduld," schrieb[2]) Ritschl,
einige Wochen vorher. „Und diese Probe seines Christenthums ist wohl
mehr werth, als seine allerchristlichste Dogmatik, mit der er im Stillen
den Vogel abzuschießen gemeint hat. Wozu eigentlich all der Ehrgeiz
unter den Theologen, wenn man doch auf ihn verzichten muß, sowie es
zum Sterben kommt! Gott bewahre uns in der Demuth." In demselben Jahre erregten auch wieder mehrere auswärtige Trauerfälle
Ritschls lebhafteste Theilnahme, der Verlust seiner alten Freunde Heine
in Halle, Busch in Bonn, und Engelhardt in Dorpat. Im folgenden
Sommer starb plötzlich einer der nächsten Göttinger Freunde, Pauli, auf
einer Reise in Bremen. „Ihm ist es zu gönnen," sagt[3]) Ritschl, „daß
er vor schmerzhaftem Siechthum bewahrt worden ist. Uns wird seine
Lebhaftigkeit und sein vielseitiges Interesse sehr fehlen." Einige Jahre
später schrieb[4]) Ritschl noch einmal von seinem Verhältnis zu Engelhardt: „Seit unserer Correspondenz im Jahre 80 ist unser gemeinsamer
Freund Engelhardt abgerufen worden. Daß er mir gut war, obgleich
oder indem er mir immer eine Menge von Dingen vorzuhalten hatte, in
denen er mich mißbilligte, theils weil er mich nicht verstand, theils weil
ich nun einmal keine pietistischen Antecedentien habe, werde ich ihm
stets danken. Ich habe es immer als eine Ehre angesehen, daß er freundlich von meiner Person dachte und sich mit meinen ihn befremdenden
Ansichten abquälte."

Ende April 1880 schloß Ritschl seine „Untersuchung des Buches
von geistlicher Armuth" ab (s. o. S. 365) und verfaßte in den folgenden
Wochen den Aufsatz, der unter dieser Überschrift in der Zeitschrift für
Kirchengeschichte (Bd. 4, S. 337—359) erschienen ist. Nachdem Denifle
vor drei Jahren, so erzählt[5]) er, die bisher als „Nachfolgung des armen

1) R. Lotze an Otto R. 20. 7. 81.
2) An Harnack 16. 6. 81.
3) An Marcus 9. 6. 82.
4) An Lütkens 7. 4. 84.
5) An A. Bartels 6. 5. 81.

Lebens Christi" bekannte Schrift unter dem Titel „Das Buch von geistlicher Armuth" herausgegeben und Tauler abgesprochen habe, beschäftige
er sich jetzt damit, sie „als ein Conglomerat von verschiedenen Tractaten
zu erweisen, dessen Grundstock auch nicht dominicanisch, sondern francis-
canisch ist, also auch nicht von dem Dominicaner Tauler herrühren kann.
Die Grundschrift ist höchst interessant, das übrige weniger. Da ich nun,
wie mein Gönner Dorner mir zu meinem Nachtheil öffentlich bezeugt hat,
kein mystisches Element besitze, so ist mir die Arbeit, die ich Anfang
März begann, nicht sehr geläufig".

Nach Vollendung der Abhandlung wandte sich Ritschl wieder seinen
pietistischen Studien zu. Der Eindruck, den er von den ersten ihm zu
Gesicht kommenden Documenten des lutherischen Pietismus gehabt hatte,
war der[1]), daß er sich „auf eine Fülle von Abarten gefaßt machen
müsse, welche in der Abfolge Speners vorkommen. Deshalb aber ist es
meines Erachtens nützlich, daß die Leute sich an der classischen Entwickelung des Pietismus in der reformirten Kirche spiegeln, zumal eine Figur
wie Knak beweist, daß der classische Typus jener Reihe auch noch heut
unter dem Aushängeschild des Lutherthums vorkommt. Wenn ich nur
der Abarten und Mischformen in dem Gebiet des lutherischen Pietismus
in erwünschtem Umfange habhaft werde!" Jenen Eindruck bestätigte die
Beschäftigung mit dem Kramerschen Leben Franckes, welches Ritschl in
den Göttingischen Gelehrten Anzeigen besprechen wollte. Doch ist dieser
Plan unausgeführt geblieben. Damals aber schrieb[2]) er über die Absichten, die er dabei zu verfolgen gedachte: „Ich will mich darüber aus-
weisen, daß im lutherischen Kirchengebiet der reformirte Pietismus nicht
einfach abgeschrieben ist, wie voreilige Leute aus dem vorliegenden Bande
folgern dürften, sondern daß aus andersartigen Voraussetzungen Francke
doch einen gesetzlichen und wieder einen evangelischen Pietismus nach sich
gezogen hat, welche mit anderem Stoff den beiden niederländischen Richtungen gleichartig sind." „Sehr viel complicirter," heißt es in einem andern Briefe[3]), „ist die Sache auf dem Boden der lutherischen, als auf
dem der reformirten Kirche. Die drei Gruppen, die bis zum Ende des
18. Jahrhunderts zu unterscheiden sind, Francke, Arnold, Zinzendorf, sind
jeder gegen die anderen selbständig, und ein einfaches Abschreiben der
Erscheinungen reformirter Art findet bei ihnen nicht statt. Die zwei
letzteren sind freilich mit diesen Erscheinungen verwandt. Aber Francke

---

1) An Harnack 25. 2. 80.
2) An Kattenbusch 28. 6. 80.
3) An Weizsäcker 22. 6. 80.

hat ein ganz eigenthümlich abweichendes Gepräge, dessen geschichtliche Voraussetzungen, namentlich die positiven, mich gegenwärtig beschäftigen. Unter
seinen Anhängern zieht seine Theorie vom Bußkampf freilich Formen nach
sich, welche sich dem niederländischen evangelischen Pietismus nähern. Das
gilt z. B. für Bogatzki, der einerseits an Tjaden und wieder an Stilling
erinnert. Aber indem ich allmählich die bunte Karte dieser Erscheinungen
kennen lerne, finde ich es gerechtfertigt, daß ich die in sich geschlossene
Reihe der reformirten Pietisten vorweg genommen habe. Dieselben
mögen vorbildlich fast gar nicht auf die andere Reihe eingewirkt haben,
vielleicht nur durch die Existenz der Conventikel, aber sie bieten den
zweckmäßigen Hintergrund für die demnächst vorzuführende Gesellschaft.
Wenn ich nur etwas mehr Vorarbeit fände! Aber Kramers Lebensbild
Franckes, worin ich eben gelesen, ist ein Heiligenbild ohne Rahmen.
Was das »neue geistige Leben«, das ihm Kramer nachsagt, gewesen ist,
weiß er nicht; er weiß ja nichts davon, was vor Francke gewesen ist."

    Dem Pietismus in der lutherischen Kirche, schreibt Ritschl in einem
andern Briefe [1]), sei er „näher getreten zunächst durch Beobachtung einiger
Erscheinungen von Zersetzung der lutherischen Lebensanschauung, schon
gegen Ende des 16. und Anfang des 17. Jahrhunderts. Ich meine
das Überwuchern eines Pessimismus, den Luther aus dem Mittelalter
mitgebracht hat, über die Schätzung des sittlichen Werths der weltlichen
Berufe, und demgemäß die Bevorzugung von Contemplation und Spielerei
mit mystischer Einwohnung. Nach dieser Seite hin war mir das Studium
asketischer Schriften von Stephan Praetorius und Philipp Nicolai
höchst interessant. Dann habe ich meinen Haken bei Francke, Canstein,
Bogatzki eingeschlagen, um zu erproben, wohin die Geschichte geht. Da
ist nun folgendes interessant. Diese specifisch-lutherischen Pietisten leben
eigentlich vom Vorsehungsglauben, und haben den allgemeinen Pessimismus in dem Maße verloren, als sie am Halleschen Waisenhaus und Zu-
behör, als dem Werke des Reiches Gottes, eine optimistische Weltanschauung erwerben und erproben. Aber die beiden Edelleute sind der
unlutherischen Meinung, daß man Christo nicht in weltlichen Ämtern
und Geschäften dienen könne. Also ihre Hauptrichtung ist halb lutherisch,
halb unlutherisch. Dazu kommt aber, wenigstens bei Bogatzki, die ganze
Grübelei des Contemplanten, welche den beiden anderen fehlt. Aber die
Anregung dazu hat doch Francke gegeben, indem er die actuelle Bekehrung . . . . als Grund der Heilsgewißheit eingesetzt hat.
Daran schließt sich bei seinen Anhängern alles mögliche ungesunde,

namentlich die Anwandlungen von Mystik, welche ihren gleichzeitigen Träger an Arnold besitzt und von Francke indirect protegirt worden ist".

Die Zersetzung der ursprünglichen lutherischen Lebensanschauung, die Ritschl an Praetorius und Nicolai studirt hatte, war ihm namentlich wegen des Aufkommens der Lehre von der unio mystica wichtig. „Obgleich der erstere," sagt[1]) er, „noch ein classischer Zeuge für die Relation der Rechtfertigung auf Vorsehungsglaube und Seligkeit ist, lenkt er doch schon in mystische Contemplation ein und legt kein Gewicht mehr auf weltlichen Beruf; der andere repräsentirt diese Fehler noch deutlicher und ausschließlich. Ich habe in beiden[2]) die Erfinder der lutherischen Lehre von der unio mystica entdeckt; und wie wunderbar ist die Conception bei beiden vermittelt? Der erste hat sie aus dem Areopagiten, den er für einen Schüler des Paulus hält. Der andere hat sie . . . . . . aus pseudoaugustinischen Schriften, die in Wirklichkeit Compilationen aus mittelaltrigen Büchern nach Bernhard sind. Aus antiquarischen Katalogen sehe ich, daß diese Meditationes, Soliloquia, Manuale im 17. Jahrhundert wiederholt gedruckt, auch noch 1854 in deutscher Übersetzung zu Stuttgart erschienen sind!! Solches apokryphe Futter geht in den christlichen Kreisen um, worauf noch kein Fachtheologe seine Aufmerksamkeit gerichtet hat! Aus Ph. Nikolai hat Balthasar Meisner in einer akademischen Rede von 1622 geschöpft. Indem er aber die unio mystica möglichst systematisch beschreiben will, bestimmt er dieselbe in calvinischer Weise als Voraussetzung der Rechtfertigung. Darauf sind die folgenden, Calov, König, Quenstedt, nicht eingegangen; sie stülpen dieselbe über die Rechtfertigung . . . . . . Nachher kommt die unio mystica in Francke's Umgebung offenbar als praktische Aufgabe zur Geltung, davon kenne ich aber erst die Büchertitel."

Mit den ersten Aufzeichnungen für den zweiten Band der Geschichte des Pietismus hatte Ritschl im Juni 1880 begonnen. Er sagt[3]), er habe „auf gut Glück einen Ausgangspunkt angenommen, der darum noch nicht den Anfang der Ausarbeitung bilden wird". Dann stellte er im Beginn der Herbstferien aus dieser Niederschrift und aus einer „improvisirten Einleitung" das erste Kapitel zusammen. „Ich schreibe täglich," sagt[4]) er, „meinen kleinen Strämel, ohne Begeisterung, aber auch ohne Hast . . . . Jetzt beschäftigt mich das Wahre Christenthum von

---

1) An Stattenbusch 28. 6. 80.
2) Vgl. Geschichte des Pietismus II. S. 12—26.
3) An Marcus 9. 6. 80.
4) An Mangold 29. 8. 80.

Johann Arndt[1]). Nun, ich stelle den durchaus contemplativen mittelaltrigen Charakter dieses berühmten Buches fest, immer wieder dieselbe
Geschichte. Nur sehe ich, daß wenn der Mann sich für lutherisch halten
durfte — wenn auch mit Einreden anderer — und von dritten als
lutherisch in Schutz genommen werden konnte, so hat auch der Bruder
Knak sich dieses Glaubens getrösten können. Die Verschiebung ist schon
270 Jahre im Gange. Wird es mir gelingen, diesen schon so alten
Schaden als solchen erkennen zu lassen?"

Bei der weiteren Arbeit, der Ritschl in den folgenden Herbstferien
oblag, empfand er wieder recht die abstumpfende Wirkung dieser Beschäftigung. Er berichtet davon seinem Freunde Mangold, der inzwischen
Mitte September zwei Tage bei ihm zu Besuch gewesen war. „Sollte
ich meinen Vorsatz," so beginnt er scherzend seine Mittheilungen[2]), „an
dem Gegenstand richtig durchführen können, so befürchte ich, daß ich als
pietista formatus dastehen werde, wenn ich den letzten Correcturbogen
aus der Hand lege, nicht als ein Agitator oder Wütherich, wie die
modernen Heiligen, sondern als ein Stiller im Lande, ein Quietist,
der in der Gelassenheit des Willens steht. Ich habe gestern aus der
Abhandlung von Dorner über v. Hartmann in den Studien und Kritiken[3])
gesehen, daß der mir sehr wohl bekannte Quietismus der Kern der
Philosophie des Unbewußten ist; bin ich also auf den Standort der
›geistlichen Armuth‹ gelangt, so kann ich mir doch schmeicheln, die Höhe
meines Jahrhunderts zu behaupten. Aber vorläufig empfinde ich es
noch als eine Degradation, daß ich anfange ›den Dingen auszugehen‹,
und wenn Du die Anfänge dieser Abstumpfung an mir nicht zu deutlich
gemerkt hast, so dient das noch zu meiner Beruhigung. Seitdem Du
hier warst, habe ich mich durch eine Fülle von poetischer und prosaischer
Jesusliebe hindurchgeschlagen . . . . Und dabei habe ich noch
nicht mal die Genugthuung, daß ich meine Verstandeskräfte habe auf-
bieten müssen, um etwas zu ›erforschen‹. Aus den Büchern, die ich mit
der Linken gewälzt habe, ist der Saft sogleich mit der Rechten aufs
Papier gebracht worden."

„Nur ein Tag," heißt es weiter, „ist mir durch eine kleine Forschung
ausgezeichnet worden, als ich eine Anzahl der Lieder von Johann Heermann
auf ihre Vorlagen in gewissen pseudoaugustinischen Schriften, in specie
auf zwei darin aufgenommene Reden von Anselm reducirt habe. Da

---

1) Vgl. Geschichte des Pietismus II, S. 34 ff.

2 An Mangold 19. 10. 80.

3) A. Dorner, Hartmanns pessimistische Philosophie. Theol. Studien und
Kritiken. 1881. S. 7 ff.

hatte ich doch den Eindruck von Activität, und daß mir noch Entdeckungen möglich find, wie in jüngeren Jahren. Ich möchte auf meinen Genuß des Pietismus das Sprichwort anwenden: Qui mange du pape, en meurt, natürlich langsam, wie der Papst selbst, wenn sie ihm, wie neulich, Arsenik in kleinen Dosen beigebracht haben, um ihn von seinem Vorsatz abzubringen, nach Castel Gandolfo zu gehen und sein sogenanntes Gefängnis zu verlassen. Er hat, da er zur Curie gehört hat, und in deren Geheimnisse eingeweiht ist, die Warnung am Zittern seiner Hände erkannt, und den Vorsatz aufgegeben" [1]). Den Ertrag der Untersuchung über die Lieder Johann Heermanns faßte Ritschl in einem Aufsatz zusammen, der unter dem Titel „Ein Beitrag zur Hymnologie der deutschen lutherischen Kirche" im Februarheft der deutsch-evangelischen Blätter 1881 (S. 93—103) veröffentlicht worden ist [2]).

Im folgenden Winter ließ Ritschl die Arbeit an der Geschichte des Pietismus liegen. „Die fünf Druckbogen," schreibt [3]) er, „die ich im vorigen Sommer und Herbst geschrieben, haben zwar noch manche Veränderungen und Ergänzungen erfahren; allein, um weiter zu kommen, war ich den Winter über dadurch gehindert, daß ich Vormittag und Nachmittag Vorlesungen hatte." Diese Vertheilung der Stunden, sagt Ritschl in einem andern Briefe [4]), habe ihm „jede zusammenhängende Arbeit unmöglich gemacht. Es hat mich viele Verstimmung gekostet, ehe ich mich in diese Lebensordnung und ihre abspannende Wirkung gefunden habe. Denn übrigens erlebe ich den Vorzug des Schriftgelehrten auf das Reich Gottes, daß ich aus meinem Schatze Altes und Neues hervorbringe, ohne andere Mühe, als daß ich an den Rand meiner bejahrten Hefte einige Notizen hinzufüge. Und jetzt lerne ich das meiste von denen, die übrigens von mir die Methode gelernt haben, und nach ihr in den verschiedenen Gebieten arbeiten".

Nicht lange nach dieser Mittheilung erschien ein Buch, das gerade auch für Ritschl in manchen Dingen lehrreich war. Es war „das Wesen der christlichen Religion" von J. Kaftan, der, indem er die von jenes Werken erfahrenen Anregungen dankend anerkannte, es sich wohl gefallen lassen wollte, als Schüler Ritschls angesehen zu werden, aber der Wahrheit gemäß zugleich doch nicht als Vertreter von dessen Theologie glaubte

---

1) Die Quelle für die Kenntnis dieser von Ritschl erwähnten Begebenheit war Döllinger, der sie einem mit jenem befreundeten Manne erzählt hatte.
2) Vgl. auch Rechtfertigung und Versöhnung III, 2. A. 528. 3. A. 536.
3) An Marcus 29. 4. 81.
4) An Rößler 26. 1. 81.

gelten zu können [1]). „Ich kenne ihn persönlich gar nicht," schreibt [2])
Ritschl, „habe auch erst jetzt von ihm eine briefliche Annäherung
erfahren......... Nun wurde mir von einem Freunde, der die
Theologische Literaturzeitung redigirt, angetragen, das Buch anzuzeigen,
und damit bin ich jetzt beschäftigt. Das Buch enthält respectable Arbeit
und hat mir im Anfang, auch wo es mir widersprach, nicht wenig
imponirt; bei genauerer Überlegung wird dieser Eindruck einigermaßen
eingeschränkt. Aber eben hierin ergiebt sich mir das Verdienst des
Mannes um mich, daß er mich nöthigt, gewisse Dinge klarer zu
formuliren, als es mir bisher zugänglich war. Das ist nun ein Streit
unter Freunden, der neidlos und ohne Beschämung des andern vor sich
geht." Zunächst hatte Ritschl, der nach der Rückkehr von einer Reise
(s. o. S. 305) das neue Buch vorfand, die Vermuthung geäußert [3]), Kaftans
Abweichung von ihm werde sich „wohl auf die sogenannten Principienfragen beziehen, nicht auf die Deutung des Christenthums im Ganzen
und in der praktischen Beziehung. Nun wissen Sie, daß ich die sogenannten
Principienfragen blos gestreift und gar nicht endgültig habe entscheiden
wollen. Was er in der Hinsicht zur Berichtigung von mir und Herrmann beibringen mag, sehe ich gar nicht als wesentliche Abweichung an;
darüber mag noch manches geschrieben werden. Unter diesen Voraussetzungen sehe ich dem Buche mit guten Erwartungen entgegen; die Neider
rechts und links haben doch wieder zu constatiren, daß in unserer Linie
am besten und wirksamsten gearbeitet wird. Wenn sie uns nur läsen,
und, wenn sie es thun, uns verständen!" Indem dann Ritschl weiterhin
berichtet, er lese Kaftans Arbeit mit viel Belehrung und einigem Widersprechen, meint [4]) er: „Das ist auch wohl nöthig, sonst wären wir fertig
mit der Sache und könnten die Forschung einstellen. Aber das Buch ist
gut und wird uns fördern." Bei dem ferneren Studium des Werks
ergaben sich freilich mit wachsender Deutlichkeit die Punkte, in denen
Ritschl eine erheblichere Abweichung Kaftans von seinen eigenen Anschauungen fand, und in denen er seine Auffassung durch die Einwände
jenes in der Hauptsache nicht entkräftet sah. Darüber hat er sich dann
eingehend in seiner Recension [5]) geäußert. Übrigens aber kam ihm, als
er in dem folgenden Semester den ersten Theil der Dogmatik vortrug,

1 Kaftan an R. 22. 4. 81. Vgl. Wesen der christlichen Religion. 1. Aufl.
S. VI.
2) An A. Bartels 18. 4. 81.
3) An Harnack 26. 3. 81.
4) An Harnack 5. 4. 81.
5) Theologische Literaturzeitung. 1881. S. 306—312.

die Beschäftigung mit Kaftans Buch gerade für eine gründlichere
Behandlung der Principienfragen zu statten. „In der Lehre von
Religion und Offenbarung," sagt[1]) er, „habe ich durch Kaftan Anlaß
gehabt, mich genauer auszudrücken, und habe es mit Interesse gethan."

Eine andere Publication, die damals nicht geringes Aufsehen erregte,
war das anonyme Buch von Nagel über den christlichen Glauben und
die menschliche Freiheit. Dessen Lectüre, berichtet[2]) Ritschl, habe ihn in
einer Zeit der Verstimmung „mehr niedergedrückt durch die Vergegenwärtigung alles antichristlichen Treibens, als erhoben durch die gelungene
und uns so homogene Art der Richtung und Beweisführung". Ebenso
fanden zwei historische Werke, die um dieselbe Zeit erschienen waren,
Ritschls vollen Beifall. „Mit dem größten Interesse," erzählt[3]) er,
„und erheblicher Belehrung habe ich in den Ferien Kolbes vortreffliches
Buch[4]) gelesen, gegenwärtig beschäftigt mich Kawerau über Johann
Agricola Eisleben; dieser Mann hat mich einmal sehr interessirt, ich
hatte aber kein Material, ihm beizukommen. Es wird doch jetzt besser
gearbeitet, als vor 40 Jahren in der Theologie und Kirchengeschichte."
Im Januar darauf lernte Ritschl zu seiner Freude Kolbe selbst kennen,
als dieser ihn in Göttingen besuchte, und ebenso nach einigen Jahren
Kawerau, der dann später noch einmal bei ihm vorsprach.

Kapitel XVIII.

Gesteigerte Anfeindungen und fortschreitende Erfolge.
1881—1884.

„Es ist eine Erfahrung, welche an jeder neuen Ausprägung der
christlichen Wahrheit gemacht wird, daß diejenigen, welchen der alte Wein
besser mundet, als der neue, ihre Weisheit darin üben, daß sie die einzelnen sie befremdenden Umstände der neuen Gesamtanschauung heraus-
zupfen und eben als einzelne Lehrpunkte lebhaft bestreiten, ohne sich
erst in den Zusammenhang der neuen Erscheinung hineinzuversetzen.

---

1) An Harnack 21. 5. 81.
2) An Herrmann 26. 11. 80.
3) Ebenda.
4) Kolbe, Die deutsche Augustiner-Congregation und Johann von Staupitz. 1879.

In den meisten Fällen sind die voreiligen Bestreiter der Einzelheiten
ebenso wenig befähigt als willig dazu. Wenn nur der Vertreter einer
neuen Gesamtanschauung sich darauf einläßt, allen solchen fragmentarischen
Anfechtungen Rede zu stehen, so begiebt er sich in die Gefahr, seinen
Erwerb, dessen Werth in der Totalität seiner Ausprägung besteht, in
lauter Einzelheiten zu zersplittern, welche als solche ihre Beziehung zum
Ganzen nicht deutlich erkennen lassen."

Mit diesen Sätzen beginnt Ritschl eine Erörterung[1]), deren Gegenstand die Entstehung des doctrinären Lutherthums aus der Reformation
Luthers ist. Die Erscheinung, von der in jenen Worten zunächst die
Rede ist, konnte gerade er um so sicherer bezeugen, als er nur die
eigenen Erfahrungen aussprach, die er selbst im Kampf mit den Vertretern der bisherigen Theologie bereits hatte machen müssen und weiterhin bis zu seinem Lebensende machen mußte. Aber er war sich dessen
bewußt, daß er wenigstens der erwähnten Gefahr widerstand, sich von
seinen Gegnern einseitige oder fremde Gesichtspunkte und Fragestellungen
aufdrängen zu lassen. Und er war gesonnen, die Gesamtanschauung
vom Christenthum, die er erreicht hatte, sich nicht durch den Streit
um Einzelheiten zersplittern zu lassen. So charakterisirt die diesem
Kapitel vorangestellte Betrachtung aufs zutreffendste die Situation, in
der sich Ritschl seit einer Reihe von Jahren befand, und die Stellung,
die er selbst in dieser Lage einnahm und ohne Schwankungen auf die
Dauer aufrecht erhielt.

Wir haben es bereits verfolgen können, wie, ohne daß Ritschl selbst
dazu neue Veranlassung gegeben hatte, der Gegensatz anderer theologischer
Richtungen gegen seine Theologie um so klarer, schärfer und auch er-
bitterter wurde, je mehr die Zahl seiner Anhänger zunahm. Immerhin
war bisher der Streit gegen ihn und seine Gesinnungsgenossen im
Ganzen noch in den Grenzen der einfachen literarischen Debatte geführt
worden. Nur erst in einzelnen Erscheinungen bahnte sich, nachdem
Pfleiderer das Signal dazu gegeben hatte (s. o. S. 303), eine andere
Kampfesweise gegen die Ritschlsche Schule an. Die entscheidende
Wendung zu neuen Formen der Polemik aber trat im Jahre 1881 ein.
Seitdem entsteht einerseits eine umfangreiche, schnell anwachsende Bro-
schürenliteratur über die Ritschlsche Theologie, ihre vermeintliche Schädlich-
keit für die Kirche und über ihr Verhältnis zu anderen theologischen
oder philosophischen Bestrebungen. In demselben Grade, als durch
diese Production die Kraft der Gegner in Anspruch genommen wird,

_____

1) Geschichte des Pietismus I, S. 54.

büßen die eigentlichen Recensionen, die über die späteren Werke Ritschls in den literarischen Organen jener Theologen erschienen, an Gründlichkeit und Unbefangenheit ein. Ja, die Arbeiten aus Ritschls letzten Jahren, insbesondere die erst nach seinem Tode veröffentlichte Schrift über Fides implicita, fanden überhaupt nur noch eine überaus spärliche Beachtung. Man beschränkte sich im Wesentlichen auf die Polemik gegen einzelne Punkte, über die sich Ritschl in dem dritten Bande der Rechtfertigungslehre, in dem Unterricht in der christlichen Religion und in der demnächst zu besprechenden Schrift über Theologie und Metaphysik geäußert hatte. Der eine oder andere geht auch wohl auf biblisch-theologische oder dogmengeschichtliche Ergebnisse Ritschls in schnellfertigem Widerlegungsversuch ein. Denn im Ganzen hält man es nicht mehr für eine gar zu schwere Sache, Ritschl ins Unrecht zu setzen. Und wenn es ihm auch manche gern oder ungern zugestehen, daß er gewisse wichtige Fragen der Theologie in Fluß gebracht oder gar im Einzelnen gefördert habe, so fehlte doch im Allgemeinen die Stimmung, von ihm zu lernen und seine Ansichten zu verstehen, bevor man sich mit ihnen auseinandersetzte.

Diese Methode des literarischen Kampfs gegen Ritschls Theologie steht in Wechselwirkung mit den kirchenpolitischen Unternehmungen, die gleichfalls seit 1881 gegen ihn und seine Anhänger gerichtet wurden. Denn andererseits begann damals, zunächst vereinzelt, dann immer häufiger und in immer weiterem Umfang wohl der größere Theil der evangelischen Geistlichkeit, zwar meist ohne mehr von Ritschl zu wissen, als was die Kirchenzeitungen ihm nachsagten, sich wegen seines steigenden Einflusses auf die theologische Jugend zu beunruhigen und auf Pastoral-conferenzen und Synoden gegen ihn Stellung zu nehmen. Daß nun diese Reaction gegen die Ritschlsche Schule, die überwiegend durch pietistisch-orthodoxe Stimmungen und Strebungen getragen war, gerade in jener Zeit eintrat, ist von Seiten der Göttinger Theologie durch zwei literarische Erscheinungen veranlaßt. Im Anfang des Jahres 1881 veröffentlichte Hermann Schultz seine „Lehre von der Gottheit Christi", die er Ritschl „zum Ausdruck des Dankes für vielfache Förderung, zur Bezeugung der Gemeinschaft in den Zielen der theologischen Arbeit" gewidmet hatte. Und im Herbst desselben Jahres erschien Ritschls Schrift über Theologie und Metaphysik, die nach seiner Absicht „zur Verständigung und Abwehr" dienen sollte. Diese beiden Bücher boten dem Verständnis und Mißverständnis auch minder begabter und unterrichteter Theologen geringere Schwierigkeiten dar, als die drei starken Bände der Lehre von der Rechtfertigung und Versöhnung. Und ferner schienen nun gewisse Punkte deutlicher hervorzutreten, an welchen auch die große Masse der

25*

trabitionalistisch gerichteten Gegner Ritschls seine und seiner Anhänger Theologie für angreifbar und überwindlich halten mochte.

Daß Ritschl sich zur Abfassung jener soviel angefochtenen Schrift über Theologie und Metaphysik entschloß, ist durch den Eindruck mit veranlaßt, den das Werk von Schultz schon bald nach seinem Erscheinen bei Andersdenkenden erregte. „Das Buch,“ schreibt Ritschl[1]), „macht hier böses Blut bei den Herren Pastoren. Ich habe vor einigen Tagen eine Unter- haltung darüber mit meinem Parochus [Superintendent Dankwerts]........ geführt, der das Christenthum durch das Buch bedroht fand. Ich habe ihm vergeblich klar zu machen versucht, daß nur sein platonischer Realismus be- droht sei, daß ich mich aber getraute, aus der Fortgeltung dieser s ch l e c h t e n Metaphysik in der Religion eine Bedrohung des Christenthums nachzuweisen. Ich hatte schon vor 14 Tagen gegen Herrmann ausgesprochen, es sei nöthig, gegen diese Metaphysik diejenige klar zu stellen, deren wir uns zur Deutung der Person Christi u. s. w. bedienen. Denn Luthardts Stellung der Streitfrage sei nur halb wahr.“ Jene Unterredung Ritschls mit Dankwerts fand auf einer Eisenbahnfahrt statt, als sich beide zusammen zu einer Consistorialsitzung nach Hannover begaben. An demselben Nach- mittage, erzählt[2]) Ritschl in einem anderen Briefe, redete ihn Uhlhorn, gleichfalls auf Veranlassung des Schultzschen Buches, darauf an, „man müßte sich klar werden, daß die hauptsächlichen Misverständnisse in ver- schiedener Erkenntnistheorie begründet seien, er wolle mal die Candidaten in Loccum darauf hin arbeiten lassen: ob die Sache von Kant aus zu packen wäre. Nein, sagte ich, von Lotzes Metaphysik aus. Und endlich kam am folgenden Tage das Heft Studien und Kritiken, wo erst Weiß contra me, dann Heinrici contra Holsten sich um dieselbe Sache drehen“. „Ich habe mich gestern,“ so schließt Ritschl seine Mittheilungen an Harnack, „in der Eile mit den betreffenden Kapiteln in Lotzes Mikrokos- mus beschäftigt und bin mir klar darüber, um was es sich handelt. Ich wäre im Stande, trotz Pietismus darüber zu schreiben.“ Dieser Gedanke ließ Ritschl nicht wieder los. Einige Tage später schreibt[3]) er an Herrmann: „Ich habe neulich in Halle gegen Sie ausgesprochen, daß die Erkenntnis- theorie, die wir befolgen, gegen den Platonismus der uns stets mis- verstehenden Gegner herauszustellen sei. Es ist dasselbe Thema der Meta- physik in der Theologie, welches ich vor vielleicht 6 Jahren berührt und Ihnen überlassen habe. Sie haben aber dabei an das Problem der

---

1) An Harnack 9. 4. 81.
2) An Kattenbusch 12. 6. 81.
3) An Herrmann 13. 4. 81.

Kosmologie gedacht; ich meinte die Frage der Ontologie, wie man das Ding zu erkennen hätte. Eine ganze Reihe von Umständen hat mir nun in der letzten Woche die Nöthigung klar gelegt, daß darüber endlich geschrieben werde mit directer Exemplificirung auf die theologischen Themata. Ich wünschte nur, ich hätte schon den Muth, die Sache anzugreifen." Kurz darauf befand sich Ritschl bereits an der neuen Arbeit, deren Erledigung ihm wichtiger war, als die nun doch einmal unterbrochene Beschäftigung mit dem Pietismus. „Spener kann warten", meinte er[1]). Die Schrift selbst wurde am 6. Juni fertig, aber erst im October zusammen mit der zweiten Auflage des Unterrichts in der christlichen Religion (s. o. S. 339) der Öffentlichkeit übergeben. Ritschl sah sich indessen nicht veranlaßt, etwa nachträglich auch noch die Angriffe zurückzuweisen, die inzwischen Bestmann[2]) und Kübel[3]) gegen ihn gerichtet hatten. Auch mit einem anderen Kritiker[4]), der ihn „leiblich wohlmeinend, aber sachlich unverständig" beurtheilt[5]) habe, hielt er es nicht für nothwendig, sich auseinanderzusetzen. Indirect, meint er, sei der Standpunkt Flügels durch seine Schrift, so wie sie vorliege, bereits erledigt.

Daß in dieser, schreibt[6]) Ritschl, „einige Gegner gezaust werden, ist accidentell, wenn auch wahrscheinlich für die betroffenen empfindlich. . . . . . Es ist meine erste Abwehr wegen der Versöhnungslehre, also schon ein bedeutender Beweis meiner Friedfertigkeit und Geduld". Ebenso heißt es in der Schrift über Theologie und Metaphysik (S. 63. 2. A. 66) selbst: „Ich habe seit sechs Jahren auf alle Verunglimpfungen meiner Versöhnungslehre geschwiegen, und habe auch jetzt noch nicht den Vorsatz, diese Regel aufzugeben. Die vorliegende Schrift hat auch weder die Absicht, Vergeltung zu üben, noch die, das Skandalon fortzusetzen. Vielmehr ist sie in erster Linie auf Verständigung gerichtet, und übt die Abwehr nur in dem Maße, welches durch die Äußerungen der Gegner um der Sache willen erforderlich erschien. Ob ich erreiche, was ich erstrebe, weiß ich nicht. Allein ich habe mich bisher darin gefunden, daß die ärgsten Verdrehungen meiner Ansichten mir als meine Leistungen angerechnet werden, und ich habe kein directes Mittel, um der Verdächtigungs-

1) An Harnack 20. 4. 81.
2) Bestmann, Die theologische Wissenschaft und die Ritschl'sche Schule. Nördlingen 1881.
3) Kübel, Über den Unterschied der positiven und der liberalen Richtung in der modernen Theologie. 1881.
4) Flügel, Die speculative Theologie der Gegenwart. 1881. S. 242 ff.
5) An Marcus 9. 8. 81.
6) An Scholz 16. 6. 81.

mühle, in welcher man mich immer wieder zermalmt, das Wasser abzu-
schneiden." Diese Aussprüche Ritschls sind zu beachten, wenn man die
von ihm geübte Polemik gegen seine Gegner richtig würdigen will. Wenn
es ihm darauf angekommen wäre, in rechthaberischer Weise zu streiten,
so würde er ganz gewiß nicht die anderen Kritiker seiner Theologie,
H. Schmidt, Kübel, Bestmann, Pfleiderer, mit ihren zum großen Theil
doch unschwer zurückzuweisenden Einwendungen ruhig ignorirt haben. So
aber beschränkt sich seine Abwehr im Wesentlichen auf die Widerlegung
von Luthardt, Frank und H. Weiß, weil ihm gerade deren Leistungen
Veranlassung gaben, die Fehler der von ihm bestrittenen Erkenntnistheorie
am deutlichsten aufzuzeigen. Wenn man nun Ritschl nicht selten die
scharfen Wendungen zum Vorwurf gemacht hat, die er namentlich gegen
Weiß gebraucht, so ist dies zwar ein Beweis dafür, daß man seine Schrift
aufmerksam genug gelesen hat, nicht aber ebenso dafür, daß man auch
die von Weiß gegen Ritschl gerichteten Angriffe hinreichend beachtet und
gewürdigt hat. Ist denn diese Polemik mit ihren schulmeisterlichen Gesichtspunkten so unschuldig und harmlos, daß man von Ritschl mit gutem
Grunde hätte erwarten können, er sollte sich nicht entschieden gegen die
ebenso unverständigen wie übelwollenden Beschuldigungen wehren, die
Weiß zuerst gegen ihn ausgesprochen hatte? Oder sollte er sich überhaupt für vogelfrei ansehen, wenn er immer wieder wegen vorgeblichen
Pelagianismus, Deismus, Moralismus, Katholisirens u. s. w. verketzert
wurde? Ganz unleugbar hat Ritschl gerade Weiß mit harten Worten
in seine Schranken zurückgewiesen, während er es unterlassen hat, gegen
andere ebenso unsanft zu verfahren, gegen die er vielleicht noch mehr
Grund zu einer scharfen Abwehr gehabt hätte. Aber Ritschl schwieg ja
in der Regel grundsätzlich auf die Anfeindungen, die ihm widerfuhren.
Um so mehr ist es ein Zeugniß für die allgemeine Unbilligkeit, mit der
man die spärlichen Fälle beurtheilt, in denen er sich einmal kräftig vertheidigt hat, daß man meistens stillschweigend darüber hinweggeht, wie
seine Gegner ihn fortwährend gereizt, verlästert, verleumdet und oft im
Innersten seiner Seele verletzt haben.

    Die Schrift über Theologie und Metaphysik selbst unterscheidet sich
von der großen Mehrzahl der übrigen Arbeiten Ritschls dadurch, daß ihr
keine umfangreichen historischen Studien über den darin behandelten
Gegenstand zu Grunde liegen. Sie ist in Folge dessen zwar gefälliger
geschrieben und auf den ersten Blick leichter verständlich, als die Lehre
von der Rechtfertigung und auch als der Unterricht. Und deshalb
besonders pflegt, seit sie vorliegt, der Widerspruch gegen Ritschls
Theologie bei seiner Erkenntnistheorie einzusetzen. Aber aus demselben

Grunde bietet sie eben gewisse Mängel dar, die reichlich genug von den Gegnern ausgebeutet sind und zu vermehrten Misverständnissen Anlaß gegeben haben. Solche Fehler in durchsichtiger Weise aufgedeckt zu haben, ist das Verdienst von Friedrich Traub[1]). Dieser in der Hauptsache mit ihm einverstandene Theologe hat richtig gesehen, daß Ritschl sich nur soweit mit Grund auf Lotzes Erkenntnistheorie beruft, als Lotze darin mit Kant übereinstimmt, und daß Ritschl Kants Erkenntnistheorie in der falschen Beleuchtung eines vulgären Misverständnisses aufgefaßt hat (S. 96—98). Er hat ferner auf gewisse Undeutlichkeiten in Ritschls Ausführungen über den Begriff des Dinges aufmerksam gemacht (S. 102). Aber durch diese Einwendung und jene Berichtigung hat er die eigentliche Meinung Ritschls, für die er zugleich gegen Pfleiderers Kritik eintritt, klarer herauszuarbeiten vermocht. Denn, wie dies jeder einsehen wird, der Ritschls theologischen Entwicklungsgang im Zusammenhange zu überblicken im Stande ist, und wie auch Traub richtig bemerkt, es ist eine völlig haltlose Vorstellung, zu meinen, Ritschl habe auf Grund einer von vornherein bereits fertigen wissenschaftlichen Methodenlehre sein theologisches System mit dialektischer Kunstfertigkeit construirt, und deshalb sei es möglich, seine übrigen Lehren zu erschüttern, wenn man die Unhaltbarkeit einiger Sätze in der Schrift über Theologie und Metaphysik nachgewiesen habe. In Wirklichkeit verhält es sich mit Ritschls Erkenntnistheorie vielmehr gerade umgekehrt (s. o. S. 185 f.). Das Grundelement seiner Lehre vom Christenthum ist seine biblische Theologie, die im Sinne einer bestimmt ausgeprägten protestantischen Frömmigkeit, mit theologischen Begriffen, deren Recht er in gründlichen dogmengeschichtlichen Untersuchungen nachgewiesen hatte, zur Dogmatik verarbeitet worden ist. Die in dieser vorliegende christliche Gesamtanschauung verdankt aber ihre systematische Gestaltung im Ganzen und im Einzelnen ganz überwiegend einer lediglich in der Sache selbst mit innerer Nothwendigkeit arbeitenden Denkthätigkeit, nicht aber der mechanischen Anwendung von im Voraus festgestellten logischen und ontologischen Regeln. Man erinnere sich nur an die Urtheile Ritschls über die Art, in der andere die Prolegomena zur Dogmatik zu behandeln pflegen (s. o. S. 106), und beachte überhaupt seine grundsätzliche Abneigung gegen jeden mechanischen Betrieb der theologischen Wissenschaft.

So empfand Ritschl auch erst, nachdem er seine christliche Welt- und

---

1) Traub, Ritschls Erkenntnistheorie in der Zeitschrift für Theologie und Kirche. 1894. S. 91 ff. Vgl. aber auch Thikötter, Jugenderinnerungen eines deutschen Theologen. Bremen 1894. S. 217 f., und desselben Abhandlung: „Was ist ein Apfel? Apologetische Studien über die Grenzen des menschlichen Erkennens." 1888.

Lebensanschauung in der Hauptsache abgeschlossen dargestellt, und nachdem sein Interesse sich bereits seit mehreren Jahren wieder fast ausschließlich der historischen Forschung über andere Gegenstände zugewandt
hatte, das Bedürfnis, sich und anderen von der formalen Seite der
Methode, der er in seiner ganzen bisherigen Arbeit gefolgt zu sein sich
bewußt wurde, Rechenschaft abzulegen und deren Unterschied von der
herrschenden Auffassungsweise festzustellen.   Und indem er dies that,
legte er mit vollem Recht gerade darauf Nachdruck, daß die philosophischen
Grundsätze, die er nun entwickelte, lediglich formale Geltung für die
theologische Wissenschaft hätten.   Wenn er dabei dennoch den Satz[1])
aussprach, „jeder Theolog sei als wissenschaftlicher Mann genöthigt oder
verpflichtet, nach einer bestimmten Theorie der Erkenntnis zu verfahren,
deren er sich bewußt sein und deren Recht er nachweisen müsse", so war
dies freilich, was seine eignen bisherigen Leistungen angeht, eine Selbsttäuschung, die aus seinem neu erwachten Interesse an dem Gegenstande
seiner Arbeit begreiflich ist, die aber damit nicht in Einklang steht, daß
er sonst oft in richtigerer Weise über die ihrer formalen Mittel nicht
immer deutlich bewußte und doch auf ihr Ziel sicher hinstrebende thatsächliche Dialektik seiner wissenschaftlichen Arbeit geurtheilt hatte.   Mögen
indessen auch die bemerkten Mängel der schnell verfaßten Schrift über
Theologie und Metaphysik anhaften, so hat Ritschl doch darin aus seiner
gesamten Theologie die in dieser geübte Erkenntnistheorie selbst zutreffend
abstrahirt.   Und wenn er so nachträglich sich nicht nur selbst darüber
klar wurde, sondern es auch öffentlich aussprach, daß er und seine Gegner
eine verschiedene Methode der wissenschaftlichen Erkenntnis anwandten,
so hat das trotz der zunächst hervorgerufenen neuen Mißverständnisse
dennoch einen hohen Werth.   Denn gerade durch die wenn auch nur
unbewußt durch Kants Anregungen bestimmte Erkenntnistheorie steht
Ritschls Theologie, wie schon aus demselben Grunde diejenige Schleiermachers[2]), in Fühlung mit den übrigen Wissenschaften, soweit auch
diese mehr und mehr unter dem Einflusse Kants der speculativen
Phantasie entsagten.   Und eben deshalb ist die klar erkannte und mit
Nachdruck geltend gemachte Art der von Ritschl befolgten allgemein-
wissenschaftlichen Methode ein regulativer Kanon, der es auf die Dauer
zu verhindern im Stande ist, daß seine Theologie etwa wieder von
andern in die Geleise einer halbschlächtigen oder vollständigen Scholastik
hineingeführt werden könnte.

    1) Theologie und Metaphysik. S. 38. 2. A. S. 40.
    2) Vgl. Sigwart, Schleiermachers Erkenntnistheorie u. s. w. Jahrbücher für
deutsche Theologie. 1857. S. 267—327.

Bald nach der Veröffentlichung von Ritschls „Theologie und Metaphyfik" erschien eine vom 30. November batirte Entgegnung von Luthardt[1]), der nicht ungeschickt und in der Form maßvoll seinen von Ritschl angefochtenen Standpunkt zu vertheidigen und deffen Anschauungen ins Unrecht zu setzen versuchte. Aber schon diese erste Erwiderung ist ein Beweis dafür, wie wenig auch begabtere Gegner Ritschls erkannten, um was es sich für diefen eigentlich handelte, weil sie in den ihnen geläufigen Denkgewohnheiten zu tief befangen waren, um sich in eine andere wissenschaftliche Methode auch nur einmal hypothetisch hineinzu-versetzen. Luthardts Auffatz legte Ritschl zunächst den Gedanken nahe, ein zweites Heft über Theologie und Metaphyfik zu schreiben[2]). Nach einiger Zeit aber gab er diefen Plan wieder auf. „Das ist das Refultat," so berichtet[3]) er, „einer gewissen Krifis geistiger und körperlicher Art, die ich vor etwa 8 Tagen bestanden habe. Mit der Aufregung durch die sich häufenden Angriffe traf eine Nicotinvergiftung mit Herzklopfen und Schlaflosigkeit zusammen, die ich mir durch zu viele Cigarren neben der haftigen Arbeit am Pietismus zugezogen hatte. Ich habe mich jetzt von den Cigarren, aber auch von aller Streiterei losgefagt, so sehr der natürliche Mensch begehrt, den andern noch weher zu thun, als sie es mir thun."

In anderer Weise als Luthardt hatte sich der Herbertianer D. Flügel in einer Recension[4]) mit Ritschls Theologie und Metaphyfik auseinander-gefetzt. In Beziehung auf beide Kritiken fragt Ritschl[5]), was man sich wohl einbilde, „daß aus mir würde, und wie ich ausfähe, wenn ich mich gleichzeitig nach jedem richten follte? Wie eine Vogelscheuche wäre ich, zerfetzt und dem Winde zur Beute! So wünschen sie mich aber zu haben, um sich mit Recht über mich luftig zu machen. . . . . . Ich habe heute im Colleg wegen Luthardts Anspruch in Hinficht der Auffassung der Sünde[6]) erklärt, er möchte nur kommen; ihm werde ich gewachsen sein, wenn ich lehrte, daß man nur an sich selbst die Sünde, nämlich als Schuld, vollständig verstehen lernen könne. Große Worte über Sünde im Allgemeinen könnte jeder machen, ohne sich selbst wehe zu thun. Hier müßte ich Bescheid. Und so ist es. Es sind immer wieder beliebige Allgemeinbegriffe

1) Luthardt, Zur Beurtheilung der Ritschlschen Theologie. Zeitschrift für kirchliche Wissenschaft und kirchliches Leben. Bd. 2. 1881. S. 617 ff.

2) An Marcus 28. 12. 81: 31. 12. 81.

3) An Harnack 24. 1. 82.

4) Theologische Literaturzeitung. 1882. S. 10 ff.

5) An Harnack 24. 1. 82.

6) Vgl. Luthardt a. a. O. S. 643.

ohne Präcision, mit denen die Herren schießen, bald hier, bald da. Und
steht ihr ganzer Kram nur in irgend einem Verhältnis zu Joh. 7, 17?
Die Gegner haben ja die Machtfrage aufgeworfen; in der Beziehung bin
ich sehr ruhig. Das steht in Gottes Hand, und den Schmutz, der durch
die Machtfrage aufgewühlt wird, rühre ich nicht an. Aber die Wahrheits-
frage sicher zu stellen, würde eine fortwährende Kette von Streitschriften
erheischen, bei denen man auch Schaden an seiner Seele leidet, wie ich
an Spener gesehen habe. Und das aigrirt mich, daß die Gegner als
Garderobiers[1]) die Nummer aufrecht erhalten, die irgend einer von ihnen
vorgezählt hat. Auch ein im Ganzen wohlmeinender Mensch, wie der
im Beweis des Glaubens[2]), betet all das . . . . . nach, was Luthardt
und Bestmann ausgespielt haben. Das ist der Schmuck und Ehrenkleid,
womit sie mich zur Schau stellen, mit oder ohne Höflichkeit." „Ich habe
ja Ursache," schreibt[3]) Ritschl einige Zeit später, „es für lauter Freude
zu achten, daß ich von zahlreichen Anfechtungen umgeben werde; aber
daß dieselben von solchen ausgehen, auf deren Verständnis man rechnen
dürfte, und daß diese, jeder in seiner Weise, mir zumuthen, ich solle
in der Richtung seiner Nase gehen, ist beklemmend und nur durch Ver-
achtung aller der Sophisten zu ertragen. Ich kann mich doch nicht nach
den dicken, krummen, schiefen Nasen gleichzeitig richten. Also habe ich
mich etwa wie ein Igel zusammengerollt und bin in der Mittheilung
lahm geworden."

Die zuletzt mitgetheilten Auslassungen Ritschls beziehen sich direct
auf bestimmte literarische Kundgebungen seiner Gegner. Immerhin klingt
in ihnen auch die Stimmung an, in der sich der Eindruck von den Vorgängen auf der gerade ihrem Ende entgegengehenden dritten Landessynode
zu Hannover fortsetzte. Ritschl hatte es wieder, wie schon 6 Jahre
zuvor, abgelehnt, sich von seiner Facultät als deren Vertreter zu jener
Versammlung deputiren zu lassen. So war er auch nicht in der Lage,
dort selbst seine Sache zu vertreten, als in der sechsten Sitzung am
14. November 1881 der Pastor Frank aus Wietzendorf bei der Generaldebatte über den Bericht[4]) des Landesconsistoriums vom 8. November

---

1) Vgl. Theologische Literaturzeitung. 1881. S. 311.
2) Beweis des Glaubens. 1882. S. 494 f.
3) An Herrmann 13. 2. 82.
4) Actenstücke der dritten Landessynode der evangelisch-lutherischen Kirche Hannovers. 1881—1882. Hannover. Nr. 4.

behauptete[1]), die auf der Landesuniversität herrschende Ritschlsche Schule „rüttele an den Grundlagen des Glaubens, z. B. an der Lehre von der Trinität, von der ewigen Zeugung des Sohnes, von der alleinigen Auctorität der Schrift, wie von der Universalität der christlichen Kirche; letzteres ergebe sich aus einer Stelle aus einer Vorlesung Ritschls, in welcher die Unbekehrbarkeit gewisser Völker behauptet werde". Diese Angabe wies Uhlhorn sofort als ein Misverständnis zurück, indem er zugleich im Allgemeinen bezeugte, „bei dem einen Punkte, in welchem eine Berührung zwischen dem Landesconsistorium und der Facultät statt-finde, bei der ersten theologischen Prüfung, gehe seine Erfahrung dahin, daß von Seiten der Vertreter der Facultät nie etwas gegen Bekenntnis oder Ordnung der Kirche verstoßendes laut geworden sei" (S. 49). Die Klagen Franks nahm in derselben Sitzung noch einmal der Pastor Diedmann aus Lehe (jetzt Superintendent in Verden) auf, um der für diese Angelegenheit zuständigen Commission „zu empfehlen, auf Mittel und Wege zur Abhülfe des Nothstandes zu sinnen" (S. 52).

Zur Abwehr des auf ihn gerichteten Angriffs veröffentlichte Ritschl in der Abendnummer des Hannoverschen Couriers vom 16. November folgende Erklärung: „In dem Berichte über die fünfte[2]) Sitzung der dritten Hannoverschen Landessynode (Hannov. Courier, Dienstag, 15. Nov. Morgens) ist enthalten, daß der Pastor Frank aus Wietzendorf, Fürstenthum Lüneburg, ausgesprochen hat, ›die theologische Facultätslehre in Göttingen, die Ritschl-Schultzsche, rüttele an den Grundpfeilern der Kirche und taste den Glauben an die heilige Dreieinigkeit, an die Göttlichkeit Christi und an die heilige Schrift als die alleinige Quelle des Glaubens an‹. Wenn dieser Bericht richtig ist, so hat der Pastor Frank gegen mich eine dreiste und einem Träger des geistlichen Amtes nicht anstehende Unwahrheit ausgesprochen. In meinem ›Unterricht in der christlichen Religion‹, 2. Aufl. § 2, 3, 24, lehre ich gerade dasjenige, was ich nach der obigen Mittheilung antasten soll." Pastor Frank erließ darauf in der Abendnummer derselben Zeitung vom 19. November eine Gegenerklärung mit folgendem Wortlaut: „Wenn der Landmann jemanden einen gemeinen Menschen nennt, so ist das ein Lob, denn er versteht darunter einen leutseligen Menschen; wenn dagegen der Bürger dasselbe sagt, so spricht er damit einen herben Tadel aus. Dasselbe Wort wird also in verschiedenem Sinne gebraucht. Ebenso steht es zwischen Herrn

---

1) Protokolle der ordentlichen Versammlung der dritten Landessynode der evan-gelisch-lutherischen Kirche Hannovers vom 8. November 1881 bis 8. Februar 1882. Hannover 1882. S. 48 ff.

2) Irrthümlich statt „sechste".

Professor Ritschl und mir. Ich nehme die Worte Trinität, Gottes Sohn u. s. w. im Sinne der Kirchenlehre und Dogmatik des siebzehnten Jahrhunderts und bewahre und vertheidige solches als ein Heiligthum; die Ritschlsche Schule braucht die Worte in einem andern Sinne und streitet in Folge dessen gegen die hergebrachte Dogmatik. Ich habe daher keine dreiste Unwahrheit, sondern eine einem Träger des geistlichen Amtes in der lutherischen Kirche wohl anstehende Wahrheit ausgesprochen."

Zufällig war es derselbe 19. November, an welchem Ritschl bei der akademischen Feier des hundertjährigen Geburtstags von Karl Friedrich Eichhorn, der er selbst als Mitglied des Lehrkörpers der Universität Göttingen beiwohnte, von deren juristischer Facultät durch die Verleihung des Ehrendoctors beider Rechte ausgezeichnet wurde. Man sah es ihm an, wie erstaunt er war, als der Decan, Professor Frensdorff bei der Proclamation der neuen Doctoren seinen Namen nannte. Aber ebenso, wie die ihm übertragene Würde selbst, erfreute ihn die in den nach-stehenden Zeilen durch Sperrdruck hervorgehobene Wendung in dem Elogium, welches seine Promotion zum juristischen Doctor mit folgenden Worten motivirt: qui egregio libro de veteris ecclesiae catholicae disciplina antiquissimum Christianorum jus enucleavit, commentariis theologicis summo acumine juris ecclesiastici et historiam et principia explicavit, scribendo, docendo, munera gerendo juris et justitiae semper sacerdoti, de jure ecclesiastico colendo optime merito.

Die Verleihung des juristischen Doctors, meint[1]) Ritschl, „entspricht auch insofern der Wahrheit, als ich mich immer zu den Juristen gehalten habe, und mich von den Theologen gerade dadurch unterscheide, was mich zum Juristen qualificirt". „Sie haben freundlichst," schreibt Ritschl in einem andern Briefe[2]), „an der juristischen Ehrenbezeugung Theil genommen, die mir zugewendet worden ist. Das war für mich eine große Überraschung, kam aber sehr a tempo, da ich zwei Tage vorher einem Pastor, der mich in der Synode zu Hannover denunciirt hatte, in der Zeitung »dreiste Unwahrheit« hatte ins Gesicht schlagen müssen. Der Mann hat noch dagegen eine Erklärung erlassen, die ihn als einen völlig urtheilsunfähigen . . . . darstellt. Indessen muß ich darauf gefaßt sein, daß ich im Januar, wenn die Synode wieder zusammentritt, nochmal verhandelt werde. Was dann zu thun ist, muß ich mir vor-behalten." Im weiteren Verlauf dieses Briefes rügt Ritschl die

1) An Marcus 28. 12. 81.
2) An Harnack 13. 12. 81.

mangelnde Gewissenhaftigkeit seiner Ankläger, „welche nichts, gar nichts"
von ihm gelesen hätten. Übrigens empfing er von mehreren Geistlichen
in Hannover, und zwar nicht etwa nur von früheren Zuhörern, freundliche Briefe, in denen sie ihre volle Zustimmung zu seiner Erklärung
gegen Frank kundgaben.

Wie Ritschl vorausgesehen hatte, beschäftigte sich die Synode, als
sie im neuen Jahre wieder zusammengetreten war, noch einmal mit
seiner Theologie. In der 16. Sitzung am 26. Januar wurde über
einen Antrag „des Ausschusses zur Berathung des Schreibens des
Königlichen Landesconsistoriums vom 8. November 1881" verhandelt,
durch welchen die Königliche Staatsregierung ersucht wurde, daß sie
„bei der Besetzung der Lehrstühle in den theologischen Faculäten,
vornehmlich unserer Landes-Universität Göttingen, ihr vorzügliches
Augenmerk darauf wolle gerichtet halten, daß es nie an einer aus-
reichenden Zahl von Professoren der verschiedenen theologischen Disciplinen
fehle, die in ihrer Lehre das Bekenntnis der evangelisch-lutherischen Kirche
voll und ganz zur Geltung bringen und geeignet sind, die künftigen
Diener unserer Kirche für ihr Amt tüchtig zu machen"[1]). Die Motivirung
dieses Antrags enthielt Wendungen, die einen Vorwurf gegen die Vertreter der systematischen Theologie in Göttingen in sich einschlossen. Als
nun in der Debatte der Professor Mejer aus Göttingen diese Motivirung
angriff, sah sich der Pastor Dieckmann wiederum veranlaßt, zwar nicht
die Person, wohl aber die Lehre Ritschls der Abweichung vom lutherischen
Bekenntnis zu zeihen[2]). Seine Ausführungen richteten sich zugleich auch
gegen Schulz. In der folgenden Sitzung vom 27. Januar lehnte es
Dieckmann indessen ausdrücklich ab, daß er die Synode zu einem Urtheil
über die Lehre von Ritschl und Schulz habe veranlassen wollen, da es
ihm vielmehr nur darauf angekommen sei, als Mitglied des Ausschusses
die Nothwendigkeit der in Frage gestellten Motivirung zu begründen.
Damit wurde eine Verhandlung eingeleitet, die sich wesentlich um die
kirchliche Berechtigung der Ritschlschen Theologie drehte[3]). In einer
längeren Rede vertrat zunächst der Oberconsistorialrath Düsterdieck die
Meinung, daß Ritschl allerdings in wesentlichen Stücken mit dem Bekenntnis nicht übereinstimme. Dagegen hob er in warmen Worten
andere Verdienste Ritschls hervor und wies wiederholt darauf hin, „daß
nicht jedes Mitglied der Synode im Stande sein könne, über diese

---

1) Actenstücke Nr. 18, IV, 2.
2) Protokolle. S. 231 ff.
3) A. a. O. 235 ff.

theologischen Gegenstände zu urtheilen". Nach Düsterdieck sprachen noch eine ganze Anzahl von Rednern über dieselbe Sache. Dabei trat wenigstens in dem einen Punkte ein allgemeines Einverständnis hervor, daß die Synode in dem vorliegenden Falle kein Glaubenstribunal sei. Dennoch wurde der Commissionsantrag mit seiner Motivirung mit 47 gegen 21 Stimmen angenommen. Hervorzuheben ist, daß Ritschl einen warmen und energischen Vertheidiger auch seiner Theologie an dem Pastor Gunkel aus Lüneburg fand. Ferner erklärte der Consistorial-präsident Lichtenberg, der sachlich durchaus für den Commissionsantrag eintrat, er bedaure es nicht, die Berufung Ritschls nach Göttingen einst veranlaßt zu haben, da er ihn für eine Zierde dieser Universität und für eine Stütze ihres europäischen Rufes halte. Uhlhorn endlich, der in der Debatte zugleich für die Freiheit der Wissenschaft und die Festigkeit des Bekenntnisses eingetreten war, begründete sein Votum gegen den Commissionsantrag damit, daß er auch nicht einmal den Schein auf sich laden möchte, als ob er mit den über die Göttinger Facultät laut gewordenen Urtheilen übereinstimmte.

Als die Nachrichten über diese Verhandlungen in Göttingen ein-liefen, erfreute sich Ritschl gerade eines zweitägigen Besuchs von Harnack, dem er dafür auch deshalb dankte[1]), weil ihn so, was jener zwar nicht beabsichtigt, aber bewirkt habe, die Mittheilungen seiner Collegen über die Affaire in der Synode nur oberflächlich berührt hätten. „Verschiedene Stimmen wollen doch den Ausgang als günstig für mich beurtheilen, und sogar die Gegner sollen nicht widersprochen haben, als man ihnen zu dem Pyrrhussieg gratulirt hat." Einen schon bald greifbaren Erfolg aber meinte Ritschl geradezu den Vorgängen auf der Synode zu ver-danken, eine erhebliche Zunahme seiner Zuhörer. „Ich habe," so schreibt er[2]), „jetzt in der Ethik am Schlusse des Anmeldungstermins 85 Zu-hörer, und einige können noch nachträufeln. Ich habe eine solche Zahl zu meinen Füßen nie für möglich gehalten, aber es ist nett, daß sie da ist." Und von einer anderen freundlichen Erfahrung berichtet[3]) Ritschl folgendes: „Neulich traf ich mit dem ehemals hannoverschen Minister Bacmeister, mit dem ich auf Grüßfuß stehe, zusammen, und da hielt mir der Mann eine förmliche Rede über seine Mißbilligung der durchaus ungerechten Angriffe der Synode auf mich und über seine Theilnahme an dem für mich so günstigen Ausschlage derselben. Das war mir eine große Genugthuung."

1) An Harnack 8. 2. 82.
2) An Mangold 17. 5. 82.
3) An Marcus 3. 4. 82.

Dennoch ist es nicht zu verwundern, daß die Vorgänge auf der
Synode in manchen Momenten Ritschls Stimmung sehr bedrückten. Er
schreibt[1]) darüber der Witwe seines Bruders zu dessen Todestage: „Wie
unersetzlich der Gefährte unseres Lebens ist, wenn ihn Gott abgerufen
hat, habe ich in der letzten Zeit lebhaft gefühlt, als ich unter der öffentlichen Hetze, die hannoversche Pastoren gegen mich angestellt hatten, das
Gleichgewicht der Stimmung suchte und es bei Menschen nicht fand.
Und es ist doch schon so lange her, daß ich genöthigt bin, gewisse Dinge
mit mir selbst abzumachen. Man wird freilich dadurch verschlossen, obgleich ich von Hause aus wenig dazu disponirt bin. Und an einer gewissen Gleichgültigkeit gegen gesellschaftliche Verhältnisse merke ich deutlich,
daß ich alt geworden bin. Es kostet mich jetzt meistens Überwindung,
Einladungen zu folgen. Denn mit den Bekannten brauche ich mich nicht
zu bemühen, und mit den Unbekannten, die man antrifft, mag ich es
nicht . . . . . Ich übe ja eine Wirksamkeit aus, deren Maß ich an den
Gegenwirkungen erkennen kann, welche namentlich seit Jahresfrist immer
dringender geworden sind; ich hüte mich aber, stolz darüber zu werden,
sondern ziehe lieber meine Fühlfäden ein, um nicht sei es angenehm
oder unangenehm berührt zu werden, damit ich arbeitsfähig bleibe.“
„Der Winter war ja mild an Klima,“ heißt es in einem anderen Briefe[2]),
„aber die Pastoren waren nicht mild gegen mich. Seit etwa Jahr und
Tag hetzen sie gegen mich und haben auf der in Hannover tagenden
Synode einen wohl oder übel überlegten Angriff gegen mich losgelassen. Ich
kann nicht leugnen, daß das Gebahren dieser . . . . . Leute mich zeitweilig
tief verstimmt hat. Ich bin noch nicht ganz dagegen abgehärtet, meinen
Namen durch die Zeitungen geschleppt zu sehen wegen Sachen, die auf
dem Boden nicht verstanden und nicht entschieden werden, und noch nicht
gleichgültig genug gegen öffentliche Dinge, um nicht zu zürnen über die
Gesellen, welche die Kirche compromittiren. . . . . . Indessen unmittelbar ist
der gegen mich gerichtete Schlag zu meinem Vortheil ausgeschlagen. Ich
bin auch vertheidigt worden, und bei den Studenten, auf welche doch in
erster Reihe zu meinen Ungunsten gewirkt werden sollte, hat das Unternehmen die der Absicht entgegengesetzte Wirkung gehabt: ich habe noch
nie so viel Zuhörer gehabt, wie jetzt.“ „Das ist als Compensation der
auf mich gerichteten Angriffe . . . . ein Ereignis, an welchem die ganze
Universität u. s. w. theilnimmt. Meine juristischen Collegen, deren
Facultät von Studenten schwächer besetzt ist, als sie wünschen, sehnen sich

1) An Clara R. 26. 2. 82.
2) An A. Bartels 7. 5. 82.

danach, auch angezapft zu werden, um in Flor zu kommen. Nun wird das nicht verfehlen, auch in der Provinz herumgeredet zu werden, und wird eben meine Gegner überzeugen, daß sie mir einen Dienst geleistet haben"[1].

Unter solchen Umständen konnte Ritschl denn auch ruhig etwaigen ferneren Agitationen entgegensehen, die er eben austoben lassen wollte. Er hatte nämlich erfahren, daß seine Gegner in Hannover sich zu ihrer bevorstehenden Pfingstconferenz den Professor Dieckhoff aus Rostock bestellt hätten, um sich von diesem die „rechte Christologie" vortragen zu lassen, und daß man auf einer Versammlung in Schwerin im August einmal wieder die Verpflichtungen der theologischen Facultäten gegen die Kirche erwägen wolle. „Ich hoffe," sagt[2] er, „diese Anfechtungen in Ruhe zu ertragen." Während nun auf der Synode zu Hannover den Gegnern Ritschls durch die Anwesenheit schlagfertiger Vertheidiger immerhin eine gewisse Mäßigung auferlegt war, so hatten sie auf der Pfingstconferenz, wo sie die erdrückende Majorität besaßen, und eine Anzahl jüngerer Geistlicher ihre abweichenden Ansichten nicht zum Ausbruch zu bringen wagten, die Genugthuung, den völlig einseitigen, ungerechten, ja verleumberischen Belehrungen Dieckhoffs einen überzeugten Widerhall zu gewähren und ihre Verhandlungen mit der üblichen gemeinsamen Recitation des Apostolicums zu schließen. Nur ein jüngerer Geistlicher, Mohrwinkel aus Paese, gab, als man constatiren wollte, daß keine Stimme sich für die Ritschlsche Theologie erhoben habe, die Erklärung ab, er möchte nicht alle Worte unterschreiben, die in der Debatte gegen Ritschl gefallen seien, wenn er übrigens auch mit dem Vortrage übereinstimme. Erst nachträglich brachte die kirchliche Presse der Provinz Hannover mehrere Beiträge[3] zur Vertheidigung Ritschls und zur Zurückweisung der auf ihn erfolgten Angriffe. Energischer sind einige Artikel gegen die Pfingstconferenz, die um dieselbe Zeit im Hannoverschen Courier erschienen[4]. Übrigens empfing Ritschl wieder von mehreren Geistlichen zustimmende Erklärungen und von sechs Candidaten in Loccum eine Vertrauensadresse. Unter jenen Schreiben befand sich auch ein langer

1) An Marcus 30. 4. 82.

2) An Herrmann 7. 5. 82.

3) Vgl. Hannoversche Pastoral-Correspondenz, herausg. von Kleinschmidt. 1882. Nr. 14 und 15, und die Volkskirche, herausg. von Knoke. 1882. Nr. 7 und 8. In denselben Zeitungsnummern wird auch über die Vorgänge auf der Pfingstconferenz selbst Bericht erstattet.

4) Vgl. den Hannoverschen Courier vom 15. Juni 1882. Nr. 11600 und vom 16. Juli 1882. Nr. 11653.

Brief von einem 80 jährigen Dorfpfarrer, der, ohne Ritfchl felbft oder feine Bücher zu kennen, fich gedrungen fah, feinen Unwillen über die gegen jenen gerichteten Verunglimpfungen auf der Pfingftconferenz kund-zugeben.

Von Ritfchls näheren Freunden fchrieb ihm voller Entrüftung über den „hannoverfchen Pfingftgeift" Scholz[1]): „Wer ift der Herr Dieckhoff, und was hat er geleiftet, daß er in folchem Tone fich an Sie wagt?" „Der Profeffor Dieckhoff", antwortete[2]) Ritfchl. „hat 1850 ein verdienft-liches Buch über die Walbenfer gefchrieben, nachher hat er Hofmann und fpäter Kahnis wegen Heterodoxie vernichtet. Davon weiß man nichts mehr, und der Ruf feiner Opfer ift fefter, als der feine. Ich werde alfo, wenn der Sturm vorüber ift, mich wohl wieder fehen laffen können. Geftern war bei mir ein 77jähriger Paftor emeritus aus Riga, Berkholz, der mich fehen und hören wollte. Eben bin ich in diefem Briefe unterbrochen worden durch einen Candidaten aus Dänemark [Krarup], der einige Wochen hofpitiren will und fich als einen fehr gebildeten und unbefangenen Mann erwies. Alfo es wird wohl keine Noth machen, Stand zu halten, und meine Anhänger im Amt werden fich hoffentlich nicht terrorifiren laffen." Als dann Dieckhoffs Vortrag im Druck erfchienen[3]) war, fchrieb Ritfchl[4]), er habe „das Ding nicht gelefen; warum foll ich mir Ärger über immer neue Misdeutungen zu-ziehen?" Ähnlich verhielt er fich einer andern Kritik gegenüber, dem Vortrag, den Fricke aus Leipzig am 28. Juni auf der Meißner Conferenz gehalten hatte[5]). Darüber bemerkte er in einem Briefe an Harnack[6]): „Ihr Vater hat ganz Recht, daß, wenn wir uns nicht erbittern laffen, wir uns durchfetzen werden. Und ich habe die Abficht, mich nicht er-bittern zu laffen. Deshalb habe ich auch Frickes Votum nicht gelefen, nachdem ich mich überzeugt habe, daß er in der Schrift ebenfo perfönlich liebenswürdig fich äußert, wie in dem Begleitbrief, mit dem er mir diefelbe infinuirte."

„Ich wünfche es nicht zu machen, wie Spener," fchreibt[7]) Ritfchl

1) Scholz an R. 20. 6. 82.
2) An Scholz 27. 6. 82.
3) Dieckhoff, Die Menschwerdung des Sohnes Gottes. Ein Votum über die Theologie Ritfchls. 1882.
4) An Herrmann 14. 7. 82.
5) Im Druck erfchienen unter dem Titel: Metaphyfik und Dogmatik in ihrem gegenfeitigen Verhältniffe, unter befonderer Beziehung auf die Ritfchlfche Theologie. Leipzig 1882.
6) An Harnack 26. 9. 82.
7) An Harnack 4. 1. 82.

ein andermal, „der auf jede Anzapfung ausführlich erwiderte. Ich habe
Besseres zu thun, und mit 60 Jahren hat man seine Zeit zusammen zu
nehmen." In demselben Sinne äußerte sich Ritschl auch in einem Vortrag über Spener, den er im Januar 1882 wieder zu Gunsten des
Göttinger Frauenvereins hielt. Darin, erklärt[1] er, habe er indirect
seine eigene Stellung bezeichnet. „Ich sagte, als gegen Spener die Verfolgung losgegangen sei, sei seine Sache schon für die nächste Generation
gesichert gewesen, 2) seine Gegner ergingen sich in unglaublichen Mißverständnissen dessen, was er sehr deutlich ausgedrückt habe, 3) seine
Streitschriften seien überflüssig gewesen, weil er keine ihm angedichtete
Verdrehung unwirksam gemacht habe, und schädlich, weil er sich zur
Parteisucht habe verführen lassen. Hienach werde ich mich zu keiner
Streitschrift provociren lassen. Aber im Colleg spreche ich alle Controversen der Herren Pastoren gründlich durch." So hat denn Ritschl die
schon früher von ihm begonnene Praxis (s. o. S. 323) auch weiterhin
geübt, daß er, um nicht zur Abfassung von Streitschriften veranlaßt zu
werden, fast alles, was gegen ihn geschrieben wurde, gar nicht mehr
selbst las, sondern sich mit Berichten begnügte, die ihm jüngere Freunde
darüber zuweilen erstatteten. Er zog, so drückt er sich einmal aus[2], wie
die Schildkröte den Kopf unter die Schale zurück. Und daß er grundsätzlich
die gegen ihn gerichteten Schriften möglichst ignorirte, das kam thatsächlich seiner inneren Ruhe zu Gute, wie sehr ihn auch oft genug die
mündlichen Mittheilungen verstimmten, die er über den Streit gegen
seine Theologie empfing.

Weder durch die Vorgänge auf der Synode noch durch die auf der
Pfingstconferenz zu Hannover ließ Ritschl sich in seiner alten Abneigung
gegen alles Parteitreiben und gegen jede neue Parteibildung erschüttern.
„Im Hannoverschen Courier", erzählt[3] er, „hatte neulich einer zur
Bildung einer kirchlichen Partei aus meinen Schülern aufgefordert[4].
Darauf hat Bornemann auf meine Veranlassung eine vortreffliche Gegen-
rede geschrieben, welche am Sonntag in der Zeitung[5] als Leitartikel
veröffentlicht worden ist Er führt aus, daß, wenn man Schule sei, darin
die nöthige und berechtigte Verbindung bestehe, die beschädigt werde,
wenn man mit den zweifelhaften Mitteln einer ›Partei‹ aufträte."

Auch außerhalb der Provinz Hannover begann man im Jahre 1882

1) An Herrmann 13. 2. 82.
2) An Zöpffel 4. 2. 83.
3) An Herrmann 14. 7. 82.
4) Hannoverscher Courier. 1882. 30. Juni. Nr. 11625.
5) Hannoverscher Courier. 1882. 9. Juli. Nr. 11641.

sich auf verschiedenen Versammlungen mit Ritschls Lehre zu befassen. Zwar die von ihm erwähnte Conferenz zu Schwerin (s. o. S. 400) verhandelte nicht über dieses Thema. Aber außer der Meißner Conferenz, der Fricke Bericht erstattete, kam Ritschls Theologie auch auf dem Vereinstage der Freunde der positiven Union zu Berlin am 27. September zur Sprache. Dort redeten Kreibig und H. Schmidt über Versöhnung und Rechtfertigung [1]). Daß man im Anschluß an diese Vorträge eine Resolution gegen Ritschl faßte, wurde jedoch durch das Eingreifen Kählers verhindert. Ungefähr ein Jahr später ließ sich die Augustconferenz zu Berlin von Grau in Königsberg einen wesentlich gegen Ritschl gerichteten Vortrag halten, nach dem man wieder gemeinsam das apostolische Glaubensbekenntnis sprach [2]).

Den geistlichen Conferenzen, die, einseitig und ungenügend unterrichtet, gegen Ritschls Theologie Stellung nehmen zu sollen meinten, secundirte tapfer die große und kleine „kirchliche" Presse. Eine recht charakteristische Frucht der dadurch hervorgerufenen Verhetzung urtheilsloser Köpfe kam Ritschl selbst zu Gesicht. Er erhielt am 18. Januar 1883 einen anonymen Brief aus Hermannsburg, dessen Verfasser nicht einmal mit den Elementen der deutschen Orthographie vertraut war. Aus diesem Schriftstück mögen einige Stichproben hier mitgetheilt werden. Als Motto steht darüber die Stelle 2. Petr. 1, 19—21. Dann heißt es: „Herr Ritschl! Seit längerer Zeit habe ich schon von Ihnen gehört, aber vor Kurzem habe ich in Blättern gelesen von Ihrem Glauben und Schriftauslegung, daß Sie nicht auf dem Grunde der heiligen Schrift und des Bekenntnisses der Lutherischen Kirche stehen. Ich las Abends noch spät und erkannte Ihren Irrthum, und als ich am andern Morgen erwachte und daran gedachte, da wurde ich von Herzen froh, daß ich ein festes prophetisches Wort hatte, worauf ich mich gründete. Aber traurig bin ich über Sie, daß Sie in solchem Irrthum gefangen liegen, und woher kommt es? Daher, daß Sie Ihre Vernunft nicht gefangen nehmen unter den Gehorsam Christi . . . . . . Ich bin ein alter Mann, ich habe auch eine Zeit gehabt, wo ich auch irrte, weil ich meine Vernunft nicht gefangen nahm unter den Gehorsam

---

1) Die beiden Vorträge sind unter dem Titel: „Versöhnung und Rechtfertigung. Ihr theologischer Zusammenhang, ihre kirchliche Bedeutung". Magdeburg 1882 zusammen im Druck erschienen.
2) Vgl. den Bericht in der Beilage zum Reichsboten vom 25. August 1883. Graus Vortrag ist unter dem Titel: „Über die Gottheit Christi und die Versöhnung durch sein Blut, zugleich zur Beurtheilung der Ritschlschen Theologie." Greifswald 1884 erschienen.

Chriſti, aber durch Gottes Gnade bin ich zur Erkenntnis meiner ſelbſt
und zum Glauben an den dreieinigen Gott gekommen und habe Ruhe
gefunden für meine Seele in dem ſtellvertretenden Opfer Jeſu Chriſti .....
Da Sie nun ganz anders glauben und die Schrift auslegen, wie ich
und alle Gläubigen, die von Anfang gelebt haben und noch leben und
leben werden und im Glauben ſelig geſtorben ſind und ſterben werden,
wie wills mit Ihnen werden, wenns zum Sterben kommt? . . . .
Wir können mit der Zeit viele Prediger haben, die Ihre Lehre predigen
und viele verführen. Wie will es werden am jüngſten Gericht, werden
Sie beſtehen? Und wie werden Ihre Anhänger beſtehen? Da Sie nun
nach Gottes Wort nicht beſtehen können, ſo rathe ich Ihnen, kehren Sie
um und bekehren Sie ſich, da es noch Zeit iſt. Das wäre mir das
Liebſte. Können Sie das nicht und wollen Sie das nicht, ſo rathe ich
Ihnen, legen Sie freiwillig Ihr Amt nieder, ſonſt werden Sie es müſſen,
denn ſo kann es nicht und wird es nicht und ſoll es nicht bleiben. Ich
mit mehreren anderen beten täglich zum lieben Gott, er möge Sie bekehren, wenn das aber nicht möglich iſt, ſo wolle er Ihnen wehren, daß
Sie nicht weiter lehren können." Schultz habe den gleichen Brief bekommen, erzählt Ritſchl, und bemerkt[1]) zu deſſen letzten Worten: „Das
heißt doch nur, durch Zauber mich krumm und lahm, ſchlagflüſſig oder
blind oder blödſinnig machen. Das ſind die Muſterchriſten, die alles
mit Gott beherrſchen, Gott Rath und Vorſchriften zu geben ſich ge-
trauen." „Kurz alle möglichen ſchlechten Leidenſchaften," ſchreibt[2])
Ritſchl in einem andern Briefe, „ſind gegen mich in Bewegung. Daß
ich dadurch nicht gedrückt werde, ſind Sie von mir überzeugt; allein
ſchmerzlich iſt es, daß die Leute ſich ſo verſündigen." Übrigens reizte
das dummdreiſte Schreiben des unbekannten Beters auch Ritſchls Humor.
Wenn ſeine Geſundheit ſeitdem manchmal geſtört war, pflegte er zu
ſagen: „Die Hermannsburger beten wieder."

              --

Als Ritſchl im Begriff war, die zweite Auflage des Unterrichts in
der chriſtlichen Religion zu beſorgen, kündigte[3]) ihm ſein Verleger an,
daß demnächſt auch eine neue Auflage der Lehre von der Rechtfertigung
und Verſöhnung nothwendig ſein werde. Ritſchl meinte[4]), der zweite

1) An Raſemann 25. 1. 83.
2) An Scholz 5. 6. 83.
3) Marcus an R. 5. 7. 81.
4) An Marcus 16. 7. 81.

Band werde nicht erhebliche Veränderungen erfahren, wohl aber der erste, und im Beginn des Winters wolle er an die Arbeit gehen. Doch trennte er sich erst im Anfang des folgenden Jahres von der inzwischen rüstig fortgeschrittenen Thätigkeit an dem zweiten Bande der Geschichte des Pietismus, um zunächst den ersten Band des älteren Werkes neu zu bearbeiten. Inzwischen trat auch die Frage[1]) an ihn heran, ob eine dritte Auflage der Entstehung der altkatholischen Kirche unternommen werden sollte, die plötzlich durch einen Unfall nöthig geworden war. Bei einem Unwetter nämlich waren die in der Nähe eines Kamins auf-bewahrten letzten 50 Exemplare, die sonst noch für eine Reihe von Jahren den voraussichtlichen Bedarf gedeckt haben würden, durch Regen und Ruß so übel zugerichtet worden, daß sie in diesem Zustande unmöglich mehr gebraucht werden konnten. Und bei einem Versuche sie chemisch zu reinigen gingen sie vollends zu Grunde. Auf die Mit-theilungen hierüber erwiderte[2]) Ritschl: „Das Unglück mit der alt-katholischen Kirche schmerzt mich sehr. Wenn ich freie Hand hätte, wäre ich wohl noch capabel, zu den Studien zurückzukehren, denen ich gänzlich fremd nicht geworden bin. Aber so wie meine Aufgaben gesteckt sind, ist es mir unmöglich, daran zu gehen." Unter solchen Umständen erwog es Ritschl mit Harnack bei dessen schon erwähntem (s. o. S. 398) Besuch in Göttingen, ob dieser vielleicht die Besorgung einer neuen Auflage über-nehmen möchte. Aber da Harnack nach reiflicher Überlegung aus Gründen, deren Recht Ritschl völlig anerkannte, sich nicht dazu entschließen[3]) konnte, und da Marcus aus geschäftlichen Gründen auch keinen einfachen Abdruck der zweiten Auflage herzustellen geneigt war, so unterblieb jeder weitere Schritt in der Sache. Denn Ritschl erklärte[4]) demnächst be-stimmt, er sei doch nicht mehr im Stande, sich wieder in den Stoff hineinzustudiren, und werde auch noch verschiedene Jahre zur Geschichte des Pietismus gebrauchen. „Ich kann es jetzt nicht machen," sagte[5]) er, „und von Jahr zu Jahr weniger." „Damit ist für mich endgültig die Sache abgemacht. Das Buch ist vergriffen."

Bei der Neubearbeitung der Lehre von der Rechtfertigung und Ver-söhnung ließen sich manche Unterbrechungen nicht vermeiden. Ritschl klagt[6]), daß er nicht immer aufgelegt sei, auch Nachmittags jene Be-

1) Marcus an R. 29. 12. 81.
2) An Marcus 31. 12. 81.
3) Harnack an R. 1. 2. 82.
4) An Marcus 8. 2. 82.
5) An Marcus 10. 3. 82.
6) An Harnack 24. 1. 82.

schäftigung vorzunehmen. Deshalb lasse er es denn auch lieber, um
nicht morgen auszustreichen, was er heute geschrieben habe. „Nur wenn
ich in einem großen Zusammenhang mich getragen fühle, kann ich mir
die Schreiberei nach Mittag und Abends abmüßigen. Die Redaction
einer neuen Auflage aber ist Flickarbeit, und die begeistert nicht. Ich
mache mir im Stillen den Vorwurf, daß ich nicht froher über dieses
Accidens bin; aber ich habe den Pietismus noch nicht aus Kopf und
Herz. Da ist mir der Succeß einer neuen Auflage kein Stimmungs-
äquivalent." „Überhaupt," berichtet[1]) Ritschl nach einiger Zeit, „hat
die Beschäftigung mit Dingen, bei denen ich nichts lerne, etwas wenig
anregendes. Und damit geht es also. Wenn ich große Partien so gut
wie unverändert lasse, und die einzelnen Blätter schnell in die Mappe
übersiedeln, so ist die Aufmerksamkeit doch bald erschöpft, namentlich
aber sicher, wo ich auf einen Punkt stoße, an dem neu geschrieben werden
muß. So etwas kann ich aber niemals sogleich leisten; es kostet immer
Überlegung, wie zu verfahren ist, und wenn dieselbe am folgenden Tage
reif ist, so ist es der günstigere Fall. Was ich neu eintrage, sind Dinge,
die ich im Ganzen präsent habe, und doch will das Gefüge genauer
erwogen sein. Erhebend aber ist die Arbeit überhaupt nicht. Ich sehne
mich nach meinem Pietismus." Es waren denn auch zum großen Theil
die neuen Erkenntnisse über den Pietismus und seine Geschichte, die
Ritschl in der zweiten Auflage des ersten Bandes seiner Rechtfertigungslehre verwerthen konnte. Auch auf einzelne Erscheinungen des Pietismus ging er dabei ein, die in seinem Werke über diesen noch längst
nicht an der Reihe waren. So erzählt[2]) er einmal: „Ich bin dabei,
Zinzendorf etwas genauer zu beleuchten, an der Hand seiner Discurse
über die Confessio Augustana, wo er Anlaß hatte, alle seine theologischen Phantasien auszuschütten. Eine merkwürdige Abwechselung
der barocksten und abgeschmacktesten mit den geistreichsten und treffendsten
Erörterungen. Wie zeitgemäß wäre es, folgenden Satz unter die Leute
zu werfen: »Der Streit über Christi Gottheit ist eine metaphysische
Subtilität; aber der Streit über seine Menschheit ist eine Herzensmaterie,
dagegen der Wille streitet, der ihn nicht gerne« in der Erniedrigung
kennen und achten will. Luthardt wäre ja nicht, wenn nicht Zinzendorf
gewesen wäre; und nun macht die heutige Gesellschaft aus der metaphysischen Subtilität eine Herzensmaterie."

Die neue Auflage des ersten Bandes der Rechtfertigungslehre wurde

---

1) An Marcus 10. 3. 82.
2) An Harnack 21. 4. 82.

Ende April fertig; die des zweiten erledigte Ritschl im Juli und August. Jener erschien im October, der zweite Band Anfang December 1882. Zwischendurch arbeitete Ritschl weiter an der Geschichte des Pietismus. Außerdem verfaßte er im November eine ihm nicht wenig Arbeit kostende Recension[1]) von L. Schmidts „Ethik der Griechen", zu der er sich dem ihm nahe befreundeten Verfasser gegenüber erboten hatte, und für die zweite Auflage der Herzogschen Real-Encyklopädie den Artikel „Reich Gottes", um den ihn Hauck[2]) gebeten hatte. „Denken Sie einmal," bemerkt[3]) Ritschl dazu, „eine Friedenstaube aus Erlangen! in der gegenwärtigen Zeit!" Unmittelbar darauf begab sich Ritschl an die Neubearbeitung des dritten Bandes der Rechtfertigungslehre. „Es ist ja", erklärt[4]) er bei der Mittheilung davon, „ein großes und im Ganzen erwünschtes Ereignis, daß ich das Buch noch einmal in die Welt schicken und mit mehr Einsicht bearbeiten kann, als mir zum ersten Male zu Gebote stand. Allein ich finde, daß die Flickarbeit nichts anziehendes hat. Seit Anfang dieses Jahres bin ich mit ihr behaftet . . . . Nun hat mich Marcus um den 3. Band gedrängt, und ich habe nach verschiedenen Tagen des Zögerns vor einer Woche Hand angelegt, heut auch die Einleitung mit manchen neuen Ausführungen zu Ende gebracht. Ich habe mir dabei den Entschluß gebildet, mich der speciellen Polemik zu enthalten, zu der ich so viel Anlaß hätte. Denn dadurch würde das Buch unnöthig belastet, und ich zu malitiösen Wendungen versucht werden. Ich begnüge mich also, so viel Schanzen aufzuwerfen, als nöthig sind, um meine Sache zu schützen, und wenn ich einen Gegner speciell berücksichtige, so nenne ich ihn nicht mit Namen. Dieser Entschluß ist nun der Haupterwerb der bisherigen Leistung und hat mir Muth gemacht, morgen fortzufahren. Indem alles mögliche Volk Zeugnis gegen mich ablegt, immer mit der Prätension, mir in der Gläubigkeit (vor den Menschen) über zu sein, so kommt mir der ganze Kram so vor, wie das Knabenspiel Bockspringen. Ich bin der Bock, ziehe meinen Kopf zwischen die Schultern, stemme die Arme auf die Kniee und lasse über mich weghüpfen, wer da will. Schließlich stelle ich doch Leute, welche rechtschaffen predigen und sich von Parteisucht fern halten werden, und das wird für die Zukunft ins Gewicht fallen. Es ist ein günstiges Zeichen, daß zwei württembergische Candidaten hier sind und meine Vorlesungen durchhören. Sie stellen Nachschub in Aussicht. Nur die Classe der

---

1) Theologische Literaturzeitung. 1883. S. 6—8.
2) Hauck an R. 12. 7. 82.
3) An Harnack 26. 9. 82.
4) An Mangold 22. 11. 82.

eitelen Leute fürchte ich nicht festhalten zu können. Wie ich schon
manche Trennungen von solchen erlebt habe, so rechne ich nicht darauf,
daß sich nicht dergleichen wiederholt."

Gute Prediger zu bilden, war Ritschl überhaupt das wichtigste
Anliegen (s. o. S. 166), das er auch bei einer Arbeit, wie der ihm
gerade obliegenden, im Sinne hatte. „Seit vorigem Jahre," schreibt[1]) er,
„ist hier vielfacher Wechsel der Pastoren gewesen. Dies ist der Anlaß
gewesen, daß zwei jüngere Collaboratoren, wie sie hier heißen, nach
einander hier vicarirt haben. Der eine, der im vorigen Winter ein
halbes Jahr lang geprebigt hat, und der zweite, der eben für wenige
Wochen hieher geschickt worden ist, beide ließen mich erkennen, daß
meine Instruction nicht vergeblich gewesen ist. Das war wirklich Evangelium und praktisches Christenthum, ohne Manier und Parteisucht und
ohne dogmatische Vorbringlichkeit. Ich ertrage alles geduldig, wenn ich
es erreiche, daß solche Leute auf die Kanzeln kommen, während die
Generation der vierziger und fünfziger Jahre abstirbt. Und der gute
Nachwuchs mehrt sich. Deshalb stellen sich die Herren der Kirche so
ungeberbig, sie haben aber ihren Lohn dahin. Die jungen Leute brauchen
sich gar nicht auf meinen Namen einzuschwören; sie sollen nur predigen,
wie es recht ist." In demselben Briefe heißt es: „Es freut mich, daß
Sie mit Müllensiefen ein Vertrauensverhältnis gewonnen haben. Ich
verehre den Mann gemäß etlichen Predigten, die ich gehört habe; einmal
habe ich auch ihn gesprochen. Er wohnt in dem Hause, in welchem ich
geboren bin, Bischofstraße Nr. 5. Wenn Sie ihn wiedersehen, so bitte
ich, mich ihm angelegentlichst als einen Verehrer zu empfehlen."

Von seiner Redactionsarbeit am britten Bande berichtet[2]) Ritschl
weiter, es „bleibe nicht viel auf dem alten Fleck". Er habe seit vier
Wochen mehr als den dritten Theil der bisher erledigten ersten drei
Kapitel neu gearbeitet und sich bei den letzten Abschnitten gefreut, wenn
er „ein Blatt beiläufigen Inhalts unversehrt wieder habe einlegen
können. So fremd ist mir das Buch geworden, so unfertig erscheint es
mir, so viel klarer und umfangreicher ist meine Einsicht geworden. Ich
bin neugierig, wie das weiter gehen wird, und ob ich bis Februar weit
genug über die Hälfte des Ganzen gekommen sein werde, um das Geleistete in Druck geben zu können, ohne zu befürchten, daß mir die
Correcturen über den Kopf wachsen. Denn ich wage nicht, mich vor-
greifend zu orientiren, um nicht meine Aufmerksamkeit zu zerstreuen."

1) An Scholz 7. 11. 82.
2) An Otto R. 13. 12. 82.

Seine Freunde, fügt Ritschl hinzu, schienen sich zum Theil zu wundern, daß der dritte Band nicht sofort dem zweiten folge, und nicht zu ahnen, wieviel schwieriger bei jenem die Redaction sei. „Es darf mich ja freuen, daß er ihnen leiblich gut erscheint, und daß sie nicht zu viel daran vermissen. Aber ich bin mir selbst über, und das muß ich mit größerer Mühe und Arbeit büßen." Als nun weiterhin Marcus den Druck doch nur langsam beginnen und erst später schleuniger fortschreiten lassen wollte, war Ritschl auch damit zufrieden, einmal heute und dann wieder übermorgen der Arbeit obzuliegen, je nachdem er in Stimmung war. Mehrfach sei er auch acht Tage vor einer Aufgabe stehen ge- blieben und habe sie sich durch den Kopf gehen lassen, um nur einige Seiten neu zu gestalten [1]). „Ich heize aber," bemerkt [2]) er, „die Christo- logie mit symbolischen Büchern, daß das Volk sich ins künftige die Finger daran verbrennen soll." Namentlich, sagt [3]) Ritschl, habe er „den Gegnern Luthers Katechismen vorgezeigt, daß die Gottheit Christi nicht in der beiläufigen Zweinaturenformel, sondern in mein Herr ausgedrückt ist, und daß dieses Prädicat an dem Erlösungswirken haftet".

Schon einige Zeit vorher hatte sich Ritschl über dieselbe Frage eingehender ausgelassen. Sein Schüler Loofs hatte bei seiner Habilitation in Leipzig eine These über Christi Präexistenz, die er als Folgerung aus der christlichen fiducia verstanden wissen wollte, zur Disputation gestellt und in einem Briefe an Ritschl ausführlich zu rechtfertigen ver- sucht [4]). Dieser antwortete [5]) ihm: „Ihre Formel über Christi Präexistenz hat einen ganz anderen Sinn, als der hergebrachte, weil Sie jenes Prädicat aus dem religiös-geschichtlichen Verständnis Christi folgern und nicht dem- selben zu Grunde legen. Deshalb wird Ihnen die Formel von . . . . nicht zur Gerechtigkeit gerechnet werden. In Ihrem Sinne habe ich, als ich in der letzten Vorlesung über Dogmatik den Punkt berührte, den für uns sich ergebenden Abstand zwischen Gottes Rathschluß und seiner Erfüllung in Christus mit dem Satze ausgeglichen, daß Christus für Gott ewig existirt. Also insoweit glaube ich Ihren Ansprüchen entgegenzukommen. Aber dann bezeichnet die Formel eben etwas, was für uns Geheimnis ist [s. o. S. 197], und kein Grund von Erklärung für den Werth Christi ist, der uns ohne dieses klar sein kann. Sie formuliren mit Ihrem

---

1) An A. Bartels 22. 3. 83.
2) An Otto R. 2. 2. 83.
3) An Herrmann 25. 2. 83.
4) Loofs an R. 10. 7. 82.
5) An Loofs 12. 9. 82.

Satze etwas ganz anderes, als was Luther im kleinen Katechismus ausspricht, zumal dieses auch nach dem Maße der alten Lehre falsch ist.
Denn das Praktische an derselben ist der Gedanke, den Luther eben
nicht erreicht, daß Christus als Mensch und Gott von der Mutter
geboren ist. Das habe ich in der Versöhnungslehre III[1]) bemerkt.
Jetzt füge ich aber hinzu, daß die Apologie mir einen viel brauchbareren
Boden für die Deutung der Gottheit Christi darbietet. Das Verständnis
der Glaubensregel, also aller nothwendigen Prädicate Christi, ist auf den
Zweck der remissio peccatorum gestellt II, 51. Ferner haec beneficia
nosse proprie et vere est credere in Christum, II, 101. An Christum
glauben ist die Erkenntnis oder die Behauptung seiner Gottheit. Sie
verstehe ich, wenn ich die Stiftung der allgemeinen Versöhnung
durch ihn verstehe, denn aller Socinianismus beruht darin, daß man die
letztere Wahrheit leugnet, und nur demgemäß versteht man nicht mehr
seine Gottheit. Weil ich diesen Zusammenhang erkenne, habe ich die
Gewißheit, daß ich die Gottheit Christi behaupte, indem ich die alte
Methode ihrer Darstellung ablehne, die niemals Menschheit und Gottheit
in der geschichtlichen Gestalt als identisch erweist [s. o. S. 216] und
die enge Beziehung zwischen Gottheit Christi und der allgemeinen Versöhnung durch ihn nicht zu dem Ausdruck bringt, den ich vertrete oder
erstrebe."

Am 13. März 1883 kam die neue Redaction des dritten Bandes der
Lehre von der Rechtfertigung und Versöhnung zum Abschluß, nachdem
sie für das ganze Werk, allerdings mit Unterbrechungen, 14 Monate in
Anspruch genommen hatte. Anfang Juli konnte auch der dritte Band
der Öffentlichkeit in erneuerter Gestalt übergeben werden. Auf die
Unterschiede der zweiten von der ersten Auflage des dritten Bandes ist
in dem Bericht über Ritschls Theologie (s. o. Kap. XV) bereits wiederholt Bezug genommen worden. Auf eine Frage Rasemanns[2]) bezeichnete ihm
Ritschl selbst die Hauptpunkte, in denen er Veränderungen vorgenommen
habe. In der neuen Auflage, sagt[3]) er, „sind die Fragen der Methode
ausführlicher erörtert, die Anlehnung an die symbolischen Bücher verstärkt, namentlich in Hinsicht der Lehren von der Sünde und von Christus."

Dies sind nun auch die wichtigsten Gegenstände, in deren Behandlung die zweite Auflage von der ersten abweicht. Daß die methodischen Fragen nach der Erkenntnistheorie und nach der Werthbeurtheilung

1) Vgl. Rechtfertigung und Versöhnung III, S. 346. 2. A. 364.
2) Rasemann an R 12. 8. 83.
3) An Rasemann 16. 8. 83.

eingehender besprochen werden, das erklärt sich aus der Aufmerksamkeit, die Ritschl aus bereits erörterten Gründen diesen Dingen inzwischen in zunehmendem Grade zugewandt hatte. Und wenn er sich jetzt mit größerem Nachdruck als früher auf die symbolischen Bücher berief und zugleich mehr Rücksicht als bisher auf die reformatorische Theologie nahm, so rührt dies wesentlich daher, daß ihm in seinen Forschungen über die Geschichte des Pietismus die religiöse Art der Reformation, der Typus der von dieser vertretenen Frömmigkeit und die praktische Macht der reformatorischen Auffassung vom christlichen Heil an dem Gegensatz des von seinen ursprünglichen Tendenzen abgedrängten Protestantismus immer deutlicher geworden war. In demselben Maße legte Ritschl größeren Werth darauf, die Übereinstimmung mit den Reformatoren, namentlich mit Luther, ausdrücklich hervorzuheben, deren er sich in den praktisch wichtigsten Fragen der christlichen Religion bewußt war (s. o. S. 357). Zugleich begann er mit steigender Aufmerksamkeit auf solche Wendungen in den Schriften der Reformatoren zu achten, in denen sich Ansätze zu einer theologischen Ausprägung des christlichen Gedankenstoffs finden, wie sie in der protestantischen Orthodoxie zwar nicht zur Geltung gekommen waren, wie sie ihm selbst jedoch in der Richtung der von ihm vertretenen Auffassung des Christenthums zu liegen schienen. Diese wichtigen und praktisch fruchtbaren Gedanken aber, insbesondere die Anschauung Luthers, daß die Lehre von der Gottheit Christi für die einfache Übung der christlichen Frömmigkeit den Sinn habe, daß Christus als der Herr anzuerkennen sei, ferner die damit zusammenhängenden geringschätzigen Urtheile der Reformatoren über die fides historica und das Gewicht, das sie vielmehr auf das Vertrauen des Herzens und andererseits auf die Wohlthaten Christi legten, in deren Kenntnis das eigentlich nothwendige Wissen von Christus bestehe, alle diese Zeugnisse ließ sich Ritschl nicht mehr entgehen, um sie gegen den scholastischen Doctrinarismus seiner Gegner geltend zu machen. Natürlich war es ihm ebenso wenig wie diesen unbekannt, daß die Reformatoren daneben auch für das katholische Dogma von Christus eintraten, und daß sie dieses weder selbst in Zweifel zogen noch von anderen kritisirt wissen wollten, ja daß sie dessen Inhalt, der auch dem Teufel und den Bösen Gegenstand einer fides historica sei, für durchaus selbstverständlich hielten. Aber die Consequenz des reformatorischen Glaubensbegriffs schließt diese Elemente der katholischen Tradition aus, sobald man sich erst einmal des Gegensatzes zwischen beiden bewußt geworden ist. Wenn die Reformatoren freilich den Widerspruch als solchen nur erst in einzelnen Momenten gehobener religiöser Stimmung und Rede empfanden, so oft sie eben den

religiöfen Werth der fides historica in Abrede ſtellten, wenn ſie übrigens
aber die altkirchlichen Dogmen einfach in ihre Theologie mit herüber-
nahmen, ſo iſt dies darauf zurückzuführen, daß ſie in vielen Punkten
durchaus noch durch die hergebrachten Denkgewohnheiten beherrſcht waren
und keinen Anlaß hatten, jene Beſtandtheile der kirchlichen Überlieferung
mit ihren neuen Einſichten zu vergleichen und ſie unter dieſem Geſichtspunkt einer zuſammenhängenden Kritik zu unterziehen. Wenn aber Ritſchl
das Auftreten des Pietismus inſofern billigte, als ſich darin die nothwendige Reaction einer auf praktiſches Chriſtenthum bedachten Richtung
gegen die intellectualiſtiſche Verkümmerung des Proteſtantismus im
17. Jahrhundert darſtellte (ſ. o. S. 361), ſo glaubte er aus demſelben
Grunde ſelbſt das Recht und die Pflicht zu haben, die aus heterogenen
Beſtandtheilen zuſammengewachſene proteſtantiſche Lehre nach Maßgabe
der in dem reformatoriſchen Rechtfertigungsgedanken enthaltenen religiöſen
Tendenz zu kritiſiren, zu ſichten, zu berichtigen und zu ergänzen. Und
in dieſem Sinne berief er ſich auf die Reformatoren, in deren Kirche
er nur ihre eigenſten Antriebe zur vollen Durchführung bringen und
gebracht wiſſen wollte. In der zweiten Auflage des dritten Bandes aber
tritt dieſes Beſtreben erſt in ſeinem ganzen Umfange hervor.

Und damit hängt noch etwas anderes zuſammen, worauf ſchon einmal gelegentlich hingebeutet iſt (ſ. o. S. 188 Anm. 2). Vergleichsweiſe
überwiegt nämlich in der zweiten Auflage die Betrachtung der theologiſchen
Probleme unter dem religiöſen Geſichtspunkt. In der erſten Auflage
war es Ritſchl vor allem wichtig geweſen, einen bisher meiſt völlig
überſehenen Hauptgedanken zu der ihm gebührenden Geltung zu bringen,
daß die göttlichen Gnadenwirkungen, in deren Mittheilung an die
Menſchen die chriſtliche Offenbarung beſteht, ihren Zweck, von dieſen
wirklich angeeignet zu werden, thatſächlich erſt erreichen, wenn die Abhängigkeit von dem in ihnen wirkſamen Gott durch die Übung einer
activen Frömmigkeit bewußtermaßen anerkannt wird. Bei der Durchführung dieſes Gedankenzuſammenhanges war die bisher vernachläſſigte
Rückſicht auf die religiöſe Selbſtthätigkeit des Chriſten, alſo die ethiſche
Betrachtung der chriſtlichen Frömmigkeit, in den Vordergrund getreten.
Dieſe Seite der Sache gilt aber in der zweiten Auflage bereits mehr
als ein ſelbſtverſtändlicher Geſichtspunkt, der daher nicht mehr ſo ausdrücklich wie zuerſt betont zu werden brauchte. Und deshalb tritt
nun die nothwendige Ergänzung dieſer Betrachtungsweiſe, die auch in
der erſten Auflage nicht etwa gefehlt hatte, deutlicher hervor, nämlich
die Rückſicht auf die religiöſen Urtheile, in welchen die chriſtliche
Gemeinde die Heilswirkungen Gottes erkennt und im Zuſammenhange

ihrer gesamten Weltanschauung versteht. So rundet sich jetzt die Gesamtanschauung nach ihren beiden Seiten in vollständigerer Darstellung ab.
Das System wird weiter ausgebaut, die Gedanken werden mannigfaltiger
entwickelt. Aber die Grundanschauungen selbst sind keine anderen, als
die auch in der ersten Auflage vorgetragen worden waren. Nur die
Stimmung, die das Ganze beherrscht, erscheint durch die mehr religiöse
als ethische Nuance, die ihr jetzt eigen ist, einigermaßen modificirt. So
ist das Gleichgewicht nach beiden Seiten in höherem Maße erreicht, als
zuvor. Und zu diesen Veränderungen in der gesamten Haltung der
Darstellung hat offenbar auch Ritschls eingehendere Beschäftigung mit
den Schriften der Reformatoren, die sich in der zweiten Auflage verräth,
das Ihrige beigetragen.

Ritschl meinte, darin, daß so bald schon eine zweite Auflage seines
Hauptwerkes notwendig geworden sei, um so mehr einen großen Erfolg
erblicken zu dürfen, als der Fortgang seiner Sache nicht von einer
bestehenden Partei getragen sei. Und auf die bereits geschilderten
Angriffe, die seit dem Jahre 1881 intensiv und extensiv so erheblich
zunahmen, war allerdings schon die bloße Thatsache der neuen Auflage
die erwünschteste Antwort, die unter den obwaltenden Umständen gegeben
werden konnte. Aber auch sonst fehlte es nicht an Zeichen dafür, daß
Ritschl trotz der steigenden Feindschaft, die er erfuhr, noch immer, wie
er selbst sich ausdrückt[1]), die Kraft besaß, „die Leute anzuziehen oder
zu beschäftigen". So erwartete ein im Deutschen Literaturblatt[2]) unter
dem Titel „Bausteine für die Kirche der Zukunft" erschienener Artikel
von seiner und seiner Schüler Wirksamkeit die so nothwendige Besserung
der kirchlichen Verhältnisse. Ferner bewiesen zwei anerkennende Urtheile
über den ersten Band der Geschichte des Pietismus, die gleichzeitig in
der Zeitschrift für Kirchengeschichte[3]) von kundigen Forschern ausgesprochen
waren, daß Ritschl, wie er sagt[4]), zwar reichlich durch böse Gerüchte,
aber auch durch gute ging. Dazu kamen Erfahrungen davon, daß auch
andere als seine nächsten Genossen in Gießen und Marburg für seine
Sache öffentlich eintraten, daß ferner in den folgenden Jahren verschiedene
Männer, die ihm zum Theil bisher fremd waren oder fern zu stehen

1) An Marcus 16. 7. 81.
2) Deutsches Literaturblatt, herausg. von W. Herbst u. H. Red. 1881. Nr. 12.
3) Zeitschrift für Kirchengeschichte. Bd. 5. S. 252. 314.
4) An Marcus 14. 1. 82.

schienen, sich in Zuschriften direct an ihn wandten und offen anerkannten,
wieviel sie ihm für ihre eigne Entwicklung verdankten, und daß endlich
die ungestüme pastorale Polemik so gar keinen Eindruck auf die maß=
gebenden Personen in dem preußischen Unterrichtsministerium gemacht
hatte.

Mit Julius Thikötter hatte Ritschl seit dessen Candidatenzeit nicht
mehr in ununterbrochener Verbindung gestanden, sondern nur noch
gelegentlich Berührungen gehabt. Da trat der alte Schüler und Freund
im Anfang des Jahres 1883 in einigen gründlichen und durch Verständnis
und Sachkunde ausgezeichneten Aufsätzen als sein Vertheidiger gegen die
„zahlreichen Pastoralconferenzen des vorigen Sommers" auf. Er legte
die Grundsätze und den Aufbau der Theologie Ritschls dar, um „die
Grundlosigkeit der gegen sie erhobenen leidenschaftlichen Anklagen und
Verurtheilungen ins Licht zu stellen". Diese drei Abhandlungen erschienen
zuerst in den deutsch-evangelischen Blättern auf Veranlassung und Wunsch
von deren Herausgeber Beyschlag[1]). Ritschl billigte Thikötters Darstellung
seiner Anschauungen und veranlaßte ihn, als soeben sein zweiter
Artikel herausgekommen war, einen Separatabdruck der gesamten
Arbeit zu veranstalten. „Ich habe schon Spuren davon," so begründete[2])
er diesen Wunsch, „daß Ihre Mühe Beachtung findet. Es ist doch
merkwürdig, wie bedürftig viele Leute nach Mittlern und Interpreten
sind." Eine fernere Anregung derselben Art wurde Thikötter wenige Tage
später durch einen herrnhutischen Studenten in Gnadenfeld zu Theil, der
ihm zugleich im Namen mehrerer Genossen bezeugte, welche Förderung
in dem Verständnis der Werke Ritschls sie seinen Aufsätzen verdankten.
So erschienen denn diese demnächst unter dem Titel „Darstellung und
Beurtheilung der Theologie Albrecht Ritschls" in dem Verlage von
A. Marcus und erlebten im Jahre 1887 eine zweite Auflage. Zuvor
hatte Ritschl, indem er einige Änderungen des Textes vorschlug, dem
Verfasser geschrieben[3]): „Könnten Sie nicht die griechischen und manche
lateinische Wörter und Sätze wegschaffen? Vielleicht werden dann die
Aufsätze für die mehr oder weniger gottseligen Weiblein zugänglich, von
denen doch auch so manche über mich lästern." Sehr erfreulich war
Ritschl[4]) ferner jener Brief des herrnhutischen Studenten, den Thikötter
ihm mittheilte, im Hinblick auf die Erfahrungen, die Scholz einige

---

1) Vgl. Beyschlag in den deutsch-evangelischen Blättern. 1884 S. 137 f.
Anm. Thikötter, Jugenderinnerungen eines deutschen Theologen. S. 207.
2) An Thikötter 19. 2. 83.
3) An Thikötter 10. 3. 83.
4) An C. Stein 5. 3. 83.

Jahre früher mit dem Vorstand der Brübergemeinde hatte machen müssen (s. o. S. 311 ff).

Wenige Tage später erfuhr Ritschl von der entscheidenden Einwirkung, welche seine und Kaftans Schriften auf den Lebensgang eines durch herbe Erfahrungen und Kämpfe schwer geprüften früheren katholischen Geistlichen geübt hatten. Dr. Uphues in Breslau (jetzt Professor der Philosophie in Halle) übersandte ihm seine „Grundlehren der Logik" mit folgenden begleitenden Worten[1]): „Ich vertheidige darin den Grundsatz, daß den Gedanken kein über die Thatsachen hinausgehender selbständiger Werth zukomme. Es ist meine Überzeugung, daß nur auf diesem Wege die angestrebte Eliminirung aller Metaphysik aus der Dogmatik erreicht werden kann. Ihre Werke haben in Verbindung mit den Kaftanschen meinen Übertritt zum Protestantismus zur Folge gehabt, in dem ich jetzt meine volle Beruhigung finde. Nehmen Sie mein Buch auch als ein Zeichen meiner Dankbarkeit für die Wendung, die Sie dadurch meinem Leben gegeben haben." „Das sind so einige günstige Zeichen," sagt[2]) Ritschl, indem er von diesen Erfahrungen berichtet, „die ich mit Danksagung anerkenne", und in einem andern Briefe[3]): „Das war wieder so ein wunderbares Zusammentreffen, wie ich schon mehrere erlebt habe." Und im Rückblick auf solche günstige, aber auch auf die entgegengesetzten ungünstigen Erfahrungen schreibt[4]) Ritschl: „Im Grunde haben die Gegner nur Reclame für mich gemacht, und die jungen Leute beißen besser auf meine Methode an, als je. Ich bin von tiefer Dankbarkeit erfüllt, so etwas erreicht zu haben, was ich mir niemals vorgenommen habe, und was nicht wieder rückgängig zu machen ist . . . . Und die mannigfache Freundschaft, die mich im Leben begleitet — ich weiß manchmal nicht, wie ich sie verdiene — bewährt mir das Zutrauen, mit dem ich mich bisher in der Welt bewegt habe. Ich hoffe, daß ich alle diese Güter mit Demuth anerkenne, indem ich sie mir zueigne. Ich darf ja dieses alles gegen Sie aussprechen, deren Freundschaft mich ebenfalls tragen hilft."

Inzwischen hatte es sich zu Ritschls Freude nach langer Unsicherheit und nach manchen Intriguen der Hofpredigerpartei entschieden, daß Kaftan als ordentlicher Professor nach Berlin berufen wurde. Ritschl hatte auch die Genugthuung, aus der sichersten Quelle zu erfahren, daß er selbst bei jener Angelegenheit nicht, wie dies aus gewissen Stimmen

---

1) Uphues an R. 1. 3. 83.
2) An Rasemann 6. 3. 83.
3) An C. Stelz 5. 3. 83.
4) An A. Bartels 22. 3. 83.

in der Tagespresse zunächst schien geschlossen werden zu müssen, die
Kosten zu tragen gehabt habe und vor dem Minister compromittirt
worden sei[1]). Vielmehr bewiesen ihm demnächst persönliche Begegnungen
mit den maßgebenden Herren im Unterrichtsministerium, Althoff, Weiß,
Barkhausen, Greiff und Goßler, mit denen er im Laufe des Jahres bei
verschiedenen Gelegenheiten theils in Göttingen, theils auf einer Conferenz
des Landesconsistoriums in Hannover zusammentraf, daß seine theologische
und kirchliche Stellung bei jenen eine durchaus unbefangene und anerkennende Würdigung fand.

Wie in der Schweiz, aus der seit einigen Jahren zahlreiche junge
Theologen zum Studium nach Göttingen kamen, so fand auch bei den
Evangelischen in Frankreich Ritschls Theologie mehr und mehr Beachtung.
Dazu trugen wohl hauptsächlich Lobsteins französische Schriften und die
Bemühungen anderer Elsässer bei, die in Göttingen studirt hatten. Einer
von diesen wollte im Jahre 1882 Ritschls Unterricht in der christlichen
Religion ins Französische übersetzen, und der Professor Lichtenberger in
Paris eine Vorrede dazu schreiben[2]). Als aber Ritschl von diesem
Unternehmen nichts weiter mehr hörte, ermittelte Lobstein, daß es jenem
zu schwer gewesen sei, Ritschls Ausdrucksweise und Stil in französischer
Sprache wiederzugeben, und daß er deshalb von seinem Plane Abstand
genommen habe[3]). Im folgenden Jahre berichtete[4]) Ritschl: „Daß die
Pariser Theologen auf mich aufmerksam sind, hat neulich Herr Meßner
in der N. Ev. K. Z.[5]) auseinandergesetzt. Sie haben sich von einem
Elsässer Baldensperger, der mein Zuhörer gewesen ist, einen Vortrag
halten lassen, und auf den Anlaß haben die Zeitungen aller dortigen
Richtungen sich über mich — theilweise sehr dumm — ausgelassen.
Auch sind neulich zwei französische Candidaten 4 Wochen lang hier
gewesen und haben versprochen, Nachfolger zu senden." Deren trafen
im folgenden Jahre auf mehrere Wochen wieder zwei ein, Ernest Bertrand,
der heutzutage wohl als der beste Kenner von Ritschls Theologie in
Frankreich anzusehen ist, und der liebenswürdige Daniel Ollier, der
im Sommer 1894 in der Schweiz ermordet worden ist. Zu gleicher
Zeit hospitirte der Candidat Seeberg aus Dorpat (jetzt Professor in
Erlangen) einige Tage in Ritschls Vorlesungen und erregte auch bei

---

1) An Rasemann 19. 3. 83.
2) An Marcus 8. 2. 82.
3) Lobstein an R. 19. 11. 82.
4) An Rasemann 6. 8. 83.
5) Neue Evangelische Kirchenzeitung. 1883. S. 369 ff.

perſönlicher Bekanntſchaft deſſen Intereſſe [1]). In demſelben Semeſter
kam noch ein anderer Ausländer nach Göttingen, um Ritſchl zu hören.
„Gegenwärtig", erzählt [2]) dieſer, „verweilt hier der Profeſſor von Schéele
aus Upſala, Verfaſſer einer Symbolik, der, wie er ſagt, meinetwegen
hieher gekommen iſt und ſich die Mühe macht, bei mir zu hoſpitiren.
Ein feiner, unbefangener Mann, welcher behauptet, daß ich auch in
Schweden ſtudirt werde."

Während alſo manche Fremde ſich nach Göttingen begaben, um
Ritſchl und ſeine Lehrweiſe kennen zu lernen, erſtreckten ſich die kurzen
Reiſen, die dieſer in ſeinen letzten Lebensjahren noch unternahm, nur auf
näher gelegene Punkte. Im März 1882 war er wieder in Marburg und
Gießen bei ſeinen „theologiſchen und ſonſtigen Freunden. Die erſteren",
berichtet [3]) er, „konnten davon erzählen, daß ſie für unſere gemeinſamen
Überzeugungen zugängliche Jünglinge finden, und an den Mittheilungen
über ihre beſonderen Arbeiten konnte ich einiges lernen. Das hat mich
für die Verleumbungen der Gegner entſchädigt. Und am 18. März
haben wir von Gießen aus eine Fahrt nach einem Flecken Stauffenberg
gemacht, dort auf Bergeshöhe zwiſchen reſtaurirten Ruinen im Freien
geſeſſen und Kaffee getrunken. Kein Lüftchen kränkte uns, und faſt war
die Sonne läſtig." Zu Pfingſten deſſelben Jahres war Ritſchl zum
letzten Mal in Bonn. Auf der Hinreiſe machte er Station in Marburg,
wo er nun auch mit ſeinem zweiten Sohne, der dort Medicin ſtudirte,
zuſammen war. Dann erzählt [4]) er von dem Bonner Aufenthalte, bei
dem ihm nur die große Hitze läſtig war: „Der erſte Pfingſttag war
durch ein Diner bei Marcus und eine Spazierfahrt in zwei Wagen nach
Godesberg ausgezeichnet. Am zweiten ſah ich mich jedoch bewogen, auf
eine Fahrt nach Rolandseck zu verzichten, welche Marcus mit Haelſchners
unternahm. Ich habe inzwiſchen drei Bogen corrigirt und war danach
zum Abend, als Marcus wiederkam, friſch. Die folgenden Tage brachten
Gaſtereien bei Mangold, Haelſchner, Bender, Veith; aber ich habe ſorg-
fältig vermieden, mich denſelben mehr als einmal des Tages auszuſetzen.
Der Verkehr mit den genannten Specialcollegen hat mich daneben noch
angenehm beſchäftigt; außerdem habe ich mit wenigen Ausnahmen alle

1) An Harnack 21. 5. 84.
2) An Otto R. 9. 7. 84.
3) An A. Bartels 7. 5. 82.
4) An M. Heinze 9. 6. 82.

diejenigen gesehen, denen ich einen Besuch zugedacht hatte. Am Sonn-
abend habe ich denselben Weg zurückgemacht, wie acht Tage vorher, habe
in einem zweistündigen Aufenthalt auf dem Bahnhofe vor Coblenz meine
Freunde Korten und Link Vater gesprochen."

Im August des Jahres versuchte es Ritschl, freilich bei wenig
günstigem Wetter und in einer sehr primitiven Behausung, auch einmal
mit einer sogenannten Sommerfrische, zu der er sich mit seiner ganzen
Familie und einer Tochter seines Bruders Wilhelm nach Wernigerode
begeben hatte. „Dort wohnt", berichtet[1]) er, „meine Cousine, die Witwe
des Superintendenten Encke mit drei Töchtern, eine Jugendfreundin
(geb. von Lancizolle), der ich sehr zugethan bin. Ich habe meist im
Garten gesessen, nichts gelesen, nichts gedacht und habe eine gute
Gesichtsfarbe nebst innerer Erfrischung mit nach Hause gebracht. Im
nächsten Jahre will ich versuchen, solche 14 Tage in meinem Garten
abzusitzen. Denn übrigens ist die Bequemlichkeit auswärts nicht die
wünschenswerthe. Und ich kann in meinem Alter auf diese Seite der
Existenz Anspruch machen." Im October war Ritschl noch einige Tage
in Halle, wo er mit den Jahren mehr und mehr auch zu Jacobi in ein
freundschaftliches Verhältnis trat. Es sei ihm „eine eigenthümliche
Genugthuung", sagt[2]) er einmal, daß ihm zu diesem Collegen „ein
Vertrauensverhältnis herangewachsen sei, während andere Freundschafts-
beziehungen mit anderen zerbröckelt oder zerrissen sind, weil die Leute an
mir Anstoß genommen oder mich benörgelt haben." In den folgenden
Jahren ließ es Ritschl bei einigen kleineren Ausflügen nach Halle, Gießen,
Frankfurt bewenden. Außerdem führten ihn ja auch gelegentlich amtliche
Obliegenheiten nach Hannover. Im Beginn der großen Ferien 1883
schrieb[3]) er: „Ich habe nun schon seit lange beschlossen, hier zu bleiben
und, wenn das Wetter wieder umschlägt, mich zur Erholung nichtsthuend
in meinen Garten zu setzen."

An diesem hatte Ritschl mit den Jahren immer mehr Freude,
namentlich wenn alles wieder grün geworden war, und die Obstbäume
blühten. Dann fand er wohl, daß man von allen Reizen des Frühjahrs
doch nur etwas habe, wenn man mitten darin wohne. Doch seine eigne
Thätigkeit in dem Garten beschränkte sich nur auf wenige leichte Mani-
pulationen seiner ordnenden Hand, wie wenn er die verwelkten Rosen
mit der Scheere abschnitt oder üppiges Unkraut aus dem Rasen ausstach.

---

1) An A. Bartels 10. 12. 82.
2) An Rasemann 25. 5. 83.
3) An A. Bartels 4. 8. 83.

Die Sommerhitze aber konnte er gar nicht gut ertragen. Dann ſorgte er mit großer Peinlichkeit dafür, daß es im Hauſe wenigſtens ſo kühl wie möglich blieb. Dann erfreute ihn auch jedes Gewitter, das Ab= kühlung brachte, und in ſeinen Briefen ſpricht er oft mit Behagen von ſolchem ihm wohlthätigen Wechſel der Witterung. Und wenn nun der Herbſt herannahte, dann ſtimmte es ihn ſtets wehmüthig, daß die Tage zuſehends kürzer wurden. So ſchreibt[1]) er einmal von einem Spazier= gange gegen Abend: „Als die Sonne unterging, war es $7^{1}/_{4}$ Uhr. Soweit ſind wir alſo ſchon in der Jahreszeit vorgeſchritten, d. h. die Ver= kürzung des Tages gegen den vorangegangenen nimmt immer mehr zu. Ich beobachte dieſen Verlauf in jedem Jahre in den Ferien mit einer gewiſſen Wehmuth, ein Beweis davon, daß ich auch noch ein Stück von der Sympathie mit der Natur habe, welche z. B. im Demetermythus zu Tage tritt.“ Im Winter aber war Ritſchl klarer Froſt am liebſten, während weiches Wetter ihn leicht abſpannte. So war ſein Wohlbefinden, das ſtets erheblich auf ſeine Stimmung einwirkte, von der jeweiligen Witterung ziemlich abhängig. Ohne nervös zu ſein, war er doch ſehr ſenſibel. Darin wirkte der Mangel an körperlicher Bewegung nach, an die er ſich niemals als an eine regelmäßige Übung hatte gewöhnen mögen. Seine Geſundheit erfuhr auch, ſeit er ſich ſeinem ſechzigſten Jahre näherte, wiederholt langwierige Störungen durch Darmkatarrhe, Herz= klopfen, Pulsſchwäche und Schlafloſigkeit. Darin kündigte ſich allmählich, wenn dann auch immer wieder lange Zeiten geſunder und friſcher Kraft folgten, das letzte Leiden an, von dem er nicht wieder geneſen ſollte.

An Ritſchls ſechzigſtem Geburtstage erfreute ihn ſehr ein Telegramm, in dem ihm die theologiſche Facultät in Straßburg auf Veranlaſſung[2]) ihres damaligen Decans Krauß ihre herzlichen Glückwünſche ausſprach. Übrigens fand der Tag keine größere Beachtung, als in den anderen Jahren ſeiner ſpäteren Lebenszeit. Ritſchl zog gern, wenn es ſich gerade ſo paßte, einen näheren Bekanntenkreis zur Feier dieſes Familienfeſtes heran. Einmal waren auch, im Jahre 1883, Leopold Schmidt und ſeine Frau, die Ritſchl viel ſeltener in Göttingen, als er ſie in Marburg, beſuchten, an ſeinem Geburtstage ſeine Gäſte. In größerem Stile aber beging Ritſchl in demſelben Jahre den hundertſten Geburtstag ſeines Vaters am 1. November 1883 durch ein Diner von 82 Perſonen. „Hinter mir,“ ſo erzählt[3]) er davon, „ſtand vor dem Mittelfenſter des

---

1) An Raſemann 12. 8. 85.
2) Zöpffel an R. 16. 5. 82.
3) An Raſemann 5. 11. 83.

Saales auf einem kleinen Schrank die Büste meines Vaters, umgeben
von allerlei Grün. Das Menu war ausführlicher, wie sonst, die Weine
desgleichen. Die Rede, mit der ich die Lebensumstände meines Vaters
und meine Stellung zu ihm, daß ich die Directiven meiner Wirksamkeit
ihm verdanke, vortrug, gelang mir in aller Einfachheit und Schmucklosigkeit
so, daß dadurch die allgemeine Stimmung in die richtige Bahn kam. Es
ist noch mannigfach geredet worden in großer Freundlichkeit gegen mich;
der Untergrund der Fröhlichkeit war aber und blieb der Ernst der
Erinnerung an den Zusammenhang, den ich aufgerollt hatte. Von verschiedenen Seiten wird auch nachträglich bezeugt, daß man den Werth
und den Eindruck des Festes empfunden hat. Schade, daß Du nicht
da warst."

In einem inneren Zusammenhange[1]) mit diesem Feste stand für
Ritschls Empfinden die Rede, die er wenige Tage später bei der
Universitätsfeier von Luthers 400jährigem Geburtstag hielt. Schon
einige Monate vorher hatte er Rasemann auf eine Frage folgendes
mitgetheilt[2]): „Auf Antrag der theologischen Facultät hat der Senat
genehmigt, daß Dein Freund eine Rede vor versammelter Universität
halten soll. Dagegen protestirt hat nur Paul de Lagarde, mit der
Bemerkung, daß die theologische Facultät eine Feier veranstalten und
dahin gehen möge, wer da wolle! Er hält nämlich, wie ich von einem
Ohrenzeugen erfahren habe, Luther für einen ganz unbedeutenden Mann.
Derselbe hat ja auch keine Varianten zur LXX gesiebt. Übrigens
scheint es ihm bei seinem Votum nicht ganz geheuer zu sein. Nachdem
wir jüngst auf einem sehr erfreulichen Fuße gestanden haben, weicht er
mir aus; ich habe ihn, seitdem er jenes Votum geschrieben, nur aus der
Ferne gesehen." Einige Zeit später bemerkt[3]) Ritschl: „Indem meine
Facultät den Antrag auf die Feier an den Senat richtete, habe ich mich
zu der Rede erboten, weil Freund wie Feind erwarten wird, daß ich sie
halte. Es drängt mich noch nicht die Zeit; aber wie ich mich kenne,
werde ich alsbald keine Ruhe, sondern den Antrieb haben, das Ding
auszuarbeiten." Dann meldet[4]) er von der allmählich ihrem Ende sich
nähernden Arbeit an der ihm obliegenden Rede: „Seit etwa 4 Wochen
mit Unterbrechungen lasse ich meine Lutherrede aus der Feder träufeln,
indem ich Morgens etwa eine Stunde dazu verwende. Ich werde in
einigen Tagen fertig werden. Ich habe diesen langsamen Weg der

1) An A. Bartels 15. 12. 83.
2) An Rasemann 18. 7. 83.
3) An A. Bartels 4. 8. 83.
4) An Herrmann 8. 10. 83.

Production als den ſicherſten gewählt; in der Preſſe kurzer Friſt bin ich
ſo etwas zu leiſten nicht fähig."

So rückte der 10. November heran, und gleichzeitig mit vielen
anderen Rednern in der proteſtantiſchen Welt feierte Ritſchl den Helden,
aus deſſen leitenden religiöſen Gedanken er ſeine allgemeinen Wirkungen
für die Cultur der neueren Zeit ableitete, um nach einem gedrängten
Überblick über die bisherige Geſchichte des reformatoriſchen Chriſtenthums
aus dem hervorragendſten Zeugniß von Luthers Glaubensmuth die
freudige Hoffnung auf den künftigen Sieg des Proteſtantismus zu begründen. Die Hauptgedanken, die Ritſchl durchführte, ſprach er bei
dieſer Gelegenheit nicht zum erſten Male aus. Oft genug ſchon hatte
er die von Luther hervorgehobene Freiheit eines Chriſtenmenſchen als
den Schlüſſel für eine innerlich geſchloſſene religiöſe Welt- und Lebens-
anſchauung geltend gemacht und ſeine Urtheile über die beiden katholiſchen
Kirchen, über Melanchthon und die Epigonen der Reformation, über den
Pietismus, die Aufklärung und die moderne Rechtgläubigkeit in umfang-
reicheren Erörterungen vertreten. Nun faßt er dieſe Anſchauungen in
kurzen Zügen zu einem ſcharf umriſſenen Bilde zuſammen. Er zeigt, wie
durch die weltbeherrſchende chriſtliche Freiheit die Bedingungen der
proteſtantiſchen Cultur, das Staatsleben, die Arbeit im Beruf und die
auch gegen alle Scheu vor der Natur ſelbſtändige Erkenntniß der Wiſſenſchaft begründet ſind. Er weiſt die Hinderniſſe, die Anläſſe zur Verkümmerung, die Rückbildungen und andere ungünſtige Einflüſſe nach,
unter denen der Proteſtantismus ſich bis zur Gegenwart entwickelt und
eine Geſtalt gewonnen hat, aus welcher ultramontane Stimmen ſeine
Selbſtauflöſung meinen ſchließen zu können. Aber gegenüber dieſen Erſcheinungen, die in Wirklichkeit doch nur das Urtheil rechtfertigen, „daß
der Proteſtantismus bisher aus der Epoche der Kinderkrankheiten nicht
herausgetreten iſt", lenkt Ritſchl den Blick auf die Kräfte, die jenem
dennoch die Zukunft ſichern, auf den praktiſchen Grundgedanken, aus
deſſen durchſchlagender Erkenntniß „die Theologie reformirt, der kirchliche
Unterricht befruchtet, das ſittliche Gemeingefühl geſtärkt und die politiſche
Entſchloſſenheit für die Durchführung der geiſtigen Güter gewonnen"
werden wird. In dieſer Hinſicht auf Gottes Hülfe zu vertrauen, dazu
regt gerade die perſönliche Haltung Luthers an, die vor allem ſein von
Koburg aus geſchriebener Brief an Melanchthon vom 29. Juni 1530
beſtätigt. „Man verſteht Luther überhaupt nicht," ſo ſchließt Ritſchl
ſeine Rede, „wenn man an dieſem Grundbekenntniß ſeines Lebens nicht
theilnimmt. Ohne dieſen Kern ſind alle Bekenntniſſe evangeliſchen
Glaubens inhaltsleere Schalen. Sie ſind nur etwas werth, wenn ſie

diefem perſönlichen Gottvertrauen dienen. In dieſer Freiheit des Vertrauens auf Gott wird die Herrſchaft über die Welt anſchaulich, welche
aus der Verſöhnung mit Gott durch Chriſtus entſpringt. In dieſem
Zuſammenhang verſtanden iſt das Vertrauen auf Gott gegen den Augen-
ſchein die Probe des rechten Proteſtantismus. In dieſem Zeichen wird
der Proteſtantismus ſiegen.“

    „Es war das erſte Mal in meiner langen akademiſchen Praxis,“
ſagt[1]) Ritſchl im Rückblick auf die von ihm gehaltene Lutherrede. „daß
ich mit ſo etwas öffentlich aufzutreten hatte. Ich empfand dabei die
Verantwortung, den Collegen von den anderen Facultäten einen Eindruck
zu verſchaffen, welchen ihnen die Theologie, wie ſie gewöhnlich iſt, nicht
zu machen pflegt. Deshalb nahm ich mir reichlich Zeit, meine Sache zu
ſchreiben . . . . . Ein Freund [Raſemann], der Anfangs October die
faſt vollendete Rede geleſen hat, veranlaßte mich zu einigen Kürzungen,
und demgemäß gelang es, ſie in wenig mehr als einer Stunde vorzutragen. Indem ich ziemlich langſam zu ſprechen angefangen hatte,
merkte ich ſehr bald, daß ich geſchwinder ſprechen müßte, und habe dies
durchführen können, indem es mir gelang, mit Stimme und Ausſprache
überall in dem großen Saale vernommen zu werden. Ich habe dabei
nur den Fluch Adams erfahren, auch dieſe Arbeit im Schweiß meines
Angeſichts auszuführen. Aber es iſt neben der Befriedigung, die ich aus
dieſer Leiſtung ſelbſt ſchöpfen durfte, doch eine Empfindung von Ent-
leerung geweſen, daß dieſe lange beabſichtigte und lange vorbereitete
Sache in der kurzen Aufführung ſo ſchnell erſchöpft worden iſt.“ „Die
Ruhe und Aufmerkſamkeit,“ heißt es in einem anderen Briefe[2]), „welche
bei Sitzenden und Stehenden herrſchte, läßt vielleicht darauf ſchließen,
daß die Leute intereſſirt worden ſind.“ „Übrigens höre ich durch Mejer,“
ſchreibt[3]) Ritſchl am folgenden Tage, „daß Henle ſich lobend geäußert
hat, was mir viel werth iſt; denn dem liegt die Sache fern, und er iſt
ein geiſtvoller Mann.“ „Einen dauernderen Nachhall,“ ſo erzählt[4])
Ritſchl endlich, „hat mir die Verſendung der gedruckten Rede an alle
möglichen Freunde eingetragen. Denn von den verſchiedenſten Seiten her
bezeugt man mir nicht blos Zuſtimmung, ſondern auch Anerkennung des
Sinnes, in dem ich geſprochen habe. Und wenn ich mein Wort mit
den Lutherreden vergleiche, welche mir zugeſandt worden ſind, ſo habe

---

1) An A. Bartels 15. 12. 83.
2) An Wendt 10. 11. 83.
3) An Raſemann 11. 11. 83.
4) An A. Bartels 15. 12. 83.

ich meinen eigenen Ton angestimmt, der die höchste Melodie und den
tiefsten Generalbaß umfaßt."

Gedruckt wurde die Rede damals[1]) nur als akademische Publication.
Ritschl erklärte[2]): „Ich gebe das Ding nicht in den Buchhandel, nachdem ein unbescheidener Mensch gleich in der hiesigen Zeitung gerügt hat,
ich hätte mich hinreißen lassen, die Partei, welche theologisch von mir
abweiche, anzutasten und so den Frieden zu stören. Quis tulerit Gracchos
de seditione querentes?" Allerdings, sagt[3]) Ritschl, habe er jenen
polemischen Passus nachträglich für den Druck gemildert. „Aber auch
so würde er den Wolf verletzen, welcher durch mich, das Lamm, eine
Trübung seines Wassers oder eine Schmälerung seiner unberechtigten
Herrschaft angezeigt findet. Es ist doch nichts, als dessen Naturgeschichte,
die ich zu geben berechtigt war, weil mich die Partei seit 2 Jahren zu
ecrasiren sucht." „Aber ich wünsche nicht, wegen dieser Leistung in dem
Schmutz der Blätter herumgezogen zu werden . . . . . Ja die Sache
ist vorbei, allein der Eindruck zittert in meinem Gemüthe noch nach,
zumal ich durch die mannigfachen Urtheile, Billigung und Zustimmung,
die ich vernehme, noch an der Angelegenheit festgehalten werde."[4])

Es waren ganz überwiegend für Ritschl sehr erfreuliche Kundgebungen, die als Antwort auf die Zusendung seiner Rede erfolgten.
Und zwar trafen solche Zustimmungserklärungen nicht etwa nur von
seinen nächsten Freunden und Gesinnungsgenossen ein, sondern auch von
ferner stehenden, die zum Theil die Gelegenheit wahrnahmen, Ritschl in
herzlichen Worten zu bezeugen, wieviel Dank sie ihm für seine Einwirkung auf ihre theologische Entwicklung schuldeten. Andererseits schrieb
A. Schweizer[5]), von den vielen Lutherreden sei diejenige Ritschls wohl
die bedeutendste. „Diese klare Darlegung, was Religion und Protestantismus, was namentlich Luther bedeute, an sich werthvoll, muß die orthodox
sein wollenden Verketzerer beschämen, falls sie noch erröthen können, und
wird bis zu uns in die Schweiz den vielen Verhandlungen über Ihre
Theologie zu größerer Klarheit verhelfen. Die zerfahrene Theologie der
Gegenwart könnte um Ihre Klarstellung der Hauptsache sich wieder
sammeln, wenn nicht alles wie einst das jüdische Gemeinwesen in Zelotis-
mus und Abfall sich zerstören soll. Ich sehe es gerne, wenn unsre

---

1) Später ist sie veröffentlicht unter Ritschls „Drei Akademischen Reden". Bonn
1887. S. 5 ff.
2) An Rasemann 28. 11. 83.
3) An Herrmann 10. 12. 83.
4) An Rasemann 28. 11. 83.
5) Schweizer an R. 10. 12. 83.

Stubirenden zu Ihnen und zu Schutz gehen; denn was ich bald ab-
tretender gewollt und erstrebt habe, wird im Wesentlichen von Ihnen
noch lange, in gereifter Weise persönlich geltend gemacht werden, schon
durch viele und wackere Schüler unterstützt in christlicher Pietät und
Freiheit. Daher rufe auch ich Ihnen ein Glückauf."

Durch die vielen „Abhäsionserklärungen", berichtet[1]) Ritschl, sei er
selbst gehoben worden; und ich kann, seitdem ich mich von so viel Zustimmung gestützt finde, ruhiger hinnehmen, was ich übrigens an Widerspruch und Misdeutung erfahre. Ich verdanke das doch meinem Entschluß, die Rede durch persönliche Zustellung zu verbreiten, anstatt sie
durch den Buchhandel in alle Winde zu zerstreuen, welche mir kein
solches Echo zugetragen hätten. Von den 200 Exemplaren, die ich zur
Verfügung hatte, sind noch einige und zwanzig in meiner Hand. Jetzt
melden sich hin und her die getreuen Zuhörer, die auswärts sitzen und
allmählich erfahren, daß sie sich bei mir melden dürfen, um die Rede zu
empfangen. Als Quittungen empfange ich hin und her die Reden, die
andere anderwärts gehalten haben, aber, ohne Ruhm zu vermelden, meine
hat einen stärkeren Athem als die anderen . . . . . Und da magst Du
ja mit Deinem Urtheil Recht behalten, wie Du das in der Geburt begriffene Kind mit Deiner Theilnahme gewickelt hast. Ich sehe Dich noch
immer, wie Du Morgens an meinem Tische vor den Blättern saßest,
und Deine Augen weniger von Kritik als von Sympathie leuchteten,
ohne daß Dein Mund jene verleugnet hätte. Und ich danke Dir für
das letztere."

Nur eine Antwort auf seine Zusendung erregte Ritschls Widerspruch.
Er erzählt[2]) davon, Lechler in Leipzig habe eifrigen Protest dagegen ein-
gelegt, daß ich die Religion in Relation auf die Welt stelle, dies sei
blos die Anwendung, das Wesen sei die Gemeinschaft mit Gott. Neu-
platoniker! Metaphysikant! Wenn ich die Sache beobachte, wie sie
w i r k l i c h ist, kommen diese weisen Leute, welche ihr Schema von Wesen
und Wirkung, Substanz und Accidens als Mausefalle für alle Erkenntnis
unter dem Arm haben, und bilden sich ein, die Relation der Gotteserkenntnis auf die Welt könne dabei sein oder fehlen, ohne die Sache zu
verändern, die ohne dieses gar nicht aufgewiesen werden kann."

Während Ritschl es durchaus als eine gerade ihm zukommende
Ehrenpflicht ansah, bei der Göttinger Lutherfeier die Festrede zu halten,
die ihm seine Facultät denn auch, sowie er sich dazu bereit erklärt hatte,

1) An Rasemann 13. 12. 83.
2) An Otto K. 15. 12. 83.

ohne Anstand überließ, versagte er gleichzeitig seine Betheiligung, als Rogge ihn bat[1]), den Aufruf zur Gründung der deutschen Lutherstiftung zu unterschreiben. Die Motive dieser Zurückhaltung sind zu charakteristisch, als daß sie hier stillschweigend übergangen werden könnten. „Ich bemerke vorweg," antwortete[2]) Ritschl, „daß ich das Unternehmen billige und meinen Beitrag zu dessen Begründung nicht fehlen lassen werde. Indessen habe ich noch niemals eine ähnliche Proclamation auf meinen Namen genommen und muß es auch in diesem Falle ablehnen, meine Unterschrift herzugeben, da ich am 31. October nicht im Stande bin, der Versammlung beizuwohnen, zu welcher ich andere einladen würde. Ich würde ferner dadurch die Verpflichtung übernehmen, hier einen Verein der Art zu gründen. Dazu habe ich aber nicht die Gabe und Fertigkeit. Ich danke Dir aufrichtig für Dein Zutrauen zu meiner persönlichen Gesinnung; aber als Professor, der ich bin, wünsche ich mich von den Collegen zu unterscheiden, welche meinen, in diesem Amt die Fülle aller Charismen erworben zu haben, und in allen Zweigen christlichen Gemeinsinns wenigstens ihren Namen meinen sollen leuchten zu lassen. Ich habe mich über . . . . . . u. a. zu oft in dieser Hinsicht aufgehalten, als daß ich versucht sein könnte, über meine Grenze zu schreiten. Du wirst ja diese Gründe meiner ablehnenden Antwort so verstehen, wie sie gemeint sind."

In seiner Lutherrede hatte Ritschl folgende Klage ausgesprochen: „Seit 30 Jahren ist der Religionsunterricht auf den Gymnasien auf die Lehrmittel angewiesen, welche den Ansprüchen an die gangbare Rechtgläubigkeit am genauesten entsprechen. Durch langjährige Beobachtung habe ich die Erkenntnis erworben, daß dieser Unterricht an den Schülern meistens wirkungslos abgleitet oder gar eine Abneigung gegen die Sache in ihnen hervorruft. Diese Thatsache will ich hiemit öffentlich bezeugen; denn an ihr zeigt sich am augenfälligsten, daß die gangbare Rechtgläubigkeit nicht ausreicht, um die Zukunft des Protestantismus zu sichern." Diese Worte gaben dem Minister von Goßler die Veranlassung, in einem Schreiben vom 7. Januar 1884 Ritschl um concretere Mittheilungen über jene nur im Allgemeinen angedeuteten Beobachtungen zu ersuchen.

1) Rogge an R. S. 10 83.
2) An Rogge 9. 10. 83.

In dem Bericht vom 26. Januar, den Ritschl darauf hin einreichte[1]),
verwies er zunächst auf seine 13 jährige Thätigkeit in der wissenschaftlichen Prüfungscommission und auf seinen früheren Bericht in derselben
Sache (s. o. S. 70 f. 75), in dem er sich darüber ausgesprochen habe,
daß, wenn aus den Protokollen der Maturitätsprüfungen „ein Schluß
auf den Religionsunterricht gezogen werden dürfe, derselbe zweckwidrig
sei; denn von der Kenntnis des praktischen Zusammenhangs in der christlichen Religion bot keines der Protokolle eine Spur dar. Anstatt dessen
hatten sich die Prüfungen bezogen etwa auf die Missionsreisen des
Apostels Paulus, auf die Ketzereien in der alten Kirche, auf zerstückelte
Lehrgegensätze zwischen der evangelischen und der katholischen Kirche, auf
die Vernunftbeweise für das Dasein Gottes. Alle diese Protokolle
machten mir namentlich insofern einen peinlichen Eindruck, als die von
den katholischen Gymnasien herrührenden Protokolle, welche zufällig mir
vor Augen kamen, eine große Sorgfalt in der Prüfung, also auch im
Unterricht in der Religion erkennen ließen. Auf meinen damaligen
Bericht," fährt Ritschl fort, „erfolgte aus dem K. Ministerium der
Bescheid, die Examinatoren hätten sich in den Grenzen des Reglements
bewegt, also sei ihnen kein Vorwurf zu machen; bei einer neuen Ordnung
des Reglements sollten meine Bemerkungen berücksichtigt werden. Demgemäß habe ich mir in den folgenden Jahren so gut wie kein Urtheil
über die sich gleich bleibenden Protokolle gestattet. Ich bezeuge aber,
daß in ihnen während der 13 Jahre meiner Function in der wissenschaftlichen Prüfungscommission höchst selten einmal die christliche Sittenlehre berührt, und die Glaubenslehre, wenn sie das Thema der Prüfung
abgab, im Stil der Rechtgläubigkeit, d. h. ohne alle Beziehung auf die
Erprobung im Leben und im Sterben, erörtert wurde. Ohne die directe
Anleitung zu solcher Erkenntnis, welche in der rechtgläubigen Lehrweise
eben nicht die Spitze bildet, muß der Religionsunterricht wirkungslos
bleiben oder Gleichgültigkeit erwecken. Übrigens darf ich die Erfahrungen,
die ich an den Candidaten des Schulamts circa 4 Jahre nach ihrem
Abgang vom Gymnasium gemacht habe, als Probe der ausgesprochenen
Beobachtung geltend machen. Um in dem vorgeschriebenen Examen auf
allgemeine Bildung nur das Nothbürftige zu erreichen, überließ ich vielfach den Candidaten die Wahl, in welchem Zweige der erforderlichen
Kenntnis sie geprüft zu werden wünschten. Dann ist meistens die Bibel-
kunde, also die äußerlichste Seite der Sache, vorgezogen worden. Auf

---

1) Dieser Bericht liegt mir in der Abschrift vor, die Ritschl vor seiner Ab-
sendung genommen hat.

die rechtgläubige Lehre, in welcher die Candidaten ohne Zweifel unterrichtet worden waren, durfte ich nicht eingehen, wenn ich nicht auf
zusammenhangslose Fragmente von Erinnerungen stoßen wollte. Wenn
ich überhaupt mit intelligenten Leuten zu thun hatte, so vermochten sie
dann am besten zu bestehen, wenn ich in Anknüpfung an den Katechismus die Frage auf die religiöse und sittliche Erfahrung richtete, worauf
sie durch ihren früher empfangenen Unterricht niemals geführt worden
waren. Für diese Art der Prüfung aber pflegten sich die jungen Leute
zu interessiren. Nun hat sich diese meine Thätigkeit nicht auf die Angehörigen der Provinz Hannover beschränkt, sondern auf junge Leute
aller möglichen Landsmannschaft erstreckt. Demgemäß halte ich mich für
berechtigt, aus diesem Kreise meiner Erfahrung das Gesammturtheil über
den Religionsunterricht zu schöpfen, daß derselbe seiner Bestimmung
wenig entspricht oder vielmehr widerspricht.

„Was ich über Abneigung gegen das Christenthum, die durch denselben genährt wird, gesagt habe, war natürlich aus der eben be-
schriebenen Thätigkeit nicht zu erkennen. Ich habe damit auf Erfahrungen angespielt, welche einer meiner jüngeren Freunde im Verkehr
mit Privatdocenten gemacht hat . . . . In diesem Kreise ist ihm,
dem Theologen, wiederholt das Urtheil entgegengetreten, man müsse, um
sich mit Theologie zu beschäftigen, ein dummer Mensch sein. Vor
40 Jahren, als überall der Religionsunterricht rationalistisch war, bin
ich solchem Urtheil niemals begegnet. Ist also dasselbe in jenem Bildungs-
kreise jetzt möglich, nachdem der Religionsunterricht überall auf den
Gymnasien rechtgläubig geworden ist, so kann man zwar nicht unterscheiden, ob derselbe solches Urtheil der jungen Leute jetziger Generation
blos nicht gehindert oder gerade hervorgerufen hat; aber das eine wäre
nicht weniger schlimm als das andere. Ew. Excellenz wollen aus dieser
Darlegung erkennen, daß ich nicht im Stande bin, einzelne besonders
ungeeignete Lehrbücher oder einzelne Gymnasien zu bezeichnen, auf denen
ein unzweckmäßiger Unterricht in der Religion vorkäme. Eine Aussicht
auf Besserung der Sache vermag ich nur an einen Umschwung in der
theologischen Bildung überhaupt anzuknüpfen. In welcher Richtung ich
denselben gerade für den Gymnasialunterricht erstrebe, habe ich in meinem
›Unterricht in der christlichen Religion‹ . . . . . . darzulegen versucht.
Obgleich derselbe nirgendwo officiell eingeführt ist, verfahren auf manchen
Gymnasien Schüler von mir nach dessen Anleitung und, wie ich vernehme, mit dem Erfolg, daß die Gymnasiasten sich für die Sache interessiren. Ein Anerbieten des Herrn Ministers Falk im Jahre 1877, das
Buch für den Gebrauch zu empfehlen, habe ich abzulehnen zu sollen ge-

glaubt und bin überzeugt, daran recht gethan zu haben. In dem, was die Kirche angeht, und was ich in ihrem Dienste erreicht sehen möchte, rechne ich nach sehr langen Fristen. Dem Übel, über dessen Schwere ich mich keiner Täuschung hingebe, wird in der gegenwärtigen Lage nicht abzuhelfen sein."

Auf dieselbe Sache kam Ritschl noch einmal zu sprechen, als Scholz ihm einige Zeit später davon erzählt[1]) hatte, wie er bei einem Abiturientenexamen am Joachimsthalschen Gymnasium in Berlin statt der üblichen mechanischen Prüfungsmethode ein freieres, in die Sache selbst einbringendes Verfahren mit Erfolg angewandt habe. Ritschl brachte diesen Mittheilungen das höchste Interesse entgegen. „Sie bestätigen," schreibt[2]) er, „zugleich meine Ansicht, daß die Frage an den Personen der Lehrer hängt, welche sich durch das Reglement nicht brauchen hemmen zu lassen. Ich habe also dem Minister mit Recht erklärt, daß der Religionsunterricht neue Lehrer erfordert. Aber dafür können wir nicht aufkommen, daß dieselben in gehöriger Anzahl vorhanden seien. Dafür muß der liebe Gott sorgen und das Widerstreben der Menschen bändigen. Wir können nur in bescheidener Arbeit abwarten, welchen Segen er uns zuwenden will. Langsam wird es vorwärts gehen; allein ich sehe darin nur eine Gewähr für den Erfolg unseres Bestrebens. Die Partei, der wir das Feld abgewinnen müssen, ist vor 30 Jahren mit einem Schlage siegreich hervorgetreten mit großer Selbstgewißheit und viel Geräusch. Sie hat aber ihren Lohn dahin, sie hat abgewirthschaftet." Auch dem Minister selbst gegenüber griff Ritschl noch einmal nach einigen Jahren auf den oben mitgetheilten Bericht zurück, indem er jenem das von Link verfaßte „Hilfsbuch für den evangelischen Religionsunterricht in den oberen Klassen höherer Schulen" (Breslau 1885), das seinen Beifall hatte, als ein geeignetes und zweckmäßiges Lehrmittel empfahl. Doch hatte diese Verwendung unmittelbar gar keinen Erfolg. Erst später ist das Buch, das zunächst nur in Coblenz und in dem zu Oldenburg gehörigen Birkenfeld gebraucht wurde, auch auf einigen anderen preußischen Gymnasien eingeführt worden.

Im Herbst 1881 fand Ritschl nach längerer Unterbrechung (s. o. S. 383. 389) die Muße, sich der Arbeit an der Geschichte des Pietismus wieder

----

1) Scholz an R. 6. 10. 84.
2) An Scholz 8. 10. 84.

zuzuwenden. Ihn beschäftigte jetzt das Studium Speners. Doch war gerade
an diesem Punkte die Arbeit keineswegs leicht. „Ich sehe mich," schreibt[1])
Ritschl, „einem Wirrwarr gegenüber, dessen Gruppirung mir als die größte
Schwierigkeit erscheint. Ich beabsichtige nicht, mich in eine erschöpfende
Geschichte der Streitigkeiten zu verlieren, welche sich seit 1690 an den
Pietismus knüpfen. Vielmehr wünsche ich zunächst zu zeigen, was als
die Frucht des Wirkens Speners sich da und da nachweisen läßt, die
Extravaganzen böhmistischer, enthusiastischer, kirchenzerstörender Art und
die mehr oder weniger gleichgültige oder still protegirende Haltung, die
Spener und seine nächsten Freunde dagegen eingenommen haben. Dieser
Stoff aber liegt nur in Streitschriften vor, welche in jedem Streitfalle
eine endlose Kette bilden. Ich kann also nicht umhin, auch diese
Zusammenhänge zu berühren, und bin nun, ehe ich das Maß der
Darstellung in jedem einzelnen Falle erkennen kann, wie in einen Urwald
gestellt, in dem ich mir den Weg bahnen soll. Die Gruppen sind ja in
dem Buche von Schmid[2]) vorgezeichnet; aber so nützlich mir dasselbe ist,
muß ich doch die Quellen wieder durchstöbern und — muß versuchen, sie
nicht so langweilig und ungeordnet laufen zu lassen, wie jener Vorgänger.
Nun kennen Sie wohl die 12 Bände Acta pietistica der hiesigen
Bibliothek, in welchen die zusammengehörenden Stücke manchmal hie
und da zersplittert sind. Sie können sich nicht vorstellen, wie aufregend
es ist, die Schriften wiederzufinden, die ich mir als vorhanden gemerkt
und nicht notirt habe. . . . . . . Spener hat mich höchlichst interessirt,
als ich während des September seine theologische und kirchenreformatorische
Stellung im Allgemeinen gezeichnet habe. Aber jetzt ärgere ich mich
über ihn, wo ich ihn als rechthaberisch kennen lerne, wo er seine
Neutralität gegen die bösen Dinge mit zudringlicher Darstellung seiner
Milde sowohl als seiner aparten Liebhabereien zu verstecken sucht."
„Der Mann ist eine Individualität," heißt es in einem andern Briefe[3]),
„was die mystisch manierirten Vorgänger gar nicht sind. Aber er ist
zugleich eine in sich gebrochene Persönlichkeit, wenn man durch seine
Rechtgläubigkeit, seine Milde und Billigkeit hindurchdringt. Er ist ebenso
der Vater der Aufklärung wie der des Pietismus. Und da dieser die Religion
des Adels[4]), jene die des Bürgerstandes geworden ist, so hat Spener
seinen Antheil an der Verwirrung in der Kirche, welche die Verwirrung
der politischen Dinge in ihrer Art verstärkt und mit vergiftet. Habe ich

1) An Kattenbusch 9. 11. 81.
2) H. Schmid, Die Geschichte des Pietismus. 1863.
3) An Link 30. 10. 81.
4) Vgl. Geschichte des Pietismus II, S. 500.

ein genügend weites Gesichtsfeld für meine Forschung gewonnen? Ich kann nun einmal nicht dafür, daß ich meine Arbeit an der Kirchengeschichte stets mit den praktischen Gesichtspunkten beleuchte, die mich als Systematiker beschäftigen. Schließlich haben die anderen, die herrschenden Theologen den Schaden davon, daß sie die geschichtliche Lage der Gegenwart nicht mit deutlicher Kenntnis der Vergangenheit beleuchten können."

„Mit meiner Arbeit am Pietismus," erzählt[1]) Ritschl nach einiger Zeit, „bin ich sachte über Spener herausgekommen; zuletzt habe ich das . Ehepaar Petersen ziemlich abgearbeitet . . . . . . Wissen Sie, worauf ich die Charakteristik des Mannes hinausführe[2])? »Was ist eigentlich an Petersen pietistisch? Antwort: Seine Frau.« Die ist mehr als die Schlatter. Was mich neuerdings an meine Aufgabe gefesselt hat, ist die Vielseitigkeit der von Spener angeregten Geistesbewegung. Ganz anders als auf reformirtem Gebiete! Spener selbst eine Gestalt von ausgeprägter Individualität, keine Figur zu dem Heiligenbild, das Hoßbach gemalt hat. Und nun macht Kramer ein ebenso greisenhaftes Heiligenbild aus Francke."

Demnächst ließ die Arbeit an der neuen Auflage der Rechtfertigungs-lehre Ritschl nicht viel Zeit zur Fortsetzung seiner Geschichte des Pietismus. Dieser widmete er sich allerdings mehrere Monate im Sommer 1882. Damals wurden die beiden Kapitel über den mystischen Radicalismus von Arnold, Dippel und ihren Gesinnungsgenossen fertig. Dann konnte Ritschl sich erst wieder in den Osterferien 1883 der zusammenhängenden Beschäftigung mit dem Pietismus zuwenden. „Wie sehne ich mich," schrieb[3]) er einige Zeit vorher, „wieder in das Geschirr zu gehen!" Nun studirte er A. H. Francke. „Ich gehe," berichtet[4]) er, „sehr vor-sichtig mit Zusammenstellung und Gruppirung der Dinge vor, an denen seine Eigenthümlichkeit, Menschlichkeit, Manier gezeigt werden kann." „Er hat doch, wie ein anonymer Zeitgenosse urtheilt, etwas vom Jesuitengeneral an sich, indem er in der Organisation der Massen, die er ausgeführt hat, seine christliche Liebe möglichst unpersönlich, d. h. ohne specielle Theilnahme für die einzelnen Personen ausgeübt hat. Diesen Mangel hat schon Tholuck hervorgehoben. Ich glaube auch, die persön-liche Theilnahme und Organisation von Massen schließen sich gegenseitig aus. Aber dann ist die christliche Liebe in Francke nicht von der ersten Qualität. Und das kann sie auch nicht sein, weil der Mann im höchsten

1) An Zöpffel 7. 1. 82.
2) Vgl. Geschichte des Pietismus II. S. 248.
3) An Zöpffel 4. 2. 83.
4) An Rasemann 13. 5. 83.

Maße von Parteigeist beseelt ist und der einfachsten Gerechtigkeit gegen
die Gegner entbehrt. Er hat keinen weitern Blick, als sie, vielmehr hat
Löscher den weitern Blick und das weitere Herz. Ich stehe gerade vor
der Streiterörterung zwischen beiden über das Waisenhaus, wo Kramer
das entgegengesetzte Urtheil wie Engelhardt fällt; ich denke den Freund
hiebei zu Ehren zu bringen. Ihre Sorge, daß ich mich in dieser Arbeit
übernehme, lasse ich dankbar gelten; allein ich bleibe hinter Ihrer
Anstrengung weit zurück .... Also ich halte es aus[1]."

Im weiteren Verlauf des Sommers vollendete Ritschl den Abschnitt
über die Theologie der Hallesche Schule, und nun standen ihm nur noch
4 Kapitel bevor. Allerdings, sagt[2] er, habe er Anfangs vorgehabt,
das ganze 17. und 18. Jahrhundert in einem Bande zu erschöpfen. „Ich
sehe aber voraus, daß, wenn ich den Halleschen Pietismus bis in die
Aufklärung verfolgt haben werde, circa 500 Seiten herauskommen.
Nehme ich nun noch die Württemberger und Zinzendorf, sowie einige
Nebenthemata aus dem 18. Jahrhundert, worin die Gegenbewegung
gegen die Aufklärung auftritt, hinzu, so giebt das einen ungefügen Band.
Andererseits verlangen die Freunde, sobald wie möglich die Frucht einer
Arbeit von 4 Jahren zu sehen. Die bezeichneten Gruppen stehen aber
in dem Verhältnis der Vorbereitung zum Pietismus des 19. Jahrhunderts;
ich kann also unter dem Vorbehalt, weiter zu arbeiten, mit dem nächsten
Ziele abschließen. Ich sehe auch schon Licht genug, um im nächsten
Jahre d. v. zum Druck zu schreiten."

Immerhin war bis zur Vollendung dieses zweiten Bandes noch
Arbeit genug zu leisten. Bei jeder Gruppe, schreibt[3] Ritschl, koste es
ihm einen schweren Entschluß anzubeißen. „Indessen, was hilft es; bin
ich soweit durch den Pfannkuchenberg hindurch, so muß ich auch den Rest
vertilgen. Es wird den Leuten doch nützlich sein, sich den Pietismus
von der Nähe aus anzusehen und im Ganzen und genau." Doch ging
es mit der Ausbeutung zahlreicher pietistischer Erbauungsbücher glatter
ab, als Ritschl es zunächst erwartet hatte. Dabei habe er auch, erzählt[4]
er, in einem Tractat Bogatkys von der wahren Bekehrung „den Schlüssel
zu dem gefunden, was an Tholuck pietistisch war. Es ist ohne Zweifel
ein Zurückweichen des Pietismus von dem ursprünglich gesteckten Ziele,
dem absoluten Gefühl von der Gnade, daß Bogatky es bei dem absoluten
Sündengefühl als dem bewenden läßt, was sich am besten zum Herrn

1) An Harnack 9. 5. 83.
2) An Rasemann 16. 8. 83.
3) An Rasemann 13. 12. 83.
4) An Rasemann 31. 12. 83.

Jesus paßt, dem Erlöser von der Sünde. Denn bei der Jagd auf
Seligkeitsgefühle konnten sich die Pietisten überzeugen, daß dieselben
flohen, wenn man sie auch einmal ergriffen hatte. Nun aber ist es eine
capriciöse Verstandesreflexion, sich in seinem Sündengefühl bei dem
Heiland wohlzufühlen, der dagegen aufkommt, ganz analog mit dem
coquetten Weltschmerz, den eine spätere Generation empfunden hat ......
Man muß nur die Bücher haben und unter Vergleichung mit anderen
lesen, dann versteht man alles, was in dem Epigonengeschlecht vorkommt."
Und noch einmal heißt [1]) es von Bogatzky: „Das ist der Repräsentant
des nicht mehr Könnens im Pietismus, daß man sich blos in die
Sündenerkenntnis hineinwühlt und dabei ganz vergnügt ist in dem
nüchternen Urtheil, daß man so am besten für den Heiland paßt."
„Wie aus solchen Voraussetzungen," schreibt [2]) Ritschl in einem andern
Briefe, „sittliches Streben seine Nahrung erfahren soll, ist allerdings
nicht klar ...... Es ist die Signatur des in sich selbst zerfallenden
Pietismus. Damit hat 100 Jahre nach der classischen Epoche unser
Gönner Aufsehen zu machen vermocht! Wie genügsam aber sind über-
haupt in der Epoche der Erweckung 1817—1850 die Leute gewesen!
Die dürftigsten Trümmer verschiedener Traditionen haben ihnen ihr
Hochgefühl gegen die Aufklärung verliehen! Aber auch unsere Gönner
seit 1850 bauen mit keinem andern und besserm Material. Und wie
blind sind sie unter Vortritt des Herrn Frank, für Mystik und Pietismus
sich zu begeistern, während sie wissen dürfen, daß ich mit einer neuen
Ladung von Geschichte der beiden Dinge vor der Thür stehe." Nun
seien es alles Themata von kleinem Stil, fährt Ritschl fort, deren Erledigung ihm noch obliege. „Ich werde der Sache dabei früher satt, als
gut ist. Und doch darf ich mich des kleinen Krames nicht weigern, weil
ich an den großen Zügen und Persönlichkeiten so ungeheuer viel gelernt
habe. Ich wünsche nur, daß man von der Mühe der mosaikartigen Arbeit
einen Eindruck haben möge, wenn sie an den Tag tritt. Aber, Herr,
wer glaubt unserer Predigt?" „Ich habe nur die Genugthuung," heißt [3])
es in einem andern Briefe, „daß aus einem Chaos von Stoff allmählich
alles in Reihe und Glied kommt."
Insbesondere im Hinblick auf die erbaulichen und poetischen Leistungen
der Pietisten betont [4]) Ritschl, er habe manchmal sehr abgestumpft vor
den einzelnen dieser Arbeitsaufgaben gestanden, bis er durch festes Zu-

---

1) An Rasemann 27. 1. 84.
2) An Herrmann 30. 1. 84.
3) An C. Steitz 1. 3. 84.
4) An Scholz 20. 3. 84.

greifen ihrer Herr geworden sei. Dann aber habe er „stets die Genugthuung gehabt, daß sich ganz besonders interessante Abwandlungen ergaben, nämlich wie die Methode in sich selbst verkümmert und verfällt
oder wieder in doctrinäre Rechtgläubigkeit ausgeht. Von solchen Dingen
weiß keiner etwas, und ich verstehe es vollständig, daß die Pietisten ihre
eigene Geschichte scheuen; denn sie ist die Widerlegung ihrer Ansprüche.
Das bringe ich ihnen aber ganz sanft bei und hüte mich, den historischen
Stil durch polemische Schlaglichter zu verletzen." „Ich werde wiederholt,"
berichtet [1]) Ritschl weiter, „zu der letzten Publication von Tholuck zurück-
geführt, welche von 1865 datirt, als jener 65 Jahre alt war. Sie ist
eine erste, nicht fortgesetzte Abtheilung der Geschichte des Rationalismus,
in welcher cursorisch ein Überblick über den Pietismus vorkommt. Aber
wie fragmentarisch ist diese Leistung, und mit wie vielen kleinen Un-
genauigkeiten angefüllt! Wenn ich überhaupt noch vier Jahre Arbeit
leisten kann, hoffe ich durch meine Gewöhnung an Ordnung und Genauigkeit auch bis dahin bei der Stange bleiben zu können. Und davon
hoffe ich Sie im Herbst überzeugen zu dürfen, wenn ich Ihnen den
zweiten Band Pietismus vorlege, dessen Druck demnächst beginnt."

Während dessen war allerdings noch das letzte Kapitel zu schreiben,
„zunächst [2]) über die kirchenrechtliche Doctrin von Grotius und Pufendorf,
welche an Thomasius und Stryck Vertreter in Halle hatte, deren
Zusammentreffen, resp. Widerspruch mit den Interessen der Hallenser
Pietisten demnächst nachzuweisen ist". Das sei eine erquickende Abwechselung in seinen Studien, fügt Ritschl hinzu, und etwas später sagt [3])
er, an jenen Juristen habe er seine kirchenrechtliche Qualität erprobt und
andere Eindrücke genossen, als an den Pietisten. Dann kommt er noch
einmal auf dieses letzte Kapitel zurück, indem er schreibt [4]), es sei ihm
„zur Apologie der Beziehung der Kirche geworden, deren Behauptung die
Schwaben mir als Katholisiren auslegen. Das Verschwinden jenes
Gedankens, der übrigens in der asketischen Literatur bis Spener reicht,
aus der Schultheologie zieht die individualistische Mystik, die Franckesche
Bekehrungsmethode, die Aufklärung nach sich. Gleiche Brüder, ungleiche
Kappen!" Weil die Religion Relation zu Gott sei, so folgern Pufendorf
und mit ihm jene Richtungen, daß sie „nicht zugleich Relation gegen die
Welt und die menschliche Gesellschaft" sei. „Ist aber," so entgegnet
Ritschl, „die Gesellschaft nur zufällig dabei, so ist auch die historische

1) An Zöpffel 3. 4. 84.
2) An Rasemann 13. 4. 84.
3) An Rasemann 25. 4. 84.
4) An Herrmann 12. 5. 84.

Art der christlichen Religion gleichgültig. Und weil die pietistischen
Orthodoxen auf jener Position der Mystik und der pietistischen Bekehrung
stehen bleiben wollen, so haben sie den Teufel der Aufklärung, den sie
besiegen wollen, in ihrem eigenen Leibe."

Auf die Frage nach der religiösen Bedeutung der Kirche kommt
Ritschl einige Zeit später noch einmal in einem Dankbriefe an den
Oberpastor Lütkens in Riga zu sprechen, der ihm einen von ihm
gehaltenen Vortrag[1]) gesandt hatte. Er schreibt[2]): „Daß ich diesem
im Ganzen meine Zustimmung widme, wird Ihnen nicht unerwartet sein.
Ich lasse mir auch die Ergänzung auf S. 15 gefallen, und freue mich
Ihrer bündigen Ablehnung des Freikirchenthums. Überhaupt gestehe ich
gern, daß, obgleich ich selbst in Ihrem Gedankengange heimisch bin, Sie
mir durch die Stellung und Lösung Ihrer Aufgaben Lichter aufgesteckt
haben. Widerspruch möchte ich nur dem Urtheil auf S. 32 Anm.
entgegenstellen. Die Unterschätzung der Kirche für das Heilsbewußtsein
kommt nicht von der preußischen Union her, sondern meines Erachtens im
Grunde von Philippo, welcher sich Luthers Aufstellung in den Katechismen
nicht angeeignet hat. Ich darf Sie wohl auf Pietismus II, S. 549
verweisen, wo ich die folgenden Glieder des Individualismus bezeichnet
habe. Leider habe ich bei der Nachweisung der Literatur auf S. 26,
welche den entgegengesetzten Gedanken fortgesetzt hat, versäumt, dessen
directe Anknüpfung an Predigtstellen von Luther aufzuzeigen. Indessen
solche Lücken bleiben bei einem so complicirten Gefüge von Forschungen
niemals aus. Ich habe schon eine Reihe von Ergänzungen notirt, die
einer zweiten Auflage zu Gute kommen müßten. Daß nun Kattenbusch
meint, die Einreihung der Rechtfertigung und Wiedergeburt in das
Gefüge der Gemeinschaft der Gläubigen könne am wenigsten auf Verständnis rechnen, kann er dadurch belegen, daß namentlich Württemberger
mir deshalb katholisirendes Verfahren nachgesagt haben. Diese aber sind
mit der Union unverworren, aber Pietisten sind sie und Melanchthonianer.
Daher kommt alles Nichtverstehen jener Combination auch bei anderen,
die ich nicht näher bezeichnen will. Übrigens möchte ich noch aussprechen,
daß Ihre Zeichnung des Kirchenideals Luthers nichts von dem einschließt,
was nachher Melanchthon daraus gemacht hat. Wenn auch die von Luther
gedachte Kirche den Umständen gemäß nur als Particularkirche zu Stande
kommen konnte, so ist in den von Ihnen festgestellten Zügen nichts, was

1) J. Lütkens, Luthers Kirchenideal. Vortrag am 10. Nov. 1884, im Saale
der Schwarzhäupter gehalten. Riga 1884.
2) An Lütkens 25. 12. 84.

nothwendig die Einengung oder Verschiebung der Sache in die rechtgläubige
Schulgemeinschaft in Aussicht stellte, womit Melanchthon zwar die ein=
hellige Anbetung Gottes substruiren wollte, aber dieselbe vielmehr durch=
kreuzt hat. Wenn das, was Sie gezeichnet haben, lutherisch ist, dann
ist an dem, was sich hier gewöhnlich als extra lutherisch giebt, der
Zusatz des praeceptor Germaniae als das Fremdartige aufs genaueste
zu beachten und von dem Lutherischen zu unterscheiden."

Als Ritschl im Mai 1884 mit dem Manuscript des zweiten Bandes
der Geschichte des Pietismus fertig geworden war, erklärte[1]) er: „Ich
bin nun zwar glücklich, jenes Ziel erreicht zu haben, allein an der
Arbeitslosigkeit habe ich keinen Gefallen, und zur Vagabondage komme
ich trotzdem nicht. Aber auch auf die Fortsetzung der pietistischen
Studien werde ich vorläufig verzichten, ich habe die Gesellschaft einiger=
maßen satt." Und als dann auch der Druck des zweiten Bandes sich
dem Abschluß näherte, schrieb[2]) Ritschl in der Aussicht auf die bevor=
stehende Herausgabe des Buches: „Dann ist das langjährige Interesse
erschöpft, man bekommt einige Dankbriefe für geschenkte Exemplare,
einige böse und gute Recensionen zu sehen, und darf sich nach anderer
Beschäftigung umthun. Ich glaube, ich bin an dieser Arbeit alt, stumpf,
einseitig, relativ unzugänglich für anderes geworden, und die, welchen
meine Arbeit nützlich wäre zur Selbstprüfung, werden sich über sie hinweg=
setzen und auf sie schimpfen. Das ist das Loos des Lebens; ich habe
aber auch nichts dagegen einzuwenden."

In diesen Worten drückt sich eine Stimmung aus, die mehr und
mehr bei Ritschl herrschend wurde. Wenn er schon früher gelegentlich,
allerdings mehr im Scherz, darüber gesprochen hatte, daß er alt und
„abkömmlich" werde, so hegte er solche Betrachtungen allmählich auch in
ernsterem Sinne, und Störungen seiner Gesundheit, die ihn im Frühling
und in den Herbstferien des Jahres 1884 mehrfach wieder längere Zeit
belästigten, vereinigten sich mit den Eindrücken einer aus seiner Arbeit
herrührenden Abspannung, um jenen Gedanken Nahrung zu geben. Schon
als er sich entschlossen hatte, in dem zweiten Bande des Pietismus nicht
mehr auf die Württemberger und auf Zinzendorf einzugehen, hatte er
erklärt[3]), er sei sich bewußt, eine Epoche in seinem Leben bezeichnet zu

---

1) An Rasemann 22. 5. 84.
2) An Rasemann 8. 9. 84.
3) An Marcus 30. 8. 83.

haben. „Denn mein Alter mahnt mich daran, einer Verminderung
meiner Arbeitsfähigkeit in nicht langer Frist entgegenzusehen." Dann
schrieb [1]) er nach einem halben Jahre, er sei durch seine „Beschäftigung
mit dem Pietismus immer lederner und unfähiger für andere Dinge
geworden. Ich trage die Lebensgeschichte von so viel frommen Herrn
und Damen im Kopf, mit Jahreszahlen ihrer Geburt und ihres Todes;
da werde ich allmählich ganz stumpf, da es Jahre lang so fortgeht und
noch gehen wird, wenn ich nicht die Hände in den Schoß legen soll. Und
das kann ich nicht." Doch ließ Ritschl etwa ein halbes Jahr lang die
Weiterarbeit an der Geschichte des Pietismus völlig ruhen. „Ich schäme
mich," sagt [2]) er, „daß ich während des abgelaufenen Semesters gar
nicht mehr gearbeitet habe . . . . . . Aber die Correcturbogen nährten
immer noch das Interesse an der abgeschlossenen Arbeit, so daß ich nicht
im Stande war, etwas zu unternehmen, was nicht die Fortsetzung jener
Arbeit war. Darauf aber wollte ich mich noch nicht einlassen". Seine
Unzugänglichkeit für viele Dinge, meint [3]) Ritschl in einem andern Briefe,
sei vielleicht auch die Wirkung „des Daseins in der kleinen Stadt, welche
keine Abwechselung bietet. Aber ich bin auch schon Abwechselungen ab=
geneigt, und glaube nicht, daß ich mich denselben zuwenden würde, wenn
sie mir auch zu Gebote ständen, wie ich ja auch vor dem Reisen eine
Scheu habe. Ich muß nun aber so verbraucht werden, und denke
schließlich, ich werde im Winter mich dem schwäbischen Pietismus widmen,
auch wenn er noch so langweilig ist".

So gönnte sich Ritschl diesmal in den Ferien, was selten bei ihm
vorkam, völlige Muße, und dazu sah er sich auch durch seinen Gesundheits=
zustand veranlaßt. Verschiedene Lectüre, mit der er sich beschäftigte,
wollte er als wirkliches Arbeiten nicht angesehen wissen [4]). Doch ironisirt
er sich selbst, wenn er in einem Briefe den Anschein erregt, als ob er
sich längere Zeit der ernsteren geistigen Interessen völlig enthalten hätte.
Er erzählt [5]) nämlich, er arbeite jetzt gar nicht und sehe sich in dieser
Lebensführung dadurch bestärkt, daß ein befreundeter College es ebenso
mache. „Der Unterschied ist nur, daß er Romane, ich das Conversations=
lexikon lese. Das letztere ist quietistischer; regt mich die Lectüre auf,
so habe ich ein unfehlbares Mittel für Gelassenheit in der Schieblade:
Die Rang- und Quartierliste [s. Bd. 1. S. 10.] . . . . . . Nun ist es

---

1) An C. Steiz 1. 8. 84.
2) An Harnack 13. 8. 84.
3) An C. Steiz 15. 8. 84.
4) An Scholz 8. 10. 84.
5. An Gottschick 30. 8 84.

auch nur sachgemäß, daß ich mich auf etwas quietistisches einrichte,
nachdem ich alle die pietistischen Spannungen und Strebungen den Kanal
meiner Seele habe passiren lassen, und noch nicht capabel bin, eine neue
Gruppe dieses Stammes in mir zu verarbeiten." Doch fürchtete Ritschl,
daß es ihm nicht lange Ruhe lassen werde, mit den ferneren Studien
fortzufahren. „Ich glaube, ich bin zu jeder andern Arbeit verdorben;
ich bleibe dem Pietismus tributpflichtig; so rächt er sich an mir."

Mit dem Quietismus bringt Ritschl nun aber häufiger seine
Stimmung in Analogie. Daß er der großen Fülle von Freude, die ihm
in seinem Leben zu Theil werde, nicht immer in genügendem Maße
nachdenke, sagt[1]) er einmal, „kommt nicht daher, daß ich mich über die
Anfechtungen ärgere oder um meinetwillen gräme, sondern daher, daß ich,
soweit ich sie kennen lerne, mich in eine Gelassenheit begeben habe, die
eine Ähnlichkeit mit dem Quietismus hat. Und in dieser Stimmung
bin ich auch meistens indifferent gegen das Gute und Dankenswerthe,
weil ich befürchte, bei dessen steter Vergegenwärtigung mich zu über-
heben. Es ist doch merkwürdig, wie ich bei meinem Temperament diese
recht entgegengesetzte Stimmung in mir erzeuge, und wie ich als ›Feind
der Mystik‹ auf ihre Bahn geführt werde. Nun, meinen Abstand dagegen kenne ich genau, ich brauche Dir ihn nicht zu bezeichnen. So
eigne ich mir unter anderem die Freundschaft und Zustimmung meiner
Freunde ohne große Reden darüber an; ich glaube, auch die Gelassenheit
darin ist Dank, weil sie gesteigerte Empfänglichkeit ist. Wenn ich im
Gegentheil einmal durch gegnerische ungerechte Äußerungen erregt werde
und aus dem Gleichgewicht trete, so ist es, aufrichtig gesagt, im Grunde
der Zorn darüber, wie die Leute sich versündigen, indem sie mich nicht
als einen Mitarbeiter anerkennen wollen, da sie selbst Mitarbeiter und
nicht Richter über Leben und Tod sind, und schließlich keine bessere
göttliche Gewähr ihrer Arbeit nachweisen können, als ich. Daß die
Frommen so unfromm sind, und daß sie dadurch und durch anderes die
Gefahr für die Kirche bilden, das kann mich aufregen. Und wahrlich,
darin läge für mich eine Versuchung, wenn ich dem Gedanken weiter
nachhinge. Allein ich werde mich wohl hüten, mein Streben als causa dei
mir vorzustellen."

Doch nicht nur für den Quietismus hatte Ritschl damals eine
gewisse, allerdings durch sehr bestimmte Grenzen eingeschränkte Sympathie.
Auch einige Producte der Mystik hatten, trotzdem er im Allgemeinen
dieser durchaus als Gegner gegenüberstand, seinen Beifall. So war eins

1) An Lint 29. 11. 54.

seiner Lieblingslieder das Gedicht von Johann Franck: „Jesu meine
Freude". Und namentlich citirte er immer wieder wie eine trostreiche
Mahnung und zugleich wie ein Belenntnis, dem er freudig und überzeugt zustimmte, die letzten Zeilen aus „Babels Grablied": „Ein rechter
Christ[1]) bleibt doch in Gottes Huld, darum Geduld." Ja, er konnte sich
auch vorübergehend in die Stimmung versetzen, der Arnold übrigens in
jenem Gedicht Ausdruck verleiht. Dennoch überwand er stets wieder
solche Regungen und verzagte nicht an der Zukunft der Kirche, so elend
ihm auch deren Gegenwart erscheinen mochte. So schreibt[2]) er einmal:
„Man kommt unwillkürlich darauf, daß die Kirche Babel sei, und ich
habe mir das Gedicht von Gottfried Arnold Babels Grablied noch einmal
darauf angesehen, ob ich es in der Geschichte des Pietismus mittheilen
soll[3]). Aber es ist zu lang, zu künstlich, zu giftig und nicht populär
genug. Übrigens ist jener Gedanke nur ein durchgehender Ton in meiner
Melodie. Es ist einfach Christenpflicht, sich des Pessimismus zu enthalten, wenn man sich vortheilhaft von denen unterscheiden soll, welche
ihre Parteisucht zum Rechtstitel gegenwärtiger Herrschaft machen (1. Kor. 4, 8).
Sie fühlen ja schon die Erschütterung ihrer Herrschaft, wenn man auch
nur ihre Geschichte schreibt. Und die Geschichte des Halleschen Pietismus umfaßt schon alle Erscheinungen, die in diesem Jahrhundert ins
Breite ausgewachsen sind. Auch die englische Manie der Gebets-
vereinigungen hat der Abt zu Kloster Bergen, Steinmetz, schon 1757 von
da aus übernommen und für den Gebrauch in Deutschland empfohlen.
Und wie schnell ist die Herrlichkeit damals vergangen. 1730 ist die Höhe
erreicht, nachdem die Polemik der Rechtgläubigen ziemlich verstummt ist.
1750 ist schon der Verfall da, von innen heraus . . . . . Jetzt hält sich
die Gesellschaft nicht durch ihre Christlichkeit, sondern durch ihre Verweltlichung, ihre Solidarität mit der politischen Partei der Conservativen. Ach Gott im Himmel sieh darein!"

Ein anderes Übel bespricht[4]) Ritschl um dieselbe Zeit in folgender
Auslassung: „Das ist ja das Verhängnis der theologisch-philosophischen
Bewegung seit 50 Jahren, daß jeder jeden andern, der anders denkt, nur
an seiner individuellen Gewöhnung, Tendenz und Manier mißt und des-
halb als unbrauchbar verwirft, und gänzlich außer Stande ist, eigene
Meinungen und Vorurtheile mit den Gedanken anderer zu integriren.

1 So citirte in der Regel Ritschl. Eigentlich heißt es: Ein richtig Herz . . . .
2) An Harnack 29. 2. 84.
3. Nur die zweite Hälfte von B. 10—18 ist dort abgedruckt, Bd. 2. S. 321 f.
4 An Herrmann 20. 4. 84.

Immer fingiren sie einen ausschließenden Widerspruch zwischen den Meinungen anderer und den eigenen. Niemals zeigen sie die Geneigt- heit, die Gründe für eine abweichende Meinung und ihren Spielraum zu erwägen. Sprechen wir ein theologisches Urtheil aus, so messen sie es an ihren religiösen Gewohnheiten und ihren seelsorgerlichen Bedürf- nissen. »Ein jeglicher sah auf seinen Weg.« Ich habe in den letzten Tagen ein neues Buch von Steude über Apologetik[1]) angelesen, dessen methodische Absicht, diese Disciplin der praktischen Theologie unter- zuordnen, mich angezogen hat. Beim Aufschneiden glaube ich bemerkt zu haben, daß der Mann auf Herbartsche Metaphysik herauskommt. Um so sorgfältiger will ich das Buch lesen. Allein ich fürchte, daß der Mann sich nicht klar gemacht hat, was man seit Thomasius und Breithaupt sich einprägen darf, nämlich daß die Häresie ein Irrthum ist, der im Willen wurzelt. D. h. jede dem Christenthum zuwiderlaufende Weltanschauung schließt ästhetische und Freiheitsrücksichten in sich, gegen welche keine Apologetik und Polemik hilft. Man kann aber allen Widerspruch sich selbst überlassen, wenn man den seit Melanchthon entwurzelten Gemein- sinn in der christlichen Weltanschauung wieder auf die Beine stellt. In diesem Sinne ist das, was mir die . . . als Katholisiren anrechnen, das Hauptstück meiner Lehre, und alle mystischen Prätensionen das Grund- übel, das ich bekämpfe. Ich wünsche dringend, daß die historische Auf- klärung über diese Dinge, mit welcher der zweite Theil der Geschichte des Pietismus einsetzt, beherzigt werden möge." Und gerade von dieser historischen Leistung schreibt Ritschl ein andermal einem befreundeten Geistlichen: „Nun ich opfere mich für Euch auf. Ohne Kenntnis der Geschichte regiert man die Kirche schlecht; ich will wenigstens dafür sorgen, daß, wenn Deine Amtsgenossen (in der Mehrzahl) vor Gott darüber Rechenschaft ablegen müssen, was sie aus der evangelischen Kirche gemacht haben, sie nicht den Einwand stellen dürfen: was vor uns war, haben wir nur sehr undeutlich gewußt."

Der zweite Band der Geschichte des Pietismus erschien im October 1884. In der Vorrede wendet sich Ritschl gegen Vorwürfe, die Frank in Erlangen in der Vorrede zu seinem System der christlichen Sittlichkeit gegen ihn ausgesprochen hatte. Während Frank hier für Metaphysik, Mystik und Pietismus eintritt, will Ritschl nur die heilige Schrift und die symbolischen Bücher als Instanzen in dem Streit mit jenem aner-

---

1) Steude, Beiträge zur Apologetik. (Gotha 1884. Vgl. dazu Ritschls Re- cension in der Th. L.-Z. 1884. S. 484 ff.

kannt wissen. „Ich pflege." schreibt [1]) er, „zu allen Insulten zu schweigen, um mich eben in der Gelassenheit zu üben. Mit einer solchen Protestation, wie Frank sie sich geleistet hat, durfte ich aber einmal eine Ausnahme machen." „Daß der Mann," so schreibt [2]) Ritschl dem Oberpastor Lüt= kens, der ihm gegenüber aus seiner Verehrung für Frank niemals ein Hehl gemacht hatte, „seitenlang mich mit Hohn überschüttet, ist keine ge= schmackvolle Zierde eines wissenschaftlichen Buches, indessen ist das Ge= schmacksache. Daß er aber mich verhöhnt, weil ich andere Gedanken habe, als er, kann ich nur mit völligem Stillschweigen erwidern; ich warte ab, daß der Schaden eintritt, den er seiner Sache damit anthut, und der Schaden wird nicht lange auf sich warten lassen. Ich finde, daß die Politik des Nichtantwortens für mich ihren Nutzen seit drei Jahren schon erheblich bewährt hat. Die Gegner, die ich auf allen Seiten habe, sind ihrer Sache nicht sicherer geworden dadurch, daß ich alles auf mir sitzen lasse; im Gegentheil lassen sich manche, die in den =Blättern= am lautesten gegen mich hetzen, im Stillen vernehmen, daß sie ihre Mühe für vergeblich achten. Und das bloße Verhöhnen ist ebenso das billigste, was man leisten kann, wie der Beweis, daß man seinen Stuhl wackelig findet. Verzeihen Sie, daß ich mich so und nicht anders zu dem genannten Mann stelle, und dieses Ihnen nicht verhehle. Sie mögen nun anders darüber denken, so dispensirt mich das nicht davon, Ihnen ebenso Vertrauen zu schenken, wie Sie es mir erweisen. Es wäre schlimm, wenn das nur möglich wäre, wenn die Menschen in allem wichtigen so einförmig dächten, wie es von manchen vorgeschrieben wird. Ich schenke Ihnen also menschliches Vertrauen, gerade weil Sie in ge= wissen Dingen anders denken." Von seinem Grundsatz, die gegen ihn gerichteten Anfeindungen zu ignoriren, wich Ritschl auch nicht ab, als sein früherer College J. P. Lange in Bonn recht häßliche und unwürdige Angriffe gegen ihn veröffentlicht hatte. Auf dessen barockes Sendschreiben [3])

---

1) An Gottschick 30. 8. 84.

2) An Lütkens 25. 12. 84.

3) J. P. Lange, Sendschreiben an den Herrn Pfarrer Julius Thikötter in Bremen in Betreff seiner Darstellung der Theologie Albrecht Ritschls. Bonn 1884. — Nippold hat sich gegen Ritschl J. P. Langes mehrfach warm angenommen. Zu= nächst schon steht in seiner neuesten Kirchengeschichte, Bd. 3. S. 447, folgender Satz zu lesen: „Den um das kirchliche Leben hochverdienten Johann Peter Lange pflegte er [Ritschl] besonders darauf hin anzusehen, ob ihm der =Fuhrmannskittel= nicht unter dem Talare hervorgucke". Nippold hätte das lieber nicht drucken lassen sollen. Denn einst hat er selbst sich ähnlich über Lange geäußert. Während er nämlich neuerdings den „genialen" Lange in allen Tonarten preist, schrieb er am 6. 6. 65 an Ritschl entrüstet über „Langes fuhrmännische Tactlosigkeit". Daß Nippold später

an Thikötter rieth [1]) er auch biefem überhaupt nicht zu antworten. Denn er konnte mit dem gehäſſigen Erguß des alten Herrn die Annahme nicht mehr vereinigen, daß biefer ſich noch im Beſitz normaler Geiſteskräfte befinde.

Erfreulich war für Ritſchl dagegen die Nachricht [2]), daß ein franzöſiſcher Paſtor Aguiléra Thikötters Darſtellung ſeiner Theologie ſeinen Landsleuten durch eine Überſetzung zugänglich machen wollte. Nur war es ihm nach den früheren Erfahrungen (ſ. o. S. 416) zunächſt noch einigermaßen zweifelhaft [3]), ob bieſes Unternehmen auch wirklich zu Stande kommen würde. Doch erſchien die Überſetzung mit begleitendem Commentar im folgenden Jahre unter einem allerdings etwas herausfordernden [4]) Titel, eingeleitet durch einen Brief des Profeſſors Sabatier in Paris an Aguiléra. Auch eine Kundgebung aus Holland befriedigte Ritſchl, der im Juni 1884 in der Zeitſchrift „Theologiſche Studiën" erſchienene Aufſatz von Chantepie be la Sauſſaye „De theologie van Ritschl". Er urtheilt [5]) barüber: „Der Verfaſſer ſtellt ſich neutral zu mir, weder Anhänger noch Gegner, hat mich aber in allem, was vorkommt, gut verſtanden, nimmt mich gegen die beutſchen Beſtreiter in Schutz, wahrt aber dann ſeine Neutralität burch allerlei Einwendungen,

zu Langes 50jährigem Predigerjubiläum einen Panegyricus auf bieſen in der Proteſtantiſchen Kirchenzeitung veröffentlicht hat, barin ſieht er (Einzelſchule 12. S. 111) einen Hauptgrund bafür, baß Ritſchl ſeine Freundſchaft ihm entzogen habe. Das will ich nicht beſtreiten, ba mir die Mittel fehlen, es zu controliren. Dagegen iſt der andere Grund, ben er für bas Auseinandergehen ſeines früheren Verhältniſſes zu Ritſchl angiebt (S. 80), nämlich ſeine veränderte Stellung zu Baur, in gewiſſen Grenzen zutreffend, aber für Ritſchl boch nur im Verein mit anberen Erfahrungen erheblich geweſen. Da nun Rippolb ſo gern bas audiatur et altera pars für ſich in Anſpruch nimmt, ſo will auch ich unter bieſem Geſichtspunkt es nicht unterlaſſen zu bemerken, baß Ritſchl ſelbſt die oben S. 332 Anm. 2 mitgetheilten Vorgänge in einen urſächlichen Zuſammenhang mit der ihn ſehr verletzenden Art brachte, in welcher Rippolbs Recenſion über ben erſten Band der Geſchichte des Pietismus (Studien und Kritiken. 1882. S. 347 ff.; im Urtext wieber abgedruckt in der „Einzelſchule" 12. S. 114 ff.) gehalten iſt. Seit bieſer Leiſtung Rippolbs batirte für ihn wenigſtens erſt der eigentliche Bruch mit Rippolb, den er in den letzten Jahren vorher nur nicht mehr für geeignet angeſehen hatte, um ihm, wie in früherer Zeit, ſein Vertrauen zu ſchenken. Und hat ihm barin die ſpätere literariſche Thätigkeit Rippolbs nicht etwa Recht gegeben?

1) An Thikötter 23. 1. 84.

2) Thikötter an R. 21. 2. 84.

3) An Thikötter 23. 2. 84.

4) Aguiléra, La théologie de l'avenir, Exposé et critique de la théologie d'Albert Ritschl par Julius Thikötter, avec notes et avant-propos. Paris 1885.

5) An Otto R. 3. 7. 84.

welche nicht viel auf sich haben. Im Ganzen erkennt er mich so hoch
an, daß ich nicht mehr verlangen kann. Allmählich kommen eben andere
Stimmen als früher zur Geltung."

Als eine solche konnte auch wohl das Urtheil erscheinen, das der Pastor
Baumann aus Berlin auf der im Herbst 1884 abgehaltenen Versammlung der Evangelischen Allianz zu Kopenhagen in seinem Bericht[1]) über
das evangelisch-kirchliche Leben über Ritschls theologische Bestrebungen
aussprach. Trotz mancher Einwendungen heißt es hier, Ritschl sei „durch
und durch Theist, bibel- und offenbarungsgläubig, fest im Bekenntnis der
Gottheit Christi und unserer Rechtfertigung und Versöhnung durch
Christum allein, den Gekreuzigten und Auferstandenen, wenn auch in
besonderer Umdeutung. Wie heiß der Streit wider ihn entbrannt ist, es
mehrt sich doch das ἀληθεύειν ἐν εἰρήνῃ gegenüber dem Mann, der dem
Streben der Gegenwart nach Orthodoxie engegenkommt, der mit heiligem
Respect vor der kirchlichen Lehrform das brünstige Verlangen verbindet,
aus der Tiefe des guten deutschen Gewissens heraus Christum zu gewinnen. Mehr und mehr wird ihm das Zeugnis eines tieffrommen,
heilig begeisterten Christen ausgestellt, der die Lehrfreiheit zu beschränken
weiß auf das Gebiet gelehrter Speculation". Ritschl erkannte[2]) in
diesem Lobe die gute Absicht des Redners vollkommen an, und doch ist
es für ihn charakteristisch, daß er es verfehlt fand, wenn jener „seinen
gläubigen Zuhörern nicht meine solide theologische Methode, sondern
meine tiefe Frömmigkeit bezeugt, von der er doch nichts wissen kann".

Als ein ebenso merkwürdiges Symptom betrachtete[3]) Ritschl eine Kundgebung in dem Octoberheft der Allgemeinen Conservativen Monatsschrift[4])
von M. v. Nathusius. Dieser meinte, daß „die Bestrebungen der
Ritschlschen Schule ganz anders beurtheilt werden müssen, als es gewöhnlich von der gläubigen Seite geschieht". Weiterhin erklärt er:
„Was besonders Kaftan und Herrmann über das Wesen der Religion
und ihr Verhältnis zum Denken geschrieben haben, bezeichnet im großen
Ganzen die Wege, in denen die wahrhaft selbständige Theologie einer
selbständigen Kirche der Zukunft erbaut werden wird." Ehe Ritschl aber
aus solchen Anzeichen einer günstigeren Stimmung gegen seine und seiner
Gesinnungsgenossen Sache bestimmte Schlüsse zog, wollte er es doch erst

1 Baumann, Bericht über das evangelisch-kirchliche Leben in Deutschland.
Kopenhagen 1884. S. 8 f.
2) An Rasemann 13. 10. 84.
3) An Gottschick 11. 10. 84.
4) Allgemeine Conservative Monatsschrift. 1884 October. S. 381 f.

abwarten¹), wie „die neue Doſis Pietismus" wirken würde, die er
gerade dem Publicum vorgelegt hatte.

Kapitel XIX.

Der Abſchluß der Beſchäftigung mit dem Pietismus.
1884—1886.

In ſeiner Antwort auf einen ſehr herzlichen Geburtstagsbrief
ſchrieb²) Ritſchl einmal: „Da ich eigentlich ein entſchiedenes Bedürnis
nach Zärtlichkeit habe, und nur deshalb eine harte Schale habe um mich
bilden müſſen, weil ich jener Neigung nachzugeben in der Jugend verhindert worden bin, ſo empfinde ich alle Zeugniſſe von Anhänglichkeit
anderer ſehr lebhaft, ſomit auch alles, was Sie in Ihrer Treue mir zuwenden. Wenn ich nun freilich nicht immer prompt darauf reagire, ſo
bitte ich Sie, mit mir Geduld zu haben. Denn da ich regelmäßig die
Erfahrung mache, daß, was ich zum Drucke ſchreibe, mehrſtentheils mis-
verſtanden wird, ſo fühle ich mich auch unter dem entſprechenden Drucke,
wenn ich die Feder zu anderen Zwecken ergreifen ſoll, auch wo ich jene
Beſorgnis nicht hegen darf. Denn die Stimmung des Menſchen wird
immer mehr durch Analogie und Aſſociation, als durch den Gegenſatz
beſtimmt, auch wenn derſelbe noch ſo deutlich iſt. Denn eben die undeutliche Vorſtellungsweiſe regiert die Stimmung. Da ich nun zwar das
Geſetz der Selbſtbeherrſchung im Ganzen zu erfüllen bereit, aber eben
auch ein ſchwacher Menſch bin und bleibe, ſo kommt es, daß der freund-
ſchaftliche Briefwechſel meinerſeits manche Verzögerung erleidet, welche
ich ſelbſt nicht billige." So erklärt es Ritſchl, daß er im Vergleich mit
früheren Zeiten ein ſchlechter Correſpondent geworden ſei. Indeſſen iſt
es ihm bei ſeinem ſo lebhaften Freundſchaftsbedürnis auch in ſpäterer
Zeit eine gewiſſe Nothwendigkeit geweſen, mit den Menſchen, denen er
von Herzen zugethan war, in ſtändigem Austauſch zu bleiben, wenn
auch bei der zunehmenden Ausdehnung ſeines Briefwechſels die einzelnen,
und namentlich manche Freunde aus der alten Zeit, zum Theil nur

---

1) An Raſemann 13. 10. 84.
2) An Zöpffel 3. 4. 84.

selten noch von ihm Briefe empfingen. Die Gelegenheit zu persönlichen
Begegnungen mit manchen Freunden und zu neuen Bekanntschaften war
dagegen immerhin beschränkt. Wenn Ritschl einmal reiste, so waren es
ja meistens dieselben Orte, an denen er dieselben Menschen wiederzusehen
begehrte. Und so manche Fremde auch oft aus weiter Ferne nach
Göttingen kamen, um ihn aufzusuchen, so wunderte er sich doch zuweilen,
daß einige jüngere Männer, die er im Ganzen als Gesinnungsgenossen
betrachten durfte, ihm persönlich unbekannt blieben und niemals Veranlassung genommen hatten, ihn von Angesicht kennen zu lernen. Um
so größere Freude machte ihm ein Wiedersehen mit Thikötter, der, nachdem sie zuletzt vor 20 Jahren zusammengewesen waren, im Juni 1883
nach Göttingen kam. In der Aussicht darauf hatte ihm Ritschl geschrieben[1]), er sei inzwischen ein weißhaariger alter Mensch geworden.
Nun trennten sich beide, indem Ritschl versprach, bei nächster Gelegenheit
auch einmal nach Bremen einen Abstecher zu machen. Diesen Plan führte
er im September 1884 zwischen zwei Prüfungsterminen in Hannover zu
seiner großen Befriedigung aus. Namentlich interessirte und erfreute es
ihn, in dem Bremer Prediger Mallet, mit dem er schon in seiner
Studienzeit bekannt gewesen, und der einige Jahre älter war, als er
selbst, nun einen eifrigen Anhänger seiner Theologie wiederzufinden. In
demselben Jahre war Ritschl sonst nur im Frühling nach Halle, dann
im Juni nach Wilhelmshöhe bei Kassel zur Zusammenkunft der Docenten
von Göttingen, Marburg und Gießen gefahren, wo er von seinen
theologischen Freunden allerdings nur Herrmann und Schürer traf. An
demselben Orte gab er sich Ende August mit Mangold ein Rendezvous.

In Göttingen selbst erregte wieder der Tod eines ihm nahe stehenden
Mannes Ritschls aufrichtige Trauer. „Vorgestern," erzählt[2]) er, „haben
wir einen verehrten Collegen zu Grabe geleitet, den Juristen Thöl, fast
77 Jahre alt. Er war mein besonders guter Freund, der mich immer
zu kleinen Mahlzeiten zog, zu welchen er seine Facultätsgenossen vereinigte,
heiter, scherzhaft, milde, weich von Gemüth und schneidenden Verstandes
in der Jurisprudenz. Er ist seit 1½ Jahren langsam und sichtlich verfallen; schließlich war ein Herzleiden der Nagel. Sechs Tage vor seinem
Tode war ich noch bei ihm, fand seine Sprache undeutlich, wußte, daß
ich ihn zum letztenmale sah. So sanft, wie er in seiner Stimmung war,
ist er eingeschlafen." „Die Vordermänner werden gelichtet," heißt[3]) es

---

1) An Thikötter 25. 5. 83.
2) An Rasemann 22. 5. 84.
3) An C. Stein 20. 5. 84.

in einem andern Briefe über denſelben Todesfall; „junge Herren drängen nach, für die man kein lebhaftes Intereſſe mehr empfinden kann."

Im folgenden Frühling ſtarb Karl Schwarz in Gotha. „Ich bedaure," ſchreibt[1]) Ritſchl darüber, „ihn nicht wieder begrüßt zu haben; aber meinerſeits hatte ich längſt meinen Frieden mit ihm gemacht, wußte nur nicht, wie er eine friedfertige Annäherung aufnehmen würde." Nicht lange darauf erzählt[2]) Ritſchl: „Neulich war Excellenz Herrmann aus Gotha hier . . . . . . Er war ſehr freundſchaftlich geſinnt, wie ſonſt. . . . . . . Er erzählte übrigens, daß im vorigen Jahr in Gotha auf einem ſogenannten Thüringer Kirchentage Schwarz mit Lipſius gemeinſam mich verdachſtüdt haben. Es iſt alſo doch zweckmäßig geweſen, daß ich dem erſteren mich nicht angenähert habe. Parteileute ſind eben — Parteileute, und ich thue Recht, ihnen aus dem Wege zu gehen. Hat er durch die Verordnung ſeiner Verbrennung nicht ſich als Ketzer verurtheilt? Ich finde dieſe Verordnung wenigſtens nicht im Einklang mit der Werthlegung auf chriſtliche Sitte, die ein Theolog hegen darf." Kurze Zeit ſpäter empfing Ritſchl auch die Nachricht von dem Tode Herrmanns, den er eben erſt „friſch und munter und liebenswürdig" bei ſich geſehen hatte. „Er war hier," ſchreibt[3]) Ritſchl, „vor Oſtern bei ſeinem Schwiegerſohn Mithoff, hat am 3. April lange bei mir geſeſſen und über ſeinen Freund Dorner . . . . . mit mir geſprochen. Folgenden Tages iſt er mit ſeiner Frau nach Hannover gefahren, um dort einen Sohn zu beſuchen. Am 16. iſt er an einer Lungenaffection, die ſchnell, aber leicht verlaufen iſt, unerwartet geſtorben. Ich calculire, daß dieſe Krankheit durch einen Sturz auf der Treppe des Eiſenbahnwagens verſchuldet iſt, den er in Kreienſen that, als er ſeiner Frau eine Taſſe Kaffee holen wollte. Davon wird er einen Riß in der Lunge gekriegt haben, der Entzündung nach ſich gezogen hat. So iſt der Geheimrath Göppert zu Grunde gegangen, nachdem er hier eine vom Bahnhof führende Treppe hinuntergefallen war. Seit 8 Jahren hatte ich Herrmann nicht geſehen, und war von ihm mit der Ausſicht auf die Wiederholung ſeines Beſuches geſchieden."

Für Ritſchls Leben ſelbſt fiel ſchwerer als dieſe Todesfälle ein anderer Verluſt ins Gewicht, der freilich an ſich ein recht erfreuliches Ereignis war und auch von ihm als ſolches angeſehen wurde. Sein nächſter Freund in Göttingen, Mejer, war zum Präſidenten des Landes-

---

1) An Raſemann 27. 3. 85.
2) An Raſemann 6. 4. 85.
3) An Raſemann 27. 4. 85.

confistoriums in Hannover ernannt worden. „Daß diese Veränderung bevorstehe," schreibt[1]) Ritschl, „hatte er mir längst mitgetheilt; daß sie vom preußischen Gesichtspunkt auf ihn gefallen ist, und daß er nicht aus Ehrgeiz, sondern in Selbstverleugnung ihr folgt, glaube ich versichern zu können. Unter den Generalpächtern antipreußischen Lutherthums wird diese Ernennung sehr auffallen, und würde vielleicht anstoßen, wenn die Leutchen wüßten, in welchem Vertrauen Mejer und ich stehen. Ich bin nun recht aufs Trockene gesetzt; denn ich stehe mit keinem anderen hier auf dem Fuß, wie mit ihm. Und daß Du Deinen Abschied nehmen und hieher ziehen werdest, habe ich wohl nicht zu erwarten. Im Alter findet man für Verluste keine Entschädigung. Denn auch die jüngeren Freunde, welche ich habe gewinnen dürfen, bieten dieselbe nicht genügend, da sie auswärts sind." Über Mejers Ernennung schreibt[2]) Ritschl in einem anderen Briefe: „Die Parteien haben sich in den Zeitungen schon darüber ausgelassen, theils rügend, theils hoffend, daß meine Schule in der Provinz durch ihn gefördert werden werde . . . . . . Als ob von einem Präsidenten in jener Beziehung etwas abhinge. Das Consistorium hat auch bisher meinen Anhängern nichts in den Weg gelegt, und mehr ist auch jetzt nicht zu erwarten." Als außerordentliches Mitglied des Landesconsistoriums mußte Ritschl der Einführung Mejers in sein neues Amt beiwohnen, welche der Ministerialdirector Barkhausen vollzog. Diese „Versammlung von Männern, welche nicht der Göttinger Senat war", gewährte Ritschl erst recht den vollen Eindruck von der schmerzlichen Veränderung[3]), die für ihn in dem Weggange jenes Freundes lag. Übrigens, bemerkt[4]) er, war es „eine überflüssige Strapaze, für diese Sache einschließlich zweier Fahrten zwischen hier und Hannover gerade 24 Stunden widmen zu müssen. Eine Strapaze war es auch, stehend drei Reden anzuhören, welche 3/4 Stunden ausfüllten. Ich bin auch dadurch genöthigt worden, zwei Tage später meine Vorlesungen zu er= öffnen, als ich mir vorgenommen hatte. Danach haben wir am Samstag Abend hier den ehemaligen Collegen weggegessen, was wenigstens behag= licher war, als jene Feierlichkeit. Es wird wohl noch einige Wochen dauern, bis er sich von hier wegbegiebt. Einen Ersatz in der Facultät wird er nicht finden, da dieselbe überreichlich besetzt ist".

Ende Juni nahm Ritschl wieder an der Zusammenkunft der Docenten von Göttingen, Marburg und Gießen Theil, die diesmal in Marburg

1) An Nasemann 6. 4. 85.
2) An Marcus 17. 4. 85.
3) An Zöpffel 22. 4. 85.
4) An Nasemann 27. 4. 85.

stattfand. Er war schon einen Tag früher als die andern dorthin gefahren und bei Schmidt abgestiegen. Am folgenden Tage war er in einer Mittagsgesellschaft bei Herrmann, der kurz vorher sich verheirathet hatte, mit den Theologen Heinrici, Achelis, Harnack, Rattenbusch, Gottschick zusammen. Dann kamen, so berichtet[1]) Ritschl weiter, „am Abend die Göttinger an, und man traf sich im Museumsgarten mit zahlreichen Marburgern. Unsererseits war aber keine große Schaar von Professoren gekommen, fast ebenso viele Privatdocenten. Am andern Sonntag Morgen haben wir von Achelis eine recht gute Predigt gehört, dann bei Herrmann wieder gefrühstückt, während die große Gesellschaft . . . . . . sich zum Frühschoppen versammelt hatte. Mit Herrmann und Harnack machte ich hingegen noch dem alten Kurz einen Besuch und bedankte mich für das Zeugniß, das er für mich abgelegt hat. Das hat ihm einen erheblichen Eindruck gemacht. Nachher saß ich neben ihm bei Tisch". Kurz hatte nämlich in der 9. Auflage seines Lehrbuchs der Kirchengeschichte den positiven und lutherischen Charakter der Theologie Ritschls hervorgehoben und dabei erwähnt, dieser habe seit 1881 auf alle Anfechtungen geschwiegen. Ritschl meinte[2]), diese Angaben seien „wichtiger als alle Protection seiner Anhänger". Ein andermal sagt[3]) er, er stille damit seine „hin und her aufsteigenden Neigungen irgend einen Gegner zurückzuweisen. Es ist merkwürdig", fügt er im Hinblick auf die Begegnung mit Kurz selbst hinzu, „mit welchen Leuten ich jetzt in freundliche Berührung trete, die ich früher als wer weiß wie fremd betrachtet habe". „Wie sich doch manche Wege verknüpfen, während andere auseinandergehen[4])."

Inzwischen hatten sich eben wieder andere Beziehungen gelöst, durch die Ritschl zuvor mit verschiedenen Theologen verbunden gewesen war. So hörte er auf, Steinmeyer zu seinen Freunden zu rechnen, da mit dessen bisherigem freundschaftlichen Verhalten die Polemik so wenig im Einklang stand, die jener in der zweiten Auflage seiner „Geschichte der Passion des Herrn" gegen ihn geübt hatte[5]). Ferner stellte Ritschl den Verkehr mit Bender ein, da er die Stellung, die dieser in seiner bekannten Lutherrede und in den dadurch hervorgerufenen Streitigkeiten einnahm, nicht gutheißen konnte. Dagegen Lemme, von dessen Fähigkeiten

---

1) An Otto R. 7. 7. 85.
2) An Marcus 17. 4. 85.
3) An A. Bartels 2. 11. 85.
4) An Rasemann 6. 7. 85.
5) Steinmeyer, Die Geschichte der Passion des Herrn in Abwehr des kritischen Angriffs betrachtet. 2. Aufl. 1882. S. 9—14. 23—26.

Ritschl freilich niemals viel gehalten hatte, vertauschte seinerseits die Rolle eines Anhängers mit der eines erbitterten Gegners, und schritt als Kämpe der vulgären Orthodoxie zu immer plumperen und sinnloseren Angriffen gegen jenen fort.

Im Sommer 1885 unterzog sich Ritschl einer passiven Leistung, die ihm bei seinem lebhaften Temperament nicht eben sympathisch war. Er ließ sich auf dringendes Bitten seiner Angehörigen von dem Düsseldorfer Porträtmaler Hertel malen, dem gerade mehrere gute Oelbilder von bekannten Göttinger Persönlichkeiten gelungen waren. „Das waren harte Tage," berichtet[1]) er von der sogenannten Untermalung, die Anfang Juli fertig wurde, „denn ich wurde förmlich stupide, und war unfähig, auch nur einen Brief zu schreiben, von welchen mehrere auf mir lasteten." Dann mußte er noch einmal im September dem Maler sechs Vormittage und vier Nachmittage sitzen, und wieder schreibt[2]) er: „Das war eine harte Heimsuchung, welche mich mehr erschöpft hat, als die strammste Arbeit, so daß ich auch in dieser Woche theils todtmüde, theils unfähig zur Arbeit geblieben bin." „Ich habe nicht geglaubt, daß man durch lediglich passives Verhalten so demoralisirt werden kann, wie es der Fall war[3])." Das Bild ist im Großen und Ganzen ähnlich ausgefallen, nur sind einige Züge, namentlich um den Mund, zu weich, um völlig charakteristisch zu sein. Es ist nach Ritschls Tode in den Besitz seines Sohnes Alexander übergegangen.

Mehrere angenehme Besuche erfreuten Ritschl im Laufe desselben Sommers. Am Himmelfahrtstage kam ein warmer Verehrer und gründlicher Kenner seiner Theologie, der Propst Jeß aus Kiel († 13. 12. 91), zu ihm, um seine Bekanntschaft zu machen, und brachte mit seiner Frau auch den Abend in Ritschls Familienkreise zu. Dann war Rasemann, der in dieser Zeit auch fast alle Jahre einmal nach Göttingen kam, Ende Juli wieder einige Tage da. Mitte August folgte der Besuch eines der ältesten Jugendfreunde Ritschls, des Pastors Sachse aus Köselitz (f. Bd.], S. 85), und im September derjenige Thikötters. Auch kamen wieder eine Anzahl Candidaten aus Württemberg, um Ritschl kennen zu lernen, und von Ausländern die Professoren Styr aus Kopenhagen und Ph. Schaff aus New-York. Über die ihm stets sehr erfreulichen Besuche württembergischer Candidaten, „welche immer deutlicher zeigten, daß sie von seiner Theologie afficirt seien", bemerkt[4]) Ritschl einmal: „Ich schreibe das

1) An Otto R. 7. 7. 85.
2) An Rasemann 3. 10. 85.
3) An Wendt 15. 10. 85.
4) An Baffe 31. 12. 85.

nicht meiner Anweſenheit in Tübingen vor 40 Jahren zu; denn damals
wußte ich ſelbſt noch nichts. Allein die guten Leute fühlen ſich ſtets
beſonders befeſtigt, da ich meine damals erworbene Local- und Sachkunde
verwerthe, um mich ihnen nahe zu ſtellen. Und im vorigen Winter habe
ich ſo viel Württembergiſche Kirchengeſchichte kennen gelernt, daß ich den
jungen Leuten allerlei aus ihrem Lande erzählen kann, was ihnen unbekannt iſt. Da merke ich doch, wie erfolgreich es iſt, daß ich damals
das Land beſucht habe, welches, wie der Abt Steinmetz zu Kloſter Bergen
bei Magdeburg gemeint hat, wegen der Pietiſten Gottes Augapfel iſt."

Ritſchl, der ſich im Jahre 1885 im Ganzen einer guten Geſundheit
erfreute, blieb auch die Herbſtferien über in Göttingen, wo er fünf Wochen
mit ſeinem älteſten Sohne allein war, während die anderen Angehörigen
auf einer Reiſe nach der Schweiz abweſend waren. Er lag ſehr eifrig
der Arbeit an der Geſchichte des Pietismus ob. Mittags leiſtete beiden
ein lieber Hausfreund regelmäßig Geſellſchaft, Johannes Weiß, der einige
Jahre ſpäter ſich mit Ritſchls Tochter verlobte. In den Oſterferien des
folgenden Jahres mußte Ritſchl dreimal zum Examen nach Hannover.
Zwiſchen den beiden erſten Prüfungsterminen begab er ſich auf einige
Tage nach Halle. Er hatte zwar geſchwankt, ob er dieſe Zwiſchenzeit
dort oder in Bremen oder in Kiel oder in Wernigerode zubringen ſollte.
Doch gab den Ausſchlag für Halle die Ausſicht auf ein Wiederſehen mit
Naſemann und mit ſeinem älteſten Sohne, der dort ſeit einem Jahre
Privatdocent war. Dann traf es ſich, daß Ritſchl gerade an ſeinem
Geburtstage mitwirken mußte, um von 6 Candidaten 4 im Examen
durchfallen zu laſſen, darunter, wie er ſagt[1]), einen Betbruder und drei
Bierbrüder. „Dieſe letzteren werden mir den Geburtstag unvergeßlich
machen, ſolche Ruppſäcke ſind mir kaum je vorgekommen, die ich an dem
Tage habe vornehmen müſſen." Auch beim letzten Prüfungstermin,
erzählt[2]) Ritſchl, fielen noch zwei durch, „ſo daß von 18, die mir durch
die Finger gegangen ſind, der dritte Theil ſich als ſchadhaft erwieſen
hat. Dafür bin ich um ſo vergnügter an einem Abend bei Meiers
geweſen, als auch Conſiſtorialrath Chalybaeus nebſt Frau zugegen waren.
Mit der letztern, einer lebhaften Holſteinerin, bin ich ſehr gern zuſammen,
und wir ſind ſo vergnügt ſämtlich geweſen, wie ich lange nicht geweſen
war. Es giebt außer den Rackern und Peſſimiſten doch noch gute und
heitere Menſchen. Seien wir dafür dankbar."

Im Sommer ſtarb wieder ein alter Freund Ritſchls, Max Duncker.

---

1) An Otto R. 31. 3. 86.
2) An Naſemann 17. 4. 86.

„Ich habe es sehr schmerzlich empfunden," schreibt[1]) jener, „den recht=
schaffenen Mann nicht mehr zu den Lebenden rechnen zu dürfen, der zwar
nicht vor 44—43 Jahren, wo wir mit ihm kegelten, aber nachher eine
vorbildliche Stellung gegen uns eingenommen hat, und der die Strebungen
in charakteristischer Weise zum Leben und zur Wirkung gebracht hat, zu
denen uns der Zug der vierziger Jahre unseres Jahrhunderts zusammen=
geführt hat."

Auf die Vergangenheit lenkte auch ein anderes Ereignis Ritschls
Blick, indem es ihn mit erfreulicheren Gedanken erfüllte. Scholz,
dem er kurz vorher widerrathen[2]) hatte, eine Berufung als Ober=
hofprediger und Generalsuperintendent nach Gotha anzunehmen, war
kurz darauf der Nachfolger Müllensiefens in Berlin geworden. Und
seinen Eintritt in die neue Stellung begrüßt[3]) nun Ritschl mit folgenden
Worten: „Daß Sie gestern in St. Marien eingeführt werden sollten und
worden sind, habe ich mit herzlicher Theilnahme in meiner Zeitung
gelesen und mir Ihren Lebensgang vergegenwärtigt, seitdem Sie vor
bald 12 Jahren den Brief aus Gnadenfeld an mich geschrieben haben.
Daß Sie jetzt in den ehemaligen Wirkungskreis meines Vaters ein=
getreten sind, begleite ich mit ehrfürchtiger Erwägung der Fügungen
Gottes; und da ich mir meine eigene Thätigkeit durch die Absicht mit
bestimmt habe, dasjenige Kirchenthum zu bekämpfen, welches meinen Vater
in seinem Alter um den Erfolg seines Wirkens gebracht hat, so sehe ich
in der Ihnen zu Theil gewordenen Berufung auch für mich ein be=
stätigendes Zeichen für die weitere Zukunft. Und es ist nicht das
einzige. Denn in die Hochburg jenes Kirchenthums in Leipzig rückt in
der Person von Brieger ein nicht minder entschiedener . . . . . . Genosse
ein, als es Harnack ist, und vor 8 Tagen war Weiß hier, um den
Lic. Bornemann für die Stelle in Magdeburg zu gewinnen, welche
Kawerau verläßt und früher Gottschick inne hatte. Ich kann mich ruhig
beschimpfen lassen und brauche mich gar nicht zur Wehre zu setzen;
andere besorgen, von mir unaufgefordert, den Fortgang der von mir
vertretenen Sache." „Der kleine . . . . . wird wieder schreien," sagt[4])
Ritschl im Hinblick auf Bornemanns Berufung nach Magdeburg, „wir
strebten nach weltlicher Macht; die Thatsache ist, daß die weltliche Macht
uns die Thüren öffnet, welche die andere weltliche Macht, nämlich die
der Partei, uns zu verschließen trachtet. Ich habe ja dem Ober=

---

1) An Nasemann 4. 8. 86.
2) An Scholz 16. 2. 86.
3) An Scholz 19. 4. 86.
4) An Nasemann 16. 9. 86.

consistorialrath Weiß noch niemals ein gutes Wort gegeben, daß er ben oder ben poussiren solle" (s. o. S. 331, Anm. 3).

Die Production von Gegenschriften gegen Ritschl oder von kritischen Darstellungen seiner Theologie nahm auch weiterhin rüstigen Fortgang. Es kann nicht erwartet werden, daß diese Literatur hier im Einzelnen weiter besprochen wird, da sie ganz überwiegend nur bibliographisches[1]) Interesse hat, und da Ritschl selbst nur im spärlichsten Maße davon Notiz nahm. Wie selten erfüllten sich etwaige Erwartungen, einmal bei anderen, als seinen Gesinnungsgenossen, auch nur ein elementares Verständnis für das zu finden, was ihm recht eigentlich am Herzen lag! Deshalb legte er lieber gleich solche Gegenschriften wieder aus der Hand, bevor sie ihn aufregten und den Wunsch, Mißverständnisse zurückzuweisen, in ihm erweckten, dem er doch eben nachzugeben nicht gesonnen war. So schreibt[2]) er über die Abhandlung von Haug[3]): „Ich habe mich enthalten, in sie hineinzulesen, als ich am Schlusse sah, daß er damit die jungen Leute warnen will, mich mit Interesse zu studiren. Wen sollen sie denn studiren? Herrn Reiff oder Herrn Laichinger? Ich habe mir diese Warnung als Zeugnis davon gefallen lassen, daß ich eben studirt werde. Und darauf kommt es an."

Anders als derartige Leistungen, die sich immer von Neuem wiederholten, mußte es Ritschl berühren, wenn Laien, die irgendwie mit Schriften von ihm bekannt geworden waren oder auch nur von ihm

---

1) Ursprünglich hatte ich die Absicht, im Anhang auch eine bibliographische Übersicht der über Ritschls Theologie erschienenen Arbeiten zu geben. Als ich mir aber etwa 120 Titel von Büchern und Abhandlungen, meist aus den Literaturberichten der Theologischen Literaturzeitung, zusammengeschrieben hatte und einerseits sah, daß so leicht doch nicht einmal eine relative Vollständigkeit zu erreichen sei, andererseits erwog, daß noch immer von Zeit zu Zeit neue Productionen gleicher Art veröffentlicht werden, habe ich auch aus der Rücksicht, daß dieser Band sowieso schon stark genug werden wird, von der Ausführung jenes Planes Abstand genommen. Wen jene Literatur interessirt, der wird in Nippolds Einzelschule 3 4, in dem Theologischen Jahresbericht und in Holtzmanns und Zöpffels Lexikon für Theologie und Kirchenwesen reichlich finden, was er sucht. Die wichtigeren Schriften sind auch in diesem Bande zum Theil besprochen oder citirt. Aufmerksam mache ich sonst nur noch auf die tüchtige Schrift von G. Mielle, Das System Albrecht Ritschls, dargestellt, nicht kritisirt. Bonn 1894.

2) An Reischle 9. 7. 85.

3) L. Haug, Darstellung und Beurtheilung der A. Ritschlschen Theologie. Ludwigsburg 1885.

durch Hörensagen wußten, sich theils mit eigenthümlichen Zumuthungen, theils mit offenem Vertrauen direct an ihn wandten. „Es ist merkwürdig," sagt[1]) Ritschl selbst, „welche heterogene Geister gelegentlich sich in mein Fahrwasser locken lassen. So vor einigen Jahren ein Anonymus, dem Christus erschienen war. So jetzt Herr Hermann von G......, Major a. D., Genosse des alten Präsidenten von Gerlach, wegen der Politik des Jahres 66 zerfallen mit der Kreuzzeitungspartei, Autobidakt und theologischer Dilettant von großer Verwegenheit, übrigens ohne Zweifel ein geistreicher Mann, aber auf die Einsamkeit prädestinirt. Der ist also über meine kleinen Schriften gerathen, und in dem Vortrage über das Gewissen hat er Übereinstimmung mit seinen eigenen Gedanken gefunden; schickt mir also das Buch und verlangt meine Erklärung, ob ich nicht auch von ihm etwas annehmen kann." „Ein dilettantischer, stets polemischer Mann," heißt es in einem andern Briefe[2]) weiter, „zerfallen mit der Welt, in der er Gottes Leitung vermißt, desultorisch im Stil, ungenießbar, Major a. D. Die letztere Eigenschaft erklärt seinen Pessimismus. Außer Diensten ist man entweder auf stille Contemplation oder auf wüthende Kritik angewiesen. Als Major erwartet man, der liebe Gott werde die Welt so zusammenfenstern, wie man mit der Compagnie verfahren ist. Es ist ganz wunderbar, was für Leute von Kometenart man in seine Bahn zieht, wenn man von etwas compacterem Gepräge ist. Ich wollte, ich könnte ihm helfen; aber ich zögere, ihm seelsorgerisch zu begegnen, obgleich er es bedarf." Doch ließ Ritschl die Theilnahme mit dem friedlosen Manne keine Ruhe, der sich in seinem Briefe[3]) selbst als Todescandidaten bezeichnet und geschrieben hatte, er stemme sich wie ein Riese gegen die Verlockungen des Buddha, und er möchte zu einem andern Leben erstehen, nur in diesem Leben möchte er nicht mehr mitspielen. So antwortete jener auf das 8 Seiten lange Schreiben in einem ebenso langen Briefe, von dem er leider keine Abschrift zurückbehalten hat. Doch berichtet[4]) er darüber weiter: „Es war mir rührend, daß ein an die Wand gedrückter Mann von durchaus entgegengesetzter Art die Hand nach mir ausstreckt, um das Gefühl seiner Vereinsamung zu vermindern. Dabei gab er aber einem so grundsätzlichen Pessimismus in der Ansicht von der Welt Ausdruck, daß ich theils mich gegen von da aus gegen mich gerichtete Angriffe wehren, theils ihn in einige Seelsorge nehmen mußte. Der Mann ist offenbar höchst affectvoll, ich war also

1) An A. Bartels 5. 6. 84.
2) An Rasemann 3. 6. 84.
3) G...... an R. 31. 5. 84.
4) An A. Bartels 5. 6. 84.

durch seine Mittheilungen so aufgeregt, daß ich ihm möglichst bald antworten mußte, um für mich freies Feld zu haben. Ich wünsche auch nicht, daß ich noch einen Brief schreiben muß, obgleich Herr von G. als Mann des Streites nicht alles einstecken wird, was ich ihm gesagt habe." Doch erfolgte keine Antwort mehr auf Ritschls Brief.

Ein Jahr später war es wieder ein Major z. D. von 88 Jahren, W....... in Berlin, der, wenn auch in durchaus höflicher Weise, Ritschl einen mindestens unnöthigen Rath zu ertheilen sich veranlaßt sah. Er berichtete [1] diesem zunächst, wie er selbst dahin gekommen sei, daß Jesus Christus sein Herr und Gott sei, und schrieb, die Liebe Christi treibe ihn, Ritschl zu bitten, „den Studenten Joh. 14, 6 ans Herz zu legen". Dies würde, meint er, „einen gewaltigen Effect in der Theologie machen, und das Volk würde jauchzen und Hallelujah rufen. Darf ich für Sie beten? Gott gebe seinen Segen". Aus Ritschls Antwort [2] auf diesen Brief mögen folgende Sätze mitgetheilt werden: „Indem Sie mich auffordern, den Studenten den Ausspruch des Herrn bei Joh. 14, 6 ans Herz zu legen, nehmen Sie ohne Zweifel (so muß ich schließen) an, ich thäte es nicht oder so etwas wie das Gegentheil. Nicht wahr? Nun haben Sie wahrscheinlich niemals eine Schrift von mir gesehen, denn Sie schreiben meinen Namen falsch. In jener von mir errathenen Annahme folgen Sie blos dem feindseligen Klatsch, welcher seit einigen Jahren von allen Parteien in der Kirche zu einem förmlichen Lügensystem gegen mich gewoben ist ...... Das geht so weit, daß mir das Gegentheil von dem angedichtet wird, was ich lehre. Nun ist meine ganze Theologie der Art, sich nach Inhalt und Methode auf dem vom Herrn bei Joh. 14, 6 gewiesenen Wege zu bewegen, und damit schließe ich alle Ansprüche des Rationalismus aus, welche den sogenannten Rechtgläubigen nur zum Theil zuwider sind. Alles Protestirens ungeachtet fahren die angesehensten Leute der bezeichneten Partei fort, die unwahren Angaben über meine Theologie zu wiederholen. Durch solche Unwahrheiten, die man Ihnen zugetragen hat, sind Sie bewogen worden, eine Aufforderung an mich zu richten, welche überflüssig war. Ich glaube Ihnen gern, daß Sie unter Voraus= setzung dieses Irrthums durch die Liebe Christi sich gedrungen gefühlt haben, so an mich zu schreiben, wie Sie gethan haben. Dennoch möchte ich, auch nach der Regel Christi, vermuthen, daß Sie dabei nicht Jak. 3, 1 beachtet haben. Was sollte daraus werden, wenn jeder, der falsch über mich berichtet ist, gemäß dem Antrieb, mich um Christi willen zu er-

---

1) W....... an R. 15. 5. 85.
2) An W....... 25. 5. 85. Der Brief liegt mir in Abschrift vor.

mahnen oder zu lehren, mir einen solchen Brief widmete, wie der Ihrige
ist? . . . . . . Ich nehme es aber dankbar an, wenn Sie für mich
beten wollen, daß Gott mein Vertrauen auf Ihn, meinen Muth gegen
die feindseligen Menschen, meine Gebuld und Feindesliebe stärken möge,
und daß er mich davon freihalte, meine Selbstsucht in meinen Dienst
gegen Ihn und sein Reich einzumischen und parteisüchtig zu werden."
Umgehend dankte der Empfänger für diesen „so lieben herzlichen Brief".
„Sie haben ganz Recht," schreibt[1] er, „wenn Sie behaupten, daß ich
dem feindlichen Klatsch Gehör gegeben und von Ihren Schriften nichts
gelesen habe. Dafür danke ich Ihnen ganz besonders, daß Sie mir so
beruhigende Antwort geben konnten. Ich fühle, daß Sie mir nichts
übel genommen haben und auch glauben, daß nur die Liebe Christi zu
dem Schreiben Veranlassung war. Wir stimmen ja überein. Weder als
Pietist, noch sogenannter Lutheraner, sondern ganz einfach als Christ
will ich zur Heimath wandern, die ich wohl bald erreichen werde. Leider
habe ich an Jak. 3, 1 nicht gedacht. . . . . . Ihren Schluß werde ich
treu befolgen und im Gebet verharren. Mit der vollkommensten Hochachtung Ihr im Herrn verbundener . . . . . ." „Die Mischung von
Sanftmuth und Entschiedenheit," bemerkt Ritschl[2] zu diesem Vorfall,
„welche ich in meinem Briefe geltend gemacht habe, muß dem alten Herrn
gut gethan haben, der offenbar zu den kindlichen Seelen gehört, welche
Mistrauen lieber fahren lassen, als festzuhalten bestrebt sind."

Wenige Zeit später näherte sich Ritschl mit freundlichen Worten
des Dankes ein homöopathischer Arzt, der, als Student von Beck angeregt, nun durch seine Theologie angezogen worden war und diese
Übereinstimmung auf einen gewissen Parallelismus in den beiderseitigen
wissenschaftlichen Anschauungen meinte zurückführen zu können. Er sandte
eine von ihm verfaßte Broschüre an Ritschl und erwartete, daß auch
dieser daraus die Analogie zwischen der homöopathischen Methode und
der seinigen erkennen werde. „Das bezieht sich freilich nur auf einen
Punkt," bemerkte[3] Ritschl dazu, „der auch, wegen Verschiedenheit des
Stoffs der beiden Erkenntnisgebiete, nicht weit trägt. Er will nämlich
der naturwissenschaftlichen Erkenntnis der wirkenden Ursachen keinen so
maßgebenden Einfluß auf die Therapie einräumen, wie gewöhnlich geschieht, weil die Aetiologie nicht auszuschöpfen sei. Wenn ich der Erklärung der religiösen und sittlichen Data durch Ursachen den Weg ver-
lege, so hat das andere Ursachen. Daß nun aber unter jener Voraus-

1) W . . . . . . an R. 26. 5. 85.
2) An Wendt 30. 5. 85.
3) An Otto R. 24. 6. 85.

setzung gerade die Homöopathie dem therapeutischen Zwecke entspricht, hat mir der Mann nicht klar gemacht."

Andere Kundgebungen berührten jedenfalls directer Ritschls Interesse. So gedachte seiner aufs freundlichste ein Ausländer, Lic. Krarup in Jüt-land, der vor mehreren Jahren einige Zeit bei ihm hospitirt hatte (s. o. S. 401) und ihm nun seine Erstlingsschrift über die Christologie zustellte, die Ritschl freilich, da sie in dänischer Sprache erschienen war, nicht verstehen konnte. Doch erfreute ihn der deutsche Begleitbrief mit der Erklärung, daß Krarup sein Schüler sein wolle, und daß, wenn er auch die Mystik anders beurtheile, er ihm doch nicht weniger dankbar sei. „Dann sagt er", fügt[1]) Ritschl hinzu, „noch einiges schmeichelhafte von Herzen, was man von einem Ausländer sich gefallen läßt, aber nicht ab-schreiben kann." Um dieselbe Zeit erregte eine anonyme Schrift „über die Unzulänglichkeit des theologischen Studiums" Aufsehen. Ritschl corresponbirte mit mehreren Freunden eifrig über diese Kritik des aka-bemischen Unterrichts der jungen Theologen, die seinen vollen Beifall hatte; er fand[2]), ihm sei bisher noch kein Schriftsteller von solcher Homogeneität mit ihm vorgekommen, und war schließlich gleichermaßen überrascht und erfreut, als das Geheimnis gelichtet wurde, und er erfuhr, daß sein Schüler Bornemann der Verfasser sei. In anderer Weise brachte Thikötter jetzt in einer Partie seiner Dichtung „Einhard und Imma" Anregungen Ritschls wieder zum Ausdruck. „Ich wünsche Ihnen", schrieb[3]) dieser, „vielen Erfolg von Ihrem poetischen Opus, das ich mit vielem Dank empfangen habe. Ich habe, Ihrer Weisung gemäß, die beiden Standreden gelesen und mir den Eindruck Ihrer Vor-lesung in lebhafter Weise zurückgerufen." An diese Äußerung knüpft Ritschl folgende Mittheilung: „Ich scheine jetzt in einen poetischen Periodus hineingezogen zu werden. Neulich hat sich bei mir ein junger Pastor aus der Provinz gemeldet als mein dankbarer Schüler aus den Büchern, und legte ein Lob- und Danklied bei, welches bewies, daß er die Versöhnung begriffen hatte, recht plan und durchsichtig. Als ich ihm nun vorschlug, er möge sich an einem Karfreitagslied versuchen, welches meinen Ansprüchen besser entspräche, als das Lied O Haupt u. s. w.[4])

1) An Rasemann 10. 12. 85.
2) Ebenda.
3) An Thikötter 19. 4. 85.
4) Vielfach hat das Urtheil Befremden erregt, welches Ritschl (Rechtfertigung und Versöhnung III, 2. A. 527 f. 3. A. 536) über die gebräuchlichen Karfreitags-lieder, insbesondere über P. Gerhardts „O Haupt voll Blut und Wunden" ausge-sprochen hat. Es sei darauf hingewiesen, daß Kingsley, den Ritschl sehr hoch ver-

. . . . . ., war er schnell mit einem solchen bei der Hand, dem alsbald
die anderen Festlieder und noch einige folgten, wobei er mich mit Goethes
Zauberlehrling verglich. Ich habe ihn warnen müssen, sich so leicht zu
expediren." Auf Ritschls Rath sah denn auch der Verfasser jener Lieder,
Pastor Beermann, vorläufig von jeder Veröffentlichung seiner Gedichte
ab, um etwa später mit reiferen Früchten seiner Dichtergabe hervorzutreten. Sein früher Tod ist der Ausführung dieser Zukunftspläne
zuvorgekommen.

Jn der Provinz Hannover traten gegen Ende desselben Jahres eine
Anzahl von Pastoren, die zum großen Theil Ritschls Zuhörer und seinem
Einfluß zugänglich gewesen waren, zu dem wissenschaftlichen Prediger-
verein zusammen. In diesem sind aber auch Geistliche anderer Richtung
Mitglieder geworden, und auf seinen zweimal im Jahre stattfindenden
Zusammenkünften bethätigt sich ein intensives theologisches Jnteresse der
meisten Betheiligten in zuweilen geradezu musterhaft verlaufenden Debatten.
Als dieser Verein gegründet worden war, schrieb[1]) Ritschl: „Jch bin ja
nicht darum gefragt worden; ich kann und darf es ja auch nicht hindern,
zumal die Leute nichts weniger vorhaben, als in die Öffentlichkeit zu
treten. Sie werden schon früh genug in dieselbe gezerrt werden!
Hoffentlich bewähren sie das ruhige hannoversche Temperament. Das ist
nun die Wirkung einer mehr als 20jährigen Lehrthätigkeit hier. Wie
langsam geht es damit! Aber es ist doch providentiell, daß ich von
Bonn hieher verschlagen bin. Mit den Rheinländern hätte ich nicht so
viel erreicht. Und ich glaube diese Providenz richtig gewürdigt zu haben,
als ich nicht vor 12 Jahren nach Berlin gegangen bin und die hiesige
Saat verlassen habe, um dort von Neuem anzufangen."

Ritschl konnte sich des neuen Unternehmens gerade deswegen freuen,
weil es in keiner Weise eine kirchliche Parteisache war. Seine Stellung
zu den kirchlichen Parteien wird um dieselbe Zeit durch folgende
Äußerungen erläutert. Als Wendt ein halbes Jahr vorher von Kiel
nach Heidelberg berufen wurde, hatte die badische Regierung, die damals

ehrte, sich einmal ähnlich geäußert hat. Jn seinen Briefen und Gedenkblättern (überf.
von M. Sell 4. Aufl. 1884. S. 560) heißt es einmal: „Was die Karfreitagsgesänge
betrifft, so scheint mir, daß Lieder an Christus, den triumphirenden gen Himmel ge-
fahrenen König der Welt, passender, weil wahrer sind, als solche, in denen es uns
nur durch ein Strecken der Einbildungskraft gelingt, ihn uns in seiner Erniedrigung
vorzustellen." Unmittelbar darauf steht folgender Ausspruch Kingsleys, der gleichfalls
für seine und Ritschls Übereinstimmung im religiösen Empfinden charakteristisch ist:
„Bei Gelegenheit der Abendmahlshymne My love is like a Rose möchte ich mich
in aller Demuth gegen alle dem Hohenliede entnommenen Hymnen verwahren."

1) An Rasemann 3. 12. 85.

einen Schüler Ritschls zu gewinnen wünschte, diesen zuvor um Rath gefragt. Darüber schrieb Ritschl einem Freunde, es sei nicht zu erwarten, „daß Wendt sich einer der Pastorenparteien in Baden anschließt, und in den Briefen des Referenten an mich war nur davon die Rede, daß einer auf meinen Namen, nicht aber, daß er im Interesse der liberalen Partei berufen werden sollte. Mein Name aber bedeutet die Zurückgezogenheit von den Parteien. Wenn ich nun auch an meinem Leibe die Erfahrung mache, daß diese Haltung nur um so größere Feindschaft der herrschenden Partei hervorruft, so muß man das in der Geduld der theologischen Arbeit und der Selbstbeschränkung auf das Katheder ertragen lernen." Und als es Ritschl um dieselbe Zeit auf einem Umwege nahe gelegt wurde, er möchte sich des Protestantenvereins annehmen, dessen theologische Auctoritäten nicht mehr zögen, meinte er: „Mir zuzumuthen, eine Parteifahne zu entfalten, unter welche jene Leute sich schaaren könnten, heißt mir einen Selbstmord aufzuerlegen. Ich und meine Freunde erwarten, langsam im Dienste der Kirche etwas zu erreichen, weil und sofern wir keine Partei bilden; und wenn Herr . . . . . . sich mir anschließen will, dann mag er nach meiner Theologie predigen und das Übrige Gott anheimstellen . . . . Schließlich muß ich anerkennen, daß all der Spectakel, den die Pastoren seit 4 Jahren gegen mich aufgeführt haben, dazu gedient hat, mich . . . . überhaupt bekannt zu machen, was ohnedies durch meine Schriftstellerei nicht zu Stande gekommen wäre. Jetzt studirt sich doch der eine und andere um, aus den Büchern. Von Zeit zu Zeit empfange ich dergleichen Bekenntnisse und sehe, daß die Sache vorwärts geht; sie würde aber verdorben werden, wenn ich eine Parteifahne aufsteckte. Ich will lieber glauben, daß meine Anhänger gering an Zahl sind, als sehen, daß sie vielleicht zahlreich sind."

Mit seinen Bestrebungen, welche Ritschl überall nur in dieser abwartenden Haltung vertreten wissen wollte, sah er sich in einen sehr deutlichen Gegensatz auch zu dem römischen Katholicismus gestellt, nach welchem „so viele Evangelische, ohne es zu wissen, gravitiren". „Ich weiß," sagt[1] er, „daß ich über die Mittel verfüge, die Reformation in dem vollen Gegensatz gegen Rom verständlich zu machen, der für die meisten verborgen ist. Das wird vielleicht über 50 Jahre klar sein. Es ist doch immer so: man lebt auf Hoffnung in der Jugend wie im Alter, und, wenn man manches nicht erreicht, so ist es doch nicht thöricht gewesen, es in Aussicht zu nehmen. Wenigstens will ich in der eben ge-

---

[1] An A. Bartels 9. 3. 85.

äußerten Hoffnung keine Thorheit begangen haben, wenn auch über
50 Jahre durch die Schuld der Pietisten der Protestantismus in Deutschland zu Grunde gegangen sein sollte. Aber es kann vielleicht auch ganz
anders gehen, wenn die katholischen Deutschen die Erfahrung machen,
daß sie von Rom aus doch nur als halbe Protestanten angesehen und
ausgebeutet werden. Ich speculire darauf nicht, daß so bald Roms
Herrschaft gebrochen werde; allein ich stärke mich durch die Hoffnung,
die Reformation von dem Pietismus zu befreien, und ich stärke dadurch
wahrscheinlich auch andere. Und das ist stets ein Gewinn gegen das
päpstliche Rom." „Schließlich muß ich daran glauben," heißt es in
einem andern Briefe[1], „wenigstens zur Warnung der Helden gesetzt zu
sein, welche mit ihrer Parteisucht und ihrer schlechten Dogmatik im
Stande sind, unser Schiff in den portus Romanus zu steuern. Da sie
blos auf Macht und nicht auf Wahrheit bedacht sind, werden sie von
der größern Machtmasse angezogen, ohne es zu wissen. Das ist die
Probe meiner Nachweisung, daß der Pietismus mönchische Frömmigkeit
ist und nichts anderes. Aber sollte es möglich sein, daß sich die Geschicke
der durch den Pietismus beherrschten und corrumpirten evangelischen
Kirche so erfüllen, wie es viele Indicien nahe legen? Wenn ich nicht
auf das Gegentheil davon zu wirken vermöchte, müßte ich es befürchten.
Aber wer glaubt unserer Predigt? — Nun nichts für ungut, nehmen
Sie diese sentiments hin und unterstützen Sie mich, sie unwahr zu
machen." Ein andermal meinte[2] Ritschl auch, es wäre zu bedauern,
daß Bismarck nicht einige Züge von dem großen Puritaner Cromwell
hätte, namentlich den, „dem Papst abgeneigt zu sein und nicht mit ihm
zu coquettiren. Davon haben nur wir die Kosten zu tragen".

Wenn aber Ritschl die Sache des echten Protestantismus und die
des Pietismus einander entgegenstellte und dabei stets den Anspruch
machte, für die eigentliche Tendenz der Reformation einzutreten, so war
er doch immer weit davon entfernt, zu leugnen, daß die Reformatoren
selbst in manchen Dingen noch wesentlich in der katholischen Denkweise
befangen waren (s. o. S. 411). So schreibt[3] er einmal im Hinblick
auf einen Einwand, den Harnack[4] gegen seine Behandlung der Reformation in den Prolegomena zur Geschichte des Pietismus erhoben hatte:
„In der Geschichte des Pietismus hatte ich keine Ursache, im Ganzen
auszuführen, daß an der Reformation noch viel katholischer Kram hängen

---

1) An Gottschick 13. 6. 85.
2) An Rasemann 3. 4. 86.
3) An Gottschick 9. 1. 86.
4) Harnack, Lehrbuch der Dogmengeschichte. 1. Aufl. I, S. 5. Anm.

geblieben war. Es kam nur darauf an, zu zeigen, daß die Reformation
ein nicht katholisch beflecktes Lebensideal aufgestellt habe, von welchem
die Orthodoxen wie die Pietisten nichts mehr wissen. Wenn ich dort
nach Harnacks Erwartung die katholischen Eierschalen auf dem Haupt
der Reformation mehr hätte betonen sollen,. so verkennt er die Grenzen
meines Thema." Übrigens, sagt Ritschl, habe er an dem ersten Bande
von Harnacks Dogmengeschichte seine Freude. Nur vermißte er in Consequenz eines hauptsächlichen Interesses, das ihn einst selbst bei seiner
Arbeit über die altkatholische Kirche geleitet hatte, „die Betonung eines
und zwar des primären hellenistischen Elements, welches im Heidenchristenthum hervortritt, nämlich daß die christliche Religion Gesetzerfüllung unter der doppelten Vergeltung Gottes ist Was Justin in
diesem Sinne formulirt, gilt für das vulgäre Heidenchristenthum von je
her. Und daß die doppelte coordinirte Vergeltung hellenischer Gedanke ist, hat Leopold Schmidt nachgewiesen. Vgl. Theol. L.-Z. 1883
Nr. 1 und Versöhnungslehre (2) III, S. 244. Meine Nachweisung über
den Begriff καινὸς νόμος ist hieburch zu ergänzen. Aber indem Harnack
Recht hat, zu sagen, daß meine Auffassung der Aufgabe in der Altkatholischen Kirche zu eng sei, ist er in den gleichen Fehler gefallen."
Denn er habe, was Ritschl nach damaliger Lage des Thema gewonnen
habe, nicht hinreichend beachtet.

Auch ein anderes hervorragendes Werk, das einige Zeit vor demjenigen Harnacks erschienen war, Holtzmanns Einleitung ins Neue Testament, brachte Ritschl wieder Interessen nahe, die ihn in früheren Jahren
sehr lebhaft in Anspruch genommen hatten. Indem er dem Verfasser
für die Zusendung des Buches dankt, schreibt [1]) er: „Worin ich von
Ihren Ergebnissen abweiche, wird Ihnen bekannt sein; meine Abweichung
in gewissen Punkten erklärt sich daraus, daß ich den alten Baur persönlich gekannt habe, Sie aber nicht. Da ich seit 16 Jahren nicht mehr
über den Stoff Vorlesungen gehalten habe, so habe ich manche Fragen
seitdem in suspenso gehalten und bin im Stande, über einige unter
ihnen mich anders zu entscheiden, als es früher geschehen ist. So habe
ich kürzlich Gelegenheit gehabt, mich mit den Pastoralbriefen und Ihrem
sie betreffenden Buch zu beschäftigen, und es ist mir gelungen, meiner
immer gehegten Anforderung, jeden derselben einzeln zu prüfen, einigen
Erfolg zu geben. Ich glaube über den Brief an Titus und 1. an
Timotheus klar zu sehen, indem ich sie als Schriften von der Art der
διδαχὴ τῶν ἀποστόλων erkannt habe. Deshalb sind sie auch nicht

---

1) An Holtzmann 27. 9. 85.

echt. Aus 1. Tim. scheide ich 1, 5—17 als Glossem aus und erkenne
in V. 18 mit Ewald den richtigen Nachsatz zu V. 3. 4. Der Brief
wird so als ein Befehl für die christlichen Gemeinden angekündigt,
als ein zweiter Zusatzbefehl zu dem in V. 3. 4 bezeichneten. Dann
werden Sie in 6, 20 παραθήκη als Bezeichnung aller der einzelnen
Vorschriften erkennen, welche der Brief enthält, im Vergleich mit παρατί-
θεμαι (1, 18). Daraus ergiebt sich zugleich, daß dieser Sinn ganz
gleichgültig ist gegen 2. Tim. 1, 14, woran man denkt, wenn man die
drei Briefe über einen Kamm scheert. Sie finden mit Schleiermacher
das Wort 1. Tim. 6, 20 unerklärlich, indem Sie die Beziehung in
diesem Brief deshalb übersehen, weil Ihnen das Wort aus 2. Tim. 1, 14
in die Ohren klingt. Ich folgere aus diesem Falle z. B., daß auch
γενεαλογίαι Tit. 3, 9 eine andere Bedeutung haben kann, als 1. Tim. 1, 4.
Kurz, nachdem das Glossem in 1. Tim. 1 ausgeschieden ist, so ist klar,
daß die in dem Brief gemeinte Irrlehre der offenbare Gnosticismus ist.
Im Titusbrief ist das pharisäische Judenchristenthum der Gegner, und
γενεαλογίαι, wenn es 3, 9 nicht interpolirt ist, muß die Aufrechnung
der jüdischen Abstammung im Streit mit den Heidenchristen bedeuten, in
deren Namen der Verfasser das mosaische Gesetz abschätzig behandelt.
Die Selbständigkeit beider Briefe gegen einander zu beweisen, dazu
gehören noch einige Operationen, welche ich aber jetzt nicht mehr berühre,
weil ich Sie vielleicht schon mit den bisherigen Erörterungen gelang=
weilt habe. Indessen, ich glaube es mit der gesonderten Betrachtung
dieser Briefe weiter zu bringen, als indem ich dieselbe den Briefen vor=
enthalte." Allerdings schreibt[1]) Ritschl einem andern Freunde, wenn er
auch den Handgriff gefunden zu haben glaube, um den ersten Brief an
Timotheus und den an Titus sich klar zu machen, so wisse er doch für
den zweiten Timotheusbrief noch keine Auskunft.

Auch andere Fragen der neutestamentlichen Einleitungswissenschaft
sah Ritschl als noch längst nicht entschieden an und blieb überhaupt auf
diesem Gebiete jeder begründeten Aussicht darauf dauernd zugänglich,
daß die geschichtlichen Verhältnisse des Urchristenthums durch die fernere
Forschung immer mehr aufgeklärt werden würden. Namentlich ging er
mit lebhaftestem Interesse, wenn auch nicht mehr mit einem vollständigen
Überblick über alle für die Entscheidung in Betracht kommenden Instanzen,
auf die Hypothesen ein, durch welche das Räthsel der Apokalypse des
Johannes schien gelichtet werden zu können. So hatte er die erste Auf=
lage von Völters „Entstehung der Apokalypse" in freudiger Anerkennung

---

1) An Wendt 15. 10. 85.

als ein Verdienst um die Theologie beurtheilt und namentlich die An-
setzung des Abschnitts von 19, 11 bis 21, 8 in die Zeit des Antoninus
Pius und die der sieben Briefe in die Zeit Marc Aurels plausibel gefunden. „Die Briefe", sagt[1]) er, „sind mir eigentlich immer unheimlich
gewesen für anno 68. Ich fühle mich ordentlich erleichtert. Jetzt ist
auch ὁ λόγος τοῦ θεοῦ nicht mehr Voraussetzung für das Evangelium,
sondern umgekehrt! Jetzt kann man die Pietisten mit ihrem tausend-
jährigen Reiche richtig beurtheilen." Als dann aber Eberhard Vischer
die Hypothese von der jüdischen Grundschrift vertrat, schrieb[2]) Ritschl,
diese Arbeit habe er „verschlungen, ohne daß ihm ein bitterer Nach-
geschmack gekommen" wäre. „Vielmehr hätte ich jauchzen können, daß
der junge Mann das achte Siegel von dem Buche gelöst hat." Um so
mehr aber beklagt es Ritschl, daß der christliche Bearbeiter der Schrift
so viele in der Christenheit irregeführt habe; „hingegen", sagt er, „freue
ich mich, daß ich die Entdeckung, welche dem Ei des Columbus gleicht,
noch erlebt habe."

Seine eigentlichen Hauptbestrebungen sah Ritschl aufs erfreulichste
unterstützt durch Herrmanns Buch über den Verkehr des Christen mit
Gott, in dessen erster Gestalt die von Ritschls Intentionen abweichenden
Ausführungen der zweiten Auflage nur erst im Keime angelegt sind.
„Ich würde es ein Erbauungsbuch nennen," schrieb[3]) er dem Verfasser,
„wenn es nicht zugleich ad destruenda praejudicia theologica eingerichtet wäre. In der Hinsicht aber ist Ihre Rede wie die stillen Wasser-
tropfen, welche nach einander auf einen Fleck fallen und die Kraft haben,
einen Stein zu durchlöchern."

Bevor Ritschl in den letzten Monaten des Jahres 1884 die Arbeit
an dem dritten Bande der Geschichte des Pietismus nach längerem
Zögern begann, empfing er einen recht deprimirenden Eindruck aus dem
gerade neu herausgekommenen ersten Bande der Witteschen Biographie
von Tholuck. „Es hat mich geradezu erschreckt," äußert[4]) er sich darüber,
„was der fromme Mann in seiner Jugend geleistet hat, und was seine
Existenz in ihm noch fortgesetzt hat, als er schon officiell ein Musterchrist
war." Es sei ihm lieb, sagt[5]) er, daß die Biographie über Tholuck erst
jetzt gekommen sei; „sonst hätte ich vielleicht die fetischistischen Züge
und das Orakelsuchen im Pietismus mit elektrischer Beleuchtung ver-

---

1) An Harnack 26. 3. 82.
2) An Harnack 18. 10. 86.
3) An Herrmann 29. 7. 86.
4) An Rasemann 13. 10. 84.
5) An Harnack 29. 10. 84.

sehen. . . . . . . Wie sich nur diese Dinge mit dem Bekehrungspathos und den übrigen sittlich christlichen Zügen zusammengefunden haben? Bei Tholuck ist es klar; jenes Wesen hat er sich in seiner verwahrlosten Jugend zurecht gemacht; als er Pietist ward, hat er es nicht aus-geschieden. Aber ich freue mich doch, daß ich diese Dinge in meinem Buche zwar mißbilligt, aber doch nicht principiell so zusammengefaßt habe, wie es angemessen wäre, um die Thatsache zu beurtheilen." Der Verfasser jener Biographie, schreibt [1]) Ritschl, sei unparteiisch im Urtheil; „aber freilich, über die von mir berührten Charakterzüge und die Ver-zweigung derselben mit dem nachherigen Pietismus sagt er nichts. Ich habe unter der Lesung erwogen, ob ich das Buch anzeigen sollte. Ich habe mich aber dagegen entschieden aus Pietät gegen den Mann und aus Rücksicht auf die gute Frau." Und noch zwei Jahre später sagt [2]) Ritschl einmal, er habe aus den Mittheilungen über Tholucks Jugend ein wahres Entsetzen geschöpft, und daß er dem Pietismus nicht mehr ins 19. Jahrhundert nachgehen möge, hänge auch davon ab, daß er dieses Beispiel nicht anrühren möge, „da doch der alte Herr zuletzt sich gebessert und mich lieb gehabt hat. Ich habe auch gehört, Frau Tholuck sei mit Wittes Darstellung nicht zufrieden. Das ist aber nicht dessen Schuld. Wenn also solche abschreckende Sachen vorlagen, so konnte die Biographie unterbleiben."

Im Beginn des Wintersemesters 1884 verfaßte Ritschl zunächst für Herzogs Realencyklopädie den Artikel „Welt", um den ihn Hauck wieder gebeten hatte. Dabei nahm er Veranlassung, dem „neuplatonischen Rationalismus" Franks entgegenzutreten, ohne freilich dessen Namen zu nennen. Indem Ritschl davon berichtet [3]), weist er zugleich auf das völlig verfehlte und irreführende Verfahren seines Gegners hin, aus einzelnen Sätzen, in denen er die Aufklärung historisch beurtheilt habe, Beläge dafür zu bilden, daß er sich zum rationalistischen Standpunkte bekenne.

Gleich nach Vollendung jenes Aufsatzes wandte sich Ritschl dem Studium des württembergischen Pietismus zu. Seine Arbeit daran, sagt [4]) er, sei zunächst eine sehr elementare: „ich patronisire ein gewisses

1) An Rasemann 13. 10. 84.
2) An Rasemann 26. 6. 86.
3) An Harnack 29. 10. 84.
4) An Rasemann 9. 11. 84.

Terrain ab, ehe ich es beseße. Aber wie die Geschichte sich nie in einer
isolirten menschlichen Figur, sondern nur in einer Combination mehrerer
finden läßt, so fühle ich mich schon nach einigen Patrouillengängen
gereizt, zwei genau gleichzeitige, aber bisher immer aus einander gestellte
Theologen unter einen Gesichtswinkel zu stellen, den pietistischen Weltmann Christoph Matthäus Pfaff und den pietistischen Weisen Johann
Albrecht Bengel, jener in Union und Kirchenrecht, dieser in Seelsorge
und Zukunftsdeutung thätig, aber beide in den allgemeinen und
besonderen theologischen Voraussetzungen übereinstimmend. Wie sich der
Plan im Einzelnen ausführen läßt, ist mir zwar unbekannt; aber ich
habe das Zutrauen, daß er ausführbar und daß er der rechte ist. Es
ist ja klar, daß politische Geschichte und Geschichte einer geistigen Bewegung, wie der Pietismus, sich in vielen Beziehungen unähnlich sein
müssen. Indessen habe ich den Ehrgeiz, in meiner Aufgabe die Bedingungen der historischen Kunst einigermaßen zu erfüllen." Daß Pfaff
als Pietist beurtheilt werden müsse, wenn er auch übrigens Weltmann
sei, bestätigte sich Ritschl bei weiterer Forschung. In beidem, fand[1]) er,
sei jener „nur typisch für die Combination, welche in so vielen Exemplaren
im 19. Jahrhundert da ist. Der Mann hat seiner Zeit, circa 1720, für
die Union geschrieben und zu diesem Zweck sich die Lehre von den
Fundamentalartikeln zurechtgelegt, entwickelt aber dabei eine Umsicht,
Feinheit und Gelehrsamkeit, wovon sich bei den Unionstheologen
unseres Jahrhunderts so gut wie nichts findet. Ich mache immer wieder
die Beobachtung, wie weit wir in der letzten Tugend hinter den Theologen
zurückgeblieben sind, welche der Aufklärung vorhergingen. Die Rationalisten
haben wirklich die gelehrte Überlieferung abreißen lassen, und die Generation 1820—1850 hat sie nicht wieder angeknüpft, geschweige die Herren
Kahnis, Luthardt und Frank. Und daß ich meine Lebtage lang darunter
mit gelitten habe, ist mir wohl bewußt. Pfaff weist z. B. nach, daß
alte Lutheraner, wie Nik. Hunnius, die Ansichten über die Sacramente
keineswegs für fundamental und für ausschließende Bedingungen der
Kirchengemeinschaft angesehen haben, wie die als selbstverständlich ansehen, welche die Union zerstören wollten und gewissermaßen zerstört
haben. Warum haben Nitzsch und Jul. Müller es nicht besser gewußt,
als diese Gegner? Weil sie zu wenig von den früheren Controversen
über die Sache Notiz genommen, weil sie keine Fühlung mit der Vorzeit
gehabt haben, als es gelehrtere Männer gab." Bei seinen Studien
über Pfaff gelang es Ritschl, insbesondere einzelne dunkle Partien in

---

1) An Herrmann 17. 11. 84.

dem Leben dieses Mannes aufzuklären. Er konnte eine bestimmte
ungünstige Angabe über dessen Geldgier widerlegen[1]), fand aber doch
seine Habsucht im Allgemeinen sicher bezeugt. Auf diese Veranlassung hin
bemerkt[2]) er: „Es muß damals der Universitätsklatsch schlimmer gewesen
sein, als jetzt, oder die Charaktere sind tabelloser. Gesenius ist meines
Wissens der letzte, welcher öffentlich der Habsucht beschuldigt wurde, als
er 1831 vor der Cholera ausriß und die Honorare zurückzugeben vergaß.

> Wollt doch nicht an die paar Thaler denken,
> Wollt sie in der Lethe Strom versenken:

wie das Gedicht lautet."

Ritschl verfolgte „mit größtem Interesse" die „Erscheinungen des
Pietismus in Württemberg, welche", wie er fand[3]), „so ganz anders
sind, als die in Norddeutschland unter dem Einfluß von Halle, und nicht
so eintönig, sondern individuell höchst verschiedenartig. Da habe ich
zuerst ein Exemplar der Betkunst gefunden, wie bisher noch nicht, welches
mit Gott wie mit einem der Leitung bedürftigen Wesen umgeht oder
wie mit einem Fetisch, dem man vorhält, was er um seiner Ehre willen
thun muß. Das ist die Württembergische Tabea, Beata Sturm, deren
Leben 1730 der berühmte Georg Konrad Rieger abgefaßt hat. In einer
kleinen billigen Ausgabe von 1845 wird es offenbar noch immer zur
Ursache der Verführung von Pietisten, ebenso zu beten. Der ältere Harms
in Hermannsburg soll dieselbe Manier des »unverschämten« Betens
geübt haben; seine Anhänger wenigstens, welche seit 3 Jahren Gott
anliegen, mir kräftig zu wehren, mich also todt zu beten suchen
(s. o. S. 404), sind von dem Kaliber. Bei jener Person kommen nun
immer im Gebet die wüstesten, lächerlichsten Gedanken vor, die auch
Vorst (II, S. 467) als Regel auf der zweiten Stufe der Frömmigkeit
bezeugt. Mir sind diese Erscheinungen und die Unbescheidenheit und
Überhebung im Gebet die Probe dafür, daß auf dem Wege der blos
religiösen Lebensführung der natürliche Mensch nicht gezähmt wird.
Denn das ist ja die ewige Leier, daß im Kloster, je mehr die Leute sich
in Andacht und Devotion steigern, der Satan ihnen dazwischen kommt.
Das ist immer der unüberwundene natürliche Mensch, den der Satan
regiert, weil demselben durch das stete Beten gar nicht Abbruch geschieht.
Eine besondere Eigenthümlichkeit bei den Württembergern ist die Com-
bination der politischen Opposition gegen die dem Landesrecht feindlichen
Herzoge mit dem Pietismus. Deshalb haben auch die Pietisten dort

---

1) Vgl. Geschichte des Pietismus III. S. 60. Anm. 1.
2) An Rasemann 28. 2. 84.
3) An Scholz 20. 12. 84.

solche Courage, wie in ganz Norddeutschland nur die Gräfin Christine
von Stolberg gegen Friedrich Wilhelm I." Von Bengel aber sagt[1])
Ritschl, er sei „ein weiser Mann, der verbesserte Spener, ebenso maßvoll
und fester in sich, bei einem allerdings abweichenden Wirkungskreis".
„Merkwürdiger Weise", fand[2]) Ritschl, setze sich gerade in Württemberg
„der Geist Speners in demselben Grade der Deutlichkeit fort, als er in
Francke deutlich nicht wirksam ist. J. J. Moser und J. A. Bengel sind
die respectabelsten Christen, die man nur denken kann."

Übrigens interessirte Ritschl namentlich Oetinger. Über dessen Annahme von physikalischen Grundbegriffen in der Bibel, bemerkt[3]) er,
„erhebt sich eine teleologische Weltbetrachtung nach Anleitung der Briefe
an die Kolosser und Epheser, die ich ihm als den ersten Anlauf zur
Lösung des systematischen Problems hoch angerechnet habe[4]). Beck hat
das, was er gleichartiges vorträgt, nur von Oetinger. Aber überhaupt,
der Pietismus in Württemberg hat eine ganz ähnliche Farbe wie in der
niederländischen Kirche. Jahrelang gilt dort der Separatismus als
überwunden. Aber die Haltung der Gemeinschaftler, d. h. der inner-
kirchlichen Pietisten, ist verhaltener Separatismus, der nur ausbricht,
weil die Pastoren ihm zu Willen sind und, wie einer 1761 bezeugt,
alles an der Kirche Babel nennen, was nicht dem Geiste gemäß ist. Mit
Hülfe verschiedener Biographien von Fricker, Hahn, Harttmann habe ich
concordirende Äußerungen dieser Schüler Oetingers über das Stunden-
wesen 1761—82 zusammengebracht, welche sehr deutliche und dabei
unheimliche Bilder der Sache darstellen, und in den achtziger Jahren
bricht der Separatismus wieder breit heraus. Das ist immer das Bessere.
Der andere Zustand, dessen sich die Leute immer rühmen, ist die Aus-
zehrung für die Kirche. In dem Maße als jene Schüler Bengels und
Oetingers zu den verdächtigen Stundenleuten halten, vernachlässigen sie
grundsätzlich die anderen in der Gemeinde, unter dem eschatologischen
Vorwande, es sei jetzt die Zeit, daß Gutes und Böses auf die Spitze
getrieben werde. Das ist der Schaden, welchen die apokalyptische
Quackelei mit sich führt. Das muß alles abgebaut werden, wenn es
besser sein soll."

In die Beleuchtung durch die Ergebnisse seiner pietistischen Studien
traten für Ritschl auch die Nöthe der Gegenwart, auf die ein Urtheil
Uhlhorns über den zweiten Band der Geschichte des Pietismus seinen

---

Blick lenkte. Uhlhorn, schrieb[1]) er, habe ihm den praktischen Zweck
formulirt, der ihn bei der geschichtlichen Darstellung begleitet habe, den
er selbst aber als solchen auszusprechen nicht in der Lage gewesen sei.
Jener meinte[2]) nämlich, daß nicht der Katholicismus, mit dessen ein-
schlägiger Literatur er sich gerade beschäftigt habe, die sittliche Kraft
darbiete, um die socialen Aufgaben zu bewältigen, sondern lediglich die
lutherische Kirche, und zwar wenn diese den Pietismus gründlich und
in richtiger Weise überwinde. Das könne sie aber nur, wenn sie ihn
verstehe, und wenn sie seinen Ursprung und seine Einwirkung auf ihr
Leben durchschaue. Und dazu eben trage der zweite Band der Geschichte
des Pietismus ein Wesentliches bei. Indem Ritschl das Recht dieser
Betrachtung im Ganzen anerkennt, sagt[3]) er jedoch in sehr charakteristischer
Weise: „Ich habe ja auch daran gedacht, daß man den vierten Stand
für das Christenthum nur gewinnen kann durch meine Deutung des
reformatorischen Christenthums, aber mein Programm ist ebenso auf die
anderen Stände berechnet, indem ich nicht die Lösung der socialen Frage,
sondern den Bestand der evangelischen Kirche im Auge habe. Allein ich glaube,
daß Uhlhorn auch in dieser Hinsicht nicht dissentiren würde. Das Unrecht
des Pietismus zeigt sich ja darin, daß er in demselben Maß Klassen des
Volks der Kirche entfremdet hat, als er andere für sich gewonnen hat.
Was in dieser Beziehung am Halleschen Pietismus evident ist, habe ich
mit einer Modification auch am Württembergischen beobachtet. Hier
tritt der Adel bei Seite; landsässigen Adel gab es in Württemberg nicht,
der reichsfreie Adel in der Gegend war meist katholisch. Die Bürger
und Bauern, welche sich in den Conventikeln zusammenfanden, standen
unter der Pflege der Geistlichen, welche, indem sie die Zeitlage nach
Bengels Erklärung der Apokalypse beurtheilten, sich kein Gewissen daraus
machten, die übrige Gemeinde zu vernachlässigen." Darauf beleuchtet
Ritschl wieder (s. o. S. 465) den latenten Separatismus der Anhänger
Bengels und fügt das Urtheil hinzu, der Pietismus sei überall keine
Steigerung des evangelischen Kirchenwesens, sondern trotz des entgegengesetzten Scheines nur dessen Zersetzung. Es gelte diese Kinderkrankheit
zu überwinden, wenn die Kirche nicht an ihr sterben und in die Hölle
fahren solle, nämlich in den römischen Katholicismus.

   Um dieselbe Zeit wurde es Ritschl zweifelhaft, ob er die Geschichte
des Pietismus seiner ursprünglichen Absicht gemäß auch über das

1) An Scholz 16. 3. 85.
2) Uhlhorn an R. 14. 3. 85.
3) An Scholz 16. 3. 85.

18. Jahrhundert hinaus führen würde. Er schreibt[1]) an Reischle, der ihm bei seinen gegenwärtigen Studien in eifriger Bereitwilligkeit half, die nöthige Literatur in die Hand zu bekommen: „Daß Sie auch die Darstellung des Pietismus im 19. Jahrhundert von mir erwarten, dürfte etwas gewagt sein. Ich glaube, wenn ich nach den Württembergern noch Zinzendorf abarbeite, bin ich so unfähig weiter zu arbeiten, wie es einem Manne in der Mitte der Sechzig erlaubt ist. Wenn ich mit dem 18. Jahrhundert abschließe, haben Sie auch alle Maßstäbe, um die Erscheinungen des Pietismus im 19. Jahrhundert zu beurtheilen." In einem anderen Briefe spricht[2]) Ritschl von seinen „Lieblingen aus Württemberg" und sagt, das sei „eben das Verhängnis, welches ihm durch seine Beschäftigung seit 8 Jahren zu Theil geworden" sei: er müsse die Pietisten lieb haben, wenn er sie nicht weit wegwerfen solle. „Dies zu thun ist ein natürlicher Antrieb, entsprechend der Empfindung, daß ich seit 8 Jahren immer einseitiger geworden bin." Aber was solle er, nachdem er einmal die Aufgabe selbst auf sich genommen habe, anderes thun, als ausharren, bis der Stoff des 18. Jahrhunderts abgearbeitet sei, und er damit seine Arbeitskraft erschöpft habe. „Ich sehe", so schließt er diese Betrachtung, „nicht ganz mit Zuversicht der Langenweile entgegen, welche die dann etwa noch nachfolgenden Jahre ausfüllen wird. Vielleicht sorgt Gott in seiner Gnade besser für mich, als ich erwarte." Und als Ritschl wieder einmal eine Postille von 1500 Seiten, der noch mehrere gleichartige Lectüre folgen sollte, excerpirt hatte, schrieb[3]) er: „Habe es mir in meiner Jugend nicht träumen lassen. Ist aber nöthig, und wer thäte es denn sonst?"

Die Darstellung des württembergischen Pietismus wurde früher, als Ritschl es erwartet hatte[4]), im Anfang des Juli, fertig. „Es sind elf Druckbogen geworden," schrieb[5]) er, „zu welchen ich gegen acht Monate verwendet habe, von denen aber vielleicht ein Drittel mit Suchen und Abwarten der Quellen hingegangen ist. Ich habe recht fragmentarisch arbeiten müssen und weiß nicht, ob ich seit November fleißig gewesen bin oder nicht." In dem Zusammenhange dieser Interessen kam Ritschl auch einmal auf die Vorstellung von der Wiederbringung zu sprechen. „An sich", sagt[6]) er, „ist ja der Gedanke tröstlich, aber welche Phantasterei

---

1) An Reischle 12. 3. 85.
2) An C. Steitz 23. 5. 85.
3) An Holtzmann 20. 3. 85.
4) An Reischle 16. 6. 85.
5) An Rasemann 6. 7. 85.
6) An Reischle 9. 7. 85.

gehört dazu, die Mittel zu jenem Ziel im jenseitigen Leben zu erdichten,
wie das Oetinger auf der Spur Swedenborgs gethan hat, und jeder
unternehmen muß, dem es mit jenem Gedanken Ernst ist! An den
Pietisten freut es mich, wenn sie dieses Ziel annehmen; es liegt doch
eine nachträgliche Güte gegen unsereinen darin, welche sie für die
Gegenwart ohne Grund excommuniciren."

Eine Frucht, die von Ritschls Studien über den württembergischen
Pietismus nebenher abfiel, war der Lebensabriß von Oetinger, den er
gegen Ende des Jahres für die Allgemeine deutsche Biographie[1]) verfaßte. Er wurde nun also auch Mitarbeiter an dem großen Unternehmen, das sein alter Freund Liliencron leitete. Dieser hatte ihn
bereits 14 Jahre früher darum gebeten, die Biographie von Baur für
jenes Werk zu übernehmen. Aber Ritschl hatte das abgelehnt und erklärt[2]), daß er gerade sich „am wenigsten geeignet finde, über Baur zu
schreiben, in den gesetzten räumlichen Grenzen und doch mit einer Beurtheilung seiner wissenschaftlichen Leistungen, welche als gerecht anerkannt werden könnte. Vielleicht," meinte er damals, „ist es überhaupt
noch zu früh, ihn objectiv zu beurtheilen; ich als der decidirte Gegner
würde vielen, und nicht blos den Verwandten, als ungeeignet erscheinen.
Du findest an Lipsius, vielleicht auch an Wagenmann geschicktere und
unantastbarere Biographen. Es thut mir leid, daß ich Dir und in
diesem Falle Deines mir wohl erkennbaren Vertrauens nicht dienen
kann, aber da ich in positivem Widerspruche nicht blos mit dem Standpunkte, sondern auch gegen dasjenige stehe, was man die wissenschaftliche
Gewissenhaftigkeit Baurs nennen möchte, und da ich auf meinem Arbeits-
wege stets in Collision damit gerathe, so traue ich mir nicht dasjenige
zu, was ein Biograph unter anderem auch haben muß, die Lust seinen
Helden zu retten. Wenn Du mir hierin weniger Glauben schenken
solltest, so verweise ich Dich auf die Einleitung zu meinem neulich erschienenen Buche über die Rechtfertigungs- und Versöhnungslehre".
Nachdem es sich so in früherer Zeit zerschlagen hatte, daß Ritschl sich
an der Mitarbeit an der Allgemeinen Deutschen Biographie betheiligte,
erbot er sich nun zur großen Freude Liliencrons, den er seit vielen
Jahren nicht mehr gesehen hatte, durch Wagenmanns Vermittlung dazu,
zunächst die Lebensbeschreibung Oetingers zu liefern, und erklärte sich
ferner in einem Brief[3]) an den Freund selbst bereit, „die alphabetisch
noch fälligen Helden des Pietismus zu übernehmen", da er einmal mit

---

1) Allgemeine deutsche Biographie. Bd. 24. S. 538—541.
2) An Liliencron 14. 2. 71.
3) An Liliencron 3. 9. 85.

diesen bekannt sei, wie sonst keiner. Demgemäß wurde weiterhin zunächst
Spener in Aussicht genommen. Doch ehe es zur Ausführung dieser
Verabredung kam, trat Ritschls letzte Krankheit ein. Er hat nur noch
den Artikel über seinen Vater zu jenem Werke beigetragen. Darüber
wird später zu berichten sein.

—

Inzwischen wandte sich Ritschls Studium unmittelbar nach der
Erledigung des württembergischen Pietismus der Gestalt des Grafen
Zinzendorf zu. Zunächst kam ihm dabei zufällig eine Notiz zu Gesicht,
die ihn sehr interessirte, und über die er scherzend sich folgendermaßen
äußert[1]): „Es ist mir bisher immer genirlich gewesen, daß ich nicht
hatte erfahren können, wann Johanna Eleonore Petersen geb. von und
zu Merlau gestorben ist. Denn ich blieb demnach im Zweifel, ob sie
überhaupt gestorben sei, und fürchtete, der grausam gescheuten Frau noch
einmal zu begegnen. Ich bin also ordentlich beruhigt, aus Spangenbergs
Leben Zinzendorfs zu sehen, daß sie 1724 achtzigjährig, drei Jahre vor
ihrem Gatten, das Zeitliche gesegnet hat. So puffelt sich bei meinen
gegenwärtigen Studien noch allerlei zusammen, was zur Ergänzung und
Berichtigung des zweiten Bandes dient, und was ich im dritten nachträglich mitzutheilen beabsichtige." Und von Zinzendorf selbst schreibt
Ritschl, er sei jetzt nach der Lectüre jener Biographie „schon im Stande,
die verschiedenen Motive, nach denen er sich bestimmt hat oder sich hat
bestimmen lassen, zu unterscheiden und zu verknüpfen; und schöpfe daraus
den Muth, ihn so zu schildern, wie es bisher nicht geschehen ist. Dazu
dient mir freilich die Kenntnis der anderen pietistischen Methoden, über
welche bisher niemand verfügt. Angenehmer freilich wird er mir darüber
nicht, aber ich hoffe ihm gerecht zu werden. Seine Geistesart ist freilich
mehr weiblich, als männlich. In den Hauptleistungen seines Lebens hat
er sich immer durch die Umstände anregen oder leiten lassen, auch nach
divergirenden Richtungen. Einmal angestoßen hat er dann seine Zähigkeit, auch nicht immer eine männliche Eigenschaft, an seine Aufgaben
gesetzt . . . . . . Im Ganzen freue ich mich darauf, ihn in der Ver-
wicklung seiner Gemüthsverhältnisse zu durchschauen und dieselbe zu ent-
wirren."

Demnächst beschäftigten Ritschl Vertheidigungsschriften zu Gunsten
Zinzendorfs. „Gewisse Hauptgesichtspunkte zu seinem Verständniß," be-

———

1) An Nasemann 20. 7. 85.

richtet[1]) er barüber, „sind mir bei der Gelegenheit burch seine eigenen
Worte bestätigt worden. Übrigens brückt er sich um manche Vor-
haltungen herum, mehr noch brückt sein Apologet Spangenberg ihn um
bie Anklagen herum. Das muß ein bei aller Salbung sehr geriebener
Mann gewesen sein. Leiber merke ich, baß zur Charakterisirung bieses
Mannes unb ber anberen minores homines nichts genügenbes vorliegt,
während ber Graf ganz beutlich ist in seinen Vorzügen, wie seinen
Fehlern . . . . . . Zwischen biesen Stubien habe ich bas neue Buch
von Karl Müller über bie Anfänge bes Minoritenorbens gelesen. Die
Analogie zwischen bieser Geschichte unb ben Unternehmungen Zinzenborfs
ist in manchen Beziehungen beutlich; aber wie complicirt ist ber moberne
Heilige unb wie einfach unb naiv ber mittelaltrige. . . . . . . Ich will
versuchen, bem Grafen gerecht zu werben unb nicht parteiisch gegen ihn
zu verfahren. Er wirb mir eine stärkere Zumuthung an bie Kunst bes
Geschichtschreibers stellen, als bie bisher vorgekommenen Figuren."

Aber bei allem Streben nach Unparteilichkeit meinte Ritschl boch,
baß er in ben Hauptsachen, um bie es sich hanbele, Zinzenborf nicht
werbe günstig beurtheilen können. „Seit Spangenberg," sagt[2]) er, „sein
Heiligenbilb Zinzenborfs gezeichnet hat, haben anbere, auch Varnhagen,
ihm nur nachgeschrieben, Schrautenbach nur einiges gerügt. Aber auf
bas Anklagematerial ist, seit es vor 130—140 Jahren gebruckt ist, kein
Mensch eingegangen. Unb ich kann es nicht liegen lassen." „Ich habe
nicht bie Absicht," schreibt[3]) Ritschl in einem anberen Briefe, „ihn
schlecht zu machen, wie seine zeitgenössischen Gegner gethan haben, in-
bessen, wenn ich einmal zurücklese, was ich über ihn geschrieben, so
kommt er boch bei jebem Schritt mit einem ungünstigen Urtheil ab."
Insbesonbere konnte sich Ritschl ber Erkenntnis nicht verschließen, baß
Oetingers Vorwurf, Zinzenborf sei zweizüngig unb zweiherzig, nicht
ohne Grund gewesen sei. Doch leitet[4]) er biesen Zwiespalt von ber
Stellung ab, bie ber Graf sich „bereitet habe, als Vertreter ber mährischen
Kirche unb Bekenner ber Augsburgischen Confession. In jener Hinsicht,"
führt[5]) Ritschl aus, „ist er ber Meinung, überall zu missioniren, suo jure,
auch in ber lutherischen Kirche, unb, wenn biese seine Unternehmungen
als etwas frembes zurückweist, so schiebt er seinen lutherischen Glaubens-
stanbpunkt vor unb wunbert sich, baß man ihn nicht als Bruder an-

---

1) An Nasemann 12. 8. 85.
2) An Scholz 13. 8. 85.
3) An Wendt 15. 10. 85.
4) Vgl. Geschichte bes Pietismus III. S. 360 ff.
5) An Scholz 13. 8. 85.

erkennt. Verfährt er aggressiv, so ist er Mähre, wird er zur Defensive gedrängt, so ist er Lutheraner. Übrigens vollzieht er mit dieser Behauptung eine Kritik an dem orthodoxen Lutherthum, welche durch dieses verschuldet ist. Er meint nämlich, berechtigter Lutheraner zu sein, indem er dem Lehrbegriff zustimmt, ohne Pietät für Cultus und Verfassung zu haben; das ist die Folgerung aus der orthodoxen Formel, daß die lutherische Kirche die Kirche der reinen Lehre sei. Nichtsdestoweniger folgt Zinzendorfs Gleichgültigkeit gegen die lutherische Kirche, daß er sie blos als Feld für seine Seelenfängerei achtet, daraus, daß er nicht den lutherischen Begriff von der Kirche versteht und handhabt. Er will Kirche nicht daran erkennen, daß Wort Gottes lauter geprebigt wird, sondern daran, daß gottselige Personen nicht sowohl da sind in der Zerstreuung, sondern mit einander zusammenhalten. Nach diesem Maßstab ist der Heiland nur mit der mährischen Gemeinde, nicht bei den etablirten Kirchen. Und dieses Urtheil ist sachlich ebenso viel werth, als wenn Zinzendorf, was er nicht sagt, die Kirchen für Babel erklärte. Er ist trotz dieser Vorsicht Sectirer in der Beurtheilung dessen, was Kirche wäre. . . . . . . Zinzendorf spricht gegen lutherische Theologen die Drohung (oder Befürchtung) aus, wenn man ihn nicht machen ließe, würde die Verfassung der lutherischen Kirche ausgehöhlt werden. Es ist gerade umgekehrt gekommen. In diesem Jahrhundert hat man ihn machen lassen, auf Schleiermachers Spur das Vertrauen zu der bestehenden Consistorialverfassung untergraben, und damit sind Leute wie Stöcker möglich geworden, an welchen eine Menge von Zügen Zinzendorfs erinnern."

Die Art Zinzendorfs wurde Ritschl ferner anschaulich an einem kürzlich erschienenen Buche des Dominicaners Dibon über Deutschland. „Der gebildete Franzose," schreibt [1] er, „beklagt sich, daß Deutsche etwas thun gegen Frankreich, was er für sich den Deutschen gegenüber als ganz selbstverständlich ansieht. Dieser Solipsismus (Monarchia solipsorum) ist eine Satire auf den Jesuitenorden, in dem Zinzendorf und Dibon als Franzose und alle seines Gleichen übereinstimmen, zieht nun auch das Verleugnen und das Lügen nach sich, das, in der Noth des Augenblickes immer wieder geübt, bei einem Manne wie Zinzendorf, der weiblicher Art [2] war und, wie Bengel . . . . . . sagt, unreif geblieben ist, mir ganz erklärlich erscheint, ohne daß ich ihm einen lügenhaften Charakter nachsagen will. Die Dinge, in welchen er Anlaß zur Übung dieser Untugenden hatte, hat er nun aber immer sogleich vergessen und

1) An Rasemann 25. 8. 85.
2) Vgl. Geschichte des Pietismus III. S. 369.

sich ihrer verwirrenden und aufregenden Wirkung entzogen, sowie er
eine religiöse Rede frei oder liturgisch zu halten hatte[1]). So wenig
aus seiner ästhetischen Frömmigkeit eine Direction für sein Handeln
entsprang, so wenig ist er durch die Verwirrung seiner Handlungsweise
gestört worden in der Selbstdarstellung zum Preise des Heilands, dem
er dienen wollte. Ich glaube ihn in diesen Zügen begriffen zu haben;
es kommt nun darauf an, die verschiedenen Seiten seines Charakters
allmählich aus der Darstellung seines Wirkens hervortreten zu lassen.
Wenn ich ihn ungünstig beurtheilen muß, werde ich mir möglichst die
Worte des andern Albrecht borgen. Den Bengel müssen sie sich schon
gefallen lassen; denn der ist auch ein Heiliger, wenn auch von besserem
Schrot als . . . . . . der Graf."

„Nur zuweilen," sagt[2]) Ritschl, „bricht in meiner Seele ein Strahl
der Nutzanwendung meiner Einsichten in den Pietismus auf die Kirche
der Gegenwart hindurch. Aber je heller die Gegenwart der Kirche
dadurch beleuchtet wird, um so dunkler und verzweifelter erscheint mir
dann ihre Zukunft, eingeklemmt zwischen die römische . . . . . und die
Secten. Und die Gesellschaft, welche sich der Herrschaft über unsern
Glauben und unser Heil bemächtigt hat, steuert das Schiff gleichzeitig
dem einen wie dem andern Gegner in die Hände." Im Hinblick auf
diese Situation der Gegenwart meinte Ritschl in den Ereignissen des
Tages Veranlassung genug zu finden, sich immer wieder klar zu machen,
daß der Glaube eine Zuversicht dessen ist, was man nicht sieht. Denn,
sagt[3]) er, „was man von den parteisüchtigen Größen sieht, ist nur
Grund zur Verzweiflung. Da tractiren sie auf der Generalsynode die
Noth der Kirche durch die Secten, und keiner sagt es, daß dieselbe von
der pietistischen Predigt kommt und nicht vermindert wird, wenn nicht
diese aufhört. Ich erkenne in allem, was die gegenwärtigen Machthaber
thun, das Bild des Grafen von Zinzendorf . . . . . . Er hat einmal
behauptet, wenn man seine Gemeinde nicht bei dem gesunden Haufen der
lutherischen Kirche erhalten, d. h. sie ungehindert missioniren lassen werde,
so werde jenes Kreuzvolk, anstatt von seinen Gegnern verschlungen zu
werden, vielmehr durchbrechen und die Verfassung der lutherischen Kirche
entsalzen, entwürzen und ihr nichts als ein caput mortuum übrig
lassen. Das ist jetzt so gut wie eingetreten, indem man das herrnhutische
Wesen in der evangelischen Kirche seit 50—60 Jahren zugelassen hat.

1) Vgl. Geschichte des Pietismus III, S. 370.
2) An Link 17. 10. 85.
3) An Gottschick 20. 10. 85.

Man hat ja nur das ›Glaubesleben‹ durch den Grafen erfrischen lassen wollen. Aber . . . . . . alle seine Fehler sind dem Kirchenthum des 19. Jahrhunderts zugewachsen: die Parteisucht, die Rechthaberei, die Selbstbelügung, die Oberflächlichkeit, und schließlich ist die Clique der Adeligen und Pastoren, die in den Synoden wirthschaften, nur die Vervielfältigung des Grafen in der Diremtion seiner Qualitäten.“ „Die Deferenz gegen die römische Kirche,“ so führt Ritschl diesen Gedanken weiter aus [1]), „wodurch sich unsere Kreuzzeitungsschriften auszeichnen, hat er vorgemacht. Den Dilettantismus in der Theologie, die Parteisucht, die Rechthaberei, welche gegen alle Gründe verschlossen ist, haben die Herren von keinem als von ihm. Sie wissen das ja nicht, sondern nur, daß das herrliche Glaubensleben im 19. Jahrhundert aus seiner Quelle ist. Es ist geradezu merkwürdig, wie ohne Kenntnis der Thatsachen und Absicht der Nachbildung alle diese schlechten Charakterzüge des Grafen bei denen wiederkehren, welche blos seinen Glauben zu copiren sich bewußt und bestrebt sind.“

„Mit Ihnen,“ heißt es in einem andern Briefe [2]), „erkenne ich alle Tugenden der Pietisten an; aber wenn ich das nicht mit lauterer Stimme und mit Hutabziehen thue, so geschieht es darum, weil ich den Schaden deutlich erkenne, welchen gerade die Einwirkung der Brüdergemeinde auf die landeskirchliche Verfassung geübt hat. Denn seit zuerst Schleiermacher nach seinen herrnhutischen Antecedentien dieselbe in Frage gestellt hat, ist sie gerade durch die Ansprüche von Pastoren und Adeligen unsicher gemacht worden, welche, seit 1848 zugelassen, jetzt durch die Herrmannsche Synodalordnung privilegirt worden sind. . . . . . . Diese Leute setzen die vollendete Parteisucht fort, welche sie für Kirchlichkeit ausgeben, wie Zinzendorf seine zweideutige Stellung neben der lutherischen Kirche für apostolisch und ökumenisch ausgab und mit Thomasius die Kirchen Secten nannte. Vergleichen Sie ferner die Unkenntnis der Geschichte und die Gleichgültigkeit gegen sie, die Unzugänglichkeit für Gründe, den theologischen Dilettantismus. Alle diese Fehler, welche die gegenwärtigen Regenten der Kirche mit dem Grafen gemein haben, fallen für mich schwerer ins Gewicht, als die Tugenden, welche die einzelnen Pietisten der Gegenwart ohne Zweifel haben. Aber der Idealismus und die Aufopferung in innerer und äußerer Mission sind kein Surrogat für die Kirchenordnung des deutschen Protestantismus, für welchen die Pietisten keine Tugend und keine Geduld haben. Diese

---

1) An Holtzmann 27. 9. 85.
2) An Scholz 3. 10. 85.

in den letzten Wochen gewonnene Erkenntnis drückt mir schwer auf dem
Herzen. Und der Graf ist doch auch an der Aufklärung betheiligt. Ich
erinnere Sie an sein Bekenntnis zu Bayle[1]), welches Fresenius mit
Recht auf die Behandlung der heiligen Schrift durch Zinzendorf bezieht.
Ich habe natürlich nichts dagegen, daß er die Schrift wie jedes menschliche Buch behandelt, und übersehe die burschikose Form, in der er es
oft thut. Aber durch diesen Umstand erscheint er persönlich noch complicirter. Um seinetwillen dürften also seine gegenwärtigen Nachfolger
toleranter gegen Aufklärung sein. Aber eben auch hierin bewähren sie
den Mangel an historischer Kenntnis und historischem Sinn, der sie
eigentlich unfähig macht zu der Herrschaft, welche sie prätendiren." „Ich
bedaure tief," sagt[2]) Ritschl ein andermal, „daß der König den Leuten
den Nacken steift, und wenn er neulich die Generalsynode wieder daran
erinnert hat, er wünsche das Seinige zu thun, daß die Religion erhalten
werde, so habe ich es vermißt, daß keiner der frommen Herren darauf
hingewiesen hat, daß dies in erster und letzter Reihe von Gottes Gnade,
gar nicht aber von menschlicher Mache abhängt."

Gerade in einer solchen Aufrichtigkeit hätte Ritschl einen Beweis
von echter Königstreue gesehen. Und wie er selbst von solcher preußischer
Gesinnung erfüllt war, das zeigt ein Brief vom 4. Januar 1886.
„Gestern", so berichtet er darin von dem Actus der Universität an einem
bedeutungsvollen nationalen Festtage, „haben wir das Regierungs-
jubiläum des Königs mit einer Feier begangen, die in einer sehr inter-
essanten Rede von Wilamowitz bestand. Das Ganze war sehr feierlich,
hat allen möglichen Leuten einen erhebenden Eindruck gemacht. Die
Rede bezog sich in ihrem Mittelstück auf die hellenische Deutung der
Basileia, dieses, welches einige Kürzung verdient hätte, wurde eingefaßt
durch Erörterungen über das preußische Königthum und die Regierung
des jetzigen Herren, welche vielfach schlagend und packend waren. Es
war doch sehr merkwürdig, an der Stelle, unter den Bildern der
hannoverschen Kurfürsten und Könige diese Rede zu vernehmen, wo ich
vor bald 20 Jahren Georg V. habe sprechen hören über die Direction
der juristischen Studien nach dem Princip der Föderation . . . .
Und nun an derselben Stelle das Lob eines wirklichen, leistungsfähigen
Königthums, dem jene Ansprüche haben weichen müssen. Und der geborene Preuße, welcher die Rede hielt, ganz inoffensiv gegen jenes System,
konnte doch dieses nur leisten, indem er stillschweigend annahm, die

---

1) Vgl. Geschichte des Pietismus III. S. 218.
2) An A. Bartels 2. 11. 85.

Thronbesteigung vor 25 Jahren gelte auch für dieses Land und habe
immer für dasselbe gegolten. Es kam mir so vor, als ob erst hiemit
die Eroberung vollendet und ebendadurch vergessen gemacht worden sei,
als ob mit diesem Bekenntnis der Universität die Spuren des innern
Widerstrebens getilgt seien, welches von den maßgebenden Mächten wie
Waitz, Henle, Zachariae und anderen vor 19 Jahren der Universität
infiltrirt worden ist und ihre Physiognomie afficirt hat, obgleich nach
und nach alle einzelnen . . . . . . ihren Frieden gemacht haben. Ich
wollte, Sie hätten das erlebt; die gelesene Rede wird daran nicht reichen."

Ritschls Königstreue und preußische Gesinnung aber, mit der sein
Interesse an gesunden öffentlichen Zuständen in der evangelischen Kirche
durchaus zusammenfiel, wurde aufs tiefste verletzt durch den damals viel
erörterten Antrag Hammerstein, dessen Inhalt er nur als ideellen Landes-
verrath beurtheilen konnte. Er rügte[1]) es auch, daß der Oberkirchenrath
alle möglichen Declarationen der Pastoren de lege ferenda passiren lasse,
während zu seiner Freude in der hannoverschen Kirche der Präsident
Mejer gleichartigen Regungen von vorn herein energisch entgegengetreten
war. Doch nur vorübergehend dachte[2]) Ritschl daran, in dieser Angelegenheit seine Ansichten ausführlich zu äußern. Er beschränkte sich
darauf, in der vom 30. September datirten Vorrede zum dritten Bande
der Geschichte des Pietismus dessen geschichtlichen Verlauf bis zur Gegenwart kurz zu charakterisiren, seine Einwirkung auf die Kirche und den
Kampf seiner Hauptvertreter gegen die selbständige Theologie im Lichte
der Geschichte und des geltenden Kirchenrechts in lapidaren Sätzen zu
beurtheilen und seiner eignen Hoffnung Ausdruck zu geben, daß die
evangelische Kirche durch den Gebrauch der von ihm angerathenen Mittel
die gegenwärtige Krisis überstehen werde. Sei doch auch bereits ein
neues Geschlecht da, welches sich dem Pietismus entziehe und nicht etwa
der Aufklärung zustrebe, sondern „die bisher nie zu voller Geltung gelangte Gesamtanschauung Luthers vom christlichen Glauben und Leben
wirksam zu machen" suche.

Ritschl sagt[3]) einmal in dieser Zeit, in der er wiederholt auf die
kirchlichen Verhältnisse der Gegenwart zu sprechen kam: „Die kirchlichen
Dinge zu beurtheilen habe ich von meinem Vater gelernt und halte es
fest, indem ich in dem Parteiwesen keinen Segen erkenne." So blieb er
auch im Gegensatz zu allen freikirchlichen Bestrebungen dem hergebrachten

1) An Gottschick 24. 8. 86.
2) An Scholz 25. 8. 86.
3) An Scholz 2. 12. 85.

Landeskirchenthum treu. Durch die so mannigfaltigen Erscheinungen von Zersetzung der evangelischen Kirche ließ er sich nicht an dieser, nicht an der Überzeugung von ihrem geschichtlichen Beruf und nicht an der Hoffnung auf ihre bessere Zukunft irre machen. Und deshalb legte er auch so großen Nachdruck darauf, daß die geschichtliche Continuität des evangelischen Kirchenwesens nicht durch willkürliche, abstracte und individualistische Bestrebungen in Frage gestellt würde. Daß er aber diesen durchaus conservativen Standpunkt einnehmen konnte, daß ihm die kirchliche Gemeinschaft, sowenig sie auch in ihrer empirischen Ausprägung gerade zu seiner Zeit dem Ideal der Kirche entsprach, als ein nothwendiges Lebenselement galt, dafür liegt der tiefere Grund auch nur in den Eindrücken, die er in seiner Jugend von der kirchlichen Wirksamkeit seines Vaters empfangen hatte. Was so vielen Männern der jüngeren Generation in einer Zeit kirchlicher Wirren und unklarer, unprotestantischer Bestrebungen nicht mehr zu Theil geworden ist, das hatte er in einer bessern Vergangenheit des kirchlichen Lebens mit vollem Bewußtsein erfahren dürfen, eine lebendige Anschauung gesunderer kirchlicher Verhältnisse. Diese nachhaltigen Eindrücke waren maßgebend für seine Auffassung der kirchlichen Dinge überhaupt und für den Standpunkt, den er in seiner Kritik des degenerirenden protestantischen Kirchenwesens geltend machte. So war er befähigt und zugleich stets innerlich genöthigt, das Interesse der evangelischen Kirche in einem anderen, idealeren Sinne wahrzunehmen, als es in dem letzten Menschenalter unter dem Einfluß derjenigen Partei üblich wurde, der Ritschl von Anfang an als Gegner gegenübergestanden hatte (s. Bd. 1. S. 132. 194. 249 ff.). Und auch diesem Gegensatz zu der sogenannten orthodoxen, vielmehr hierarchischen Richtung des verweltlichten Pietismus ist er treu geblieben. Er hat sich zwar nicht in fortdauernde kleine Streitereien mit seinen Gegnern eingelassen. Er hat auch nicht eine neue Partei gegen jene bilden wollen, sondern jeder solchen Anwandlung widerstanden und vielmehr die Parole einer zielbewußten Geduld ausgegeben. Aber er hat sich auch niemals auf Compromisse eingelassen, er hat niemals mit seiner Überzeugung zurückgehalten oder diese gar ängstlich verborgen, er hat sich endlich niemals der Selbsttäuschung hingegeben, als ob es möglich wäre, mit jener Richtung, die seinen Bestrebungen überhaupt die Existenzberechtigung absprach und sie nicht einmal in der Kirche dulden wollte, sich zur gemeinsamen Lösung wichtiger praktischer Aufgaben zu verbünden. So würde für ihn wenigstens ein Zusammengehen mit Stöcker und dessen Gesinnungsgenossen eine Unmöglichkeit gewesen sein (s. o. S. 323 f.). Vielmehr billigte er es durchaus, daß Benschlag den Kampf mit Stöcker un-

beirrt aufnahm und sich auch nicht scheute, der von dieser Seite gegen
ihn geübten Polemik sich auszusetzen, während Nasemann vielmehr
wünschte[1]), daß jener sich von solchem Streit friedfertig zurückhielte.
Aber Ritschl antwortete[2]), daß nach seiner Ansicht der Kampf in wichtigen
Angelegenheiten der christlichen Geduld nicht widerspreche. „Vergleiche
Matth. 23. In Privatsachen ist die Nachsicht Pflicht. Aber in öffentlichen Dingen die Schäden walten zu lassen, ist nicht Pflicht. Ich bekämpfe dieselben dadurch, daß ich eine andere Sorte von Pastoren bilde,
welche jene verdrängen werden, wenn Gott Gnade giebt. Aber Beyschlag . . . . ist verpflichtet, den Schaden zu nennen, und wenn er
noch so oft mit Schmutz beworfen wird."

Mit dem dritten Bande der Geschichte des Pietismus wurde
Ritschl Ende Juni 1886 fertig. Dabei war ihm das kurz zuvor er-
schienene Buch von Becker[3]) über Zinzendorf sehr zu rechter Zeit gekommen, um ihm noch in einigen Dingen nützlich zu sein. Er schreibt[4]),
er habe manches daraus gelernt und sich alsbald dazu entschlossen, sein
bisheriges Manuscript nachträglich an verschiedenen Punkten zu verbessern. „Als ich aber an die Ausführung ging, merkte ich gleich, daß
die Arbeit nicht sehr groß werden werde. Als ich den Dienstag Vor-
und Nachmittag ihr obgelegen hatte, war für Mittwoch nur noch ein
kleiner Zipfel übrig. Kurz, meine Bereitwilligkeit, wer weiß wie viel
umzuarbeiten, wurde belohnt durch die hinter der Erwartung zurück-
bleibende Geringfügigkeit der nöthigen Änderungen . . . . Im
Ganzen und Großen kann ich, was ich über den Grafen geschrieben habe,
auch gegen die abweichenden Darstellungen von Becker aufrecht erhalten."
Demnächst hatte Ritschl, da er das letzte Kapitel schon früher abgefaßt
hatte[5]), nur noch die Theologie Zinzendorfs darzustellen. Dabei benutzte
er zum Theil die Werke von Becker und Plitt[6]). „Ich glaube," sagt[7])
er, „daß, wenn ich alle die Predigten von Zinzendorf, die auf meinem
Tische stehen, genau excerpirte, ich zu Grunde gehen würde. Der ein-
geschlagene Weg ist bequemer und kürzer, aber er macht mir den Eindruck, daß ich auf ihm sinke."

1) Nasemann an R. 12. 8. 85.
2) An Nasemann 25. 8. 85.
3) Bernhard Becker, Zinzendorf im Verhältnis zu Philosophie und Kirchenthum seiner Zeit. 1886. Vgl. Ritschls Recension in der Th. L.-Z. 1886. S. 326 ff.
4) An Nasemann 13. 5. 86.
5) An Mangold 17. 2. 86.
6) H. Plitt, Zinzendorfs Theologie. 3 Bde. 1869—1874. Vgl. Geschichte
des Pietismus III, S. 405. Anm. 1.
7) An Otto R. 30. 5. 86.

Diese Arbeit, wie überhaupt die späteren Kapitel über Zinzendorf, gewährten Ritschl selbst gar keine Erhebung und Befriedigung mehr. „Wer solche methodischen Erkenntnisse hat", sagt[1]) er über jenen später einmal, „und sie nicht zu verwenden weiß, der hat als Theolog ein gebrochenes Rückgrat. Und von der Sorte laufen so viele umher und erwarten, daß man sie als gut gewachsene Burschen achten soll." So war Ritschl der Beschäftigung mit dem Pietismus, als er sie nach vielen Schwierigkeiten, die theils im Gegenstande, theils in seiner Stimmung lagen, bis zum Ende des 18. Jahrhunderts glücklich durchgeführt hatte, gründlich satt, und auch dies war ihm neben ben in der Vorrede zum britten Bande bezeichneten Hindernissen ein Grund dafür, daß er die Geschichte des Pietismus nicht mehr bis in das 19. Jahrhundert hinein verfolgte. Auch den Vorschlag eines Freundes glaubte Ritschl nicht erfüllen zu können, „nämlich an den Schluß einen Überblick des Verlaufes bis zur Gegenwart anzuknüpfen. Ohne die nöthigen Beweise", sagt[2]) er, „würde, was ich vorzutragen und zu combiniren hätte, böseres Blut machen, und ich gehöre nun einmal zu den . . . . . . Theologen, welche troß alles zu gebenden Anstoßes doch Erbarmen üben, um bereinst auch Erbarmen zu finden. Man wird schon ohnedies über meine Zeichnung des Grafen schwer betrübt werden. Aber wenn sein Freund Schrautenbach ihn einer »tiefen Dissimulation« zeiht, so wird ja wohl daran nicht zu zweifeln sein." So ging der dritte Band der Geschichte des Pietismus als deren letztes Stück im October in die Welt hinaus. Und einige Wochen später bereits schrieb[3]) Ritschl, er habe sein Buch schon so gut wie vergessen. „Es ist merkwürdig, wie leicht das geht. Wenn ich meine Bücher wieder ansehe, erinnere ich mich nicht und kann nicht begreifen, wie ich das so gemacht habe. Deshalb heißt es auch: seine Werke folgen ihm nach, wie eine Procession von Schatten."

1) An Wendt 7. 12. 86.
2) An Scholz 16. 2. 86.
3) An Rasemann 12. 12. 86.

Kapitel XX.

Die letzten Lebensjahre und das Ende.

1886—1889.

Die Vollendung der Geschichte des Pietismus grenzt in Ritschls Leben die letzte Epoche ab. Zehn Jahre einbringender, umfassender, energischer und — nicht am wenigsten — aufopferungsvoller Arbeit hatte er jenem Werke gewidmet. Sie hatte ihn aus der Vollkraft der Mannes= jahre allmählich ins Alter hinübergeleitet, dessen Herannahen er ja schon seit einer gewissen Zeit an verschiedenen Zeichen hatte wahrnehmen können. Altsein bedeutete aber bei einem Mann wie Ritschl so viel, wie nicht mehr in der bisherigen Weise einer ununterbrochenen Forscherthätigkeit hingebungsvoll leben zu können. Und so hatte er gerade in den längeren und kürzeren Pausen, die er sich bei seiner Beschäftigung mit dem Pietismus gönnte, es immer wieder empfunden, daß er altere, daß sein Interesse an manchen Dingen abnehme, daß er, wenn er die Arbeit, die ihn beschäftigte, aus der Hand gelegt haben würde, nicht mehr im Stande sein würde, noch etwas ebenso hervorragendes zu leisten. Doch besaß er noch immer die alte geistige Spannkraft, noch immer die stahl= harte unnachgiebige Entschlossenheit, mit seiner ganzen Persönlichkeit für alles einzutreten, was ihm Beruf war oder unter irgend einem Gesichts= punkt zur Berufspflicht wurde, noch immer eine theilnehmende Auf= geschlossenheit für die wichtigsten Interessen der Gemeinschaft und für die Angelegenheiten der ihm näher oder ferner stehenden einzelnen Personen. Er war alt geworden und doch der Alte geblieben in der frischen Ur= sprünglichkeit seines Wesens, mit seinem behaglichen Humor, mit seinem scharfen Sarkasmus, mit seinem energischen Wissensdrang und mit seinem klaren, einbringenden Urtheil. Nur wenige und geringfügige Züge in dem Bilde der letzten Lebenszeit Ritschls können als greisenhaft an= gesehen werden. Sie verschwinden neben dem Eindruck geistiger Kraft, die ihm bis in seine letzten Tage erhalten blieb. Und auch äußerlich hatten die Jahre zwar sein Haar gebleicht und, da er die Vorderzähne verloren hatte, die Mundpartie in seinem Gesicht verändert. Doch wie in der Jugendzeit war seine Haltung noch immer aufrecht und straff, sein Gang energisch, seine Bewegungen kräftig. Und mit einer gewissen Befriedigung wies er öfters darauf hin, daß auch seine Gestalt mit der Zeit nicht kleiner geworden war, während er doch beobachtete, daß dies bei manchen anderen der Fall sei, die nach seiner Erinnerung in früheren

Jahren eine größere Leibeslänge gehabt hätten. So schienen mancherlei Anzeichen seinem Leben eine längere Dauer in Aussicht zu stellen, als ihm thatsächlich beschieden gewesen ist.

Ritschl fühlte sich auch durchaus gesund und frisch genug dazu, im Jahre 1886 noch einmal das Prorectorat zu übernehmen, welches ihm das Vertrauen seiner Collegen wieder übertrug, damit unter seiner Leitung das bevorstehende 150jährige Jubiläum der Universität Göttingen in würdiger Weise gefeiert werde. Sein Interesse für deren Angelegenheiten, seine Ordnungsliebe, seine Sachlichkeit und Geschäftskenntnis hatte er außer in seinem früheren Prorectorat viele Jahre lang als Mitglied des Verwaltungsausschusses und des Rechtspflegeausschusses der Universität bewährt. Überdies war Ritschls Name neben demjenigen Jherings und des schon vor längerer Zeit in den Ruhestand getretenen Wilhelm Weber weit über Göttingen, ja über Deutschland hinaus wohl am meisten bekannt und geachtet, und er selbst erfreute sich großer Beliebtheit bei der Mehrzahl seiner Amtsgenossen. Von diesen aber waren es zu seiner großen Genugthuung [1]) gerade die Naturwissenschaftler, die zuerst seine Candidatur für das Prorectorat in Aussicht genommen hatten. So fielen bei der Wahl von 58 Stimmen 47 auf Ritschl. „Da ich nicht mich selbst gewählt habe," schreibt [2]) er, „so sind 10 gegen mich gewesen. Allen kann man nicht gefallen; es ist mir aber lieb, daß sich nicht mehr in dieser Weise geäußert haben." „Ich habe demgemäß", heißt es in einem andern Briefe [3]), „die Aussicht, vom 1. September an zum zweiten Male ein ganzes Jahr mit Geschäften auszufüllen, welche vor 10 Jahren nicht immer zu meiner Freude gereichten. Ich war auf diese Sache nicht gefaßt. Allein da im August 1887 das 150jährige Bestehen der Universität gefeiert werden soll, und meine Collegen mir zutrauen, daß ich das besorgen könnte, so haben sie das Ungewöhnliche unternommen, mir zum zweiten Male dies Amt aufzuhalsen. Als mir schon im Winter ein Freund davon Mittheilung machte, daß dafür geworben würde, wurde ich sehr dadurch überrascht. Aber da ich zugeben mußte, daß unter den Älteren keiner mit mir in Concurrenz treten könne, so mußte ich einwilligen. Denn auch die Schwäche des Alters und der Gesundheit konnte ich nicht vorwenden. Und das Vertrauen durfte ich nicht geringschätzen. So bin ich also in den Karren so gut wie eingespannt." Es waren doch gemischte Gefühle, mit denen Ritschl den Anforderungen des

1) An Harnack 4. 7. 86.
2) An Otto R. 4. 7. 86.
3) An C. Steiß 4. 7. 86.

kommenden Jahres entgegensah; er sagte[1]), er freue sich gar nicht darauf, er zweifelte auch, ob seine Kräfte reichen würden, und hatte, als gerade das 500jährige Jubiläum in Heidelberg begangen wurde, so seine Gedanken über das, was er übers Jahr in Göttingen „aufführen werde". Er meinte[2]), das werde im Vergleich mit jener Feier recht klein ausfallen.

Inzwischen hatte Ritschl im Anfang Juli wieder an der Professorenzusammenkunft in Wilhelmshöhe Theil genommen und dort Herrmann, Schürer und Kattenbusch getroffen. Dann war er im September einige Tage in Gießen und in Marburg. Erst mit dem neuen Semester begannen die Pflichten und Verdrießlichkeiten des Prorectorats. „Für die Gegenwart", schreibt[3]) Ritschl, „leide ich unter der Verschiedenartigkeit der Thätigkeit, welche den Vorlesungen, und der, welche den Amtsgeschäften zu widmen ist. Der ersteren werde ich gar nicht froh, weil ich alsbald in alle die Kleinigkeiten und kleinen Sorgen verstrickt werde, welche die Regierung erfüllen. Ich bin jetzt älter, als irgend einer der Prorectoren, die ich seit 22 Jahren hier erlebt habe, in seinem Amt war. Bin ich auch im Ganzen gesund, und mein Rücken noch gerade, so bin ich immer mit meinem Schlaf in Spannung, und jede außergewöhnliche Erregung macht mir eine schlaflose Nacht. So vor wenigen Tagen, als ich in einem Kränzchen einen Vortrag gehalten habe bei der hohen Temperatur, welche in dem bestimmten Hause für nothwendig zum Leben angesehen wird. Jede Abendgesellschaft aber ist in der Hinsicht verfänglich."

„Was mir jetzt an besonderer Ehre anklebt," erklärt[4]) Ritschl ein andermal, „deckt auch nur allerlei miserabele Geschäfte, und ich empfinde die letzteren deutlicher, als die glänzende Außenseite. Freilich die drei Diners, die ich gegeben habe, waren recht erfreuend für mich, wie für alle Betheiligten, und dadurch hat sich auch die große Mühe gelohnt, mit welcher Fräulein Heintze alles so gelungen beschickt hat." Zuweilen spricht Ritschl auch von „einem Stande der Erniedrigung", den er durchmache, indem er gewisse Geschäfte zu leisten habe. „Es kommen nämlich," sagt[5]) er, „vom 12. November an die Schaaren der Studenten, welche es versäumt hatten, zu rechter Zeit ihre Vorlesungen zu belegen, um mit allerlei Ausreden, resp. Unwahrheiten den Prorector zu bestimmen,

1) An Herrmann 29. 7. 86.
2) An Rasemann 4. 8. 86.
3) An A. Bartels 31. 10. 86.
4) An C. Steiß 13. 12. 86.
5) An Rasemann 12. 12. 86.

ihre Bummelei zu legalisiren. Ich habe einen Ekel vor diesem Theile
der deutschen Jugend gefaßt, der mich gelähmt hat, irgend etwas von
Gemüthsart zu entwickeln, bis ich abgestumpft war; da habe ich seit
einigen Tagen meine alten Briefschulden abzustoßen angefangen, und
heute kommst Du an die Reihe." „Wenn mir nicht schon längst aller
Ehrgeiz ausgetrieben wäre," heißt es in einem andern Briefe[1]), „so
hätte ich jetzt allen Grund zu der Überzeugung gefunden, daß man
keinen Werth auf Auszeichnungen und dgl. zu legen hat. Ich weiß ja
wohl, auch aus dem Evangelium, daß man durch Dienen herrscht; aber
es müssen andere Dienste sein, als der, die Bummeleien der Studenten
. . . . zu legalisiren. . . . . Ich habe darin einen Druck
erfahren, welcher dadurch nicht erleichtert wurde, daß ich keine ständige
Arbeit an der Hand hatte. Vor 10 Jahren, in gleichem Falle, habe ich
während des ersten Vierteljahres stramm gearbeitet, mich aber überzeugt,
daß sich dies nicht fortsetzen ließe. Allein indem ich jetzt meine freie
Zeit mit allerlei zufälliger Lectüre hinbrachte, verlor ich jede Gewißheit
eines Lebenszweckes, bis ich begonnen habe, allerlei Studien, die ich beiläufig in Scholastikern gemacht hatte, zu Papier zu bringen. Und das
scheint zu helfen, zumal ich die Freude habe, ein Thema von großer
Wichtigkeit und ebenso großer Unbekanntheit zu bearbeiten."

Damit kommt Ritschl auf die Studien zu sprechen, die er über den
Spielraum der fides implicita in der mittelalterlichen Kirche in Angriff
genommen hatte, und die ihn weiterhin die letzten Jahre seines Lebens,
wenn auch unter vielen Unterbrechungen, beschäftigten. Zunächst hatte
er zwar nach dem Abschluß der Geschichte des Pietismus vorübergehend
daran gedacht[2]), die Schriften Wiclifs zu studiren, da es sich ohne
Arbeit nicht leben lasse. Und einmal meinte[3]) er auch wieder, freilich
im Widerspruch mit anderen Äußerungen[4]), daß, wenn er nicht hätte
Prorector werden müssen, er doch in Versuchung gewesen wäre, dem
Wunsche verschiedener Freunde gemäß mit dem Pietismus fortzufahren.
Doch fesselte ihn zunehmend die Frage nach der fides implicita. Für
diese war in ihm ein acutes Interesse bei seinem letzten Aufenthalt in
Halle (s. o. S. 449) durch eine Unterhaltung mit dem Dr. Uphues angeregt worden, nach dessen Mittheilungen jene Vergünstigung, daß man
nur insgesamt zu glauben brauche, was die Kirche glaubt, in der
katholischen Praxis nicht allein auf die Laien beschränkt werde, sondern

1) An Baffe 30. 12. 86.
2) An Wendt 28. 7. 86.
3) An Thilötter 30. 12. 86.
4) An Wendt 7. 12. 86.

auch ben Theologen zu Gute komme. Seitbem beschäftigte Ritschl das
Problem, in welchem Umfang jener Begriff in dem katholischen System
officielle Geltung habe. Und im October begann er den Lombarden,
Thomas, Duns, Bellarmin und Biel banach zu durchforschen, um später die
jesuitische Auffassung zu verfolgen. Mit besonberem Vergnügen, sagt[1])
er, habe er über die Sache den Duns gelesen. Er wünschte, baß die=
jenigen, bie „unter uns in Dogmatik machen, sich einmal in bem
Dr. subtilis spiegeln wollten. Wenn berselbe nicht in Retten von
Syllogismen procedirt, so ist er lichtvoll, wie nur irgenb einer . . . .
Um aber in ber Scholastik beschlagen zu sein, muß man bie Hauptwerke
besitzen und zur Haub haben. Ich möchte wohl wissen, ob noch ein
evangelischer Theolog außer mir ben Duns zu ben Sentenzen im Zimmer
stehen hat. Und bas Buch kommt antiquarisch leiber gar nicht vor.
Aber ben Lombarben und Thomas Summa theol. kann man leicht er=
reichen.“ Die Scholastiker, meint[2]) Ritschl, „sind boch sehr interessant
burch ihre Abweichungen von einanber und burch ben als nothwenbig
erkennbaren Zug, in welchem auch bie Abweichungen schließlich in bas Ziel
einmünben, welches in ber katholischen Kirche möglich ist.“ „Es ist immer
lehrreich, eine Sache burch bie Scholastiker hinburch zu verfolgen“[3]).
So sammelte Ritschl, wenn ihm zeitweise bie Prorectoratssorgen Ruhe
ließen, „in ber Scholastik einige Beobachtungen über Wissen und Glauben,
welche,“ wie er sagt[4]), „zur Beleuchtung meiner Position zweckmäßig
verwerthet werden können, verglichen mit ber Verschiebung, welche beibe
Functionen burch bie Hegelianer und Gefolge erfahren haben . . . . . .
Eine Menge von Confusion in unseren Sachen hat ihre Wurzel und
finbet ihre Aufklärung burch bie Scholastiker. Kann man sich wunbern,
baß man noch keine richtige Position gegen Rom gefunben hat?“

Bei biesen Studien fanb[5]) Ritschl, „baß bie genaue Unterscheibung
von wissenschaftlichem und religiösem Erkennen jenen Theologen ebenso
angelegen hat, wie uns. Nur haben sie keinen richtigen Gegensatz
zwischen beibem gefunben. Das Erkennen in ber scientia bestimmen sie
mit ben Merkmalen ber Selbständigkeit und ber Deutlichkeit, bas in ber
fides mit ben Merkmalen ber Unselbständigkeit (Auctorität ber Offen=
barung resp. ber Kirche) und Unbeutlichkeit. Man sieht, sie messen bas
religiöse Erkennen an ber scientia; sie haben keinen positiven Begriff

1) An Herrmann 18. 10. 86.
2) An Rasemann 25. 10. 86.
3) An Otto R 18. 11. 86.
4) An Wendt 7. 12. 86.
5) An Herrmann 19. 11. 86.

davon, mit dem sie es zur Entgegensetzung beider Arten des Erkennens brächten. Und dazu liegt der Hauptgrund in der Annahme, daß die zwölf Artikel des Glaubensbekenntnisses (welche sie durch Combination auf sieben de divinitate und sieben de humanitate bringen) das eigentliche Object des Glaubens ausmachen. Stützen wir uns aber auf Luther, so können wir erweisen, daß auch die Glaubenserkenntnis selbständig und deutlich sein kann, jenes auch unter Voraussetzung der Auctorität der Offenbarung. Dann ergiebt sich aber weiter der Gegensatz, daß die scientia niemals mit rechten Dingen ein Ganzes erreicht, indem sie mit Beobachtung der Dinge und mit Schlüssen einzelne Gruppen des Daseins umspannt, daß aber das religiöse Erkennen mit seinen directen Werthurtheilen die christliche Weltanschauung als Ganzes feststellt. Ich habe nun heut in der Vorlesung das Thema Ihres Vortrags[1]) über die geschichtliche Grundlage des Christenthums erreicht, und habe dabei ausgesprochen, daß der bekannte Satz von Lessing sich auch nur in dem scholastischen Schema des doppelten Erkennens hält. Viel unterscheidet den Inhalt des Glaubensbekenntnisses als propositiones contingentes von den Ergebnissen der Wissenschaft, veritates necessariae; blos sagt er und die anderen, daß Gott (in dem Umfang der natürlichen Theologie) ebenso scitur ut creditur. Es ist eine Schadenfreude bei mir, daß die Herren zur Rechten wie zur Linken noch immer in dem Joch der Scholastik gehen, die sie nicht kennen. Mit falschem Ansatz bringt man es nie zur richtigen Erkenntnis. Wie falsch Lessings Satz ist, mache ich mir gerne daran klar, daß den Buddhisten die Begriffe von Ding und Seele fehlen, welche für uns als nothwendige Vernunftwahrheit gelten, indem sie darüber wie Heraklit denken. Und die Vernunftwahrheiten, die Lessing meint, nämlich die moralischen, sind von der zufällig geschichtlichen Existenz und Thätigkeit Jesu von Nazareth abhängig."

Doch brachen Ritschls scholastische Studien bald wieder ab. Er berichtet[2]), der Anlauf zur Bearbeitung der fides implicita, den er vor Weihnachten genommen habe, sei stecken geblieben, da er an einem Tage nicht gewußt habe, ob ihm die folgenden Tage zu dieser Beschäftigung frei sein würden. Und dann habe er nicht mehr vermocht, seine Aufmerksamkeit auf schwere Lectüre zu concentriren. Schon früher hatte er einmal geschrieben[3]): „Mein theologisches Interesse ist abgestumpft. Kaum lese ich mit Aufmerksamkeit die Literaturzeitung und das neue

1) Herrmann, Warum bedarf unser Glaube der geschichtlichen Thatsachen. 1884.
2) An Wendt 29. 3. 87.
3) An Mangold 31. 1. 87.

Gemeindeblatt. Meine dogmatische Vorlesung halte ich ja mit Lebhaftig-keit wie immer; allein durch die darauf folgende Bureaustunde wird mir jeder Eindruck von zusammenhängenden Gedanken zerstört. Am folgenden Tage fällt es mir dann schwer, mich wieder in die Sache hineinzudenken. Man kann nicht zween Herren dienen."

Das von Ritschl in den soeben mitgetheilten Sätzen erwähnte neue Gemeindeblatt ist die von Rade herausgegebene, erst später mit ihrem jetzigen Titel benannte Christliche Welt. Als deren Probenummer er-schienen war, schrieb[1]) Ritschl, er habe Zutrauen zu dem Unternehmen gefaßt, „weil gar keine Salbung in den verschiedenen Artikeln vorkommt. Das haben die Leute ohne Zweifel von mir. Denn von wie vielen Leuten anderer Art bin ich bemängelt und auf Ungläubigkeit taxirt worden, weil ich in Haltung und Rede ungesalbt war. Z. B. der alte Dorner hat mir jedenfalls aus diesem Grunde stets mistraut. Nun ist endlich eine Gruppe da, in welcher die Ungesalbtheit zum Charakter gehört." „Das Radesche Gemeindeblatt," sagt[2]) Ritschl einige Monate später, „vereinigt ja eine Menge von Leuten, welche mit uns einver-standen sind, viel mehr, als ich erwartet hatte, und sie alle stimmen überein in starker Überzeugung und anständiger, auch gegen andere ge-rechter Haltung." Während Ritschl also von diesem hoffnungsreichen Unternehmen im Ganzen recht befriedigt war, stand er einer andern neuen Gründung gleichgültig und fremd gegenüber, dem evangelischen Bunde. „Nachträglich," bemerkt[3]) er, schicken dessen Stifter „ihr Project herum, damit auch andere durch Zugebung ihres Namens so etwas wie Trommel rühren sollen. . . . . Ich habe noch niemals so etwas unter-schrieben, und ich brauche nicht erst solche Conglomeration mitzumachen, um meine Wirkung gegen Rom auszuüben. Außerdem habe ich keine Lust, gerade an die Spitzen des Unternehmens mich als Gefölgling anzuschließen, da sie dann denken könnten, ich unterwürfe mich ihnen." Diese Gründe wollte aber Rasemann nicht gelten lassen. Er schrieb[4]), er verüble es Ritschl doch einigermaßen, daß er seine Unterschrift nicht gegeben habe. „Gerade Du hättest darunter stehen sollen. Ob Du Deinen Antiromanismus anderweit bekannt hast, darauf kommt es gar nicht an. . . . . Es handelt sich um eine große allgemeine Frage. . . . . Wir sind doch seltsame Leute, nicht wahr? Albrecht Ritschl ebensowohl als Otto Rasemann, die immer etwas besonderes

1) An Rasemann 12. 12. 86.
2) An Herrmann 29. 3. 87.
3) An Rasemann 12. 12. 86.
4) Rasemann an R. 17. 2. 87.

haben." Diefem freundfchaftlichen Zureden gegenüber machte [1] Ritfchl
geltend, daß man über die Unterfchrift zu jenem Unternehmen „ver=
fchiedener Anficht fein kann, ohne fich darum gegenfeitig zu beurtheilen.
Ich habe vergeblich nach Deinem Namen gefucht. Daß ich den meinen
zurückgehalten habe, begründe ich darauf, daß ich meinen Einfluß nicht
dadurch fchmälern oder trüben will, daß ich an kirchenpolitifcher Action
theilnehme. Zugleich aber habe ich es keinem meiner Schüler verdacht,
fich daran zu betheiligen. Die ganze Frage fpielt für mich in dem
Gebiet des Erlaubten, und dabei treten die individuellen Maßftäbe in
Wirkung, welche fich einem allgemeinen Urtheil entziehen. Ich habe es
für mich zweckmäßig gefunden, mich zurückzuhalten, indem ich keine Pflicht
erkenne, bei jedem an fich gut gemeinten und vielleicht für die Sache
wohlthätigen Unternehmen dabei zu fein. Ich finde mich auch nicht
verpflichtet, um andere zu ftärken, mich zu dem Aufruf zu unterfchreiben,
wie mir neulich mein Freund Zöpffel zumuthete. Denn mir find folche
nicht bekannt; . . . . ich kann alfo auf ihre Erwartungen von
mir keine Rückficht nehmen. Ich habe überhaupt keine Vorftellung davon,
wie viele oder wie wenige mich als Führer anerkennen. In meiner über=
wiegenden Vereinfamung ftelle ich mir, um befcheiden zu bleiben, meinen
Einfluß als fehr befchränkt vor; ich kann nur nach meiner Kenntnis
und Beurtheilung meiner Pofition in der Welt handeln, nicht nach dem,
was andere wiffen oder denken. Alfo, lieber Freund, bitte ich mich zu
entlaften von dem Verdachte unberechtigter Seltfamkeit. Seltfam mag
ich ja fein, aber das Recht dazu glaube ich dargethan zu haben."

Seiner Eigenart im Unterfchiede von derjenigen anderer war Ritfchl
überhaupt fich deutlich bewußt. Das gab er auch einem alten Be=
kannten gegenüber kund, den er nach faft 18 Jahren wiederfah. Er
traf in den erften Tagen des Jahres 1887 mit Alexander v. Dettingen
zufammen, der bei ihrem gemeinfamen, feit einigen Jahren aus Dorpat
nach Göttingen zurückgekehrten Freunde Mithoff zu Befuch war. Von
diefer Begegnung berichtet [2] Ritfchl: „Im Juni 1869, als Sie ihn zu
mir führten, hatte er den Eindruck ftreitfüchtigen Übermuths bei mir
hinterlaffen. Ganz fo erwies er fich jetzt nicht. Er war offenbar auf=
richtig freundfchaftlich, erkannte an, viel von mir gelernt zu haben,
wollte es dann aber doch überall beffer wiffen und unterließ nicht,
Zumuthungen religiöfer Leiftungen an mich zu richten, worin er mir
über zu fein meinte. So verlangte er, ich müßte mich nach der Wieder=

1) An Rafemann 12. 3. 87.
2) An Zöpffel 7. 1. 87.

kunft des Herrn sehnen, um die Vollendung des Reiches zu erleben."
„Da sagte ich ihm," erzählt Ritschl in einem andern Briefe, „1) daß
ich mich dazu ebenso kühl verhalten dürfe, wie Art. 17. der Confessio
Augustana, 2) daß er den Grund der meisten Differenzen im Unterschied
der Temperamente suchen müsse. Er und Engelhardt, vielleicht alle
Livländer seien aufgeregt und aufregungsbedürftig, wir hingegen nicht.
Er meinte darauf, ich sei es auch. Nein, sagte ich, lebhaft, aber nicht
aufgeregt; aber daß Sie es sind, können Sie nicht leugnen, denn Sie
sind seit einer halben Stunde in unserem Gespräch dreimal vom Stuhl
aufgesprungen. Ich habe es ihm noch einmal wiederholt und auch
seiner Frau gesagt. Dieselbe hat gegen Fräulein Heinze geäußert, sie
fände mich ganz anders, als sie sich vorgestellt habe. Wahrscheinlich
haben die Schwertbrüder mich immer als ihres Gleichen angesehen."
„Wiedersehen," meint 1) Ritschl, „werden wir uns schwerlich, allein ich
habe mich gefreut, ihn zum Vortheil verändert zu finden."

Obgleich Ritschl in seinen späteren Jahren im Allgemeinen die große
Geselligkeit mied, sah er sich doch durch sein zweites Prorectorat veranlaßt, sich nicht nur mit dem geringsten Maß von Repräsentations-
leistungen zu begnügen. So entsprach er gern dem Wunsche seiner
Kinder, den ihm namentlich seine Tochter plausibel zu machen wußte,
und veranstaltete einen Ball von 120 Personen. Dazu ließ er nicht nur
zwei Nichten aus Stettin und Boppard und seinen Sohn aus Halle
kommen, sondern seiner Einladung folgten auch zwei junge Hausfreunde,
die früher viel in seiner Familie verkehrt hatten, damals aber in Berlin
und Leipzig lebten, Johannes Weiß und Dr. Wilhelm Busch (jetzt Professor
der Geschichte in Freiburg i. B.), der Sohn seines alten Bonner Freundes
und Collegen und sein besonderer Liebling. Das Fest fiel auch zu
Ritschls großer Befriedigung aus. „Es wird sich", schreibt 2) er, „bei
mir schwerlich wiederholen; aber es bildete doch einen Höhepunkt des
Daseins, an welchen wir alle mit Freude zurückdenken werden. Vergleiche ich nun damit die gegenwärtig schwebende Kriegsgefahr, so muß
ich freilich immer an den Spruch aus dem Evangelium über die Zeitgenossen Noahs denken, welche freiten und sich freien ließen, ohne das

---

1) An Zöpffel 7. 1. 87.
2) An Liliencron 26. 1. 87.

Bevorstehen der Sintfluth zu ahnen. Möge dieselbe, wenn sie un-
vermeidlich ist, sich allein über die Franzosen ergießen." „Wenn ich nur",
meint er in einem andern Briefe[1]), „übers Jahr die vier jungen Leute
unversehrt wieder um mich versammeln kann!" Doch über Jahr und
Tag dachte niemand von den Seinigen mehr an den Ball, den er ihnen
für diesen Fall versprochen hatte, da inzwischen in seinem Hause das
freundlichere Gegentheil von demjenigen, was das soeben citirte Wort
von dem Freien besagt, in der Gestalt von zwei Brautpaaren zur
Wirklichkeit zu werden begann, und da sein zweiter Sohn als Assistenzarzt
in Freiburg gar nicht mehr in der Lage war, auf der Einlösung jenes
väterlichen Versprechens zu bestehen.

Die Aussicht auf einen möglichen Krieg mit Frankreich, die ja im
Anfang des Jahres 1887 nicht durchaus unbegründet war, kam in Ver-
bindung mit dem Unmuth über die Haltung des damaligen Reichstags
und über das System des allgemeinen Wahlrechts zu der Abneigung
gegen die laufenden Prorectoratsgeschäfte hinzu, um Ritschls allgemeine
Stimmung recht zu deprimiren. „Ich erfahre", schreibt[2]) er, „meine
Hindernisse durch die Elendigkeit der öffentlichen Verhältnisse, durch die
Besorgnis um den Krieg und durch die Einkapselung meiner sonst vor-
herrschenden Interessen durch die kleinen Obliegenheiten des Prorectorats.
Theologisch bin ich gar nicht ...... Alle wissenschaftliche Arbeit
liegt darnieder. Und wenn alle drei Jahre solche Bewegung der Lüge
auf das Volk losgelassen wird, so ist die sittliche Bedeutung des Staates
so unsicher geworden, das Staatsinstitut der Wahlen dient so sehr zur
Untergrabung der justitia civilis, daß ich nicht sehe, wie die Aufgabe
des Christenthums unserem Volke verständlich gemacht werden kann. Daß
die kleine Heerde die Verheißung hat, sich nicht zu fürchten, sondern zu
siegen, vermag ich mir nicht zu Nutzen zu machen, wenn ich nicht an
meinem Theile daran zu arbeiten vermag. Ich befinde mich ja vielleicht
körperlich wohler, gerade deshalb, weil ich keine energische Arbeit thue,
aber deshalb überschleicht mich auch der Zweifel daran, daß man etwas
in der Welt durchsetzt. Und an jeden Schritt der Vorbereitung unseres
Jubiläums knüpft sich unwillkürlich die Frage, ob nicht durch den Krieg
alles vereitelt wird ...... Den Pietismus habe ich so gut wie
vergessen. Ich vernehme ja kein Echo. Und ich möchte doch erfahren,
was die ›Brüder‹ zu meinem Bilde ihres Stifters sagen. Oder aber,
ich bin auch dagegen abgestumpft, diesen Wunsch zu hegen. Er kommt

1) An Mangold 31. 1. 87.
2) An Scholz 22. 2. 87.

mir nur jetzt zufällig in die Feder. Es mag nun in der Welt gehen,
wie es Gott zuläßt, so habe ich die Empfindung, ich könnte mich zurück-
ziehen, nachdem ich das Meinige geleistet habe. Die anderen können es
fortsetzen, wie sie es verantworten können." Damit kommt Ritschl auf
seine Differenz mit Kaftan wegen der Auffassung der Stelle Kol. 3, 3
zu sprechen. „Leben", sagt er, „oder ewiges Leben und Herrschen sind
Wechselbegriffe oder gar identisch (Röm. 5, 17; Jak. 2, 5; Hebr. 12, 28),
nämlich Herrschen über die Welt. Demgemäß sagt Paulus a. a. O., die
Herrschaft über die Welt, welche den Christen aus der Versöhnung und
aus der Taufe zusteht, sei gegenwärtig ebenso wie das gleiche Attribut
Christi verborgen in dem Rathschluß Gottes oder in dem Zusammenhang
mit der Gnade Gottes. Wenn die Herrschaft Christi in der Öffentlichkeit
erscheinen wird, dann kommt auch die uns zustehende zur Anerkennung
und machtvollen Wirkung. Demnach ist doch Luthers de lib. chr. die
richtige Deutung des gegenwärtigen Christenstandes, so wie man auch in
der Niedrigkeit Christi seine Herrschaft und Gottheit erkennen kann."

Dann fand Ritschl in der Anzeige von Gottschick[1]) über den letzten
Band seiner Geschichte des Pietismus „die erste Spur von Echo. Sonst",
sagt[2]) er, „hatte ich danach mit Aufmerksamkeit ausgeschaut; jetzt bin
ich auch dagegen abgestumpft. Ich will nicht leugnen, daß alles, was
in der Politik seit Neujahr sich abgespielt hat, einen in solche Stimmung
bringen mußte. Wie Dich, so haben auch mich die so schnell wechselnden
Thatsachen und Gerüchte erst hin und her aufgeregt, um dadurch eine
Gleichgültigkeit herbeizuführen, welche nichts weniger repräsentirt, als
eine Sicherung unseres Daseins. Es hat auch im Januar sehr auf der
Kippe gestanden: unsere Flotte hat damals Befehl bekommen, sich auf
den Krieg vorzubereiten. Es kann auch noch immer dazu kommen. Dann
müssen meine beiden Söhne vor den Feind. Aber der Gedanke daran
ängstigt mich nicht mehr, wie früher."

So drohend nun auch zeitweilig die Wolken am politischen Horizont
aussehen mochten, so konnten, da sie sich nicht entluden, in Göttingen
doch ohne Störung verschiedene Veranstaltungen der Universität, die dem
Jubiläum selbst vorangingen, unter Ritschls Fürsorge ihren regelrechten
Verlauf nehmen. „Am 22. März", berichtet[3]) er, „werden wir zum
ersten Male Königs Geburtstag durch einen akademischen Redeact feiern.
Die Schwerfälligkeit, welche in vielen Beziehungen der Universität

---

1) In Sybels Historischer Zeitschrift. N. F. Bd. 21. S. 476 ff.
2) An Marcus 12. 4. 87.
3) An Rasemann 12. 3. 87.

Göttingen anhaftet, hat seit 20 Jahren sich jener Obliegenheit entzogen. Nun ist uns im vorigen Herbst der Minister damit auf den Pelz gerückt, daß wir die einzige Universität seien, welche an dem Tage stumm ist. Ich habe also die Sache in Gang gebracht und natürlich keinen Widerspruch gefunden. Weiland wird eine Rede halten, welche, wie er mir gesagt hat, sich hauptsächlich mit Themistokles beschäftigen wird. Dadurch wird mir die Rede auf dem folgenden Diner nicht erspart. Weiterhin habe ich am 4. Juni zur Preisvertheilung am Geburtstag Georgs III. eine Rede zu halten. Diese habe ich fertig gemacht, um jetzt in den Ferien Zeit für die Jubiläumsrede zu gewinnen. Diese wird mir Mühe machen, denn sie darf nicht theologisch, sondern muß politisch sein. Ich habe am Mittwoch meinen Freund Mejer besucht und mit ihm darüber conferirt. Wir wurden ohne Schwierigkeit einig. Aber ich muß mich sehr behüten, daß ich keine Trivialitäten sage." „Wenn ich nur arbeiten könnte," schreibt[1]) Ritschl einige Zeit später, „in steter Thätigkeit hat man auch eine größere Tragsamkeit für das Widerwärtige. Aber ich kann es kaum Arbeit nennen, was ich an die zwei im Sommer von mir zu haltenden Reden verwendet habe." Von diesen, heißt es weiter, behandelt die erste „das mir geläufige Thema der Reformationen im Mittelalter der lateinischen Kirche, um daran den Fehler anschaulich zu machen, welchen die hergebrachte Behandlung der Reformatoren vor der Reformation begeht. Dann begann ich im März die für das Jubiläum bestimmte Rede zu schreiben, und bin heut bis zu dem letzten Absatz gekommen. . . . . . . Eine kleine Einleitung machte keine Schwierigkeiten. Dann aber habe ich viermal einen Anlauf genommen, welcher dreimal sich als ungeeignet erwies. Zweimal versuchte ich einen von Mejer mir angegebenen Gedanken auszuführen, daß Göttingen seinen Ruhm an der historischen Methode habe, welche namentlich durch Pütter, Hugo, K. F. Eichhorn vertreten, vielleicht auch von Deinem ergebenen Freunde zur Reform seines Faches angewendet wird. Aber diese Erörterung fiel zweimal ganz pedantisch aus, und ich fand nicht weiter, wenn ich nicht sehr ausführlich und ganz doctrinär wurde. Ich überzeugte mich, daß ich nicht geschickt bin, nach fremdem Vorschlage zu arbeiten. Ich entschloß mich also, das Thema wegzuwerfen, und begann einen Überblick über die letzten 50 Jahre mit der Katastrophe der Universität unter Ernst August. Aber dieses fiel zunächst zu ausführlich aus. In einem vierten Gange erst gelang mir eine concise Darstellung dieser Sache als eines Conflictes zwischen der Qualität der Professoren als

---

1) An Rasemann 10. 4. 87.

Staatsbeamten und ihres Corporationsrechtes, ein Conflict, wie er jeden Tag durch Rücksichtslosigkeit eines Ministers sich wiederholen kann. Dann habe ich suaviter die Geschichte durch 1848. 66. 70 bis zur Gegenwart geführt und Angesichts der Zukunft auf die Coalition von Klerikalen, Freisinnigen und Socialdemokraten aufmerksam gemacht, welche, im Moment zurückgedrängt, jeden Augenblick wieder gefährlich werden kann, wenn der Ruhe liebende Wähler wieder in seine Schlaffheit zurückkehrt. Was sollen w i r dabei thun? Den ursprünglichen Zusammenhang der drei geschichtlich verstehen lehren. Nun folgt der zweite Theil, in welchem ich nachweise, daß die Grundsätze der Gütergemeinschaft, des steten Fortschritts vom positiven Recht zum Naturrecht und der auch im vertragsmäßig bestimmten Staat fortwirkenden und umgestaltenden Macht der Volkssouveränetät bei Gratian, Thomas von Aquino und Bellarmin Elemente der katholischen Weltansicht sind. Es ist also mit dem Zauber der modernen Art bei dem Liberalismus und Socialismus nichts, das sind vielmehr veraltete Motive, vielleicht werden sie durch diese Nachweisung discreditirt. Über den bevorstehenden Schluß bin ich noch nicht mit mir einig."

Mittlerweile gestalteten sich die Verhältnisse so, daß durch eine königliche Entscheidung plötzlich die Aussicht auf eine weit glänzendere Feier des Jubiläums eröffnet wurde, als bisher hatte erwartet werden können. Der König übertrug nämlich die seit hannoverscher Zeit vacante Würde des Rector magnificentissimus der Universität Göttingen, um deren Übernahme ihn deren Senat gebeten hatte, an seiner Statt dem Regenten von Braunschweig, Prinz Albrecht. Der Ministerialdirector Greiff und der Geheimrath Althoff überbrachten am 14. April persönlich die Nachricht von diesem Beschluß und von erheblichen Geldbewilligungen für die Jubiläumsfeier. Daraufhin entsandte der Senat der Universität eine Deputation nach Braunschweig, welche am 25. April von dem Prinzen empfangen wurde. Ritschl erzählt[1]), daß er und die vier Decane in Braunschweig eine sehr glänzende Aufnahme gefunden hätten. „Meine Anrede an den Prinz-Rector ging glatt von Statten und gefiel hauptsächlich deshalb, weil ich die Armee als Institut des Unterrichts und der Erziehung mit der Universität in Vergleich stellte. Bei dem folgenden Galadiner, an dem wir in ausgezeichneten Plätzen Theil nahmen, wurden wir auch der Prinzessin vorgestellt, welche mich noch einmal nach Tisch angeredet hat. Wenige Tage darauf, als der Prinz zur Truppeninspection hier war, bin ich wiederholt in seiner Nähe gewesen, bei einem

---

1) An A. Bartels 15. 11. 87.

Fackelzug der Studenten, bei einer Vorstellung der gesamten Universität, welche ich zu einer förmlichen Installation des Prinzen benutzte, indem ich ihm seinen (eben mit neuem Sammet überzogenen) Lehnsessel über= wies und ihm die Scepter übergab, dann bei einem Diner im Officier= casino. Er ist ein ebenso wohlunterrichteter wie interessirter Mann und dabei von einfacher Gesinnung und bescheidenem Gemüth."

Nach diesen Begebenheiten begann man mit den verschiedenen Zu= rüstungen zu der bevorstehenden Feier, die Ritschls Gedanken nach allen Richtungen so sehr in Anspruch nahmen, daß, wie er sagt[1]), seine einzige von diesen Sorgen freie Zeit die tägliche Stunde war, in der er auf dem Katheder stand. „Aber", fügt er hinzu, „was ich da sage, ver= schwindet bis zum folgenden Tage so vollständig aus der Erinnerung, daß, wenn ich nicht im Dictat bis zu einem deutlichen Abschnitt gelangt bin, ich mir von dem nächstsitzenden Studenten den letzten Satz muß vorlesen lassen." „Ich befinde mich überhaupt nicht zum besten", berichtet ein anderer Brief[2]) zu derselben Zeit, „seit mit dem neuen Semester allerlei Geschäfte zur Vorbereitung unseres Jubiläums mir zugewachsen sind und mich in Aufregung erhalten haben. Das ist auch nicht ohne Reibungen abgegangen, welche unnötige Zeit und Kraft in Anspruch nahmen; indessen habe ich dabei gelernt, mir den Ärger zu ersparen, der sonst wohl eintrat, zu welchem aber jetzt die Zeit nicht mehr reichte. Denn einerseits nehme ich wahr, daß die Collegen, welche hin und her quer getrieben haben, das nicht aus argem Willen thaten; andererseits mache ich die Erfahrung von aufopfernder Dienstfertigkeit und Gefälligkeit derer, welche zunächst mit mir die Sorgen um die Arrangements theilen. Zwar bin ich in einigen Wochen völlig zerschlagen gewesen; aber jetzt, wo mein Schlaf besser ist, und der Sitzungen nicht so viel, halte ich es aus, ohne alle Viere von mir zu strecken. Das war vor 14 Tagen eine schwere Zeit, wo ich in einer Woche Verwaltungsausschuß, Festcommission und Facultätssitzung hatte, dazwischen am Mittwoch zur Preisvertheilung eine Rede halten, danach mit zwei Braunschweigschen Kammerherren wegen der Functionen des Prinzen Albrecht an dem Jubiläum verhandeln mußte, und diesen Herren zu Ehren noch eine kleine Gesellschaft am Abend bei mir sah. Das war ja unmittelbar recht erfreulich, allein am andern Tage war ich geliefert. Ich habe ja im April nicht nur die Affaire in Braunschweig, sondern danach auch den Aufenthalt des Prinzen hier gut überstanden und alles zur Zufriedenheit abgewickelt, und demgemäß

1) An Otto R. 25. 6. 87.
2) An C. Steiß 24. 6. 87.

zweifele ich nicht an meinen Leistungen im August, aber ich finde die
Vorbereitungen aufreibend. Und doch kann ich es nicht bereuen, mich darauf
eingelassen zu haben . . . . Namentlich die Verquickung unserer
Verhältnisse mit dem Hof in Braunschweig glaube ich mit aller nothwendigen Sicherheit des Auftretens in Scene gesetzt zu haben, obgleich
ich keine Vorstudien dazu gemacht habe, und der Prinz hat mir für die
hier eingetretenen Ceremonien, Fackelzug der Studenten und Vorstellung
der Universität ausdrücklich gedankt, daß ich ihm alles so erleichtert hätte.
Übrigens ist mein Rector und Namensgenosse ein Mann von liebens-
würdiger Bescheidenheit und vielseitigem Interesse, dessen Ernennung, so
unerwartet sie war, allseitige Befriedigung erweckt hat und mir manche
Schwierigkeiten bei dem Jubiläum erspart, denen ich vielleicht nicht
gewachsen war." „In jeder neuen Woche", erzählt[1]) Ritschl weiter,
„klärte sich die Unbestimmtheit der Aufgaben ab . . . . . . Aus der
letzten Sitzung zwei Tage vor dem Fest ging ich mit der kaltblütigsten
Überzeugung, daß für alles gesorgt sei, und die Sache ihren Lauf nach
den getroffenen Anordnungen haben müsse. Es war nicht wie bisher
immer $8^{1/2}$, sondern erst $7^{1/2}$ Uhr, und ich hatte noch die Zeit, mit zwei
Collegen die Hauptstraße zu durchwandern, welche bei dem Schmuck der
Häuser kaum wiederzuerkennen war."

Bei dem Jubiläum selbst verlief alles, wie Ritschl sich ausdrückt,
glatt, glänzend, befriedigend. „Wir hatten", so schreibt[2]) er, „das
günstigste Wetter trotz der Hitze; am dritten Tage hat ein heftiger Wind
die Bildung von Gewitter hintangehalten. Alle Anordnungen bei den
öffentlichen Acten in Kirche, Aula, Aufzug der Studenten vor derselben
kamen zu richtiger Ausführung. Das Publicum benahm sich musterhaft.
Das Hofmarschallamt in Braunschweig hatte ein Programm erlassen,
welches den Anschein hatte, als sollten wir von der Hofetiquette um-
klammert werden. Das traf nicht ein. Die Hofleute selbst haben den
lebhaftesten Eindruck von der Selbständigkeit der Universität davon
getragen. Es ist anders gewesen als in Heidelberg, wo das höfische
Element in den Vordergrund getreten ist. Freilich war unser Rector
nicht der Landesherr und seiner ganzen Stimmung nach bereit, auf
unsere Haltung einzugehen." Daß so der akademische Charakter der
Jubiläumsfeier zum vollen Ausdruck gekommen sei, daran meinte[3])
Ritschl, habe auch seine Rede einen gewissen Antheil gehabt, „welche die

1) An A. Bartels 15. 11. 87.
2) An Nasemann 12. 8. 87.
3) An C. Stein 29. 8. 87.

Selbständigkeit des Universitätslehrers den Anwesenden zu befriedigendem
Eindruck brachte und auf die Auswärtigen so gewirkt hat, wie ich es
beabsichtigt hatte . . . . . . Der Prinz hat einen großen Eindruck von
dem bekommen, was eine Universität bedeutet; denn die Äußerungen
seiner Begleiter sind als seine eigenen anzusehen. Und Beweis dessen
ist ein Telegramm an den Kaiser, welches er mir in eigenhändiger Ab=
schrift gegeben hat, worin er sich wiederholt für die Ernennung zu
unserem Rector bedankt, weil ihm dadurch die große Freude zu Theil
geworden sei, den erhebenden Festtagen beizuwohnen. Der Prinz war
von unverwüstlicher Leistungsfähigkeit und Liebenswürdigkeit. Von den
Gästen, die wir eingeladen hatten, habe ich die meisten nur in ganz
flüchtiger Weise gesehen und begrüßt. Sehr angenehm aber war das
Zusammensein mit meinen Quartiergästen Uhlhorn, dem Abt zu Loccum,
und Wendt aus Heidelberg. Man war in der heitersten Stimmung,
und wenn ich auch in den Tagen wenig geschlafen habe, so haben meine
Kräfte ausgehalten, und auch nachher habe ich die Anstrengung nur mit
einem Tage voll Müdigkeit gebüßt. Eine besondere Leistung für mich,
wegen deren ich viele Anerkennung erworben habe, war die Beantwortung
der Gratulationen, welche nach meiner Rede in der Aula erfolgten. Ich
mußte natürlich aus dem Stegreif antworten, und als ich mir einige
scherzhafte Wendungen erlaubte, waren alle sehr erfreut durch diese
Erleichterung der Stimmung. Kurz, es war doch wohl der höchste
Moment in meinem Leben. Jetzt ist derselbe überschritten." — Bei
Gelegenheit des Jubiläums wurde Ritschl der preußische Kronenorden
zweiter Klasse und das Commandeur = Kreuz zweiter Klasse des Braun=
schweigschen Ordens Heinrichs des Löwen verliehen.

In seiner Jubiläumsrede wies Ritschl den innern Zusammenhang
der politischen Richtungen des Klerikalismus, des specifischen Liberalis=
mus und der Socialdemokratie nach, indem er zeigte, daß sie auf dem=
selben Boden der mittelalterlichen Weltanschauung beruhen. Mit diesen
Ausführungen gab er im Grunde nur den von ultramontanen Geschichts=
kritikern nicht selten erhobenen Vorwurf, daß die Reformation die
Mutter aller späteren Revolutionen sei, dem Katholicismus zurück. So
sachlich und lediglich historisch diese Darlegungen gehalten waren, so er=
regten sie doch in den klerikalen und freisinnigen Tageszeitungen Aus=
brüche leidenschaftlichen Ingrimms, denen wiederum nationalliberale und
conservative Blätter schlagfertig entgegentraten. Wenn aber von jener
Seite geltend gemacht wurde, daß ein Universitätsjubiläum kein geeig=
neter Anlaß zur Vertretung politischer Überzeugungen sei, so wies gleich

damals eine auswärtige Zeitung¹) mit Recht darauf hin, daß in solcher
Zurückhaltung „noch immer zu sehr der Geist des kleinstaatlichen und
kleinbürgerlichen Lebens stecke . . . . Es ist ein Beweis unseres
wachsenden nationalen Selbstgefühls, daß wir den Muth gewinnen, gleich
Franzosen und Engländern auch im Rahmen der akademischen Be-
redtsamkeit das laut zu sagen, was alle interessirt." Überdies hat
Ritschl nur im Sinne der Tradition geredet, die, getragen namentlich
durch den Betrieb der geschichtlichen Studien, auf der Göttinger Universität seit deren Anfängen gepflegt wurde. Daher nahm Ritschl nur
ein Recht wahr, das ihm als dem durch das Vertrauen seiner Collegen
erwählten Prorector zukam, wenn er von jenem Standpunkt aus an den
öffentlichen Verhältnissen in Deutschland eine durch eindringliche historische
Forschungen begründete Kritik übte.

Ritschl selbst bekümmerten jene feindseligen Nachklänge seiner
Jubiläumsrede sehr wenig. War er doch seit einer Reihe von Jahren
hinlänglich gewöhnt an sinnlose Anfeindungen der verschiedensten Art,
um nun auch durch die Auslassungen Eugen Richters, der „Germania",
der „Eichsfeldia" und anderer ultramontaner und deutschfreisinniger
Koryphäen kaum erregt zu werden. Indem er aber gegenüber der Erklärung der Kreuzzeitung, daß sie ihn als Politiker billige, als Theologen mißbillige, geltend macht²), daß seine Politik nur in derselben
Richtung gehe, wie seine Theologie, bemerkt er: „Die Beschimpfungen
der Freisinnigen und der Ultramontanen nehme ich hin, denn sie beweisen,
daß der beabsichtigte Hieb gesessen hat, und meine Aufklärung über die
Zusammengehörigkeit der drei Parteien wird bei deren Gegnern nicht
verloren sein. Ich glaube ein gutes Werk gethan zu haben. Hier haben
auch manche Hörer meiner Rede dieselbe nicht zweckmäßig gefunden.
Eindruck hat sie aber doch gemacht, und als Friedensstörung ist sie
schwerlich empfunden worden. Aber wenn ich nicht ganz farblos reden
wollte, so konnte ich nur politisch reden, und wenn ich aus meinen
Studien heraus reden durfte, so war das, was ich vorgetragen habe,
meine neueste Entdeckung, welche im vorigen Winter mir in die Augen
gesprungen ist, als ich zufällig in Gratians Decret hineinlas. Aber dieser
Fund hat einen noch größern Zusammenhang, den ich seit mehr wie
20 Jahren an einer Menge von Punkten erprobt habe. Ich meine nämlich, daß alle möglichen Oppositionserscheinungen seit dem 16. Jahrhundert
aus frei gewordenen Elementen mittelaltriger Art entsprungen sind³).

---

¹) Die Grazer Tagespost. 11. August 1887.
²) An Scholz 22. 8. 87.
³) Vgl. auch Geschichte des Pietismus I. S. 266 f.

Das gilt vom Socinianismus und dem Arminianismus, vom Pietismus
und von der Aufklärung, so jetzt von dem Radicalismus und der Social=
demokratie. Werden wir diese Infectionen mittelaltriger Herkunft über=
stehen? Ich wage nicht mehr Kinderkrankheiten zu sagen. Übrigens
stirbt mancher auch an einer Kinderkrankheit."

Daß in dieser Weise die Jubiläumsrede mit Ritschls langjährigen
Forschungen über das Verhältnis der reformatorischen zu der mittelalter=
lichen Denkweise zusammenhing und durch sie begründet war, wie dies
jedem in die Augen fallen muß, der auch nur oberflächlich mit Ritschls
historischen Arbeiten bekannt ist, davon hatte nicht die geringste Ahnung
ein ultramontaner Philosoph und Parlamentarier, der alsbald mit einer
schnell verfertigten, scheinbar sehr gelehrten Gegenschrift[1]) jene Rede wider=
legt zu haben sich schmeichelte. Der Freiherr von Hertling wußte von
Ritschl selbst weiter nichts, als daß „die biblische Exegese" nicht sein
„eigentliches Fach" (S. 11), und daß er auch nicht „Kirchenhistoriker
von Fach" sei (S. 12). Für jenes Nichtwissen giebt er ausdrücklich den
Universitätskalender als Quelle an. In Folge dieser völlig naiven Un=
bekanntschaft mit Ritschls wissenschaftlicher Stellung und mit seinen bis=
herigen Leistungen mußte nun jener Gegner da, wo es gerade auf deren
doch unschwer erreichbare Kenntnis angekommen wäre, sich mit bloßen
Vermuthungen behelfen, wie wenn er bei einer wichtigen Streitfrage
Ritschl ohne weiteres die Ansichten des bekannten Juristen Stahl unter=
stellt und nun gegen diesen seine Streiche führt. Mag aber Hertling
auch in einigen nebensächlichen Punkten[2]) Recht haben, so treffen doch
die wesentlichen Einwendungen des Parlamentariers den Kern der Nach=
weisungen Ritschls um so weniger, als jenem dafür das Verständnis
völlig abging, und er sich nicht einmal bemüht hatte, eine auch nur
elementare Einsicht in die Anschauungen seines Gegners sich anzueignen.
Ritschl hielt es denn auch für eine genügende Antwort auf diese Gegen=
schrift, daß einer seiner jüngern Freunde eine von ihm gebilligte Er=
widerung in der „Post"[3]) veröffentlichte.

Dagegen galt die literarische Leistung Hertlings seinen ultramon=
tanen Parteigenossen selbstverständlich als eine große That. Das be=
weisen die gegen Ritschl gerichteten Verunglimpfungen, welche in der
33. Sitzung des preußischen Abgeordnetenhauses der bekannte Abgeord=
nete Windthorst mit der ihm eigenen Unverfrorenheit in der gutgespielten

---

1) G. Frh. v. Hertling, Zur Beantwortung der Göttinger Jubiläumsrede.
Offener Brief an Herrn Professor Dr. Albrecht Ritschl. Münster und Paderborn 1887.
2) Vgl. die Recension von Gottschick in der Th. L.-3. 1888. S. 407 ff.
3) Die Post. 16. Dec. 1887. 3. Beilage.

Rolle eines sachkundigen Kritikers vorzubringen sich veranlaßt sah, und welche der Abgeordnete Mithoff, da er ihnen unvorbereitet gegenüberstand, doch nicht mit dem erforderlichen Nachdruck zurückzuweisen in der Lage war. Indessen machten jene Klagen Windthorsts weiter gar kein Aufsehen, da der zwei Tage später eintretende Tod Kaiser Wilhelms I. die allgemeine Aufmerksamkeit und Theilnahme so sehr in Anspruch nahm, daß die kleinen Nöthe des Centrums darüber gänzlich in den Hintergrund traten.

In der Aussicht auf den 1. September, an welchem das Prorectorat wieder abzugeben war, hatte Ritschl einmal geschrieben [1]), „daß die dann eintretende Stille mir wahrscheinlich sehr befremdend erscheinen wird, bis ich wieder an die Arbeit komme. Überhaupt wird, glaube ich, dieses turbulente Jahr einen starken Abschnitt in meinem Leben bilden, nach welchem ich anders sein werde, als vorher." In dieser Erwartung hatte sich Ritschl nicht getäuscht. Er konnte wirklich nicht mehr soviel leisten, wie bisher. Zwar erfreute er sich noch ein Jahr lang im Ganzen eines guten Befindens. Manche Störungen seiner Gesundheit, die in den letzten Jahren sich mehrfach wiederholt hatten, schienen überwunden zu sein. Aber oft lastete nun auf ihm eine Müdigkeit, die ihm früher unbekannt gewesen war. Und an dem Werk seines Alters, der Schrift über die Fides implicita, hat er nur noch mit Unterbrechungen in günstigeren Momenten, denen aber immer wieder solche geringerer Leistungsfähigkeit folgten, fortzuarbeiten vermocht. Doch trat der nun beginnende Verfall seiner Kräfte ganz allmählich ein.

Als zunächst die aufregenden Tage des Jubiläums überstanden waren, schrieb [2]) Ritschl im freudigen Hinblick auf die in 14 Tagen bevorstehende Befreiung vom Prorectorat: „Ich bin ja in der ersehnten Ruhe, befinde mich körperlich wohl, bin jedoch geistig völlig ausgehöhlt und für gar nichts interessirt. Es war doch eine große Aufopferung, die ich begangen habe, dieses Werk durchzuführen. Wer weiß, wann ich meinen Rückweg zu den Studien finden werde. Aber die Sache ist gelungen, und ich bereue nicht, mich ihr gewidmet zu haben." Dann feierte er am 1. September selbst den nun erst vollkommen eintretenden Wiedergewinn seiner Muße durch eine Abendgesellschaft im Freundes-

kreise. Aber im Ganzen dauerte es doch fast ein Vierteljahr, bis Ritschl
die Abspannung überwand, durch welche, wie er sagt[1]), „die drei
Monate der Vorbereitung compensirt worden sind. Ich habe mich auch
meiner Faulheit nicht geschämt, obgleich sie mir manchmal lästig geworden ist." Doch zu einer Erholungsreise konnte sich Ritschl auch nach
den Anstrengungen des letzten Jahres nicht entschließen. Er blieb ruhig
in Göttingen, wo er in seinem Garten sich ebenso meinte erfrischen zu
können, wie auswärts. Er las damals unter anderem zu seiner „Belehrung und Erhebung" K. W. Nitzsch's Geschichte des deutschen Volkes.
Dabei, bemerkt[2]) er, stelle er sich „die peinliche Frage, ob Kaiser
Wilhelm nach Karl dem Großen oder nach Otto dem Großen declinirt
wird, ob er eine geschichtliche Episode oder der Anfang einer 300jährigen
Größe unseres Volks sein wird. Ich kann mich eines Pessimismus nicht
erwehren, der in meinem Temperament nicht, vielleicht in meiner Alters-
stufe begründet ist, dem aber die Zeitgeschichte sehr viel Nahrungsstoff
bietet." Ferner besorgte Ritschl den Druck seiner drei akademischen
Reden, deren letzte allerdings bereits von einigen politischen Zeitungen
gebracht worden war, aber nun doch zusammen mit den beiden andern
erscheinen sollte, da diese die in jener enthaltenen Nachweisungen, worauf
Ritschl selbst in der Vorrede aufmerksam macht, ergänzten und bestätigten.
In die zweite Rede fügte er jetzt den Passus über die Husiten (S. 43)
ein[3]), der zuerst darin fehlte. Dann trat an Ritschl die Aufgabe heran,
eine neue Auflage seiner Schrift über Theologie und Metaphysik zu veranstalten, die schon seit dem Ende des vorigen Jahres nothwendig war,
der er sich aber, solange er durch die seine Aufmerksamkeit zersplitternden
Geschäfte des Prorectorats in Anspruch genommen wurde, noch nicht
hatte zuwenden wollen. Doch fand er nun, daß er die neue Redaction
in dem Umfange, in dem er sie vornahm, schon vor drei Vierteljahren
hätte leisten können. Denn es sei nicht ausführbar, sagt[4]) er, sich auf
weitere Polemik einzulassen, ohne das Gefüge der Schrift umzugestalten.
„Ich lasse also die Gegner dahingestellt und werde nur nebensächliche
Zusätze und Veränderungen machen. In einem Vorwort werde ich den
Leuten, welche das Ding als ›Streitschrift‹ zu bezeichnen beliebt haben,
sagen, wenn es diese Art hätte, wäre es längst verschollen. Es hätte sich
aber als ›Lehrschrift‹ bewährt, da es nach sechs Jahren noch immer
begehrt werde."

---

1) An Wendt 14. 11. 87.
2) An Rasemann 12. 9. 87.
3) An Herrmann 11. 10. 87.

Kaum war diese Arbeit erledigt, als Ritschl durch die Nachricht[1]) überrascht wurde, daß der dritte Band der Lehre von der Rechtfertigung und Versöhnung wieder neu herausgegeben werden müsse, dem bald auch neue Auflagen des zweiten und des ersten Bandes folgen würden. Es sei freilich kein gutes Zeichen, antwortete[2]) Ritschl, daß die Leute sich vorherrschend auf das Studium des dritten Bandes zu beschränken schienen. „Indessen ist der Verbrauch der Auflage seit 83 ein Zeichen davon, daß immer mehrere mich studiren. Also voran. Soviel ich mir in der Eile überlege, werde ich nicht viel zu ändern oder zu er= gänzen haben." Ritschl sah also die Beschäftigung mit seiner Theologie in erfreulichem Fortschritt begriffen, der auch schon daran erkennbar hervorgetreten war, daß im Jahre zuvor die dritte Auflage des Unter= richts in der christlichen Religion nothwendig geworden war.

Von diesem Buche nahm nun gerade damals ein Laienmitglied der am 9. November zusammengetretenen Landessynode Veranlassung, in deren sechster Sitzung vom 15. November, als der Generalbericht[3]) des Landesconsistoriums in der Generaldebatte besprochen wurde, gegen Ritschl wegen seiner Lehre von der Sünde den Vorwurf der Irrlehre zu er= heben[4]). Diese Anregung blieb indessen unmittelbar ohne jede weitere Bedeutung, da der nächste Redner auf ein ganz anderes Thema einging, und keiner mehr auf jenen Gegenstand zurückgriff. In Göttingen aber bezeugten Ritschls Zuhörer ihm ihre lebhafte Sympathie durch das „Ehrengeräusch des Trampelns", das ihn völlig überraschte, da er, wie er sagt, jenen neuen Angriff schon gänzlich vergessen hatte. Als sich dann eine Stunde später in der bedeutend stärker besuchten Vorlesung über Ethik die Ovation noch viel stürmischer wiederholte, konnte Ritschl den Studenten zu deren „allgemeinem Jubel" erzählen, daß bereits vor 500 Jahren ein Augustinermönch desselben Namens wie sein neuester Gegner den Sachsenspiegel bei Gregor XI. denunciirt habe, weil er „in 21 Sätzen gegen das kanonische Recht und das christliche Leben verstoße. Nachher", berichtet[5]) Ritschl weiter, „nahm ich von meinem vorliegenden Thema die Gelegenheit zu einem Excurs über die Erbsünde, deren Anerkennung in den symbolischen Büchern gar nicht in Ordnung sei,

---

1) Marcus an R. 10. 11. 87.

2) An Marcus 12. 11. 87.

3) Altenstücke der vierten Landessynode der evangelisch=lutherischen Kirche Han= novers. Hannover 1887. Nr. 4.

4) Protokolle der vierten ordentlichen Landessynode der evangelisch=lutherischen Kirche Hannovers im Jahre 1887. Hannover 1888. S. 81 f.

5) An Rasemann 21. 11. 87.

sondern zu einer Entscheidung nöthige, welche ich dahin getroffen habe,
daß, um einen werthvollen Gedanken Luthers aufrecht zu erhalten, man
auf die Formel verzichten müsse." Diese Ausführungen, sagt Ritschl,
seien mit großer Aufmerksamkeit angehört worden. „Das Wichtigste bei
dieser Ovation ist aber, daß die große Mehrzahl der Zuhörer in dieser
Vorlesung über Ethik aus neuen Leuten besteht, die bisher noch nicht
bei mir gehört haben, sondern von den Universitäten gekommen sind,
wohin sie geschickt werden, um vor mir gewarnt zu sein. Ich habe
nichts dagegen, wenn meine Gegner das erfahren. Die jungen Leute,
deren Aufmerksamkeit so gespannt ist, wie möglich, müssen also bei mir
etwas finden, was ihnen der Mühe werth erscheint, im Vergleich mit
ihren Lehrern in Erlangen 2c. Und ich kann die Regelmäßigkeit des
Besuchs dieser Vorlesung nur rühmen. Wenn ich in der Synode nicht
mehr betrampelt werde, was ja dort einen andern Sinn hat, so bin ich
zufrieden, im entgegengesetzten Fall geduldig und ohne Ärger."

Inzwischen wurde der Generalbericht des Landesconsistoriums vom
9. November[1]), dessen Besprechung in der Synode die Gelegenheit zu
dem neuen Angriff auf Ritschls Theologie dargeboten hatte, von einer
Commission von 14 Mitgliedern geprüft. Schon bei diesen Verhandlungen wurde auf Seiten der Gegner Ritschls die Angriffsfront ge-
ändert. Die Beschwerden erhielten nun eine Wendung gegen das Landesconsistorium, dem man unter anderem die Überreichung einer Adresse bei
der Jubiläumsfeier der Universität Göttingen verdachte. Zugleich wollte
die ältere Generation der Geistlichkeit gegen die jüngere ein Zeugnis ablegen.
In diesem Sinne war der 16. Antrag des Ausschusses[2]) gemeint, durch
welchen dem Landesconsistorium nahe gelegt wurde, die möglichen Mittel
zu ergreifen und anzuwenden, den Glauben der Kirche „bei den Candidaten
vor deren Eintritt in das geistliche Amt zu frischem Leben und zu neuer
Kraft zu erwecken". Begründet wird dieses Anliegen durch die Behauptung, daß in weiten Kreisen des christlichen Volks eine Beunruhigung darüber herrsche, daß es „den jungen Theologen unter
mancherlei Einwirkungen der Gegenwart und der gegenwärtigen Lage
der theologischen Wissenschaft" erschwert sei, „den lebendigen, heils-
kräftigen Glauben der Kirche festzuhalten". Um diesen Punkt drehte sich
nun hauptsächlich die Debatte, die in der 19. Sitzung der Synode vom
14. December stattfand. Gegenüber jenem Antrag aber gab im Namen

1) Aktenstücke der vierten Landessynode der evangelisch-lutherischen Kirche Hannovers 1887. Hannover, Klindworths Hofdruckerei. Nr. 4, IV, 3. S. 115.
2) Aktenstücke. Nr. 23, XVI. S. 9 f.

bes Landesconsistoriums ber Präsident Mejer die Erklärung zu Protokoll[1]),
„baß wir ben jüngeren Geistlichen bezüglich ihrer Amtsführung, namentlich, was bie Prebigt unb Seelsorge anlangt, sowie ihres ganzen Verhaltens, basselbe gute Zeugniß auszustellen haben, wie ben älteren; unb
baß uns von ber behaupteten Beunruhigung ber Gemeinben nichts bekannt geworben ist". Für die in biesen Sätzen ausgesprochene Auffassung ber Sache, bei beren Bestreitung einige Rebner wieber misliebige
Seitenblicke auf bie Göttinger Facultät unb namentlich auf Ritschl
warfen, traten Uhlhorn unb Düsterbieck geschickt unb entschieben in ber
Debatte ein, unb schließlich wurde ber fragliche zweite Absatz bes
16. Commissionsantrags mit nur 35 gegen 30 Stimmen angenommen.
Auch burch biese Vorgänge sahen sich Ritschls Zuhörer zu „einer
Ovation burch Trampeln bewogen". Dazu hatte sich, schreibt[2]) jener,
„auch eine Anzahl von Leuten eingefunden, bie jetzt nicht meine Zuhörer
sinb. Ich habe mich aber barauf beschränkt, ihnen meinen Dank unb
meine Freude barüber zu bezeugen, baß ich nicht überall mishanbelt
werbe. Nachher aber habe ich ihnen bie Gelegenheit gegeben, ben Herrn
von Hertling auszulachen, bamit sie boch noch etwas für ihr theil-
nehmenbes Gemüth hätten . . . . Man sieht also, bie Stimmung
ber Jugenb ist nicht für meine Ankläger. Unb bas ist gut. Möchten
nur bie jungen Leute sich ber . . . . Selbstgerechtigkeit ber Alten
enthalten."

Aus Anlaß ber Ereignisse in ber letzten Synode wurbe Ritschl von
einem hohen Kirchenbeamten ber Vorschlag gemacht, baß bie zu ihm
haltenben hannoverschen Geistlichen ein kirchliches Blatt grünben
möchten. Doch fanb bieser Gebanke seinen Beifall nicht, unb er begrünbet bessen Ablehnung mit folgenben Worten: „Ich habe bis jetzt
erreicht, baß meine Schüler sich nicht als eine kirchliche Partei fühlen;
ohne baß ich in ben Vorlesungen barauf hinhalte, haben sie es begriffen,
baß sie hieburch in meinem Sinne hanbeln. Alle moralischen Schäben,
welche am kirchlichen Parteiwesen haften, würben an meine Sache heran-
gezogen werben, wenn in einem besonbern Blatt regelmäßig gegen bie
Angriffe gestritten würbe, bie in ber mir übrigens unbekannten Pastoral-
correspondenz vorkommen. Ich glaube, baß ber Courier für besonbere Fälle
ausreicht, zumal Vertheidigungen in seinen Spalten einer Menge von
Leuten vor Augen kommen, bie ein Kirchenblatt nicht lesen würben.
Ich würbe biese Erwägungen zurückstellen, wenn sich ein besonbers ge-

1) Protokolle. S. 424.
2) An Nasemann 20. 12. 87.

eigneter Mann für Ihr Project fände. Aber vorläufig sehe ich keinen.
. . . . Zu einem solchen Blatt würden auch Geldmittel gehören,
die für mehrere Jahre dasselbe über Wasser halten müßten . . . .
Für ein Provincialblatt würde ich nichts übrig haben."

Persönlich ließ sich Ritschl durch die auf der Synode zu Hannover
gegen ihn laut gewordenen Angriffe weniger anfechten, als durch andere
Gegenwirkungen, die er erfuhr. Bei seinem körperlichen Wohlbefinden,
sagt[1] er, werde es ihm möglich, seine „durch die Synodalvorgänge gesteigerte vergnügte Stimmung aufrecht zu erhalten. Und ich habe ja
auch aus allen möglichen anderen Gründen das Recht, mich in Dankbarkeit zu kleiden, und was die Leute aus Dummheit und Haß mir an
Leib zufügen wollen, sehe ich als einen oberflächlichen Hautreiz an, der
mir bisher wenigstens Schwereres erspart hat. Wobei das Gute ist, daß
ich von jeher gehubelt und zurückgedrängt worden, also dieser Übel
gewöhnt bin. Wenn ich an meinen Lehrer Nitzsch denke, der bis in sein
60stes Jahr nur von Anerkennung und Verehrung getragen worden ist,
dann aber durch die ihm widerfahrende Zurücksetzung tief betrübt wurde,
so habe ich es doch besser wie er, zumal ich in gleichem Alter zu-
nehmende Früchte sehe, während die seinigen ihm verdorben wurden."
„Der ἄνθρωπος δαρείς," schließt Ritschl diese Betrachtung, „der es
gewohnt ist und sich gar nicht anders kennt," bekomme die Vorhand,
während andere, denen lange Zeit alles glatt gegangen sei, keinen Widerstand zu leisten vermöchten. So sah Ritschl damals jene Erfahrungen
an. Aber andere Dinge drückten ihn dann doch immer wieder nieder.
„Es ist", sagt[2] er einmal, „auch Merkmal des Alters, daß ich in öffentlichen Angelegenheiten sehr pessimistisch gestimmt bin und mich der
Sorgen nicht entschlagen kann, welche mir die Lage von Vaterland,
Staat und Kirche erregt. Ich bin so frei, dieses gegen Dich auszusprechen, denn Du hast ein Recht, darum zu wissen; und wenn ich
Verstecken damit spielen sollte, so wäre es ja besser, überhaupt zu
schweigen. Ich erwarte auch nicht, darüber getröstet zu werden oder mich
auf die Güter verwiesen zu sehen, welche mir in der Familie blühen.
Diese erkenne ich mit tiefem Danke an, aber die anderen Güter sind
höher und maßgebender. Und die Zeit ist vorüber, in welcher der
biedere Teutsche sich mit seinem Privatleben begnügte, ohne die Schäden
der großen Verhältnisse zu empfinden oder zu beachten . . . .
Du darfst aber nicht annehmen, daß ich sauer sehe, wie die Pharisäer;

---

1) An Rasemann 4. 1. 88.
2) An C. Steiß 6. 12. 87.

ich lasse mir alles zur Freude gereichen, was mir in diesem Sinne zu
Theil wird, und lasse mich am wenigsten durch solche Anfeindungen
meiner theologischen Thätigkeit anfechten, welche ich zu erfahren gewohnt
bin. Allein es giebt eine Unterströmung, welche der im regelmäßigen
Verlauf des Lebens herrschenden Stimmung zuwiderlaufen kann, und
wenn ich brieflich mich auf mich im Ganzen besinnen soll, so muß ich
wiederholen, daß ich eben darin mich alt finde, wie ich mich in diesen
Dingen beobachte. So sollst Du mich kennen. Vor 30 Jahren habe ich
es nicht gewußt, daß man so werden könne. Den Preis ewiger Jugend
muß ich in der Beziehung meinem Freunde Basse einräumen."

Den auf der Synode zu Hannover gegen Ritschl erhobenen Anschuldigungen folgten demnächst wieder vermehrte Anfeindungen auch von
anderer Seite. So trat die Spannung zwischen der von ihm vertretenen
Richtung und derjenigen seiner Gegner wieder schärfer hervor, als in den
letzten Jahren, in denen es manchmal fast so scheinen konnte, als sei die
Zeit der Verfolgung im Ganzen vorüber. Namentlich erfuhr die Absicht
des preußischen Unterrichtsministeriums, Harnack, der 1886 von Gießen
nach Marburg übergegangen war, nun für Berlin zu gewinnen, sehr
heftigen Widerstand, zumal in der niederen „kirchlichen" Presse. So
brachte der Evangelisch-Kirchliche Anzeiger von Berlin in den Nummern
vom 3. und vom 10. Februar zwei Artikel gegen Harnack, der als „ein
Glied der Ritschlschen Schule" bekämpft wurde. Auf diese selbst aber
war der Verfasser so geschmackvoll, das Wort Daniel 8, 8 anzuwenden.
Solche unwürdige Kampfesweise verstimmte Ritschl aufs tiefste. „Ich
muß Ihnen gestehen," schrieb[1]) er, „daß, da ich es mir zum Gesetz gemacht
habe, meinen Zornaffect über die fortgehenden Verleumdungen zu unter-
drücken, diese aber immer niederträchtiger werden, ich schließlich gegen
mich selbst neutral und gleichgültig werde und deshalb auch nicht mehr
im Stande bin, mich zu freuen, wo ich den directesten Anlaß dazu habe.
Hätte ich eine große Arbeit vor, so käme ich wieder zur Lebensfreudigkeit.
. . . . Aber ich habe kein großes Thema mehr, und ich würde
auch nicht den Muth mehr haben, ein solches in Angriff zu nehmen.
Und doch weiß ich, daß ich aushalten werde, nur bin ich zu alt und
mein Leben lang zu der Bescheidenheit angeleitet worden, meine Sache
nicht als causa dei anzusehen, wie . . . . A. H. Francke nach
seinen Lebensführungen sich getraut hat zu thun. Ich lasse die Hoffnung
nicht fallen, aber ich lerne den Quietismus verstehen. Es ist nur gut,
daß Sie jung genug sind und in einer zu vielseitigen Thätigkeit be-

1) An Scholz 23. 3. 88.

griffen, um sich auf solche Gedanken nicht einzulassen. Als ich jung und thatkräftig war, habe ich auch nicht geahnt, auf welche Last von Dumm- heit und Schlechtigkeit ich stoßen würde, wenn ich die wohlerwogenen Früchte meiner Arbeit in der Meinung mittheilte, viele suchten ebenso wie ich, und ich könnte ihnen dienen. Die Macht der Lüge ist seit 50 Jahren gewachsen, und einen guten Theil der Schuld daran trägt das seitdem florirende römische und lutherische und positiv unionistische Kirchenthum. Denn alles, was parteiisch ist, ist aus dem Fleisch, wie Paulus sagt, und das Fleisch ist auch Träger der Lüge."

Doch was gegen ihn persönlich gesagt werde, schreibt Ritschl in einem anderen Briefe[1]), das vermöge er schon auszuhalten Aber die allgemeine Lage der evangelischen Kirche bedrücke ihn, da diejenigen, die sich zu deren Regenten aufwürfen, auf sie nur verderblich einwirkten, und seine Geduld, dieses Unheil und, was daraus folge, zu ertragen, neige sich zur Verzweiflung. „Es ist gut, daß Du mit Deinen Alters= genossen anders denkst. Denn neulich äußerte sich ein sehr eifriger und ordentlicher Student dahin, daß die Bemühungen, die evangelische Christenheit über den katholischen Ansatz des Glaubens an so und so viel Artikel hinauszuführen, erfolglos bleiben würden. Und ich vermochte ihn nicht zu widerlegen. Aber darum darf man in diesen Bemühungen nicht ermüden." Und dann hebt Ritschl es wieder einmal hervor[2]), wie gut seine Gesinnungsgenossen in Gießen und Marburg es hätten, unter einander einen ununterbrochenen und regen persönlichen Austausch pflegen zu können, während ihm selbst ein gleicher Freundeskreis in Göttingen fehle, und er „die Unterstützung des Lebensgefühls entbehre, welche die Gemeinschaft herbeiführt. Daß ich diesen Umstand", fügt er hinzu, „in der Theorie so hervorhebe, wie es den »Säulen« mißfällt oder unverständlich ist, hat seine Wurzel in dem ungestillten Bedürfnis danach, welches den größten Theil meines Lebens erfüllt hat und schwerlich in erwünschtem Maße mir noch zu Theil werden wird. An- statt dessen die Masse der Excommunication, welche die Parteimenschen mir ins Gesicht zu schleudern nicht ermüden. Ich will aber Ihnen nichts vorlamentiren: ich hätte auch keinen Antrieb dazu, wenn ich richtig in der vollen Arbeit steckte. Allein das ist meine hauptsächliche Calamität, daß ich kein großes Thema habe, wie das in den Jahren bis 1886 der Fall war. Und wie ist die Geschichte des Pietismus verschollen? Der dritte Band hat außer von Ihnen und Weizsäcker keine Besprechung er=

fahren. Was ist auch die Geschichte für die Eintagsfliegen, welche die evangelische Kirche zu dirigiren sich erdreisten? . . . . . . Wissen Sie, wie meine Gegner mir vorkommen? Wie die Familie Pomuchelskopp. Da sind die Großen, Salchen und Malchen . . . . . , und die Kleinen und die ganz Kleinen . . . . . . Ich darf mir einmal durch solch scherzhaften Vergleich etwas Luft machen."

Zu den Sorgen, die mit Ritschls Berufsinteressen zusammenhingen, kam damals auch für ihn die tiefe Trauer über das nationale Unglück hinzu, daß ein totkranker Kaiser auf den Gründer des Deutschen Reiches gefolgt war. „Ich erinnere mich nicht," schreibt[1]) er, „daß in der Geschichte jemals etwas gleiches stattgefunden hat. Man durfte sich ja sagen, daß durch jede noch so geringe Erkältung das Leben des alten Kaisers gefährdet werde. Wir hatten ihn noch am 3. März leben lassen, als der Abschied zweier Collegen eine große Zahl von uns zusammengeführt hatte, schon zwei Tage nachher ließ das erste Bulletin das Schlimme erwarten, was am 9. eingetreten ist. Und nun die Rückkehr des Nachfolgers unter Umständen, welche die größte Sorge für ihn erregen mußten. Der Wechsel zwischen Ihrem italienischen Frühling und dem Schneegestöber, welches auch hier wieder aufgetreten ist, scheint freilich den Kaiser unmittelbar nicht beschädigt zu haben. Was aber wird weiter? Das ist die bange Frage, welche jedem auf der Seele liegt, und welche ich nicht weiter auszuspinnen brauche, um Ihr Einverständnis zu erreichen." „Ich brauche Ihnen nicht zu bezeugen," heißt es in einem andern Briefe[2]), „wie tief mich die allgemeine Calamität unserer politischen und nationalen Lage drückt. Wir würden mit offenerem Sinne Gott danken, daß er den Kaiser Wilhelm zu seiner Ruhe hat eingehen lassen, wenn uns nicht in längerer oder kürzerer Frist die Wiederholung der Trauer bevorstände. Wenn auch zehn Jahr älter als Kaiser Friedrich, habe ich in ihm, seit ich ihn persönlich kennen lernte, den Herrscher meiner Generation gesehen. Geht er so schnell dahin, so bin ich in meinem Antheil an der Geschichte verkürzt, eine wichtige Hoffnung meines Lebens ist durchkreuzt."

Bei dem aussichtslosen Leiden des Kaisers konnte auch eine durchgreifende Veränderung in der preußischen Kirchenpolitik nicht mehr erwartet werden, auf die man früher wohl bei dem Gedanken an seine Thronbesteigung hatte hoffen dürfen. „Ich sorge", sagte[3]) Ritschl damals,

1) An A. Bartels 13. 3. 88.
2) An Scholz 23. 3. 88.
3) An L. Schmidt 28. 5. 88.

„um die evangelische Kirche in Folge der Nachgiebigkeit der Regierung gegen die römische, in Folge der Unfähigkeit der leitenden Partei, den Protestantismus zu verstehen und aufrecht zu erhalten, in Folge der Parteisucht, welche den halbkatholischen Pietismus . . . . . . pflegt, als ob dies das musterhafte Christenthum wäre. Insbesondere habe ich Anzeigen, daß der wohlgemeinte Versuch Goßlers, Harnack nach Berlin zu bringen, einer Fluthwelle der Reaction hat weichen müssen, welche meinen Namen dazu benutzt, um sich über alles zu stürzen, was dem hergebrachten verweltlichten Pietismus sich nicht fügt. Wie das gekommen ist, entzieht sich meiner Kenntnis; aber meine Freude an meinen beiden Brautpaaren wird durch die Sorge eingeschränkt, daß deren Bahn Hindernisse finden wird." „Die Leute," heißt[1]) es in einem andern Briefe, „welche nachgerade sich einen Sport daraus machen, mich zu beschimpfen, haben entweder ihre Absicht erreicht, mir auch die möglichen Freuden zu schmälern, oder sie haben keine Ahnung davon, wie sie sich gegen mich vergehen. Ärgere ich mich auch kaum mehr, so freue ich mich auch nicht so, wie ich es dürfte, und werde stumpf."

Zu einer fröhlicheren Stimmung gelangte Ritschl erst wieder durch einen Ausflug, den er am 24. Juni in der Begleitung von seiner Tochter und deren Bräutigam nach Wilhelmshöhe machte, wo er mit Harnack und Herrmann ein Zusammensein verabredet hatte. Dort erfuhr er, daß doch gute Aussicht auf Harnacks Berufung nach Berlin vorhanden sei. Allerdings dauerte es noch lange Zeit, bis diese Angelegenheit erledigt war. Doch schon vorher schrieb[2]) Ritschl: „Ich sehe der günstigen Entscheidung Ihrer Angelegenheit mit Zuversicht entgegen . . . . . . Da ich von den Gegnern in Ihre Sache verflochten worden bin, werde ich mir Ihre Berufung nach Berlin auch als einen Sieg anrechnen." Inzwischen hatte nämlich die Evangelische Kirchenzeitung[3]) die ihr von andern Blättern beflissen nachgesprochene Rede aufgebracht, „die große und einflußreiche Familie Ritschl" setze alles daran, Harnacks Versetzung nach Berlin zu betreiben. Ritschl war empört über diesen Mißbrauch seines Namens und über die damit angedeutete Verdächtigung, als ob er und der Schwiegervater seiner Tochter zu Gunsten Harnacks zusammen intriguirten, während er in Wirklichkeit auch in diesem Falle, wie in allen früheren, sich jeden Versuchs enthielt, auf das Verhalten des Oberconsistorialraths Weiß in seinem Amt als Ministerialreferent irgend

---

1) An Wendt 3. 5. 88.
2) An Harnack 23. 7. 88.
3) Evangelische Kirchenzeitung. 1888. S. 496.

welchen Einfluß auszuüben oder auch nur zu erstreben (s. o. S. 331, Anm. 3. S. 450 f.). Um so tiefer verletzte ihn daher jene hämische Verleumbung der Evangelischen Kirchenzeitung, die er als „eine Gemeinheit sondergleichen" charakterisirt[1]. Und aus dieser Empfindung heraus sind auch die folgenden Worte geschrieben, mit welchen Ritschl nach einem Vierteljahr noch einmal auf den inzwischen erfolgten Übergang Harnacks nach Berlin zurückkommt[2]): „Nun, Harnack hat gesiegt. Aber wer gewährt mir eine Genugthuung für alle die Niederträchtigkeiten, die ich wegen des Unternehmens des Ministers v. Goßler habe erleiden müssen? Nun, ich weiß ja, daß ich mich damit zu trösten habe, daß meine Sache trotzdem Fortschritte macht. Aber, wie ich vielleicht schon mal geäußert habe, ich werde durch die Hetze, die ich über mich ergehen lasse, so abgestumpft, daß ich gegen alles stumpf werde. Ich weiß zwar, daß das nicht sein soll, aber ich erkenne, daß es recht schwer ist, ein Christ zu sein, wenn man keine unmittelbare Gemeinschaft mit solchen hat, denen es ebenso geht, und mit denen man gemeinsam widerstreben kann. Ich stimme hiemit nach meinem eigensten Bedürfnis das Lied an, welches die edelen Einspänner und Mystiker mir so verdenken. Diese haben eben keine vollständige Erfahrung davon, daß man den Herrn nur recht preisen kann in der Gemeinde derer, welche bedrückt und geduldig sind. Sie speisen ihre Gnadenblicke ganz einsam, indem sie schon möglichst satt sind und mit sich selbst zufrieden. Und die Gemeinschaft suchen sie dann, um andere niederzutreten, die blos anders sind, als sie selbst."

Von den bedeutenderen Gegnern und Kritikern Ritschls waren nun auch Frank[3]) und Lipsius[4]) mit Conferenzvorträgen über seine Theologie auf den Plan getreten und trugen durch ihre Auctorität dazu bei, verkehrte Auffassungen von seinen Bestrebungen zu begünstigen und zu befestigen. Ritschl selbst aber war es nur interessant, in den gedruckten Thesen Franks, die ihm früher als dessen Vortrag zu Gesicht kamen, drei seiner wichtigsten Gedanken gebilligt zu finden, nämlich daß das Reich Gottes der theologische Hauptbegriff, daß die natürliche Theologie zu leugnen, und daß die Gemeinde der Gläubigen Bedingung der individuellen Heilsordnung sei. „Dabei", sagt Ritschl[5]), „behauptet er freilich, ich hätte mit diesen Grundsätzen nicht ordentlich umzugehen

---

1) An Wendt 15. 7. 88.

2) An Gottschick 25. 10. 88.

3) Frank, Über die kirchliche Bedeutung der Theologie A. Ritschls. Erlangen 1888.

4) Lipsius, Die Ritschlsche Theologie. Leipzig 1888.

5) An Gottschick 16. 7. 88.

verstanden. Das ist ja nun blos Dampf. Wenn er wirklich der Systematiker ist, wofür er sich ausgiebt, wird er mit diesen drei Lappen sein altes Kleid nicht vor weiteren Rissen schützen." Als aber Ritschl erfuhr, zwei seiner Gesinnungsgenossen wollten sich mit den Vorträgen von Frank und Lipsius auseinandersetzen, schrieb er dem einen: „Sie werden mir aber einen Gefallen thun, wenn Sie durch deren hämische Redensarten sich nicht bewegen lassen, besondere Abmittel gegen sie anzuwenden." Andererseits erhielt Ritschl in derselben Zeit erfreulichere Beweise davon, daß seine Theologie in zunehmendem Grade beachtet wurde, wieder aus dem Ausland. Namentlich befriedigte ihn ein Vortrag, den der Professor Gooßen in Leiden auf einer Pastorenversammlung in Groningen über ihn und seine Schule gehalten und ihm zugesandt hatte[1]). An demselben Tage empfing er einige Aufsätze über den „gegenwärtigen Stand der dogmatischen Wissenschaft", die ihm ihr Verfasser, der Pfarrer v. Schultheß-Rechberg[2]) in Küsnacht (jetzt Professor in Zürich) mit dem Ausdruck des Dankes für die von ihm erfahrene Förderung zusandte. In demselben Semester interpretirte der Professor Ménégoz an der protestantisch-theologischen Facultät zu Paris Ritschls Schrift über Theologie und Metaphysik.

Im November 1887 nahm Ritschl die vor bald einem Jahre abgebrochenen Studien über die Fides implicita wieder auf. „Ich bin", schreibt[3]) er, „durch die Vorlesungen seit vier Wochen wieder zu der im vorigen Jahr begonnenen Arbeit disponirt worden, die mich allmählich fesselt, obgleich nicht viele ohne Langeweile den Auseinandersetzungen werden folgen können. Aber die alten Herren aus dem Mittelalter sind mir lieber, als die . . . . . . aus der Gegenwart, welche sich an den misverstandenen Gedanken Deines Freundes ärgern. Und daß ihre Auseinandersetzungen nicht gleich durchsichtig sind, macht sie mir lieb, weil ich vielleicht in dem gleichen Falle bin." „Duns Scotus", heißt es in einem andern Briefe[4]), „ist jetzt meine Beschäftigung, und ich würde ihm die dialektischen Umwege, welche er macht, recht gern schenken. Ihn zu lesen kostet mehr Zeit, als der Erfolg es bedürfte. Aber er ist in

1) Gooszen, Kenmerkende wijsgeerige en godgeleerde grondstellingen der school van Ritschl. Geloof en Vrijheid. 1888. S. 353 ff.
2) Theologische Zeitschrift aus der Schweiz 1888. S. 52 ff. 105 ff.
3) An Maiemann 21. 11. 87.
4) An Wendt 14. 11. 87.

der Theologie ein anständiger Mann, was unsere Zeitgenossen nicht immer sind." „Ich lese jetzt nur noch Scholastiker," berichtet[1] Ritschl nach einiger Zeit, „aber es geht mit meiner Arbeit nur sehr unterbrochen vorwärts; indessen habe ich auch keine Eile nöthig. Ich lerne doch auf meine Weise wieder, was kein anderer weiß; die praktischen Spitzen sollen die Leute schon erfahren. Denn es ist leider noch ein starker und zäher Zusammenhang zwischen unseren kirchlichen Schwierigkeiten und der Scholastik."

Im Laufe des Winters erreichte die Arbeit, soweit sie die einschlagenden katholischen Erscheinungen betraf, ihren Abschluß. Nun legte sich Ritschl der Gedanke nahe, die gleichartigen Ideen auch noch bei den Reformatoren zu verfolgen. „Ich habe", so schreibt er am 22. März, „in der vorigen Woche die Geschichte der fides implicita in der mittelaltrigen und der jesuitischen Epoche der römischen Kirche fertig, endlich fertig gebracht. In eine Zeitschrift mag ich das Ding nicht geben, weil es da begraben sein würde." Um es nun aber als selbständige Druckschrift herausgeben zu können, sagt Ritschl, wolle er „die Anwendung auf die Reformationskirche machen und bei der Gelegenheit einiges vortragen", was den geistlichen Herren zu erfahren recht nützlich sein könnte. „Aber abgesehen davon hat es mich aufs höchste frappirt, daß Luther in seinem kleinen Katechismus der fides implicita Recht giebt, welche Thomas und Duns zugelassen haben, und daß sein Widerspruch gegen den Köhlerglauben nur dem Umfang und der Form gilt, welche Innocenz III. und IV. geltend gemacht haben, daß, wenn man nur an Gott als Vergelter glaubt, man außerdem glauben darf, quod ecclesia credit. Aber Thomas und Duns verlangen, daß man Christus als Erlöser glauben muß, wenn man auch mit den subtilitates der Lehren von der Trinität und der Person Christi sich nicht zu behelligen braucht. Im kleinen Katechismus nun wird von der Dreieinigkeit als besonderer Lehre abgesehen, und die Zweinaturenlehre undeutlich und ungenau ausgesprochen. Indem Luther freilich den Begriff des Glaubens specifisch verändert hat, so kommt er in den angegebenen Punkten mit den mittelaltrigen Lehrern überein, und von Rechts wegen. Ich hoffe, das wird vielen zu hören sehr unangenehm sein; um so mehr freue ich mich darauf, es auszuführen." Ferner spricht[2] Ritschl die Absicht aus, mancherlei anzuschließen, „was ich vor zwölf Jahren in der ›Entstehung der lutherischen Kirche‹ historisch nachgewiesen habe, was aber in der Zeit-

1) An Rasemann 4. 1. 88.
2) An Herrmann 28. 3. 88.

schrift verschüttet ist. Aber dieser Vorsatz ist noch weit von der Ausführung entfernt. Beiläufig ist mir bei den mittelaltrigen Studien
manches klar geworden, was zur Deutung des Katholicismus dient,
z. B. daß man als Katholik alles zu glauben hat, was in der h. Schrift
steht, und was man davon nicht kennt, implicite. Wird nicht jene
Auflage uns zugemuthet, als die dem Evangelischen zukommende Leistung?
Ferner beginnen eine Reihe von katholischen Positionen erst in der Gegenwirkung gegen Luther, sind den Scholastikern mehr oder weniger fremd.
Die Coordination der Kirche als Auctorität für Dogmen mit der
h. Schrift hat zwar Occam ausgespielt, um damit die Zulassung seiner
Abendmahlslehre zu erkaufen; aber Biel hat ihm darin ausdrücklich
widersprochen. Erst gegen Luther wird die Instanz als Nothsache in
Wirkung gesetzt. Nun wird ferner die fides implicita in zweierlei
Umfang während des Mittelalters ausgespielt; Luther erklärt sich gegen
den Köhlerglauben in der allumfassenden Anwendung. Thomas und
Duns fordern nun auch fides explicita für die Erlösung in Christus,
lassen aber fides implicita, d. h. ungenaue Vorstellung bei der Trinität
und Christologie zu. Der gleiche Fall findet in Luthers Katechismus
statt. Das giebt allerlei zu denken, verglichen mit der unter Melanchthons
Einfluß zu Staube gekommenen Behauptung, daß die Dogmen das
fundamentum der Kirche ausmachen."

Inzwischen trat an Ritschl die Aufgabe heran, den dritten Band
seiner Rechtfertigungslehre für deren dritte Auflage zu erneuern (s. o.
S. 499). Dabei nahm er sich nur vor[1]) die neue Auflage von Kaftans
Wesen der christlichen Religion zu vergleichen, dagegen andere Literatur
und namentlich gegnerische nicht zu berücksichtigen. Doch fand er wie
schon bei der Besorgung der zweiten Auflage „kein Vergnügen und keine
Stärkung an der ihm obliegenden Arbeit". „Nicht jeden Tag," sagt[2])
er, „kann ich mich entschließen, darin fortzufahren, und den Grund dieser
Abgeneigtheit finde ich darin, daß mir die Sache als etwas fremdes
gegenübersteht. Ich werde durch vieles, was ich vor 15 Jahren geschrieben habe, förmlich überrascht; so wenig beherrscht mein Gedächtnis
alle Glieder des damals construirten Gefüges." Doch änderte Ritschl
verhältnismäßig nicht viel an dem Buche. Schließlich wurden nur sieben
Paragraphen durch sachliche Neuerungen betroffen, auf deren wichtigste
schon früher Bezug genommen ist. Im September lag der Band gedruckt wieder vor. Darauf folgte alsbald die Revision und der Neu-

1) An Marcus 18. 2. 88.
2) An Otto R. 5. 5. 88.

druck des zweiten Bandes, in welchem nur drei Paragraphen einige be-
richtigende und ergänzende Zusätze erfuhren. Im Januar 1889 war auch
dieser Band fertig, und gleichzeitig mit ihm erschien die so gut wie unver-
änderte zweite Auflage des Vortrags über die christliche Vollkommenheit.
Den ersten Theil des großen Werkes aber, in dessen dritter Auflage
Ritschl die mittlerweile gewonnenen ferneren Kenntnisse aus der Geschichte des Pietismus zu verwerthen gedachte, hat er nicht mehr in neuer
Gestalt herausgeben sollen.

Ebenso blieb die Abhandlung über die Fides implicita unvollendet,
wenn in ihr auch, so wie sie jetzt vorliegt, kaum etwas wesentliches, was
zu dem Thema gehört, zu fehlen scheint. Im August schrieb[1]) Ritschl,
er hoffe „demnächst mit der kleinen Arbeit über »Köhlerglauben, Wissen
und Glauben, Glauben und Kirche« fertig zu werden, fünf bis sechs
Bogen, welchen ich zum Drucken den Vorzug einzuräumen bitte. Zu
Ostern wollte mir die zweite Hälfte nicht gelingen, dann blieb das Ding
während des Semesters liegen. Ich denke aber jetzt, wo die Correcturen
aufgehört haben, bald zu Ende zu kommen". Doch blieb Ritschl mit
dem Abschluß der Arbeit auch in den Herbstferien wieder stecken[2]),
während deren in seinem Gesundheitszustand fast plötzlich eine ungünstige
Wendung eintrat. Zum letzten Mal berichtete[3]) er, daß er damit noch
immer nicht fertig sei. „Indessen," meinte er damals noch, „wird das
endlich doch einmal eintreten. Ich komme nicht mehr zu zusammen-
hängendem Arbeiten und sehe das als Zeichen des Alters an, empfinde
aber deshalb eine Verminderung der Lebensfreude. Während der Vorlesungen spüre ich sie freilich noch, bin aber nachher meistens für den
übrigen Tag müde. Was kann man dann noch thun!"

Von Ritschls Schriften ist kaum eine so wenig beachtet worden, wie
diese Untersuchung über die Fides implicita, die ein Jahr nach
seinem Tode als posthumes Werk herausgekommen ist. Und doch hätte
mindestens der zweite Theil der Arbeit schon wegen der Wichtigkeit der
darin verhandelten Themata nicht so ignorirt werden dürfen, wie es
bisher der Fall gewesen ist. Diese Darlegungen enthalten geradezu das
Vermächtnis Ritschls an die protestantische Theologie und an die evangelische Kirche, dem man wenigstens die Achtung nicht versagen sollte,
davon Kenntnis zu nehmen. In dem ersten Theil seiner Schrift stellt
Ritschl fest, daß in der römischen Kirche die fides implicita in einem

---

1) An Marcus 16. 8. 88.
2) An Reischle 11. 11. 88.
3) An Marcus 25. 11. 88.

engern und in einem weitern Umfange bestimmt worden ist. Einerseits
nämlich wird den Laien eine fides explicita nur in Beziehung auf den
Satz der natürlichen Religion zugemuthet, daß Gott Schöpfer und Vergelter sei. Übrigens haben sie zu glauben, was die Kirche glaubt, auch
ohne diesen Inhalt des Glaubens genau zu kennen und zu beachten.
Andererseits verlangen Thomas von Aquino, Duns Scotus und andere
Theologen, daß auch die Laien fides explicita an die Artikel hegen
sollen, welche zur Feststellung der Erlösung durch Christus gehören, und
daß sie außerdem deren Voraussetzungen, nämlich die Lehre von der
Dreieinigkeit und von der Menschwerdung der zweiten göttlichen Person,
glauben sollen. Dagegen die wissenschaftlichen Begriffe, durch welche
diese Gegenstände des Glaubens erläutert werden, brauchen sie nicht zu
verstehen. Beide Male wird vorausgesetzt, daß das Glauben selbst
wesentlich in der Zustimmung des Verstandes zu den Offenbarungs-
wahrheiten besteht, die den Inhalt der zu glaubenden Artikel bilden.

Im zweiten Theil seiner Schrift beleuchtet Ritschl die evangelische
Auffassung des Glaubens und des Kirchenwesens durch die Ergebnisse
des ersten Theils. Zunächst stellt er aus den katechetischen Schriften und
einigen Predigten Luthers fest, daß dieser einen doppelten Begriff des
Glaubens vertreten hat. Denn Luther unterschied einerseits das verstandesmäßige Fürwahrhalten der Glaubensartikel und andererseits das
Vertrauen, das sich auf Gott, Christus und den heiligen Geist richtet
und eben, indem es geübt wird, deren Gottheit anerkennt. Dieser
Glaubensbegriff ist eine Neuerung und überbietet die bisher geltende
Auffassung des Glaubens. Luther sagt auch, daß solcher Glaube, der
es waget auf Gott, es sei im Leben oder im Sterben, allein einen
Christenmenschen machet. Dennoch hat er diese Anschauung nur im
großen Katechismus zur consequenten und ausschließlichen Geltung gebracht, indem hier alle einzelnen Aussagen des zweiten Artikels lediglich
unter dem Gesichtspunkt gedeutet werden, was es Christus gekostet, und
„was er daran gewaget hat, daß er uns gewänne und zu seiner Herrschaft brächte". Übrigens aber hält Luther neben dieser Auffassung in
der Regel auch noch jenen andern, vielmehr katholischen Glaubensbegriff
aufrecht und will, daß der Christ gleichzeitig die beiden Stufen des
Glaubens einnimmt. Indem er nun die Leistung des Fürwahrhaltens
in dem hergebrachten Sinne als nothwendig bestimmt, zeigt es sich, daß
er in seinen katechetischen Unterweisungen hierüber nur den Standpunkt
des Thomas von Aquino fortsetzt, da er den Laien die Zustimmung zu
den zwölf Glaubensartikeln und außerdem eine ungenaue Vorstellung von
der Dreieinigkeit und der Person Christi im Sinne der fides implicita

zumuthet. Diese Form des Glaubens steht aber im Gegensatz zu dem zuerst bestimmten Begriff des Glaubens. Allerdings hat Thomas den Glauben überhaupt als eine unvollkommene Abart des Wissens aufgefaßt, da im Vergleich mit diesem sein Inhalt undeutlich und unselbständig sein soll. Dagegen hat Luther den Glauben nicht mehr als Function des Verstandes, sondern des Willens aufgefaßt. Aber einestheils versteht er, wenn es ihm auf das Fürwahrhalten der Glaubensartikel ankommt, wie Bellarmin und die Jesuiten, den Willen als Grund eines sacrificium intellectus. Dies ist jedoch ein willkürlicher Wille, und die darauf gerichtete Vorschrift leitet zur Hypokrisie, d. h. Schauspielerei an. Anderntheils ist nach Luthers Ansicht auch der Glaube, der sich im Sinne des Vertrauens auf Gott und Christus richtet, um darin die Seligkeit und alle Hülfe im Leben zu erfahren, Sache des Willens. Insofern wird er „durch den Werth Gottes und Christi für die Menschen bestimmt und lenkt den Verstand dahin, in den Merkmalen, unter denen Christus der Offenbarungsträger in der Geschichte ist, die Abzweckung auf die Vergebung der Sünden und auf die Herstellung des christlichen Lebens zu erkennen" (S. 68). Solches religiöses Erkennen, folgert nun Ritschl, verläuft in directen Werthurtheilen, wie alles religiöse Erkennen überhaupt. Denn auch „daß man die heilige Schrift als die Urkunde der Offenbarung erkennt, oder vielmehr anerkennt, geschieht in Urtheilen, welche den Werth der Offenbarung Gottes und den Werth der heiligen Schrift als deren Urkunde für uns Christen geltend machen" (S. 71). So aber ist der richtige Gegensatz des Glaubens oder des religiösen Erkennens gegen das Wissen oder das Welterkennen erreicht, das in theoretischen Urtheilen verläuft.

Diese im Anschluß an den neuen Glaubensbegriff Luthers gewonnene Einsicht sichert Ritschl in ihrer grundlegenden Bedeutung für das Verständnis der christlichen Religion, indem er weiter den Glauben in diesem Sinne mit dem Wissen unter Gesichtspunkten vergleicht, die Thomas angegeben hatte. Dieser nämlich schrieb dem Wissen vor dem Glauben den Vorzug der Selbständigkeit und der Deutlichkeit zu. Nun zeigt Ritschl, daß der christliche Glaube, der von der Offenbarung Gottes in Christo und von der in der Kirche waltenden Predigt des Evangeliums nothwendig abhängig ist, seine Selbständigkeit vielmehr im Verhältnis gegen die Welt hat. Diese Selbständigkeit aber sichern wir uns im Anschluß an die Gemeinde der Gläubigen und durch die Unterordnung unter die öffentliche Verkündigung des Evangeliums. Deutlich ferner ist der christliche Glaube insoweit, als er erkennt, „daß Gott durch seinen Sohn, unserm Herrn, seine Liebe an uns, seiner Gemeinde offenbart, indem er durch die Vergebung unserer Sünden uns zu der Gemeinschaft

mit sich bestimmt, in welcher wir die Seligkeit erleben" (S. 77). Daneben umfaßt der Glaube freilich auch undeutliche Vorstellungen, wie
die von der Geburt Christi durch die Jungfrau und von der Wieder-
herstellung seines Lebens aus dem Tode, ferner von der Leitung der
Einzelnen und der Geschichte des Menschengeschlechts durch die göttliche
Vorsehung. Insofern aber gilt die Regel, „daß der Christ sich innerhalb
dessen, was undeutlich bleibt, zurechtfinden muß, indem er die in der
Offenbarung Christi deutliche und wirksame Gnade Gottes auf sich bezieht, oder auf sie sein alles überbietendes Vertrauen setzt" (S. 78).
      Gegenüber diesen Thatbeständen, in denen der christliche Glaube
wirklich wahrnehmbar ist, zeigt aber die Betrachtung des Wissens, daß
die Präsumption des Thomas von dessen Selbständigkeit uud Deutlichkeit
nur in eingeschränktem Maße haltbar ist. Zunächst ist gerade das von
der hellenischen Überlieferung abhängige Wissen der Scholastik durchaus
unselbständig. Ferner bürgt die formale Deutlichkeit des von Thomas
dargestellten Wissens keineswegs für dessen Richtigkeit. Und wenn
Thomas diese durch seine drei Evidenzen, nämlich durch die Erkenntnisprincipien, die sinnliche Anschauung der einzelnen Dinge und die Schluß-
folgerung vom Einzelnen auf das Ganze zu sichern gemeint hat, so zeigt
die fernere Geschichte der Philosophie, daß er nur einem kindlichen und
unreifen Maßstabe gefolgt ist. Die Ansätze von Weltanschauung in der
modernen Philosophie sind aber endlich „stets undeutlich, indem Lücken
entweder gelassen oder in gewaltsamer Weise verhehlt werden" (S. 81).
So bleibt aller Ursprung des Lebens im Vergleich mit der andern Natur
undeutlich. Aber auch mit der Beschreibung und Deutung der Natur
verhält es sich nicht viel günstiger, soweit es sich dabei oft mehr um
die Thätigkeit der Einbildungskraft, als um wirkliches Wissen handelt.
Insbesondere ist der Begriff der Entwicklung nur ein Bild, bei dessen
Gebrauch man sich vielmehr in undeutlichen Vorstellungen bewegt, als
daß man damit die Sache selbst begriffen hätte. Endlich stellen solche
Gesamtanschauungen, in welchen der ganze Umfang des organischen
Lebens als e i n e Entwicklungsreihe verstanden werden soll, „ein undeut-
liches, weil lückenhaftes Wissen" dar, „welchem seine Ähnlichkeit mit
antiken mythischen Kosmogonien schwerlich zur Empfehlung gereicht.
Solche Ergebnisse wissenschaftlicher Weltanschauung sind also nicht deutlicher als der christliche Glaube an die Erschaffung der Welt durch Gott
und dessen Leitung der Menschengeschichte im Ganzen und im Einzelnen."
Und was nun die Selbständigkeit jener Weltanschauungen betrifft, so
fragt Ritschl, wie denn der „Selbständigkeit des rechten Christen das
fragmentarische Wissen gewachsen" sei, „welches die große Mehrzahl der

»Gebildeten« auf die Auctorität weniger Forscher hin sich angeeignet hat indem sie doch nicht im Stande sind, den in kurzen Epochen wechselnden Gesichtspunkten der Forschung zu folgen. Der Anspruch jener Kreise, durch ihr angelerntes, nicht zusammenhängendes Wissen der christlichen Religion überlegen zu sein, verräth vielmehr einen Verfall des geistigen Lebens, welcher durch die religiöse und geistige Erhebung, deren Inhalt und Form nachgewiesen ist, aufgehalten werden muß. Denn darin besteht das einzige in der Geschichte nachweisbare Gegengewicht" (S. 83 f.). So schließt dieser Abschnitt mit der Rechtfertigung der christlichen Welt= anschauung gegenüber den minderwerthigen sogenannten wissenschaftlichen Weltanschauungen.

In dem letzten Kapitel verfolgt Ritschl, indem er zugleich gewisse Hauptgedanken seines Aufsatzes über die Entstehung der lutherischen Kirche (s. o. S. 282) wieder vorträgt, den Verlauf, den die Geschichte des protestantischen Glaubensbegriffs und Kirchenbegriffs, wesentlich unter dem Einfluß Melanchthons, weiterhin genommen hat. Dann schließt er seine Schrift mit folgender Betrachtung, die um ihrer allgemeinen Be= deutsamkeit willen unverkürzt hier wiedergegeben werden möge: „In dem Schema »Nicht nur, sondern auch‹ sind die beiden ungleichartigen Be= deutungen von Glaube, die katholische und die evangelische, zusammen= gestellt. Dabei wird die werthvollere Stufe des Glaubens aus der formalen Auctorität der heiligen Schrift für den verständigen Zu= stimmungsglauben abgeleitet, weil das Evangelium von der Erlösung durch Christus, welches das Vertrauen herausfordert, in der heiligen Schrift bezeugt ist. Das hat den Sinn, daß der evangelische Christ mit dem einen Fuße auf der niedrigeren katholischen Stufe, mit dem andern Fuße auf der höheren evangelischen Stufe gleichzeitig stehen soll. Aber die eben bezeichnete Ableitung des Glaubens als des Vertrauens aus der Zustimmung zum Inhalte der heiligen Schrift und zu den Glaubensartikeln bringt es mit sich, daß das Hauptgewicht auf die niedere Stufe gelegt wird. Wie könnte auch einer auf zwei Stufen gleichzeitig und auf die Dauer stehen bleiben, der nicht den Fuß fester auf die niedrigere Stufe stützte? In dem öffentlichen Streit wird demnach immer nur danach gefragt, ob einer alles glaubt, was die heilige Schrift enthält, und alle Glaubensartikel. Das ist die in der römischen Kirche heimische Fragestellung. Ob aber einer gemäß seiner Versöhnung durch Christus auf Gott vertraut und demgemäß Geduld übt, das wird von den Herren unseres Glaubens gar nicht beachtet. Sie begnügen sich, die Zustimmung zu den Formeln von der Trinität und den zwei Naturen in Christus den Laien vorzuschreiben, wie es z. B. in dem

33*

Hannoverschen Katechismus von 1862 der Fall ist. Jedoch ob die Laien
das festhalten, oder ein Motiv des Vertrauens auf Christus und Gott
daran haben, darum kümmert man sich nachher nicht. Obgleich auf
diesem Standpunkt die fides implicita in keinem Sinne zugestanden wird,
so überläßt man die Laien, die den Katechismusunterricht durchgemacht
haben, sich selbst oder vielmehr ihren undeutlichen und nicht zusammenhängenden Erinnerungen an den angelernten Stoff, ohne daß man sie
an dem Seile der Auctorität halten kann, welche in jener katholischen
Leistung gerade anerkannt wird. Aus dem Vorbehalt des Verstandes-
glaubens vor dem Vertrauen auf Gott entspringt nun die immer deutlicher hervortretende Schwäche der lutherischen Kirche, die sich mehrende
Gleichgültigkeit der Laien gegen deren Interessen, die nie versiegende
Streitsucht und Ketzermacherei ihrer Theologen, die Rückbildung ihrer
Erkenntnisprincipien auf die Linie des tridentinischen Katholicismus, das
Liebäugeln vieler ihrer Mitglieder mit dessen politischer Macht oder
mystischer Devotion, schließlich der unter ihren Dienern so weit verbreitete Mangel an Vertrauen auf Gott, welcher es solchen möglich
macht, in jede Hetzerei einzustimmen, welche ihnen die Erhaltung ihrer
wirklichen oder eingebildeten Macht verspricht. Das alles folgt daraus,
daß in der Zumuthung der doppelten Art von Glauben die katholische
Ansicht vom Christenthum die Vorhand vor der evangelischen Deutung
des Glaubens als Vertrauen behalten hat, und die letztere so beschattet,
daß sie in der öffentlichen Verhandlung höchstens als ein Accidens jener
zum Vorschein kommt. Wenn der Unterricht im zweiten Hauptstück
nicht nach der Auffassung von Luther und Melanchthon eingerichtet
wird, nämlich so, daß alle vorhergehenden Sätze, namentlich die über
Christus, als Mittel der durch ihn verliehenen Sündenvergebung gedeutet
werden, und wenn nicht außerdem der Gesichtspunkt des großen Katechismus
in die erste Stelle gerückt und auf jedem Schritte des Unterrichts markirt
wird, so wird es mit der lutherischen Kirche immer schlimmer werden.
Denn die fides explicita, welche in derselben zu Recht besteht, findet
ihre Beziehung nicht in einer Vielheit von Glaubensartikeln, unter welchen
einer so laut würde, daß der Sohn Gottes unser, der christlichen
Gemeinde Erlöser und Herr ist; sondern dieser Satz ist der kurze Ausdruck der ganzen Offenbarung Gottes, auf welche wir unser Vertrauen
setzen, um selig zu sein. Unser Vertrauen wird eben nur durch eine in
ihrer Art geschlossene Größe, die wir im Vertrauen als Gottes Offenbarung
für uns feststellen, angezogen und befriedigt."

Ritschls letztes Lebensstadium, ein halbes Jahr voll körperlicher Abspannung und körperlicher Leiden, brach fast plötzlich herein. Nachträglich zwar erkennt man leicht in allerlei Gesundheitsstörungen und Beschwerden der vorhergehenden Jahre die Vorboten der zum Tode führenden Krankheit und in seinen nur von ihm selbst ernst genommenen Klagen über sein Alter ein Zeichen verminderter Lebenskraft. Damals aber ließ es sich nicht voraussehen, daß so bald schon eine ernste Wendung seines Gesundheitszustands bevorstehe. Wer ihn sah und hörte, wie er seinen Obliegenheiten bei dem Göttinger Jubiläum nachkam, der konnte nur den Eindruck haben, daß Ritschl ein für seine Jahre noch recht gesunder und kräftiger Mann sei. Auch alte Freunde oder Fremde, die ihn besuchten, fanden ihn frisch und für alle möglichen Interessen aufgeschlossen und zugänglich. Allerdings regte ihn selbst jedes Wiedersehen und jede neue Bekanntschaft belebend und erfrischend an. Und er hatte die Freude, auch in seinen letzten Jahren den Besuch vieler auswärtiger Freunde zu empfangen, aber auch manche vortreffliche Ausländer kennen zu lernen, die seinetwegen nach Göttingen kamen. So begrüßten ihn im Sommer 1887 der Pastor primarius D. Fehr aus Stockholm († 14. 5. 95), mit dem er nachher noch einige freundliche Briefe wechselte, ferner der Oberpastor Lütkens aus Riga, mit dem er seit einer Reihe von Jahren von Zeit zu Zeit correspondirte. Diesen folgten im nächsten Sommer der Professor Milligan aus Aberdeen und der Professor Eklund aus Lund, der schon einmal im Jahre 1881 bei ihm gewesen war. Und gerade die letzten Sommermonate des Jahres 1888, in denen Ritschl sich noch einer scheinbar recht festen Gesundheit erfreute, waren durch zahlreichen angenehmen Besuch ausgezeichnet, wie wenn manche, die ihm nahe standen, es unbewußt empfunden hätten, daß es an der Zeit war, das erwünschte Wiedersehen nicht zu lange hinauszuschieben. So besuchte ihn im Juni der Geheime Oberkirchenrath Hansen aus Oldenburg und etwas später Thilötter. Dann brachten im Juli Ritschls Schwägerinnen aus Frankfurt, Frau Steitz und ihre unverheirathete Schwester, die zuletzt vor acht Jahren in Göttingen gewesen waren, acht frohe Tage in seinem Hause zu. Andere Verwandte folgten. Im August sah Ritschl öfters Link und seine Frau, die damals in Göttingen waren. Dann kam zu ihm im September auf einige Tage Scholz, etwas später Gottschick. Am folgenden Tage war Ritschl mit Zöpffel und dessen Frau zusammen. Auf dieses Wiedersehen folgte ein mehrtägiger Besuch des Oberconsistorialraths Weiß, während dessen Anwesenheit auch noch Leopold Schmidt und Liliencron bei Ritschl eintrafen. Zusammen mit Weiß und Liliencron trat Ritschl am 18. September seine letzte Reise an. Er begab sich zum

Examen nach Hannover, von wo aus er noch einen Abstecher nach Halle zu Rasemann machte. Während dieser Abwesenheit von Göttingen trat die entscheidende ungünstige Krisis in Ritschls Gesundheit ein, die zunächst allerdings nicht gefährlich zu sein schien, und nach welcher ihm doch auch noch eine Reihe von guten Wochen beschieden war. Wendt wenigstens, der im Anfang des October nach Göttingen kam und Ritschl seine junge Frau zuführte, fand ihn völlig unverändert[1]).

Aber zwei Tage später schrieb[2]) Ritschl selbst, indem er auf den Plan, auch noch nach Marburg auf wenige Tage zu verreisen, verzichtete: „Ich bin . . . . so ermüdet zurückgekommen, wie kaum jemals; das hat sich fortgesetzt, ... und dazu ist noch ein Schmerz im rechten Hüftgelenk gekommen, so daß ich mir recht reducirt vorkomme und an neue Entfernung von hier nicht denken kann." Dann schien zunächst wieder eine Besserung einzutreten, wenn auch die Arbeiten, die Ritschl noch angriff, ihm gar nicht mehr leicht von der Hand gingen. So schrieb er Anfang October für die Allgemeine deutsche Biographie den Lebensabriß seines Vaters[3]). Aber er klagte[4]), daß er damit zunächst lange Zeit gar nicht habe in Gang kommen können, bis er endlich „in wenigen Abendstunden die Ausdauer fand, das kleine Schriftstück zu Ende zu führen". „Es ist doch eine fremdartige Erfahrung," sagt er in demselben Briefe, „alt zu werden. Ich mache sie besonders in der Erkenntnis, daß ich nicht mehr für mich, sondern nur für die anderen noch ein Interesse habe, weiter zu leben. Wenn Du Dich hierin mit mir vereinigst, wollen wir es noch eine Reihe von Jahren wagen, namentlich wenn . . . . unseres jungen Königs Regierung sich weiterhin so fortsetzt, wie sie begonnen hat. Das ist ein wahrer Trost, daß wir einer Continuität der Staatslenkung uns erfreuen dürfen, wie es 1786 und 1840 nicht der Fall gewesen ist."

Dann begann das neue Semester mit seinen Pflichten, denen Ritschl in altgewohnter Weise nachkam, ohne die sich wiederholenden Schmerzen in der Seite und im Rücken, die er nur für rheumatisch hielt, besonders zu beachten. „Ich habe ja," schreibt[5]) er, „noch immer ein fröhliches Aufthun des Mundes. Aber ich werde dadurch bisher noch so ermüdet, daß ich zu keiner selbständigen Beschäftigung nachher fähig bin. Man ist eben alt geworden! Wobei ich nur dankbar bin, daß mein leibliches

1) Wendt an R. 10. 10. 88.
2) An Herrmann 4. 10. 88.
3) Allgemeine deutsche Biographie. Bd. 28. S. 661—664.
4) An Marcus 13. 10. 88.
5) An Gottschick 25. 10. 88.

Der Beginn der letzten Krankheit.		519

Befinden, wobei ich die erwähnten kleinen Anstöße nicht rechne, sehr gut ist." Doch ließ auch dieses letzte scheinbare Wohlbefinden alsbald nach. „Ich bin in keiner erwünschten Verfassung", berichtet[1]) Ritschl nach einiger Zeit, „weder geistig noch körperlich, ohne daß ich einen erheblichen Grund finde, mich direct zu beklagen. Allein mein Schlaf ist unsicher, der Appetit gering, obgleich alle Functionen in Ordnung sind, kleine Rheumatismen ziehen auf meinem Rücken von rechts nach links. Gang und Haltung sind zwar wie immer stramm, und meinen Vorlesungen fehlt es nicht an Kraft; aber ich bin meistens sehr müde von ihnen." An diese Mittheilungen schließen sich Klagen darüber, daß die Arbeit an der Redaction des zweiten Bandes nicht erhebend sei, daß auch die übrigen Studien, die nur in zerstreuter Weise getrieben werden könnten, keine Freude mehr brächten, und daß die Angriffe der Gegner noch immer weiter dauerten. „Ich glaube nicht," meint Ritschl, „daß sich bei mir ein schwereres Leiden ankündigt. Aber ein Zeichen des eingetretenen Alters erkenne ich doch in meinem gesamten Befinden. Es ist nur gut, daß meine Lehrthätigkeit davon ausgenommen ist. Aber mit der Schrift= stellerei, mit der ich meine Lebensfreude aufrecht erhalten habe, ist es wohl vorbei."

Ritschl führte bis zum Beginn der Weihnachtsferien seine Vor= lesungen durch, ohne zu ahnen, daß er sie im neuen Jahre nicht wieder aufnehmen sollte. Seinen damaligen Zuhörern fiel der schwere Ernst auf, der über seiner ganzen Stimmung und Haltung ausgebreitet lag. In den Festtagen verschlimmerte sich sein Befinden. Am zweiten Weih= nachtstage griff ihn ein Familiendiner bei den Schwiegereltern seines ältesten Sohnes, Landrath Dieterichs in Göttingen, ungewöhnlich an. Wenige Tage später nahm er noch einmal an einer wichtigen Facultäts= sitzung Theil, in der er seinen Collegen trotz der ungebrochenen geistigen Kraft in der Vertretung seiner Ansichten doch schon einen schwerkranken Eindruck machte, und von der er völlig erschöpft in beängstigender Athem= noth nach Hause zurückkehrte. Da auch in den nächsten Tagen keine Besserung eintrat, gab Ritschl auf das Drängen der Seinigen endlich zu, daß der Specialist für innere Medicin, Geheimrath Ebstein, consultirt wurde. Auch dieser konnte bei seiner Untersuchung nur erst functionelle Störungen, aber noch keine organischen Veränderungen entdecken. Er meinte, Ritschl sei ja noch gar kein alter Mann, und sprach sich be= ruhigend über sein Leiden aus. Doch gab er eingreifende Anordnungen für die Lebensweise des Patienten, der bisher noch immer nicht als ernst=

---

1) An C. Steiz 10. 12. 88.

lich krank hatte gelten wollen. Aber Ritschl hielt es im Bett, das er
hüten sollte, nur wenige Tage aus, da er bei quälenden Hustenanfällen
und ferneren Athembeschwerden die liegende Haltung am Tage nicht ertragen konnte. Und so erledigte er bald wieder an seinem Schreibtisch
die letzten Correcturen des zweiten Bandes der Rechtfertigungslehre,
während ihm sonstiges Arbeiten versagt war. Er brachte nun die Zeit
meist mit leichter Lectüre hin, von der er in schneller Zeit große Mengen
bewältigte, die ihm aber keinen Genuß, sondern nur Langeweile bereitete.
Einmal schrieb er auch noch einen Brief[1]), in dem er berichtet, „daß
die Theilnahme der Leute hier für mich überwältigend groß ist, vielleicht
auch deshalb, weil ich sonst nicht viel Anlaß zu ihr gebe". Aber mit
Sorge sah er die Tage dahinschwinden, ohne daß er seine Vorlesungen
wieder aufnehmen konnte. Da war es ihm schließlich selbst eine Erleichterung, als er auf den Vorschlag von Schultz und die Bitten seiner
Angehörigen die Auskunft zu treffen sich entschloß, daß Johannes Weiß
sein Colleg über Dogmatik nach seinem Hefte weiter vortrug. Und bei
dieser Maßregel, die Ritschl zuerst doch nur als eine vorläufige angesehen
hatte, blieb es auch ferner. Denn im Laufe des Januar ging es weiter
und weiter abwärts mit seiner Gesundheit; am 27. war die Herzschwäche
so groß, daß unmittelbare Lebensgefahr vorhanden zu sein schien. Ritschl
selbst war in diesem Stadium seiner Krankheit mit Todesgedanken erfüllt, er meinte, er werde den Todestag seiner Frau, den 30. Januar,
nicht überleben. Doch sah er dem Abschied von der Erde mit voller Ruhe
und Ergebung in Gottes Willen entgegen.

Dann trat in den ersten Tagen des Februar eine leise Besserung in
Ritschls Befinden ein, die sich eine Zeit lang stetig steigerte, so daß seine
nächste Umgebung wieder neue Hoffnung schöpfte, und er selbst mit neuem
Muth und neuer Geduld einer langsam sich anbahnenden Genesung ent-
gegenzugehen meinte. Auch sein Mittheilungsbedürfnis war wieder er-
wacht. Er berichtete verschiedenen Verwandten und Freunden, zwar nur
auf Postkarten, aber mit der alten kräftigen Handschrift, von seinem Ergehen und sprach wiederholt die Meinung aus, bei der er nun bis zu
seinen letzten Tagen blieb, seine gegenwärtige Krankheit, deren Höhepunkt
er überstanden glaubte, werde nicht zu seinem Ende führen. Er sah auch
gern wieder den Besuch einiger ihm nahestehender Menschen bei sich, und
war dann heiter und humoristisch, freundlich und dankbar für die ihm
bewiesene Theilnahme. Einer dieser ihn besuchenden Personen sagte er
einmal, er bitte Gott nicht um Genesung und Verminderung seiner

---

1) An Marcus 13. 1. 89.

Leiden, sondern nur um Geduld im Ausharren. Und er ertrug die ihn so angreifenden und quälenden Beschwerden der Athemnoth und der Hustenanfälle je länger je mehr mit musterhafter Geduld. Er gab sich auch die größte Mühe, die ihm vorgeschriebenen Quantitäten zu essen und zu trinken, da die Ärzte von dem Fortschritt des Appetits den weiteren günstigen Verlauf der Krankheit abhängig machten. Aber so sehr man auch mit Abwechselung und Zureden ihm diese Krankenpflicht zu erleichtern und zugleich bringlich zu machen suchte, so war sein Körper doch nicht mehr im Stande, mehr als nur die dürftigste Nahrung auf= zunehmen. Daher ließ denn auch im Anfang des März die vorüber= gehende Besserung in seinem Befinden wieder nach. Die Athemnoth stellte sich von Neuem ein und verließ ihn nicht wieder, wenn sie auch nur unmittelbar nach Hustenanfällen beängstigend war.

––––––––––

Am 7. März kam ich nach dem Schluß meiner Vorlesungen von Halle nach Göttingen und nahm meinem Schwager Weiß die von ihm in der letzten Zeit geleistete nächtliche Fürsorge für den kranken Vater ab. Diesen fand ich sehr abgemagert, doch nicht so verfallen, wie ich es mir im Voraus vorgestellt hatte. Noch immer waren seine Bewegungen kräftig, und so sehr er den Eindruck eines Leidenden machte, so wenig war irgend welche auffallende Schlaffheit an ihm wahrnehmbar. Geistig vollends war er meistens frisch, für alles zugänglich, hoffnungsvoll und im Ganzen heiter gestimmt. So konnten wir uns wohl der Täuschung hingeben, daß, falls er nicht doch genesen würde, wie wir immer noch hofften, sein Leben wenigstens noch Wochen oder Monate uns erhalten bleiben würde. Namentlich in den Vormittagsstunden war er zur Unter= haltung geneigt, wenn ihm keine anderen Pflichten oblagen, die er sich durchaus nicht wollte abnehmen lassen. Er führte noch immer die Geschäfte des Decanats, die er erst nach langem Sträuben wenige Tage vor seinem Tode an Wagenmann abgab. Da mußte er denn wiederholt Studenten Bescheinigungen, meist wegen ihrer Unabkömmlichkeit zu militärischen Übungen, ausstellen. Aber seine Hand gehorchte nicht mehr ganz seinem Willen. Er verschrieb sich nun leicht, und so mußte er manchmal das= selbe Zeugnis zwei= oder dreimal schreiben, ehe die wenigen Sätze auf dem Papier standen, und ehe er das Siegel darunter drücken konnte. Und diese Manipulation strengte ihn jedesmal so an, daß er ganz er= schöpft und kurzathmig wurde. Ich war froh, als er mir nach langem Bitten endlich gestattete, ihm diesen Dienst abzunehmen, und er dann

auch zufrieden war, ihn nicht mehr selber leisten zu müssen. An einem
andern Tage half ich ihm bei der Correctur des Lebensabrisses seines
Vaters für die Allgemeine deutsche Biographie, deren Erledigung er mir
doch nicht allein überlassen wollte. Es war der Abschluß seiner literarischen Thätigkeit. Und zwei Tage vor seinem Tode, am Vormittag des
18. März, dictirte er mir den letzten Brief, den er dann unterschrieb,
an die Witwe seines eben gestorbenen Freundes Hälschner: „Meine liebe
theure Freundin! Durch Gustav[1]) erfahre ich in der unerwartetsten
Weise, daß auch Sie den theuersten Besitz in der Welt, dessen Sie sich
seit mehr als 40 Jahren erfreut haben, haben dahin geben müssen. Ich,
der Sie beide noch als Brautleute gekannt hat, und Zeuge des vollkommenen
gegenseitigen Glückes gewesen bin, wäre vielleicht berufen, auch in Ihren ersten
herbsten Schmerz einige Erinnerungen an den hohen Segen zu mischen,
durch den Sie mit einander verbunden waren. Allein wie ich durch hohe
Schwachheit meines Körpers genöthigt bin, mich der Hand meines Sohnes
zu bedienen, um Ihnen nicht nur mein tiefstes Beileid, sondern auch
meine eigene Klage anzudeuten, so ziemt es sich doch wohl am meisten,
die ersten Töne des Schmerzes voll ausklingen zu lassen und die Gegenwirkungen durch die Erinnerungen an die erfahrenen Güter einer späteren
Zeit vorzubehalten. Denn gerade in der Gegenwart ist der Schmerz die
gegebene Form der Einprägung der Güter, die man nicht mehr zu besitzen sich eben bewußt wird. Und hierin vereinigen sich mit Ihnen,
Ihren Töchtern und ihrem Bruder alle, die dem Verewigten nahe und
fern gestanden haben, aber doch so nahe, um seinen treuen, aufrichtigen,
selbstlosen, zuverlässigen Charakter beobachten zu können. Das Andenken
des Gerechten bleibet in Segen. Ich bin nach wie vor in treuester
Freundschaft Ihr ganz ergebener A. Ritschl."

Einige Tage vorher hatte mir ein Freund meines Vaters mitgetheilt,
in der Nationalzeitung werde berichtet, daß dieser wegen seiner Krankheit
sein Lehramt niedergelegt habe, und mich aufgefordert, diese Nachricht zu
dementiren. Ohne sein Vorwissen konnte ich dies nicht thun, da er noch
täglich seine Zeitung las. So unterschrieb er selbst die von mir auf-
gesetzte Entgegnung auf jene Behauptung, indem er meinte, das käme
seinen Gegnern wohl geschlichen, wenn er wirklich eine solche Absicht
hätte. Aber so wie er, bis einfach seine physische Schwäche ihn un-
weigerlich daran hinderte, das Decanat fortführte, so dachte er nicht im
entferntesten daran, seine Lehrthätigkeit aufzugeben. Nur war es auch
ihm klar, daß, bis er sie wieder würde aufnehmen können, wohl eine

---

1) Marcus, Bruder von Frau H.

längere Zeit hingehen würde. Und er machte noch in den letzten Tagen Pläne, sobald es ihm besser gehen und Frühling sein würde, nach Baden-Baden zu reisen und sich dort, nicht weit von seinem Sohne in Freiburg, einmal gründlich zu erholen. Vielleicht hätte ein solcher Aufenthalt in früheren Jahren, als er sich gegen alle größeren Reisen sträubte, seiner vorzeitigen Todeskrankheit vorbeugen können. Nun aber war es zu spät. Die Ärzte hatten wohl schon länger die Hoffnung aufgegeben, daß er wieder genesen würde. Wir Angehörigen klammerten uns begreiflicher Weise an jedes scheinbar günstige Symptom, solange wir noch deren bemerken zu können glaubten. Und wenn es uns auch in den letzten Tagen wahrscheinlich wurde, daß wir vergeblich hofften, so dachten wir doch nicht, daß sein Ende so bald schon eintreten würde. Er stand ja Morgens, wie immer, zur gewohnten Zeit auf, lag am Tage freilich viel auf dem Sopha oder saß in seinem Lehnstuhl, und erst gegen Abend legte er sich zur Ruhe. Besuch wollte er meistens nicht mehr empfangen. Aber er hatte es gern, wenn einer von uns bei ihm oder wenigstens in der Nähe war. Und immer war er freundlich und geduldig, oft scherzhaft und vergnügt. Namentlich am Abend vor seinem Tode, als Weiß und ich ihn zu Bette brachten, war er geradezu von liebenswürdigster Heiterkeit. Er schien sich ordentlich erleichtert zu fühlen, und wir verließen ihn, ohne zu ahnen, daß es nur das letzte Aufflackern seines Lebenslichtes war. In der Nacht aber begehrte er meine Hülfe öfters, als sonst, da er sehr an Durst litt. Sein Schlaf, der in den vorigen Nächten nach dem Genuß einschlummernder Mittel wenigstens stundenweise einzutreten pflegte, war nur noch sehr unterbrochen. Gegen Morgen verlor er völlig das Bewußtsein und die Fähigkeit, deutlich zu reden, während zugleich eine gewisse innere Unruhe eintrat, die sich demnächst noch steigerte. Da rief ich die andern Hausgenossen herbei; wir ließen Weiß und den alten Hausfreund Sanitätsrath Langenbeck holen, der schon die ganze Zeit der Krankheit hindurch in aufopferndster Treue für unsern Vater gesorgt hatte. Dieser strebte aus dem Bette heraus, verlangte das Öffnen der Fenster und sagte einmal, wir sollten alle um ihn heruntreten. Wir halfen ihm nun, da er aufstehen wollte, sich anziehen, während seine Beweglichkeit bereits erheblich nachgelassen hatte. Dann verschaffte ihm eine Aetherinjection, die Langenbeck vornahm, einige Ruhe. Nach einiger Zeit mußten wir zu zweit ihn in sein Studirzimmer führen, er stützte sich nur leicht auf unsere Arme. Dort legte er sich auf dem Sopha nieder. Er versuchte noch zu sprechen, aber aus seinen blos zum geringsten Theil noch verständlichen Lauten konnte ich nur entnehmen, daß er meinen abwesenden Bruder vermißte, der einige Tage

später zu des Vaters Geburtstag zu kommen vorhatte, aber nicht mehr
rechtzeitig zum Abschied hatte herrufen werden können. Noch einmal
ergriff den Sterbenden die Unruhe; er strebte nach seinem Lehnstuhl am
Fenster, dorthin führten wir ihn, der sich jetzt fast nicht mehr selbst bewegen konnte. Wir wußten, daß sein Leben nur noch nach Minuten,
allenfalls nach Viertelstunden zählte. Er hatte mir früher einmal gesagt,
wenn er stürbe, sollte ich ihm die beiden letzten Verse von „O Haupt
voll Blut und Wunden" vorsagen. Nun aber vermochte er, völlig
bewußtlos, menschliche Rede nicht mehr zu vernehmen, und in der feier-
lichen Stille des Todes mußten wir schweigend Abschied von dem theuren
Vater nehmen. Ein Todeskampf blieb ihm erspart. Nach wenigen tiefen
Athemzügen verschied er ruhig und sanft am Morgen des 20. März, einige
Minuten vor halb acht. Ich drückte ihm die erloschenen Augen zu.

Wer hätte ihm die Erlösung von seinem schweren Leiden und dieses
friedliche Ende eines Lebens voller Arbeit und Kampf mißgönnen wollen,
da ihn Gott nach seinem unerforschlichen Rathschluß nun zu sich nahm in
die ewige Ruhe der Vollendeten! Sein Andenken und sein Lebenswerk
aber sind lebendig geblieben, und dankbare Verehrung wird noch lange
Zeit von dem geistigen Vermächtniß dieses Entschlafenen zehren. Sie
geleitete ihn auch zu Grabe auf den neuen Göttinger Friedhof, wo ein
halbes Jahr später Hermann Reuter neben ihn gebettet wurde. Viele
seiner nächsten Freunde und Arbeitsgenossen ließen es sich nicht nehmen,
zum Theil aus beträchtlicher Entfernung, zur Beerdigung nach Göttingen
zu reisen. Andere waren durch dringende Gründe daran verhindert, ihrer
Absicht gemäß an der Trauerfeier Theil zu nehmen. Beim Gottesdienst
im Hause hielten Hermann Schultz, der dazu vom Examen in Hannover
wiedergekommen war, Scholz und Gottschick, der im Namen der fast
vollzählig anwesenden Gießener Facultät eine Palme auf dem Sarge
niederlegte, die ergreifenden Ansprachen¹), die das Andenken des Verstorbenen feierten. Die beiden letzten Reden klangen in demselben Worte
des Propheten aus, das wohl auf wenige so vollständig zutrifft, wie auf
diesen Entschlafenen: „Die Lehrer werden leuchten wie des Himmels
Glanz, und die, so viele zur Gerechtigkeit geführt haben, wie die Sterne
immer und ewiglich." Zahlreich war die Schaar von Collegen, Freunden
und Mitbürgern, die, so wie sie schon in den letzten Monaten an Ritschls
Krankheit die lebhafteste und wohlthuendste Theilnahme bewiesen hatten,
nun auch seinem Sarge folgten. Es war in seinem Sinne, daß die in

¹) Worte der Erinnerung an Albrecht Ritschl, gesprochen an seinem Sarge
23. März 1889. Bonn bei A. Marcus.

den Ferien anwesenden Studenten ihm in nicht anderer Weise wie die übrigen Leidtragenden die letzte Ehre erwiesen. Er hatte es sich ausdrücklich verbeten, daß bei seiner Beerdigung der studentische Prunk entwickelt würde, den er nicht liebte. An seinem Grabe[1]) sprach der Superintendent Steinmetz die Liturgie und das Gebet.

Demnächst thaten sich zahlreiche Freunde und Schüler Ritschls zusammen, um seine Marmorbüste der Göttinger Bibliothek zu stiften, wo sie nun unter den Büsten anderer um die Universität verdienter Professoren aufgestellt ist. Den Auftrag dazu erhielt der Bildhauer Hartzer in Berlin, der schon einmal bei Ritschls Lebzeiten geäußert hatte, er möchte ihn wohl gern modelliren. Nun dienten ihm nur Photographien und eine Radirung als Vorlage. Das zuerst entworfene Modell war im Ganzen wohlgelungen. Aber unglücklicher Weise zerbarst der Thon des bereits fertigen Kopfes, da er während einer Reise des Künstlers wahrscheinlich nicht feucht genug gehalten war. So mußte dieser die Arbeit von vorn wieder beginnen. Doch fand er sich jetzt nicht mehr, wie zuerst, in die Aufgabe wieder hinein. Daher ist die Büste, die dennoch einigen der Auftraggeber allenfalls zu genügen schien, leider gar nicht ähnlich ausgefallen. Namentlich die salopp geniale Übertreibung der Haar und Barttracht, der Halsbinde und des Rockkragens geben ein falsches Bild von diesen doch für den Gesamteindruck ins Gewicht fallenden Äußerlichkeiten, da Ritschl in Tracht und Kleidung vielmehr durchaus ordentlich und einfach war und alles auffallende und excentrische peinlich mied. In ungleich treuerer Weise ist sein Aussehen wiedergegeben auf verschiedenen Bildern, die sich im Familienbesitz befinden, auf einer weitverbreiteten Photographie aus dem Anfang der achtziger Jahre und auf der Zeichnung, welche diesem Bande beigefügt ist.

---

1) Ich will nicht unerwähnt lassen, daß mir einige verleumberische Gerüchte über meines Vaters Tod zur Kenntnis gekommen sind, obgleich sie fern von Göttingen aufgebracht und verbreitet worden sind. So erkundigte man sich im Sommer 1889 aus Württemberg durch die Vermittlung eines nahen Freundes bei meinem Schwager Weiß, ob es wahr sei, daß mein Vater sich selbst das Leben genommen habe! Ferner empfing ich im März 1893 den Brief eines amerikanischen Theologen, der von mir authentische Mittheilungen haben wollte, um das ihm gegenüber ausgesprochene Gerücht zu widerlegen, „Albrecht Ritschl sei seinen Grundsätzen untreu geworden. Er habe nämlich auf dem Sterbebette keine Ruhe finden können und sich bitter angeklagt, daß er so viele deutsche Jünglinge mit Gift genährt habe"! Ich nehme an, daß die unbekannten Urheber dieser Gerüchte nicht wußten, was sie thaten, indem sie solche Lästerungen zu erdenken und zu verbreiten sich nicht scheuten.

Anhang.

I. Überſicht

über

Ritſchls ſchriftſtelleriſche Thätigkeit in den Jahren 1864—1889.

1. Selbſtändige Schriften, Abhandlungen, Vorträge u. ſ. w.

Ulrich Zwingli. Jahrbücher für deutsche Theologie. 1872.
S. 121—137 . . . . vgl. S. 115.
Die christliche Vollkommenheit. Ein Vortrag.
Göttingen 1874 . . . . besprochen „ 156 f.
— — Zweite durchgesehene Auflage 1889. . . . . vgl. „ 511.
Die christliche Lehre von der Rechtfertigung und
Versöhnung. Zweiter Band. Der biblische
Stoff der Lehre. Bonn 1874 . . . . besprochen „ 168—178.
— — Zweite verbesserte Auflage. Bonn 1882 . . vgl. „ 405 ff.
— — Dritte verbesserte Auflage. Bonn 1889 . . „ „ 511.
Die christliche Lehre von der Rechtfertigung und
Versöhnung. Dritter Band. Die positive
Entwickelung der Lehre. Bonn 1874 . . . besprochen „ 179—236.
— — Zweite verbesserte Auflage. Bonn 1888 . . „ „ 410—413.
— — Dritte verbesserte Auflage. Bonn 1888 . . vgl. „ 510.
— — Vierte Auflage. Bonn 1895. (Abdruck der
3. Auflage.)
Schleiermachers Reden über die Religion und
ihre Nachwirkungen auf die evangelische Kirche
Deutschlands. Bonn 1874 . . . . besprochen „ 247—251.
Das Bekenntnis der Kirche. Friedliche Blätter für die pro-
testantische Gemeinde. 1875. S. 15 f. 18 f. 22 f. . . vgl. „ 283.
Das Reich Gottes. Friedliche Blätter. 1875. S. 58—60. „ „ 283.
Berufen oder auserwählt. Friedliche Blätter 1875. S. 187 f.
191 f. . . . . „ „ 283.
Zum Verständnis des Prologs des johanneischen Evan-
geliums. Ein Vorschlag. Theologische Studien und
Kritiken. 1875. S. 576—582.
Unterricht in der christlichen Religion. Bonn
1875 . . . . besprochen „ 276 f.
— — Zweite verbesserte Auflage. Bonn 1881 . . vgl. „ 339.
— — Dritte verbesserte Auflage. Bonn 1886 . . „ „ 339. 511.
— — Vierte Auflage. Bonn 1890. (Abdruck der
3. Auflage.) . . . . „ „ 339.
— — Fünfte Auflage. Bonn 1895. (Abdruck der
3. Auflage.) . . . . „ „ 339.
Die Entstehung der lutherischen Kirche. Zeitschrift für
Kirchengeschichte. Bd. 1. 1876. S. 51—110. Gesam-
melte Aufsätze. S. 170—217 . . . . „ „ 282.
Über die beiden Principien des Protestantismus. Zeitschrift
für Kirchengeschichte. Bd. 1. 1876. S. 397—413. Gesammelte Aufsätze. S. 234—247 . . . . „ „ 282.
Über das Gewissen. Ein Vortrag. Bonn 1876 . . „ „ 289.
Prolegomena zu einer Geschichte des Pietismus. Zeitschrift
für Kirchengeschichte. Bd. 2. 1877. S. 1—55 . . . „ „ 294.
Ein Nachtrag zur Entstehung der lutherischen Kirche. Zeitschrift für Kirchengeschichte. Bd. 2. 1878. S. 366—
385. Gesammelte Aufsätze. S. 218—233 . . . . . „ „ 296.

2. Recensionen.

a) in den Jahrbüchern für deutsche Theologie . . . .   vgl. S. 26.

1865. S. 160—162. A. E. Krauß, Theologischer Commentar zu 1. Korinther XV. 1864.

S. 191—193. A. Pichler, Geschichte des Protestantismus in der orientalischen Kirche im
17. Jahrhundert, oder: Der Patriarch Cyrillus
Lukaris und seine Zeit. 1862.

S. 578. A. Flir. Briefe aus Rom. Mit einem
kurzen Lebensabriß des Verfassers herausgegeben
von L. Rapp. 1864.

S. 738—740. Th. Simar, Die Theologie des
heiligen Paulus. 1864.

1866. S. 351—353. J. C. M. Laurent, Neutestamentliche Studien. 1866.

S. 353—356. C. Tischendorf, Wann wurden
unsere Evangelien verfaßt? 2. Aufl. 1865.

S. 554—557. W. A. van Hengel, De gave
der talen. Pinksterstudie. 1864.

S. 558—560. W. Mangold, Der Römerbrief und
die Anfänge der römischen Gemeinde. 1866.

S. 560—562. C. Wittichen, Die Idee Gottes
als des Vaters. 1865.

S. 562—564. A. Hausrath, Der Apostel Paulus.
1865.

1869. S. 555—558. J. K. F. Knaake, Johannis
Staupitii, ordinis S. Augustini per Germaniam
vicarii generalis, opera quae reperiri potu-
erunt omnia. Vol. I. 1867.

1870. S. 385—388. W. Möller, Andreas Osiander.
Leben und ausgewählte Schriften. 1870.

1875. S. 146—148. Guil. Herrmann, Gregorii
Nysseni sententiae de salute adipiscenda.
1875. . . . .   „ „ 268.

1876. S. 314—320. F. Bleek, Einleitung in das Neue
Testament. 3. Aufl. besorgt v. W. Mangold. 1875.

b) in den theologischen Studien und
Kritiken . . . .   „ „ 26.

1866. S. 377—390. W. Möller, Geschichte der Kosmologie in der griechischen Kirche. 1860. . . .   „ „ 17.

1878. S. 541—559. H. Reuter, Geschichte der religiösen
Aufklärung im Mittelalter vom Ende des
achten Jahrhunderts bis zum Anfange des
vierzehnten. 2 Bände. 1875 u. 1877. . . .   „ „ 315 f.

c) in den Göttingischen Gelehrten Anzeigen. . . . .   vgl. S. 26.

1864. S. 1888—1902. A. Pichler, Geschichte der kirch-
    lichen Trennung zwischen dem Orient und
    Occident. Bd. 1. 1864.
1865. S. 47—55. H. Wendt, Kirchliche Ethik vom Stand-
    punkte der christlichen Freiheit dargestellt. 1864.
    S. 801—821. K. H. Hundeshagen, Beiträge
    zur Kirchenverfassungsgeschichte und Kirchen-
    politik insbesondere des Protestantismus. Bd. 1.
    1864 . . . .   „   „ 17.
    S. 1601—1616. A. Pichler, Geschichte der kirch-
    lichen Trennung zwischen dem Orient und Occi-
    dent. Bd. 2. 1865.
1866. S. 721 — 725. F. Nitzsch, Augustinus Lehre
    vom Wunder. 1865.
    S. 1020—1032. W. Beyschlag, Die Christologie
    des Neuen Testaments. 1866.
1867. S. 681—696. Die politische Lage und die Zukunft
    der evangelischen Kirche in Deutschland. Ge-
    danken zur kirchlichen Verfassungsfrage von
    einem deutschen Theologen. 2. Aufl. 1867. —
    Über die zukünftige Gesammtverfassung der
    evangelischen Kirche Preußens. Von einem
    evangelisch-lutherischen Theologen. 1867.
1871. S. 96—105. A. Ritschl, Die christliche Lehre
    von der Rechtfertigung und Versöhnung. Bd. 1.
    1870. . . . .   „   „ 87 f.
1874. S. 1125—1140. A. Ritschl, Die christliche Lehre
    von der Rechtfertigung und Versöhnung. Bd. 2
    und 3. 1874. — Die christliche Vollkommenheit.
    1874. . . . .   „   „ 87 f. 172. 178.

d) in der Theologischen Literatur-
    zeitung. . . . .   „   „ 283. 297 f.

1876. S. 316—319. A. Krauß, Das protestantische
    Dogma von der unsichtbaren Kirche. 1876.   .   „   „ 288.
    S. 437—439. F. v. Uchtritz, Studien eines Laien
    über den Ursprung, die Beschaffenheit und Be-
    deutung des Evangeliums nach Johannes. 1876.
1877. S. 323—326. L. Reinhardt, Was fehlt uns?
    oder die biblische Lehre von dem auf Erden kommen-
    den Reiche Gottes das Bedürfnis unserer Zeit.
    1874. Mühlhäusser, Die christliche Weltan-
    schauung. 1876. Uhlhorn, Die Arbeit im
    Lichte des Evangeliums betrachtet. 1877.
    S. 365—366. Hesse, Der terministische Streit. 1877.   „   „ 303.

1877. S. 587—589. K. Lechler, Die Confessionen in ihrem Verhältnis zu Christus. 1877.

1878. S. 399 f. L. Wiese, Über den sittlichen Werth gegebener Formen. 1878.

S. 514—517. J. Chr. v. Hofmann, Theologische Ethik. 1878. . . . . besprochen S. 327.

1879. S. 85 f. W. Mangold, Ernst Ludwig Theodor Henke. Ein Gedenkblatt. 1879.

S. 131 f. L. Kraußold, Dr. Theodorich Morung, der Vorbote der Reformation in Franken. 1877.

S. 332—335. H. Heppe, Geschichte des Pietismus und der Mystik in der reformirten Kirche, namentlich der Niederlande. 1879. . . . . vgl. „ 340. 347.

S. 455—457. Wangemann, Gustav Knak, ein Prediger der Gerechtigkeit, die vor Gott gilt. 1879. . . . . „ „ 360.

1880. S. 90 f. W. Beyschlag, Erinnerungen an Albrecht Wolters. 1880.

S. 366 f. J. Fr. Iken, Joachim Neander. Sein Leben und seine Lieder. 1880.

S. 367—369. H. Ph. Schnabel, Die Kirche und der Paraklet. 1880. . . . . „ „ 360.

1881. S. 66 f. K. Hackenschmidt, Die Kirche im Glauben des evangelischen Christen. 1881.

S. 77—81. M. A. Landerer, Neueste Dogmengeschichte. Herausgegeben von P. Zeller. 1881.

S. 134—137. W. E. H. Lecky, Entstehungsgeschichte und Charakteristik des Methodismus. Aus dem Englischen von F. Löwe. 1880.

S. 137. C. Mejer, Febronius, Weihbischof Johann Nicolaus von Hontheim und sein Widerruf. 1880.

S. 306—312. J. Kaftan, Das Wesen der christlichen Religion. 1881. . . . . „ „ 384.

S. 627—629. F. Hettinger, Die „Krisis des Christenthums", Protestantismus und katholische Kirche. 1881. . . . . „ „ 375.

1882. S. 37 f. Synopsis purioris theologiae etc. Curavit et praefatus est H. Bavinck. 1881.

S. 298 f. A. Zahn, Die Ursachen des Niederganges der reformirten Kirche in Teutschland. 1881.

S. 299 - 302. C. Kapff, Lebensbild von Sixt Karl v. Kapff. 1881. F. Zündel, Pfarrer Johann Christoph Blumhardt. Ein Lebensbild. 3. Aufl. 1882.

1883. S. 6—8. L. Schmidt, Die Ethik der alten Griechen. 2 Bde. 1882. . . . . „ „ 407.

1883. S. 489—491. R. Baumstark, Plus ultra!
Schicksale eines deutschen Katholiken. 1883.

1884. S. 14 f. H. Wilhelmi, Augusta, Prinzessin von
Mecklenburg-Güstrow, und die dargunschen
Pietisten. 1883.

S. 484—486. C. G. Steude, Beiträge zur
Apologetik. 1884. . . . . vgl. S. 439.

S. 561 f. G. Chr. Knapp, Beiträge zur Lebensgeschichte August Gottlieb Spangenbergs. Herausgegeben von D. Frick. 1884.

S. 562 f. R. Petersen. Henrik Steffens. Ein
Lebensbild. Aus dem Dänischen von A. Michelsen.
1864.

S. 604 f. F. Nitzsch, Luther und Aristoteles. 1883.

1885. S. 139—141. K. Stolar, Johann Georg Müller,
Johannes von Müllers Bruder und Herders
Herzensfreund. 1885.

S. 625—627. K. Müller, Die Anfänge des
Minoritenordens und der Bußbruderschaften.
1885.

1886. S. 13 f. D. Mejer, Zur Geschichte der römisch-
deutschen Frage. 3. Th. 2. Abth. 1885.

S. 326—329. B. Becker, Zinzendorf im Verhältnis zu Philosophie und Kirchenthum seiner
Zeit. 1886. . . . . „ „ 477

S. 350. L. Müller, Die Erweckungsbewegung in
Rheydt im Jahre 1750. 1886.

1887. S. 41 f. L. Tolstoi, Bekenntnisse. Was sollen
wir denn thun? Aus dem russischen Manuscript
übersetzt von H. v. Samson-Himmelstjerna.
1886.

S. 161—163. G. Uhlhorn, Katholicismus und
Protestantismus gegenüber der socialen Frage.
1887.

1888. S. 113—115. Th. Häring, Zu Ritschls Versöhnungslehre. 1888.

II. Verzeichnis

der

von Ritschl in Göttingen gehaltenen Vorlesungen.

———

(In Klammern stehen die Zahlen der Zuhörer.)

III. Ergänzungen und Berichtigungen.

Zu Band 1.

S. 5, Anm. 1. In H. Daltons Schrift „Zur Geschichte der evangelischen Kirche in Rußland" (Leipzig 1893) ist von S. 1—35 eine Abhandlung unter dem Titel „Bischof Ritschls Mitarbeit an dem Gesetz für die lutherische Kirche in Rußland" enthalten, in welcher die von P. de Lagarde in seiner Schrift „über einige Berliner Theologen" (Göttingen 1890) S. 82 gegen den Bischof Ritschl ausgesprochenen Verleumdungen (vgl. meine Schrift über „Die Sendung des Bischofs D. Ritschl nach Petersburg im Jahre 1829". Bonn 1890) auf Grund von Studien in den Acten des Staatsarchivs, des Cultusministeriums und des Archivs des Königlichen Hauses widerlegt worden sind.

S. 205 Z. 18 v. o. ist statt „Schulzeberger" zu lesen „Schulze-Berge".

S. 222 ist zu den dort genannten Zuhörern Ritschls hinzuzufügen Franz Brügge-mann (jetzt Pastor in Kettwig), der 1855'56 bei Ritschl hörte und ihm als Sohn einer mit seinen Eltern befreundeten Familie (s. o. S. 254) persönlich nahe stand.

S. 330 Z. 7 v. o. ist statt „und sittliche" zu lesen „und wissenschaftliche".

S. 455 2. Spalte ist hinter „Schöberlein" einzufügen „Scholten 403".

S. 456 2. Spalte Z. 2 v. u. ist statt „266 f. 378" zu lesen „186".

Zu Band 2.

S. 69 Z. 11 v. o. ist statt „anf" zu lesen „auf".

„ 105 „ 4 v. u. „ „ „der" zu lesen „des".

„ 140 „ 23 „ „ ist zu den dort genannten Zuhörern Ritschls hinzuzufügen Friedrich Spitta (jetzt Professor in Straßburg) und Pastor Bonwetsch aus Saratow (jetzt Professor in Göttingen).

„ 152 Z. 16 v. o. ist statt „desselben" zu lesen „derselben".

„ 172 „ 7 „ „ „ „einen" zu lesen „einem".

„ 186 „ 20 „ „ „ zu lesen „psychologische".

„ 189 „ 4 „ „ statt „jener" zu lesen „dieser".

„ 272 „ 6 v. u. „ „ „sie" zu lesen „Sie".

„ 301 „ 5 v. o. „ „ „der" zu lesen „des".

„ 363 „ 18 „ „ ist zu den dort genannten Zuhörern Ritschls hinzuzufügen Löhr (in Breslau).

„ 386 Z. 2 v. o. ist statt „nur" zu lesen „nun".

„ 471 „ 30 „ „ die Klammer nicht hinter „solipsorum", sondern hinter „Je-suitenorden" zu schließen.

IV. Namenregister.